中国古典文学名著丛书

阅微草堂笔记

上

[清] 纪昀等 著

華夏出版社
HUAXIA PUBLISHING HOUSE

图书在版编目（CIP）数据

阅微草堂笔记／（清）纪昀著. —4版. —北京：华夏出版社，2013.01（2024.09重印）

（中国古典文学名著丛书）

ISBN 978-7-5080-6411-6

Ⅰ. ①阅… Ⅱ. ①纪… Ⅲ. ①笔记小说-小说集-中国-清代 Ⅳ. ①I242.4

中国版本图书馆CIP数据核字（2011）第080910号

出版发行： 华夏出版社

（北京市东直门外香河园北里4号 邮编100028）

经　　销： 新华书店

印　　制： 永清县晔盛亚胶印有限公司

版　　次： 2013年01月北京第1版

2024年09月北京第2次印刷

开　　本： 670×970 1/16开

印　　张： 36

字　　数： 544.9千字

定　　价： 72.00元（上下）

前　言

《阅微草堂笔记》是清代著名学者纪昀（晓岚）晚年所作的一部文言笔记小说，是清代文言小说的代表作之一。全书近40万字，含故事1200余则，于清朝乾隆五十四年（1789年）至嘉庆三年（1798年）年间陆续完成。

作者纪昀（1724－1805），字晓岚，晚号石云，道号观弈道人，直隶河北献县人，清代文学家。他生于清雍正二年（1724年）六月，卒于嘉庆十年（1805年）二月，历经雍正、乾隆、嘉庆三朝，享年八十一岁。纪昀学问渊博，长于考证训诂，乾隆年间修《四库全书》，任总纂官，并主持写定了《四库全书总目》200卷。因其"敏而好学可为文，授之以政无不达"（嘉庆帝御赐碑文），故卒后谥号"文达"，乡里世称文达公。

《阅微草堂笔记》采用六朝志怪的笔法，叙述简淡，不作细节描写，也不求言辞华美，主要以篇幅短小的随笔杂记讲述狐鬼神怪故事，既有上层社会的故老遗闻、官场百态、人情世故、典章考证，也有下层百姓的曲巷琐谈、奇事异闻、医卜星相、神鬼狐魅。这些或雅或俗、亦正亦奇的故事，从多个角度反映出当时的社会生活，揭示了种种社会矛盾，也显现了不同阶层人物的善行与恶迹，对社会下层广大人民的悲惨境遇表达出深刻的同情与悲悯。小说承魏晋志怪遗风，其叙述简朴、笔法写真，展示了信雅并举的审美境界。虽谈狐说鬼，却又脱于旧习，其说理之确、衡情之当，措词之典雅简赅，与《聊斋》有异曲同工之妙。正因如此，它成为唯一能与《聊斋》相媲美的惊世之作，后世将这两部作品誉为清代笔记体小说中的"志怪双璧"。

《阅微草堂笔记》比起以往的笔记小说特别是志怪类笔记小说，在许多方面都有所创新、发展。它以劝惩为宗旨，这就决定了作者必须认真考虑劝惩什么，也就是小说的主题。书中各篇的主题虽多是儒家伦理道德观念和佛教思想，但也有不少作品或讥刺道学先生的迂腐虚伪，或揭示世情的险恶卑俗，或阐发人生的智慧、经验，其主题逸出了忠孝节义、因果报应的藩篱，让人觉得意蕴悠远。

《阅微草堂笔记》中的小说类作品，多是笔记小说中的志怪一派。比起以往的同类作品来，它们的突出特点是，作者不再单纯志怪，而是自觉地吸取志人小说《世说新语》善于写人的优长，往往能将异类以及同异类互相之间发生关系的世人写得个性鲜明，栩栩如生。小说中还有一些纯写世人世事的记实作品，同样是个性鲜明，意味深长。

鲁迅在《中国小说史略》中对《阅微草堂笔记》有很高的评价："唯纪昀本长文笔，多见秘书，又襟怀夷旷，故凡测鬼神之情状，发人间之幽微，托狐鬼以抒己见者，隽思妙语，时足解颐；间杂考辨，亦有灼见。叙述复雍容淡雅，天趣盎然，故后来无人能夺其席，固非仅借位高望重以传者矣。"

在这次再版中，我们约请了相关学者对原书进行了大量的较为精细的校勘、补正和释义，对原书原来缺字的地方用□表示了出来，尽量为读者扫除阅读障碍。由于时间仓促，水平有限，难免有疏漏之处，望各位专家及广大读者予以指正。

编　者

2011 年 3 月

诗两首

纪昀

平生心力坐销磨，纸上烟云过眼多。
拟筑书仓今老矣，只应说鬼似东坡[①]。

前因后果验无差，琐记搜罗鬼一车。
传语洛闽[②]门弟子，稗官原不入儒家。

观弈道人自题

① 只应说鬼似东坡——苏轼(东坡)被贬黄州时，招客纵谈，客人有无可谈者，便强使其谈鬼。事见宋叶梦得《避暑录话》上。

② 洛闽——洛，指宋洛阳人程颢、程颐等；闽，指宋代朱熹，朱曾在福建紫阳书院讲学，故称。程、朱俱为理学大帅，此处代指正统儒学。

序

盛时彦

文以载道，儒者无不能言之。夫道岂深隐莫测，秘密不传，如佛家之心印，道家之口诀哉！万事当然之理，是即道矣。故道在天地，如汞泻地，颗颗皆圆；如月映水，处处皆见。大至于治国平天下，小至于一事一物、一动一言，无乎不在焉。文其道之一端也，文之大者为《六经》，固道所寄矣。降而为列朝之史，降而为诸子之书，降而为百氏之集，是又文中之一端，其言皆足以明道。再降而稗官小说，似无与于道矣；然《汉书·艺文志》列为一家，历代书目亦皆著录。岂非以荒诞悖妄者虽不足数，其近于正者，于人心世道亦未尝无所裨欤！河间先生以学问文章负天下重望，而天性孤直，不喜以心性空谈，标榜门户；亦不喜才人放诞，诗社酒社，夸名士风流。是以退食之余，唯耽怀典籍；老而懒于考索，乃采掇异闻，时作笔记，以寄所欲言。《滦阳消夏录》等五书，俶诡奇谲，无所不载；洸洋恣肆，无所不言。而大旨要归于醇正，欲使人知所劝惩。故诲淫导欲之书，以佳人才子相矜者，虽纸贵一时[①]，终渐归湮没。而先生之书，则梨枣屡镌[②]，久而不厌，是则华实不同之明验矣。顾翻刻者众，讹误实繁；且有妄为标目，如明人之刻《冷斋夜话》[③]者，读者病焉。时彦夙从先生游，尝刻先生《姑妄听之》，附跋书尾，先生颇以为知言。迩来诸板益漫漶，乃请于先

---

① 纸贵一时——即洛阳纸贵。晋左思作《三都赋》，经当时学者皇甫谧为作序，张载、刘逵为作注，于是豪富之家争相传写，洛阳为之纸贵。事见《晋书·左思传》。

② 梨枣屡镌（juān）——指一再雕版印书。古人刻板，多用梨木、枣木；镌，雕刻。

③ 《冷斋夜话》——宋释惠洪所撰诗话集。惠洪字觉范，亦称洪觉范。

生,合五书为一编,而仍各存其原第;篝灯手校,不敢惮劳。又请先生检视一过,然后摹印。虽先生之著作不必藉此刻以传,然鱼鲁之舛①差稀,于先生教世之本志,或亦不无小补云尔。

嘉庆庚申(1816 年)八月,门人北平盛时彦谨序。

① 鱼鲁之舛——鱼和鲁篆文字形相似,所以在抄写时容易抄错。舛,谬误。此句表示书籍在传抄、刊印过程中的文字错误。

序

郑开禧

河间纪文达公，久在馆阁，鸿文巨制，称一代手笔。或言公喜诙谐，嬉笑怒骂，皆成文章。今观公所著笔记，词意忠厚，体例谨严，而大旨悉归劝惩，殆所谓是非不谬于圣人者与！虽小说，犹正史也。公自云："不颠倒是非如《碧云騢》①，不怀挟恩怨如《周秦行纪》②，不描摹才子佳人如《会真记》③，不绘画横陈如《秘辛》④，冀不见摈于君子。"盖犹公之谦词耳。公之孙树馥，来宦岭南。从索是书者众，因重锓板⑤。树馥醇谨有学识，能其官，不堕其家风云。

道光十五年(1835 年)乙未春日，龙溪郑开禧识。

---

① 《碧云騢(xiá)》——宋人梅尧臣撰。

② 《周秦行纪》——唐人伟瓘所撰，署牛僧孺名意在加害于他。

③ 《会真记》——唐人元稹所撰，后被元人王实甫改编为《西厢记》。

④ 《秘辛》——传为明代杨升庵所撰。

⑤ 锓(qǐn)板——锓，雕刻。锓板，指雕版出书。

目　录

卷　一

滦阳消夏录(一)

乾隆己酉①夏，以编排秘籍，于役滦阳②。时校理久竟，特督视官吏题签庋③架而已。昼长无事，追录见闻，忆及即书，都无体例。小说稗官，知无关于著述；街谈巷议，或有益于劝惩。聊付抄胥④存之，命曰《滦阳消夏录》云尔。

胡御史牧亭言：其里有人畜一猪，见邻叟辄瞋⑤目狂吼，奔突欲噬⑥，见他人则否。邻叟初甚怒之，欲买而啖其肉；既而憬⑦然省曰："此殆佛经所谓夙冤耶！世无不可解之冤。"乃以善价赎得，送佛寺为长生猪。后再见之，弭耳昵就⑧，非复曩⑨态矣。尝见孙重画伏虎应真，有巴⑩西李衍题曰："至人骑猛虎，驭之犹骐骥⑪。岂伊本驯良，道力消其鸷⑫。乃知天地间，有情皆可契。共保金石心，无为多畏忌。"可为此事作解也。

---

① 乾隆己酉——乾隆五十四年，即公元1789年。
② 滦阳——今河北省承德市。
③ 庋(guǐ)——放置。
④ 抄胥——缮写的小官吏。
⑤ 瞋(chēn)——发怒时睁大眼睛。
⑥ 噬(shì)——咬。
⑦ 憬——醒悟。
⑧ 弭耳昵就——亲热的样子。
⑨ 曩(nǎng)——以往。
⑩ 巴——地名，指现在川东、鄂西一带。
⑪ 骐骥——骏马。
⑫ 鸷(zhì)——凶猛。

沧州刘士玉孝廉，有书室为狐所据，白昼与人对语，掷瓦石击人，但不睹其形耳。知州平原董思任，良吏也，闻其事，自往驱之。方盛陈人妖异路之理，忽檐际朗言曰："公为官颇爱民，亦不取钱，故我不敢击公。然公爱民乃好名，不取钱乃畏后患耳，故我亦不避公。公休矣，毋多言取困。"董狼狈而归，咄咄[①]不怡者数日。刘一仆妇甚粗蠢，独不畏狐。狐亦不击之。或于对语时举以问狐。狐曰："彼虽下役，乃真孝妇也。鬼神见之犹敛避，况我曹乎！"刘乃令仆妇居此室。狐是日即去。

爱堂先生言：闻有老学究夜行，忽遇其亡友。学究素刚直，亦不怖畏，问："君何往？"曰："吾为冥吏，至南村有所勾摄，适同路耳。"因并行，至一破屋，鬼曰："此文士庐也。"问何以知之。曰："凡人白昼营营，性灵汩[②]没。惟睡时一念不生，元神朗澈，胸中所读之书，字字皆吐光芒，自百窍而出，其状缥缈缤纷，烂如锦绣。学如郑、孔，文如屈、宋、班、马[③]者，上烛霄汉，与星月争辉。次者数丈，次者数尺，以渐而差，极下者亦荧荧如一灯，照映户牖[④]；人不能见，惟鬼神见之耳。此室上光芒高七八尺，以是而知。"学究问："我读书一生，睡中光芒当几许？"鬼嗫嚅良久曰："昨过君塾，君方昼寝。见君胸中高头讲章[⑤]一部，墨卷[⑥]五六百篇，经文七八十篇，策略[⑦]三四十篇，字字化为黑烟，笼罩屋上。诸生诵读之声，如在浓云密雾中。实未见光芒，不敢妄语。"学究怒叱之。鬼大笑而去。

东光李又聃先生，尝至宛平相国废园中，见廊下有诗二首。其一曰：

---

① 咄咄——叹词，表示惊异。
② 汩（gǔ）——沉下。
③ 郑、孔、屈、宋、班、马——郑玄、孔颖达、屈原、宋玉、班固、司马迁。
④ 牖（yǒu）——窗户。
⑤ 高头讲章——明清之时八股文家解释经典的讲义。
⑥ 墨卷——明清科举制度试卷名目之一。
⑦ 策略——旧时读书人为应付考试而准备的押题文章。

“飒飒西风吹破棂①,萧萧秋草满空庭。月光穿漏飞檐角,照见莓苔半壁青。”其二曰:“耿耿疏星几点明,银河时有片云行。凭阑坐听谯楼鼓,数到连敲第五声。”墨痕惨淡,殆②不类人书。

董曲江先生,名元度,平原人。乾隆壬申进士,入翰林。散馆③改知县。又改教授④,移疾归。少年梦人赠一扇,上有三绝句曰:“曹公饮马天池日,文采西园⑤感故知。至竟心情终不改,月明花影上旌旗。”“尺五城南⑥并马来,垂杨一例赤鳞⑦开。黄金屈戌⑧雕胡⑨锦,不信陈王八斗才⑩。”“箫鼓冬冬画烛楼,是谁亲按小凉州⑪?春风豆蔻⑫知多少,并作秋江一段愁。”语多难解,后亦卒无征验,莫明其故。

平定王孝廉执信,尝随父宦榆林。夜宿野寺经阁下,闻阁上有人絮语,似是论诗。窃讶此间少文士,那得有此。因谛听之,终不甚了了。后语声渐出阁廊下,乃稍分明。其一曰:“唐彦谦⑬诗格不高,然‘禾麻地废

---

① 棂(líng)——窗格。

② 殆(dài)——几乎,差不多。

③ 散馆——清代翰林院设庶常馆,新进士考得庶吉士资格者入馆学习,三年后按成绩分别授予官职,谓之散馆。

④ 教授——官名,掌管教育之职。

⑤ 西园——园名,曹操所建。曹丕、曹植均有咏西园之诗。

⑥ 尺五城南——东汉《辛氏三秦记》:“城南韦杜,去天尺五。”喻高贵门第。

⑦ 赤鳞——指鱼龙。

⑧ 屈戌——门窗上的环钩。

⑨ 雕胡——菰(gū)米,可食。

⑩ 陈王八斗才——陈王,指曹植。晋谢灵运曾说:“天下共有才一石,曹植独占八斗,他自己得一斗,天下共分一斗。”见宋佚名《释常谈》。

⑪ 小凉州——曲名。

⑫ 豆蔻(kòu)——植物名,喻未嫁少女。

⑬ 唐彦谦——字茂业,号鹿门先生,晚唐诗人。

生边气，草木春寒起战声’，故是佳句。”其一曰：“仆尝有句云：‘阴碛[①]日光连雪白，风天沙气入云黄。’非亲至关外，不睹此景。”其一又曰：“仆亦有一联云：‘山沈边气无情碧，河带寒声亘古[②]秋。’自谓颇肖边城日暮之状。”相与吟赏者久之。寺钟忽动，乃寂无声。天晓起视，则扃钥[③]尘封。“山沈边气”一联，后于任总镇遗稿见之。总镇名举，出师金川时，百战阵殁者也。“阴碛”一联，终不知为谁语。即其精灵长在，得与任公同游，亦决非常鬼矣。

沧州城南上河涯，有无赖吕四，凶横无所不为，人畏如狼虎。一日薄暮，与诸恶少村外纳凉。忽隐隐闻雷声，风雨且至。遥见似一少妇，避入河干古庙中。吕语诸恶少曰：“彼可淫也。”时已入夜，阴云黯黑。吕突入，掩其口。众共褫[④]衣沓嬲[⑤]。俄电光穿牖，见状貌似是其妻，急释手问之，果不谬。吕大恚[⑥]，欲提妻掷河中。妻大号曰：“汝欲淫人，致人淫我，天理昭然，汝尚欲杀我耶?”吕语塞，急觅衣裤，已随风吹入河流矣。彷徨无计，乃自负裸妇归。云散月明，满村哗笑，争前问状。吕无可置对，竟自投于河。盖其妻归宁[⑦]，约一月方归。不虞母家遘[⑧]回禄[⑨]，无屋可栖，乃先期返。吕不知，而遘此难。后妻梦吕来曰：“我业重，当永堕泥犁[⑩]。缘生前事母尚尽孝，冥官检籍，得受蛇身，今往生矣。汝后夫不久至，善事新

---

① 碛(qì)——沙漠。
② 亘(gèn)古——从古，自古。
③ 扃(jiōng)钥——门锁。
④ 褫(chǐ)——脱去。
⑤ 嬲(niǎo)——戏弄。
⑥ 恚(huì)——怨恨。
⑦ 归宁——回娘家。
⑧ 遘(gòu)——相遇。
⑨ 回禄——传说中的火神名。
⑩ 泥犁——梵语，意译为地狱。

姑嫜[①];阴律不孝罪至重,毋自蹈冥司汤镬[②]也。”至妻再醮[③]日,屋角有赤练蛇垂首下视,意似眷眷。妻忆前梦,方举首问之。俄闻门外鼓乐声,蛇于屋上跳掷数四,奋然去。

献县周氏仆周虎,为狐所媚,二十余年如伉俪[④]。尝语仆曰:“吾炼形已四百余年,过去生中,于汝有业缘当补,一日不满,即一日不得生天。缘尽,吾当去耳。”一日,辗[⑤]然自喜,又泫[⑥]然自悲,语虎曰:“月之十九日,吾缘尽当别。已为君相一妇,可聘定之。”因出白金付虎,俾备礼。自是狎昵燕婉,逾于平日,恒[⑦]形影不离。至十五日,忽晨起告别。虎怪其先期。狐泣曰:“业缘一日不可减,亦一日不可增,惟迟早则随所遇耳。吾留此三日缘,为再一相会地也。”越数年,果再至,欢洽三日而后去。临行呜咽曰:“从此终天诀矣!”陈德音先生曰:“此狐善留其有余,惜福者当如是。”刘季箴则曰:“三日后终须一别,何必暂留?此狐炼形四百年,尚未到悬崖撒手地位,临事者不当如是。”余谓二公之言,各明一义,各有当也。

献县令明晟,应山人。尝欲申雪一冤狱,而虑上官不允,疑惑未决。儒学门斗[⑧]有王半仙者,与一狐友,言小休咎多有验,遣往问之。狐正色曰:“明公为民父母,但当论其冤不冤,不当问其允不允。独不记制府[⑨]李

---

① 姑嫜——古时妻子称丈夫的父母为姑嫜。
② 镬(huò)——古代的大锅。
③ 再醮(jiào)——再嫁。
④ 伉俪——指夫妻。
⑤ 辗(chǎn)——笑的样子。
⑥ 泫(xuàn)——流泪的样子。
⑦ 恒——经常。
⑧ 门斗——清代官学中的仆役。
⑨ 制府——清代对总督的敬称。

公之言乎?"门斗返报,明为悚①然。因言制府李公卫未达时,尝同一道士渡江。适有与舟子争诟者,道士太息②曰:"命在须臾,尚较计数文钱耶!"俄其人为帆脚所扫,堕江死。李公心异之。中流风作,舟欲覆。道士禹步③诵咒,风止得济。李公再拜谢更生。道士曰:"适堕江者,命也,吾不能救。公贵人也,遇厄得济,亦命也,吾不能不救,何谢焉。"李公又拜曰:"领师此训,吾终身安命矣。"道士曰:"是不尽然。一身之穷达,当安命,不安命则奔竞排轧,无所不至。不知李林甫、秦桧,即不倾陷善类,亦作宰相,徒自增罪案耳。至国计民生之利害,则不可言命。天地之生才,朝廷之设官,所以补救气数也。身握事权,束手而委命,天地何必生此才,朝廷何必设此官乎?晨门④曰:'是知其不可而为之。'诸葛武侯曰:'鞠躬尽瘁,死而后已。成败利钝,非所逆睹。'此圣贤立命之学,公其识之。"李公谨受教,拜问姓名。道士曰:"言之恐公骇。"下舟行数十步,翳⑤然灭迹。昔在会城,李公曾话是事。不识此狐何以得知也。

北村郑苏仙,一日梦至冥府,见阎罗王方录囚。有邻村一媪至殿前,王改容拱手,赐以杯茗,命冥吏速送生善处。郑私叩冥吏曰:"此农家老妇,有何功德?"冥吏曰:"是媪一生无利己损人心。夫利己之心,虽贤士大夫或不免。然利己者必损人,种种机械⑥,因是而生,种种冤愆,因是而造;甚至遗臭万年,流毒四海,皆此一念为害也。此一村妇而能自制其私心,读书讲学之儒,对之多愧色矣。何怪王之加礼乎!"郑素有心计,闻之惕⑦然而寤。郑又言,此媪未至以前,有一官公服昂然入,自称所至但饮一杯水,今无愧鬼神。王哂曰:"设官以治民,下至驿丞闸官,皆有利弊之当理。但不要钱即为好官,植木偶于堂,并水不饮,不更胜公乎?"官又辩

---

① 悚(sǒng)——恐惧。
② 太息——叹息。
③ 禹步——道士作法时的一种步伐。
④ 晨门——掌管城门开闭的人。
⑤ 翳(yì)——隐逝。
⑥ 机械——巧诈。
⑦ 惕——谨慎,小心。

曰:“某虽无功,亦无罪。”王曰:“公一生处处求自全,某狱某狱,避嫌疑而不言,非负民乎?某事某事,畏烦重而不举,非负国乎?三载考绩①之谓何?无功即有罪矣。”官大踧踖②,锋棱顿减。王徐顾笑曰:“怪公盛气耳。平心而论,要是三四等好官,来生尚不失冠带。”促命即送转轮王③。观此二事,知人心微暖,鬼神皆得而窥,虽贤者一念之私,亦不免于责备。“相在尔室”,其信然乎。

雍正壬子,有宦家子妇,素无勃谿④状。突狂电穿牖,如火光激射,雷楔贯心而入,洞左胁⑤而出。其夫亦为雷焰燔烧,背至尻皆焦黑,气息仅属。久之乃苏,顾妇尸泣曰:“我性刚劲,与母争论或有之。尔不过私诉抑郁,背灯掩泪而已,何雷之误中尔耶?”是未知律重主谋,幽明一也。

无云和尚,不知何许人。康熙中,挂单⑥河间资胜寺,终日默坐,与语亦不答。一日,忽登禅床,以界尺拍案一声,泊然化去。视案上有偈曰:“削发辞家净六尘⑦,自家且了自家身。仁民爱物无穷事,原有周公孔圣人。”佛法近墨⑧,此僧乃近于杨⑨。

---

① 三载考绩——《书·舜典》:“三载考绩,三考,黜陟幽明。”意为数次考察政绩。
② 踧踖(cù jí)——恭敬而不安的样子。
③ 转轮王——迷信传说中,地狱十殿阎王之一,掌管轮回之事。
④ 勃谿(xī)——家庭中争吵。
⑤ 胁——指从腋下到腰上的部分。
⑥ 挂单——指和尚投寺院寄宿。
⑦ 六尘——佛教用语,指声、色、香、味、触、法。
⑧ 墨——指墨翟,墨家创始人,主张兼爱非攻、节俭尚同。
⑨ 杨——杨朱,战国时魏国人,主张利己。

宁波吴生，好作北里①游。后昵一狐女，时相幽会，然仍出入青楼间。一日，狐女请曰："吾能幻化，凡君所眷，吾一见即可肖其貌。君一存想，应念而至，不逾于黄金买笑乎？"试之，果顷刻换形，与真无二。遂不复外出。尝语狐女曰："眠花藉柳，实惬人心。惜是幻化，意中终隔一膜耳。"狐女曰："不然。声色之娱，本电光石火。岂特吾肖某某为幻化，即彼某某亦幻化也。岂特某某为幻化，即妾亦幻化也。即千百年来，名姬艳女，皆幻化也。白杨绿草，黄土青山，何一非古来歌舞之场。握雨携云②，与埋香葬玉、别鹤离鸾，一曲伸臂顷耳。中间两美相合，或以时刻计，或以日计，或以月计，或以年计，终有诀别之期。及其诀别，则数十年而散，与片刻暂遇而散者，同一悬崖撒手，转瞬成空。倚翠偎红，不皆恍如春梦乎？即夙契原深，终身聚首，而朱颜不驻，白发已侵，一人之身，非复旧态。则当时黛眉粉颊，亦谓之幻化可矣，何独以妾肖某某为幻化也。"吴洒然有悟。后数岁，狐女辞去。吴竟绝迹于狎游。

交河及孺爱、青县张文甫，皆老儒也，并授徒于献③。尝同步月南村北村之间，去馆稍远，荒原阒④寂，榛莽翳然。张心怖欲返，曰："墟墓间多鬼，曷可久留！"俄一老人扶杖至，揖二人坐曰："世间安得有鬼，不闻阮瞻⑤之论乎？二君儒者，奈何信释氏之妖妄。"因阐发程朱二气⑥屈伸之理，疏通证明，词条流畅。二人听之，皆首肯，共叹宋儒见理之真。递相酬对，竟忘问姓名。适大车数辆远远至，牛铎⑦铮然。老人振衣急起曰："泉下之人，岑寂久矣。不持无鬼之论，不能留二君作竟夕谈。今将别，谨以

---

① 北里——指妓女所在地。

② 握雨携云——指男女欢会。典出宋玉《高唐赋》："旦为朝云，暮为行雨。"

③ 献——献县，属河北省。

④ 阒(qù)——形容没有声音。

⑤ 阮瞻——晋代人，主张无鬼。

⑥ 程朱二气——程颢、程颐为北宋理学家，其学说为南宋朱熹所继袭，后世并称程朱理学。二气，指阴阳之气。

⑦ 铎——铃。

实告,毋讶相戏侮也。”俯仰之顷,欻①然已灭。是间绝少文士,惟董空如先生墓相近,或即其魂欤。

河间唐生,好戏侮。土人至今能道之,所谓唐啸子者是也。有塾师好讲无鬼,尝曰:“阮瞻遇鬼,安有是事,僧徒妄造蜚语耳。”唐夜洒土其窗,而呜呜击其户。塾师骇问为谁,则曰:“我二气之良能也。”塾师大怖,蒙首股栗,使二弟子守达旦。次日委顿不起。朋友来问,但呻吟曰:“有鬼。”既而知唐所为,莫不拊掌。然自是魅大作,抛掷瓦石,摇撼户牖,无虚夕。初尚以为唐再来,细察之,乃真魅。不胜其嬲,竟弃馆而去。盖震惧之后,益以惭恧②,其气已馁,狐乘其馁而中之也。妖由人兴,此之谓乎。

天津某孝廉,与数友郊外踏青,皆少年轻薄。见柳荫中少妇骑驴过,欺其无伴,邀众逐其后,嫚语调谑。少妇殊不答,鞭驴疾行。有两三人先追及,少妇忽下驴软语,意似相悦。俄某与三四人追及,审视,正其妻也。但妻不解骑,是日亦无由至郊外。且疑且怒,近前诃之。妻嬉笑如故。某愤气潮涌,奋掌欲掴其面。妻忽飞跨驴背,别换一形,以鞭指某数曰:“见他人之妇,则狎亵百端;见是己妇,则恚恨如是。尔读圣贤书,一恕字尚不能解,何以挂名桂籍耶?”数讫径行。某色如死灰,僵立道左,殆不能去。竟不知是何魅也。

德州田白岩曰:有额都统者,在滇黔间山行,见道士按一丽女于石,欲剖其心。女哀呼乞救。额急挥骑驰及,遽格道士手。女噭③然一声,化火光飞去。道士顿足曰:“公败吾事!此魅已媚杀百余人,故捕诛之以除

---

① 欻(xū)——忽然。
② 恧(nǜ)——惭愧。
③ 噭(jiào)——高呼声。

害。但取精已多，岁久通灵，斩其首则神遁去，故必剖其心乃死。公今纵之，又遗患无穷不提矣。惜一猛虎之命，放置深山，不知泽麋林鹿，𩙪[1]其牙者几许命也！”匣其匕首，恨恨渡溪去。此殆白岩之寓言，即所谓一家哭，何如一路哭也[2]。姑容墨吏，自以为阴功，人亦多称为忠厚；而穷民之卖儿贴妇，皆未一思，亦安用此长者乎。

献县吏王某，工刀笔，善巧取人财。然每有所积，必有一意外事耗去。有城隍庙道童，夜行廊庑[3]间，闻二吏持簿对算。其一曰：“渠[4]今岁所蓄较多，当何法以销之？”方沉思间，其一曰：“一翠云足矣，无烦迂折也。”是庙往往遇鬼，道童习见，亦不怖，但不知翠云为谁，亦不知为谁销算。俄有小妓翠云至，王某大嬖[5]之，耗所蓄八九；又染恶疮，医药备至，比愈，则已荡然矣。人计其平生所取，可屈指数者，约三四万金。后发狂疾暴卒，竟无棺以殓。

陈云亭舍人言：有台湾驿使[6]宿馆舍，见艳女登墙下窥，叱索无所睹。夜半琅然有声，乃片瓦掷枕畔。叱问是何妖魅，敢侮天使？窗外朗应曰：“公禄命重，我避公不及，致公叱索，惧干神谴，惴惴至今。今公睡中萌邪念，误作驿卒之女，谋他日纳为妾。人心一动，鬼神知之。以邪召邪，神不得而咎我，故投瓦相报。公何怒焉？”驿使大愧沮，未及天曙，促装去。

---

① 𩙪(mó)——切，削。

② 一家哭，何如一路哭也——此句出自朱熹《五朝名臣贤行录·参政范文正公》，意谓罢免一个不称职的官，不过使他一家人而哭，这点悲伤怎比得上一个地区的人民遭受其害的痛苦呢？路，宋代行政区域，相当于省。

③ 庑(wǔ)——正房对面及两侧的小屋。

④ 渠——方言，“他”的意思。

⑤ 嬖(bì)——宠幸。

⑥ 驿使——古代传送公文的人。

叶旅亭御史宅,忽有狐怪,白昼对语,迫叶让所居。扰攘戏侮,至杯盘自舞,几榻自行。叶告张真人。真人以委法官①,先书一符,甫张而裂。次牒都城隍,亦无验。法官曰:“是必天狐②,非拜章③不可。”乃建道场七日。至三日,狐犹诟詈④。至四日,乃婉词请和。叶不欲与为难,亦祈不竟其事。真人曰:“章已拜,不可追矣。”至七日,忽闻格斗砰訇,门窗破隳⑤,薄暮尚未已。法官又檄他神相助,乃就擒,以罂⑥贮之,埋广渠门外。余尝问真人驱役鬼神之故,曰:“我亦不知所以然,但依法施行耳。大抵鬼神皆受役于印,而符箓则掌于法官。真人如官长,法官如吏胥。真人非法官不能为符箓,法官非真人之印,其符箓亦不灵。中间有验有不验,则如各官司文移章奏,或准或驳,不能一一必行耳。”此言颇近理。又问设空宅深山,猝遇精魅,君尚能制伏否?曰:“譬大吏经行,劫盗自然避匿。倘⑦或无知猖獗,突犯双旌⑧,虽手握兵符,征调不及,一时亦无如之何。”此言亦颇笃实。然则一切神奇之说,皆附会也。

朱子颖运使言:守泰安日,闻有士人至岱岳深处,忽人语出石壁中,曰:“何处经香,岂有转世人来耶?”騞⑨然震响,石壁中开,贝阙琼楼,涌现峰顶,有耆儒冠带下迎。士人骇愕,问此何地。曰:“此经香阁也。”士人叩经香之义。曰:“其说长矣,请坐讲之。昔尼山⑩删定,垂教万年,大义微言,递相授受。汉代诸儒,去古未远,训诂笺注,类能窥先圣之心;又淳

---

① 法官——对道士的敬称。
② 天狐——传说狐狸活千岁即通天,称天狐。
③ 拜章——此指上奏上天的章表。
④ 詈(lì)——骂。
⑤ 隳(huī)——毁坏。
⑥ 罂(yīng)——小口大肚的瓶子。
⑦ 倘(tǎng)——倘若。
⑧ 双旌——指高官。也作“双节”。
⑨ 騞(huò)——象声词,形容东西破裂的声音。
⑩ 尼山——指孔子。

朴未漓①,无植党争名之习,惟各传师说,笃溯渊源。沿及有唐,斯文未改。迨乎北宋,勒为注疏十三部②,先圣嘉焉。诸大儒虑新说日兴,渐成绝学,建是阁以贮之。中为初本,以五色玉为函,尊圣教也。配以历代官刊之本,以白玉为函,昭帝王表章之功也。皆南面。左右则各家私刊之本,每一部成,必取初印精好者,按次时代,庋③置斯阁,以苍玉为函,奖汲古之勤也。皆东西面。并以珊瑚为签,黄金作锁钥。东西两庑以沈檀为几,锦绣为茵。诸大儒之神,岁一来视,相与列坐于斯阁。后三楹则唐以前诸儒经义,帙以纂组,收为一库。自是以外,虽著述等身,声华盖代,总听其自贮名山,不得入此门一步焉,先圣之志也。诸书至子刻午刻,一字一句,皆发浓香,故题曰经香。盖一元④斡运,二气絪缊⑤,阴起午中,阳生子半。圣人之心,与天地通。诸大儒阐发圣人之理,其精奥亦与天地通,故相感也。然必传是学者始闻之,他人则否。世儒于此十三部,或焚膏继晷⑥,钻仰终身;或锻炼苛求,百端掊击,亦各因其性识之所根耳。君四世前为刻工,曾手刊《周礼》半部,故余香尚在,吾得以知君之来。"因引使周览阁庑,款以茗果。送别曰:"君善自爱,此地不易至也。"士人回顾,惟万峰插天,杳无人迹。案此事荒诞,殆尊汉学者之寓言。夫汉儒以训诂专门,宋儒以义理相尚。似汉学粗而宋学精,然不明训诂,义理何自而知。概用诋排,视犹土苴⑦,未免既成大辂,追斥椎轮;得济迷川,遽焚宝筏。于是攻宋儒者又纷纷而起。故余撰《四库全书·诗部总叙》有曰,宋儒之攻汉儒,非为说经起见也,特求胜于汉儒而已。后人之攻宋儒,亦非为说经起见也,特不平宋儒之诋汉儒而已。韦苏州⑧诗曰:"水性自云静,石中

---

① 漓——薄。

② 注疏十三部——指十三经注疏。十三经包括:《易》、《诗》、《书》、《周礼》、《仪礼》、《礼记》、《左传》、《公羊传》、《囗梁传》、《孝经》、《论语》、《孟子》、《尔雅》。

③ 庋(guǐ)——放东西的架子。

④ 一元——天地万物之开始。

⑤ 絪缊(yīn yūn)——同氤氲。古代指阴阳二气相互作用而产生的状态。

⑥ 晷(guǐ)——日影。

⑦ 苴(jū)——草。

⑧ 韦苏州——指唐代诗人韦应物,曾任苏州刺史,故称。

亦无声;如何两相激,雷转空山惊。"此之谓矣。平心而论,《易》自王弼[①]始变旧说,为宋学之萌芽。宋儒不攻《孝经》,词义明显。宋儒所争,只今文古文字句,亦无关宏旨,均姑置弗议。至《尚书》、《三礼》、《三传》[②]、《毛诗》、《尔雅》诸注疏,皆根据古义,断非宋儒所能。《论语》、《孟子》,宋儒积一生精力,字斟句酌,亦断非汉儒所及。盖汉儒重师传,渊源有自。宋儒尚心悟,研索易深。汉儒或执旧文,过于信传。宋儒或凭臆断,勇于改经。计其得失,亦复相当。惟汉儒之学,非读书稽古,不能下一语。宋儒之学,则人人皆可以空谈。其间兰艾同生,诚有不尽餍人心者,是嗤点之所自来。此种虚构之词,亦非无因而作也。

曹司农竹虚言:其族兄自歙[③]往扬州,途经友人家。时盛夏,延坐书屋,甚轩爽。暮欲下榻其中,友人曰:"是有魅,夜不可居。"曹强居之。夜半,有物自门隙蠕蠕入,薄如夹纸。入室后,渐开展作人形,乃女子也。曹殊不畏。忽披发吐舌,作缢鬼状。曹笑曰:"犹是发,但稍乱;犹是舌,但稍长。亦何足畏!"忽自摘其首置案上。曹又笑曰:"有首尚不足畏,况无首耶!"鬼技穷,倏[④]然灭。及归途再宿,夜半门隙又蠕动。甫露其首,辄唾曰:"又此败兴物耶!"竟不入。此与嵇中散事相类[⑤]。夫虎不食醉人,不知畏也。大抵畏则心乱,心乱则神涣,神涣则鬼得乘之。不畏则心定,心定则神全,神全则沴[⑥]戾之气不能干。故记中散是事者,称"神志湛然,鬼惭而去"。

---

① 王弼——三国时魏国经学家,撰有《周易注》十卷。

② 《三礼》、《三传》——指《周礼》、《仪礼》、《礼记》、《左传》、《公羊传》、《穀(gǔ)梁传》。

③ 歙(shè)——歙县,在安徽省。

④ 倏(shū)——极快。

⑤ 唐代常沂撰《灵鬼志》中记载,嵇康(嵇中散)夜间弹琴,来了一个鬼,嵇康把灯吹灭说:"予耻与鬼魅争光。"

⑥ 沴(lì)——灾气。

董曲江言：默庵先生为总漕时，署有土神马神二祠，唯土神有配。其少子恃才兀傲，谓土神于思老翁，不应拥艳妇；马神年少，正为嘉偶①。径移女像于马神祠。俄眩仆不知人。默庵先生闻其事亲祷，移还乃苏。又闻河间学署有土神，亦配以女像。有训导②谓黉宫③不可塑妇人，乃别建一小祠迁焉。土神凭其幼孙语曰："汝理虽正，而心则私，正欲广汝宅耳，吾不服也。"训导方侃侃谈古礼，猝中其隐，大骇，乃终任不敢居是室。二事相近。或曰："训导迁庙犹以礼，董渎神甚矣，谴当重。"余谓董少年放诞耳。训导内挟私心，使己有利；外假公义，使人无词。微神发其阴谋，人尚以为能正祀典也。《春秋》诛心，训导谴当重于董。

戏术皆手法捷耳，然亦实有搬运术。（宋人书搬运皆作般。）忆小时在外祖雪峰先生家，一术士置杯酒于案，举掌拍之，杯陷入案中，口与案平。然扪案下，不见杯底。少选④取出，案如故。此或障目法也。又举鱼脍一巨碗，抛掷空中不见。令其取回，则曰不能矣，在书室画厨夹屉中，公等自取耳。时以宾从杂睐，书室多古器，已严扃；且夹屉高仅二寸，碗高三四寸许，断不可入，疑其妄。姑呼钥启视，则碗置案上，换贮佛手⑤五。原贮佛手之盘，乃换贮鱼脍，藏夹屉中，是非搬运术乎？理所必无，事所或有，类如此，然实亦理之所有。狐怪山魈，盗取人物不为异，能劾禁狐怪山魈者亦不为异。既能劾禁，即可以役使；既能盗取人物，即可以代人盗取物。夫又何异焉。

旧仆庄寿言：昔事某官，见一官侵晨至，又一官续至，皆契交也，其状若密递消息者。俄皆去，主人亦命驾递出。至黄昏乃归，车殆马烦，不胜

① 嘉偶——美好的伴侣。
② 训导——古代学官名。
③ 黉(hóng)宫——古代的学校。
④ 少选——隔一会儿，不多久。
⑤ 佛手——青果名。

困惫。俄前二官又至,灯下或附耳,或点首,或摇手,或蹙眉,或拊掌,不知所议何事。漏下二鼓,我遥闻北窗外吃吃有笑声,室中弗闻也。方疑惑间,忽又闻长叹一声曰:“何必如此!”始宾主皆惊,开窗急视,新雨后泥平如掌,绝无人踪。共疑为我呓语。我时因戒勿窃听,避立南荣外花架下,实未尝睡,亦未尝言,究不知其何故也。

永春邱孝廉二田,偶憩息九鲤湖道中。有童子骑牛来,行甚驶,至邱前小立,朗吟曰:“来冲风雨来,去踏烟霞去。斜照万峰青,是我还山路。”怪村竖那得作此语,凝思欲问,则笠影出没杉桧间,已距半里许矣。不知神仙游戏,抑乡塾小儿闻人诵而偶记也。

莆田林教谕霈,以台湾俸满①北上。至涿州南,下车便旋②。见破屋墙框外,有磁锋划一诗曰:“骡纲③队队响铜铃,清晓冲寒过驿亭。我自垂鞭玩残雪,驴蹄缓踏乱山青。”款曰罗洋山人。读讫,自语曰:“诗小有致。罗洋是何地耶?”屋内应曰:“其语似是湖广人。”入视之,惟凝尘败叶而已。自知遇鬼,惕然登车。恒郁郁不适,不久竟卒。

景州李露园基确,康熙甲午孝廉,余婿僚也。博雅工诗。需次④日,梦中作一联曰:“鸾翮嵇中散⑤,蛾眉屈左徒⑥。”醒而自不能解。后得湖南一令,卒于官,正屈原行吟地也。

---

① 俸满——古代官员任职满一定年限可按例升调,称俸满,也称秩满。
② 便(biàn)旋——小便。
③ 纲——成批运送货物的组织。
④ 需次——旧时指官员授职后,等待依次补缺。
⑤ 嵇中散——嵇康,魏晋时人。
⑥ 屈左徒——屈原。

先祖母张太夫人，畜一小花犬。群婢患其盗肉，阴搤①杀之。中一婢曰柳意，梦中恒见此犬来啮，睡辄呓语。太夫人知之，曰："群婢共杀犬，何独衔冤于柳意？此必柳意亦盗肉，不足服其心也。"考问果然。

福建汀州试院，堂前二古柏，唐物也，云有神。余按临日，吏白当诣树拜。余谓木魅不为害，听之可也，非祀典所有，使者不当拜。树柯叶森耸，隔屋数重可见。是夕月明，余步阶上，仰见树杪②两红衣人，向余磬折③拱揖，冉冉渐没。呼幕友出视，尚见之。余次日诣树，各答以揖。为镌一联于祠门曰："参天黛色常如此，点首朱衣④或是君。"此事亦颇异。袁子才⑤尝载此事于《新齐谐》，所记稍异，盖传闻之误也。

德州宋清远先生言：吕道士，不知何许人，善幻术，尝客田山姜司农家。值朱藤盛开，宾客会赏。一俗士言词猥鄙，喋喋不休，殊败人意。一少年性轻脱，厌薄尤甚，斥勿多言。二人几攘臂。一老儒和解之，俱不听，亦愠形于色。满坐为之不乐。道士耳语小童，取纸笔，画三符焚之。三人忽皆起，在院中旋折数四。俗客趋东南隅坐，喃喃自语。听之，乃与妻妾谈家事。俄左右回顾若和解，俄怡色自辩，俄作引罪状，俄屈一膝，俄两膝并屈，俄叩首不已。视少年，则坐西南隅花栏上，流目送盼，妮妮软语。俄嬉笑，俄谦谢，俄低唱《浣纱记》，呦呦不已，手自按拍，备诸冶荡之态。老儒则端坐石磴上，讲《孟子》齐桓、晋文之事一章。字剖句析，指挥顾盼，如与四五人对语。忽摇首曰"不是"，忽瞋目曰"尚不解耶"，咯咯痨嗽仍

---

① 搤(è)——使手用力掐住。

② 树杪(miǎo)——树梢。

③ 磬(qìng)折——古代打击乐器，状如曲尺。身折如磬，表示恭敬。

④ 点首朱衣——相传宋欧阳修主持贡院科举考试，每当阅卷时，觉座后有一朱衣人；朱衣人点头的，都是合格的文章。回头看，却又不见人。后则用"朱衣点首(头)"代称科举中选。事见明代陈耀文《天中记》。

⑤ 袁子才——即清代文学家袁枚(字子才)，著有笔记小说《新齐谐》，一名《子不语》。

不止。众骇笑,道士摇手止之。比酒阑,道士又焚三符。三人乃惘惘痴坐,少选始醒,自称不觉醉眠,谢无礼。众匿笑散。道士曰:“此小术,不足道。叶法善引唐明皇入月宫,即用此符。当时误以为真仙,迂儒又以为妄语,皆井底蛙耳。”后在旅馆,符摄一过往贵人妾魂。妾苏后,登车识其路径门户,语贵人急捕之,已遁去。此《周礼》所以禁怪民欤!

交河老儒及润础,雍正乙卯乡试,晚至石门桥,客舍皆满,惟一小屋,窗临马枥,无肯居者,姑解装焉。群马跳踉,夜不得寐。人静后,忽闻马语。及爱观杂书,先记宋人说部中有堰下牛语事,知非鬼魅,屏息听之。一马曰:“今日方知忍饥之苦。生前所欺隐草豆钱,竟在何处!”一马曰:“我辈多由圉人①转生,死者方知,生者不悟,可为太息!”众马皆呜咽。一马曰:“冥判亦不甚公,王五何以得为犬?”一马曰:“冥卒曾言之,渠一妻二女并淫滥,尽盗其钱与所欢,当罪之半矣。”一马曰:“信然,罪有轻重,姜七堕豕身,受屠割,更我辈不若也。”及忽轻嗽,语遂寂。及恒举以戒圉人。

余一侍姬,平生未尝出詈语。自云亲见其祖母善詈,后了无疾病,忽舌烂至喉,饮食言语皆不能,宛转数日而死。

有某生在家,偶晏起,呼妻妾不至。问小婢,云并随一少年南去矣。露刃追及,将骈斩之。少年忽不见。有老僧衣红袈裟,一手托钵,一手振锡杖,格其刀曰:“汝尚不悟耶?汝利心太重,忮②忌心太重,机巧心太重,而能使人终不觉。鬼神忌隐恶,故判是二妇,使作此以报汝。彼何罪焉?”言讫亦隐。生默然引归。二妇云:“少年初不相识,亦未相悦。忽惘然如梦,随之去。”邻里亦曰:“二妇非淫奔者,又素不相得,岂肯随一人?

---

① 圉(yǔ)人——养马的地方。掌管养马的人。

② 忮(zhì)——嫉妒。

且淫奔必避人，岂有白昼公行，缓步待追者耶？其为神谴信矣。"然终不能明其恶，真隐恶哉！

事皆前定，岂不信然。戊子春，余为人题《蕃骑射猎图》曰："白草粘天野兽肥，弯弧爱尔马如飞；何当快饮黄羊血，一上天山雪打围。"是年八月，竟从军于西域①。又董文恪公尝为余作《秋林觅句图》。余至乌鲁木齐，城西有深林，老木参云，弥亘数十里，前将军伍公弥泰建一亭于中，题曰"秀野"。散步其间，宛然前画之景。辛卯还京，因自题一绝句曰："霜叶微黄石骨青，孤吟自怪太零丁。谁知早作西行谶②，老木寒云秀野亭。"

南皮疡医某，艺颇精，然好阴用毒药，勒索重资。不餍所欲，则必死。盖其术诡秘，他医不能解也。一日，其子雷震死。今其人尚在，亦无敢延之者矣。或谓某杀人至多，天何不殛③其身而殛其子？有佚罚焉。夫罪不至极，刑不及孥④；恶不至极，殃不及世。殛其子，所以明祸延后嗣也。

安中宽言：昔吴三桂之叛，有术士精六壬⑤，将往投之。遇一人，言亦欲投三桂，因共宿。其人眠西墙下，术士曰："君勿眠此，此墙亥刻当圮⑥。"其人曰："君术未深，墙向外圮，非向内圮也。"至夜果然。余谓此附会之谈也，是人能知墙之内外圮，不知三桂之必败乎？

---

① 此指乾隆三十三年，作者因卢见曾事而被贬西域（乌鲁木齐）。
② 谶（chèn）——预言。
③ 殛（jí）——杀死。
④ 孥（nú）——妻子和儿女。
⑤ 六壬——古代用阴阳五行占卜吉凶的一种方法。
⑥ 圮（pǐ）——毁坏。

有僧游交河苏吏部次公家，善幻术，出奇不穷，云与吕道士同师。尝抟①泥为豕，咒之，渐蠕动。再咒之，忽作声。再咒之，跃而起矣。因付庖屠以供客，味不甚美。食讫，客皆作呕逆，所吐皆泥也。有一士因雨留同宿，密叩僧曰："《太平广记》载术士咒片瓦授人，划壁立开，可潜至人闺阁中。师术能及此否?"曰："此不难。"拾片瓦咒良久，曰："持此可往。但勿语，语则术败矣。"士试之，壁果开。至一处，见所慕，方卸妆就寝。守僧戒，不敢语，径掩扉，登榻狎昵。妇亦欢洽。倦而酣睡。忽开目，则眠妻榻上也。方互相疑诘，僧登门数之曰："吕道士一念之差，已受雷诛。君更累我耶！小术戏君，幸不伤盛德，后更无萌此念。"既而太息曰："此一念，司命②已录之，虽无大谴，恐于禄籍③有妨耳。"士果蹭蹬④，晚得一训导，竟终于寒毡⑤。

康熙中，献县胡维华以烧香聚众谋不轨。所居由大城、文安一路行，去京师三百余里。由青县、静海一路行，去天津二百余里。维华谋分兵为二，其一出不意，并程抵京师；其一据天津，掠海舟。利则天津之兵亦北趋，不利则遁往天津，登舟泛海去。方部署伪官，事已泄。官军擒捕，围而火攻之，龆龀⑥不遗。初，维华之父雄于资，喜周穷乏，亦未为大恶。邻村老儒张月坪，有女艳丽，殆称国色。见而心醉。然月坪端方迂执，无与人为妾理。乃延之教读。月坪父母柩在辽东，不得返，恒戚戚。偶言及，即捐金使扶归，且赠以葬地。月坪田内有横尸，其仇也。官以谋杀勘。又为百计申辩得释。一日，月坪妻携女归宁，三子并幼，月坪归家守门户，约数日返。乃阴使其党，夜键户⑦而焚其庐，父子四人并烬。阳为惊悼，代营

---

① 抟(tuán)——把东西揉捏成球状。
② 司命——神名。
③ 禄籍——登记禄位的簿册。此处指仕途。
④ 蹭蹬(cèng dèng)——遭遇挫折。
⑤ 寒毡——杜甫《戏赠郑广文》："才名四十年，坐客寒无毡。"此指穷困潦倒。
⑥ 龆龀(tiáo chèn)——指小孩子。
⑦ 键户——锁门。

丧葬，且时周其妻女，竟依以为命。或有欲聘女者，妻必与谋，辄阴沮①，使不就。久之，渐露求女为妾意。妻感其惠，欲许之。女初不愿。夜梦其父曰："汝不往，吾终不畅吾志也。"女乃受命。岁余，生维华，女旋病卒。维华竟覆其宗。

又去余家三四十里，有凌虐其仆夫妇死而纳其女者。女故慧黠，经营其饮食服用，事事当意。又凡可博其欢者，冶荡狎的通"亵"，放荡，胡闹，亲近而不庄重。无所不至。皆窃议其忘仇。蛊惑既深，惟其言是听。女始则导之奢华，破其产十之七八。又谗间其骨肉，使门以内如寇仇。继乃时说《水浒传》宋江、柴进等事，称为英雄，怂恿之交通②盗贼。卒以杀人抵法。抵法之日，女不哭其夫，而阴携卮③酒，酬其父母墓曰："父母恒梦中魇④我，意恨恨似欲击我。今知之否耶？"人始知其蓄志报复。曰：此女所为，非惟人不测，鬼亦不测也，机深哉！然而不以阴险论，《春秋》原心，本不共戴天者也。

余在乌鲁木齐，军吏具文牒数十纸，捧墨笔请判，曰："凡客死于此者，其棺归籍，例给牒，否则魂不得入关。"以行于冥司，故不用朱判，其印亦以墨。视其文，鄙诞殊甚。曰："为给照事：照得某处某人，年若干岁，以某年某月某日在本处病故。今亲属搬柩归籍，合行给照。为此牌仰沿路把守关隘鬼卒，即将该魂验实放行，毋得勒索留滞，致干未便。"余曰："此胥役托词取钱耳。"启将军除其例。旬日后，或告城西墟墓中鬼哭，无牒不能归故也。余斥其妄。又旬日，或告鬼哭已近城。斥之如故。越旬日，余所居墙外䰟䰟有声。（《说文》曰："䰟，鬼声。"）余尚以为胥役所伪。越数日，声至窗外。时月明如昼，自起寻视，实无一人。同事观御史成曰：

---

① 沮(jǔ)——阻止。

② 交通——勾结。

③ 卮(zhī)——盛酒的器皿。

④ 魇(yǎn)——梦中惊吓。

"公所持理正,虽将军不能夺也。然鬼哭实共闻,不得照者,实亦怨公。盍试一给之,姑间执谗慝①之口。倘鬼哭如故,则公益有词矣。"勉从其议。是夜寂然。又军吏宋吉禄在印房,忽眩仆。久而苏,云见其母至。俄台军以官牒呈,启视,则哈密报吉禄之母来视子,卒于途也。天下事何所不有,儒生论其常耳。余尝作乌鲁木齐杂诗一百六十首,中一首云:"白草飕飕接冷云,关山疆界是谁分?幽魂来往随官牒,原鬼昌黎②竟未闻。"即此二事也。

范蘅洲言:昔渡钱塘江,有一僧附舟,径置坐具,倚樯竿,不相问讯。与之语,口漫应,目视他处,神意殊不属。蘅洲怪其傲,亦不再言。时西风过急,蘅洲偶得二句,曰:"白浪簸船头,行人怯石尤③。"下联未属,吟哦数四。僧忽闭目微吟曰:"如何红袖女,尚倚最高楼?"蘅洲不省所云,再与语,仍不答。比系缆,恰一少女立楼上,正着红袖。乃大惊,再三致诘。曰:"偶望见耳。"然烟水渺茫,庐舍遮映,实无望见理。疑其前知,欲作礼,则已振锡④去。蘅洲惘然莫测,曰:"此又一骆宾王⑤矣!"

清苑张公钺,官河南郑州时,署有老桑树,合抱不交,云栖神物。恶而伐之。是夕,其女灯下睹一人,面目手足及衣冠色皆浓绿,厉声曰:"尔父太横,姑示警于尔!"惊呼媪婢至,神已痴矣。后归戈太仆仙舟,不久下

---

① 慝(tè)——罪恶。

② 原鬼昌黎——唐代韩愈(昌黎)著有《原鬼》。

③ 石尤——逆风、顶头风。

④ 锡——锡杖,和尚所持之杖。

⑤ 骆宾王——唐代诗人,参与徐敬业讨伐武则天,失败后不知去向。唐代另一诗人宋之问游浙江灵隐寺,夜吟诗,遇一老僧为其续诗曰:"楼观沧海日,门对浙江潮。"有寺僧告知宋之问,此老僧即为骆宾王。事见《古今诗话》。

世。驱厉鬼,毁淫祠①,正狄梁公、范文正公②辈事。德苟不足以胜之,鲜不取败。

钱文敏公曰:"天之祸福,不犹君之赏罚乎!鬼神之鉴察,不犹官吏之详议乎!今使有一弹章曰:'某立身无玷,居官有绩,然门径向凶方,营建犯凶日,罪当谪罚。'所司允乎?驳乎?又使有一荐牍曰:'某立身多瑕,居官无状,然门径得吉方,营建值吉日,功当迁擢。'所司又允乎?驳乎?官吏所必驳,而谓鬼神允之乎?故阳宅之说,余终不谓然。"此譬至明,以诘形家,亦无可置辩。然所见实有凶宅:京师斜对给孤寺道南一宅,余行吊者五;粉坊琉璃街极北道西一宅,余行吊者七。给孤寺宅,曹宗丞学闵尝居之,甫移入,二仆一夕并暴亡,惧而迁去。粉坊琉璃街宅,邵教授大生尝居之,白昼往往见变异,毅然不畏,竟殁其中。此又何理欤?刘文正公曰:"卜地见《书》,卜日见《礼》。苟无吉凶,圣人何卜?但恐非今术士所知耳。"斯持平之论矣。

沧州潘班,善书画,自称黄叶道人。尝夜宿友人斋中,闻壁间小语曰:"君今夕无留人共寝,当出就君。"班大骇,移出。友人曰:"室旧有此怪,一婉娈③女子,不为害也。"后友人私语所亲曰:"潘君其终困青衿④乎?此怪非鬼非狐,不审何物,遇粗俗人不出,遇富贵人亦不出,惟遇才士之沦落者,始一出荐枕耳。"后潘果坎壈⑤以终。越十余年,忽夜闻斋中啜泣声。次日,大风折一老杏树,其怪乃绝。外祖张雪峰先生尝戏曰:"此怪大佳,其意识在绮罗人上。"

---

① 淫祠——滥设的祠庙。

② 狄梁公、范文正公——唐代狄仁杰、宋代范仲淹。二人在政期间曾禁毁淫祠、淫祀。

③ 婉娈——年少美丽的样子。

④ 青衿——古代读书人的服装。代指未仕学子。

⑤ 坎壈(lǎn)——困顿,不得志。

陈枫崖光禄言:康熙中,枫泾一太学生,尝读书别业①。见草间有片石,已断裂剥蚀,仅存数十字,偶有一二成句,似是夭逝女子之碣也。生故好事,意其墓必在左右,每陈茗果于石上,而祝以狎词。越一载余,见丽女独步菜畦间,手执野花,顾生一笑。生趋近其侧,目挑眉语,方相引入篱后灌莽间。女凝立直视,若有所思,忽自批其颊曰:“一百余年,心如古井,一旦乃为荡子所动乎?”顿足数四,奄然而灭。方知即墓中鬼也。蔡修撰季实曰:“古称盖棺论定。观于此事,知盖棺犹难论定矣。是本贞魂,乃以一念之差,几失故步。”晦庵②先生诗曰:“世上无如人欲险,几人到此误平生。”谅哉!

王孝廉金英言:江宁一书生,宿故家废园中。月夜有艳女窥窗。心知非鬼即狐,爱其姣丽,亦不畏怖。招使入室,即宛转相就。然始终无一语,问亦不答,惟含笑流盼而已。如是月余,莫喻其故。一日,执而固问之。乃取笔作字曰:“妾前明某翰林侍姬,不幸夭逝。因平生巧于谗构,使一门骨肉如水火。冥司见谴,罚为喑③鬼,已沉沦二百余年。君能为书《金刚经》十部,得仗佛力,超拔苦海,则世世衔感矣。”书生如其所乞。写竣之日,诣书生再拜,仍取笔作字曰:“借金经忏悔,已脱离鬼趣。然前生罪重,仅能带业往生,尚须三世作哑妇,方能语也。”

---

① 别业——别墅。

② 晦庵——南宋朱熹之号。

③ 喑——哑,不能说话。

卷　二

滦阳消夏录(二)

董文恪公为少司空时,云昔在富阳村居,有村叟坐邻家,闻读书声,曰:“贵人也。”请相见。谛观再四,又问八字干支。沉思良久,曰:“君命相皆一品。当某年得知县,某年署大县,某年实授,某年迁通判,某年迁知府,某年由知府迁布政,某年迁巡抚,某年迁总督。善自爱,他日知吾言不谬也。”后不再见此叟,其言亦不验。然细较生平,则所谓知县,乃由拔贡得户部七品官也。所谓调署大县,乃庶吉士也。所谓实授,乃编修也。所谓通判,乃中允也。所谓知府,乃侍读学士也。所谓布政使,乃内阁学士也。所谓巡抚,乃工部侍郎也。品秩皆符,其年亦皆符,特内外异途耳。是其言验而不验,不验而验,唯未知总督如何。后公以其年拜礼部尚书,品秩仍符。按推算干支,或奇验,或全不验,或半验半不验。余尝以闻见最确者,反复深思,八字贵贱贫富,特大概如是。其间乘除盈缩,略有异同。无锡邹小山先生夫人,与安州陈密山先生夫人,八字干支并同。小山先生官礼部侍郎,密山先生官贵州布政使,均二品也。论爵,布政不及侍郎之尊。论禄,则侍郎不及布政之厚。互相补矣。二夫人并寿考。陈夫人早寡,然晚岁康强安乐。邹夫人白首齐眉,然晚岁丧明,家计亦薄。又相补矣。此或疑地有南北,时有初正也。余第六侄与奴子刘云鹏,生时只隔一墙,两窗相对,两儿并落蓐①啼。非唯时同刻同,乃至分秒亦同。侄至十六岁而夭,奴子今尚在。岂非此命所赋之禄,只有此数。侄生长富贵,消耗先尽;奴子生长贫贱,消耗无多,禄尚未尽耶?盈虚消息,理似如斯,俟知命者更详之。

---

① 蓐——同“褥”,褥子,此指床笫。

曾伯祖光吉公,康熙初官镇番守备。云有李太学妻,恒虐其妾,怒辄褫①下衣鞭之,殆无虚日。里有老媪,能入冥,所谓走无常②者是也。规其妻曰:“娘子与是妾有夙冤,然应偿二百鞭耳。今妒心炽盛,鞭之殆过十余倍,又负彼债矣。且良妇受刑,虽官法不褫衣。娘子必使裸露以示辱,事太快意,则干鬼神之忌。娘子与我厚,窃见冥籍,不敢不相闻。”妻哂曰:“死媪谩语,欲我禳解取钱耶!”会经略莫洛遘王辅臣之变③,乱党蜂起。李殁于兵,妾为副将韩公所得。喜其明慧,宠专房。韩公无正室,家政遂操于妾。妻为贼所掠。贼破被俘,分赏将士,恰归韩公。妾蓄以为婢,使跪于堂而语之曰:“尔能受我指挥,每日晨起,先跪妆台前,自褫下衣,伏地受五鞭,然后供役,则贷尔命。否则尔为贼党妻,杀之无禁,当寸寸脔④尔,饲犬豕。”妻惮死失志,叩首愿遵教。然妾不欲其遽死,鞭不甚毒,俾知痛楚而已。年余,乃以他疾死。计其鞭数,适相当。此妇真顽钝无耻哉!亦鬼神所忌,阴夺其魄也。此事韩公不自讳,且举以明果报。故人知其详。韩公又言:此犹显易其位也。明季尝游襄、邓间,与术士张鸳湖同舍。鸳湖稔知居停主人⑤妻虐妾太甚,积不平,私语曰:“道家有借形法。凡修炼未成,气血已衰,不能还丹⑥者,则借一壮盛之躯,乘其睡,与之互易。吾尝受此法,姑试之。”次日,其家忽闻妻在妾房语,妾在妻房语。比出户,则作妻语者妾,作妾语者妻也。妾得妻身,但默坐。妻得妾身,殊不甘,纷纭争执,亲族不能判。鸣之官。官怒为妖妄,笞其夫,逐出。皆无可如何。然据形而论,妻实是妾,不在其位,威不能行,竟分宅各居而终。此事尤奇也。

---

① 褫(chǐ)——脱去,解下。

② 走无常——迷信谓阴间地狱遇事多,吏不足,则勾摄生人顶替办事;事毕即放还,称为走无常。

③ 王辅臣之变——康熙十二年(公元1673),提督王辅臣起兵响应吴三桂叛变。

④ 脔(luán)——碎割。

⑤ 居停主人——寄居之处的主人。

⑥ 还丹——道士炼丹之术。以九转丹再炼,化为还丹,认为吞服后能够白日升天。

相传有塾师，夏夜月明，率门人纳凉河间献王祠外田塍上。因共讲《三百篇》①拟题，音琅琅如钟鼓。又令小儿诵《孝经》，诵已复讲。忽举首见祠门双古柏下，隐隐有人。试近之，形状颇异，知为神鬼。然私念此献王祠前，决无妖魅。前问姓名。曰毛苌、贯长卿、颜芝②，因谒王至此。塾师大喜，再拜请授经义。毛、贯并曰："君所讲适已闻，都非我辈所解，无从奉答。"塾师又拜曰："《诗》义深微，难授下愚。请颜先生一讲《孝经》可乎？"颜回面向内曰："君小儿所诵，漏落颠倒，全非我所传本。我亦无可著语处。"俄闻传王教曰："门外似有人醉语，聒耳已久，可驱之去。"余谓此与爰堂先生所言学究遇冥吏事，皆博雅之士，造戏语以诟俗儒也。然亦空穴来风，桐乳来巢乎③。

先姚安公性严峻，门无杂宾。一日，与一褴褛人对语，呼余兄弟与为礼，曰："此宋曼珠曾孙，不相闻久矣，今乃见之。明季兵乱，汝曾祖年十一，流离戈马间，赖宋曼珠得存也。"乃为委曲谋生计。因戒余兄弟曰："义所当报，不必谈因果。然因果实亦不爽。昔某公受人再生恩，富贵后，视其子孙零替，漠如陌路。后病困，方服药，恍惚见其人手授二札，皆未封。视之，则当年乞救书也。覆杯于地曰：'吾死晚矣！'是夕卒。"

宋按察蒙泉言：某公在明为谏官，尝扶乩④问寿数。仙判某年某月某日当死。计期不远，恒悒悒。届期乃无恙。后入本朝，至九列。适同僚家扶乩，前仙又降。某公叩以所判无验。又判曰："君不死，我奈何？"某公俯仰沉思，忽命驾去。盖所判正甲申三月十九日也⑤。

---

① 《三百篇》——指《诗经》。

② 毛苌、贯长卿、颜芝——俱为西汉时经学家。

③ 空穴来风，桐乳来巢——语出《庄子》："空门来风，桐乳致巢。"有了孔洞才招进风来，有了桐乳鸟鹊才来做巢。比喻事物自身存在着令人可乘之机。

④ 扶乩——旧时一种占卜方法。假借鬼神名义，两人合作以箕插笔，在沙盘上划字或画图。

⑤ 甲申三月十九日——明甲申三月十九日，李自成攻下北京，崇祯帝自缢。

沈椒园先生为鳌峰书院山长①时，见示高邑赵忠毅公②旧砚，额有“东方未明之砚”六字。背有铭曰：“残月荧荧，太白睒睒，鸡三号，更五点，此时拜疏击大奄。事成策汝功，不成同汝贬。”盖劾魏忠贤时，用此砚草疏也。末有小字一行，题“门人王铎③书”。此行遗未镌，而黑痕深入石骨。乾则不见，取水濯之，则五字炳然。相传初令铎书此铭，未及镌而难作。后在戍所，乃镌之，语工勿镌此一行。然阅一百余年，涤之不去，其事颇奇。或曰：忠毅嫉恶严，渔洋山人④笔记称铎人品日下，书品亦日下，然则忠毅先有所见矣。削其名，摈之也；涤之不去，欲著其尝为忠毅所摈也。天地鬼神，恒于一事偶露其巧，使人知警。是或然欤！

乾隆庚午，官库失玉器，勘诸苑户。苑户常明对簿时，忽作童子声曰：“玉器非所窃，人则真所杀。我即所杀之魂也。”问官大骇，移送刑部。姚安公时为江苏司郎中，与余公文仪等同鞫⑤之。魂曰：“我名二格，年十四，家在海淀。父曰李星望。前岁上元，常明引我观灯归。夜深人寂，常明戏调我。我力拒，且言归当诉诸父。常明遂以衣带勒我死，埋河岸下。父疑常明匿我，控诸巡城。送刑部，以事无左证，议别缉真凶。我魂恒随常明行，但相去四五尺，即觉炽如烈焰，不得近。后热稍减，渐近至二三尺。又渐近至尺许。昨乃都不觉热，始得附之。”又言初讯时，魂亦随至刑部，指其门乃广西司。按所言月日，果检得旧案。问其尸，云在河岸第几柳树旁。掘之亦得，尚未坏。呼其父使辨识，长恸曰：“吾儿也！”以事虽幻杳，而证验皆真。且讯问时，呼常明名，则忽似梦醒，作常明语；呼二格名，则忽似昏醉，作二格语。互辩数四，始款伏。又父子絮语家事，一一分明。狱无可疑，乃以实状上闻。论如律。命下之日，魂喜甚。本卖糕为

---

① 山长——古代山中学舍称书院，其主持书院教学、日常事务者称山长。

② 赵忠毅公——明代赵南星，熹宗时为吏部尚书，为魏忠贤所贬，死后谥“忠毅”。

③ 王铎——明天启朝时为翰林；降清后官至尚书。工书画。

④ 渔洋山人——清王士祯，渔洋山人为其自号。

⑤ 鞫(jū)——审讯犯人。

活，忽高唱“卖糕”一声。父泣曰：“久不闻此，宛然生时声也。”问：“儿当何往？”曰：“吾亦不知，且去耳。”自是再问常明，不复作二格语矣。

南皮张副使受长，官河南开归道时，夜阅一谳①牍，沉吟自语曰：“自刭死者，刀痕当入重而出轻。今入轻出重，何也？”忽闻背后叹息曰：“公尚解事。”回顾无一人。喟然曰：“甚哉，治狱之可畏也！此幸不误，安保他日之不误耶？”遂移疾而归。

先叔母高宜人之父，讳荣祉，官山西陵川令。有一旧玉马，质理不甚白洁，而血浸斑斑。斫紫檀为座承之，恒置几上。其前足本为双跪欲起之形，一日，左足忽伸出于座外。高公大骇，阖署传视，曰：“此物程朱不能格也。”一馆宾曰：“凡物岁久则为妖。得人精气多，亦能为妖。此理易明，无足怪也。”众议碎之，犹豫未决。次日，仍屈还故形。高公曰：“是真有知矣。”投炽炉中，似微有呦呦声。后无他异。然高氏自此渐式微②。高宜人云，此马煅三日，裂为二段，尚及见其半身。又武清王庆蟠曹氏厅柱，忽生牡丹二朵，一紫一碧，瓣中脉络如金丝，花叶葳蕤③，越七八日乃萎落。其根从柱而出，纹理相连；近柱二寸许，尚是枯木，以上乃渐青。先太夫人，曹氏甥也，小时亲见之，咸曰瑞也。外祖雪峰先生曰：“物之反常者为妖，何瑞之有！”后曹氏亦式微。

先外祖母言：曹化淳④死，其家以前明玉带殉。越数年，墓前恒见一白蛇。后墓为水啮，棺坏朽。改葬之日，他珍物具在，视玉带则亡矣。蛇

① 谳（yàn）——审判定罪。

② 式微——《诗经·式微》：“式微，式微，胡不归。”式微，天将黑的意思，后泛指事物由盛而衰。

③ 葳蕤（wēi ruí）——草木茂盛的样子。

④ 曹化淳——原为明末宦官，李自成攻北京，他开门迎纳，后来投降清兵。

身节节有纹,尚似带形。岂其悍鸷之魄,托玉而化欤?

外祖张雪峰先生,性高洁,书室中几砚精严,图史整肃,恒鐍①其户,必亲至乃开。院中花木翳如,莓苔绿缛。僮婢非奉使令,亦不敢轻蹈一步。舅氏健亭公,年十一二时,乘外祖他出,私往院中树下纳凉。闻室内似有人行,疑外祖已先归,屏息从窗隙窥之。见竹椅上坐一女子,靓妆如画。椅对面一大方镜,高可五尺,镜中之影,乃是一狐。惧弗敢动,窃窥所为。女子忽自见其影,急起绕镜,四围呵之,镜昏如雾。良久归座,镜上呵迹亦渐消。再视其影,则亦一好女子矣。恐为所见,蹑足而归。后私语先姚安公。姚安公尝为诸孙讲《大学·修身》章,举是事曰:"明镜空空,故物无遁影。然一为妖气所翳,尚失真形。况私情偏倚,先有所障者乎!"又曰:"非唯私情为障,即公心亦为障。正人君子,为小人乘其机而反激之,其固执决裂,有转致颠倒是非者。昔包孝肃②之吏,阳为弄权之状,而应杖之囚,反不予杖。是亦妖气之翳镜也。故正心诚意,必先格物致知③。"

有卖花老妇言:京师一宅近空圃,圃故多狐。有丽妇夜逾短垣,与邻家少年狎。惧事泄,初诡托姓名。欢昵渐洽,度不相弃,乃自冒为圃中狐女。少年悦其色,亦不疑拒。久之,忽妇家屋上掷瓦骂曰:"我居圃中久,小儿女戏抛砖石,惊动邻里,或有之,实无冶荡蛊惑事。汝奈何污我?"事乃泄。异哉,狐媚恒托于人,此妇乃托于狐。人善媚者比之狐,此狐乃贞于人。

---

① 鐍(jué)——箱子上安锁的环状物。此处作锁上。
② 包孝肃——即宋代包拯,世称包公。
③ 格物致知——中国古代哲学术语。《礼记·大学》:"致知在格物,物格而后知至。"意思是推究事物的原理,才能获得知识。

有游士以书画自给，在京师纳一妾，甚爱之。或遇宴会，必袖果饵以贻。妾亦甚相得。无何病革①，语妾曰："吾无家，汝无归；吾无亲属，汝无依。吾以笔墨为活，吾死，汝琵琶别抱，势也，亦理也。吾无遗债累汝，汝亦无父母兄弟掣肘。得行己志，可勿受锱铢聘金；但与约，岁时许汝祭我墓，则吾无恨矣。"妾泣受教。纳之者亦如约，又甚爱之。然妾恒郁郁忆旧恩，夜必梦故夫同枕席，睡中或妮妮呓语。夫觉之，密延术士镇以符箓。梦语止，而病渐作，驯至绵惙②。临殁，以额叩枕曰："故人情重，实不能忘，君所深知，妾亦不讳。昨夜又见梦曰：'久被驱遣，今得再来。汝病如是，何不同归？'已诺之矣。能邀格外之惠，还妾尸于彼墓，当生生世世，结草衔环③。不情之请，唯君图之。"语讫奄然。夫亦豪士，慨然曰："魂已往矣，留此遗蜕何为？杨越公能合乐昌之镜④，吾不能合之泉下乎！"竟如所请。此雍正甲寅、乙卯间事。余是年十一二，闻人述之，而忘其姓名。余谓再嫁，负故夫也；嫁而有二心，负后夫也。此妇进退无据焉。何子山先生亦曰："忆而死，何如殉而死乎？"何励庵先生则曰："《春秋》责备贤者，未可以士大夫之义律儿女子。哀其遇可也，悯其志可也。"

屠者许方，尝担酒二罂夜行，倦息大树下。月明如昼，远闻呜呜声，一鬼自丛薄中出，形状可怖。乃避入树后，持担以自卫。鬼至罂前，跃舞大喜，遽开饮，尽一罂，尚欲开其第二罂，缄甫半启，已颓然倒矣。许恨甚，且

---

① 病革（jí）——病危。

② 绵惙（chuò）——病危。

③ 结草衔环——结草，《左传·宣公十五年》载，晋大夫魏武子临死时嘱咐他儿子魏颗杀死他的爱妾给他殉葬，魏颗却把她嫁出去。后来魏颗与秦将杜回作战，看见一个老人结草，把杜回绊倒，杜回因此被擒。夜里魏颗梦见这个老人，说他是魏武子爱妾的父亲，特来报魏颗不杀他女儿之恩的。衔环，《续齐谐记》载，汉代杨宝为一黄雀治伤，黄雀夜里衔了四枚白环送给他。后用结草衔环表示生前死后报答恩德。

④ 乐昌之镜——《古今诗话》记载，南朝陈乐昌公主嫁太子舍人徐德言。徐预知陈必亡，把家传宝镜分为两半，与公主各执一半。后陈果亡，德言与公主在兵乱中别离。经过一番周折，两人又破镜重圆。

视之似无他技,突举担击之,如中虚空。因连与痛击,渐纵弛委地,化浓烟一聚。恐其变幻,更捶百余。其烟平铺地面,渐散渐开,痕如淡墨,如轻谷;渐愈散愈薄,以至于无。盖已澌灭矣。余谓鬼,人之余气也。气以渐而消,故《左传》称新鬼大,故鬼小。世有见鬼者,而不闻见羲、轩①以上鬼,消已尽也。酒,散气者也。故医家行血发汗、开郁驱寒之药,皆治以酒。此鬼以仅存之气,而散以满罂之酒,盛阳鼓荡,蒸铄微阴,其消尽也固宜。是澌灭于醉,非澌灭于捶也。闻是事时,有戒酒者曰:“鬼善幻,以酒之故,至卧而受捶。鬼本人所畏,以酒之故,反为人所困。沉湎者念哉!”有耽酒者曰;“鬼虽无形而有知,犹未免乎喜怒哀乐之心。今冥然醉卧,消归乌有,反其真矣。酒中之趣,莫深于是。佛氏以涅盘②为极乐,营营者恶乎知之!”庄子所谓“此亦一是非,彼亦一是非”欤?

献县田家牛产麟,骇而击杀。知县刘征廉收葬之,刊碑曰“见麟郊”。刘固良吏,此举何陋也!麟本仁兽,实非牛种。犊之麟而角,雷雨时蛟龙所感耳。

董文恪公未第时,馆于空宅,云常见怪异。公不信,夜篝灯以待。三更后,阴风飒然,庭户自启,有似人非人数辈,杂遝拥入。见公大骇曰:“此屋有鬼!”皆狼狈奔出。公持梃③逐之。又相呼曰:“鬼追至,可急走。”争逾墙去。公恒言及,自笑曰:“不识何以呼我为鬼?”故城贾汉恒,时从公受经,因举“《太平广记》载夜叉欲啖哥舒翰④妾尸,翰方眠侧,夜叉相语曰:‘贵人在此,奈何?’翰自念呼我为贵人,击之当无害,遂起击

① 羲、轩——羲,伏羲,传说中上古“三皇”之一。轩,轩辕,即黄帝,因居于轩辕之丘,故名。

② 涅盘——也作“涅槃”。佛家称脱离一切烦恼,进入自由的境界。后僧人死,也称涅盘。

③ 梃(tǐng)——棍棒。

④ 哥舒翰——唐代将领,世居安西,因战功封西平郡王,后投降安禄山,被杀。

之。夜叉逃散。鬼贵音近,或鬼呼先生为贵人,先生听未审也。"公笑曰:"其然。"

庚午秋,买得《埤雅》①一部,中折叠绿笺一片,上有诗曰:"愁烟低幂朱扉双,酸风微戛玉女窗。青磷隐隐出古壁,土花蚀断黄金釭②。""草根露下阴虫急,夜深悄映芙蓉立。湿萤一点过空塘,幽光照见残红泣。"末题"靓云仙子降坛诗,张凝敬录。"盖扶乩者所书。余谓此鬼诗,非仙诗也。

沧州张铉耳先生,梦中作一绝句曰:"江上秋潮拍岸生,孤舟夜泊近三更。朱楼十二垂杨遍,何处吹箫伴月明?"自跋云:"梦如非想,如何成诗?梦如是想,平生未到江南,何以落想至此?莫明其故,姑录存之。桐城姚别峰,初不相识。新自江南来,晤于李锐巅家。所刻近作,乃有此诗。问其年月,则在余梦后岁余。开箧出旧稿示之,共相骇异。世间真有不可解事。宋儒事事言理,此理从何处推求耶?"又海阳李漱六,名承芳,余丁卯同年③也。余厅事挂渊明采菊图,是蓝田叔画。董曲江曰:"一何神似李漱六!"余审视信然。后漱六公车入都,乞此画去,云平生所作小照,都不及此。此事亦不可解。

景城西偏,有数荒冢,将平矣。小时过之,老仆施祥指曰:"是即周某子孙,以一善延三世者也。"盖前明崇祯末,河南、山东大旱蝗,草根木皮皆尽,乃以人为粮,官吏弗能禁。妇女幼孩,反接鬻于市,谓之菜人。屠者买去,如刲④羊豕。周氏之祖,自东昌商贩归,至肆午餐。屠者曰:"肉尽,

---

① 《埤雅》——宋代陆佃撰的一部解释鱼、兽、鸟、虫、马、木、草、天类的书。
② 釭(gōng)——古代室壁吊上的环状金属物。
③ 同年——明清之时称考试同榜登科者。
④ 刲(kuī)——割。

请少待。”俄见曳二女子入厨下,呼曰:“客待久,可先取一蹄来。”急出止之,闻长号一声,则一女已生断右臂,宛转地上。一女战栗无人色。见周,并哀呼:一求速死,一求救。周恻然心动,并出资赎之。一无生理,急刺其心死。一携归,因无子,纳为妾。竟生一男,右臂有红丝,自腋下绕肩胛,宛然断臂女也。后传三世乃绝。皆言周本无子,此三世乃一善所延云。

青县农家少妇,性轻佻,随其夫操作,形影不离。恒相对嬉笑,不避忌人,或夏夜并宿瓜圃中。皆薄其冶荡。然对他人,则面如寒铁。或私挑之,必峻拒。后遇劫盗,身受七刃,犹诟詈,卒不污而死。又皆惊其贞烈。老儒刘君琢曰:“此所谓质美而未学也。唯笃于夫妇,故矢死不二。唯不知礼法,故情欲之感,介于仪容;燕昵之私,形于动静。”辛彤甫先生曰:“程子①有言,凡避嫌者,皆中不足。此妇中无他肠,故坦然径行不自疑。此其所以能守死也。彼好立崖岸者,吾见之矣。”先姚安公曰:“刘君正论,辛君有激之言也。”后其夫夜守豆田,独宿团焦②中。忽见妇来,燕婉如平日,曰:“冥官以我贞烈,判来生中乙榜,官县令。我念君,不欲往,乞辞官禄为游魂,长得随君。冥官哀我,许之矣。”夫为感泣,誓不他偶。自是昼隐夜来,几二十载。儿童或亦窥见之。此康熙末年事。姚安公能举其姓名居址,今忘矣。

献县老儒韩生,性刚正,动必遵礼,一乡推祭酒③。一日,得寒疾。恍惚间,一鬼立前曰:“城隍神唤。”韩念数尽当死,拒亦无益,乃随去。至一官署,神检籍曰:“以姓同误矣。”杖其鬼二十,使送还。韩意不平,上请曰:“人命至重,神奈何遣愦愦④之鬼,致有误拘?倘不检出,不竟枉死耶?聪明正直之谓何!”神笑曰:“谓汝倔强,今果然。夫天行不能无岁差,况

① 程子——指宋代理学家程颢、程颐。
② 团焦——圆形草屋。
③ 祭酒——官名,为国子监主管官员。
④ 愦愦(kuì)——昏乱、糊涂的样了。

鬼神乎！误而即觉，是谓聪明；觉而不回护，是谓正直。汝何足以知之。念汝言行无玷，姑贷汝，后勿如是躁妄也。”霍然而苏。韩章美云。

先祖有小奴，名大月，年十三四。尝随村人罩鱼河中，得一大鱼，长几二尺。方手举以示众，鱼忽拨刺掉尾，击中左颊，仆水中。众怪其不起，试扶之，则血缕浮出。有破碗在泥中，锋铦如刃，刺其太阳穴死矣。先是其母梦是奴为人执缚俎上，屠割如羊豕，似尚有余恨。醒而恶之，恒戒以毋与人斗。不虞乃为鱼所击。佛氏所谓夙生中负彼命耶！

刘少宗伯青垣言：有中表涉元稹会真[①]之嫌者，女有孕，为母所觉。饰言夜恒有巨人来，压体甚重，而色黝黑。母曰：“是必土偶为妖也。”授以彩丝，于来时阴系其足。女窃付所欢，系关帝祠周将军足上。母物色得之，挞其足几断。后复密会，忽见周将军击其腰，男女并僵卧不能起。皆曰污蔑神明之报也。夫专其利而移祸于人，其术巧矣。巧者，造物之所忌。机械万端，反而自及，天道也。神恶其崄巇[②]，非恶其污蔑也。

扬州罗两峰[③]，目能视鬼。曰：“凡有人处皆有鬼。其横亡厉鬼，多年沉滞者，率在幽房空宅中，是不可近，近则为害。其憧憧往来之鬼，午前阳盛，多在墙阴；午后阴盛，则四散游行，可以穿壁而过，不由门户；遇人则避路，畏阳气也。是随处有之，不为害。”又曰：“鬼所聚集，恒在人烟密簇处，僻地旷野，所见殊稀。喜围绕厨灶，似欲近食气。又喜入溷[④]厕，则莫明其故，或取人迹罕到耶。”所画有《鬼趣图》，颇疑其以意造作。中有一

① 元稹会真——唐元稹作传奇《会真记》，写张生与崔莺莺恋爱故事，为《西厢记》题材最早的来源。

② 崄巇(xiǎn xī)——阴险的样子。

③ 罗两峰——清代著名画家，擅于画鬼。

④ 溷(hùn)——厕所。

鬼,首大于身几十倍,尤似幻妄。然闻先姚安公言:瑶泾陈公,尝夏夜挂窗卧,窗广一丈。忽一巨面窥窗,阔与窗等,不知其身在何处。急掣剑刺其左目,应手而没。对屋一老仆亦见之,云从窗下地中涌出。掘地丈余,无所睹而止。是果有此种鬼矣。茫茫昧昧,吾乌乎质之!

奴子刘四,壬辰夏乞假归省。自御牛车载其妇。距家三四十里,夜将半,牛忽不行。妇车中惊呼曰:“有一鬼,首大如瓮,在牛前。”刘四谛视,则一短黑妇人,首戴一破鸡笼,舞且呼曰:“来来。”惧而回车,则又跃在牛前呼“来来”。如是四面旋绕,遂至鸡鸣。忽立而笑曰:“夜凉无事,借汝夫妇消闲耳。偶相戏,我去后慎勿詈我,詈则我复来。鸡笼是前村某家物,附汝还之。”语讫,以鸡笼掷车上去。天曙抵家,夫妇并昏昏如醉。妇不久病死,刘四亦流落无人状。鬼盖乘其衰气也。

景城有刘武周①墓,《献县志》亦载。按武周山后马邑人,墓不应在是,疑为隋刘炫墓。炫,景城人,《一统志》载其墓在献县东八十里。景城距城八十七里,约略当是也。旧有狐居之,时或戏嬲②醉人。里有陈双,酒徒也,闻之愤曰:“妖兽敢尔!”诣墓所,且数且詈。时耘者满野,皆见其父怒坐墓侧,双跳踉叫号。竞前呵曰:“尔何醉至此,乃詈尔父!”双凝视,果父也,大怖叩首。父径趋归。双随而哀乞,追及于村外。方伏地陈说,忽妇媪环绕,哗笑曰:“陈双何故跪拜其妻?”双仰视,又果妻也,愕而痴立。妻亦径趋归。双惘惘至家,则父与妻实未尝出。方知皆狐幻化戏之也,惭不出户者数日。闻者无不绝倒。余谓双不詈狐,何至遭狐之戏,双有自取之道焉。狐不嬲人,何至遭双之詈,狐亦有自取之道焉。颠倒纠缠,皆缘一念之妄起。故佛言一切众生,慎勿造因。

---

① 刘武周——隋末河间景城人,起兵反隋,自称皇帝,年号天兴。

② 嬲(niǎo)——戏弄,纠缠。

方桂,乌鲁木齐流人子也。言尝牧马山中,一马忽逸去。蹑踪往觅,隔岭闻嘶声甚厉。寻声至一幽谷,见数物,似人似兽,周身鳞皴斑驳如古松,发蓬蓬如羽葆①,目睛突出,色纯白,如嵌二鸡卵,共按马生啮其肉。牧人多携铳自防,桂故顽劣,因升树放铳。物悉入深林去,马已半躯被啖矣。后不再见,迄不知为何物也。

芮庶子②铁崖宅中一楼,有狐居其上,恒颋③之。狐或夜于厨下治馔,斋中宴客,家人习见亦不讶。凡盗贼火烛,皆能代主人呵护,相安已久。后鬻宅于李学士廉衣。廉衣素不信妖妄,自往启视,则楼上三楹,洁无纤尘,中央一片如席大,藉以木板,整齐如几榻,余无所睹。时方修筑,因并毁其楼,使无可据,亦无他异。迨甫落成,突烈焰四起,顷刻无寸椽。而邻屋苫草无一茎被爇④。皆曰狐所为也。刘少宗伯青垣曰:"此宅自当是日焚耳,如数不当焚,狐安敢纵火?"余谓妖魅能一一守科律,则天无雷霆之诛矣。王法禁杀人,不敢杀者多,杀人抵罪者亦时有。是固未可知也。

王少司寇兰泉言:梦午塘提学江南时,署后有高阜,恒夜见光怪。云有一雉一蛇居其上,皆岁久,能为魅。午塘少年盛气,集锸畚平之。众犹豫不举手,午塘方怒督。忽风飘片席蒙其首,急撤去;又一片蒙之,皆署中凉篷上物也。午塘觉其异,乃辍役。今尚岿然存。

老仆魏哲闻其父言:顺治初,有某生者,距余家八九十里,忘其姓名,与妻先后卒。越三四年,其妾亦卒。适其家佣工人,夜行避雨,宿东岳祠

---

① 羽葆——古时仪仗名,以鸟羽做成罗盖状。
② 庶子——官名,为太子侍讲属官。
③ 颋(tǐng)——直,正直。
④ 爇(ruò)——点燃、焚烧。

廊下。若梦非梦,见某生荷校[1]立庭前,妻妾随焉。有神衣冠类城隍,磬折对岳神语曰:“某生污二人,有罪;活二命,亦有功,合相抵。”岳神稽[2]然曰:“二人畏死忍耻,尚可贷。某生活二人,正为欲污二人。但宜科罪,何云功罪相抵也?”挥之出。某生及妻妾亦随出。悸不敢语。天曙归告家人,皆莫能解。有旧仆泣曰;“异哉,竟以此事被录乎!此事唯吾父子知之。缘受恩深重,誓不敢言。今已隔两朝,始敢追述。两主母皆实非妇人也。前明天启中,魏忠贤杀裕妃,其位下宫女内监,皆密捕送东厂,死甚惨。有二内监,一曰福来,一曰双桂,亡命逃匿。缘与主人曾相识,主人方商于京师,夜投焉。主人引入密室,吾穴隙私窥。主人语二人曰:‘君等声音状貌,在男女之间,与常人稍异,一出必见获。若改女装,则物色不及。然两无夫之妇,寄宿人家,形迹可疑,亦必败。二君身已净,本无异妇人;肯屈意为我妻妾,则万无一失矣。’二人进退无计,沉思良久,并曲从。遂为办女饰,钳其耳,渐可受珥。并市软骨药,阴为缠足。越数月,居然两好妇矣。乃车载还家,诡言在京所娶。二人久在宫禁,并白皙温雅,无一毫男子状。又其事迥出意想外,竟无觉者。但讶其不事女红,为恃宠骄惰耳。二人感主人再生恩,故事定后亦甘心偕老。然实巧言诱胁,非哀其穷,宜司命之见谴也。信乎人可欺,鬼神不可欺哉!”

乾隆己卯,余典山西乡试[3],有二卷皆中式矣。一定四十八名,填草榜时,同考官万泉吕令瀶,误收其卷于衣箱,竟觅不可得。一定五十三名,填草榜时,阴风灭烛者三四,易他卷乃已。揭榜后,拆视弥封[4],失卷者范学敷,灭烛者李腾蛟也。颇疑二生有阴谴。然庚辰乡试,二生皆中式,范仍四十八名。李于辛丑成进士。乃知科名有命,先一年亦不可得,彼营营者何为耶?即求而得之,亦必其命所应有,虽不求亦得也。

---

① 校(jiào)——古代刑具枷械的统称。

② 稽(fú)——不同意的样子。

③ 乡试——科举时代,每三年各省举子集中于省城考试,称乡试。

④ 弥封——科举考试时,为防止作弊,试卷写姓名的地方由弥封官折叠,用纸钉固,糊名弥封,上盖关防。阅卷后,张榜公布取中者姓名时,始拆封。

先姚安公言：雍正庚戌会试[①]，与雄县汤孝廉同号舍[②]。汤夜半忽见披发女鬼，搴帘手裂其卷，如蛱蝶乱飞。汤素刚正，亦不恐怖，坐而问之曰："前生吾不知，今生则实无害人事。汝胡为来者？"鬼愕眙[③]却立曰："君非四十七号耶？"曰："吾四十九号。"盖前有二空舍，鬼除之未数也。谛视良久，作礼谢罪而去。斯须间，四十七号喧呼某甲中恶矣。此鬼殊愦愦，汤君可谓无妄之灾。幸其心无愧怍，故仓促间敢与诘辩，仅裂一卷耳。否亦殆哉。

顾员外德懋，自言为东岳冥官。余弗深信也。然其言则有理。曩[④]在裘文达公家，尝谓余曰："冥司重贞妇，而亦有差等：或以儿女之爱，或以田宅之丰，有所系恋而弗去者，下也；不免情欲之萌，而能以礼义自克者，次也；心如枯井，波澜不生，富贵亦不睹，饥寒亦不知，利害亦不计者，斯为上矣。如是者千百不得一，得一则鬼神为起敬。一日，喧传节妇至，冥王改容，冥官皆振衣伫迓。见一老妇儽[⑤]然来，其行步步渐高，如蹑阶级。比到，则竟从殿脊上过，莫知所适。冥王怃然曰：'此已升天，不在吾鬼箓中矣。'"又曰："贤臣亦三等：畏法度者为下；爱名节者为次；乃心王室，但知国计民生，不知祸福毁誉者为上。"又曰："冥司恶躁竞，谓种种恶业，从此而生。故多困踬之，使得不偿失。人心愈巧，则鬼神之机亦愈巧。然不甚重隐逸，谓天地生才，原期于世事有补。人人为巢、许[⑥]，则至今洪水横流，并挂瓢饮犊[⑦]之地，亦不可得矣。"又曰："阴律如《春秋》责备贤者，而与人为善。君子偏执害事，亦录以为过。小人有一事利人，亦必予

① 会试——明清时代，经过乡试中举者，次年集中于京城考试，称会试。
② 号舍——科举考场中考生的席舍，也称号房。
③ 眙(chì)——吃惊地看着。
④ 曩(nǎng)——以往，从前。
⑤ 儽(lěi)——颓丧的样子。
⑥ 巢、许——巢父和许由，相传为尧时的隐士。
⑦ 挂瓢饮犊——挂瓢，《太平御览·琴操》载，许由以手捧水，人送他一瓢，许由后又把它扔了。后世遂以挂瓢为隐居的典故。饮犊，晋皇甫谧《高士传·许由》载，巢父牵犊于上流饮水之事，后以饮犊喻洁身远引、不求仕进。

以小善报。世人未明此义,故多疑因果或爽耳。"

内阁学士永公,讳宁,婴疾①,颇委顿。延医诊视,未遽愈。改延一医,索前医所用药帖,弗得。公以为小婢误置他处,责使搜索,云不得且笞汝。方倚枕憩息,恍惚有人跪灯下曰:"公勿笞婢。此药帖小人所藏。小人即公为臬司时平反得生之囚也。"问:"藏药帖何意?"曰:"医家同类皆相忌,务改前医之方,以见所长。公所服药不误,特初试一剂,力尚未至耳。使后医见方,必相反以立异,则公殆矣。所以小人阴窃之。"公方昏闷,亦未思及其为鬼。稍顷始悟,悚然汗下。乃称前方已失,不复记忆,请后医别疏方。视所用药,则仍前医方也。因连进数剂,病霍然如失。公镇乌鲁木齐日,亲为余言之,曰:"此鬼可谓谙悉世情矣。"

族叔楘庵言:肃宁有塾师,讲程朱之学。一日,有游僧乞食于塾外,木鱼琅琅,自辰逮午不肯息。塾师厌之,自出叱使去,且曰:"尔本异端,愚民或受尔惑耳。此地皆圣贤之徒,尔何必作妄想?"僧作礼曰:"佛之流而募衣食,犹儒之流而求富贵也,同一失其本来,先生何必定相苦?"塾师怒,自击以夏楚②。僧振衣起曰:"太恶作剧。"遗布囊于地而去。意必复来,暮竟不至。扪之,所贮皆散钱。诸弟子欲探取。塾师曰:"俟其久而不来,再为计。然须数明,庶不争。"甫启囊,则群蜂坌③涌,螫师弟面目尽肿。号呼扑救,邻里咸惊问。僧忽排闼④入曰:"圣贤乃谋匿人财耶?"提囊径行,临出,合掌向塾师曰:"异端偶触忤圣贤,幸见恕。"观者粲然。或曰:"幻术也。"或曰:"塾师好辟佛,见僧辄诋。僧故置蜂于囊以戏之。"楘庵曰:"此事余目击,如先置多蜂于囊,必有蠕动之状见于囊外,尔时殊未睹也。云幻术者为差近。"

---

① 婴疾——患病。

② 夏楚——古时教学的体罚工具。

③ 坌(bèn)——聚集。

④ 闼(tà)——门。

朱青雷言：有避仇窜匿深山者，时月白风清，见一鬼徙倚白杨下，伏不敢起。鬼忽见之，曰："君何不出？"栗而答曰："吾畏君。"鬼曰："至可畏者莫若人，鬼何畏焉？使君颠沛至此者，人耶鬼耶？"一笑而隐。余谓此青雷有激之寓言也。

都察院库中有巨蟒，时或夜出。余官总宪时，凡两见。其蟠迹著尘处，约广二寸余，计其身当横径五寸。壁无罅①，门亦无罅，窗棂阔不及二寸，不识何以出入。大抵物久则能化形，狐魅能由窗隙往来，其本形亦非窗隙所容也。堂吏云，其出应休咎。殊无验，神其说耳。

幽明异路，人所能治者，鬼神不必更治之，示不渎也。幽明一理，人所不及治者，鬼神或亦代治之，示不测也。戈太仆仙舟言：有奴子尝醉寝城隍神案上，神拘去笞二十，两股青痕斑斑。太仆目见之。

杜生村，距余家十八里。有贪富室之贿，鬻②其养媳为妾者。其媳虽未成婚，然与夫聚已数年，义不再适。度事不可止，乃密约同逃。翁姑觉而追之。二人夜抵余村土神祠，无可栖止，相抱泣。忽祠内语曰："追者且至，可匿神案下。"俄庙祝踉跄醉归，横卧门外。翁姑追至，问踪迹。庙祝呓语应曰："是小男女二人耶？年约若干，衣履若何，向某路去矣。"翁姑急循所指路往。二人因得免，乞食至媳之父母家。父母欲讼官，乃得不鬻。尔时祠中无一人。庙祝曰："吾初不知是事，亦不记作是语。"盖皆土神之灵也。

乾隆庚子，京师杨梅竹斜街火，所毁殆百楹。有破屋岿然独存，四面

---

① 罅(xià)——裂缝。
② 鬻(yù)——卖。

颓垣,齐如界画,乃寡媳守病姑不去也。此所谓“孝弟之至,通于神明”。

于氏,肃宁旧族也。魏忠贤窃柄时,视王侯将相如土苴。顾以生长肃宁,耳濡目染,望于氏如王谢①。为侄求婚,非得于氏女不可。适于氏少子赴乡试,乃置酒强邀至家,面与议。于生念许之则祸在后日,不许则祸在目前,猝不能决。托言父在难自专。忠贤曰;“此易耳。君速作札,我能即致太翁也。”是夕,于翁梦其亡父,督课如平日,命以二题:一为“孔子曰诺”,一为“归洁其身而已矣”。方构思,忽叩门惊醒。得子书,恍然顿悟。因覆书许姻,而附言病颇棘,促子速归。肃宁去京四百余里,比信返,天甫微明,演剧犹未散。于生匆匆束装,途中官吏迎候者已供帐相属。抵家后,父子俱称疾不出。是岁为天启甲子。越三载而忠贤败,竟免于难。事定后,于翁坐小车,遍游郊外,曰:“吾三载杜门,仅博得此日看花饮酒,岌乎危哉!”于生濒行时,忠贤授以小像曰:“先使新妇识我面。”于氏于余家为表戚,余儿时尚见此轴,貌修伟而秀削,面白色隐赤,两颧微露,颊微狭,目光如醉,卧蚕②以上,赭石薄晕如微肿。衣绯红。座旁几上,露列金印九。

杜林镇土神祠道士,梦土神语曰:“此地繁剧,吾失于呵护,致疫鬼误入孝子节妇家,损伤童稚。今镌秩③去矣。新神性严重,汝善事之,恐不似我姑容也。”谓春梦无凭,殊不介意。越数日,醉卧神座旁,得寒疾几殆。

景州戈太守桐园,官朔平时,有幕客夜中睡醒,明月满窗,见一女子在几侧坐。大怖,呼家奴。女子摇手曰:“吾居此久矣,君不见耳。今偶避

① 王谢——六朝时王、谢为大族,常并称。后以之为高门世族的代称。

② 卧蚕——如卧蚕形的眉毛。

③ 镌(juan)秩——撤职。

不及,何惊骇乃尔?”幕客呼益急。女子哂曰:“果欲祸君,奴岂能救?”拂衣遽起,如微风之振窗纸,穿棂而逝。

颍州吴明经跃鸣言:其乡老儒林生,端人也。尝读书神庙中,庙故宏阔,僦居者多。林生性孤峭,率不相闻问。一日,夜半不寐,散步月下。忽一客来叙寒温。林生方寂寞,因邀入室共谈,甚有理致。偶及因果之事,林生曰:“圣贤之为善,皆无所为而为者也。有所为而为,其事虽合天理,其心已纯乎人欲矣。故佛氏福田①之说,君子弗道也。”客曰:“先生之言,粹然儒者之言也。然用以律己则可,用以律人则不可;用以律君子犹可,用以律天下之人则断不可。圣人之立教,欲人为善而已。其不能为者,则诱掖以成之;不肯为者,则驱策以迫之。于是乎刑赏生焉。能因慕赏而为善,圣人但与其善,必不责其为求赏而然也。能因畏刑而为善,圣人亦与其善,必不责其为避刑而然也。苟以刑赏使之循天理,而又责慕赏畏刑之为人欲,是不激劝于刑赏,谓之不善;激劝于刑赏,又谓之不善,人且无所措手足矣。况慕赏避刑,既谓之人欲,而又激劝以刑赏,人且谓圣人实以人欲导民矣,有是理欤?盖天下上智少而凡民多,故圣人之刑赏,为中人以下设教。佛氏之因果,亦为中人以下说法。儒释之宗旨虽殊,至其教人为善,则意归一辙。先生执董子谋利计功之说②,以驳佛氏之因果,将并圣人之刑赏而驳之乎?先生徒见缁流③诱人布施,谓之行善,谓可得福。见愚民持斋烧香,谓之行善,谓可得福。不如是者,谓之不行善,谓必获罪。遂谓佛氏因果,适以惑众。而不知佛氏所谓善恶,与儒无异;所谓善恶之报,亦与儒无异也。”林生意不谓然,尚欲更申己意。俯仰之顷,天已将曙。客起欲去。固挽留之,忽挺然不动,乃庙中一泥塑判官。

---

① 福田——佛教认为积善可得福报,好像播种田地,得到果实。

② 董子谋利计功之说——董子,汉代董仲舒。《汉书·董仲舒传》:“夫仁人者,正其谊不谋其利,明其道不计其功。”意谓对于“仁人”来说,就是要端正所宜不谋其利,要发扬“道”而不计较功用。

③ 缁流——僧尼之流。

族祖雷阳公言:昔有遇冥吏者,问:“命皆前定,然乎?”曰:“然。然特穷通寿夭之数,若唐小说所称预知食料,乃术士射覆①法耳。如人人琐记此等事,虽大地为架,不能庋此簿籍矣。”问:“定数可移乎?”曰:“可。大善则移,大恶则移。”问:“孰定之?孰移之?”曰:“其人自定自移,鬼神无权也。”问:“果报何有验有不验?”曰:“人世善恶论一生,祸福亦论一生。冥司则善恶兼前生,祸福兼后生,故若或爽也。”问:“果报何以不同?”曰:“此皆各因其本命。以人事譬之,同一迁官,尚书迁一级则宰相,典史迁一级,不过主簿耳。同一镌秩,有加级者抵,无加级,则竟镌矣。故事同而报或异也。”问:“何不使人先知?”曰:“势不可也。先知之,则人事息,诸葛武侯为多事,唐六臣②为知命矣。”问:“何以又使人偶知?”曰:“不偶示之,则恃无鬼神而人心肆,暧昧难知之处,将无不为矣。”先姚安公尝述之曰:“此或雷阳所论,托诸冥吏也。然揆之以理,谅亦不过如斯。”

先姚安公有仆,貌谨厚而最有心计。一日,乘主人急需,饰词邀勒,得赢数十金。其妇亦悻悻自好,若不可犯;而阴有外遇,久欲与所欢逃,苦无资斧。既得此金,即盗之同遁。越十余日捕获,夫妇之奸乃并败。余兄弟甚快之。姚安公曰:“此事何巧相牵引,一至于斯!殆有鬼神颠倒其间也。夫鬼神之颠倒,岂徒博人一快哉!凡以示戒云尔。故遇此种事,当生警惕心,不可生欢喜心。甲与乙为友,甲居下口,乙居泊镇,相距三十里。乙妻以事过甲家,甲醉以酒而留之宿。乙心知之,不能言也,反致谢焉。甲妻渡河覆舟,随急流至乙门前,为人所拯。乙识而扶归,亦醉以酒而留之宿。甲心知之,不能言也,亦反致谢焉。其邻媪阴知之,合掌诵佛曰:‘有是哉,吾知惧矣。’其子方佐人诬讼,急自往呼之归。汝曹如此媪可也。”

---

① 射覆——猜测覆盖之物。是古代类似占卜的游戏。

② 唐六臣——指唐哀帝李柷逊位后梁时,派往梁办理逊位事宜的中书令张文蔚、礼部尚书苏循、侍中杨涉、翰林学士张策、御史大夫薛贻矩、尚书左丞赵光逢等六位人臣。

四川毛公振翧，任河间同知时，言其乡人有薄暮山行者，避雨入一废祠，已先有一人坐檐下。谛视，乃其亡叔也，惊骇欲避。其叔急止之曰："因有事告汝，故此相待。不祸汝，汝勿怖也。我殁之后，汝叔母失汝祖母欢，恒非理见棰挞。汝叔母虽顺受不辞，然心怀怨毒，于无人处窃诅詈。吾在阴曹为伍伯[①]，见土神牒报者数矣。凭汝寄语，戒其悛改。如不知悔，恐不免魂堕泥犁也。"语讫而灭。乡人归，告其叔母。虽坚讳无有，然悚然变色，如不自容。知鬼语非诬矣。

毛公又言：有人夜行，遇一人状似里胥，锁縶一囚，坐树下。因并坐暂息。囚啜泣不止，里胥鞭之。此人意不忍，从旁劝止。里胥曰："此桀黠之魁，生平所播弄倾轧者，不啻数百。冥司判七世受豕身，吾押之往生也。君何悯焉！"此人栗然而起。二鬼亦一时灭迹。

---

① 伍伯——衙役。

卷　三

滦阳消夏录(三)

俞提督金鳌言:尝夜行辟展①戈壁中,(戈壁者,碎沙乱石不生水草之地,即瀚海也。)遥见一物,似人非人,其高几一丈,追之甚急。弯弧中其胸,踣而复起。再射之始仆。就视,乃一大蝎虎。竟能人立而行,异哉。

昌吉叛乱②之时,捕获逆党,皆戮于迪化城西树林中,(迪化即乌鲁木齐,今建为州。树林绵亘数十里,俗谓之树窝。)时戊子八月也。后林中有黑气数团,往来倏忽,夜行者遇之辄迷。余谓此凶悖之魄,聚为妖厉,犹蛇虺③虽死,余毒尚染于草木,不足怪也。凡阴邪之气,遇阳刚之气则消。遣数军士于月夜伏铳击之,应手散灭。

乌鲁木齐关帝祠有马,市贾所施以供神者也。尝自啮草山林中,不归皂枥。每至朔望祭神,必昧爽先立祠门外,屹如泥塑。所立之地,不失尺寸。遇月小建④,其来亦不失期。祭毕,仍莫知所往。余谓道士先引至祠外,神其说耳。庚寅二月朔,余到祠稍早,实见其由雪碛缓步而来,弭耳竟立祠门外。雪中绝无人迹,是亦奇矣。

---

① 辟展——地名,今新疆鄯善县。

② 昌吉叛乱——昌吉,新疆县名。叛乱发生于清乾隆三十二年。

③ 虺(huǐ)——古书上所说的一种毒蛇。

④ 小建——指农历的小月。大月称大建。

淮镇在献县东五十五里，即《金史》所谓槐家镇也。有马氏者，家忽见变异，夜中或抛掷瓦石，或鬼声呜呜，或无人处突火出，嬲岁余不止。祷禳亦无验。乃买宅迁居，有赁居者嬲如故，不久亦他徙。以是无人敢再问。有老儒不信其事，以贱价得之。卜日迁居，竟寂然无他，颇谓其德能胜妖。既而有猾盗登门与诟争，始知宅之变异，皆老儒贿盗夜为之，非真魅也。先姚安公曰："魅亦不过变幻耳。老儒之变幻如是，即谓之真魅可矣。"

己卯七月，姚安公在苑家口，遇一僧，合掌作礼曰："相别七十三年矣，相见不一斋乎？"适旅舍所卖皆素食，因与共饭。问其年，解囊出一度牒①，乃前明成化二年所给。问："师传此几代矣？"遽收之囊中，曰："公疑我，我不必再言。"食未毕而去，竟莫测其真伪。尝举以戒昀曰："士大夫好奇，往往为此辈所累。即真仙真佛，吾宁交臂失之。"

余家假山上有小楼，狐居之五十余年矣。人不上，狐亦不下，但时见窗扉无风自启闭耳。楼之北曰绿意轩，老树阴森，是夏日纳凉处。戊辰七月，忽夜中闻琴声棋声。奴子奔告姚安公。公知狐所为，了不介意，但顾奴子曰："固胜于汝辈饮博。"次日，告昀曰："海客无心，则白鸥可狎②。相安已久，唯宜以不闻不见处之。"至今亦绝无他异。

丁亥春，余携家至京师。因虎坊桥旧宅未赎，权住钱香树先生空宅中。云楼上亦有狐居，但扃锁杂物，人不轻上。余戏粘一诗于壁曰："草草移家偶遇君，一楼上下且平分。耽诗自是书生癖，彻夜吟哦莫厌闻。"一日，姬人启锁取物，急呼怪事。余走视之，则地板尘上，满画荷花，茎叶

---

① 度牒——僧尼出家，由官府发给的凭证。

② 海客无心，则白鸥可狎——语出李白《江上吟》："仙人有待乘黄鹤，海客无心随白鸥。"

茗亭，具有笔致。因以纸笔置几上，又粘一诗于壁曰："仙人果是好楼居，文采风流我不如。新得吴笺三十幅，可能一一画芙蕖？"越数日启视，竟不举笔。以告裘文达公，公笑曰："钱香树家狐，固应稍雅。"

河间冯树枏，粗通笔札，落拓京师十余年。每遇机缘，辄无成就；干祈于人，率口惠而实不至。穷愁抑郁，因祈梦于吕仙祠。夜梦一人语之曰："尔无恨人情薄，此因缘尔所自造也。尔过去生中，喜以虚词博长者名：遇有善事，心知必不能举也，必再三怂恿，使人感尔之赞成；遇有恶人，心知必不可贷也，必再三申雪，使人感尔之拯救。虽于人无所损益，然恩皆归尔，怨必归人，机巧已为太甚。且尔所赞成拯救，皆尔身在局外，他人任其利害者也。其事稍稍涉于尔，则退避唯恐不速，坐视其人之焚溺，虽一举手之力，亦惮烦不为。此心尚可问乎？由是思维，人于尔貌合而情疏，外关切而心漠视，宜乎不宜？鬼神之责人，一二行事之失，犹可以善抵。至罪在心术，则为阴律所不容。今生已矣，勉修未来可也。"后果寒饿以终。

史松涛先生，讳茂，华州人，官至太常寺卿，与先姚安公为契友。余十四五时，忆其与先姚安公谈一事曰：某公尝棰杀一干仆。后附一痴婢，与某公辩曰："奴舞弊当死。然主人杀奴，奴实不甘。主人高爵厚禄，不过于奴之受恩乎？卖官鬻爵，积金至巨万，不过于奴之受赂乎？某事某事，颠倒是非，出入生死，不过于奴之窃弄权柄乎？主人可负国，奈何责奴负主人？主人杀奴，奴实不甘。"某公怒而击之仆，犹呜呜不已。后某公亦不令终。因叹曰："吾曹断断不至是。然旅进旅退，坐食奉钱，而每责僮婢不事事，毋乃亦腹诽矣乎！"

東城李某，以贩枣往来于邻县，私诱居停主人少妇归。比至家，其妻先已偕人逃。自诧曰："幸携此妇来，不然，鳏矣。"人计其妻迁贿之期，正当此妇乘垣后日，适相报，尚不悟耶！既而此妇不乐居农家，复随一少年遁，始茫然自失。后其夫踪迹至束城，欲讼李。李以妇已他去，无佐证，坚不承。纠纷间，闻里有扶乩者，众曰："盍质于仙？"仙判一诗曰："鸳鸯梦好两欢娱，记否罗敷①自有夫。今日相逢须一笑，分明依样画壶卢。"其夫默然径返。两邑接壤，有知其事者曰："此妇初亦其夫诱来者也。"

满媪，余弟乳母也，有女曰荔姐，嫁为近村民家妻。一日，闻母病，不及待婿同行，遽狼狈而来。时已入夜，缺月微明。顾见一人追之急，度是强暴，而旷野无可呼救。乃隐身古冢白杨下，纳簪珥怀中，解绦系颈，披发吐舌，瞪目直视以待。其人将近，反招之坐。及逼视，知为缢鬼，惊仆不起。荔姐竟狂奔得免。比入门，举家大骇，徐问得实，且怒且笑，方议向邻里追问。次日，喧传某家少年遇鬼中恶，其鬼今尚随之，已发狂谵语。后医药符箓皆无验，竟颠痫终身。此或由恐怖之余，邪魅乘机而中之，未可知也。或一切幻象，由心而造，未可知也。或明神殛恶，阴夺其魄，亦未可知也。然均可为狂且②戒。

制府唐公执玉，尝勘一杀人案，狱具矣。一夜秉烛独坐，忽微闻泣声，似渐近窗户。命小婢出视，嗷然而仆。公自启帘，则一鬼浴血跪阶下。厉声叱之。稽颡③曰："杀我者某，县官乃误坐某。仇不雪，目不瞑也。"公曰："知之矣。"鬼乃去。翌日，自提讯。众供死者衣履，与所见合。信益坚，竟如鬼言改坐某。问官申辩百端，终以为南山可移，此案不动。其幕友疑有他故，微叩公。始具言始末，亦无如之何。一夕，幕友请见，曰："鬼从何来？"曰："自至阶下。""鬼从何去？"曰："欻然越墙去。"幕友曰："凡鬼有形而无质，去当奄然而隐，不当越墙。"因即越墙处寻视，虽甃瓦不裂，而新雨之后，数重屋上皆隐隐有泥迹，直至外垣而下。指以示公曰：

① 罗敷——古乐府《陌上桑》："秦氏有好女，自言名罗敷。"罗敷非实有其名，古诗中作为美貌而有节操的妇女的通称。

② 狂且——轻狂的人。《诗经·郑风·山有扶苏》："不见子都，乃见狂且。"

③ 颡（sǎng）——额。

“此必囚贿捷盗所为也。”公沉思恍然,仍从原谳[1]。讳其事,亦不复深求。

景城南有破寺,四无居人,唯一僧携二弟子司香火,皆蠢蠢如村佣,见人不能为礼。然谲诈殊甚,阴市松脂炼为末,夜以纸卷燃火撒空中,焰光四射。望见趋问,则师弟键户酣寝,皆曰不知。又阴市戏场佛衣,作菩萨罗汉形,月夜或立屋脊,或隐映寺门树下。望见趋问,亦云无睹。或举所见语之,则合掌曰:“佛在西天,到此破落寺院何为?官司方禁白莲教[2],与公无仇,何必造此语祸我?”人益信为佛示现,檀施日多。然寺日颓敝,不肯葺[3]一瓦一椽,曰:“此方人喜作蜚语,每言此寺多怪异。再一庄严,惑众者益借口矣。”积十余年,渐致富。忽盗瞰其室,师弟并拷死,罄其资去。官检所遗囊箧,得松脂戏衣之类,始悟其奸。此前明崇祯末事。先高祖厚斋公曰:“此僧以不蛊惑为蛊惑,亦至巧矣。然蛊惑所得,适以自戕,虽谓之至拙可也。”

有书生嬖一娈童,相爱如夫妇。童病将殁,凄恋万状,气已绝,犹手把书生腕,擘之乃开。后梦寐见之,灯月下见之,渐至白昼亦见之,相去恒七八尺。问之不语,呼之不前,即之则却退。缘是惘惘成心疾,符箓劾治无验。其父姑令借榻丛林,冀鬼不敢入佛地。至则见如故。一老僧曰:“种种魔障,皆起于心。果此童耶?是心所招;非此童耶?是心所幻。但空尔心,一切俱灭矣。”又一老僧曰:“师对下等人说上等法,渠无定力,心安得空?正如但说病症,不疏药物耳。”因语生曰:“邪念纠结,如草生根,当如物在孔中,出之以楔,楔满孔则物自出。尔当思惟,此童殁后,其身渐至僵冷,渐至洪胀,渐至臭秽,渐至腐溃,渐至尸虫蠕动,渐至脏腑碎裂,血肉狼藉,作种种色。其面目渐至变貌,渐至变色,渐至变相如罗刹,则恐怖之念

---

① 谳(yàn)——议罪。

② 白莲教——以佛教为主要内容的秘密民间宗教组织,起源于宋代的白莲社。清代由于该教号召推翻清朝统治,故遭清政府禁止取缔。

③ 葺(qì)——用茅草覆盖房顶,指修理房屋。

生矣。再思惟此童如在，日长一日，渐至壮伟，无复媚态，渐至鬑鬑[1]有须，渐至修髯如戟，渐至面苍黧，渐至发斑白，渐至两鬓如雪，渐至头童齿豁，渐至伛偻劳嗽，涕泪涎沫，秽不可近，则厌弃之念生矣。再思惟此童先死，故我念彼。倘我先死，彼貌姣好，定有人诱，利饵势胁，彼未必守贞如寡女。一旦引去，荐彼枕席，我在生时对我种种淫语，种种淫态，俱回向是人，恣其娱乐；从前种种昵爱，如浮云散灭，都无余滓，则愤恚之念生矣。再思惟此童如在，或恃宠跋扈，使我不堪，偶相触忤，反面诟谇；或我财不赡，不餍所求，顿生异心，形色索漠；或彼见富贵，弃我他往，与我相遇如陌路人，则怨恨之念生矣。以是诸念起伏生灭于心中，则心无余闲。心无余闲，则一切爱根欲根无处容著，一切魔障不祛自退矣。”生如所教，数日或见或不见，又数日竟灭迹。病起往访，则寺中无是二僧。或曰古佛现化，或曰十方常住[2]，来往如云，萍水偶逢，已飞锡他往云。

先太夫人乳媪廖氏言：沧州马落坡，有妇以卖面为业，得余面以养姑。贫不能畜驴，恒自转磨，夜夜彻四鼓。姑殁后，上墓归，遇二少女于路，迎而笑曰：“同住二十余年，颇相识否？”妇错愕不知所对。二女曰：“嫂勿讶，我姊妹皆狐也。感嫂孝心，每夜助嫂转磨。不意为上帝所嘉，缘是功行，得证正果。今嫂养姑事毕，我姊妹亦登仙去矣。敬来道别，并谢提携也。”言讫，其去如风，转瞬已不见。妇归，再转其磨，则力几不胜，非宿昔之旋运自如矣。

乌鲁木齐，译言好围场也。余在是地时，有笔帖式[3]名乌鲁木齐。计其命名之日，在平定西域前二十余年。自言初生时，父梦其祖语曰：“尔所生子，当名乌鲁木齐。”并指画其字以示。觉而不省为何语；然梦甚了

① 鬑鬑（lián）——须发稀疏的样子。

② 十方常住——东、西、南、北、东南、西南、东北、西北、上、下称十方；道观中的主事者称常住。

③ 笔帖式——官名。清代掌管翻译满汉章奏文籍等事。

了,姑以名之。不意今果至此,意将终此乎?后迁印房主事,果卒于官。计其自从征至卒,始终未尝离是地。事皆前定,岂不信夫。

乌鲁木齐又言:有厮养曰巴拉,从征时,遇贼每力战。后流矢贯左颊,镞出于右耳之后,犹奋刀斫一贼,与之俱仆。后因事至孤穆第,(在乌鲁木齐、特纳格尔之间。)梦巴拉拜谒,衣寇修整,颇不类贱役。梦中忘其已死,问:"向在何处,今将何往?"对曰:"因差遣过此,偶遇主人,一展积恋耳。"问:"何以得官?"曰:"忠孝节义,上帝所重。凡为国捐生者,虽下至仆隶,生前苟无过恶,幽冥必与一职事;原有过恶者,亦消除前罪,向人道转生。奴今为博克达山神部将,秩如骁骑校也。"问:"何往?"曰:"昌吉。"问:"何事?"曰:"赍有文牒,不能知也。"霍然而醒,语音似犹在耳。时戊子六月。至八月十六日而有昌吉变乱之事,鬼盖不敢预泄云。

昌吉筑城时,掘土至五尺余,得红纻丝绣花女鞋一,制作精致,尚未全朽。余乌鲁木齐杂诗曰:"筑城掘土土深深,邪许①相呼万杵音。怪事一声齐注目,半钩新月藓花侵。"咏此事也。入土至五尺余,至近亦须数十年,何以不坏?额鲁特女子不缠足,何以得作弓弯样,仅三寸许?此必有其故,今不得知矣。

郭六,淮镇农家妇,不知其夫氏郭父氏郭也,相传呼为郭六云尔。雍正甲辰、乙巳间,岁大饥。其夫度不得活,出而乞食于四方,濒行,对之稽颡曰:"父母皆老病,吾以累汝矣。"妇故有姿,里少年瞰其乏食,以金钱挑之,皆不应,唯以女工养翁姑。既而必不能赡,则集邻里叩首曰:"我夫以父母托我,今力竭矣,不别作计,当俱死。邻里能助我,则乞助我;不能助我,则我且卖花,毋笑我。"(里语以妇女倚门为卖花。)邻里趑趄②嗫嚅,

---

① 邪许(yé hǔ)——劳动时众人一齐发出的呼声。

② 趑趄(zī jū)——行走困难,不能向前进行。

徐散去。乃恸哭白翁姑,公然与诸荡子游。阴蓄夜合之资,又置一女子,然防闲甚严,不使外人觌①其面。或曰,是将邀重价。亦不辩也。越三载余,其夫归,寒温甫毕,即与见翁姑,曰:"父母并在,今还汝。"又引所置女见其夫曰:"我身已污,不能忍耻再对汝。已为汝别娶一妇,今亦付汝。"夫骇愕未答,则曰:"且为汝办餐。"已往厨下自刭矣。县令来验,目炯炯不瞑。县令判葬于祖茔,而不祔②夫墓,曰:"不祔墓,宜绝于夫也;葬于祖茔,明其未绝于翁姑也。"目仍不瞑。其翁姑哀号曰:"是本贞妇,以我二人故至此也。子不能养父母,反绝代养父母者耶?况身为男子不能养,避而委一少妇,途人知其心矣,是谁之过而绝之耶?此我家事,官不必与闻也。"语讫而目瞑。时邑人议论颇不一。先祖宠予公曰:"节孝并重也,节孝又不能两全也。此一事非圣贤不能断,吾不敢置一词也。"

御史某之伏法也,有问官白昼假寐,恍惚见之,惊问曰:"君之冤耶?"曰:"言官受赂鬻章奏,于法当诛,吾何冤?"曰:"不冤,何为来见我?"曰"有憾于君。"曰:"问官七八人,旧交如我者亦两三人,何独憾我?"曰:"我与君有宿隙,不过进取相轧耳,非不共戴天者也。我对簿时,君虽引嫌不问,而阳阳有德色;我狱成时,君虽虚词慰藉,而隐隐含轻薄。是他人据法置我死,而君以修怨快我死也。患难之际,此最伤人心,吾安得不憾!"问官惶恐愧谢曰:"然则君将报我乎?"曰:"我死于法,安得报君。君居心如是,自非载福之道,亦无庸我报。特意有不平,使君知之耳。"语讫,若睡若醒,开目已失所在,案上残茗尚微温。后所亲见其惘惘如失,阴叩之,乃具道始末,喟然曰:"幸哉我未下石也,其饮恨犹如是。曾子曰:'哀矜勿喜。'不其然乎!"所亲为人述之,亦喟然曰:"一有私心,虽当其罪犹不服,况不当其罪乎!"

程编修鱼门曰:"怨毒之于人甚矣哉!宋小岩将殁,以片札寄其友

---

① 觌(dí)——相见。

② 祔——合葬。

曰:‘白骨可成尘,游魂终不散;黄泉业镜[1]台,待汝来相见。’余亲见之。其友将殁,以手拊床曰:‘宋公且坐。’余亦亲见之。”

相传某公奉使归,驻节馆舍。时庭菊盛开,徘徊花下。见小童隐映疏竹间,年可十四五,端丽温雅如靓妆女子。问知为居停主人子。呼与语,甚慧黠,取一扇赠之。流目送盼,意似相就。某公亦爱其秀颖,与流连软语。适左右皆不在,童即跪引其裾曰:“公如不弃,即不敢欺公:父陷冤狱,得公一语可活。公肯援手,当不惜此身。”方探袖出讼牒,忽暴风冲击,窗扇六扉皆洞开,几为驺从[2]所窥。心知有异,急挥之去,曰:“俟夕徐议。”即草草命驾行。后廉知为土豪杀人,狱急不得解,赂胥吏引某公馆其家,阴市娈童,伪为其子;又赂左右,得至前为秦弱兰之计[3]。不虞冤魄之示变也。裘文达公尝曰:“此公偶尔多事,几为所中。士大夫一言一动,不可不慎。使尔时面如包孝肃,亦何隙可乘。”

明崇祯末,孟村有巨盗肆掠,见一女有色,并其父母絷之。女不受污,则缚其父母加炮烙。父母并呼号惨切,命女从贼。女请纵父母去,乃肯从。贼知其绐[4]己,必先使受污而后释。女遂奋掷批贼颊,与父母俱死,弃尸于野。后贼与官兵格斗,马至尸侧,辟易不肯前,遂陷淖就擒。女亦有灵矣,惜其名氏不可考。论是事者,或谓女子在室,从父母之命者也。父母命之从贼矣,成一己之名,坐视父母之惨酷,女似过忍。或谓命有治乱,从贼不可与许嫁比。父母命为倡,亦为倡乎?女似无罪。先姚安公曰:“此事与郭六正相反,均有理可执,而于心终不敢确信。不食马肝[5],

---

① 业镜——佛教指地狱照映众生善恶事的镜子。

② 驺从——古时官员出行,在车前后的侍从。

③ 秦弱兰之计——五代十国时后周翰林学士出使江南,见女伎秦弱兰,误以为是驿官的女儿,便写了一首词勾引她。事见清吴任臣《十国春秋》。

④ 绐(dài)——欺骗。

⑤ 不食马肝——古人认为马肝有毒,食之身亡。

未为不知味也。”

刘羽冲，佚其名，沧州人。先高祖厚斋公多与唱和。性孤僻，好讲古制，实迂阔不可行。尝倩董天士作画，倩厚斋公题。内《秋林读书》一幅云：“兀坐秋树根，块然无与伍。不知读何书，但见须眉古。只愁手所持，或是井田谱①。”盖规之也。偶得古兵书，伏读经年，自谓可将十万。会有土寇，自练乡兵与之角，全队溃覆，几为所擒。又得古水利书，伏读经年，自谓可使千里成沃壤。绘图列说于州官。州官亦好事，使试于一村。沟洫甫成，水大至，顺渠灌入，人几为鱼。由是抑郁不自得，恒独步庭阶，摇首自语曰：“古人岂欺我哉！”如是日千百遍，唯此六字。不久，发病死。后风清月白之夕，每见其魂在墓前松柏下，摇首独步。侧耳听之，所诵仍此六字也。或笑之，则欻隐。次日伺之，复然。泥古者愚，何愚乃至是欤！阿文勤公尝教昀曰：“满腹皆书能害事，腹中竟无一卷书，亦能害事。国弈不废旧谱，而不执旧谱；国医不泥古方，而不离古方。故曰：‘神而明之，存乎其人。’又曰：‘能与人规矩，不能使人巧。’”

明魏忠贤之恶，史册所未睹也。或言其知事必败，阴蓄一骡，日行七百里，以备逋逃；阴蓄一貌类己者，以备代死。后在阜城尤家店，竟用是私遁去。余谓此无稽之谈也。以天道论之，苟神理不诬，忠贤断无幸免理。以人事论之，忠贤擅政七年，何人不识？使窜伏旧党之家，小人之交，势败则离，有缚献而已矣。使潜匿荒僻之地，则耕牧之中，突来阉宦，异言异貌，骇视惊听，不三日必败。使远遁于封域之外，则严世蕃尝通日本，仇鸾尝交谙达②，忠贤无是也。山海阻深，关津隔绝，去又将何往？昔建文③行遁，后世方且传疑。然建文失德无闻，人心未去，旧臣遗老，犹有故主之思。燕王称戈篡位，屠戮忠良，又天下之所不与。递相容隐，理或有之。

① 井田谱——书名。宋代夏休撰，二十卷。

② 仇鸾尝交谙达——仇鸾，明代人。谙达，也称“俺答”，明鞑靼部落首领。

③ 建文——明惠帝朱允炆年号，此指明惠帝。

忠贤虐焰熏天,毒流四海,人人欲得而甘心。是时距明亡尚十五年,此十五年中,安得深藏不露乎?故私遁之说,余断不谓然。文安王岳芳曰:“乾隆初,县学中忽雷霆击格,旋绕文庙,电光激射,如掣赤练,入殿门复返者十余度。训导王著起曰,是必有异。冒雨入视,见大蜈蚣伏先师神位上。钳出掷阶前。霹雳一声,蜈蚣死而天霁。验其背上,有朱书魏忠贤字。”是说也,余则信之。

乌鲁木齐深山中,牧马者恒见小人高尺许,男女老幼,一一皆备。遇红柳吐花时,辄折柳盘为小圈,著顶上,作队跃舞,音呦呦如度曲。或至行帐窃食,为人所掩,则跪而泣。絷之,则不食而死。纵之,初不敢遽行,行数尺辄回顾。或追叱之,仍跪泣。去人稍远,度不能追,始蓦涧越山去。然其巢穴栖止处,终不可得。此物非木魅,亦非山兽,盖僬侥[①]之属。不知其名,以形似小儿,而喜戴红柳,因呼曰红柳娃。丘县丞天锦,因巡视牧厂,曾得其一,腊以归。细视其须眉毛发,与人无二。知《山海经》所谓竫人[②],凿然有之。有极小必有极大,《列子》所谓龙伯[③]之国,亦必凿然有之。

塞外有雪莲,生崇山积雪中,状如今之洋菊,名以莲耳。其生必双,雄者差大,雌者小。然不并生,亦不同根,相去必一两丈。见其一,再觅其一,无不得者。盖如兔丝茯苓[④],一气所化,气相属也。凡望见此花,默往探之则获。如指以相告,则缩入雪中,杳无痕迹。即劚[⑤]雪求之亦不获。草木有知,理不可解。土人曰,山神惜之。其或然欤?此花生极寒之地,

---

① 僬侥(jiāo yáo)——古代传说中的矮人国。

② 竫人——古代传说中的小人国名。

③ 龙伯——古代神话中巨人国的人。

④ 兔丝茯苓——兔丝与茯苓,俱植物名。《淮南子·说山》:“千年之松,下有茯苓,上有兔丝。”

⑤ 劚(zhǔ)——掘,铲。

而性极热。盖二气有偏胜，无偏绝，积阴外凝，则纯阳内结。坎卦以一阳陷二阴之中，剥复二卦，以一阳居五阴之上下，是其象也。然浸酒为补剂，多血热妄行。或用合媚药，其祸尤烈。盖天地之阴阳均调，万物乃生。人身之阴阳均调，百脉乃和。故《素问》①曰："亢则害，承乃制。"自丹溪②立阳常有余阴常不足之说，医家失其本旨，往往以苦寒伐生气。张介宾③辈矫枉过直，遂偏于补阳，而参蓍桂附，流弊亦至于杀人。是未知易道扶阳，而乾之上九，亦戒以"亢龙有悔"④也。嗜欲日盛，羸弱者多，温补之剂易见小效，坚信者遂众。故余谓偏伐阳者，韩非刑名之学；偏补阳者，商鞅富强之术。初用皆有功，积重不返，其损伤根本，则一也。雪莲之功不补患，亦此理矣。

唐太宗《三藏圣教序》，称风灾鬼难之域，似即今辟展吐鲁番地。其地沙碛中，独行之人往往闻呼姓名，一应则随去不复返。又有风穴在南山，其大如井，风不时从中出。每出，则数十里外先闻波涛声，迟一二刻风乃至。所横径之路，阔不过三四里，可急行而避。避不及，则众车以巨绳连缀为一，尚鼓动颠簸，如大江浪涌之舟。或一车独遇，则人马辎重皆轻若片叶，飘然莫知所往矣。风皆自南而北，越数日自北而南，如呼吸之往返也。余在乌鲁木齐，接辟展移文，云军校雷庭，于某日人马皆风吹过岭北，无有踪迹。又昌吉通判报，某日午刻，有一人自天而下，乃特纳格尔遣犯徐吉，为风吹至。俄特纳格尔县丞报，徐吉是日逃。计其时刻，自巳正至午，已飞腾二百余里。此在彼不为怪，在他处则异闻矣。徐吉云，被吹时如醉如梦，身旋转如车轮，目不能开，耳如万鼓之鸣，口鼻如有物拥蔽，气不得出，努力良久，始能一呼吸耳。按《庄子》称"大块噫气，其名为风。"气无所不之，不应有穴。盖气所偶聚，因成斯异。犹火气偶聚于巴

---

① 《素问》——古代医书。为我国最早的中医理论著作。

② 丹溪——元代名医朱震亨的别号。

③ 张介宾——明代名医。

④ 亢龙有悔——出自《易·乾》。意思说，居高位的人要戒骄，否则就会有败亡的灾难来临。

蜀,遂为火井。水脉偶聚于于阗,遂为河源云。

何励庵先生言:相传明季有书生,独行丛莽间,闻书声琅琅。怪旷野那得有是,寻之,则一老翁坐墟墓间,旁有狐十余,各捧书蹲坐。老翁见而起迎,诸狐皆捧书人立。书生念既解读书,必不为祸,因与揖让席地坐。问:"读书何为?"老翁曰:"吾辈皆修仙者也。凡狐之求仙有二途:其一采精气,拜星斗,渐至通灵变化,然后积修正果,是为由妖而求仙。然或入邪僻,则干天律。其途捷而危。其一先炼形为人,既得为人,然后讲习内丹①,是为由人而求仙。虽吐纳导引②,非旦夕之功,而久久坚持,自然圆满。其途纡而安。顾形不自变,随心而变,故先读圣贤之书,明三纲五常之理,心化则形亦化矣。"书生借视其书,皆《五经》、《论语》、《孝经》、《孟子》之类,但有经文而无注。问:"经不解释,何由讲贯?"老翁曰:"吾辈读书,但求明理。圣贤言语,本不艰深,口相授受,疏通训诂,即可知其义旨,何以注为?"书生怪其持论乖僻,惘惘莫对。姑问其寿。曰:"我都不记。但记我受经之日,世尚未有印板③书。"又问:"阅历数朝,世事有无同异?"曰:"大都不甚相远。唯唐以前,但有儒者。北宋后,每闻某甲是圣贤,为小异耳。"书生莫测,一揖而别。后于途间遇此翁,欲与语,掉头径去。案此殆先生之寓言。先生尝曰:"以讲经求科第,支离敷衍,其词愈美而经愈荒。以讲经立门户,纷纭辩驳,其说愈详而经亦愈荒。"语意若合符节。又尝曰:"凡巧妙之术,中间必有不稳处。如步步踏实,即小有蹉失,终不至折肱伤足。"与所云修仙二途,亦同一意也。

有扶乩者,自江南来。其仙自称卧虎山人,不言休咎,唯与人唱和诗词,亦能作画。画不过兰竹数笔,具体而已。其诗清浅而不俗。尝面见下

---

① 内丹——道家称以自身的精气炼成的丹为内丹。

② 吐纳导引——道家及医学家通过呼吸及屈伸形体等活动进行养生、修炼之术。

③ 印板——木板印刷。

坛一绝云:“爱杀嫣红映水开,小停白鹤一徘徊。花神怪我衣襟绿,才藉莓苔稳睡来。”又咏舟,限车字。咏车,限舟字。曰:“浅水潺潺二尺余,轻舟来往兴何如?回头岸上春泥滑,愁杀疲牛薄笨车。”“小车䡄辘驾乌牛,载酒聊为陌上游。莫羡王孙金勒马,双轮徐转稳如舟。”其余大都类此。问其姓字,则曰:“世外之人,何必留名。必欲相迫,有杜撰应命而已。”甲与乙共学其符,召之亦至,然字多不可辨,扶乩者手不习也。一日,乙焚符,仙竟不降。越数日再召,仍不降。后乃降于甲家,甲叩乙召不降之故。仙判曰:“人生以孝弟[①]为本,二者有惭,则不可以为人。此君近与兄析产,隐匿千金;又诡言父有宿逋[②],当兄弟共偿,实掩兄所偿为己有。吾虽方外闲身,不预人事,然义不与此等人作缘。烦转道意,后毋相渎。”又判示甲曰:“君近得新果,遍食儿女,而独忘孤侄,使啜泣竟夕。虽是无心,要由于意有歧视。后若再尔,吾亦不来矣。”先姚安公曰:“吾见其诗词,谓是灵鬼;观此议论,似竟是仙。”

广西提督田公耕野,初娶孟夫人,早卒。公官凉州镇时,月夜独坐衙斋,恍惚梦夫人自树杪翩然下,相劳苦如平生,曰:“吾本天女,宿命当为君妇,缘满仍归。今过此相遇,亦余缘之未尽者也。”公问:“我当终何官?”曰:“官不止此,行去矣。”问:“我寿几何?”曰:“此难言。公卒时不在乡里,不在官署,不在道途馆驿,亦不殁于战阵,时至自知耳。”问:“殁后尚相见乎?”曰:“此在君矣。君努力生天,即可见,否即不能也。”公后征叛苗,师还,卒于戎幕之下。

奴子魏藻,性佻荡,好窥伺妇女。一日,村外遇少女,似相识而不知其姓名居址。挑与语,女不答而目成,径西去。藻方注视,女回顾若招。即随以往,渐逼近。女面赧[③],小语曰:“来往人众,恐见疑。君可相隔小半

① 孝弟——孝顺父母、敬爱兄弟。也作孝悌。
② 宿逋——拖欠未偿还人家的债务。
③ 赧(nǎn)——因羞愧而难为情。

里,俟到家,吾待君墙外车屋中,枣树下系一牛,旁有碌碡[①]者是也。”既而渐行渐远,薄暮将抵李家洼,去家三十里矣。宿雨初晴,泥将没胫,足趾亦肿痛。遥见女已入车屋,方窃喜,趋而赴。女方背立,忽转面乃作罗刹[②]形,锯牙钩爪,面如靛,目睒睒如灯。骇而返走,罗刹急追之。狂奔二十余里,至相国庄,已届亥初。识其妇翁门,急叩不已。门甫启,突然冲入,触一少女仆地,亦随之仆。诸妇怒噪,各持捣衣杵乱捶其股。气结不能言,唯呼“我我”。俄一媪持灯出,方知是婿,共相惊笑。次日以牛车载归,卧床几两月。当藻来去时,人但见其自往自还,未见有罗刹,亦未见有少女。岂非以邪召邪,狐鬼乘而侮之哉。先兄晴湖曰:“藻自是不敢复冶游,路遇妇女,必俯首。是虽谓之神明示惩,可也。”

去余家十余里,有瞽[③]者姓卫。戊午除夕,遍诣常呼弹唱家辞岁,各与以食物,自负以归。半途,失足堕枯井中。既在旷野僻径,又家家守岁,路无行人,呼号嗌[④]乾,无应者。幸井底气温,又有饼饵可食,渴甚则咀水果,竟数日不死。会屠者王以胜驱豕归,距井犹半里许,忽绳断豕逸,狂奔野田中,亦失足堕井。持钩出豕,乃见瞽者,已气息仅属矣。井不当屠者所行路,殆若或使之也。先兄晴湖问以井中情状。瞽者曰:“是时万念皆空,心已如死,唯念老母卧病,待瞽子以养。今并瞽子亦不得,计此时恐已饿莩,觉酸彻肝脾,不可忍耳。”先兄曰:“非此一念,王以胜所驱豕必不断绳。”

齐大,献县巨盗也。尝与众行劫,一盗见其妇美,逼污之。刃胁不从,反接其手,缚于凳,已褫下衣,呼两盗左右挟其足矣。齐大方看庄,(盗语谓屋上瞭望以防救者为看庄。)闻妇呼号,自屋脊跃下,挺刃突入曰:“谁

---

① 碌碡(liù zhóu)——农具。用石头做成圆柱形,用来轧脱谷粒或轧平场院。

② 罗刹——佛经中恶鬼的通称。

③ 瞽(gǔ)——眼睛瞎。

④ 嗌(yì)——咽喉。

敢如是，吾不与俱生。”汹汹欲斗，目光如饿虎。间不容发之顷，竟赖以免。后群盗并就捕骈诛，唯齐大终不能弋获。群盗云，官来捕时，齐大实伏马槽下。兵役皆云，往来搜数过，唯见槽下朽竹一束，约十余竿，积尘污秽，似弃置多年者。

张明经晴岚言：一寺藏经阁上有狐居，诸僧多栖止阁下。一日，天酷暑，有打包僧①厌其嚣杂，径移坐具住阁上。诸僧忽闻梁上狐语曰：“大众且各归房，我眷属不少，将移住阁下。”僧问：“久居阁上，何忽又欲据此？”曰：“和尚在彼。”问：“汝避和尚耶？”曰：“和尚佛子，安敢不避？”又问：“我辈非和尚耶？”狐不答。固问之，曰：“汝辈自以为和尚，我复何言！”从兄懋园闻之曰：“此狐黑白太明，然亦可使三教中人，各发深省。”

甲见乙妇而艳之，语于丙。丙曰：“其夫粗悍，可图也。如不吝挥金，吾能为君了此事。”乃择邑子冶荡者，饵以金而属之曰：“尔白昼潜匿乙家，而故使乙闻。待就执，则自承欲盗。白昼非盗时，尔容貌衣服无盗状，必疑奸，勿承也。官再鞫而后承，罪不过枷杖。当设策使不竟其狱，无所苦也。”邑子如所教，狱果不竟。然乙竟出其妇。丙虑其悔，教妇家讼乙，又阴赂证佐，使不胜。乃恚而别嫁其女。乙亦决绝，听其嫁。甲重价买为妾。丙又教邑子反噬甲，发其阴谋，而教甲赂息。计前后乾没千金矣。适闻家庙社会，力修供具赛神，将以祈福。先一夕，庙祝梦神曰：“某金自何来？乃盛仪以飨我。明日来，慎勿令入庙。非礼之祀，鬼神且不受，况非义之祀乎？”丙至，庙祝以神语拒之。怒弗信，甫至阶，舁者②颠蹶，供具悉毁，乃悚然返。后岁余，甲死。邑子以同谋之故，时往来丙家，因诱其女逃去。丙亦气结死。妇携资改适。女至德州，人诘得奸状，牒送回籍，杖而官卖。时丙奸已露，乙憾甚，乃鬻产赎得女，使荐枕三夕，而转售于人。或曰，丙死时，乙尚未娶，丙妇因嫁焉。此故为快心之谈，无是事也。邑子后

---

① 打包僧——云游四方的和尚。

② 舁(yú)者——抬东西的人。

为丐,女流落为娼,则实有之。

益都李词畹言:秋谷先生[①]南游日,借寓一家园亭中。一夕就枕后,欲制一诗。方沉思间,闻窗外人语曰:"公尚未睡耶?清词丽句,已心醉十余年。今幸下榻此室,窃听绪论,虽已经月,终以不得质疑问难为恨。虑或仓促别往,不罄所怀,便为平生之歉。故不辞唐突,愿隔窗听挥麈[②]之谈。先生能不拒绝乎?"秋谷问:"君为谁?"曰:"别馆幽深,重门夜闭,自断非人迹所到。先生神思夷旷,谅不恐怖,亦不必深求。"问:"何不入室相晤?"曰:"先生襟怀萧散,仆亦倦于仪文,但得神交,何必定在形骸之内耶?"秋谷因日与酬对,于六义[③]颇深。如是数夕,偶乘醉戏问曰:"听君议论,非神非仙,亦非鬼非狐,毋乃山中木客[④]解吟诗乎?"语讫寂然。穴隙窥之,缺月微明,有影蓬蓬然,掠水亭檐角而去。园中老树参云,疑其木魅矣。词畹又云:秋谷与魅语时,有客窃听。魅谓渔洋山人诗如名山胜水,奇树幽花,而无寸土艺五谷;如雕栏曲榭,池馆宜人,而无寝室庇风雨;如彝鼎罍洗[⑤],斑斓满几,而无釜甑供炊爨;如纂组锦绣,巧出仙机,而无裘葛御寒暑;如舞衣歌扇,十二金钗[⑥],而无主妇司中馈[⑦];如梁园金谷[⑧],雅客满堂,而无良友进规谏。秋谷极为击节。又谓明季诗庸音杂奏,故渔洋救之以清新;近人诗浮响日增,故先生救之以刻露。势本相因,理无偏胜。窃意二家宗派,当调停相济,合则双美,离则两伤。秋谷颇不平之云。

---

① 秋谷——清代学者赵执信号。

② 挥麈(zhǔ)——麈,旧称四不像,古时用其尾做拂尘,魏晋时士人清谈多执之。宋王明清有《挥麈录》。

③ 六义——指《诗经》中的风、雅、颂、赋、比、兴。

④ 山中木客——山中木魈。

⑤ 彝鼎罍(lěi)洗——彝鼎,古代宗庙祭祀用具;罍洗,洗涤用具。

⑥ 十二金钗——古时妇女头上戴金钗十二行。

⑦ 司中馈——主持家中事务。

⑧ 梁园金谷——梁园,汉代梁孝王所建宫苑;金谷,晋代石崇之别墅,称金谷园。

乌鲁木齐有道士卖药于市。或曰,是有妖术,人见其夜宿旅舍中,临睡必探佩囊,出一小壶卢,倾出黑物二丸,即有二少女与同寝,晓乃不见。问之,则云无有。余忆《辍耕录》①周月惜事,曰:“此乃所采生魂②也,是法食马肉则破。”适中营有马死,遣吏密嘱旅舍主人,问适有马肉可食否?道士掉头曰:“马肉岂可食?”余益疑,拟料理之。同事陈君题桥曰:“道士携少女,公未亲见。不食马肉,公亦未亲见。周月惜事,出陶九成小说,未知真否。所云马肉破法,亦未知验否。公信传闻之词,据无稽之说,遽兴大狱,似非所宜。塞外不当留杂色人,饬所司驱之出境,足矣。”余乃止。后将军温公闻之曰:“欲穷治者太过。倘畏刑妄供别情,事关重大,又无确据,作何行止?驱出境者太不及。倘转徙别地,或酿事端,云曾在乌鲁木齐久住,谁职其咎?形迹可疑人,关隘例当盘诘搜检,验有实证,则当付所司;验无实证,则具牒递回原籍,使勿惑民,不亦善乎。”余二人皆服公之论。

庄学士本淳,少随父书石先生泊舟江岸。夜失足落江中,舟人弗知也。漂荡间,闻人语曰:“可救起福建学院,此有关系,勿草草。”不觉已还挂本舟舵尾上,呼救得免。后果督福建学政。赴任时,举是事语余曰:“吾其不返乎?”余以立命③之说勉之。竟卒于官。又其兄方耕少宗伯,雍正庚戌在京邸,遇地震,压于小弄中。适两墙对圮,相拄如人字帐形。坐其中一昼夜,乃得掘出。岂非死生有命乎。

何励庵先生言:十三四时,随父罢官还京师。人多舟狭,遂布席于巨箱上寝。夜分,觉有一掌扪之,其冷如冰,魇良久乃醒。后夜夜皆然,谓是神虚,服药亦无效。至登陆乃已。后知箱乃其仆物。仆母卒于官署,厝郊

---

① 《辍耕录》——元代陶宗仪撰的笔记体小说。

② 采生魂——迷信术,指拘禁活人的魂魄。

③ 立命——指修身以服从天命。《孟子·尽心》上:“夭寿不贰,修身以俟之,所以立命也。”

外,临行阴焚其柩,而以衣包骨匿箱中。当由人眠其上,魂不得安,故作是变怪也。然则旅魂随骨返,信有之矣。

励庵先生又云:有友聂姓,往西山深处上墓返。天寒日短,翳然已暮。畏有虎患,竭蹶力行,望见破庙在山腹,急奔入。时已曛黑,闻墙隅人语曰:"此非人境,檀越①可速去。"心知是僧,问师何在此暗坐?曰:"佛家无诳语。身实缢鬼,在此待替。"聂毛骨悚栗,既而曰:"与死于虎,无宁死于鬼。吾与师共宿矣。"鬼曰:"不去亦可。但幽明异路,君不胜阴气之侵,我不胜阳气之烁,均刺促不安耳。各占一隅,毋相近可也。"聂遥问待替之故。鬼曰:"上帝好生,不欲人自戕其命。如忠臣尽节,烈妇完贞,是虽横夭,与正命无异,不必待替。其情迫势穷,更无求生之路者,闵其事非得已,亦付转轮,仍核计生平,依善恶受报,亦不必待替。倘有一线可生,或小忿不忍,或借以累人,逞其戾气,率尔投缳,则大拂天地生物之心,故必使待替以示罚。所以幽囚沉滞,动至百年也。"问:"不有诱人相替者乎?"鬼曰:"吾不忍也。凡人就缢,为节义死者,魂自顶上升,其死速。为忿嫉死者,魂自心下降,其死迟。未绝之顷,百脉倒涌,肌肤皆寸寸欲裂,痛如脔割;胸膈肠胃中如烈焰燔烧,不可忍受。如是十许刻,形神乃离。思是楚毒,见缢者方阻之速返,肯相诱乎?"聂曰:"师存是念,自必生天。"鬼曰:"是不敢望,唯一意念佛,冀忏悔耳。"俄天欲曙,问之不言,谛视亦无所见。后聂每上墓,必携饮食纸钱祭之,辄有旋风绕左右。一岁,旋风不至,意其一念之善,已解脱鬼趣矣。

王半仙尝访其狐友,狐迎笑曰:"君昨夜梦至范住家,欢娱乃尔。"范住者,邑之名妓也。王回忆实有是梦,问何以知。曰:"人秉阳气以生,阳亲上,气恒发越于顶。睡则神聚于心,灵光与阳气相映,如镜取影。梦生于心,其影皆现于阳气中,往来生灭,倏忽变形一二寸小人,如画图,如戏剧,如虫之蠕动。即不可告人之事,亦百态毕露,鬼神皆得而见之,狐之通

① 檀越——佛家称施主。

灵者亦得见之，但不闻其语耳。昨偶过君家，是以见君之梦。”又曰：“心之善恶，亦现于阳气中。生一善念，则气中一线如烈焰；生一恶心，则气中一线如浓烟。浓烟幂首，尚有一线之光，是畜生道[①]中人。并一线之光而无之，是泥犁狱中人矣。”王问：“恶人浓烟幂首，其梦影何由复见？”曰：“人心本善，恶念蔽之。睡时一念不生，则此心还其本体，阳气仍自光明。即其初醒时，念尚未起，光明亦尚在。念渐起，则渐昏。念全起，则全昏矣。君不读书，试向秀才问之，孟子所谓夜气，即此是也。”王悚然曰：“鬼神鉴察，乃及于梦寐之中。”

雷出于地，向于福建白鹤岭上见之。岭高五十里，阴雨时俯视，浓云仅及山半，有气一缕，自云中涌出，直激而上。气之纤末，忽火光迸散，即砰然有声，与火炮全相似。至于击物之雷，则自天而下。戊午夏，余与从兄懋园、坦居读书崔庄三层楼上。开窗四望，数里可睹。时方雷雨，遥见一人自南来，去庄约半里许，忽跪于地。倏云气下垂，幂之不见。俄雷震一声，火光照眼如咫尺，云已敛而上矣。少顷，喧言高川李善人为雷所殛[②]。随众往视，遍身焦黑，仍拱手端跪，仰面望天。背有朱书，非篆非籀，非草非隶，点画缴绕，不能辨几字。其人持斋礼佛，无善迹，亦无恶迹，不知为夙业为隐慝也。其侄李士钦曰：“是日晨起，必欲赴崔庄，实无一事。竟冒雨而来，及于此难。”或曰：“是日崔庄大集，（崔庄市人交易，以一、六日大集，三、八日小集。）殆鬼神驱以来，与众见之。”

余官兵部时，有一吏尝为狐所媚，尪[③]瘦骨立。乞张真人符治之。忽闻檐际人语曰：“君为吏非理取财，当婴刑戮。我夙生曾受君再生恩，故

---

① 畜生道——佛教有六道之说，即天道、人道、阿修罗道、饿鬼道、畜生道、地狱道。

② 殛(jí)——杀死。

③ 尪(wāng)——瘦弱。

以艳色蛊惑,摄君精气,欲君以瘵[1]疾善终。今被驱遣,是君业重不可救也。宜努力积善,尚冀万一挽回耳。"自是病愈。然竟不悛改。后果以盗用印信,私收马税伏诛。堂吏有知其事者,后为余述之云。

前母张太夫人,有婢曰绣鸾。尝月夜坐堂阶,呼之则东西廊皆有一绣鸾趋出,形状衣服无少异,乃至右襟反折其角,左袖半卷亦相同。大骇,几仆。再视之,唯存其一。问之,乃从西廊来。又问:"见东廊人否?"云:"未见也。"此七月间事。至十一月即谢世。殆禄已将尽,故魅敢现形欤!

沧州插花庙尼,姓董氏。遇大士[2]诞辰,治供具将毕,忽觉微倦,倚几暂憩。恍惚梦大士语之曰:"尔不献供,我亦不忍饥;尔即献供,我亦不加饱。寺门外有流民四五辈,乞食不得,困饿将殆。尔辍供具以饭之,功德胜供我十倍也。"霍然惊醒,启门出视,果不谬。自是每年供具献毕,皆以施丐者,曰此菩萨意也。

先太夫人言:沧州有轿夫田某,母患臌将殆。闻景和镇一医有奇药,相距百余里。昧爽[3]狂奔去,薄暮已狂奔归,气息仅属。然是夕卫河暴涨,舟不敢渡。乃仰天大号,泪随声下。众虽哀之,而无如何。忽一舟子解缆呼曰:"苟有神理,此人不溺。来来,吾渡尔。"奋然鼓楫,横冲白浪而行。一弹指顷,已抵东岸。观者皆合掌诵佛号。先姚安公曰:"此舟子信道之笃,过于儒者。"

---

① 瘵(zhài)——痨病。

② 大士——指观音菩萨。

③ 昧爽——拂晓。

卷　四

滦阳消夏录(四)

卧虎山人降乩于田白岩家,众焚香拜祷。一狂生独倚几斜坐,曰:“江湖游士,练熟手法为戏耳。岂有真仙日日听人呼唤?”乩即书下坛诗曰:“鶗鴂①惊秋不住啼,章台回首柳萋萋②。花开有约肠空断,云散无踪梦亦迷。小立偷弹金屈戌③,半酣笑劝玉东西④。琵琶还似当年否?为问浔阳估客⑤妻。”狂生大骇,不觉屈膝。盖其数日前密寄旧妓之作,未经存稿者也。仙又判曰:“此笺幸未达,达则又作步非烟⑥矣。此妇既已从良,即是窥人闺阁。香山居士偶作寓言,君乃见诸实事耶?大凡风流佳话,多是地狱根苗。昨见冥官录籍,故吾得记之。业海洪波,回头是岸。山人饶舌,实具苦心,先生勿讶多言也。”狂生鹄立案旁,殆无人色。后岁余,即下世。余所见扶乩者,唯此仙不谈休咎,而好规人过。殆灵鬼之耿介者耶!先姚安公素恶淫祀,唯遇此仙必长揖曰:“如此方严,即鬼亦当敬。”

姚安公未第时,遇扶乩者,问有无功名。判曰:“前程万里。”又问登第当在何年。判曰:“登第却须候一万年。”意谓或当由别途进身。及癸

---

① 鶗鴂(tí jué)——杜鹃鸟。

② 此句用唐人韩翃寄柳氏诗:“章台柳,章台柳,昔日青青今在否?”典。韩、柳二人事见唐孟棨《本事诗·情感》。

③ 金屈戌——金属做成的门窗上的搭扣。

④ 玉东西——玉酒杯。

⑤ 此二句用白居易《琵琶行》诗典。估客,商人。

⑥ 步非烟——唐人小说女性名。因恋邻居书生赵象,为其夫所杀。见皇甫枚《三水小牍·非烟传》。

巳万寿恩科①登第,方悟万年之说。后官云南姚安府知府,乞养归,遂未再出。并前程万里之说亦验。大抵幻术多手法捷巧。唯扶乩一事,则确有所凭附,然皆灵鬼之能文者耳。所称某神某仙,固属假托;即自称某代某人者,叩以本集中诗文,亦多云年远忘记,不能答也。其扶乩之人,遇能书者则书工,遇能诗者即诗工,遇全不能诗能书者则虽成篇而迟钝。余稍能诗而不能书,从兄坦居能书而不能诗。余扶乩,则诗敏捷而书潦草。坦居扶乩,则书清整而诗浅率。余与坦居实皆未容心,盖亦借人之精神始能运动,所谓鬼不自灵,待人而灵也。蓍龟②本枯草朽甲,而能知吉凶,亦待人而灵耳。

先外祖居卫河东岸,有楼临水傍,曰"度帆"。其楼向西,而楼之下层门乃向东,别为院落,与楼不相通。先有仆人史锦捷之妇缢于是院,故久无人居,亦无扃钥。有僮婢不知是事,夜半幽会于斯。闻门外窸窣似人行,惧为所见,伏不敢动。窃于门隙窥之,乃一缢鬼步阶上,对月微叹。二人股栗,僵于门内,不敢出。门为二人所据,鬼亦不敢入,相持良久。有犬见鬼而吠,群犬闻声亦聚吠。以为有盗,竞明烛持械以往。鬼隐而童仆之奸败。婢愧不自容,迨夕,亦往是院缢。觉而救苏,又潜往者再。还其父母乃已。因悟鬼非不敢入室也,将以败二人之奸,使愧缢以求代也。先外祖母曰:"此妇生而阴狡,死尚尔哉,其沉沦也固宜。"先太夫人曰:"此婢不作此事,鬼亦何自而乘?其罪未可委之鬼。"

辛彤甫先生官宜阳知县时,有老叟投牒曰:"昨宿东城门外,见缢鬼五六,自门隙而入,恐是求代。乞示谕百姓,仆妾勿凌虐,债负勿逼索,诸事互让勿争斗,庶鬼无所施其技。"先生震怒,笞而逐之。老叟亦不怨悔,至阶下拊膝曰:"惜哉,此五六命不可救矣!"越数日,城内报缢死者四。先生大骇,急呼老叟问之。老叟曰:"连日昏昏,都不记忆,今乃知曾投此

① 恩科——清代于正常科举外,遇朝廷庆典,特开科考试,称恩科。
② 蓍龟——蓍草与龟甲,古代用以占卜之物。

牒。岂得罪鬼神，使我受笞耶？”是时此事喧传，家家为备，缢而获解者果二：一妇为姑所虐，姑痛自悔艾；一迫于逋欠，债主立为焚券，皆得不死。乃知数虽前定，苟能尽人力，亦必有一二之挽回。又知人命至重，鬼神虽前知其当死，苟一线可救，亦必转借人力以救之。盖气运所至，如严冬风雪，天地亦不得不然。至披裘御雪，觥户避风，则听诸人事，不禁其自为。

献县史某，佚其名，为人不拘小节，而落落有直气，视龌龊者蔑如也。偶从博场归，见村民夫妇子母相抱泣。其邻人曰：“为欠豪家债，鬻妇以偿。夫妇故相得，子又未离乳，当弃之去，故悲耳。”史问：“所欠几何？”曰：“三十金。”“所鬻几何？”曰：“五十金，与人为妾。”问：“可赎乎？”曰：“券甫成，金尚未付，何不可赎！”即出博场所得七十金授之，曰：“三十金偿债，四十金持以谋生，勿再鬻也。”夫妇德史甚，烹鸡留饮。酒酣，夫抱儿出，以目示妇，意令荐枕以报。妇颔之，语稍狎。史正色曰：“史某半世为盗，半世为捕役，杀人曾不眨眼。若危急中污人妇女，则实不能为。”饮啖讫，掉臂径去，不更一言。半月后，所居村夜火。时秋获方毕，家家屋上屋下，柴草皆满，茅檐秫篱，斯须四面皆烈焰，度不能出，与妻子瞑坐待死。恍惚闻屋上遥呼曰：“东岳有急牒，史某一家并除名。”剨然有声，后壁半圮。乃左挈妻，右抱子，一跃而出，若有翼之者。火熄后，计一村之中，爇死者九。邻里皆合掌曰：“昨尚窃笑汝痴，不意七十金乃赎三命。”余谓此事见佑于司命，捐金之功十之四，拒色之功十之六。

姚安公官刑部日，德胜门外有七人同行劫，就捕者五矣，唯王五、金大牙二人未获。王五逃至諰县，路阻深沟，唯小桥可通一人。有健牛怒目当道卧，近辄奋触。退觅别途，乃猝与逻者遇。金大牙逃至清河桥北，有牧童驱二牛挤仆泥中，怒而角斗。清河去京近，有识之者，告里胥，缚送官。二人皆回民，皆业屠牛，而皆以牛败。岂非宰割惨酷，虽畜兽亦含怨毒，厉气所凭，借其同类以报哉。不然，遇牛触仆，犹事理之常；无故而当桥，谁使之也？

宋蒙泉言：孙峨山先生，尝卧病高邮舟中。忽似散步到岸上，意殊爽适。俄有人导之行，恍惚忘所以，亦不问。随去至一家，门径甚华洁。渐入内室，见少妇方坐蓐①。欲退避，其人背后拊一掌，已昏然无知。久而渐醒，则形已缩小，绷置锦襁中。知为转生，已无可奈何。欲有言，则觉寒气自囟门入，辄噤不能出。环视室中，几榻器玩及对联书画，皆了了。至三日，婢抱之浴，失手坠地，复昏然无知，醒则仍卧舟中。家人云，气绝已三日，以四肢柔软，心膈尚温，不敢殓耳。先生急取片纸，疏所见闻，遣使由某路送至某门中，告以勿过挞婢。乃徐为家人备言。是日疾即愈，径往是家，见婢媪皆如旧识。主人老无子，相对惋叹，称异而已。近梦通政鉴溪亦有是事，亦记其道路门户。访之，果是日生儿即死。顷在直庐，图阁学时泉言其状甚悉，大抵与峨山先生所言相类。唯峨山先生记往不记返。鉴溪则往返俱分明，且途中遇其先亡夫人，到家入室时见夫人与女共坐，为小异耳。案轮回之说，儒者所辟。而实则往往有之，前因后果，理自不诬。唯二公暂入轮回，旋归本体，无故现此泡影，则不可以理推。“六合之外，圣人存而不论”，阙所疑可矣。

再从伯灿臣公言：曩有县令，遇杀人狱不能决，蔓延日众。乃祈梦城隍祠。梦神引一鬼，首戴磁盎，盎中种竹十余竿，青翠可爱。觉而检案中有姓祝者，祝竹音同，意必是也。穷治无迹。又检案中有名节者，私念曰：“竹有节，必是也。”穷治亦无迹。然二人者九死一生矣。计无复之，乃以疑狱上，请别缉杀人者，卒亦不得。夫疑狱，虚心研鞫②，或可得真情。祷神祈梦之说，不过巨盗愚民，给之吐实耳。若以梦寐之恍惚，加以射覆之揣测，据为信谳，鲜不谬矣。古来祈梦断狱之事，余谓皆事后之附会也。

雍正壬子六月，夜大雷雨，献县城西有村民为雷击。县令明公晟往验，饬棺殓矣。越半月余，忽拘一人讯之曰：“尔买火药何为？”曰：“以取鸟。”诘

① 坐蓐——坐月子。

② 鞫(jū)——审问。

曰:“以铳击雀,少不过数钱,多至两许,足一日用矣。尔买二三十斤何也?”曰:“备多日之用。”又诘曰:“尔买药未满一月,计所用不过一二斤,其余今贮何处?”其人词穷。刑鞫之,果得因奸谋杀状,与妇并伏法。或问:“何以知为此人?”曰:“火药非数十斤不能伪为雷。合药必以硫磺。今方盛夏,非年节放爆竹时,买硫磺者可数。吾阴使人至市,察买硫碘者谁多。皆曰某匠。又阴察某匠卖药于何人。皆曰某人。是以知之。”又问:“何以知雷为伪作?”曰:“雷击人,自上而下,不裂地。其或毁屋,亦自上而下。今苫草屋梁皆飞起,土炕之面亦揭去,知火从下起矣。又此地去城五六里,雷电相同。是夜雷电虽迅烈,然皆盘绕云中,无下击之状。以是知之。尔时其妇先归宁①,难以研问。故必先得是人,而后妇可鞫。”此令可谓明察矣。

戈太仆仙舟言:乾隆戊辰,河间西门外桥上雷震一人死,端跪不仆;手擎一纸裹,雷火弗荒无爇。验之皆砒霜,莫明其故。俄其妻闻信至,见之不哭,曰:“早知有此,恨其晚矣!是尝诟谇老母,昨忽萌恶念,欲市砒霜毒母死。吾泣谏一夜,不从也。”

再从兄旭升言:村南旧有狐女,多媚少年,所谓二姑娘者是也。族人某,意拟生致之,未言也。一日,于废圃见美女,疑其即是。戏歌艳曲,欣然流盼,折草花掷其前。方欲俯拾,忽却立数步外,曰:“君有恶念。”逾破垣竟去。后有二生读书东岳庙僧房,一居南室,与之昵。一居北室,无睹也。南室生尝怪其晏至,戏之曰:“左挹浮丘袖,右拍洪崖肩②耶?”狐女曰:“君不以异类见薄,故为悦己者容。北室生心如木石,吾安敢近?”南室生曰:“何不登墙一窥?未必即三年不许③。如使改节,亦免作程伊

---

① 归宁——回娘家。

② 左挹浮丘袖,右拍洪崖肩——此二句为晋郭璞《游仙诗》句。浮丘、洪崖均为传说中的仙人名。

③ 此二句用宋玉《登徒子好色赋》典。东邻女登墙偷看三年,男子没有动心。

川①面向人。"狐女曰:"磁石唯可引针,如气类不同,即引之不动。无多事,徒取辱也。"时同侍姚安公侧,姚安公曰:"向亦闻此,其事在顺治末年。居北室者,似是族祖雷阳公。雷阳一老副榜②,八比③以外无寸长,只心地朴诚,即狐不敢近。知为妖魅所惑者,皆邪念先萌耳。"

先太夫人外家曹氏,有媪能视鬼。外祖母归宁时,与论冥事。媪曰:"昨于某家见一鬼,可谓痴绝;然情状可怜,亦使人心脾凄动。鬼名某,住某村,家亦小康,死时年二十七八。初死百日后,妇邀我相伴。见其恒坐院中丁香树下。或闻妇哭声,或闻儿啼声,或闻兄嫂与妇诟谇声,虽阳气逼烁,不能近,然必侧耳窗外窃听,凄惨之色可掬。后见媒妁至妇房,愕然惊起,张手左右顾。后闻议不成,稍有喜色。既而媒妁再至,来往兄嫂与妇处,则奔走随之,皇皇如有失。送聘之日,坐树下,目直视妇房,泪涔涔如雨。自是妇每出入,辄随其后,眷恋之意更笃。嫁前一夕,妇整束奁具。复徘徊檐外,或倚柱泣,或俯首如有思;稍闻房内嗽声,辄从隙私窥,营营者彻夜。吾太息曰:'痴鬼何必如是!'若弗闻也。娶者入,秉火前行。避立墙隅,仍翘首望妇。吾偕妇出,回顾,见其远远随至娶者家,为门尉所阻,稽颡哀乞,乃得入;入则匿墙隅,望妇行礼,凝立如醉状。妇入房,稍稍近窗,其状一一如整束奁具时。至灭烛就寝,尚不去,为中霤神④所驱,乃狼狈出。时吾以妇嘱归视儿,亦随之返。见其直入妇室,凡妇所坐处眠处,一一视到。俄闻儿索母啼,趋出环绕儿四周,以两手相握,作无可奈何状。俄嫂出,挞儿一掌。便顿足拊心,遥作切齿状。吾视之不忍,乃径归,不知其后何如也。后吾私为妇述,妇啮齿自悔。里有少寡议嫁者,闻是事,以死自誓曰:'吾不忍使亡者作是状。'"嗟乎!君子义不负人,不以生死有异也。小人无往不负人,亦不以生死有异也。常人之情,则人在而情在,

---

① 程伊川——宋程颐,理学家,世称伊川先生。

② 副榜——科举时代考试取士分正榜、副榜;正式录取的称正榜,正榜之外另取若干的称副榜。清代只有乡试有副榜。

③ 八比——即八股文。

④ 中霤神(liù)——宅神。

人亡而情亡耳。苟一念死者之情状，未尝不戚然感也。儒者见谄渎之求福，妖妄之滋惑，遂断断[1]持无鬼之论，失先王神道设教之深心，徒使愚夫愚妇，悍然一无所顾忌。尚不如此里妪之言，为动人生死之感也。

王兰泉少司寇言：胡中丞文伯之弟妇，死一日复苏，与家人皆不相识，亦不容其夫近前。细询其故，则陈氏女之魂，借尸回生。问所居，相去仅数十里。呼其亲属至，皆历历相认。女不肯留胡氏。胡氏持镜使自照，见形容皆非，乃无奈而与胡为夫妇。此与《明史·五行志》司牡丹事相同。当时官为断案，从形不从魂。盖形为有据，魂则无凭。使从魂之所归，必有诡骈售奸者。故防其渐焉。

有山西商居京师信成客寓，衣服仆马皆华丽，云且援例报捐[2]。一日，有贫叟来访，仆辈不为通。自候于门，乃得见。神意索漠，一茶后别无寒温。叟徐露求助意。稽然曰："此时捐项且不足，岂复有余力及君？"叟不平，因对众具道西商昔穷困，待叟举火者十余年；复助百金使商贩，渐为富人。今罢官流落，闻其来，喜若更生。亦无奢望，或得曩所助之数，稍偿负累，归骨乡井足矣。语讫絮泣。西商亦似不闻。忽同舍一江西人，自称姓杨，揖西商而问曰："此叟所言信否？"西商面赧曰："是固有之，但力不能报为恨耳。"杨曰："君且为官，不忧无借处。倘有人肯借君百金，一年内乃偿，不取分毫利，君肯举以报彼否？"西商强应曰："甚愿。"杨曰："君但书券，百金在我。"西商迫于公论，不得已书券。杨收券，开敝箧，出百金付西商。西商怏怏持付叟。杨更治具，留叟及西商饮。叟欢甚，西商草草终觞而已。叟谢去，杨数日亦移寓去，从此遂不相闻。后西商检箧中少百金，题锁封识皆如故，无可致诘。又失一狐皮半臂，而箧中得质票一纸，题钱二千，约符杨置酒所用之数。乃知杨本术士，姑以戏之。同舍皆窃称快。西商惭沮，亦移去，莫知所往。

---

① 断断(yín)——争辩的样子。

② 报捐——向朝廷缴纳一定钱物，谋得官职。此制度盛于明、清两朝。

蒋编修菱溪,赤崖先生子也。喜吟咏,尝作七夕诗曰:"一霎人间箫鼓收,羊灯无焰三更碧。"又作中元①诗曰:"两岸红沙多旋舞,惊风不定到三更。"赤崖先生见之,愀然曰:"何忽作鬼语?"果不久下世。故刘文定公作其遗稿序曰:"就河鼓以陈词,三更焰碧;会盂兰②而说法,两岸沙红。诗谶先成,以君才过终军③之岁;诔词安属,顾我适当骑省之年④。"

农夫陈四,夏夜在团焦守瓜田,遥见老柳树下,隐隐有数人影,疑盗瓜者,假寐听之。中一人曰:"不知陈四已睡未?"又一人曰:"陈四不过数日,即来从我辈游,何畏之有?昨上直土神祠,见城隍牒矣。"又一人曰:"君不知耶?陈四延寿矣。"众问:"何故?"曰:"某家失钱二千文,其婢鞭捶数百未承。婢之父亦愤曰:'生女如是,不如无。倘果盗,吾必缢杀之。'婢曰:'是不承死,承亦死也。'呼天泣。陈四之母怜之,阴典衣得钱二千,捧还主人曰:'老妇昏聩,一时见利取此钱,意谓主人积钱多,未必遽算出。不料累此婢,心实惶愧。钱尚未用,谨冒死自首,免结来世冤。老妇亦无颜居此,请从此辞。'婢因得免。土神嘉其不辞自污以救人,达城隍。城隍达东岳。东岳检籍,此妇当老而丧子,冻饿死。以是功德,判陈四借来生之寿于今生,俾养其母。尔昨下直,未知也。"陈四方窃愤母以盗钱见逐,至是乃释然。后九年母死,葬事毕,无疾而逝。

外舅马公周箓言:东光南乡有廖氏募建义冢,村民相助成其事,越三十余年矣。雍正初,东光大疫。廖氏梦百余人立门外,一人前致词曰:"疫鬼且至,从君乞焚纸旗十余,银箔糊木刀百余。我等将与疫鬼战,以

---

① 中元——时节名,旧以农历七月十五日为中元节。

② 盂兰——即盂兰盆。旧俗农历七月十五日僧尼结盂兰盆会,诵经施食,俗称放焰口。

③ 终军——西汉时人,曾自请入南越,说南越王入朝,时年二十岁。

④ 骑省之年——晋潘岳《秋兴赋》序:"余春秋三十有二,始见二毛。以太尉掾兼虎贲中郎将,寓直于散骑之省。"

报一村之惠。”廖故好事，姑制而焚之。数日后，夜闻四野喧呼格斗声，达旦乃止。阖村果无一人染疫者。

沙河桥张某商贩京师，娶一妇归，举止有大家风。张故有千金产，经理亦甚有次第。一日，有尊官骑从甚盛，张杏黄盖，坐八人肩舆，至其门前问曰：“此是张某家否？”邻里应曰：“是。”尊官指挥左右曰：“张某无罪，可缚其妇来。”应声反接是妇出。张某见势焰赫奕，亦莫敢支吾。尊官命褫妇衣，决臀三十，昂然竟行。村人随观之，至林木荫映处，转瞬不见，唯旋风滚滚，向西南去。方妇受杖时，唯叩首称死罪。后人问其故，妇泣曰：“吾本侍郎某公妾，公在日，意图固宠，曾誓以不再嫁。今精魂昼见，无可复言也。”

王秃子幼失父母，迷其本姓。育于姑家，冒姓王。凶狡无赖，所至童稚皆走匿，鸡犬亦为不宁。一日，与其徒自高川醉归，夜经南横子丛冢间，为群鬼所遮。其徒股栗伏地，秃子独奋力与斗，一鬼叱曰：“秃子不孝，吾尔父也，敢肆殴！”秃子固未识父，方疑惑间，又一鬼叱曰：“吾亦尔父也，敢不拜！”群鬼又齐呼曰：“王秃子不祭尔母，致饥饿流落于此，为吾众人妻。吾等皆尔父也。”秃子愤怒，挥拳旋舞，所击如中空囊。跳踉至鸡鸣，无气以动，乃自仆丛莽间。群鬼皆嬉笑曰：“王秃子英雄尽矣，今日乃为乡党吐气 。如不知悔，他日仍于此待尔。”秃子力已竭，竟不敢再语。天晓鬼散，其徒乃掖以归。自是豪气消沮，一夜携妻子遁去，莫知所终。此事琐屑不足道，然足见悍戾者必遇其敌，人所不能制者，鬼亦忌而共制之。

戊子夏，京师传言，有飞虫夜伤人。然实无受虫伤者，亦未见虫，徒以图相示而已。其状似蚕蛾而大，有钳距，好事者或指为射工①。按短蜮含沙射影，不云飞而螫人，其说尤谬。余至西域，乃知所画，即辟展之巴蜡虫。此虫秉炎炽之气而生，见人飞逐。以水噀之，则软而伏。或噀不及，

① 射工——传说中的毒虫名，能口中嘘气射人影。

为所中,急嚼茜草根敷疮则瘥,否则毒气贯心死。乌鲁木齐多茜草,山南辟展诸屯,每以官牒移取,为刈获者备此虫云。

乌鲁木齐虎峰书院,旧有遣犯妇缢窗棂上。山长前巴县令陈执礼,一夜明烛观书,闻窗内承尘上窸窣有声。仰视,见女子两纤足,自纸罅徐徐垂下,渐露膝,渐露股。陈先知是事,厉声曰:"尔自以奸败,愤恚死,将祸我耶?我非尔仇。将魅我耶?我一生不入花柳丛,尔亦不能惑。尔敢下,我且以夏楚[①]扑尔。"乃徐徐敛足上,微闻叹息声。俄从纸罅露面下窥,甚姣好。陈仰面唾曰:"死尚无耻耶?"遂退入。陈灭烛就寝,袖刃以待其来,竟不下。次日,仙游陈题桥访之,话及是事,承尘上有声如裂帛,后不再见。然其仆寝于外室,夜恒呓语,久而渐病瘵。垂死时,陈以其相从二万里外,哭甚悲。仆挥手曰:"有好妇,尝私就我。今招我为婿,此去殊乐,勿悲也。"陈顿足曰:"吾自恃胆力,不移居,祸及汝矣。甚哉,客气之害事也!"后同年六安杨君逢源,代掌书院,避居他室,曰:"孟子有言:'不立乎岩墙之下。'"[②]

德郎中亨,夏日散步乌鲁木齐城外,因至秀野亭纳凉。坐稍久,忽闻大声语曰:"君可归,吾将宴客。"狼狈奔回,告余曰:"吾其将死乎?乃白昼见鬼。"余曰:"无故见鬼,自非佳事。若到鬼窟见鬼,犹到人家见人尔,何足怪焉。"盖亭在城西深林,万木参天,仰不见日。旅榇之浮厝[③]者,罪人之伏法者,皆在是地,往往能为变怪云。

武邑某公,与戚友赏花佛寺经阁前。地最豁厂,而阁上时有变怪,入

---

① 夏楚——古代如棍棒之类的刑具。

② 语出《孟子·尽心》上。岩墙,高危的墙。

③ 浮厝——停柩未葬。

夜即不敢坐阁下。某公以道学自任，夷然弗信也。酒酣耳热，盛谈《西铭》①万物一体之理，满座拱听，不觉入夜。忽阁上厉声叱曰："时方饥疫，百姓颇有死亡。汝为乡宦，既不思早倡义举，施粥舍药；即应趁此良夜，闭户安眠，尚不失为自了汉。乃虚谈高论，在此讲民胞物与②。不知讲至天明，还可作饭餐，可作药服否？且击汝一砖，听汝再讲邪不胜正。"忽一城砖飞下，声若霹雳，杯盘几案俱碎。某公仓皇走出，曰："不信程朱之学，此妖之所以为妖欤！"徐步叹息而去。

沧州画工伯魁，字起瞻。（其姓是此伯字，自称伯州犁之裔。友人或戏之曰："君乃不称二世祖太宰公？"近其子孙不识字，竟自称白氏矣。）尝画一仕女图，方钩出轮郭，以他事未竟，锁置书室中。越二日，欲补成之，则几上设色小碟，纵横狼藉，画笔亦濡染几遍，图已成矣。神采生动，有殊常格。魁大骇，以示先母舅张公梦征，魁所从学画者也。公曰："此非尔所及，亦非吾所及，殆偶遇神仙游戏耶？"时城守尉永公宁，颇好画，以善价取之。永公后迁四川副都统，携以往。将罢官前数日，画上仕女忽不见，唯隐隐留人影，纸色如新，余树石则仍黯旧。盖败征之先见也。然所以能化去之故，则终不可知。

佃户张天锡，尝于野田见髑髅，戏溺其口中。髑髅忽跃起作声曰："人鬼异路，奈何欺我？且我一妇人，汝男子，乃无礼辱我，是尤不可。"渐跃渐高，直触其面。天锡惶骇奔归，鬼乃随至其家。夜辄在墙头檐际，责詈不已。天锡遂大发寒热，昏瞀③不知人。阖家拜祷，怒似少解。或叩其生前姓氏里居，鬼具自道。众叩首曰："然则当是高祖母，何为祸于子孙？"鬼似凄咽，曰："此故我家耶？几时迁此？汝辈皆我何人？"众陈始末。鬼不胜叹息曰："我本无意来此，众鬼欲借此求食，怂恿我来耳。渠

① 《西铭》——宋张载谈天道伦理的著作。

② 民胞物与——民为同胞，物皆同辈，指泛爱一切人与物。出自《西铭》。

③ 瞀（mào）——精神昏乱。

有数辈在病者房,数辈在门外。可具浆水一瓢,待我善遣之。大凡鬼恒苦饥,若无故作灾,又恐神责。故遇事辄生衅,求祭赛。尔等后见此等,宜谨避,勿中其机械。”众如所教。鬼曰:“已散去矣。我口中秽气不可忍,可至原处寻吾骨洗而埋之。”遂呜咽数声而寂。

又佃户何大金,夜守麦田。有一老翁来共坐。大金念村中无是人,意是行路者偶憩。老翁求饮,以罐中水与之。因问大金姓氏,并问其祖父。恻然曰:“汝勿怖,我即汝曾祖,不祸汝也。”细询家事,忽喜忽悲。临行,嘱大金曰:“鬼自伺放焰口①求食外,别无他事,唯子孙念念不能忘,愈久愈切。但苦幽明阻隔,不得音问。或偶闻子孙炽盛,辄跃然以喜者数日,群鬼皆来贺。偶闻子孙零替,亦悄然以悲者数日,群鬼皆来唁。较生人之望子孙,殆切十倍。今闻汝等尚温饱,吾又歌舞数日矣。”回顾再四,叮咛勉励而去。先姚安公曰:“何大金蠢然一物,必不能伪造斯言。闻之使人追远之心,油然而生。”

乾隆丙子,有闽士赴公车②。岁暮抵京,仓促不得栖止,乃于先农坛北破寺中僦一老屋。越十余日,夜半,窗外有人语曰:“某先生且醒,吾有一言。吾居此室久,初以公读书人,数千里辛苦求名,是以奉让。后见先生日外出,以新到京师,当寻亲访友,亦不相怪。近见先生多醉归,稍稍疑之。顷闻与僧言,乃日在酒楼观剧,是一浪子耳。吾避居佛座后,起居出入,皆不相适,实不能隐忍让浪子。先生明日不迁,吾瓦石已备矣。”僧在对屋,亦闻此语,乃劝士他徙。自是不敢租是室。有来问者,辄举此事以告云。

申苍岭先生,名丹,谦居先生弟也。谦居先生性和易,先生性豪爽,而

---

① 放焰口——佛教称农月七月十五为盂兰盆节。

② 公车——举人入京应试。

立身端介，则如一。里有妇为姑虐而缢者，先生以两家皆士族，劝妇父兄勿涉讼。是夜，闻有哭声，远远至，渐入门，渐至窗外，且哭且诉，词甚凄楚，深怨先生之息讼。先生叱之曰："姑虐妇死，律无抵法。即讼亦不能快汝意。且讼必检验，检验必裸露，不更辱两家门户乎？"鬼仍絮泣不已。先生曰："君臣无狱，父子无狱。人怜汝枉死，责汝姑之暴戾则可。汝以妇而欲讼姑，此一念已干名犯义①矣。任汝诉诸明神，亦决不直汝也。"鬼竟寂然去。谦居先生曰："苍岭斯言，告天下之为妇者可，告天下之为姑者则不可。"先姚安公曰："苍岭之言，子与子言孝。谦居之言，父与父言慈。"

董曲江游京师时，与一友同寓，非其侣也，姑省宿食之资云尔。友征逐富贵，多外宿。曲江独睡斋中。夜或闻翻动书册，摩弄器玩声，知京师多狐，弗怪也。一夜，以未成诗稿置几上，乃似闻吟哦声，问之弗答。比晓视之，稿上已圈点数句矣。然屡呼之，终不应。至友归寓，则竟夕寂然。友颇自诧有禄相，故邪不敢干。偶日照李庆子借宿，酒阑以后，曲江与友皆就寝。李乘月散步空圃，见一翁携童子立树下。心知是狐，翳身窃睨其所为。童子曰："寒甚，且归房。"翁摇首曰："董公同室固不碍。此君俗气逼人，哪可共处？宁且坐凄风冷月间耳。"李后泄其语于他友，遂渐为其人所闻，衔李次骨。竟为所排挤，狼狈负笈返。

余长女适德州卢氏，所居曰纪家庄。尝见一人卧溪畔，衣败絮呻吟。视之，则一毛孔中有一虱，喙皆向内，后足皆钩于败絮，不可解，解之则痛彻心髓。无可如何，竟坐视其死。此殆夙孽所报欤！

汪阁学晓园，僦居阎王庙街一宅。庭有枣树，百年以外物也。每月明之夕，辄见斜柯上一红衣女子垂足坐，翘首向月，殊不顾人。迫之则不见，退而望之，则仍在故处。尝使二人一立树下，一在室中，室中人见树下人

① 干名犯义——以下讼上，触犯了纲常伦理。清代刑律中有"干名犯义律"。

手及其足，树下人固无所睹也。当望见时，俯视地上树有影，而女子无影。投以瓦石，虚空无碍。击以铳，应声散灭；烟焰一过，旋复本形。主人云，自买是宅，即有是怪。然不为人害，故人亦相安。夫木魅花妖，事所恒有，大抵变幻者居多。兹独不动不言，枯坐一枝之上，殊莫明其故。晓园虑其为患，移居避之。后主人伐树，其怪乃绝。

廖姥，青县人，母家姓朱，为先太夫人乳母。年未三十而寡，誓不再适，依先太夫人终其身。殁时年九十有六。性严正，遇所当言，必侃侃与先太夫人争。先姚安公亦不以常媪遇之。余及弟妹皆随之眠食，饥饱寒暑，无一不体察周至。然稍不循礼，即遭呵禁。约束仆婢，尤不少假借。故仆婢莫不阴憾之。顾司管钥，理庖厨，不能得其毫发私，亦竟无如何也。尝携一童子，自亲串家通问归，已薄暮矣。风雨骤至，趋避于废圃破屋中。雨入夜未止，遥闻墙外人语曰："我方投汝屋避雨，汝何以冒雨坐树下？"又闻树下人应曰："汝毋多言，廖家节妇在屋内。"遂寂然。后童子偶述其事，诸仆婢皆曰："人不近情，鬼亦恶而避之也。"嗟乎，鬼果恶而避之哉！

安氏表兄，忘其名字，与一狐为友，恒于场圃间对谈。安见之，他人弗见也。狐自称生于北宋初。安叩以宋代史事，曰："皆不知也。凡学仙者，必游方之外，使万缘断绝，一意精修。如于世有所闻见，于心必有所是非。有所是非，必有所爱憎。有所爱憎，则喜怒哀乐之情，必迭起循生，以消铄其精气，神耗而形亦敝矣，乌能至今犹在乎？迨道成以后，来往人间，视一切机械变诈，皆如戏剧；视一切得失胜败，以至于治乱兴亡，皆如泡影。当时既不留意，又焉能一一而记之？即与君相遇，是亦前缘。然数百年来，相遇如君者，不知凡几，大都萍水偶逢，烟云倏散，夙昔笑言，亦多不记忆。则身所未接者，从可知矣。"时八里庄三官庙，有雷击蝎虎一事。安问以物久通灵，多婴①雷斧，岂长生亦造物所忌乎？曰："是有二端：夫

① 婴——遭受。

内丹导引，外丹[1]服饵，皆艰难辛苦以证道，犹力田以致富，理所宜然。若媚惑梦魇，盗采精气，损人之寿，延己之年，事与劫盗无异，天律不容也。又或恣为妖幻，贻祸生灵，天律亦不容也。若其葆养元神，自全生命，与人无患，于世无争，则老寿之物，正如老寿之人耳，何至犯造物之忌乎?”舅氏实斋先生闻之，曰:“此狐所言，皆老氏之粗浅者也。然用以自养，亦足矣。”

浙江有士人，夜梦至一官府，云都城隍庙也。有冥吏语之曰:“今某公控其友负心，牵君为证。君试思尝有是事不?”士人追忆之，良是。俄闻都城隍升座，冥吏白某控某负心事，证人已至，请勘断。都城隍举案示士人，士人以实对。都城隍曰:“此辈结党营私，朋求进取，以同异为爱恶，以爱恶为是非;势孤则攀附以求援，力敌则排挤以互噬:翻云覆雨，倏忽万端。本为小人之交，岂能责以君子之道。操戈入室，理所必然。根勘已明，可驱之去。”顾士人曰:“得无谓负心者有佚罚耶?夫种瓜得瓜，种豆得豆，因果之相偿也;花既结子，子又开花，因果之相生。彼负心者，又有负心人蹑其后，不待鬼神之料理矣。”士人霍然而醒。后阅数载，竟如神之所言。

闽中某夫人喜食猫。得猫则先贮石灰于罂，投猫于内，而灌以沸汤。猫为灰气所蚀，毛尽脱落，不烦挦治;血尽归于脏腑，肉白莹如玉。云味胜鸡雏十倍也。日日张网设机，所捕杀无算。后夫人病危，呦呦作猫声，越十余日乃死。卢观察㧑吉尝与邻居，㧑吉子荫文，余婿也，尝为余言之。因言景州一宦家子，好取猫犬之类，拗折其足，捩之向后，观其孑孑跳号以为戏，所杀亦多。后生子女，皆足踵反向前。又余家奴子王发，善鸟铳，所击无不中，日恒杀鸟数十。惟一子，名济宁州，其往济宁州时所生也。年已十一二，忽遍体生疮如火烙痕，每一疮内有一铁子，竟不知何由而入。百药不痊，竟以绝嗣。杀业至重，信夫!余尝怪修善果者，皆按日持斋，如

---

[1] 外丹——道家烧炼的金丹。

奉律令,而居恒则不能戒杀。夫佛氏之持斋,岂以茹蔬啖果即为功德乎?正以茹蔬啖果即不杀生耳。今徒曰某日某日观音斋期,某日某日准提[1]斋期,是日持斋,佛大欢喜;非是日也,烹宰溢乎庖,肥甘罗乎俎,屠割惨酷,佛不问也。天下有是事理乎?且天子无故不杀牛,大夫无故不杀羊,士无故不杀犬豕,礼也。儒者遵圣贤之教,固万万无断肉理。然自宾祭以外,特杀亦万万不宜。以一脔之故,遽戕一命;以一羹之故,遽戕数十命或数百命。以众生无限怖苦无限惨毒,供我一瞬之适口,与按日持斋之心,无乃稍左乎?东坡先生向持此论,窃以为酌中之道。愿与修善果者一质之。

“六合之外,圣人存而不论。”[2]然六合之中,实亦有不能论者。人之死也,如儒者之论,则魂升魄降已耳。即如佛氏之论,鬼亦收录于冥司,不能再至人世也。而世有回煞[3]之说;庸俗术士,又有一书,能先知其日辰时刻与所去之方向,此亦诞妄之至矣。然余尝于隔院楼窗中,遥见其去,如白烟一道,出于灶突之中,冉冉向西南而没。与所推时刻方向无一差也。又尝两次手自启钥,谛视布灰之处,手迹足迹,宛然与生时无二,所亲皆能辨识之。是何说欤?祸福有命,死生有数,虽圣贤不能与造物争。而世有蛊毒魇魅之术,明载于刑律。蛊毒余未见,魇魅则数见之。为是术者,不过瞽者巫者,与土木之工。然实能祸福死生人,历历有验。是天地鬼神之权,任其播弄无忌也。又何说欤?其中必有理焉,但人不能知耳。宋儒于理不可解者,皆臆断以为无是事。毋乃胶柱鼓瑟[4]乎。李又聃先生曰:“宋儒据理谈天,自谓穷造化阴阳之本;于日月五星,言之凿凿,如指诸掌。然宋历十变而愈差。自郭守敬[5]以后,验以实测,证以交食,始

① 准提——佛教菩萨名。

② 此句出自《庄子·齐物论》。六合,天地四方。

③ 回煞——迷信按人死时年月时辰,推算魂气返舍时间,并认为返舍之日,伴有凶煞出现,称之回煞。

④ 胶柱鼓瑟——用胶粘住瑟上调弦的短柱,柱不能动,就无法调整音高。比喻固执拘泥,不知变通。

⑤ 郭守敬——元朝科学家,精通天文、历法、水利、数学。

知濂、洛、关、闽①，于此事全然未解。即康节②最通数学，亦仅以奇偶方圆，揣摩影响，实非从推步③而知。故持论弥高，弥不免郢书燕说④。夫七政⑤运行，有形可据，尚不能臆断以理，况乎太极先天，求诸无形之中者哉。先圣有言：'君子于不知，盖阙如也。'"

女巫郝媪，村妇之狡黠者也。余幼时，于沧州吕氏姑母家见之。自言狐神附其体，言人休咎。凡人家细务，一一周知。故信之者甚众。实则布散徒党，结交婢媪，代为刺探隐事，以售其欺。尝有孕妇，问所生男女。郝许以男。后乃生女，妇诘以神语无验。郝瞋目曰："汝本应生男，某月某日，汝母家馈饼二十，汝以其六供翁姑，匿其十四自食。冥司责汝不孝，转男为女。汝尚不悟耶？"妇不知此事先为所侦，遂惶骇服罪。其巧于缘饰皆类此。一日，方焚香召神，忽端坐朗言曰："吾乃真狐神也。吾辈虽与人杂处，实各自服气炼形，岂肯与乡里老妪为缘，预人家琐事？此妪阴谋百出，以妖妄敛财，乃托其名于吾辈。故今日真附其体，使共知其奸。"因缕数其隐恶，且并举其徒党姓名。语讫，郝霍然如梦醒，狼狈遁去。后莫知所终。

侍姬之母沈媪言：高川有丐者，与母妻居一破庙中。丐夏月拾麦斗余，嘱妻磨面以供母。妻匿其好面，以粗面溲秽水，作饼与母食。是夕大雷雨，黑暗中妻忽嗷然一声。丐起视之，则有巨蛇自口入，啮其心死矣。丐曳而埋之。沈媪亲见蛇尾垂其胸臆间，长二尺余云。

---

① 濂、洛、关、闽——宋代理学的主要学派，指濂溪周敦颐、洛阳程颢、程颐、关中张载、闽中朱熹。又称周、张、程、朱。

② 康节——宋代邵雍，死后谥康节，著有《皇极经世》等书。

③ 推步——推算天文历法之学。

④ 郢书燕说——《韩非子·外储说》载有燕相误解郢人误书举烛之意的故事。后用"郢书燕说"指穿凿附会，曲解原意。

⑤ 七政——日、月和金、木、水、火、土五星。也说春、夏、秋、冬、天文、地理、人道为七政。

有两塾师邻村居，皆以道学自任。一日，相邀会讲，生徒侍坐者十余人。方辩论性天①，剖析理欲②，严词正色，如对圣贤。忽微风飒然，吹片纸落阶下，旋舞不止。生徒拾视之，则二人谋夺一寡妇田，往来密商之札也。此或神恶其伪，故巧发其奸欤。然操此术者众矣，固未尝一一败也。闻此札既露，其计不行，寡妇之田竟得保。当由茕嫠③苦节，感动幽冥，故示是灵异，以阴为呵护云尔。

李孝廉存其言：蠡县有凶宅，一耆儒与数客宿其中。夜闻窗外拨剌声，耆儒叱曰："邪不干正，妖不胜德。余讲道学三十年，何畏于汝！"窗外似有女子语曰："君讲道学，闻之久矣。余虽异类，亦颇涉儒书。《大学》④扼要在诚意，诚意扼要在慎独。君一言一动，必循古礼，果为修己计乎？抑犹有几微近名者在乎？君作语录，龂龂与诸儒辩，果为明道计乎？抑犹有几微好胜者在乎？夫修己明道，天理也。近名好胜，则人欲之私也。私欲之不能克，所讲何学乎？此事不以口舌争，君扪心清夜，先自问其何如，则邪之敢干与否，妖之能胜与否，已了然自知矣。何必以声色相加乎？"耆儒汗下如雨，瑟缩不能对。徐闻窗外微哂曰："君不敢答，犹能不欺其本心。姑让君寝。"又拨剌一声，掠屋檐而去。

某公之卒也，所积古器，寡妇孤儿不知其值，乞其友估之。友故高其价，使久不售。俟其窘极，乃以贱价取之。越二载，此友亦卒。所积古器，寡妇孤儿亦不知其值，复有所契之友效其故智，取之去。或曰："天道好还，无往不复。效其智者罪宜减。"余谓此快心之谈，不可以立训也。盗有罪矣，从而盗之，可曰罪减于盗乎？

---

① 性天——古代称得之于自然的天性。

② 理欲——天理与私欲。

③ 嫠(lí)——寡妇。

④ 《大学》——《礼记》篇名，与《论语》、《孟子》、《中庸》合称"四书"。

屠者许方，即前所记夜逢醉鬼者也。其屠驴先凿地为堑，置板其上，穴板四角为四孔，陷驴足其中。有买肉者，随所买多少，以壶注沸汤沃驴身，使毛脱肉熟，乃刳而取之。云必如是始脆美。越一两日，肉尽乃死。当未死时，箝其口不能作声，目光怒突，炯炯如两炬，惨不可视。而许恬然不介意。后患病，遍身溃烂无完肤，形状一如所屠之驴。宛转茵褥，求死不得，哀号四五十日，乃绝。病中痛自悔责，嘱其子志学急改业。方死之后，志学乃改而屠豕。余幼时尚见之，今不闻其有子孙，意已殄绝久矣。

边随园征君言：有入冥者，见一老儒立庑下，意甚惶遽。一冥吏似是其故人，揖与寒温毕，拱手对之笑曰："先生平日持无鬼论，不知先生今日果是何物？"诸鬼皆粲然。老儒蝟缩而已。

东光马大还，尝夏夜裸卧资胜寺藏经阁。觉有人曳其臂曰："起起，勿亵佛经。"醒见一老人在旁，问："汝为谁？"曰："我守藏神也。"大还天性疏旷，亦不恐怖。时月明如昼，因呼坐对谈，曰："君何故守此藏？"曰："天所命也。"问："儒书汗牛充栋，不闻有神为之守，天其偏重佛经耶？"曰："佛以神道设教，众生或信或不信，故守之以神。儒以人道设教，凡人皆当敬守之，亦凡人皆知敬守之，故不烦神力。非偏重佛经也。"问："然则天视三教如一乎？"曰："儒以修己为体，以治人为用。道以静为体，以柔为用。佛以定为体，以慈为用。其宗旨各别，不能一也。至教人为善，则无异。于物有济，亦无异。其归宿则略同。天固不能不并存也。然儒为生民立命，而操其本于身。释道皆自为之学，而以余力及于物。故以明人道者为主，明神道者则辅之，亦不能专以释道治天下。此其不一而一，一而不一者也。盖儒如五谷，一日不食则饿，数日则必死。释道如药饵，死生得失之关，喜怒哀乐之感，用以解释冤愆、消除怫①郁，较儒家为最捷；其祸福因果之说，用以悚动下愚，亦较儒家为易入。特中病则止，不可专

---

① 怫（fú）——忧郁的样子。

服常服，致偏胜为患耳。儒者或空谈心性，与瞿昙①、老聃混而为一；或排击二氏，如御寇仇，皆一隅之见也。”问：“黄冠缁徒，恣为妖妄，不力攻之，不贻患于世道乎？”曰：“此论其本原耳。若其末流，岂特释道贻患，儒之贻患岂少哉？即公醉而裸眠，恐亦未必周公、孔子之礼法也。”大还愧谢。因纵谈至晓，乃别去。竟不知为何神。或曰，狐也。

百工技艺，各祠一神为祖。倡族祀管仲，以女闾三百也②。伶人祀唐玄宗，以梨园子弟也③。此皆最典。胥吏祀萧何、曹参④，木工祀鲁班，此犹有义。至靴工祀孙膑，铁工祀老君⑤之类，则荒诞不可诘矣。长随⑥所祀曰钟三郎，闭门夜奠，讳之甚深，竟不知为何神。曲阜颜介子曰：“必中山狼⑦之转音也。”先姚安公曰：“是不必然，亦不必不然。郢书燕说，固未为无益。”

先叔仪庵公，有质库在西城中。一小楼为狐所据，夜恒闻其语声，然不为人害，久亦相安。一夜，楼上诟谇鞭笞声甚厉，群往听之。忽闻负痛疾呼曰：“楼下诸公，皆当明理，世有妇挞夫者耶？”适中一人方为妇挞，面上爪痕犹未愈，众哄然一笑曰：“是固有之，不足为怪。”楼上群狐亦哄然一笑，其斗遂解。闻者无不绝倒。仪庵公曰：“此狐以一笑霁威，犹可与为善。”

---

① 瞿昙——梵语音译，佛之代称。

② 倡族祀管仲，以女闾三百也——倡通娼。管仲，春秋时齐国之相。《管子》载管仲在宫中设市，使三百女子居之，以便行商。后以女闾指娼妓所居之处。

③ 伶人祀唐玄宗，以梨园子弟也——唐玄宗选坐部子弟数百人，教歌舞于梨园，称梨园子弟。后即以梨园子弟名戏剧艺人。

④ 胥吏祀萧何、曹参——萧何、曹参俱为西汉时人，佐刘邦打天下，也为刘邦同乡，曾任沛县小吏。

⑤ 老君——即太上老君。传说中道家的创始人。

⑥ 长随——官宦之家雇用的仆役。

⑦ 中山狼——明人马中锡《中山狼传》中凶狠而又忘恩负义的艺术形象。

田村徐四，农夫也。父殁，继母生一弟，极凶悖。家有田百余亩，析产时，弟以赡母为词，取其十之八，曲从之。弟又择其膏腴者，亦曲从之。后弟所分荡尽，复从兄需索。乃举所分全付之，而自佃田以耕，意恬如也。一夜自邻村醉归，道经枣林，遇群鬼抛掷泥土，栗不敢行。群鬼啾啾，渐逼近，比及觌面，皆悚然辟易，曰："乃是让产徐四兄。"倏化黑烟四散。

白衣庵僧明玉言：昔五台一僧，夜恒梦至地狱，见种种变相。有老宿教以精意诵经，其梦弥甚，遂渐至委顿。又一老宿曰："是必汝未出家前，曾造恶业。出家后渐明因果，自知必堕地狱，生恐怖心；以恐怖心，造成诸相。故诵经弥笃，幻象弥增。夫佛法广大，容人忏悔，一切恶业，应念皆消。放下屠刀，立地成佛。汝不闻之乎？"是僧闻言，即对佛发愿，勇猛精进，自是宴然无梦矣。

沈观察夫妇并故，幼子寄食亲戚家，贫窭无人状。其妾嫁于史太常家，闻而心恻，时阴使婢媪，与以衣物。后太常知之，曰："此尚在人情天理中。"亦勿禁也。钱塘季沧洲因言：有嫠妇病卧，不能自炊，哀呼邻媪代炊，亦不能时至。忽一少女排闼[1]入，曰："吾新来邻家女也，闻姊困苦乏食，意恒不忍。今告于父母，愿为姊具食，且侍疾。"自是日来其家，凡三四月。嫠妇病愈，将诣门谢其父母。女泫然曰："不敢欺，我实狐也，与郎君在日最相昵。今感念旧情，又悯姊之苦节，是以托名而来耳。"置白金数铤于床，呜咽而去。二事颇相类。然则琵琶别抱[2]，掉首无情，非唯不及此妾，乃并不及此狐。

吴侍读颉云言：癸丑一前辈，偶忘其姓，似是王言敷先生，忆不甚真也。尝僦居海丰寺街，宅后破屋三楹，云有鬼，不可居。然不出为祟，但偶

---

① 闼(tà)——门。

② 琵琶别抱——指改嫁。典出白居易《琵琶行》。

闻音响而已。一夕,屋中有诟谇声。伏墙隅听之,乃两妻争坐位,一称先来,一称年长,哓哓然不止。前辈不觉叹息曰:“死尚不休耶?”再听之,遂寂。夫妻妾同居,隐忍相安者,十或一焉;欢然相得者,千百或一焉,以尚有名分相摄也。至于两妻并立,则从来无一相得者,亦从来无一相安者。无名分以摄之,则两不相下,固其所矣。又何怪于嚣争哉!

卷　五

滦阳消夏录(五)

郑五，不知何许人，携母妻流寓河间，以木工自给。病将死，嘱其妻曰："我本无立锥地，汝又拙于女红，度老母必以冻馁死。今与汝约：有能为我养母者，汝即嫁之，我死不恨也。"妻如所约，母借以存活。或奉事稍怠，则室中有声，如碎磁折竹。一岁，棉衣未成，母泣号寒。忽大声如钟鼓，殷动墙壁。如是者七八年。母死后，乃寂。

佃户曹自立，粗识字，不能多也。偶患寒疾，昏瞆中为一役引去。途遇一役，审为误拘，互诟良久，俾送还。经过一处，以石为垣，周里许，其内浓烟坌涌，紫焰赫然；门额六字，巨如斗。不能尽识，但记其点画而归。据所记偏旁推之，似是"负心背德之狱"也。

世称殇子为债鬼，是固有之。卢南石言：朱元亭一子病瘵，绵惙时，呻吟自语曰："是尚欠我十九金。"俄医者投以人参，煎成未饮而逝，其价恰得十九金。此近日事也。或曰："四海之中，一日之内，殇子不知其凡几，前生逋负者，安得如许之众?"夫死生转毂，因果循环，如恒河之沙，积数不可以测算；如太空之云，变态不可以思议。是诚难拘以一格。然计其大势，则冤愆纠结，生于财货者居多。老子曰："天下攘攘，皆为利往；天下熙熙，皆为利来。"人之一生，盖无不役志于是者。顾天地生财，只有此数，此得则彼失，此盈则彼亏。机械于是而生，恩仇于是而起。业缘报复，延及三生。观谋利者之多，可以知索偿者之不少矣。史迁有言："怨毒之于人甚矣哉!"君子宁信其有，或可发人深省也。

里妇新寡,狂且赂邻媪挑之。夜入其闼,阖扉将寝,忽灯光绿暗,缩小如豆,俄爆然一声,红焰四射,圆如二尺许,大如镜,中现人面,乃其故夫也。男女并噭然仆榻下。家人惊视,其事遂败。或疑嫠妇堕节者众,何以此鬼独有灵?余谓鬼有强弱,人有盛衰。此本强鬼,又值二人之衰,故能为厉耳。其他茹恨黄泉,冤缠数世者,不知凡几,非竟神随形灭也。或又疑妖物所凭,作此变怪。是或有之。然妖不自兴,因人而兴。亦幽魂怨毒之气,阴相感召,邪魅乃乘而假借之。不然,陶婴之室①,何未闻黎丘之鬼②哉?

罗仰山通政在礼曹时,为同官所轧,动辄掣肘,步步如行荆棘中。性素迂滞,渐恚愤成疾。一日,郁郁枯坐,忽梦至一山,花放水流,风日清旷,觉神思开朗,垒块顿消。沿溪散步,得一茅舍。有老翁延入小坐,言论颇洽。老翁问何以有病容,罗具陈所苦。老翁太息曰:"此有夙因,君所未解。君七百年前为宋黄筌,某即南唐徐熙也。徐之画品,本居黄上。黄恐夺供奉之宠,巧词排抑,使沉沦困顿,衔恨以终。其后辗转轮回,未能相遇。今世业缘凑合,乃得一快其宿仇。彼之加于君者,即君之曾加于彼者也,君又何憾焉。大抵无往不复者,天之道;有施必报者,人之情。既已种因,终当结果。其气机之感,如磁之引针:不近则已,近则吸而不解。其怨毒之结,如石之含火:不触则已,触则激而立生。其终不消释,如疾病之隐伏,必有骤发之日。其终相遇合,如日月之旋转,必有交会之躔。然则种种害人之术,适以自害而已矣。吾过去生中,与君有旧,因君未悟,故为述忧患之由。君与彼已结果矣,自今以往,慎勿造因可也。"罗洒然有省,胜负之心顿尽;数日之内,宿疾全除。此余十许岁时,闻霍易书先生言。或曰:"是卫公延璞事,先生偶误记也。"未知其审,并附识之。

---

① 陶婴——汉刘向《列女传》中的节妇,少寡,抚养孤儿,誓不再嫁。

② 黎丘之鬼——《吕氏春秋·疑似》载,黎丘有鬼,喜妆扮人家子弟以惑人。

田白岩言：康熙中，江南有征漕①之案，官吏伏法者数人。数年后，有一人降乩于其友人家，自言方在冥司讼某公。友人骇曰："某公循吏，且其总督两江，在此案前十余年，何以无故讼之？"乩又书曰："此案非一日之故矣。方其初萌，褫②一官，窜流一二吏，即可消患于未萌。某公博忠厚之名，养痈不治，久而溃裂，吾辈遂遘其难。吾辈病民蛊国，不能仇现在之执法者也。追原祸本，不某公之讼而谁讼欤？"书讫，乩遂不动。迄不知九幽之下，定谳如何。《金人铭》③曰："涓涓不壅，将为江河；毫末不札，将寻斧柯。"古圣人所见远矣。此鬼所言，要不为无理也。

里有姜某者，将死，嘱其妇勿嫁。妇泣诺。后有艳妇之色者，以重价购为妾。方靓妆登车，所蓄犬忽人立怒号，两爪抱持啮妇面，裂其鼻准，并盲其一目。妇容既毁，买者委之去。后亦更无觊觎者。此康熙甲午、乙未间事，故老尚有目睹者。皆曰："义哉此犬，爱主人以德；智哉此犬，能攻病之本。"余谓犬断不能见及此，此其亡夫厉鬼所凭也。

爱堂先生尝饮酒夜归，马忽惊逸。草树翳荟，沟塍凹凸，几蹶者三四。俄有人自道左出，一手挽辔，一手掖之下，曰："老母昔蒙拯济，今救君断骨之厄也。"问其姓名，转瞬已失所在矣。先生自忆生平未有是事，不知鬼何以云然。佛经所谓无心布施，功德最大者欤？

张福，杜林镇人也，以负贩为业。一日，与里豪争路，豪挥仆推堕石桥下。时河冰方结，觚棱如锋刃，颅骨破裂，仅奄奄存一息。里胥故嗛豪，遽闻于官。官利其财，狱颇急。福阴遣母谓豪曰："君偿我命，与我何益？

① 征漕——漕，水运粮食。征收粮食。

② 褫(chǐ)——剥夺。

③ 《金人铭》——也称《周金人铭》。《孔子家语》载孔子观周入太祖后稷之庙，庙堂台阶之前有金人，三缄其口而铭其背。

能为我养老母幼子,则乘我未绝,我到官言失足堕桥下。”豪诺之。福粗知字义,尚能忍痛自书状。生供凿凿,官吏无如何也。福死之后,豪竟负约。其母屡控于官,终以生供有据,不能直。豪后乘醉夜行,亦马蹶堕桥死。皆曰:“是负福之报矣。”先姚安公曰:“甚哉,治狱之难也!而命案尤难:有顶凶者,甘为人代死;有贿和者,甘鬻其所亲,斯已猝不易诘矣。至于被杀之人,手书供状,云非是人之所杀。此虽皋陶①听之,不能入其罪也。倘非负约不偿,致遭鬼殛,则竟以财免矣。讼情万变,何所不有,司刑者可据理率断哉!”

姚安公言:有孙天球者,以财为命,徒手积累至千金;虽妻子冻饿,视如陌路,亦自忍冻饿,不轻用一钱。病革时,陈所积于枕前,一一手自抚摩,曰:“尔竟非我有乎?”呜咽而殁。孙未殁以前,为狐所嬲,每摄其财货去,使窘急欲死;乃于他所复得之,如是者不一。又有刘某者,亦以财为命,亦为狐所嬲。一岁除夕,凡刘亲友之贫者,悉馈数金。讶不类其平日所为。旋闻刘床前私箧,为狐盗去二百余金,而得谢柬数十纸。盖孙财乃辛苦所得,狐怪其悭啬,特戏之而已。刘财多由机巧剥削而来,故狐竟散之。其处置亦颇得宜也。

余督学闽中时,幕友钟忻湖言:其友昔在某公幕,因会勘宿古寺中,月色朦胧,见某公窗下有人影,徘徊良久,冉冉上钟楼去。心知为鬼魅,然素有胆,竟蹑往寻之。至则楼门锁闭,楼上似有二人语,其一曰:“君何以空返?”其一曰:“此地罕有官吏至,今幸两官共宿,将俟人静讼吾冤。顷窃听所言,非揣摩迎合之方,即消弭弥缝之术,是不足以办吾事,故废然返。”语毕,似有叹息声。再听之,竟寂然矣。次日,阴告主人。果变色摇手,戒勿多事。迄不知其何冤也。余谓此君友有嗛于主人,故造斯言,形容其巧于趋避,为鬼揶揄耳。若就此一事而论,鬼非目睹,语未耳闻,恍惚杳冥,茫无实据,虽阎罗包老,亦无可措手,顾乃责之于某公乎?

---

① 皋陶(gāo yáo)——传说中舜、禹之时专掌刑法之官。

平原董秋原言：海丰有僧寺，素多狐，时时掷瓦石嬲人。一学究借东厢三楹授徒，闻有是事，自诣佛殿呵责之。数夕寂然，学究有德色。一日，东翁过谈，拱揖之顷，忽袖中一卷堕地。取视，乃秘戏图也。东翁默然去。次日生徒不至矣。狐未犯人，人乃犯狐，竟反为狐所中。君子之于小人，谨备之而已；无故而触其锋，鲜不败也。

关帝祠中，皆塑周将军，其名则不见于史传。考元鲁贞①《汉寿亭侯庙碑》，已有“乘赤兔兮从周仓”语，则其来已久，其灵亦最著。里媪有刘破车者，言其夫尝醉眠关帝香案前，梦周将军蹴之起，左股青痕，越半月乃消。

谓鬼无轮回，则自古至今，鬼日日增，将大地不能容。谓鬼有轮回，则此死彼生，旋即易形而去，又当世间无一鬼。贩夫田妇，往往转生，似无不轮回者。荒阡废冢，往往见鬼，又似有不轮回者。表兄安天石，尝卧疾，魂至冥府，以此问司籍之吏。吏曰：“有轮回，有不轮回。轮回者三途：有福受报，有罪受报，有恩有怨者受报。不轮回者亦三途：圣贤仙佛不入轮回，无间地狱②不得轮回，无罪无福之人，听其游行于墟墓，余气未尽则存，余气渐消则灭。如露珠水泡，倏有倏无；如闲花野草，自荣自落，如是者无可轮回。或有无依魂魄，附人感孕，谓之偷生。高行缁黄，转世借形，谓之夺舍。是皆偶然变现，不在轮回常理之中。至于神灵下降，辅佐明时；魔怪群生，纵横杀劫。是又气数所成，不以轮回论矣。”天石固不信轮回者，病痊以后，尝举以告人曰：“据其所言，乃凿然成理。”

星士虞春潭，为人推算，多奇中。偶薄游襄汉，与一士人同舟，论颇款洽。久而怪其不眠不食，疑为仙鬼。夜中密诘之。士人曰：“我非仙非

---

① 鲁贞——元代人，自号桐山老农，有《桐山老农集》四卷。
② 无间地狱——梵语阿鼻地狱。佛教八热地狱之一。

鬼,文昌司禄[1]之神也,有事诣南岳。与君有缘,故得数日周旋耳。”虞因问之曰:“吾于命理,自谓颇深。尝推某当大贵,而竟无验。君司禄籍,当知其由。”士人曰:“是命本贵,以热中,削减十之七矣。”虞曰:“仕宦热中,是亦常情,何冥谪若是之重?”士人曰:“仕宦热中,其强悍者必怙权,怙权者必狠而愎;其孱弱者必固位,固位者必险而深。且怙权固位,是必躁竞,躁竞相轧,是必排挤。至于排挤,则不问人之贤否,而问党之异同;不计事之可否,而计己之胜负。流弊不可胜言矣。是其恶在贪酷上,寿且削减,何止于禄乎!”虞阴记其语。越两岁余,某果卒。

张铉耳先生之族,有以狐女为妾者,别营静室居之。床帷器具,与人无异,但自有婢媪,不用张之奴隶耳。室无纤尘,唯坐久觉阴气森然;亦时闻笑语,而不睹其形。张故巨族,每姻戚宴集,多请一见,皆不许。一日,张固强之。则曰:“某家某娘子犹可,他人断不可也。”入室相晤,举止娴雅,貌似三十许人。诘以室中寒凛之故,曰:“娘子自心悸耳,室故无他也。”后张诘以独见是人之故。曰:“人阳类,鬼阴类,狐介于人鬼之间,然亦阴类也。故出恒以夜,白昼盛阳之时,不敢轻与人接也。某娘子阳气已衰,故吾得见。”张惕然曰:“汝日与吾寝处,吾其衰乎?”曰:“此别有故。凡狐之媚人有两途:一曰蛊惑,一曰夙因。蛊惑者阳为阴蚀,则病,蚀尽则死;夙因则人本有缘,气自相感,阴阳翕合,故可久而相安。然蛊惑者十之九,夙因者十之一。其蛊惑者亦必自称夙因,但以伤人不伤人知其真伪耳。”后见之人果不久下世。

罗与贾比屋而居,罗富贾贫。罗欲并贾宅,而勒其值;以售他人,罗又阴挠之。久而益窘,不得已减值售罗。罗经营改造,土木一新。落成之日,盛筵祭神。纸钱甫燃,忽狂风卷起,著梁上,烈焰骤发,烟煤迸散如雨落。弹指间,寸椽不遗,并其旧庐爇焉。方火起时,众手交救。罗拊膺止之,曰:“顷火光中,吾恍惚见贾之亡父。是其怨毒之所为,救无益也。吾

---

① 文昌司禄——道教神名。掌人间功名、利禄之事。

悔无及矣。"急呼贾子至,以腴田二十亩书券赠之。自是改行从善,竟以寿考终。

沧州樊氏扶乩,河工某官在焉。降乩者关帝也,忽大书曰:"某来前!汝具文忏悔,语多回护。对神尚尔,对人可知。夫误伤人者,过也,回护则恶矣。天道宥过而殛恶,其听汝巧辩乎?"其人伏地惕息,挥汗如雨。自是怏怏如有失,数月病卒。竟不知所忏悔者何事也。

褚寺农家有妇姑同寝者,夜雨墙圮,泥土簌簌下。妇闻声急起,以背负墙而疾呼姑醒。姑匍匐堕炕下,妇竟压焉,其尸正当姑卧处。是真孝妇,以微贱无人闻于官,久而并佚其姓氏矣。相传妇死之后,姑哭之恸。一日,邻人告其姑曰:"夜梦汝妇冠帔①来曰:'传语我姑,无哭我。我以代死之故,今已为神矣。'"乡之父老皆曰:"吾夜所梦亦如是。"或曰:"妇果为神,何不示梦于其姑?此乡邻欲缓其恸,造是言也。"余谓忠孝节义,殁必为神。天道昭昭,历有证验。此事可以信其有。即曰一人造言,众人附和,"天视自我民视,天听自我民听"。人心以为神,天亦必以为神矣,何必又疑其妄焉。

长山聂松岩,以篆刻游京师。尝馆余家,言其乡有与狐友者,每宾朋宴集,招之同坐。饮食笑语,无异于人,唯闻声而不睹其形耳。或强使相见,曰:"对面不睹,何以为相交?"狐曰:"相交者交以心,非交以貌也。夫人心叵测,险于山川,机阱万端,由斯隐伏。诸君不见其心,以貌相交,反以为密;于不见貌者,反以为疏。不亦悖乎?"田白岩曰:"此狐之阅世深矣。"

---

① 冠帔(pèi)——披在肩背上的服饰。冠帔,古代为命妇所穿戴。

肃宁老儒王德安，康熙丙戌进士也，先姚安公从受业焉。尝夏日过友人家，爱其园亭轩爽，欲下榻于是，友人以夜有鬼物辞。王因举所见一事曰："江南岑生，尝借宿沧州张蝶庄家。壁张钟馗①像，其高如人。前复陈一自鸣钟。岑沉醉就寝，皆未及见。夜半酒醒，月明如昼，闻机轮格格，已诧甚；忽见画像，以为奇鬼，取案上端砚仰击之。大声砰然，震动户牖。童仆排闼入视，则墨沛②淋漓，头面俱黑；画前钟及玉瓶磁鼎，已碎裂矣。闻者无不绝倒。然则动云见鬼，皆人自胆怯耳，鬼究在何处耶？"语甫脱口，墙隅忽应声曰："鬼即在此，夜当拜谒，幸勿以砚见击。"王默然竟出。后尝举以告门人曰："鬼无白昼对语理，此必狐也。吾德恐不足胜妖，是以避之。"盖终持无鬼之论也。

明器，古之葬礼也，后世复造纸车纸马。孟云卿③《古挽歌》曰："冥冥何所须？尽我生人意。"盖姑以缓恸云耳。然长儿汝佶病革时，其女为焚一纸马，汝佶绝而复苏，曰："吾魂出门，茫茫然不知所向。遇老仆王连升牵一马来，送我归。恨其足跛，颇颠簸不适。"焚马之奴泫然曰："是奴罪也。举火时实误折其足。"又六从舅母常氏弥留时，喃喃自语曰："适往看新宅颇佳，但东壁损坏，可奈何？"侍疾者往视其棺，果左侧朽穿一小孔，匠与督工者尚均未觉也。

李又聃先生言：昔有寒士下第者，焚其遗卷，牒诉于文昌祠。夜梦神语曰："尔读书半生，尚不知穷达有命耶？"尝侍先姚安公，偶述是事。先姚安公稽然曰："又聃应举之士，传此语则可。汝辈手掌文衡者，传此语

---

① 钟馗——传说故事中人物，能捉鬼。旧时民俗于端午节多悬其像，称能驱除邪祟。

② 墨沛——墨汁。

③ 孟云卿——唐代诗人，平昌人，官至校书郎。

则不可。聚奎堂柱有熊孝感相国题联曰：‘赫赫科条，袖里常存唯白简①；明明案牍，帘前何处有朱衣②？’汝未之见乎？”

海阳李玉典前辈言：有两生读书佛寺，夜方媟狎，忽壁上现大圆镜，径丈余，光明如昼，毫发毕睹。闻檐际语曰：“佛法广大，固不汝嗔。但汝自视镜中，是何形状？”余谓幽期密约，必无人在旁，是谁见之？两生断无自言理，又何以闻之？然其事为理所宜有，固不必以子虚乌有视之。玉典又言：有老儒设帐废圃中。一夜闻垣外吟哦声，俄又闻辩论声，又闻嚣争声，又闻诟詈声，久之遂闻殴击声。圃后旷无居人，心知为鬼。方战栗间，已斗至窗外。其一盛气大呼曰：“渠评驳吾文，实为冤愤！今同就正于先生。”因朗吟数百言，句句手自击节。其一且呻吟呼痛，且微哂之。老儒惕息不敢言。其一厉声曰：“先生究以为如何？”老儒嗫嚅久之，以额叩枕曰：“鸡肋不足以当尊拳。”其一大笑去，其一往来窗外，气咻咻然，至鸡鸣乃寂云。闻之胶州法黄裳。余谓此亦黄裳寓言也。

天津孟生文熺，有隽才，张石粼先生最爱之。一日，扫墓归，遇孟于路旁酒肆。见其壁上新写一诗，曰：“东风翦翦漾春衣，信步寻芳信步归。红映桃花人一笑，绿遮杨柳燕双飞。徘徊曲径怜香草，惆怅乔林挂落晖。记取今朝延伫处，酒楼西畔是柴扉。”诘其所以，讳不言。固诘之，始云适于道侧见丽女，其容绝代，故坐此冀其再出。张问其处，孟手指之。张大骇曰：“是某家坟院，荒废久矣，安得有是？”同往寻之，果马鬣③蓬科，杳无人迹。

---

① 白简——古御史有所弹奏，用白简。用竹、木片做成。后也称弹劾的章奏为白简。

② 朱衣——古代官员的服饰。

③ 马鬣（liè）——兽类颈上的长毛。此处指坟墓的封土如马鬣的形状。

余在乌鲁木齐时，一日，报军校王某差运伊犁军械，其妻独处。今日过午，门不启，呼之不应，当有他故。因檄迪化同知木金泰往勘。破扉而入，则男女二人共枕卧，裸体相抱，皆剖裂其腹死。男子不知何自来，亦无识者。研问邻里，茫无端绪，拟以疑狱结矣。是夕女尸忽呻吟，守者惊视，已复生。越日能言，自供与是人幼相爱，既嫁犹私会。后随夫驻防西域，是人念之不释，复寻访而来；甫至门，即引入室。故邻里皆未觉。虑暂会终离，遂相约同死。受刃时痛极昏迷，倏如梦觉，则魂已离体。急觅是人，不知何往，唯独立沙碛中，白草黄云，四无边际。正彷徨间，为一鬼缚去。至一官府，甚见诘辱，云是虽无耻，命尚未终；叱杖一百，驱之返。杖乃铁铸，不胜楚毒，复晕绝。及渐苏，则回生矣。视其股，果杖痕重叠。驻防大臣巴公曰："是已受冥罚，奸罪可勿重科矣。"余乌鲁木齐杂诗有曰："鸳鸯毕竟不双飞，天上人间旧愿违。白草萧萧埋旅榇，一生肠断华山畿①。"即咏此事也。

朱青雷言：尝与高西园散步水次，时春冰初泮，净绿瀛溶。高曰："忆晚唐有'鱼鳞可怜紫，鸭毛自然碧'句，无一字言春水，而晴波滑笏之状，如在目前。惜不记其姓名矣。"朱沉思未对，闻老柳后有人语曰："此初唐刘希夷诗，非晚唐也。"趋视无一人。朱悚然曰："白日见鬼矣。"高微笑曰："如此鬼，见亦大佳，但恐不肯相见耳。"对树三揖而行。归检刘诗，果有此二语。余偶以告戴东原，东原因言：有两生烛下对谈，争《春秋》周正夏正，往复甚苦。窗外忽叹息言曰："左氏周人，不容不知周正朔。二先生何必词费也?"出视窗外，唯一小僮方酣睡。观此二事，儒者日谈考证，讲"曰若稽古"②，动至十四万言。安

① 华山畿——古乐府吴声歌曲名。相传南朝宋时，有一读书人从华山畿往云阳，途中恋客舍一女子，后思疾死。柩车至客舍前不动，女子歌曰："华山畿，君既为侬死，独活为谁施？欢若见怜时，棺木为侬开。"棺应声开，女遂入，乃合葬。事见《古今乐灵》。

② 曰若稽古——《尚书·尧典》等篇都以"曰若稽古"开端。据说汉代经学家解说这四个字，用了三万言的篇幅。此处为考证古事之意。

知冥冥之中，无在旁揶揄者乎？

聂松岩言：即墨于生，骑一驴赴京师。中路憩息高岗上，系驴于树，而倚石假寐。忽见驴昂首四顾，浩然叹曰："不至此地数十年，青山如故，村落已非旧径矣。"于故好奇，闻之跃然起曰："此宋处宗长鸣鸡也[①]，日日乘之共谈，不患长途寂寞矣。"揖而与言，驴啮草不应。反复开导，约与为忘形交，驴亦若勿闻。怒而痛鞭之，驴跳掷狂吼，终不能言。竟棰折一足，鬻于屠肆，徒步以归。此事绝可笑，殆睡梦中误听耶？抑此驴夙生冤谴，有物凭之，以激于之怒杀耶？

三叔父仪南公，有健仆毕四，善弋猎，能挽十石弓。恒捕鹑于野。凡捕鹑者必以夜，先以藁秸插地，如禾陇之状，而布网于上；以牛角作曲管，肖鹑声吹之。鹑既集，先微惊之，使渐次避入藁秸中；然后大声惊之，使群飞突起，则悉触网矣。吹管时，其声凄咽，往往误引鬼物至，故必筑团焦自卫，而携兵仗以备之。一夜，月明之下，见老叟来作礼曰："我狐也，儿孙与北村狐构衅，举族械战。彼阵擒我一女，每战必反接驱出以辱我；我亦阵擒彼一妾，如所施报焉。由此仇益结，约今夜决战于此。闻君义侠，乞助一臂力，则没齿感恩。持铁尺者彼，持刀者我也。"毕故好事，忻然随之往，翳丛薄间。两阵既交，两狐血战不解，至相抱手搏。毕审视既的，控弦一发，射北村狐踣。不虞弓劲矢铦，贯腹而过，并老叟洞腋殪焉。两阵各惶遽，夺尸弃俘囚而遁。毕解二狐之缚，且告之曰："传语尔族，两家胜败相当，可以解冤矣。"先是北村每夜闻战声，自此遂寂。此与李冰事相类[②]；然冰战江神为捍灾御患，此狐逞其私愤，两斗不已，卒至两伤。是亦不可以已乎。

---

① 南朝宋刘义庆《幽明录》载，晋兖州刺史宋处宗得到了一只长鸣鸡，后鸡竟能开口说话，与之谈玄。

② 战国秦李冰为蜀郡守，当地有蛟龙作祟，李冰变牛与之斗，不胜，后选数百勇士一齐协力把蛟龙射死。事见《成都记》。

姚安公在滇时，幕友言署中香橼树下，月夜有红裳女子靓妆立，见人则冉冉没土中。众议发视之。姚安公携卮酒浇树下，自祝之曰："汝见人则隐，是无意于为祟也；又何必屡现汝形，自取暴骨之祸？"自是不复出。又有书斋甚轩敞，久无人居。舅氏安公五章，时相从在滇，偶夏日裸寝其内。梦一人揖而言曰："与君虽幽明异路，然眷属居此，亦有男女之别。君奈何不以礼自处？"瞿然醒，遂不敢再往。姚安公尝曰："树下之鬼可谕之以理，书斋之魅能以理谕人。此郡僻处万山中，风俗质朴，浑沌未凿，故异类亦淳良如是也。"

余两三岁时，尝见四五小儿，彩衣金钏，随余嬉戏，皆呼余为弟，意似甚相爱。稍长时，乃皆不见。后以告先姚安公。公沉思久之，爽然曰："汝前母恨无子，每令尼媪以彩丝系神庙泥孩归，置于卧内，各命以乳名，日饲果饵，与哺子无异。殁后，吾命人瘗楼后空院中，必是物也。恐后来为妖，拟掘出之，然岁久已迷其处矣。"前母即张太夫人姊。一岁忌辰，家祭后，张太夫人昼寝，梦前母以手推之曰："三妹太不经事，利刃岂可付儿戏？"愕然惊醒，则余方坐身旁，掣姚安公革带佩刀出鞘矣。始知魂归受祭，确有其事。古人所以事死如生也。

表叔王碧伯妻丧，术者言某日子刻回煞，全家皆避出。有盗伪为煞神，逾垣入，方开箧攫簪珥。适一盗又伪为煞神来，鬼声呜呜渐近。前盗惶遽避出，相遇于庭，彼此以为真煞神，皆悸而失魂，对仆于地。黎明，家人哭入，突见之，大骇，谛视乃知为盗。以姜汤灌苏，即以鬼装缚送官。沿路聚观，莫不绝倒。据此一事，回煞之说当妄矣。然回煞形迹，余实屡目睹之。鬼神茫昧，究不知其如何也。

益都朱天门言：甲子夏，与数友夜集明湖侧，召妓侑觞①。饮方

---

① 侑觞（yòu shāng）——劝人饮酒。

酣，妓素不识字，忽援笔书一绝句曰："一夜潇潇雨，高楼怯晓寒；桃花零落否？呼婢卷帘看。"掷于一友之前。是人观讫，遽变色仆地。妓亦仆地。顷之妓苏，而是人不苏矣。后遍问所亲，迄不知其故。

癸巳、甲午间，有扶乩者自正定来，不谈休咎，唯作书画。颇疑其伪托。然见其为曹慕堂作着色山水长卷及醉钟馗像，笔墨皆不俗；又见赠董曲江一联曰："黄金结客心犹热，白首还乡梦更游。"亦酷肖曲江之为人。

佃户曹二妇悍甚，动辄诃詈风雨，诟谇鬼神；乡邻里闾，一语不合，即揎袖露臂，携二捣衣杵，奋呼跳掷如䝙虎。一日，乘阴雨出窃麦。忽风雷大作，巨雹如鹅卵，已中伤仆地。忽风卷一五斗栲栳[①]堕其前，顶之得不死。岂天亦畏其横欤？或曰："是虽暴戾，而善事其姑。每与人斗，姑叱之，辄弭伏；姑批其颊，亦跪而受。然则遇难不死，有由矣。"孔子曰："夫孝，天之经也，地之义也。"岂不然乎！

癸亥夏，高川之北堕一龙，里人多目睹之。姚安公命驾往视，则已乘风雨去。其蜿蜒攫拿之迹，蹂躏禾稼二亩许，尚分明可见。龙，神物也，何以致堕？或曰："是行雨有误，天所谪也。"按世称龙能致雨，而宋儒谓雨为天地之气，不由于龙。余谓礼称"天降时雨，山川出云"，故《公羊传》谓触石而出，肤寸[②]而合，不崇朝而雨天下者，唯泰山之云。是宋儒之说所本也。《易·文言·传》称云从龙，故董仲舒祈雨法召以土龙，此世俗之说所本也。大抵有天雨，有龙雨：油油而

---

① 栲栳（kǎo lǎo）——用柳条或竹子编成的器具，形状如斗，用以打水或盛东西。

② 肤寸——古代长度单位，一指宽为一寸，四指为肤，后用比喻微小。肤寸而合，形容云气密布。

云，潇潇而雨者，天雨也；疾风震雷，不久而过者，龙雨也。观触犯龙潭者，立致风雨，天地之气能如是之速合乎？洗鲊答[①]诵焚咒者，亦立致风雨，天地之气能如是之克期乎？故必两义兼陈，其理始备。必规规然胶执一说，毋乃不通其变欤！

里人王驴耕于野，倦而枕块以卧。忽见肩舆从西来，仆马甚众，舆中坐者先叔父仪南公也。怪公方卧疾，何以出行。急近前起居。公与语良久，乃向东北去。归而闻公已逝矣。计所见仆马，正符所焚纸器之数。仆人沈崇贵之妻，亲闻驴言之。后月余，驴亦病卒。知白昼遇鬼，终为衰气矣。

余第三女，许婚戈仙舟太仆子。年十岁，以庚戌夏至卒。先一日，病已革。时余以执事在方泽，女忽自语曰："今日初八，吾当明日辰刻去，犹及见吾父也。"问何以知之，瞑目不言。余初九日礼成归邸，果及见其卒。卒时壁挂洋钟恰琤然鸣八声，是亦异矣。

膳夫杨义，粗知文字。随姚安公在滇时，忽梦二鬼持朱票来拘，标名曰杨乂。义争曰："我名杨义，不名杨乂，尔定误拘。"二鬼皆曰："乂字上尚有一点，是省笔义字。"义又争曰："从未见义字如此写，当仍是乂字误滴一墨点。"二鬼不能强而去。同寝者闻其呓语，殊甚了了。俄姚安公终养归，义随至平彝，又梦二鬼持票来，乃明明楷书杨义字。义仍不服曰："我已北归，当属直隶城隍。尔云南城隍，何得拘我？"喧诟良久。同寝者呼之乃醒，自云二鬼甚愤，似必不相舍。次日，行至滇南胜境坊下，果马蹶堕地卒。

① 鲊答——小石子。古代蒙族祈雨，用净水一盆，浸数枚石子，默念咒语，同时用手淘漉石子，认为可以降雨。

余在乌鲁木齐，畜数犬。辛卯赐环①东归，一黑犬曰四儿，恋恋随行，挥之不去，竟同至京师。途中守行篋甚严，非余至前，虽童仆不能取一物。稍近，辄人立怒啮。一日，过辟展七达坂，（达坂译言山岭，凡七重，曲折陡峻，称为天险。）车四辆，半在岭北，半在岭南，日已曛黑，不能全度。犬乃独卧岭巅，左右望而护视之，见人影辄驰视。余为赋诗二首曰："归路无烦汝寄书，风餐露宿且随予；夜深奴子酣眠后，为守东行数辆车。""空山日日忍饥行，冰雪崎岖百廿程。我已无官何所恋，可怜汝亦太痴生。"纪其实也。至京岁余，一夕，中毒死。或曰："奴辈病其司夜严，故以计杀之，而托词于盗。"想当然矣。余收葬其骨，欲为起冢，题曰"义犬四儿墓"；而琢石象出塞四奴之形，跪其墓前，各镌姓名于胸臆，曰赵长明，曰于禄，曰刘成功，曰齐来旺。或曰："以此四奴置犬旁，恐犬不屑。"余乃止。仅题额诸奴所居室，曰"师犬堂"而已。初，翟孝廉赠余此犬时，先一夕梦故仆宋遇叩首曰："念主人从军万里，今来服役。"次日得是犬，了然知为遇转生也。然遇在时阴险狡黠，为诸仆魁，何以作犬反忠荩？岂自知以恶业堕落，悔而从善欤？亦可谓善补过矣。

狐能化形，故狐之通灵者，可往来于一隙之中，然特自化其形耳。宋蒙泉言：其家一仆妇为狐所媚，夜辄褫衣无寸缕，自窗棂舁出，置于廊下，共相戏狎。其夫露刃追之，则门键不可启；或掩扉以待，亦自能坚闭，仅于窗内怒詈而已。一日，阴藏鸟铳，将隔窗击之。临期觅铳不可得。次日，乃见在钱柜中。铳长近五尺，而柜口仅尺余，不知何以得入，是并能化他形矣。宋儒动言格物，如此之类，又岂可以理推乎？姚安公尝言：狐居墟墓，而幻化室庐；人视之如真，不知狐自视如何。狐具毛革，而幻化粉黛；人视之如真，不知狐自视又如何。不知此狐所幻化，彼狐视之更当如何。此真无从而推究也。

---

① 赐环——古代官员有罪，待放于境三年，等朝廷赐环，方可回复，若赐玺则永不复回。

乌鲁木齐把总蔡良栋言：此地初定时，尝巡瞭至南山深处。（乌鲁木齐在天山北，故呼曰南山。）日色薄暮，似见隔涧有人影，疑为玛哈沁，（额鲁特语谓劫盗曰玛哈沁，营伍中袭其故名。）伏丛莽中密侦之。见一人戎装坐磐石上，数卒侍立，貌皆狰狞；其语稍远不可辨。唯见指挥一卒，自石洞中呼六女子出，并姣丽白皙；所衣皆缯彩，各反缚其手，觳觫[①]俯首跪。以次引至坐者前，褫下裳伏地，鞭之流血，号呼凄惨，声彻林谷。鞭讫，径去。六女战栗跪送，望不见影，乃呜咽归洞。其地一射可及，而涧深崖陡，无路可通。乃使弓力强者，攒射对崖一树，有两矢著树上，用以为识。明日，迂回数十里寻至其处，则洞口尘封；秉炬而入，曲折约深四丈许，绝无行迹。不知昨所遇者何神，其所鞭者又何物。生平所见奇事，此为第一。考《太平广记》，载老僧见天人追捕飞天夜叉事，夜叉正是一好女。蔡所见似亦其类欤！

六畜充庖，常理也；然杀之过当，则为恶业。非所应杀之人而杀之，亦能报冤。乌鲁木齐把总茹大业言：吉木萨游击遣奴入山寻雪莲，迷不得归。一夜梦奴浴血来曰："在某山遇玛哈沁为脔食，残骸犹在桥南第几松树下，乞往迹之。"游击遣军校寻至树下，果血污狼藉，然视之皆羊骨。盖圉卒共盗一官羊，杀于是也。犹疑奴或死他所。越两日，奴得遇猎者引归。始知羊假奴之魂，以发圉卒[②]之罪耳。

李媪，青县人。乾隆丁巳、戊午间，在余家司爨。言其乡有农家，居邻古墓。所畜二牛，时登墓蹂践。夜梦有人呵责之。乡愚粗戆，置弗省。俄而家中怪大作，夜见二物，其巨如牛，蹴踏跳掷，院中盎瓮皆破碎。如是数夕，至移碌碡于房上，砰然滚落，火焰飞腾，击捣衣砧为数段。农家恨甚，乃多借鸟铳，待其至，合手击之，两怪并应声踣。农家大喜，急秉火出视，乃所畜二牛也。自是怪不复作，家亦渐落。凭其牛以为妖，俾自杀之，可

---

① 觳觫（hú sù）——因恐惧而发抖。

② 圉(yǔ)卒——养马的地方。饲养马的兵卒。

谓巧于播弄矣；要亦乘其犷悍之气，故得以假手也。

献县城东双塔村，有两老僧共一庵。一夕，有两老道士叩门借宿。僧初不允。道士曰："释道虽两教，出家则一。师何所见之不广？"僧乃留之。次日至晚，门不启，呼亦不应。邻人越墙入视，则四人皆不见；而僧房一物不失，道士行囊中藏数十金，亦具在。皆大骇，以闻于官。邑令粟公千钟来验，一牧童言村南十余里外枯井中似有死人。驰往视之，则四尸重叠在焉，然皆无伤。粟公曰："一物不失，则非盗；年皆衰老，则非奸；邂逅留宿，则非仇；身无寸伤，则非杀。四人何以同死？四尸何以并移？门扃不启，何以能出？距井窎远[①]，何以能至？事出情理之外。吾能鞫人，不能鞫鬼。人无可鞫，惟当以疑案结耳。"径申上官。上官亦无可驳诘，竟从所议。应山明公晟，健令也，尝曰："吾至献，即闻是案；思之数年，不能解。遇此等事，当以不解解之。一作聪明，则决裂百出矣。人言粟公愦愦，吾正服其愦愦也。"

《左传》言："深山大泽，实生龙蛇。"小奴玉保，乌鲁木齐流人[②]子也。初隶特纳格尔军屯。尝入谷追亡羊，见大蛇巨如柱，盘于高岗之顶，向日晒鳞；周身五色烂然，如堆锦绣；顶一角，长尺许。有群雉飞过，张口吸之，相距四五丈，皆翩然而落，如矢投壶。心知羊为所吞矣，乘其未见，循涧逃归，恐怖几失魂魄。军吏邬图麟因言此蛇至毒，而其角能解毒，即所谓吸毒石[③]也。见此蛇者，携雄黄数斤，于上风烧之，即委顿不能动。取其角，锯为块，痈疽初起时，以一块著疮顶，即如磁吸铁，相粘不可脱。待毒气吸出，乃自落。置人乳中，浸出其毒，仍可再用。毒轻者乳变绿，稍重者变青黯，极重者变黑紫。乳变黑紫者，吸四五次乃可尽，余一二次愈矣。余记

---

① 窎(diào)——深远。

② 流人——流亡于外的人。此处指犯罪被流放的人。

③ 吸毒石——《广东通志·舆地略》："吸毒石，西洋岛中毒蛇脑中石也。大如扁豆，能吸一切肿毒，即发背亦可治。"也名骨咄犀、国咄犀等。

从兄懋园家有吸毒石,治痈疽颇验;其质非木非石,至是乃知为蛇角矣。

正乙真人，能作催生符，人家多有之。此非祷雨驱妖，何与真人事？殊不可解。或曰："道书载有二鬼：一曰语忘，一曰敬遗，能使人难产。知其名而书之纸，则去。符或制此二鬼欤？"夫四海内外，登产蓐者，殆恒河沙数，其天下只此语忘、敬遗二鬼耶？抑一处各有二鬼，一家各有二鬼，其名皆曰语忘、敬遗也？如天下只此二鬼，将周游奔走而为厉，鬼何其劳？如一处各有二鬼，一家各有二鬼，则生育之时少，不生育之时多，扰扰千百亿万，鬼无所事事，静待人生育而为厉，鬼又何其冗闲无用乎？或曰："难产之故多端，语忘、敬遗其一也。不能必其为语忘、敬遗，亦不能必其非语忘、敬遗，故召将试勘焉。"是亦一解矣。第以万一或然之事，而日日召将试勘，将至而有鬼，将驱之矣；将至而非鬼，将且空返，不渎神矣乎？即神不嫌渎，而一符一将，是炼无数之将，使待幽王之烽火①；上帝且以真人一符，增置一神。如诸符共一将，则此将虽千手千目，亦疲于奔命；上帝且以真人诸符，特设以无量化身之神，供捕风捉影之役矣。能乎不能？然赵鹿泉前辈有一符，传自明代，曰高行真人精炼刚气之所画也。试之，其验如响。鹿泉非妄语者，是则吾无以测之矣。

俗传张真人厮役皆鬼神。尝与客对谈,司茶者雷神也。客不敬,归而震霆随之,几不免。此齐东语也。忆一日与余同陪祀,将入而遗其朝珠,向余借。余戏曰:"雷部鬼律令行最疾,何不遣取?"真人为䩥②然。然余在福州使院时,老仆魏成夜夜为祟扰。一夜乘醉怒叱曰:"吾言素与天师善,明日寄一札往,雷部立至矣。"应声而寂。然则狐鬼亦习闻是语也。

---

① 幽王之烽火——周幽王宠褒姒，褒姒不笑，周幽王遍举烽火，使诸侯匆忙赶来，褒姒见诸侯受戏弄，才破颜一笑。事见《史记·周本纪》。

② 䩥(chǎn)——笑的样子。

奴子王廷佐，夜自沧州乘马归。至常家砖河，马忽辟易[①]。黑暗中见大树阻去路，素所未有也。勒马旁过，此树四面旋转，当其前。盘绕数刻，马渐疲，人亦渐迷。俄所识木工国姓、韩姓从东来，见廷佐痴立，怪之。廷佐指以告。时二人已醉，齐呼曰："佛殿少一梁，正觅大树。今幸而得此，不可失也。"各持斧锯奔赴之。树倏化旋风去。《阴符经》[②]曰："禽之制在气。"木妖畏匠人，正如狐怪畏猎户，积威所劫，其气焰足以巨盗之，不必其力之相胜也。

宁津苏子庚言:丁卯夏,张氏姑妇同刈麦。甫收拾成聚,有大旋风从西来,吹之四散。妇怒,以镰掷之,洒血数滴渍地上。方共检寻所失,妇倚树忽似昏醉,魂为人缚至一神祠。神怒叱曰:"悍妇乃敢伤我吏！速受杖。"妇性素刚,抗声曰:"贫家种麦数亩,资以活命。烈日中妇姑辛苦,刈甫毕,乃为怪风吹散。谓是邪祟,故以镰掷之。不虞伤大王使者。且使者来往,自有官路;何以横经民田,败人麦？以此受杖,实所不甘。"神俯首曰:"其词直,可遣去。"妇苏而旋风复至,仍卷其麦为一处。说是事时,吴桥王仁趾曰:"此不知为何神？不曲庇其私昵,谓之正直可矣;先听肤受之诉[③],使妇几受刑,谓之聪明则未也。"景州戈荔田曰:"妇诉其冤,神即能鉴,是亦聪明矣。倘诉者哀哀,听者愦愦,君更谓之何?"子庚曰:"仁趾责人无已时。荔田言是。"

四川藩司张公宝南，先祖母从弟也。其太夫人喜鳖臛。一日，庖人得巨鳖，甫断其首，有小人长四五寸，自颈突出，绕鳖而走。庖人大骇仆地。众救之苏，小人已不知所往。及剖鳖，乃仍在鳖腹中，已死矣。

---

① 辟易——惊慌不前。

② 《阴符经》——相传黄帝撰，言虚无之道、修炼之术。有太公、范蠡、鬼谷子、张良、诸葛亮、李筌六家注。

③ 肤受之诉——切身所遭受的诬告。典见《论语·颜渊》。

先祖母曾取视之，先母时尚幼，亦在旁目睹：装饰如《职贡图》① 中回回状，帽黄色，褶蓝色，带红色，靴黑色，皆纹理分明如绘；面目手足，亦皆如刻画。馆师岑生识之，曰："此名鳖宝，生得之，剖臂纳肉中，则啖人血以生。人臂有此宝，则地中金银珠玉之类，隔土皆可见。血尽而死，子孙又剖臂纳之，可以世世富。"庖人闻之大懊悔，每一念及，辄自批其颊。外祖母曹太夫人曰："据岑师所云，是以命博财也。人肯以命博财，则其计多矣，何必剖臂养鳖！"庖人终不悟，竟自恨而卒。

孤树上人，不知何许人，亦不知其名。明崇祯末，居景城破寺中。先高祖厚斋公，尝赠以诗。一夜灯下诵经，窗外窸窣有声，似人来往。呵问为谁。朗应曰："身是野狐，为听经来此。"问："某刹法筵最盛，何不往听？"曰："渠是有人处诵经，师是无人处诵经也。"后为厚斋公述之，厚斋公曰："师以此语告我，亦是有人处诵经矣。"孤树怃然②者久之。

李太白梦笔生花，特睡乡幻景耳。福建陆路提督马公负书，性耽翰墨，稍暇即临池。一日，所用巨笔悬架上，忽吐焰，光长数尺，自毫端倒注于地，复逆卷而上，蓬蓬然逾刻乃敛。署中弁卒皆见之。马公画为小照，余尝为题诗。然马公竟卒于官，则亦妖而非瑞矣。

史少司马抑堂，相国文靖公次子也。家居时，忽无故眩瞀，觉魂出门外，有人掖之登肩舆，行数里矣。复有肩舆自后追至，疾呼且住。视之，则文靖公也。抑堂下舆叩谒，文靖公语之曰："尔尚有子孙未出

---

① 《职贡图》——清乾隆时，傅恒等奉旨撰《皇清职贡图》八卷，绘外国及藩属男女图像。

② 怃（wǔ）然——失望的样子。

世，此时讵可前往？”挥舁者[①]送归。霍然而醒，时年七十四。次年举一子，越两年又举一子，果如文靖公之言。此抑堂七十八岁时至京师，亲为余言。

① 舁（yú）者——此指轿夫。

卷　六

滦阳消夏录(六)

乌什回部将叛①时，城西有高阜，云其始祖墓也。每日将暮，辄见巨人立墓上，面阔逾一尺，翘首向东，若有所望。叛党殄灭后，乃不复见。或曰："是知劫运将临，待收其子孙之魂也。"或曰："东望者，示其子孙，有兵自东来，早为备也。"或曰："回部为西域。向东者，面内也，示其子孙不可叛也。"是皆不可知。其为乌什将灭之妖孽，则无疑也。

宏恩寺僧明心言：上天竺有老僧，尝入冥。见狰狞鬼卒，驱数千人在一大公廨外，皆褫衣反缚。有官南面坐，吏执簿唱名，一一选择精粗，揣量肥瘠，若屠肆之鬻羊豕。意大怪之。见一吏去官稍远，是旧檀越，因合掌问讯："是悉何人？"吏曰："诸天②魔众，皆以人为粮。如来运大神力，摄伏魔王，皈依五戒③。而部族繁伙，叛服不常，皆曰自无始以来，魔众食人，如人食谷。佛能断人食谷，我即不食人。如是哓哓，即彼魔王亦不能制。佛以孽海洪波，沉沦不返，无间地狱，已不能容。乃牒下阎罗，欲移此狱囚，充彼啖噬；彼腹得果，可免荼毒生灵。十王共议，以民命所关，无如守令，造福最易，造祸亦深。唯是种种冤愆，多非自作；冥司业镜，罪有攸归。其最为民害者，一曰吏，一曰役，一曰官之亲属，一曰官之仆隶。是四种人，无官之责，有官之权。官或自顾考成，彼则唯知牟利，依草附木，怙

---

① 乌什回部将叛——乌什，地名，在新疆。回部，乌什在清初为回族聚居地。叛乱发生于乾隆二十九年。

② 诸天——佛教把三界二十八天称作诸天。

③ 五戒——佛家五种戒律，即不杀，不偷、不淫、不妄语、不饮酒吃肉。

势作威，足使人敲髓洒膏，吞声泣血。四大洲①内，唯此四种恶业至多。是以清我泥犁，供其汤鼎。以白皙者、柔脆者、膏腴者充魔王食，以粗材充众魔食。故先为差别，然后发遣。其间业稍轻者，一经脔割烹炮，即化为乌有。业重者，抛余残骨，吹以业风，还其本形，再供刀俎；自二三度至千百度不一。业最重者，乃至一日化形数度，刲剔燔炙，无已时也。”僧额手曰：“诚不如削发出尘，可无此虑。”吏曰：“不然，其权可以害人，其力即可以济人。灵山会上，原有宰官；即此四种人，亦未尝无逍遥莲界者也。”语讫忽寤。僧有侄在一县令署，急驰书促归，劝使改业。此事即僧告其侄，而明心在寺得闻之。虽语颇荒诞，似出寓言；然神道设教，使人知畏，亦警世之苦心，未可绳以妄语戒也。

沧州瞽者刘君瑞，尝以弦索来往余家。言其偶有林姓者，一日薄暮，有人登门来唤曰：“某官舟泊河干，闻汝善弹词，邀往一试，当有厚赉②。”即促抱琵琶，牵其竹杖导之往。约四五里，至舟畔。寒温毕，闻主人指挥曰：“舟中炎热，坐岸上奏技，吾倚窗听之可也。”林利其赏，竭力弹唱。约略近三鼓，指痛喉干，求滴水不可得。侧耳听之，四围男女杂坐，笑语喧嚣，觉不似仕宦家，又觉不似在水次，辍弦欲起。众怒曰：“何物盲贼，敢不听使令！”众手交捶，痛不可忍。乃哀乞再奏。久之，闻人声渐散，犹不敢息。忽闻耳畔呼曰：“林先生何故日尚未出，坐乱冢间演技，取树下早凉耶？”矍然惊问，乃其邻人早起贩鬻过此也。知为鬼弄，狼狈而归。林姓素多心计，号曰“林鬼”。闻者咸笑曰：“今日鬼遇鬼矣。”

先姚安公曰：里有白以忠者，偶买得役鬼符咒一册，冀借此演搬运法，或可谋生。乃依书置诸法物，月明之夜，作道士装，至墟墓间试之。据案对书诵咒，果闻四面啾啾声。俄暴风突起，卷其书落草间，为一鬼跃出攫去。众鬼哗然并出，曰：“尔恃符咒拘遣我，今符咒已失，不畏尔矣。”聚而

---

① 四大洲——佛经称东胜身洲、南赡部洲、西牛货洲、北俱庐洲为四大洲。

② 赉(lài)——赏赐。

攒击,以忠踉跄奔逃,背后瓦砾如骤雨,仅得至家。是夜疟疾大作,困卧月余,疑亦鬼为祟也。一日诉于姚安公,且惭且愤。姚安公曰:“幸哉,尔术不成,不过成一笑柄耳。倘不幸术成,安知不以术贾祸?此尔福也,尔又何尤焉!”

从侄虞惇所居宅,本村南旧圃也。未筑宅时,四面无居人。一夕,灌圃者田大卧井旁小室,闻墙外诟争声,疑为村人,隔墙问曰:“尔等为谁?夜深无故来扰我。”其一呼曰:“一事求大哥公论:不知何处客鬼,强入我家调我妇,天下有是理耶?”其一呼曰:“我自携钱赴闻家庙,此妇见我嬉笑,邀我入室;此人突入夺我钱,天下又有是理耶?”田知是鬼,噤不敢应。二鬼并曰:“此处不能了此事,当诉诸土地耳。”喧喧然向东北去。田次日至土地祠问庙祝,乃寂无所闻,皆疑田妄语。临清李名儒曰:“是不足怪,想此妇和解之矣。”众为粲然。

乾隆己未,余与东光李云举、霍养仲同读书生云精舍。一夕偶论鬼神,云举以为有,养仲以为无。正辩诘间,云举之仆卒然曰:“世间原有奇事,傥奴不身经,虽奴亦不信也。尝过城隍祠前丛冢间,失足踏破一棺。夜梦城隍拘去,云有人诉我毁其室。心知是破棺事,与之辩曰:‘汝室自不合当路,非我侵汝。’鬼又辩曰:‘路自上我屋,非我屋故当路也。’城隍微笑顾我曰:‘人人行此路,不能责汝;人人踏之不破,何汝踏破?亦不能竟释汝。当偿之以冥镪①。’既而曰:‘鬼不能自葺棺。汝覆以片板,筑土其上可也。’次日如神教,仍焚冥镪,有旋风卷其灰去。一夜复过其地,闻有人呼我坐。心知为曩鬼,疾驰归。其鬼大笑,音磔磔如枭鸟。迄今思之,尚毛发悚立也。”养仲谓云举曰:“汝仆助汝,吾一口不胜两口矣,然吾终不能以人所见为我所见。”云举曰:“使君鞫狱,将事事目睹而后信乎?抑以取证众口乎?事事目睹无此理,取证众口,不以人所见为我所见乎?君何以处焉?”相与一笑而罢。

---

① 冥镪——即纸钱。

莆田林教授清标言：郑成功据台湾时，有粤东异僧泛海至，技击绝伦，袒臂端坐，斫以刃，如中铁石；又兼通壬遁风角[①]。与论兵，亦娓娓有条理。成功方招延豪杰，甚敬礼之。稍久，渐骄蹇。成功不能堪，且疑为间谍，欲杀之而惧不克。其大将刘国轩曰："必欲除之，事在我。"乃诣僧款洽，忽请曰："师是佛地位人，但不知遇摩登伽[②]还受摄否？"僧曰："参寥和尚久心似沾泥絮[③]矣。"刘因戏曰："欲以刘王大体双[④]一验道力，使众弥信心可乎？"乃选娈童倡女姣丽善淫者十许人，布茵施枕，恣为媟狎于其侧，柔情曼态，极天下之妖惑。僧谈笑自若，似无见闻；久忽闭目不视。国轩拔剑一挥，首已欻然落矣。国轩曰："此术非有鬼神，特炼气自固耳。心定则气聚，心一动则气散矣。此僧心初不动，故敢纵观。至闭目不窥，知其已动而强制，故刃一下而不能御也。"所论颇入微。但不知椎埋恶少，何以能见及此。其纵横鲸窟十余年，盖亦非偶矣。

牛公悔庵，尝与五公山人散步城南，因坐树下谈《易》。忽闻背后语曰："二君所论，乃术家[⑤]《易》，非儒家《易》也。"怪其适自何来。曰："已先坐此，二君未见耳。"问其姓名。曰："江南崔寅。今日宿城外旅舍，天尚未暮，偶散闷闲行。"山人爱其文雅，因与接膝，究术家儒家之说。崔曰："圣人作《易》，言人事也，非言天道也；为众人言也，非为圣人言也。圣人从心不逾矩，本无疑惑，何待于占？唯众人昧于事几，每两歧罔决，故圣人以阴阳之消长，示人事之进退，俾知趋避而已。此儒家之本旨也。顾

---

① 壬遁风角——壬，六壬；遁，奇门遁甲。六壬、奇门遁甲、风角俱为古代道法之术。

② 摩登伽——摩登伽女，佛经言其使女蛊惑高僧阿难。此处指女人。

③ "参寥和尚"句——宋朱弁《续骫骳说》载，苏轼遣官妓往见和尚道潜（号参寥子）求诗，道潜笑作绝句，有"禅心已作沾泥絮，不逐春风上下狂"之语。

④ 刘王大体双——刘王，五代南汉国君刘鋹。刘鋹得一波斯女，名媚猪，性淫。曾选少年，配以宫女，令其于后园中裸体性交，刘与波斯女则观赏于其旁，称之为"大体双"。事见宋陶縠《清异录》。

⑤ 术家——古代称擅长天文历算的学者。

万物万事,不出阴阳。后人推而广之,各明一义。杨简、王宗传①阐发心学,此禅家之《易》,源出王弼②者也。陈抟、邵康节③推论先天,此道家之易,源出魏伯阳④者也。术家之《易》衍于管、郭⑤,源于焦、京⑥,即二君所言是矣。《易》道广大,无所不包,见智见仁,理原一贯。后人忘其本始,反以旁义为正宗。是圣人作《易》,但为一二上智设,非千万世垂教之书,千万人共喻之理矣。经者常也,言常道也;经者径也,言人所共由也。曾是《六经》之首,而诡秘其说,使人不可解乎?"二人喜其词致,谈至月上未已。诘其行踪,多世外语。二人谢曰:"先生其儒而隐者乎?"崔微哂曰:"果为隐者,方韬光晦迹之不暇,安得知名?果为儒者,方反躬克己之不暇,安得讲学?世所称儒称隐,皆胶胶扰扰者也。吾方恶此而逃之。先生休矣,毋污吾耳。"剨然长啸,木叶乱飞,已失所在矣。方知所见非人也。

南皮许南金先生,最有胆。在僧寺读书,与一友共榻。夜半,见北壁燃双炬。谛视,乃一人面出壁中,大如箕,双炬其目光也。友股栗欲死。先生披衣徐起曰:"正欲读书,苦烛尽。君来甚善。"乃携一册背之坐,诵声琅琅。未数页,目光渐隐;拊壁呼之,不出矣。又一夕如厕,一小童持烛随。此面突自地涌出,对之而笑。童掷烛仆地。先生即拾置怪顶,曰:"烛正无台,君来又甚善。"怪仰视不动。先生曰:"君何处不可往,乃在此间?海上有逐臭之夫⑦,君其是乎?不可辜君来意。"即以秽纸拭其口。怪大呕吐,狂吼数声,灭烛而没。自是不复见。先生尝曰:"鬼魅皆真有之,亦时或见之;唯检点生平,无不可对鬼魅者,则此心自不动耳。"

---

① 杨简、王宗传——均为宋代研究《易》的学者。杨有《杨氏易传》、王有《童溪易传》。

② 王弼——三国魏玄学家。

③ 陈抟、邵康节——陈抟,五代、宋初道士。邵康节,邵雍,北宋理学家。

④ 魏伯阳——汉代学者。

⑤ 管、郭——三国魏管辂与晋郭璞。

⑥ 焦、京——汉焦延寿与京房。

⑦ 海上有逐臭之夫——《吕氏春秋·遇合》载,一人身上有臭味,亲友不与他在一起,他无奈住在海上,而海上人却喜欢他的臭味,因而昼夜跟着他。

戴东原言：明季有宋某者，卜葬地，至歙县深山中。日薄暮，风雨欲来，见岩下有洞，投之暂避。闻洞内人语曰：“此中有鬼，君勿入。”问：“汝何以入？”曰：“身即鬼也。”宋请一见。曰：“与君相见，则阴阳气战，君必寒热小不安。不如君爇火自卫，遥作隔座谈也。”宋问：“君必有墓，何以居此？”曰：“吾神宗时为县令，恶仕宦者货利相攘，进取相轧，乃弃职归田。殁而祈于阎罗，勿轮回人世。遂以来生禄秩，改注阴官。不虞幽冥之中，相攘相轧，亦复如此，又弃职归墓。墓居群鬼之间，往来嚣杂，不胜其烦，不得已避居于此。虽凄风苦雨，萧索难堪，较诸宦海风波，世途机阱，则如生忉利天①矣。寂历空山，都忘甲子。与鬼相隔者，不知几年；与人相隔者，更不知几年。自喜解脱万缘，冥心造化。不意又通人迹，明朝当即移居。武陵渔人，勿再访桃花源也②。”语讫不复酬对。问其姓名，亦不答。宋携有笔砚，因濡墨大书“鬼隐”两字于洞口而归。

阳曲王近光言：冀宁道赵公孙英有两幕友，一姓乔，一姓车，合雇一骡轿回籍。赵公戏以其姓作对曰：“乔、车二幕友，各乘半轿而行。”恰皆轿之半字也。时署中召仙，即举以请对。乩判曰：“此是实人实事，非可强凑而成。”越半载，又召仙，乩忽判曰：“前对吾已得之矣：卢、马两书生，共引一驴而走。”又判曰：“四日后，辰巳之间，往南门外候之。”至期遣役侦视，果有卢、马两生，以一驴负新科墨卷，赴会城出售。赵公笑曰：“巧则诚巧，然两生之受侮深矣。”此所谓箭在弦上，不得不发，虽仙人亦忍俊不禁也。

先祖有庄，曰厂里，今分属从弟东白家。闻未析箸③时，场中一柴垛，有年矣，云狐居其中，人不敢犯。偶佃户某醉卧其侧，同辈戒勿触仙家怒。

---

① 忉(dāo)利天——佛经称欲界六天中之第二。

② 晋陶渊明《桃花源记》中载武陵人因打鱼迷路，到一世外桃源处；后复再寻，已不知何处。

③ 析箸——分家。

某不听,反肆詈。忽闻人语曰:“汝醉,吾不较。且归家睡可也。”次日,诣园守瓜。其妇担饭来馌,遥望团焦中,一红衫女子与夫坐,见妇惊起,仓促逾垣去。妇故妒悍,以为夫有外遇也;愤不可忍,遽以担痛击。某百口不能自明,大受捶楚。妇手倦稍息,犹喃喃毒詈。忽闻树杪大笑声,方知狐戏报之也。

吴惠叔言:其乡有巨室,唯一子,婴疾甚剧。叶天士①诊之,曰:“脉现鬼证,非药石所能疗也。”乃请上方山道士建醮。至半夜,阴风飒然,坛上烛光俱暗碧。道士横剑瞑目,若有所睹。既而拂衣竟出,曰:“妖魅为厉,吾法能祛。至夙世冤愆,虽有解释之法,其肯否解释,仍在本人。若伦纪所关,事干天律,虽绿章②拜奏,亦不能上达神霄。此祟乃汝父遗一幼弟,汝兄遗二孤侄,汝蚕食鲸吞,几无余沥。又茕茕孩稚,视若路人,至饥饱寒温,无可告语;疾痛疴痒,任其呼号。汝父茹痛九原,诉于地府。冥官给牒,俾取汝子以偿冤。吾虽有术,只能为人驱鬼,不能为子驱父也。”果其子不久即逝。后终无子,竟以侄为嗣。

护持寺在河间东四十里。有农夫于某,家小康。一夕,于外出。劫盗数人从屋檐跃下,挥巨斧破扉,声丁丁然。家唯妇女弱小,伏枕战栗,听所为而已。忽所畜二牛,怒吼跃入,奋角与盗斗。挺刃交下,斗愈力。盗竟受伤,狼狈去。盖乾隆癸亥,河间大饥,畜牛者不能刍秣,多鬻于屠市。是二牛至屠者门,哀鸣伏地,不肯前。于见而心恻,解衣质钱赎之,忍冻而归。牛之效死固宜;唯盗在内室,牛在外厩,牛何以知有警?且牛非矫捷之物,外扉坚闭,何以能一跃逾墙?此必有使之者矣,非鬼神之为而谁为之?此乙丑冬在河间岁试,刘东堂为余言。东堂即护持寺人,云亲见二牛,各身被数刃也。

---

① 叶天士——清代名医。

② 绿章——道士用绿色纸张撰文,用以启奏天神的奏章。

芝称瑞草，然亦不必定为瑞。静海元中丞在甘肃时，署中生九芝，因以自号。然不久即罢官。舅氏安公五占，停柩在室，忽柩上生一芝。自是子孙式微，今已无韶龀。盖祸福将萌，气机先动；非常之兆，理不虚来。第为休为咎，唯不能预测耳。先兄晴湖则曰："人知兆发于鬼神，而人事应之。不知实兆发于人事，而鬼神应之。亦未始不可预测也。"

大学士伍公弥泰言：向在西藏，见悬崖无路处，石上有天生梵字大悲咒。字字分明，非人力所能，亦非人迹所到。当时曾举其山名，梵音难记，今忘之矣。公一生无妄语，知确非虚构。天地之大，无所不有。宋儒每于理所无者，即断其必无。不知无所不有，即理也。

喇嘛有二种：一曰黄教，一曰红教，各以其衣别之也。黄教讲道德，明因果，与禅家派别而源同。红教则唯工幻术。理藩院[①]尚书留公保住，言驻西藏时，曾忤一红教喇嘛。或言登山时必相报。公使肩舆鸣驺先行，而阴乘马随其后。至半山，果一马跃起压肩舆上，碎为齑粉。此留公自言之。曩从军乌鲁木齐时，有失马者，一红教喇嘛取小木橙咒良久，橙忽反复折转，如翻桔槔[②]。使失马者随行，至一山谷，其马在焉。此余亲睹之。考西域吞刀吞火之幻人，自前汉已有。此盖其相传遗术，非佛氏本法也。故黄教谓红教曰魔。或曰："是即波罗门[③]，佛经所谓邪师外道者也。"似为近之。

巴里坤、辟展[④]、乌鲁木齐诸山，皆多狐，然未闻有祟人者。唯根克忒有小儿夜捕狐，为一黑影所扑，堕崖伤足，皆曰狐为妖。此或胆怯目眩，非

---

① 理藩院——清代官署名，主边邻各省及外交事务。
② 桔槔——井上汲水的工具。
③ 波罗门——印度古教名。
④ 巴里坤、辟展——均为新疆地名。

狐为妖也。大抵自突厥、回鹘以来,即以弋猎为事。今日则投荒者、屯戍者、开垦者、出塞觅食者搜岩剔穴,采捕尤多,狐恒见伤夷,不能老寿,故不能久而为魅欤!抑僻在荒徼,人已不知导引炼形术,故狐亦不知欤!此可见风俗必有所开,不开则不习;人情沿于所习,不习则不能。道家化性起伪之说,要不为无见。姚安公谓滇南僻郡,鬼亦淳良。即此理也。

副都统刘公鉴言:曩在伊犁,有善扶乩者,其神自称唐燕国公张说①。与人唱和诗文,录之成帙。性嗜饮,每降坛,必焚纸钱而奠以大白②。不知龙沙葱雪③之间,燕公何故而至是?刘公诵其数章,词皆浅陋。殆打油、钉铰④之流,客死冰天,游魂不返,托名以求食欤!

里人张某,深险诡谲,虽至亲骨肉,不能得其一实语。而口舌巧捷,多为所欺。人号曰"秃项马"。马秃项为无鬃,鬃踪同音,言其恍惚闪烁,无踪可觅也。一日,与其父夜行迷路,隔陇见数人团坐,呼问当何向。数人皆应曰:"向北。"因陷深淖中。又遥呼问之。皆应曰:"转东。"乃几至灭顶,蹩躠⑤泥涂,困不能出。闻数人拊掌笑曰:"秃项马,尔今知妄语之误人否?"近在耳畔,而不睹其形。方知为鬼所给也。

妖由人兴,往往有焉。李云举言:一人胆至怯,一人欲戏之。其奴手黑如墨,使藏于室中,密约曰:"我与某坐月下,我惊呼有鬼,尔即从窗隙伸一手。"届期呼之,突一手探出,其大如箕,五指挺然如舂杵。宾主俱

① 张说——唐代文学家、官至中书令,为"燕许大手笔"之一。
② 大白——酒。
③ 龙沙葱雪——龙沙,指塞外。葱雪,指葱岭雪山。
④ 打油、钉铰——钉铰,一种金属零件。据传唐代张打油、胡钉铰(令能),俱能吟咏,但诗作中俗语较多,后用指作俗诗者。
⑤ 蹩躠(bié sà)——尽力前进的样子。

惊,仆众哗曰:“奴其真鬼耶?”秉炬持杖入,则奴昏卧于壁角。救之苏,言暗中似有物以气嘘我,我即迷闷。族叔蜜庵言:二人同读书佛寺,一人灯下作缢鬼状,立于前;见是人惊怖欲绝,急呼:“是我,尔勿畏。”是人曰:“固知是尔,尔背后何物也?”回顾乃一真缢鬼。盖机械一萌,鬼遂以机械之心从而应之。斯亦可为螳螂黄雀之喻矣。

余八九岁时,在从舅实斋安公家,闻苏丈东皋言:交河某令,蚀官帑数千,使其奴赍还。奴半途以黄河覆舟报,而阴遣其重台[①]携归。重台又窃以北上,行至兖州,为盗所劫杀。从舅咋舌曰:“可畏哉!此非人之所为,而鬼神之所为也。夫鬼神岂必白昼现形,左悬业镜[②],右持冥籍,指挥众生,轮回六道[③],而后见善恶之报哉?此足当森罗铁榜[④]矣。”苏丈曰:“令不窃资,何至为奴乾没?奴不乾没,何至为重台效尤?重台不效尤,何至为盗屠掠?此仍人之所为,非鬼神之所为也。如公所言,是令当受报,故遣奴窃资。奴当受报,故遣重台效尤。重台当受报,故遣盗屠掠。鬼神既遣之报,人又从而报之,不已颠乎?”从舅曰:“此公无碍之辩才,非正理也。然存公之说,亦足于相随波靡之中,劝人以自立。”

刘乙斋廷尉为御史时,尝租西河沿一宅。每夜有数人击柝,声琅琅彻晓;其转更攒点,一一与谯鼓相应。视之则无形,聒耳至不得片刻睡。乙斋故强项,乃自撰一文,指陈其罪,大书粘壁以驱之。是夕遂寂。乙斋自诧不减昌黎之驱鳄[⑤]也。余谓:“君文章道德似尚未敌昌黎,然性刚气盛,平生尚不作暧昧事,故敢悍然不畏鬼。又拮据迁此宅,力竭不能再徙,计

---

① 重台——台,古代仆人的级别。仆人的仆人。

② 业镜——佛教称地狱中能照见鬼魂生前善恶的大镜。

③ 六道——佛教用语,指天道、人道、阿修罗道、饿鬼道、畜生道、地狱道。

④ 森罗铁榜——《太平广记》卷 385 引《玄怪录》载,崔绍梦入阴府,见满壁金银榜上列人间贵人姓名;长铁榜,上列各府州县官僚姓名。

⑤ 昌黎之驱鳄——昌黎,唐韩愈。韩愈被贬潮州,潮州人民为鳄鱼所患,韩愈撰《祭鳄文》,鳄鱼迁走。

无复之,唯有与鬼以死相持。此在君为困兽犹斗,在鬼为穷寇勿追耳。君不记《太平广记》载周书记与鬼争宅,鬼惮其木强而去乎?”乙斋笑击余背曰:“魏收轻薄[①]哉! 然君知我者。”

余督学福建时,署中有“笔捧楼”,以左右挟两浮图也。使者居下层,其上层则复壁曲折,非正午不甚睹物。旧为山魈所据,虽不睹独足反踵[②]之状,而夜每闻声。偶忆杜工部[③]“山精白日藏”句,悟鬼魅皆避明而就晦,当由曲房幽隐,故此辈潜踪。因尽撤墙垣,使四面明窗洞启,三山翠霭,宛在目前。题额曰“浮青阁”,题联曰:“地迥不遮双眼阔,窗虚只许万峰窥。”自此山魈迁于署东南隅会经堂。堂故久废,既于人无害,亦听其匿迹,不为已甚矣。

徐公景熹官福建盐道时,署中箧笥每火自内发,而扃钥如故。又一夕,窃剪其侍姬发,为祟殊甚。既而徐公罢归,未及行而卒。山鬼能知一岁事,故乘其将去肆侮也。徐公盛时,销声匿迹;衰气一至,无故侵陵。此邪魅所以为邪魅欤!

余乡青苗被野时,每夜田陇间有物,不辨头足,倒掷而行,筑地登登如杵声。农家习见不怪,谓之青苗神。云常为田家驱鬼,此神出,则诸鬼各归其所,不敢散游于野矣。此神不载于古书,然确非邪魅。从兄懋园尝于李家洼见之,月下谛视,形如一布囊,每一翻折,则一头着地,行颇迟重云。

---

① 魏收轻薄——《北齐书·魏收传》载魏收于京洛,为人轻浮刻薄,人称之为惊蛱蝶。

② 独足反踵——《抱朴子·登涉》载,山精形如小孩,独足向后(即反踵),名为魈。

③ 杜工部——唐代大诗人杜甫。

先祖宠予公，原配陈太夫人，早卒。继配张太夫人，于归日，独坐室中，见少妇揭帘入，径坐床畔，著玄帔黄衫，淡绿裙，举止有大家风。新妇不便通寒温，意谓是群从娣姒或姑姊妹耳。其人絮絮言家务得失、婢媪善恶，皆委曲周至。久之，仆妇捧茶入，乃径出。后阅数日，怪家中无是人；细诘其衣饰，即陈太夫人敛时服也。死生相妒，见于载籍者多矣。陈太夫人已掩黄垆①，犹虑新人未谙料理，现身指示，无间幽明，此何等居心乎？今子孙登科第、历仕宦者，皆陈太夫人所出也。

伯高祖爱堂公，明季有声黉②序间。刻意郑、孔③之学，无间冬夏，读书恒至夜半。一夕，梦到一公廨，榜额曰“文仪”；班内十许人治案牍，一一恍惚如旧识。见公皆讶曰：“君尚迟七年乃当归，今犹早也。”霍然惊寤，自知不永，乃日与方外游。偶遇道士，论颇洽，留与共饮。道士别后，途遇奴子胡门德，曰：“顷一书忘付汝主，汝可携归。”公视之，皆驱神役鬼符咒也。闭户肄习，尽通其术，时时用为戏剧，以消遣岁月。越七年，至崇祯丁丑，果病卒。卒半日复苏，曰：“我以亵用五雷法，获阴谴。冥司追还此书，可急焚之。”焚讫复卒。半日又苏曰：“冥司查检，阙三页，饬归取。”视灰中，果三页未烬；重焚之，乃卒。此事姚安公附载家谱中。公闻之先曾祖，曾祖闻之先高祖，高祖即手焚是书者也。孰谓竟无鬼神乎？

余族所居，曰景城，宋故县也。城址尚依稀可辨。或偶于昧爽时遥望烟雾中，现一城影，楼堞宛然，类乎蜃气。此事他书多载之，然莫明其理。余谓凡有形者，必有精气。土之厚处，即地之精气所聚处，如人之有魂魄也。此城周回数里，其形巨矣。自汉至宋千余年，为精气所聚已久，如人之取多用宏，其魂魄独强矣。故其形虽化，而精气之盘结者非一日之所蓄，即非一日所能散。偶然现象，仍作城形，正如人死鬼存，鬼仍作人形

---

① 黄垆——指地下。犹言黄泉。

② 黉(hóng)——古代学校的门，借指学校。

③ 郑、孔——东汉郑玄、唐代孔颖达，俱为著名学者。

耳。然古城郭不尽现形,现形者又不常见,其故何欤？人之死也,或有鬼,或无鬼;鬼之存也,或见,或不见,亦如是而已矣。

南宫鲍敬之先生言:其乡有陈生,读书神祠。夏夜袒裼①睡庑下,梦神召至座前,诃责甚厉。陈辩曰:“殿上先有贩夫数人睡,某避于庑下,何反获愆?”神曰:“贩夫则可,汝则不可。彼蠢蠢如鹿豕,何足与较？汝读书而不知礼乎？盖《春秋》责备贤者,理如是矣。故君子之于世也,可随俗者随,不必苟异;不可随俗者不随,亦不苟同。世于违礼之事,动曰某某曾为之。夫不论事之是非,但论事之有无,自古以来,何事不曾有人为之,可一一据以借口乎?”

渔洋山人记张巡妾转世索命事②,余不谓然。其言曰:“君为忠臣,我则何罪,而杀以飨士?”夫孤城将破,巡已决志捐生。巡当殉国,妾不当殉主乎？古来忠臣仗节,覆宗族糜妻子者,不知凡几。使人人索命,天地间无纲常矣。使容其索命,天地间亦无神理矣。王经③之母含笑受刃,彼何人乎！此或妖鬼为祟,托一古事求祭飨,未可知也。或明季诸臣,顾惜身家,偷生视息,造作是言以自 解,亦未可知也。儒者著书,当存风化,虽齐谐志怪,亦不当收悖理之言。

族叔蜜庵言:景城之南,恒于日欲出时见一物,御旋风东驰。不见其身,唯昂首高丈余,长鬣鬖鬖④,不知何怪。或曰:“冯道⑤墓前石马,岁久

---

① 裼(xī)——敞开或脱去上衣,露出身体的一部分。

② 渔洋山人——清诗人王士祯号。张巡,唐代人,兵守睢阳抗拒安禄山叛军,粮尽杀妾分给将士吃;城破被杀。

③ 王经——魏高贵乡公曹髦心腹大臣,因谋讨司马昭,事泄,全家遭杀。

④ 鬖鬖(sān)——下垂的样子。

⑤ 冯道——唐末人,自号长乐老,历事后唐、后晋、后汉、后周四朝十君,在相位二十余年,新、旧《五代史》有传。

为妖也。”考道所居,今曰相国庄。其妻家,今曰夫人庄。皆与景城相近。故先高祖诗曰:“青史空留字数行,书生终是让侯王。刘光伯[①]墓无寻处,相国夫人各有庄。”其墓则县志已不能确指。北村之南,有地曰石人洼。残缺翁仲[②],犹有存者。土人指为道墓,意或有所传欤。董空如尝乘醉夜行,便旋其侧。倏阴风横卷,沙砾乱飞,似隐隐有怒声。空如叱曰:“长乐老顽钝无耻!七八百年后岂尚有神灵?此定邪鬼依托耳。敢再披猖,且日日来溺汝。”语讫而风止。

南村董天士,不知其名,明末诸生,先高祖老友也。《花王阁剩稿》[③]中,有哭天士诗四首,曰:“事事知心自古难,平生二老对相看。飞来遗札惊投箸,哭到荒村欲盖棺。残稿未收新画册,(原注:天士以画自给。)余资惟卖破儒冠。布衾两幅无妨敛,在日黔娄[④]不畏寒。”“五岳填胸气不平[⑤],谈锋一触便纵横。不逢黄祖[⑥]真天幸,曾怪嵇康太世情。开牖有时邀月入,杖藜到处避人行。料应尘海无堪语,且试骖鸾向紫清。”“百结悬鹑两鬓霜,自餐冰雪润空肠。一生唯得秋冬气,到死不知罗绮香。(原注:天士不娶。)寒贯村醪才破戒,老栖僧舍是还乡。只今一瞑无余事,未要青蝇作吊忙[⑦]。”“廿年相约谢风尘,天地无情殒此人。乱世逃禅聊解脱,衰年哭友倍酸辛。关河泱漭连兵气,齿发沧浪寄病身。泉下有灵应念我,白杨孤冢亦伤神。”天士之生平,可以想见。县志不为立传,盖未见先高祖诗也。相传天士殁后,有人见其骑驴上泰山,呼之不应;俄为老树所遮,遂不见。意或尸解登仙欤!抑貌偶似欤!迹其孤僻之性,似于仙为近也。

---

① 刘光伯——隋代经学家,名炫。

② 翁仲——相传为秦始皇时巨人名,死后铸铜像于咸阳宫外。后称墓道铜像、石像为翁仲。

③ 《花王阁剩稿》——明代纪坤(即作者高祖)撰。

④ 黔娄——战国时齐国隐士,家贫,不求仕进,死时衾不蔽体。

⑤ 此句用李白《望鹦鹉洲悲祢衡》:“五岳起方寸,隐然讵可平?”典。

⑥ 黄祖——三国时刘表部将,祢衡为其所杀。

⑦ 《三国志·吴·虞翻传》载,虞翻被贬南方,自恨犯上罹罪,当长没海隅,生无可以语,死以青蝇为吊客。

先高祖集有《快哉行》一篇,曰:“一笑天地惊,此乐古未有。平生不解饮,满引亦一斗。老革昔媚珰,正士皆碎首。宁知时势移,人事反复手。当年金谷[①]花,今日章台柳[②]。巧哉造物心,此罚胜枷杻。酒酣谈旧事,因果信非偶。淋漓挥醉墨,神鬼运吾肘。姓名讳不书,聊以存忠厚。时皇帝十载,太岁在丁丑,恢台仲夏月,其日二十九,同观者六人,题者河间叟。”盖为许显纯[③]诸姬流落青楼作也。初,诸姬隶乐籍时,有以死自誓者。夜梦显纯浴血来曰:“我死不蔽辜,故天以汝等示身后之罚。汝若不从,吾罪益重。”诸姬每举以告客,故有“因果信非偶”句云。

先四叔父栗甫公,一日往河城探友。见一骑飞驰向东北,突挂柳枝而堕。众趋视之,气绝矣。食顷,一妇号泣来,曰:“姑病无药饵,步行一昼夜,向母家借得衣饰数事。不料为骑马贼所夺。”众引视堕马者,时已复苏。妇呼曰:“正是人也。”其袱掷于道旁,问袱中衣饰之数,堕马者不能答;妇所言,启视一一合。堕马者乃服罪。众以白昼劫夺,罪当缳首,将执送官。堕马者叩首乞命,愿以怀中数十金,予妇自赎。妇以姑病危急,亦不愿涉讼庭,乃取其金而纵之去。叔父曰:“果报之速,无速于此事者矣。每一念及,觉在在处处有鬼神。”

齐舜庭,前所记巨盗齐大之族也。最剽悍,能以绳系刀柄,掷伤人于两三丈外。其党号之曰“飞刀”。其邻曰张七,舜庭故奴视之,强售其住屋广马厩;且使其党恐之曰:“不速迁,祸立至矣。”张不得已,携妻女仓皇

---

① 金谷——即金谷园,晋石崇所建。

② 章台柳——唐代韩翃遗其姬柳氏诗云:“章台柳、章台柳,昔日青青今在否,纵使长条似旧垂,也应攀折他人手。”事见唐孟棨《本事诗·情感》。

③ 许显纯——明代宦官魏忠贤死党,屡兴大狱,逼杀左光斗、周顺昌等大臣十余人。

出,莫知所适,乃诣神祠祷曰:“小人不幸为巨盗逼,穷迫无路。敬植杖神前,视所向而往。”杖仆向东北。乃迤逦行乞至天津,以女嫁灶丁,助之晒盐,粗能自给。三四载后,舜庭劫饷事发,官兵围捕,黑夜乘风雨脱免。念其党有在商舶者,将投之泛海去。昼伏夜行,窃瓜果为粮,幸无觉者。一夕,饥渴交迫,遥望一灯荧然,试叩门。一少妇凝视久之,忽呼曰:“齐舜庭在此。”盖追缉之牒,已急递至天津,立赏格募捕矣。众丁闻声毕集。舜庭手无寸刃,乃弭首就擒。少妇即张七之女也。使不迫逐七至是,则舜庭已变服,人无识者;地距海口仅数里,竟扬帆去矣。

王兰洲尝于舟次买一童,年十三四,甚秀雅,亦粗知字义。云父殁,家中落,与母兄投亲不遇,附舟南还,行李典卖尽,故鬻身为道路费。与之语,羞涩如新妇,固已怪之。比就寝,竟弛服横陈。王本买供使令,无他念;然宛转相就,亦意不自持。已而童伏枕暗泣。问:“汝不愿乎?”曰:“不愿。”问:“不愿何以先就我?”曰:“吾父在时,所畜小奴数人,无不荐枕席。有初来愧拒者,辄加鞭笞曰:‘思买汝何为?愦愦乃尔!’知奴事主人,分当如是;不如是则当捶楚。故不敢不自献也。”王蹶起推枕曰:“可畏哉!”急呼舟人鼓楫,一夜追及其母兄,以童还之,且赠以五十金。意不自安,复于悯忠寺礼佛忏悔。梦伽蓝语曰:“汝作过改过在顷刻间,冥司尚未注籍,可无庸渎世尊也。”

戈东长前辈官翰林时,其太翁傅斋先生市上买一惨绿袍。一日镉户出,归失其钥。恐误遗于床上,隔窗视之,乃见此袍挺然如人立,闻惊呼声乃仆。众议焚之。刘啸谷前辈时同寓,曰:“此必亡人衣,魂附之耳。鬼为阴气,见阳光则散。”置烈日中反复曝数日,再置室中,密觇之,不复为祟矣。又东长头早童,恒以假发续辫。将罢官时,假发忽舒展蜿蜒,如蛇掉尾。不久即归田。是亦亡人之发,感衰气而变幻也。

德清徐编修开厚,亦壬戌前辈。初入馆时,每夜读书,则宅后空屋中有读书声,与琅琅相答。细听所诵,亦馆阁律赋也。启户则无睹。一夕,蹑足屏息窥之,见一少年,着青半臂,蓝绫衫,携一卷背月坐,摇首吟哦,若有余味,殊不似为祟者。后亦无休咎。唐小说载天狐超异科,策①二道,皆四言韵语,文颇古奥。或此狐亦应举者欤!此戈东长前辈说;戈,徐同年进士也。

乌鲁木齐八蜡祠道士,年八十余。一夕,以钱七千布荐下,卧其上而死。众议以是钱营葬。夜见梦于工房吏邬玉麟曰:“我守官庙,棺应官给。钱我辛苦所积,乞纳棺中,俟来生我自取。”玉麟悯而从之。葬讫,叹息曰:“以钱贮棺,埋于旷野,是以璠玙②敛也,必暴骨。”余曰:“以钱买棺,尚能见梦;发棺攘夺,其为厉必矣。谁能为七千钱以性命与鬼争?必无恙。”众皆辴③然。然玉麟正论也。

辛卯春,余自乌鲁木齐归。至巴里坤,老仆咸宁据鞍睡,大雾中与众相失。误循野马蹄迹,入乱山中,迷不得出,自分必死。偶见崖下伏尸,盖流人逃窜冻死者;背束布橐,有糇粮。宁藉以疗饥,因拜祝曰:“我埋君骨,君有灵,其导我马行。”乃移尸岩窦中,运乱石坚窒。惘惘然信马行。越十余日,忽得路,出山,则哈密境矣。哈密游击徐君,在乌鲁木齐旧相识。因投其署以待余。余迟两日始至,相见如隔世。此不知鬼果有灵,导之以出;或神以一念之善,佑之使出;抑偶然侥幸而得出。徐君曰:“吾宁归功于鬼神,为掩胔④埋胳者劝也。”

董曲江前辈言:顾侠君刻《元诗选》成,家有五六岁童子,忽举手外指

---

① 策——策问。古代考试,把政事、经义等问题写在简策上,令考生对答。
② 璠玙(fán yú)——美玉。
③ 辴(chǎn)——笑的样子。
④ 胔(zì)——本意为腐烂的肉,此处指尸体。

曰:“有衣冠者数百人,望门跪拜。”嗟乎,鬼尚好名哉!余谓剔抉幽沉,搜罗放佚,以表章之力,发冥漠之光,其衔感九泉,固理所宜有。至于交通声气,号召生徒,祸枣灾梨[①],递相神圣,不但有明末造,标榜多诬;即月泉吟社[②]诸人,亦病未离乎客气。盖植党者多私,争名者相轧。即盖棺以后,论定犹难;况乎文酒流连,唱予和汝之日哉。《昭明文选》以何逊[③]见存,遂不登一字。古人之所见远矣。

余次女适长山袁氏,所居曰焦家桥。今岁归宁,言距所居二三里许,有农家女归宁,其父送之还夫家。中途入墓林便旋,良久乃出。父怪其形神稍异,听其语音亦不同,心窃有疑,然无以发也。至家后,其夫私告父母曰:“新妇相安久矣,今见之心悸,何也?”父母斥其妄,强使归寝。所居与父母隔一墙。夜忽闻颠扑膈膈声,惊起窃听,乃闻子大号呼。家众破扉入,则一物如黑驴冲人出,火光爆射,一跃而逝。视其子,唯余残血。天曙,往觅其妇,竟不可得。疑亦为所啖矣。此与《太平广记》所载罗刹鬼事全相似,殆亦是鬼欤!观此知佛典不全诬。小说稗官,亦不全出虚构。

河间一妇,性佚荡。然貌至陋,日靓妆倚门,人无顾者。后其夫随高叶飞官天长,甚见委任;豪夺巧取,岁以多金寄归。妇借其财,以招诱少年,门遂如市。迨叶飞获谴,其夫遁归,则囊箧全空,器物斥卖亦略尽,唯存一丑妇,淫疮遍体而已。人谓其不拥厚资,此妇万无堕节理。岂非天道哉!

---

① 祸枣灾梨——枣、梨,枣木、梨木,古时刻书常用版材。滥刻滥印,灾祸殃及木材。

② 月泉吟社——宋亡后遗民所立诗社名,由吴渭所创。在浙东、浙西征诗,品评后中选之诗刊行于世。有《月泉吟社诗》集。

③ 何逊——南朝梁诗人。其诗以炼字炼句见称,杜甫有“颇学阴(铿)何苦用心”之句,对其颇为推重。

伯祖湛元公、从伯君章公、从兄旭升,三世皆以心悸不寐卒。旭升子汝允,亦患是疾。一日治宅,匠睨①楼角而笑曰:“此中有物。”破之则甃砖如小龛,一故灯檠在焉。云此物能使人不寐,当时圬者之魇术也。汝允自是遂愈。丁未春,从侄汝伦为余言之。此何理哉?然观此一物藏壁中,即能操主人之生死。则宅有吉凶,其说当信矣。

戴户曹临,以工书供奉内廷。尝梦至冥司,遇一吏,故友也,留与谈。偶揭其簿,正见己名,名下朱笔草书,似一犀字。吏夺而掩之,意似薄怒,问之亦不答。忽惶遽而醒,莫测其故。偶告裘文达公,文达沉思曰:“此殆阴曹简便之籍,如部院之略节。户中二字,连写颇似犀字。君其终于户部郎中乎?”后竟如文达之言。

东光霍易书先生,雍正甲辰举于乡。留滞京师,未有所就。祈梦吕仙祠中,梦神示以诗曰:“六瓣梅花插满头,谁人肯向死前休?君看矫矫云中鹤,飞上三台阅九秋。”至雍正五年,初定帽顶之制,其铜盘六瓣如梅花,始悟首句之意。窃谓仙鹤为一品服,三台为宰相位,此句既验,末二句亦必验矣。后由中书舍人官至奉天府尹,坐谴谪军台,其地曰葵苏图,实第三台也。官牒省笔,皆书臺为台,适符诗语。果九载乃归。在塞外日,自署别号曰“云中鹤”,用诗中语也。后为姚安公述之。姚安公曰:“霍字上为雲字头,下为鹤字之半,正隐君姓,亦非泛语。”先生喟然曰:“岂但是哉!早年气盛,锐于进取,自谓卿相可立致,卒致颠蹶。职是之由,第二句神戒我矣,惜是时未思也。”

古以龟卜。孔子系《易》,极言蓍德,而龟渐废。《火珠林》②始以钱

① 睨(nì)——斜着眼睛看。
② 《火珠林》——卜卦之书,署名“麻衣道者”撰。

代蓍，然犹烦六掷。《灵棋经》①始一掷成卦，然犹烦排列。至神祠之签，则一掣而得，更简易矣。神祠率有签，而莫灵于关帝；关帝之签，莫灵于正阳门侧之祠。盖一岁中，自元旦至除夕，一日中，自昧爽至黄昏，摇筒者恒琅琅然。一筒不给，置数筒焉。杂遝纷纭，倏忽万状，非唯无暇于检核，亦并不容于思议。虽千手千目，亦不能遍应也。然所得之签，皆验如面语，是何故欤？其最奇者，乾隆壬申乡试，一南士于三月朔日斋沐以祷，乞示试题。得一签曰："阴里相看怪尔曹，舟中敌国笑中刀。藩篱剖破浑无事，一种天生惜羽毛。"是科《孟子》题为"曹交问曰：'人皆可以为尧舜'"至"汤九尺"，应首句也。《论语》题为"夫子莞尔而笑曰：'割鸡焉用牛刀'"，应第二句也。《中庸》题为"故天之生物，必因其材而笃焉"，应第四句也。是真不可测矣。

孙虚船先生言：其友尝患寒疾，昏瞆中觉魂气飞越，随风飘荡。至一官署，谛视门内皆鬼神，知为冥府。见有人自侧门入，试随之行，无呵禁者。又随众坐庑下，亦无诘问者。窃睨堂上，讼者如织。冥王左检籍，右执笔，有一两言决者，有数十言数百言乃决者，与人世刑曹无少异。琅珰引下，皆帖伏无后言。忽见前辈某公盛服入，冥王延坐，问讼何事。则诉门生故吏之辜恩，所举凡数十人，意颇恨恨。冥王颜色似不谓然，俟其语竟，拱手曰："此辈奔竞排挤，机械万端，天道昭昭，终罹冥谪。然神殛之则可，公责之则不可。种桃李者得其实，种蒺藜者得其刺，公不闻乎？公所赏鉴，大抵附势之流；势去之后，乃责之以道义，是凿冰而求火也。公则左矣，何暇尤人？"某公怃然久之，逡巡竟退。友故与相识，欲近前问讯。忽闻背后叱叱声，一回顾间，悚然已醒。

董文恪公老仆王某，性谦谨，善应门，数十年未忤一人，所谓"王和尚"者是也。言尝随文恪公宿博将军废园，月夜据石纳凉。遥见一人仓皇隐避，一人邀遮而止之，捉其臂共坐树下，曰："以为汝生天久矣，乃在

---

① 《灵棋经》——卜卦之书，托名汉东方朔等撰。

此相遇耶?”因先述相交之契厚,次责任事之负心,曰:“某事乘我急需,故难其词以勒我,中饱几何。某事欺我不谙,虚张其数以绐我,乾没又几何。”如是数十事,每一事一批其颊,怒气坌涌,似欲相吞噬。俄一老叟自草间出,曰:“渠今已堕饿鬼道,君何必相凌?且负债必还,又何必太遽?”其一人弥怒曰:“既已饿鬼,何从还债?”老叟曰:“业有满时,则债有还日。冥司定律,凡称贷子母之钱,来生有禄则偿,无禄则免,为其限于力也。若胁取诱取之财,虽历万劫,亦须填补。其或无禄可抵,则为六畜以偿;或一世不足抵,则分数世以偿。今夕董公所食之豚,非其干仆某之十一世身耶?”其一人怒似略平,乃释手各散。老叟意其土神也。所言干仆,王某犹及见之,果最有心计云。

福建曹藩司绳柱言:一岁司道会议臬署,上食未毕。一仆携小儿过堂下,小儿惊怖不前,曰:“有无数奇鬼,皆身长丈余,肩承梁柱。”众闻号叫,方出问,则承尘上落土簌簌,声如撒豆;急跃而出,已栋摧仆地矣。咸额手谓鬼神护持也。湖广定制府长,时为巡抚,闻话是事,喟然曰:“既在在处处有鬼神护持,自必在在处处有鬼神鉴察。”

卷　七

如是我闻(一)

曩撰《滦阳消夏录》,属草未定,遽为书肆所窃刊,非所愿也。然博雅君子,或不以为纰缪,且有以新事续告者。因补缀旧闻,又成四卷。欧阳公曰:“物尝聚于所好。”岂不信哉!缘是知一有偏嗜,必有浸淫而不自已者,天下事往往如斯,亦可以深长思也。

辛亥七月二十一日题。

太原折生遇兰言:其乡有扶乩者,降坛大书一诗曰:“一代英雄付逝波,壮怀空握鲁阳戈。庙堂有策军书急,天地无情战骨多。故垒春滋新草木,游魂夜览旧山河。陈涛十郡良家子,杜老酸吟意若何①?”署名曰:“柿园败将”。皆悚然知为白谷孙公也。柿园之役②,败于中旨之促战,罪不在公。诗乃以房琯车战自比,引为己过。正人君子之用心,视王化贞③辈偾辕④误国,犹百计卸责于人者,真三光之于九泉矣。大同杜生宜滋,亦录有此诗,“空握”作“辜负”,“春滋”作“春添”,“意若何”作“竟若何”,凡四字不同。盖传写偶异,大旨则无殊也。

---

① 唐肃宗至德元年中书令房琯自请兵讨安禄山叛乱,于陈涛斜(也作“陈陶斜”)一战,全军覆没。杜甫因此而作《悲陈陶》一诗。此诗即咏陈涛斜兵败事。

② 柿园之役——明孙传庭(即白谷孙公)坚决主张镇压李自成农民起义,崇祯十五年,于河南郏县与起义军战,大败。称柿园之败。

③ 王化贞——明天启年间任广宁(今辽宁北镇)巡抚,大言轻敌,不受熊廷弼调度,致大败于后金(清)军队。

④ 偾(fèn)辕——骄矜轻敌。

许南金先生言:康熙乙未,过阜城之漫河。夏雨泥泞,马疲不进;息路旁树下,坐而假寐。恍惚见女子拜言曰:"妾黄保宁妻汤氏也,在此为强暴所逼,以死捍拒,卒被数刃以死。官虽捕贼骈诛,然以妾已被污,竟不旌表。冥官哀其贞烈,俾居此地,为横死诸魂长,今四十余年矣。夫异乡丐妇,踽踽独行,猝遇三健男子,执缚于树,肆其淫毒;除骂贼求死,别无他术。其啮齿受玷,由力不敌,非节之不固也。司谳者苛责无已,不亦冤乎?公状貌似儒者,当必明理,乞为白之。"梦中欲询其里居,霍然已醒。后问阜城士大夫,无知其事者;问诸老吏,亦不得其案牍。盖当时不以为烈妇,湮没久矣。

京师某观,故有狐。道士建醮①,醵②多金。蒇③事后,与其徒在神座灯前,会计出入。尚阙数金,师谓徒乾没,徒谓师误算,盘珠格格,至三鼓未休。忽梁上语曰:"新秋凉爽,我倦欲眠,汝何必在此相聒?此数金,非汝欲买媚药,置怀中过后巷刘二姐家,二姐索金指环,汝乘醉探付彼耶?何竟忘也?"徒转面掩口。道士乃默然敛簿出。剃工魏福,时寓观内,亲闻之。言其声啪啪呦呦,如小儿女云。

旱魃④为虐,见《云汉》⑤之诗,是事出经典矣。《山海经》实以女魃,似因诗语而附会。然据其所言,特一妖神耳。近世所云旱魃,则皆僵尸。掘而焚之,亦往往致雨。夫雨为天地之䜣合,一僵尸之气焰,竟能弥塞乾坤,使隔绝不通乎?雨亦有龙所作者,一僵尸之伎俩,竟能驱逐神物,使畏避不前乎,是何说以解之?又狐避雷劫,自宋以来,见于杂说者不一。夫狐无罪欤,雷霆克期而击之,是淫刑也,天道不如是也。狐有罪欤,何时不

---

① 建醮——道士为禳除灾祟、祈福而设的道场。
② 醵(jù)——募集(钱财)。
③ 蒇(chǎn)——完成。
④ 旱魃(bá)——迷信指造成旱灾的妖怪。
⑤ 《云汉》——《诗经·大雅》篇名。

可以诛，而必限以某日某刻，使先知早避？即一时暂免，又何时不可以诛，乃过此一时，竟不复追理？是佚罚也，天道亦不如是也。是又何说以解之？偶阅近人《夜谈丛录》，见所载焚旱魃一事、狐避劫二事，因记所疑，俟格物穷理者详之。

虎坊桥西一宅，南皮张公子畏故居也，今刘云房副宪居之。中有一井，子午二时汲则甘，余时则否，其理莫明。或曰："阴起午中，阳生子半，与地气应也。"然元气昆仑，充满大地，何他井不与地气应，此井独应乎？西土最讲格物学，《职方外纪》①载其地有水一日十二潮，与晷漏不差秒忽。有欲穷其理者，构庐水侧，昼夜测之，迄不能喻，至恚而自沉。此井抑亦是类耳！

张读②《宣室志》曰：俗传人死数日，当有禽自柩中出，曰煞。太和中，有郑生者，网得一巨鸟，色苍，高五尺余，忽无所见。访里中民讯之，有对者曰："里中有人死，且数日。卜者言，今日煞当去。其家伺而视之，有巨鸟色苍，自柩中出。君所获果是乎？"此即今所谓煞神也。徐铉③《稽神录》曰：彭虎子少壮，有膂力。尝谓无鬼神。母死，俗巫诫之曰："某日殃煞当还，重有所杀，宜出避之。"合家细弱，悉出逃隐。虎子独留不去。夜中有人推门入，虎了惶遽无计，先有一瓮，便入其中，以板盖头。觉母在板上，有人问："板下无人耶?"母曰："无。"此即今所谓回煞也。俗云殇子未生齿者，死无煞；有齿者即有煞。巫觋④能预克其期。家奴孙文举、宋文皆通是术。余尝索视其书，特以年月日时干支推算，别无奇奥。其某日逢某凶煞，当用某符禳解，

① 《职方外纪》——明代来华意大利人艾儒略撰。主要介绍各地文化、宗教、风土、习俗等。

② 张读——唐代人。曾撰传奇小说《宣室志》，多记仙灵鬼怪故事。

③ 徐铉——五代南唐人，后入宋。

④ 觋（xí）——男巫。

则诡词取财而已。或有室庐逼仄，无地避煞者，又有压制之法，使伏而不出，谓之斩殃，尤为荒诞。然家奴宋遇妇死，遇召巫斩殃；迄今所居室中，夜恒作响，小儿女亦多见其形。似又不尽诬矣。天地之大，何所不有；幽明之理，莫得而穷。不必曲为之词，亦不必力攻其说。

人死者，魂隶冥籍矣。然地球圆九万里，径三万里，国土不可以数计，其人当百倍中土，鬼亦当百倍中土。何游冥司者，所见皆中土之鬼，无一徼外之鬼耶？其在在各有阎罗王耶？顾郎中德懋，摄阴官者也。尝以问之，弗能答。人不死者，名列仙籍矣。然赤松、广成①，闻于上古；何后代所遇之仙，皆出近世？刘向②以下之所记，悉无闻耶？岂终归于尽，如朱子之论魏伯阳耶？娄真人近垣，领道教者也。尝以问之，亦弗能答。

里人阎勋，疑其妻与表弟通，遂携铳击杀其表弟。复归而杀妻，剚③刃于胸，格格然如中铁石，迄不能伤。或曰："是鬼神悯其枉死，阴相之也。"然枉死者多，鬼神何不尽阴相欤？当由别有善行，故默邀护佑耳。

景州申君学坤，谦居先生子也。纯厚朴拙，不坠家风，信道学甚笃。尝谓从兄懋园曰："曩在某寺，见僧以福田诱财物，供酒肉资。因著一论，戒勿施舍。夜梦一神，似彼教所谓伽蓝者，与余侃侃争曰：'君勿尔也。以佛法论，广大慈悲，万物平等。彼僧尼非万物之一耶？施食及于鸟鸢，爱惜及于虫鼠，欲其生也。此辈藉施舍以生，君必使之饥而死，曾视之不若鸟鸢虫鼠耶？其间破坏戒律，自堕泥犁者，诚比比皆是。然因有枭鸟④，而尽戕羽族；因有破镜，而尽戕兽类，有是理

① 赤松、广成——传说中的仙人名。
② 刘向——西汉人，撰《列仙传》。
③ 剚(zì)——刺。
④ 枭鸟、破镜——传说中不孝的鸟、兽。

耶？以世法论，田不足授，不能不使百姓自谋食。彼僧尼亦百姓之一种，募化亦谋食之一道耳。必以其不耕不织为蠹国耗民，彼不耕不织而蠹国耗民者，独僧尼耶？君何不一一著论禁之也？且天下之大，此辈岂止数十万。一旦绝其衣食之源，羸弱者转乎沟壑，姑勿具论；桀黠者铤而走险，君何以善其后耶？昌黎辟佛，尚曰鳏寡孤独废疾者有养。君无策以养，而徒朘其生，岂但非佛意，恐亦非孔孟意也。驷不及舌，君其图之。'余梦中欲与辩，倏然已觉。其语历历可忆。公以所论为何如?"楙园沉思良久曰："君所持者正，彼所见者大。然人情所向，'匪今斯今'，岂君一论所能遏？此神刺刺不休，殊多此一争耳。"

同年金门高,吴县人。尝夜泊淮扬之间,见岸上二叟相遇,就坐水次草亭上。一叟曰:"君近何事?"一叟曰:"主人避暑园林,吾日日入其水阁,观活秘戏图;百媚横生,亦殊可玩。其第五姬尤妖艳。见其与主人剪发为誓,约他年燕子楼中作关盼盼①;又约似玉箫再世,重侍韦皋②。主人为之感泣。然偶闻其与母窃议,则谓主人已老,宜早储金帛,为琵琶别抱计也。君谓此辈可信乎?"相与叹息久之。一叟又曰:"闻其嫡甚贤,信乎?"一叟掉头曰:"天下之善妒人也,何贤之云！夫妒而嚣争,是为渊驱鱼者也。此妇于妾媵之来,弱者抚之以恩,纵其出入冶游,不复防制,使流于淫佚。其夫自愧而去之。强者待之以礼,阳尊之与己匹,而阴导之与夫抗,使养成骄悍,其夫不堪而去之。有二术所不能饵者,则密相煽构,务使参商两败者,又多有之。幸不即败,而一门之内,诟谇时闻,使其夫入妾之室则怨语愁颜,入妻之室乃柔声怡色。其去就不问而知矣。此天下之善妒人也,何贤之云!"门高窃听所言,服其中理;而不解其日入水阁语。方凝思间,有官舫鸣钲来,收帆欲泊。二叟转瞬已不见。乃悟其非人也。

先兄晴湖曰:"饮卤汁者,血凝而死,无药可医。里有妇人饮此者,方

---

① 关盼盼——唐代张建封的姬妾,张为其建燕子楼,让其居住其中。
② 韦皋——见唐代范摅《云溪友议》卷三载玉箫两世姻缘,与韦皋相合之事。

张皇莫措。忽一媪排闼入,曰:'可急取隔壁卖腐家所磨豆浆灌之。卤得豆浆,则凝浆为腐而不凝血。我是前村老狐,曾闻仙人言此方也。'语讫不见。试之果得苏。刘涓子有鬼遗方,此可称狐遗方也。"

客作秦尔严,尝御车自李家洼往淮镇。遇持铳击鹊者,马皆惊逸。尔严仓皇堕车下,横卧辙中,自分无生理。而马忽不行。抵暮归家,沽酒自庆,灯下与侪辈话其异。闻窗外人语曰:"尔谓马自不行耶?是我二人掣其辔也。"开户出视,寂无人迹。明日,因赍酒脯,至堕处祭之。先姚安公闻之,曰:"鬼如此求食,亦何恶于鬼!"

里人王五贤,(幼时闻呼其字是此二音,不知即此二字否也?)老塾师也。尝夜过古墓,闻鞭扑声,并闻责数曰:"尔不读书识字,不能明理,将来何事不可为?至上干天律时,尔悔迟矣。"谓深更旷野,谁人在此教子弟。谛听乃出狐窟中。五贤喟然曰;"不图此语闻之此间。"

先叔仪南公,有质库①在西城。客作陈忠,主买菜蔬。侪辈皆谓其近多余润,宜飨众。忠讳无有。次日,箧钥不启,而所蓄钱数千,唯存九百。楼上故有狐,恒隔窗与人语,疑所为。试往叩之,果朗然应曰:"九百钱是汝雇值,分所应得,吾不敢取。其余皆日日所乾没,原非汝物。今日端阳,已为汝买粽若干,买酒若干,买肉若干,买鸡鱼及瓜菜果实各若干,并泛酒雄黄,亦为买得,皆在楼下空屋中。汝宜早烹炮,迟则天暑恐腐败。"启户视之,累累具在。无可消纳,竟与众共餐。此狐可谓恶作剧,然亦颇快人意也。

亥有二首六身,是拆字之权舆矣。汉代图谶,多离合点画。至宋谢石

---

① 质库——即当铺。

辈，始以是术专门，然亦往往有奇验。乾隆甲戌，余殿试后，尚未传胪①，在董文恪公家，偶遇一浙士，能拆字。余书一“墨”字。浙士曰：“龙头竟不属君矣。里字拆之为二甲，下作四点，其二甲第四乎？然必入翰林。四点庶字脚，土吉字头，是庶吉士矣。”后果然。又戊子秋，余以漏言获谴，狱颇急，日以一军官伴守。一董姓军官云能拆字。余书“董”字使拆。董曰：“公远戍矣。是千里万里也。”余又书“名”字。董曰：“下为口字，上为外字偏旁，是口外矣。日在西为夕，其西域乎？”问：“将来得归否？”曰：“字形类君，亦类召，必赐环也。”问：“在何年？”曰：“口为四字之外围，而中缺两笔，其不足四年乎？今年戊子，至四年为辛卯，夕字卯之偏旁，亦相合也。”果从军乌鲁木齐，以辛卯六月还京。盖精神所动，鬼神通之；气机所萌，形象兆之。与揲蓍灼龟②事同一理，似神异而非神异也。

医者胡宫山，不知何许人。或曰：“本姓金，实吴三桂之间谍。三桂败，乃变易姓名。”事无左证，莫之详也。余六七岁时及见之，年八十余矣。轻捷如猿猱，技击绝伦。尝舟行，夜遇盗，手无寸刃，唯倒持一烟筒，挥霍如风，七八人并刺中鼻孔仆。然最畏鬼，一生不敢独睡。言少年尝遇一僵尸，挥拳击之，如中木石，几为所搏，幸跃上高树之顶。尸绕树踊距，至晓乃抱木不动。有铃驮群过，始敢下视。白毛遍体，目赤如丹砂，指如曲钩，齿露唇外如利刃。怖几失魂。又尝宿山店，夜觉被中蠕蠕动，疑为蛇鼠；俄枝梧撑拄，渐长渐巨，突出并枕，乃一裸妇人。双臂抱持，如巨絙束缚，接吻嘘气，血腥贯鼻，不觉晕厥。次日得灌救，乃苏。自是胆裂，黄昏以后，遇风声月影，即惴惴却步云。

南皮令居公铉，在州县幕二十年，练习案牍，聘币无虚岁。拥资既厚，乃援例得官，以为驾轻车就熟路也。比莅任，乃愦愦如木鸡；两造争辩，辄面赧语涩，不能出一字；见上官，进退应对，无不颠倒。越岁余，遂以才力

① 传胪——科举时，殿试以后宣读皇帝诏命唱名叫传胪。

② 揲(shé)蓍灼龟——揲蓍，用蓍草占卦。灼龟，烧龟壳占卦。

不及劾。解组[1]之日,梦蓬首垢面人长揖曰:“君已罢官,吾从此别矣。”霍然惊醒,觉心境顿开。贫无归计,复理旧业,则精明果决,又判断如流矣。所见者其夙冤耶?抑即昌黎所送之穷鬼[2]耶?

裘文达公言:官詹事时,遇值日,五鼓赴圆明园。中途见路旁高柳下,灯火围绕,似有他故。至则一护军缢于树,众解而救之。良久得苏,自言过此暂憩,见路旁小室中有灯光,一少妇坐圆窗中招我。逾窗入,甫一俯首,项已被挂矣。盖缢鬼变形求代也。此事所在多有,此鬼乃能幻屋宇,设绳索,为可异耳。又先农坛西北文昌阁之南(文昌阁俗曰高庙),汇有积水,亦往往有溺鬼诱人。余十三四时,见一人无故入水,已没半身。众噪而挽之,始强回;痴坐良久,渐有醒意。问何所苦而自沉。曰:“实无所苦。但渴甚,见一茶肆,趋往求饮,犹记其门悬匾额,粉板青字,曰‘对瀛馆’也。”命名颇有文义,谁题之、谁书之乎?此鬼更奇矣。

山东刘君善谟,余丁卯同年也。以其黠巧,皆戏呼曰“刘鬼谷”。刘故诙谐,亦时以自称。于是鬼谷名大著,而其字若别号,人转不知。乾隆辛未,僦校尉营一小宅。田白岩偶过闲话,四顾慨然曰:“此凤眼张三旧居也,门庭如故,埋香黄土已二十余年矣。”刘骇然曰:“自卜此居,吾数梦艳妇来往堂庑间,其若人乎?”白岩问其状,良是。刘沉思久之,拊几曰:“何物淫鬼,敢魅刘鬼谷!果现形,必痛抶之。”白岩曰:“此妇在时,真鬼谷子,捭阖百变,为所颠倒者多矣。假鬼谷子何足云!京师大矣,何必定与鬼同住?”力劝之别徙。余亦尝访刘于此,忆斜对戈芥舟宅约六七家。今不能指其处矣。

史太常松涛言:初官户部主事时,居安南营,与一嫠妇邻。一夕盗入

---

① 解组——解下印绶,即辞去官职。

② 唐韩愈(昌黎)有《送穷鬼文》。

孀妇家，穴壁已穿矣。忽大呼曰："有鬼！"狼狈越墙去。迄不知其何所见也。岂神或哀其茕独，阴相之欤！又戈东长前辈一日饭罢，坐阶下看菊。忽闻大呼曰："有贼！"其声喑呜，如牛鸣盎中。举家骇异。俄连呼不已，谛听乃在庑下炉坑内。急邀逻者来，启视，则儽然一饿夫，昂首长跪。自言前两夕乘暗阑入，伏匿此坑，冀夜深出窃。不虞二更微雨，夫人命移腌齑①两瓮置坑板上，遂不能出。尚冀雨霁移下，乃两日不移。饥不可忍，自思出而被执，罪不过杖；不出则终为饿鬼。故反作声自呼耳。其事极奇，而实为情理所必至。录之亦足资一粲也。

河间府吏刘启新，粗知文义。一日问人曰："枭鸟、破镜是何物？"或对曰："枭鸟食母，破镜食父，均不孝之物也。"刘拊掌曰："是矣。吾患寒疾，昏愦中魂至冥司，见二官连几坐。一吏持牍请曰：'某处狐为其孙啮杀，禽兽无知，难责以人理。今唯议抵，不科不孝之罪。'左一官曰：'狐与他兽有别。已炼形成人者，宜断以人律；未炼形成人者，自宜仍断以兽律。'右一官曰：'不然。禽兽他事与人殊，至亲属天性，则与人一理。先王诛枭鸟、破镜，不以禽兽而贷也。宜仍科不孝，付地狱。'左一官首肯曰：'公言是。'俄吏抱牍下，以掌掴吾，悸而苏。所言历历皆记，惟不解枭鸟、破镜语。窃疑为不孝之鸟兽，今果然也。"案此事新奇，故阴府亦烦商酌。知狱情万变，难执一端。据余所见，事出律例之外者：一人外出，讹传已死。其父母因鬻妇为人妾。夫归，迫于父母，弗能讼也。潜至娶者家，伺隙一见，竟携以逃。越岁缉获，以为非奸，则已别嫁；以为奸，则本其故夫。官无律可引也。又劫盗之中，别有一类，曰赶蛋。不为盗，而为盗之盗。每伺盗外出，或袭其巢，或要诸路，夺所劫之财。一日互相格斗，并执至官。以为非盗，则实强掠；以为盗，则所掠乃盗赃。官亦无律可引也。又有奸而怀孕者，决罚后，官依律判生子还奸夫。后生子，本夫恨而杀之。奸夫控故杀其子。虽有律可引，而终觉奸夫所诉，有理无情；本夫所为，有情无理。无以持其平也。不知彼地下冥官，遇此等事，又作何判断耳？

---

① 齑(jī)——细碎的咸菜。

丰宜门外风氏园古松,前辈多有题咏。钱香树先生尚见之,今已薪矣。何华峰云:相传松未枯时,每风静月明,或闻丝竹。一巨公偶游其地,偕宾友夜往听之。二鼓后,有琵琶声,似出树腹,似在树杪。久之,小声缓唱曰:“人道冬夜寒,我道冬夜好。绣被暖如春,不愁天不晓。”巨公叱曰:“何物老魅,敢对我作此淫词!”戛然而止。俄登登复作,又唱曰:“郎似桃李花,妾似松柏树;桃李花易残,松柏常如故。”巨公点首曰:“此乃差近风雅。”余音摇曳之际,微闻树外悄语曰:“此老殊易与,但作此等语言,便生欢喜。”拨剌一响,有如弦断。再听之,寂然矣。

佃户卞晋宝,息耕陇畔,枕块暂眠。朦胧中闻人语曰:“昨官中有何事?”一人答曰:“昨勘某人继妻,予铁杖百。虽是病容,尚眉目如画,肌肉如凝脂。每受一杖,哀呼宛转,如风引洞箫,使人心碎。吾手颤不得下,几反受鞭。”问者叹息曰:“唯其如是之妖媚,故蛊惑其夫,荼毒前妻儿女,造种种恶业也。”晋宝私念:是何官府,乃用铁杖?欲起问之。欠伸拭目,乃荒烟蔓草,四顾阒然。

故城贾汉恒言:张二酉、张三辰,兄弟也。二酉先卒,三辰抚侄如己出,理田产,谋婚娶,皆殚竭心力。侄病瘵,经营医药,殆废寝食。侄殁后,恒忽忽如有失。人皆称其友爱。越数岁,病革,昏瞀中自语曰:“咄咄怪事!顷到冥司,二兄诉我杀其子,斩其祀,岂不冤哉?”自是口中时喃喃,不甚可辨。一日稍苏,曰:“吾之过矣。兄对阎罗数我曰:‘此子非不可化诲者,汝为叔父,去父一间耳。乃知养而不知教,纵所欲为,恐拂其意。使恣情花柳,得恶疾以终。非汝杀之而谁乎?’吾茫然无以应也,吾悔晚矣。”反手自椎而殁。三辰所为,亦末俗之所难。坐以杀侄,《春秋》责备贤者耳;然要不得谓二酉苛也。平定王执信,余己卯所取士也。乞余志其继母墓,称母生一弟,曰执薄;庶出一弟,曰执璧。平时饮食衣服,三子无所异;遇有过,责詈捶楚,亦三子无所异也。贤哉,数语尽之矣。

钱遵王《读书敏求记》载：赵清常①殁，子孙鬻其遗书，武康山中，白昼鬼哭。聚必有散，何所见之不达耶？明寿宁侯故第在兴济，斥卖略尽，唯厅事仅存。后鬻其木于先祖。拆卸之日，匠者亦闻柱中有泣声。千古痴魂，殆同一辙。余尝与董曲江言："大地山河，佛氏尚以为泡影，区区者复何足云。我百年后，傥图书器玩，散落人间，使赏鉴家指点摩挲曰：'此纪晓岚故物。'是亦佳话，何所恨哉！"曲江曰："君作是言，名心尚在。余则谓消闲遣日，不能不借此自娱。至我已弗存，其他何有？任其饱虫鼠，委泥沙耳。故我书无印记，砚无铭识，政如好花朗月，胜水名山，偶与我逢，便为我有。迨云烟过眼，不复问为谁家物矣。何能镌号题名，为后人作计哉！"所见尤脱洒也。

职官奸仆妇，罪止夺俸，以家庭曙近，幽暧难明，律意深微，防诬蔑反噬之渐也。然横干强迫，阴谴实严。戴遂堂先生言：康熙末，有世家子挟污仆妇。仆气结成噎膈。时妇已孕，仆临殁，以手摩腹曰："男耶？女耶？能为我复仇耶？"后生一女，稍长，极慧艳。世家子又纳为妾，生一子。文园②消渴，俄夭天年。女帷簿不修，竟公庭涉讼，大损家声。十许年中，妇缟袂扶棺，女青衫对簿，先生皆目见之，如相距数日耳。岂非怨毒所钟，生此尤物以报哉。

遂堂先生又言：有调其仆妇者，妇不答。主人怒曰："敢再拒，棰汝死。"泣告其夫，方沉醉，又怒曰："敢失志，且剸刃汝胸。"妇愤曰："从不从皆死，无宁先死矣。"竟自缢。官来勘验，尸无伤，语无证，又死于夫侧，无所归咎，弗能究也。然自是所缢之室，虽天气晴明，亦阴阴如薄雾；夜辄有声如裂帛。灯前月下，每见黑气，摇漾似人影，即之则无。如是十余年，主人殁，乃已。未殁以前，昼夜使人环病榻，疑其有所见矣。

---

① 赵清常——名琦美，明代有名藏书家，官荫刑部侍郎，号清常道人。

② 文园——原为汉文帝墓园，司马相如曾为文园令，后以文园指司马相如。唐杜牧《为人题赠诗》："文园终病渴，休咏白头吟。"

乌鲁木齐军吏邬图麟言:其表兄某,尝诣泾县访友。遇雨,夜投一废寺。颓垣荒草,四无居人,唯山门尚可栖止,姑留待霁。时云黑如墨,暗中闻女子声曰:"怨鬼叩头,求赐纸衣一袭,白骨衔恩。"某怖不能动,然度无可避,强起问之。鬼泣曰:"妾本村女,偶独经此寺,为僧所遮留。妾哭詈不从,怒而见杀。时衣已尽褫,遂被裸埋。今百余年矣。虽在冥途,情有廉耻。身无寸缕,愧见神明。故宁抱沉冤,潜形不出。今幸逢君子,傥取数番彩楮,剪作裙襦,焚之寺门,使幽魂蔽体,便可訫诸地府,再入转轮。唯君哀而垂拯焉。"某战栗诺之。泣声遂寂。后不能再至其地,竟不果焚。尝自谓负此一诺,使此鬼茹恨黄泉,恒耿耿不自安也。

于道光言:有士人夜过岳庙,朱扉严闭,而有人自庙中出。知是神灵,膜拜呼上圣。其人引手掖之曰:"我非贵神,右台司镜之吏,赍文簿到此也。"问:"司镜何义?其业镜也耶?"曰:"近之,而又一事也。业镜所照,行事之善恶耳。至方寸微暖,情伪万端,起灭无恒,包藏不测,幽深邃密,无迹可窥,往往外貌麟鸾,中韬鬼蜮,隐慝未形,业镜不能照也。南北宋后,此术滋工,涂饰弥缝,或终身不败。故诸天合议,移业镜于左台,照真小人;增心镜于右台,照伪君子。圆光对映,寻府洞然:有拗捩者,有偏倚者,有黑如漆者,有曲如钩者,有拉杂如粪壤者,有混浊如泥滓者,有城府险阻千重万掩者,有脉络屈盘左穿右贯者,有如荆棘者,有如刀剑者,有如蜂虿者,有如狼虎者,有现冠盖影者,有现金银气者。甚有隐隐跃跃,现秘戏图者;而回顾其形,则皆岸然道貌也。其圆莹如明珠,清澈如水晶者,千百之一二耳。如是者,吾立镜侧,籍而记之,三月一达于岳帝,定罪福焉。大抵名愈高则责愈严,术愈巧则罚愈重。春秋二百四十年,瘅①恶不一,惟震夷伯之庙,天特示谴于展氏,隐慝故也。子其识之。"士人拜受教,归而乞道光书额,名其室曰"观心"。

有歌童扇上画鸡冠,于筵上求李露园题。露园戏书绝句曰:"紫紫红

① 瘅(dàn)——憎恨。

红胜晚霞,临风亦自弄夭斜。枉教蝴蝶飞千遍,此种原来不是花。”皆叹其运意双关之巧。露园赴任湖南后,有扶乩者,或以鸡冠请题,即大书此诗。余骇曰:“此非李露园作耶?”乩忽不动,扶乩者狼狈去。颜介子叹曰:“仙亦盗句。”或曰:“是扶乩者本伪托,已屡以盗句败矣。”

从兄坦居言:昔闻刘馨亭谈二事。其一,有农家子为狐媚,延术士劾治。狐就擒,将烹诸油釜。农家子叩额乞免,乃纵去。后思之成疾,医不能疗。狐一日复来,相见悲喜。狐意殊落落,谓农家子曰:“君苦相忆,只为悦我色耳,不知是我幻相也。见我本 形,则骇避不遑矣。”欻然扑地,苍毛修尾,鼻息咻咻,目睒睒如炬,跳掷上屋,长嗥数声而去。农家子自是病痊。此狐可谓能报德。其一亦农家子为狐媚,延术士劾治。法不验,符箓皆为狐所裂,将上 坛殴击。一老媪似是狐母,止之曰:“物惜其群,人庇其党。此术士道虽浅,创之过甚,恐他术士来报复。不如且就尔婿眠,听其逃避。”此狐可谓能虑远。

康熙癸巳,先姚安公读书于厂里,(前明土贡澄浆砖,此地砖厂故址也。)偶折杏花插水中。后花落,结二杏如豆,渐长渐巨,至于红熟,与在树无异。是年逢万寿恩科,遂举于乡。王德安先生同住,为题额曰“瑞杏轩”。此庄后分属从弟东白。乾隆甲申,余自福建归,问此匾,已不存矣。拟倩刘石庵补书,而代葺此屋,作记刻石龛于壁,以存先世之迹,因循未果,不识何日偿此愿也。

先姚安公言:雍正初,李家洼佃户董某父死,遗一牛,老且跛,将鬻于屠肆。牛逸,至其父墓前,伏地僵卧,牵挽鞭捶皆不起,唯掉尾长鸣。村人闻是事,络绎来视。忽邻叟刘某愤然至,以杖击牛曰:“渠父堕河,何预于汝?使随波漂没,充鱼鳖食,岂不大善?汝无故多事,引之使出,多活十余年。致渠生奉养,病医药,死棺敛,且留此一坟,岁需祭扫,为董氏子孙无穷累。汝罪大矣,就死汝分,牟牟者何为?”盖其父尝堕深水中,牛随之跃入,牵其尾得出也。董初不知此事,闻之大惭,自批其颊曰:“我乃非人!”急引归。数月后,病死,泣而埋之。此叟殊有滑稽风,与东方朔救汉武帝乳母事竟暗合也。①

姨丈王公紫府,文安旧族也。家未落时,屠肆架上一豕首,忽脱钩落地,跳掷而行。市人噪而逐之,直入其门而止。自是日见衰谢,至馕粥不供。今子孙无孑遗矣。此王氏姨母自言之。又姚安公言:亲表某氏家,(岁久忘其姓氏,惟记姚安公言此事时,称曰汝表伯。)清晓启户,有一兔缓步而入,绝不畏人,直至内寝床上卧。因烹食之。数年中死亡略尽,宅亦拆为平地矣。是皆衰气所召也。

王菊庄言:有书生夜泊鄱阳湖,步月纳凉。至一酒肆,遇数人,各道姓名,云皆乡里。因沽酒小饮,笑言既洽,相与说鬼。搜异抽新,多出意表。一人曰:“是固皆奇,然莫奇于吾所见矣。曩在京师,避嚣寓丰台花匠家,邂逅一士共谈。吾言此地花事殊胜,唯墟墓间多鬼可憎。士曰:‘鬼亦有雅俗,未可概弃。吾曩游西山,遇一人论诗,殊多精诣,自诵所作,有曰:深山迟见日,古寺早生秋。又曰:钟声散墟落,灯火见人家。又曰:猿声临水断,人语入烟深。又曰:林梢明远水,楼角挂斜阳。又曰:苔痕侵病榻,雨气入昏灯。又曰:鸺鹠②岁久能人语,魍魉山深每昼行。又曰:空江照影芙容泪,废苑寻春蛱蝶魂。皆楚楚有致。方拟问其居停,忽有铃驮琅琅,欻然灭迹。此鬼宁复可憎耶?’吾爱其脱洒,欲留共饮。其人振衣起曰:‘得免君憎,已为大幸,宁敢再入郇厨③?’一笑而隐。方知说鬼者即鬼

① 东方朔救汉武帝乳母事,见晋葛洪《西京杂记》。

② 鸺鹠(xiū liú)——猫头鹰。鸱鸮的一种,以所鸣之声为名。

③ 郇(xún)厨——即郇公厨。唐韦陟袭封郇国公,厨食奢靡,人称“郇公厨”。后以郇厨称赞人膳食的精美。

也。”书生因戏曰：“此称奇绝，古所未闻。然阳羡鹅笼，幻中出幻[①]，乃辗转相生，安知说此鬼者，不又即鬼耶？”数人一时色变，微风飒起，灯光黯然，并化为薄雾轻烟，蒙蒙四散。

庚午四月，先太夫人病革时，语子孙曰：“旧闻地下眷属，临终时一一相见，今日果然。幸我平生尚无愧色。汝等在世，家庭骨肉，当处处留将来相见地也。”姚安公曰：“聪明绝特之士，事事皆能知，而独不知人有死；经纶开济之才，事事皆能计，而独不能为死时计。使知人有死，一切作为，必有索然自返者；使能为死时计，一切作为，必有悚然自止者。惜求诸六合[②]之外，失诸眉睫之前也。”

一南士以文章游公卿间。偶得一汉玉璜，质理莹白，而血斑彻骨，尝用以镇纸。一日，借寓某公家。方灯下构一文，闻窗隙有声，忽一手探入。疑为盗，取铁如意欲击；见其纤削如春葱，瑟缩而止。穴纸窃窥，乃一青面罗刹鬼。怖而仆地。比苏，则此璜已失矣。疑为狐魅幻形，不复追诘。后于市上偶见，询所从来。辗转经数主，竟不能得其端绪。久乃知为某公家奴伪作鬼装所取。董曲江戏曰：“渠知君是惜花御史，故敢露此柔荑[③]。使遇我辈粗材，断不敢自取断腕。”余谓此奴伪作鬼装，一以使不敢揽执，一以使不复追求。又灯下一掌破窗，恐遭捶击，故伪作女手，使知非盗；且引之窥见恶状，使知非人，其运意亦殊周密。盖此辈为主人执役，即其钝如椎；至作奸犯科，则奇计环生，如鬼如蜮。大抵皆然，不独此一人一事也。

---

① 阳羡鹅笼，幻中出幻——梁吴均《续齐谐记》记阳羡许彦负鹅笼而行，遇书生求寄鹅笼之中。书生擅幻术，能口中吐人及各种食物。后人把“阳羡鹅笼”作为幻中生幻，变化无穷的典故。

② 六合——天、地、东、西、南、北为六合。

③ 柔荑——软柔的茅草嫩芽。用以形容女子手的纤细白嫩。

朱竹坪御史尝小集阎梨村尚书家，酒次，竹坪慨然曰："清介是君子分内事。若恃其清介以凌物，则殊嫌客气不除。昔某公为御史时，居此宅，坐间或言及狐魅，某公痛詈之。数日后，月下见一盗逾垣入。内外搜捕，皆无迹。扰攘彻夜。比晓，忽见厅事上卧一老人，欠伸而起曰：'长夏溽暑，(长夏字出黄帝《素问》，谓六月也。王太仆注："读上声。"杜工部"长夏江村事事幽"句，皆读平声，盖注家偶未考也。)偶投此纳凉，致主人竟夕不安，殊深惭愧。'一笑而逝。盖无故侵狐，狐以是戏之也。岂非自取侮哉！

朱天门家扶乩，好事者多往看。一狂士自负书画，意气傲睨，旁若无人，至对客脱袜搔足垢，向乩哂曰："且请示下坛诗。"乩即题曰："回头岁月去骎骎①，几度沧桑又到今。会见会稽王内史，亲携宾客到山阴。"众曰："然则仙及见右军耶？"乩书曰："岂但右军，并见虎头。②"狂生闻之，起立曰："二老风流，既曾亲睹；此时群贤毕至，古今人相去几何？"又书曰："二公虽绝艺入神，然意存冲挹③，雅人深致，使见者意消；与骂座灌夫④，自别是一流人物。离之双美，何必合之两伤？"众知有所指，相顾目笑。回视狂生，已著袜欲遁矣。此不识是何灵鬼，作此虐谑。惠安陈舍人云亭，尝题此生《寒山老木图》，曰："憔悴人间老画师，平生有恨似徐熙⑤。无端自写荒寒景，皴出秋山鬓已丝。""使酒淋漓礼数疏，谁知侠气属狂奴。他年傥续宣和谱⑥，画史如今有灌夫。"乩所云骂座灌夫，当即指此。又不识此鬼何以知此诗也。

---

① 骎骎(qīn)——疾速。

② 王内史、右军、虎头——晋书法家王羲之曾任右军将军、会稽内史。虎头，晋书画家顾恺之的小名。

③ 冲挹(yì)——同"抑"。谦虚自抑。

④ 骂座灌夫——《史记》卷一□七载，西汉燕相灌夫为人刚直不阿，使酒骂座，为人所弹劾。

⑤ 徐熙——五代南唐著名画家，善于写生，一生抑郁不得志。

⑥ 宣和谱——即《宣和画谱》。记宋徽宗宣和时内府所藏诸画。

舅氏张公梦徵言：儿时闻沧州有太学生，居河干。一夜，有吏持名刺叩门，言新太守过此，闻为此地巨室，邀至舟相见。适主人以会葬宿姻家，相距十余里。阍者①持刺奔告，亟命驾返，则舟已行。乃饬车马，具贽币，沿岸急追。昼夜驰二百余里，已至山东德州界。逢人询问，非唯无此官，并无此舟。乃狼狈而归，惘惘如梦者数日。或疑其家多资，劫盗欲诱而执之，以他出幸免。又疑其视贫亲友如仇，而不惜多金结权贵，近村故有狐魅，特恶而戏之。皆无左证。然乡党喧传，咸曰："某太学遇鬼。"先外祖雪峰公曰："是非狐非鬼亦非盗，即贫亲友所为也。"斯言近之矣。

俗传鹊蛇斗处为吉壤，就斗处点穴，当大富贵，谓之龙凤地。余十一二岁时，淮镇孔氏田中，尝有是事，舅氏安公实斋亲见之。孔用以为坟，亦无他验。余谓鹊以虫蚁为食，或见小蛇啄取；蛇蜿蜒拒争，有似乎斗。此亦物态之常。必当日曾有地师为人卜葬，指鹊蛇斗处是穴，如陶侃②葬母，仙人指牛眠处是穴耳。后人见其有验，遂传闻失实，谓鹊蛇斗处必吉。然则因陶侃事，谓凡牛眠处必吉乎？

庆云、盐山间，有夜过墟墓者，为群狐所遮。裸体反接，倒悬树杪。天晓人始见之，掇梯解下，视背上大书三字，曰"绳还绳"，莫喻其意。久乃悟二十年前，曾捕一狐倒悬之，今修怨也。胡厚庵先生仿西涯③新乐府，中有《绳还绳》一篇曰："斜柯三丈不可登，谁蹑其杪如猱升？谛而视之儿倒绷，背题字曰绳还绳。问何以故心懵腾，恍然忽省蹶然兴，束缚阿紫当年曾。旧事过眼如风灯，谁期狭路遭其朋。吁嗟乎！人妖异路炭与冰，尔胡肆暴先侵陵？使衔怨毒伺隙乘。吁嗟乎！无为祸首兹可惩。"即此事也。

---

① 阍者——看门的人。
② 陶侃——晋代浔阳人，官至刺史，曾平定苏峻叛乱。为陶渊明曾祖父。
③ 西涯——明代李东阳的号。

刘香畹言:沧州近海处,有牧童年十四五,虽农家子,颇白皙。一日,陂畔午睡醒,觉背上似负一物。然视之无形,扪之无质,问之亦无声。怖而返,以告父母,无如之何。数日后,渐似拥抱,渐似抚摩,既而渐似梦魇,遂为所污。自是媟狎无时。而无形无质无声,则仍如故。时或得钱物果饵,亦不甚多。邻塾师语其父曰:"此恐是狐,宜藏猎犬,俟闻媚声时排闼嗾攫之。"父如所教。狐嗷然破窗出,在屋上跳掷,骂童负心。塾师呼与语曰:"君幻化通灵,定知世事。夫男女相悦,感以情也。然朝盟同穴,夕过别船者,尚不知其几。至若娈童,本非女质,抱衾荐枕,不过以色为市耳。当其傅粉熏香,含娇流盼,缠头万锦,买笑千金,非不似碧玉多情,回身就抱。迨富者资尽,贵者权移,或掉臂长辞,或倒戈反噬,翻云覆雨,自古皆然。萧韶之于庾信①,慕容冲之于苻坚②,载在史册,其尤著者也。其所施者如彼,其所报者尚如此。然则与此辈论交,如抟沙作饭矣。况君所赠,曾不及五陵豪贵之万一,而欲此童心坚金石,不亦颠乎?"语讫寂然。良久,忽闻顿足曰:"先生休矣。吾今乃始知吾痴。"浩叹数声而去。

姜白岩言:有士人行桐柏山中,遇卤簿③前导,衣冠形状,似是鬼神,暂避林内。舆中贵官已见之,呼出与语,意殊亲洽。因拜问封秩。曰:"吾即此山之神。"又拜问:"神生何代?冀传诸人世,以广见闻。"曰:"子所问者人鬼,吾则地祇也。夫玄黄剖判,融结万形。形成聚气,气聚藏精,精凝孕质,质立含灵。故神祇与天地并生,唯圣人通造化之原,故燔柴、瘗玉,载在《六经》。自稗官琐记,创造鄙词,曰刘、曰张,谓天帝有废兴;曰吕、曰冯,谓河伯有夫妇。儒者病焉。紫阳④崛起,乃以天理诂天,并皇矣之下临,亦斥为乌有。而鬼神之德,遂归诸二气之屈伸矣。夫木石之精,

---

① 萧韶之于庾信——萧韶年轻时受到庾信宠爱,后任郢州刺史,对庾信却很冷淡。见《北史·庾信传》。

② 慕容冲之于苻坚——慕容冲幼时与其姐得苻坚专宠;淝水之役苻坚兵败之后,慕容冲却趁机起兵称帝。见《晋书·苻坚载记》。

③ 卤簿——古时帝王出行时于前后的仪仗队。

④ 紫阳——紫阳之学,即朱子(熹)之学。宋代朱熹于福建崇安时,将其听事堂名紫阳书堂,故朱子之学亦称紫阳之学。

尚生夔罔;雨土之精,尚生羵羊①。岂有乾坤斡运,元气鸿洞,反不能聚而上升,成至尊之主宰哉。观子衣冠,当为文士。试传吾语,使儒者知圣人飨报之由。"士人再拜而退。然每以告人,辄疑以为妄。余谓此言推鬼神之本始,植义甚精。然自白岩寓言,托诸神语耳。赫赫灵祇,岂屑与讲学家争是非哉?

裘编修超然言:丰宜门内玉皇庙街,有破屋数间,锁闭已久,云中有狐魅。适江西一孝廉与数友过夏,(唐举子下第后,读书待再试,谓之过夏。)取其地幽僻,僦舍于旁。一日,见幼妇立檐下,态殊妩媚,心知为狐。少年豪宕,意殊不惧。黄昏后,诣门作礼,祝以媟词。夜中闻床前窸窣有声,心知狐至,暗中举手引之。纵体入怀,遽相狎昵,冶荡万状,奔命殆疲。比月上窗明,谛视乃一白发媪,黑陋可憎。惊问:"汝谁?"殊不愧赧,自云:"本城楼上老狐,娘子怪我饕餮而慵作,斥居此屋,寂寞已数载。感君垂爱,故冒耻自献耳。"孝廉怒,搏其颊,欲缚捶之。撑拄摆拨间,同舍闻声,皆来助捉。忽一脱手,已琤然破窗遁。次夕,自坐屋檐,作软语相唤。孝廉诟詈,忽为飞瓦所击。又一夕,揭帷欲寝,乃裸卧床上,笑而招手。抽刃向击,始泣骂去。惧其复至,移寓避之。登车顷,突见前幼妇自内走出。密遣小奴访问,始知居停主人之甥女,昨偶到街买花粉也。

琴工钱生(以鼓琴客裘文达公家,滑稽善谐戏。因面有瘢风,皆呼曰"钱花脸"。来往数年,竟不能举其里居名字也。)言:一选人居会馆,于馆后墙缺见一妇,甚有姿首,衣裳故敝,而修饰甚整洁。意颇悦之。馆人有母年五十余,故大家婢女,进退语言,均尚有矩度,每代其子应门。料其有干才,赂以金,祈谋一晤。对曰:"向未见此,似是新来。姑试侦探,作万一想耳。"越十许日,始报曰:"已得之矣。渠本良家,以贫故,忍耻出此。然畏人知,俟夜深月黑,乃可来。乞勿秉烛,勿言勿笑,勿使童仆及同馆闻声息,闻钟声即勿留。每夕赠以二金足矣。"选人如所约,已往来月余。

---

① 羵(fén)羊——传说中土中之羊,雌雄不分。

一夜,邻弗戒于火。选人惶遽起。童仆皆入室救囊箧;一人急搴帐曳茵褥,訇然有声,一裸妇堕榻下,乃馆人母也。莫不绝倒。盖京师媒妁最奸黠,遇选人纳媵,多以好女引视,而临期阴易以下材,觉而涉讼者有之。幕首入门,背灯障扇,俟定情后始觉,委曲迁就者亦有之。此媪狃于乡风,竟以身代也。然事后访问四邻,墙缺外实无此妇。或曰:"魅也。"裘文达公曰:"是此媪引致一妓,炫诱选人耳。"

安氏从舅善鸟铳,郊原逐兔,信手而发,无得脱者,所杀殆以千百计。一日,遇一兔,人立而拱,目炯炯如怒。举铳欲发,忽炸而伤指,兔已无迹。心知为兔鬼报冤,遂辍其事。又尝从禽晚归,渐已昏黑。见小旋风裹一物,火光荧荧,旋转如轮。举铳中之,乃秃笔一枝,管上微有血渍。明人小说载牛天锡供状事,言凡物以庚申日得人血,皆能成魅。是或然欤!

奴子王廷佑之母言:青县一民家,岁除日,有卖通草花者,叩门呼曰:"伫立久矣,何花钱尚不送出耶?"诘问家中,实无人买花。而卖者坚执一垂髫女子持入。正纷扰间,闻一媪急呼曰:"真大怪事,厕中敝帚柄上,竟插花数朵也。"取验,果适所持入。乃锉而焚之,呦呦有声,血出如缕。此魅既解化形,即应潜养灵气,何乃作此变异,使人知而歼除,岂非自取其败耶?天下未有所成,先自炫耀;甫有所得,不自韬晦者,类此帚也夫!

外祖雪峰张公家奴子王玉善射。尝自新河携盐租返,遇三盗,三矢仆之,各唾面纵去。一日,携弓矢夜行,见黑狐人立向月拜。引满一发,应弦饮羽。归而寒热大作。是夕,绕屋有哭声曰:"我自拜月炼形,何害于汝?汝无故见杀,必相报恨。汝未衰,当诉诸司命耳。"数日后,窗棱上铿然有声,愕眙惊问。闻窗外语曰:"王玉我告汝:我昨诉汝于地府,冥官检籍,乃知汝过去生中,负冤论辩,我为刑官,阴庇私党,使汝理直不得申,抑郁愤恚,自刺而死。我堕身为狐,此一矢所以报也。因果分明,我不怨汝。惟当日违心枉拷,尚负汝笞掠百余。汝肯发愿免偿,则阴曹销籍,来生拜赐多矣。”语讫，似闻叩额声。王叱曰：“今生债尚不了了，谁能索前生债耶？妖鬼速去，无扰我眠。”遂寂然。世见作恶无报，动疑神理之无据。乌知冥冥之中，有如是之委曲哉。

雍正甲寅，余初随姚安公至京师。闻御史某公性多疑，初典永光寺一宅，其地空旷。虑有盗，夜遣家奴数人，更番司铃柝；犹防其懈，虽严寒溽暑，必秉烛自巡视。不胜其劳，别典西河沿一宅，其地市廛[①]栉比。又虑有火，每屋储水瓮。至夜铃柝巡视，如在永光寺时。不胜其劳，更典虎坊桥东一宅，与余邸隔数家。见屋宇幽邃，又疑有魅。先延僧诵经，放焰口，钹鼓琤琤者数日，云以度鬼；复延道士设坛召将，悬符持咒，钹鼓琤琤者又数日，云以驱狐。宅本无他，自是以后，魅乃大作，抛掷砖瓦，攘窃器物，夜夜无宁居。婢媪仆隶，因缘为奸，所损失无算。论者皆谓妖由人兴。居未一载，又典绳匠胡同一宅。去后不通闻问，不知其作何设施矣。姚安公尝曰：“天下本无事，庸人自扰之。”其此公之谓乎。

钱塘陈乾纬言：昔与数友，泛舟至西湖深处，秋雨初晴，登寺楼远眺。一友偶吟“举世尽从忙里老，谁人肯向死前休”句，相与慨叹。寺僧微哂曰：“据所闻见，盖死尚不休也。数年前，秋月澄明，坐此楼上。闻桥畔有诟争声，良久愈厉。此地无人居，心知为鬼。谛听其语，急遽搀夺，不甚可辨，似是争墓田地界。俄闻一人呼曰：‘二君勿喧，听老僧一言可乎。夫人在世途，胶胶扰扰，缘不知此生如梦耳。今二君梦已醒矣，经营百计，以求富贵，富贵今安在乎？机械万端，以酬恩怨，恩怨今又安在乎？青山未改，白骨已枯，孑然唯剩一魂。彼幻化黄粱，尚能省悟；何身亲阅历，反不知万事皆空？且真仙真佛以外，自古无不死之人；大圣大贤以外，自古亦无不消之鬼。并此孑然一魂，久亦不免于澌灭。顾乃于电光石火之内，更

① 廛(chán)——房舍。

兴蛮触[①]之兵戈,不梦中梦乎?'语讫,闻呜呜饮泣声,又闻浩叹声曰:'哀乐未忘,宜乎其未齐得丧。如斯挂碍,老僧亦不能解脱矣。'遂不闻再语,疑其难未已也。"乾纬曰:"此自师粲花[②]之舌耳。然默验人情,实亦为理之所有。"

陈竹吟尝馆一富室。有小女奴,闻其母行乞于道,饿垂毙,阴盗钱三千与之。为侪辈所发,鞭捶甚苦。富室一楼,有狐借居,数十年未尝为祟。是日女奴受鞭时,忽楼上哭声鼎沸。怪而仰问。同声应曰:"吾辈虽异类,亦具人心。悲此女年未十岁,而为母受捶,不觉失声。非敢相扰也。"主人投鞭于地,面无人色者数日。

竹吟与朱青雷游长椿寺,于鬻书画处,见一卷擘窠书[③]曰:"梅子流酸溅齿牙,芭蕉分绿上窗纱。日长睡起无情思,闲看儿童捉柳花。"款题"山谷道人[④]"。方拟议真伪,一丐者在旁睨视,微笑曰:"黄鲁直乃书杨诚斋[⑤]诗,大是异闻。"掉臂竟去。青雷讶曰:"能作此语,安得乞食?"竹吟叹息曰:"能作此语,又安得不乞食!"余谓此竹吟愤激之谈,所谓名士习气也。聪明颖隽之士,或恃才兀傲,久而悖谬乖张,使人不敢向迩者,其势可以乞食。或有文无行,久而秽迹恶声,使人不屑齿录者,其势亦可以乞食。是岂可赋感士不遇[⑥]哉!

---

① 蛮触——《庄子·则阳》载,蜗之左角为触氏国,右角为蛮氏国;两国相与争地而战,伏尸百万。

② 粲花——称赞言论的典雅高妙。

③ 擘窠书——指大字。擘窠,原指刻印章时分格,后来写碑版或题匾额者,也多分格书写。

④ 山谷道人——北宋诗人黄庭坚号"山谷道人"。

⑤ 杨诚斋——南宋诗人杨万里。

⑥ 感士不遇——晋陶渊明撰有《感士不遇赋》。

一宦家子，资巨万。诸无赖伪相亲昵，诱之冶游，饮博歌舞。不数载，炊烟竟绝，顑颔[①]以终。病革时，语其妻曰："吾为人蛊惑以至此，必讼诸地下。"越半载，见梦于妻曰："讼不胜也。冥官谓妖童倡女，本捐弃廉耻，借声色以养生；其媚人取财，如虎豹之食人，鲸鲵之吞舟也。然人不入山，虎豹乌能食？舟不航海，鲸鲵乌能吞？汝自就彼，彼何尤焉？唯淫朋狎客，如设阱以待兽，不入不止；悬饵以钓鱼，不得不休。是宜阳有明刑，阴有业报耳。"又闻有书生昵一狐女，病瘵死。家人清明上冢，见少妇奠酒焚楮钱，伏哭甚哀。其妻识是狐女，遥骂曰："死魅害人，雷行且诛汝！尚假慈悲耶？"狐女敛衽徐对曰："凡我辈女求男者，是为采补；杀人过多，天律不容也。男求女者，是为情感；耽玩过度，用致伤生。正如夫妇相悦，成疾夭折，事由自取，鬼神不追理其衽席也。姊何责耶？"此二事足相发明也。

干宝《搜神记》载马势妻蒋氏事，即今所谓走无常[②]也。武清王庆垞曹氏，有佣媪充此役。先太夫人尝问以冥司追摄，岂乏鬼卒，何故须汝辈。曰："病榻必有人环守，阳光炽盛，鬼卒难近也。又或有真贵人，其气旺；有真君子，其气刚。尤不敢近。又或兵刑之官，有肃杀之气；强悍之徒，有凶戾之气。亦不能近。唯生魂体阴而气阳，无虑此数事，故必携之以为备。"语颇近理，似非村媪所能臆撰也。

河间一旧家，宅上忽有鸟十余，哀鸣旋绕，其音甚悲，若曰"可惜！可惜！"知非佳兆，而莫测兆何事。数日后，乃知其子鬻宅偿博负。鸟啼之时，即书券之时 也。岂其祖父之灵所凭欤！为人子孙者，闻此宜怆然思矣。

---

① 顑颔（kǎn hàn）——形容贫穷饥饿而脸色枯槁的样子。

② 走无常——迷信谓阴府遇事务冗多，吏员不足，则拘生人以顶替；事毕则放还为走无常。

有游士借居万柳堂。夏日,湘帘棐几,列古砚七八,古玉器、铜器、瓷器十许,古书册画卷又十许,笔床、水注、酒琖、茶瓯、纸扇、棕拂之类,皆极精致。壁上所粘,亦皆名士笔迹。焚香宴坐,琴声铿然,人望之若神仙。非高轩驷马,不能登其堂也。一日,有道士二人,相携游览,偶过所居,且行且言曰:"前辈有及见杜工部者,形状殆如村翁。吾曩在汴京,见山谷、东坡①,亦都似措大②风味。不及近日名流,有许多家事。"朱导江时偶同行,闻之怪讶,窃随其后。至车马丛杂处,红尘涨合,倏已不见。竟不知是鬼是仙。

乌鲁木齐遣犯刘刚,骁健绝伦。不耐耕作,伺隙潜逃。至根克忒,将出境矣。夜遇一叟,曰:"汝逋亡者耶?前有卡伦,(卡伦者,戍守了望之地也。)恐不得过。不如暂匿我屋中,俟黎明耕者毕出,可杂其中以脱也。"刚从之。比稍辨色,觉恍如梦醒,身坐老树腹中。再视叟,亦非昨貌;谛审之,乃夙所手刃弃尸深涧者也。错愕欲起,逻骑已至,乃弭首就擒。军屯法:遣犯私逃,二十日内自归者,尚可贷死。刚就擒在二十日将曙,介在两歧③,屯官欲迁就活之。刚自述所见,知必不免,愿早伏法。及送辕行刑。杀人于七八年前,久无觉者;而游魂为厉,终索命于二万里外。其可畏也哉!

日南坊守栅兵王十,姚安公旧仆夫也。言乾隆辛酉,夏夜坐高庙纳凉,暗中见二人坐阁下,疑为盗,静伺所往。时绍兴会馆西商放债者演剧赛神,金鼓声未息。一人曰:"此辈殊快乐;但巧算剥削,恐造业亦深。"一人曰:"其间亦有差等。昔闻判司论此事,凡选人④或需次多

---

① 山谷、东坡——北宋诗人黄庭坚、苏轼。

② 措大——旧指贫寒失意的读书人。

③ 两歧——意见不能一致或事物介在两可之间。

④ 选人——候补、候选的官员。

年，旅食匮乏；或赴官远地，资斧[1]艰难，此不得已而举债。其中苦况，不可殚陈。如或乘其急迫，抑勒多端，使进退触藩，茹酸书券。此其罪与劫盗等，阳律不过笞杖，阴律则当堕泥犁。至于冶荡性成，骄奢习惯，预期到官之日，可取诸百姓以偿补。遂指以称贷，肆意繁华。已经负债如山，尚复挥金似土。致渐形竭蹶，日见追呼。铨授[2]有官，逋逃无路，不得不吞声饮恨，为几上之肉，任若辈之宰割。积数既多，取偿难必。故先求重息，以冀得失之相当。在彼为势所必然，在此为事由自取。阳官科断，虽有明条，鬼神固不甚责之也。"王闻是语，疑不类生人。俄歌吹已停，二人并起，不待启钥，已过栅门。旋闻道路喧传，酒阑客散，有一人中暑暴卒。乃知二人为追摄之鬼也。

莆田林生霈言:闽一县令,罢官居馆舍。夜有群盗破扉入。一媪惊呼,刃中脑仆地。童仆莫敢出。巷有逻者,素弗善所为,亦坐视 。盗遂肆意搜掠。其幼子年十四五,以锦衾蒙首卧。盗掣取衾,见姣丽如好女,嘻笑抚摩,似欲为无礼。中刃媪突然跃起,夺取盗刀,径负是子夺门出。追者皆被伤,乃仅捆载所劫去。县令怪媪已六旬,素不闻其能技击,何勇鸷乃尔。急往寻视,则媪挺立大言曰:"我某都某甲也,曾蒙公再生恩。殁后执役土神祠,闻公被劫,特来视。宦资是公刑求所得,冥判饱盗橐,我不敢救。至侵及公子,则盗罪当诛。故附此媪与之战。公努力为善。我去矣。"遂昏昏如醉卧。救苏问之,懵然不忆。盖此令遇贫人与贫人讼,剖断亦颇公明,故卒食其报云。

州县官长随，姓名籍贯皆无一定，盖预防奸赃败露，使无可踪迹追捕也。姚安公尝见房师石窗陈公一长随，自称山东朱文；后再见于高淳令梁公润堂家，则自称河南李定。梁公颇倚任之。临启程时，此人忽得异疾，乃托姚安公暂留于家，约痊时续往。其疾自两足趾寸寸溃腐，以

① 资斧——旅费、盘缠。

② 铨授——选授官职。

渐而上，至胸膈穿漏而死。死后检其囊箧，有小册作蝇头字，记所阅凡十七官，每官皆疏其阴事，详载某时某地，某人与闻，某人旁睹，以及往来书札、谳断案牍，无一不备录。其同类有知之者，曰："是尝挟制数官矣。其妻亦某官之侍婢，盗之窃逃，留一函于几上。官竟弗敢追也。今得是疾，岂非天道哉！"霍丈易书曰："此辈依人门户，本为舞弊而来。譬彼养鹰，断不能责以食谷，在主人善驾驭耳。如喜其便捷，委以耳目腹心，未有不倒持干戈，授人以柄者。此人不足责，吾责彼十七官也。"姚安公曰："此言犹未揣其本。使十七官者绝无阴事之可书，虽此人日日橐笔①，亦何能为哉？"

理所必无者，事或竟有；然究亦理之所有也，执理者自太固耳。献县近岁有二事：一为韩守立妻俞氏，事祖姑至孝。乾隆庚辰，祖姑失明，百计医祷，皆无验。有黠者绐以刲肉燃灯，祈神佑，则可速愈。妇不知其绐也，竟刲肉燃之。越十余日，祖姑目竟复明。夫受绐亦愚矣，然唯愚故诚，唯诚故鬼神为之格。此无理而有至理也。一为丐者王希圣，足双挛，以股代足，以肘撑之行。一日，于路得遗金二百，移橐匿草间，坐守以待觅者。俄商家主人张际飞仓皇寻至，叩之，语相符，举以还之。际飞请分取，不受。延至家，议养赡终其身。希圣曰："吾形残废，天所罚也。违天坐食，将必有大咎。"毅然竟去。后困卧裴圣公祠下，（裴圣公不知何时人，志乘亦不能详。土人云，祈雨时有验。）忽有醉人曳其足，痛不可忍。醉人去后，足已伸矣。由是遂能行。至乾隆己卯乃卒。际飞故先祖门客，余犹及见。自述此事甚详。盖希圣为善宜受报，而以命自安，不受人报，故神代报焉。非似无理而亦有至理乎！戈芥舟前辈尝载此二事于县志，讲学家颇病其语怪。余谓芥舟此志，唯乩仙联句及王生殇子二条，偶不割爱耳。全书皆体例谨严，具有史法。其载此二事，正以见匹夫匹妇，足感神明，用以激发善心，砥砺薄俗，非以小说家言滥登舆记也。汉建安中，河间太守刘照妻

① 橐笔——指文士的笔墨生涯。

葳蕤锁事，载《录异传》[①]；晋武帝时，河间女子剖棺再活事，载《搜神记》[②]。皆献邑故实，何尝不删薙其文哉！

外叔祖张公紫衡，家有小圃，中筑假山，有洞曰“泄云”。洞前为艺菊地，山后养数鹤。有王昊庐先生集欧阳永叔、唐彦谦[③]句题联曰：“秋花不比春花落，尘梦哪知鹤梦长。”颇为工切。一日，洞中笔砚移动，满壁皆摹仿此十四字，拗捩欹斜，不成点画；用笔或自下而上，自右而左，或应连者断，应断者连，似不识字人所书。疑为童稚游戏，重垩[④]而锸其户。越数日，启视复然，乃知为魅。一夕闻格格磨墨声，持刃突入掩之。一老猴跃起冲人去。自是不复见矣。不知其学书何意也。余尝谓小说载异物能文翰者，唯鬼与狐差可信，鬼本人，狐近于人也。其他草木鸟兽，何自知声病。至于浑家门客[⑤]并苍蝇草帚亦俱能诗，即属寓言，亦不应荒诞至此。此猴岁久通灵，学人涂抹，正其顽劣之本色，固不必有所取义耳。

---

① 《录异传》——佚名。

② 《搜神记》——晋干宝撰。

③ 欧阳永叔、唐彦谦——欧阳永叔，宋欧阳修；唐彦谦，唐代诗人。

④ 垩(è)——用白土刷墙。

⑤ 浑家门客——唐牛儒孺《幽怪录》载，滕某到洛阳，住宿在一户人家中。主人不在，家中有一人自称是浑家的门客，姓麻。两人吟诗谈对，甚为投机。当主人回来喊滕某之时，滕某发觉自己在厕所里，而所谓姓麻的门客，乃是一条大麻绳。

卷　八

如是我闻(二)

先叔仪南公言:有王某、曾某,素相善。王艳曾之妇,乘曾为盗所诬引,阴贿吏毙于狱。方营求媒妁,意忽自悔,遂辍其谋。拟为作功德解冤,既而念佛法有无未可知,乃迎曾父母妻子于家,奉养备至。如是者数年,耗其家资之半。曾父母意不自安,欲以妇归王。王固辞,奉养益谨。又数年,曾母病。王侍汤药,衣不解带。曾母临殁,曰:“久荷厚恩,来世何以为报乎?”王乃叩首流血,具陈其实,乞冥府见曾为解释。母慨诺。曾父亦手作一札,纳曾母袖中曰:“死果见儿,以此付之。如再修怨,黄泉下无相见也。”后王为曾母营葬,督工劳倦,假寐圹侧。忽闻耳畔大声曰:“冤则解矣。尔有一女,忘之乎?”惕然而寤,遂以女许嫁其子。后竟得善终。以必不可解之冤,而感以不能不解之情,真狡黠人哉!然如是之冤犹可解,知无不可解之冤矣。亦足为悔罪者劝也。

从兄旭升言:有丐妇甚孝其姑,尝饥踣于路,而手一盂饭不肯释,曰:“姑未食也。”自云初亦仅随姑乞食,听指挥而已。一日,同栖古庙,夜闻殿上厉声曰:“尔何不避孝妇,使受阴气发寒热?”一人称手捧急檄,仓促未及睹。又闻叱责曰:“忠臣孝子,顶上神光照数尺。尔岂盲耶?”俄闻鞭捶呼号声,久之乃寂。次日至村中,果闻一妇馌田,为旋风所扑,患头痛。问其行事,果以孝称。自是感动事姑,恒恐不至云。

旭升又言:县吏李懋华,尝以事诣张家口。于居庸关外,夜失道,暂憩山畔神祠。俄灯火晃耀,遥见车骑杂遝,将至祠门。意是神灵,伏匿庑下。见数贵官并入祠坐,左侧似是城隍,中四五座则不识何神。数吏抱簿陈案上,一一检视。窃听其语,则勘验一郡善恶也。一神曰:“某妇事亲无失礼,然文至而情不至。某妇亦能得姑舅欢,然退与其夫有怨言。”一神曰:“风俗日偷①,神道亦与人为善。阴律孝妇延一纪。此二妇减半可也。”佥曰:“善。”俄一神又曰:“某妇至孝而至淫,何以处之?”一神曰:“阳律犯淫罪止杖,而不孝则当诛。是不孝之罪,重于淫也。不孝之罪重,则能孝者福亦重。轻罪不可削重福,宜舍淫而论其孝。”一神曰:“服劳奉养,孝之小者;亏行辱亲,不孝之大者。小孝难赎大不孝,宜舍孝而科其淫。”一神曰:“孝,大德也,非他恶所能掩。淫,大罚也,非他善所能赎。宜罪福各受其报。”侧坐者磬折请曰:“罪福相抵可乎?”神掉首曰:“以淫而削孝之福,是使人疑孝无福也;以孝而免淫之罪,是使人疑淫无罪也。相抵恐不可。”一神隔坐言曰:“以孝之故,虽至淫而不加罪,不使人愈知孝乎?以淫之故,虽至孝而不获福,不使人愈戒淫乎?相抵是。”一神沉思良久曰:“此事出入颇重大,请命于天曹可矣。”语讫俱起,各命驾而散。李故老吏,娴案牍,阴记其语;反复思之,不能决。不知天曹作何判断也。

董曲江言:陵县一嫠妇②,夏夜为盗撬窗入,乘其睡污之。醒而惊呼,则逸矣。愤恚病卒,竟不得贼之主名。越四载余,忽村民李十雷震死。一媪合掌诵佛曰:“某妇之冤雪矣。当其呼救之时,吾亲见李十逾墙出。畏其悍而不敢言也。”

西城将军教场一宅,周兰坡学士尝居之。夜或闻楼上吟哦声,知为狐,弗讶也。及兰坡移家,狐亦他徙。后田白岩僦居,数月狐乃复归。白岩祭以酒脯,并陈祝词于几曰:“闻此蜗庐③,曾停鹤驭④。复闻飘然远

① 偷——浇薄、不厚道。

② 嫠(lí)妇——寡妇。

③ 蜗庐——蜗牛住的房子。比喻房室极狭小。

④ 鹤驭——仙人多骑鹤。此处称狐以仙,是敬称之词。

引,似桑下浮图①。鄙人匏系一官,萍飘十载,拮据称贷,卜此一廛。数夕来咳笑微闻,似仙舆复返。岂鄙人德薄,故尔见侵?抑夙有因缘,来兹聚处欤?既承惠顾,敢拒嘉宾!唯冀各守门庭,使幽明异路,庶均归宁谧,异苔不害于同岑。敬布腹心,伏唯鉴烛。”次日楼前飘坠一帖云:“仆虽异类,颇悦诗书,雅不欲与俗客伍。此宅数十年来皆词人栖息,惬所素好,故挈族安居。自兰坡先生恝②然舍我,后来居者,目不胜驵侩③之容,耳不胜歌吹之音,鼻不胜酒肉之气。迫于无奈,窜迹山林。今闻先生山薑之季子,文章必有渊源,故望影来归,非期相扰。自今以往,或检书獭祭④,偶动芸签⑤;借笔鸦涂⑥,暂磨鸜眼⑦。此外如一毫陵犯,任先生诉诸明神。愿廓清襟,勿相疑贰。”末题“康默顿首顿首”。从此声息不闻矣。白岩尝以此帖示客,斜行淡墨,似匆匆所书。或曰:“白岩托迹微官,滑稽玩世,故作此以寄诙嘲。寓言十九,是或然欤!”然此与李庆子遇狐叟事大旨相类,不应俗人雅魅,叠见一时,又同出于山左。或李因田事而附会,或田因李事而推演,均未可知。传闻异词,姑存其砭世之意而已。

一故家子,以奢纵撄法网。殁后数年,亲串中有召仙者,忽附乩自道姓名,且陈愧悔;既而复书曰:“仆家法本严。仆之罹祸,以太夫人过于溺爱,养成骄恣之性,故蹈陷阱而不知耳。虽然,仆不怨太夫人。仆于过去生中,负太夫人命,故今以爱之者杀之,隐偿其冤。因果牵缠,非偶然也。”观者皆为叹息。夫偿冤而为逆子,古有之矣。偿冤而为慈母,载籍

---

① 桑下浮图——浮图,指佛。《后汉书·裴楷传》:“佛图不三宿桑下,不欲人生恩爱。”言佛不在一个地方长住。

② 恝(jiá)——无动于衷。

③ 驵侩——市场经纪人。此处指市俗。

④ 獭祭——獭捕得鱼,于水边排列,如祭祀。此处指翻阅书本。

⑤ 芸签——指图书。

⑥ 鸦涂——涂鸦,指书法幼稚,多用作谦词。语出唐庐仝《承添丁》:“忽来案上翻墨汁,涂抹诗书如老鸦。”

⑦ 鸜(qú)眼——原指石上的圆形斑点,因其像□鹆(鸟名,即八哥)之眼而得名。此处指砚台。

之所未睹也。然据其所言,乃凿然中理。

宛平何华峰,官宝庆同知时,山行疲困,望水际一草庵,投之暂憩。榜曰“孤松庵”,门联曰:“白鸟多情留我住,青山无语看人忙。”有老僧应门,延入具茗,颇香洁;而落落无宾主意。室三楹,亦甚朴雅。中悬画佛一轴,有八分书题曰:“半夜钟磬寂,满庭风露清。琉璃青黯黯,静对古先生。”不署姓名,印章亦模糊不辨。旁一联曰:“花幽防引蝶,云懒怯随风。”亦不题款。指问:“此师自题耶?”漠然不应,以手指耳而已。归途再过其地;则波光岚影,四顾萧然,不见向庵所在。从人记遗烟筒一枝,寻之,尚在老柏下。竟不知是佛祖是鬼魅也。华峰画有《佛光示现卷》,并自记始末甚悉。华峰殁后,想已云烟过眼矣。

族兄次辰言:其同年康熙甲午孝廉某,尝游嵩山,见女子汲溪水。试求饮,欣然与一瓢;试问路,亦欣然指示。因共坐树下语,似颇涉翰墨,不类田家妇。疑为狐魅,爱其娟秀,且相款洽。女子忽振衣起曰:“危乎哉!吾几败。”怪而诘之。赧然曰:“吾从师学道百余年,自谓此心如止水。师曰:‘汝能不起妄念耳,妄念故在也。不见可欲故不乱,见则乱矣。平沙万顷中,留一粒草子,见雨即芽。汝魔障将至,明日试之,当自知。’今果遇君,问答留连,已微动一念;再片刻则不自持矣。危乎哉!吾几败。”踊身一跃,直上木杪,瞥如飞鸟而去。

次辰又言:族祖徵君公讳炅,康熙己未举博学鸿词①。以天性疏放,恐妨游览,称疾不预试。尝至登州观海市,过一村塾小憩。见案上一旧端砚,背刻狂草十六字,曰:“万木萧森,路古山深;我坐其间,写《上堵吟》。”侧书“惜哉此叟”四字,盖其号也。问所自来。塾师云:“村南林中有厉鬼,夜行者遇之辄病。一日,众伺其出,持兵仗击之,追至一墓而灭。因共

① 博学鸿词——科举的一种名目。

发掘,于墓中得此砚。吾以粟一斗易之也。”案《上堵吟》乃孟达作。是必胜国①旧臣,降而复叛,败窜入山以死者。生既进退无据,殁又不自潜藏,取暴骨之祸。真顽梗不灵之鬼哉!

海之有夜叉,犹山之有山魈,非鬼非魅,乃自一种类,介乎人物之间者也。刘石庵参知言:诸城滨海处,有结寮捕鱼者。一日,众皆棹舟出,有夜叉入其寮中,盗饮其酒,尽一罂,醉而卧。为众所执,束缚捶击,毫无灵异,竟困踣而死。

族侄贻孙言:昔在潼关,宿一驿。月色满窗,见两人影在窗上,疑为盗;谛视,则腰肢纤弱,鬟髻宛然,似一女子将一婢。穴纸潜觑,乃不睹其形。知为妖魅,以佩刀隔棂斫之。有黑烟两道,声如鸣镝,越屋脊而去。虑其次夜复来,戒仆借鸟铳以俟。夜半果复见影,乃二虎对蹲。与仆发铳并击,应声而灭。自是不复至。疑本游魂,故无形质;阳光震烁,消散不能聚矣。

献县王生相御,生一子,有抱之者,辄空中掷与数十钱。知县杨某自往视,乃掷下白金五星②。此子旋夭亡,亦无他异。或曰:“王生倩作戏术者搬运之,将托以箕敛③。”或曰:“狐所为也。”是皆不可知。然居官者遇此等事,即确有鬼凭,亦当禁治,使勿荧④民听,正不必论其真妄也。

李又聃先生言:雍正末年,东光城内忽一夜家家犬吠,声若潮涌。皆

---

① 胜国——被灭亡的国家。此指明朝。
② 星——衡器上记数之点。
③ 箕敛——聚敛钱财。
④ 荧——蛊惑。

相惊出视,月下见一人披发至腰,衰衣麻带,手执巨袋,袋内有千百鹅鸭声,挺立人家屋脊上,良久又移过别家。次日,凡所立之处,均有鹅鸭二三只,自檐掷下。或烹而食,与常畜者味无异,莫知何怪。后凡得鹅鸭之家,皆有死丧,乃知为凶煞偶现也。先外舅马公周箓家,是夜亦得二鸭。是岁,其弟靖逆同知庚长公卒。信又聃先生语不谬。顾自古及今,遭丧者恒河沙数,何以独示兆于是夜?是夜之中,何以独示兆于是地?是地之中,何以独示兆于数家?其示兆皆掷以鹅鸭,又义何所取?鬼神之故,有可知有不可知,存而不论可矣。

道士王昆霞言:昔游嘉禾,新秋爽朗,散步湖滨。去人稍远,偶遇宦家废圃,丛篁老木,寂无人踪。徙倚其间,不觉昼寝。梦古衣冠人长揖曰:“岑寂荒林,罕逢嘉客;既见君子,实慰素心。幸勿以异物见摈。”心知是鬼,姑诘所从来。曰:“仆耒阳张湜,元季流寓此邦,殁而旅葬。爱其风土,无复归思。园林凡易十余主,栖迟未能去也。”问:“人皆畏死而乐生,何独耽鬼趣?”曰:“死生虽殊,性灵不改,境界亦不改。山川风月,人见之,鬼亦见之;登临吟咏,人有之,鬼亦有之。鬼何不如人?且幽深险阻之胜,人所不至,鬼得以魂游;萧寥清绝之景,人所不睹,鬼得以夜赏。人且有时不如鬼。彼夫畏死而乐生者,由嗜欲撄心,妻孥结恋,一旦舍之入冥漠,如高官解组,息迹林泉,势不能不戚戚。不知本住林泉者,耕田凿井,恬熙相安,原无所戚戚于中也。”问:“六道轮回,事有主者,何以竟得自由?”曰:“求生者如求官,唯人所命。不求生者如逃名,唯己所为。苟不求生,神不强也。”又问:“寄怀既远,吟咏必多。”曰:“兴之所至,或得一联一句,率不成篇。境过即忘,亦不复追索。偶然记忆,可质高贤者,才三五章耳。”因朗吟曰:“残照下空山,暝色苍然合。”昆霞击节。又吟曰:“黄叶……。”甫得二字,忽闻噪叫声,霍然而寤,则渔艇打桨相呼也。再倚柱瞑坐,不复成梦矣。

昆霞又言:其师精晓六壬①,而不为人占。昆霞为童子时,一日早起,以小札付之,曰:"持此往某家借书。定以申刻至,先期后期皆笞汝。"相去七八十里,竭蹶仅至,则某家兄弟方阋墙②。启视其札,唯小字一行曰:"借晋书王祥③传一阅。"兄弟相顾默然,斗遂解。盖其弟正继母所生云。

嘉峪关外有戈壁,径一百二十里,皆积沙无寸土。唯居中一巨阜,名"天生墩",戍卒守之。冬积冰,夏储水,以供驿使之往来。初,威信公岳公钟琪西征时,疑此墩本一土山,为飞沙所没,仅露其顶。既有山,必有水。发卒凿之,穿至数十丈,忽持锸者皆堕下。在穴上者俯听之,闻风声如雷吼,乃辍役。穴今已圮,余出塞时,仿佛尚见其遗迹。案佛氏有地水风火之说。余闻陕西有迁葬者,启穴时,棺已半焦。茹千总大业亲见之。盖地火所灼。又献县刘氏,母卒合葬,启穴不得其父棺。迹之,乃在七八步外,倒植土中。先姚安公亲见之。彭芸楣参知亦云,其乡有迁葬者,棺中之骨攒聚于一角,如积薪然。盖地风所吹也。是知大气斡运于地中,阴气化水,阳气则化风化火。水土同为阴类,一气相生,故无处不有。阳气则包于阴中,其微者,烁动之性为阴所解;其稍壮者,聚而成硫磺、丹砂、付石礜④之属;其最盛者,郁而为风为火。故恒聚于一所,不处处皆见耳。

伊犁城中无井,皆出汲于河。一佐领曰:"戈壁皆积沙无水,故草木不生。今城中多老树,苟其下无水,树安得活?"乃拔木就根下凿井,果皆得泉,特汲须修绠耳。知古称雍州土厚水深,灼然不谬。徐舍人蒸远曾预斯役,尝为余言:"此佐领可云格物。"蒸远能举其名,惜忘之矣。后乌鲁

---

① 六壬——古代用阴阳五行占卜的方法之一。

② 阋(xì)墙——争吵、争斗。在屋里吵架。

③ 王祥——《晋书·王祥传》载王祥事继母至孝,而继母要毒死他;继母之子百般保护王祥,才使继母打消了加害王祥的念头。

④ 礜(yù)石——毒石,苍白二色者可以入药。

木齐筑城时，鉴伊犁之无水，乃卜地通津以就流水。余作是地杂诗，有曰："半城高阜半城低，城内清泉尽向西。金井银床无用处，随心引取到花畦。"纪其实也。然或雪消水涨，则南门为之不开。又北山支麓，逼近谯楼，登冈顶关帝祠戏楼，则城中纤微皆见。故余诗又曰："山围芳草翠烟平，迢递新城接旧城。行到丛祠歌舞处，绿氍毹①上看棋枰。"巴公彦弼镇守时，参将海起云请于山麓坚筑小堡，为犄角之势。巴公曰："汝但能野战，殊不知兵。北山虽俯瞰城中，然敌或结栅，可筑炮台仰击。火性炎上，势便而利；地势逼近，取准亦不难。彼决不能屯聚也。如筑小堡于上，兵多则地狭不能容，兵少则力弱不能守，为敌所据，反资以保障矣。"诸将莫不叹服。因记伊犁凿井事，并附录之。

乌鲁木齐泉甘土沃，虽花草亦皆繁盛。江西蜡五色毕备，朵若巨杯，瓣葳蕤如洋菊。虞美人花大如芍药。大学士温公以仓场侍郎出镇时，阶前虞美人一丛，忽变异色，瓣深红如丹砂，心则浓绿如鹦鹉，映日灼灼有光；似金星隐耀，虽画工设色不能及。公旋擢福建巡抚去。余以彩线系花梗，秋收其子，次岁种之，仍常花耳。乃知此花为瑞兆，如扬州芍药偶开金带围也。

辛彤甫先生记异诗曰："六道②谁言事杳冥，人羊转毂迅无停。三弦弹出边关调，亲见青骡侧耳听。"康熙辛丑，馆余家日作也。初，里人某货郎，逋③先祖多金不偿，且出负心语。先祖性豁达，一笑而已。一日午睡起，谓姚安公曰："某货郎死已久，顷忽梦之，何也？"俄圉人报马生一青骡，咸曰："某货郎偿夙逋也。"先祖曰："负我偿者多矣，何独某货郎来偿？某货郎负人亦多矣，何独来偿我？事有偶合，勿神其说，使人子孙蒙耻也。"然圉人每戏呼某货郎，辄昂首作怒状。平生好弹三弦，唱边关调。

---

① 氍毹(qú yú)——毛织的地毯。

② 六道——佛家称天道、人道、阿罗修道、鬼道、畜生道、地狱道为六道。

③ 逋——拖欠。

或对之作此曲,辄耸耳以听云。

古书字以竹简,误则以刀削改之,故曰刀笔。黄山谷名其尺牍曰刀笔,已非本义。今写讼牒者称刀笔,则谓笔如刀耳,又一义矣。余督学闽中时,一生以导人诬告戍边。闻其将败前,方为人构词,手中笔爆然一声,中裂如劈;恬不知警,卒及祸。又文安王岳芳言:其乡有构陷善类者,方具草,讶字皆赤色。视之,乃血自毫端出。投笔而起,遂辍是业,竟得令终。余亦见一善讼者,为人画策,诬富民诱藏其妻。富民几破家,案尚未结;而善讼者之妻,真为人所诱逃。不得主名,竟无所用其讼。

天道乘除[①],不能尽测。善恶之报,有时应,有时不应,有时即应,有时缓应,亦有时示以巧应。余在乌鲁木齐时,吉木萨报遣犯刘允成,为逋负过多,迫而自缢。余饬吏销除其名籍,见原案注语云:“为重利盘剥,逼死人命事。”

乌鲁木齐巡检所驻,曰呼图壁。呼图译言鬼,呼图壁译言有鬼也。尝有商人夜行,暗中见树下有人影,疑为鬼,呼问之。曰:“吾日暮抵此,畏鬼不敢前,待结伴耳。”因相趁共行,渐相款洽。其人问:“有何急事,冒冻夜行?”商人曰;“吾夙负一友钱四千,闻其夫妇俱病,饮食药饵恐不给,故往送还。”是人却立树背,曰:“本欲祟公,求小祭祀。今闻公言,乃真长者。吾不敢犯公,愿为公前导可乎?”不得已,姑随之。凡道路险阻,皆预告。俄缺月微升,稍能辨物。谛视,乃一无首人,栗然却立。鬼亦奄然而灭。

冯巨源官赤城教谕时,言赤城山中一老翁,相传元代人也。巨源往见

① 乘除——一乘一除互相抵消。此处作发展、运行解。

之，呼为仙人。曰："我非仙，但吐纳导引，得不死耳。"叩其术。曰："不离乎丹经而非丹经所能尽，其分寸节度，妙极微芒。苟无口诀真传，但依法运用，如检谱对弈，弈必败；如拘方治病，病必殆。缓急先后，稍一失调，或结为痈疽，或滞为拘挛；甚或精气瞀乱，神不归舍，竟至于颠痫。是非徒无益已也。"问："容成、彭祖[①]之术，可延年乎？"曰："此邪道也，不得法者，祸不旋踵；真得法者，亦仅使人壮盛。壮盛之极，必有决裂横溃之患。譬如悖理聚财，非不骤富，而断无终享之理。公毋为所惑也。"又问："服食延年，其法如何？"曰："药所以攻伐疾病，调补气血，而非所以养生。方士所饵，不过草木金石。草木不能不朽腐，金石不能不消化。彼且不能自存，而谓借其余气，反长存乎？"又问："得仙者，果不死欤？"曰："神仙可不死，而亦时时可死。夫生必有死，物理之常。炼气存神，皆逆而制之者也。逆制之力不懈，则气聚而神亦聚；逆制之力或疏，则气消而神亦消。消则死矣。如多财之家，勤俭则常富，不勤不俭则渐贫；再加以奢荡，则贫立至。彼神仙者，固亦兢兢然恐不自保，非内丹一成，即万劫不坏也。"巨源请执弟子礼。曰："公于此道无缘，何必徒荒其本业？不如其已。"巨源怅然而返。景州戈鲁斋为余述之，称其言皆笃实，不类方士之炫惑云。

先姚安公言：有扶乩治病者，仙自称芦中人[②]。问："岂伍相国耶？"曰："彼自隐语，吾真以此为号也。"其方时效时不效，曰："吾能治病，不能治命。"一日，降牛丈希英（姚安公称牛丈，字作此二字音，未知是此二字否。牛丈讳瑍，娶前母安太夫人之从妹。）家，有乞虚损方者。仙判曰："君病非药所能治，但遏除嗜欲，远胜于草根树皮。"又有乞种子方者。仙判曰："种子有方，并能神效。然有方与无方同，神效亦与不效同。夫精血化生，中含欲火，尚毒发为痘，十中必损其一二。况助以热药，抟结成胎，其蕴毒必加数倍。故每逢生痘，百不一全。人徒于夭折之时，惜其不寿；而不知未生之日，已先伏必死之机。生如不生，亦何贵乎种耶？此理

① 容成、彭祖——传说中的古仙人，擅采阴补阳之术。事见刘向《列仙传》等。

② 芦中人——即春秋时伍子胥。伍子胥逃难于芦苇中，渔人给他饭吃，呼他为"芦中人"。事见《吴越春秋》。

甚明,而昔贤未悟。山人志存济物,不忍以此术欺人也。”其说中理,皆医家所不肯言,或真有灵鬼凭之欤!又闻刘季箴先生尝与论医。乩仙曰:“公补虚好用参。夫虚证种种不同,而参之性则专有所主,不通治各证。以藏府而论,参唯至上焦中焦,而下焦不至焉。以荣卫而论,参唯至气分,而血分不至焉。肾肝虚与阴虚,而补以参,庸有济乎?岂但无济,亢阳不更煎铄乎?且古方有生参熟参之分,今采参者得即蒸之,何处得有生参乎?古者参出于上党,秉中央土气,故其性温厚,先入中宫。今上党气竭,唯用辽参,秉东方春气,故其性发生,先升上部。即以药论,亦各有运用之权。愿公审之。”季箴极不以为然。余不知医,并附录之,待精此事者论定焉。

歙人蒋紫垣,流寓献县程家庄,以医为业。有解砒毒方,用之十全。然必邀取重资,不满所欲,则坐视其死。一日暴卒,见梦于居停主人曰:“吾以耽利之故,误人九命矣。死者诉于冥司,冥司判我九世服砒死。今将赴转轮,赂鬼卒得来见君,以此方奉授。君能持以活一人,则我少受一世业报也。”言讫,泣涕而去曰:“吾悔晚矣!”其方以防风一两砑①为末,水调服之而已,无他秘药也。又闻诸沈丈丰功曰:“冷水调石青,解砒毒如神。”沈丈平生不妄语,其方当亦验。

老儒刘挺生言:东城有猎者,夜半睡醒,闻窗纸淅淅作响,俄又闻窗下窸窣声,披衣叱问。忽答曰:“我鬼也。有事求君,君勿怖。”问其何事。曰:“狐与鬼自古不并居,狐所窟穴之墓,皆无鬼之墓也。我墓在村北三里许,狐乘我他往,聚族据之,反驱我不得入。欲与斗,则我本文士,必不胜。欲讼诸土神,即幸而得申,彼终亦报复,又必不胜。唯得君等行猎时,或绕道半里,数过其地,则彼必恐怖而他徙矣。然傥有所遇,勿遽殪获②,恐事机或泄,彼又修怨于我也。”猎者如其言。后梦其来谢。夫鹊巢鸠

① 砑(yà)——碾磨。

② 殪(yì)获——捕杀。

据，事理本直。然力不足以胜之，则避而不争；力足以胜之，又长虑深思而不尽其力。不求幸胜，不求过胜，此其所以终胜欤！孱弱者遇强暴，如此鬼可矣。

舅氏张公健亭言：沧州牧王某，有爱女撄疾沉困。家人夜入书斋，忽见其对月独立花荫下，悚然而返。疑为狐魅托形，嗾犬扑之，倏然灭迹。俄室中病者语曰："顷梦至书斋看月，意殊爽适。不虞有猛虎突至，几不得免。至今犹悸汗。"知所见乃其生魂也。医者闻之，曰："是形神已离，虽卢扁[①]莫措矣。"不久果卒。

闽有方竹，燕山之柿形微方，此各一种也。山东益都有方柏，盖一株偶见，他柏树则皆不方。余八九岁时，见外祖家介祉堂中有菊四盆，开花皆正方，瓣瓣整齐如裁剪。云得之天津查氏，名黄金印。先姚安公乞其根归，次岁花渐圆，再一岁则全圆矣。或曰："花原常菊，特种者别有法。如靛浸莲子，则花青；墨揉玉簪之根，则花黑也。"是或一说欤！

家奴宋遇病革时，忽张目曰："汝兄弟辈来耶，限在何日？"既而自语曰："十八日亦可。"时一讲学者馆余家，闻之哂曰："谵语也。"届期果死。又哂曰："偶然耳。"申铁蟾方与共食，投箸叹息曰："公可谓笃信程朱矣！"

奇节异烈，湮没无传者，可胜道哉。姚安公闻诸云台公曰："明季避乱时，见夫妇同逃者，其夫似有腰缠。一贼露刃追之急。妇忽回身屹立，待贼至，突抱其腰。贼以刃击之，血流如注，坚不释手。比气绝而仆，则其夫脱去久矣。惜不得其名姓。"又闻诸镇番公曰："明季，河北五省皆大饥，至屠人鬻肉，官弗能禁。有客在德州景州间，入逆旅午餐，见少妇裸体

① 卢扁——卢地人扁鹊，为春秋战国时名医。

伏俎上，绷其手足，方汲水洗涤。恐怖战悚之状，不可忍视。客心悯恻，倍价赎之；释其缚，助之着衣，手触其乳。少妇艴①然曰：'荷君再生，终身贱役无所悔。然为婢媪则可，为妾媵则必不可。吾唯不肯事二夫，故鬻诸此也。君何遽相轻薄耶？'解衣掷地，仍裸体伏俎上，瞑目受屠。屠者恨之，生割其股肉一脔。哀号而已，终无悔意。惜亦不得其姓名。"

肃宁王太夫人，姚安公姨母也。言其乡有嫠妇，与老姑抚孤子，七八岁矣。妇故有色，媒妁屡至，不肯嫁。会子患痘甚危，延某医诊视。某医遣邻妪密语曰："是症吾能治。然非妇荐枕，决不往。"妇与姑皆怒谇。既而病将殆，妇姑皆牵于溺爱，私议者彻夜，竟饮泣曲从。不意施治已迟，迄不能救，妇悔恨投缳殒。人但以为痛子之故，不疑有他。姑亦深讳其事，不敢显言。俄而某医死，俄而其子亦死，室弗戒于火，不遗寸缕。其姑流落入青楼，乃偶以告所欢云。

余布衣萧客言：有士人宿会稽山中，夜闻隔涧有讲诵声。侧耳谛听，似皆古训诂。次日越涧寻访，杳无踪迹。徘徊数日，冀有所逢。忽闻木杪人语曰："君嗜古乃尔，请此相见。"回顾之顷，石室洞开，室中列坐数十人，皆掩卷振衣，出相揖让。士人视其案上，皆诸经注疏。居首坐者拱手曰："昔尼山②奥旨，传在经师；虽旧本犹存，斯文未丧；而新说叠出，嗜古者稀。先圣恐久而渐绝，乃搜罗鬼录，徵召幽灵。凡历代通儒，精魂尚在者，集于此地，考证遗文；以次转轮，生于人世。冀递修古学，延杏坛③一线之传。子其记所见闻，告诸同志，知孔孟所式凭，在此不在彼也。"士人欲有所叩，倏似梦醒，乃倚坐老松之下。萧客闻之，裹粮而往。攀萝扪葛，一月有余，无所睹而返。此与朱子颖所述经香阁事，大旨相类。或曰："萧客喜谈古义，尝撰《古经解钩沈》，故士人投其所好以戏之。"是未可

① 艴(bó)——不高兴、生气的样子。

② 尼山——即孔子。

③ 杏坛——孔子授徒讲学之处。此处指儒家学说。

知。或曰:“萧客造作此言,以自托降生之一。”亦未可知也。

姚安公官刑部日,同官王公守坤曰:“吾夜梦人浴血立,而不识其人,胡为乎来耶?”陈公作梅曰:“此君恒恐误杀人,惴惴然如有所歉,故缘心造象耳。本无是鬼,何由识其为谁?且七八人同定一谳牍,何独见梦于君?君勿自疑。”佛公伦曰:“不然。同事则一体,见梦于一人,即见梦于人人也。我辈治天下之狱,而不能虑天下之囚。据纸上之供词,以断生死,何自识其人哉?君宜自儆,我辈皆宜自儆。”姚安公曰:“吾以佛公之论为然。”

吕太常含辉言:京师有富室娶妇者,男女并韶秀,亲串皆望若神仙。窥其意态,夫妇亦甚相悦。次日天晓,门不启。呼之不应,穴窗窥之,则左右相对缢。视其衾,已合欢矣。婢媪皆曰:“是昨夕已卸妆,何又著盛服而死耶?”异哉,此狱虽皋陶不能听矣。

里胥宋某,所谓东乡太岁者也。爱邻童秀丽,百计诱与狎。为童父所觉,迫童自缢。其事隐密,竟无人知。一夕,梦被拘至冥府,云为童所诉。宋辩曰:“本出相怜,无相害意。死由尔父,实出不虞。”童言:“尔不相诱,我何缘受淫?我不受淫,何缘得死?推原祸本,非尔其谁?”宋又辩曰:“诱虽由我,从则由尔。回眸一笑,纵体相就者谁乎?本未强干,理难归过。”冥官怒叱曰:“稚子无知,陷尔机阱。饵鱼充馔,乃反罪鱼耶?”拍案一呼,栗然惊寤。后官以贿败,宋名丽案中,祸且不测。自知业报,因以梦备告所亲。逮及狱成,乃仅拟城旦①。窃谓梦境无凭也。比三载释归,则邻叟恨子之被污,乘其妇独居,饵以重币,已“见金夫不有躬”②矣。宋畏

① 城旦——秦汉时的一种刑罚名。

② “见金夫不有躬”——语出《易·蒙卦》卷一。意谓其妇已被邻叟重金诱惑而失身。

人多言,竟惭而自缢。然则前之幸免,岂非留以有待,示所作所受,如影随形哉!

旧仆邹明言:昔在丹阳县署,夜半如厕。过一空屋,闻中有男女媟狎声,以为内衙僮婢,幽会于斯。惧为累,潜踪而返。后月夜复闻之,从窗隙窃窥,则内衙无此人;又时方冱冻①,乃裸无寸缕。疑为妖魅,于窗外轻嗽。倏然灭迹。偶与同伴话及,一火夫曰:"此前官幕友某所居。幕友有雕牙秘戏像一盒,腹有机轮,自能运动。恒置枕函中,时出以戏玩。一日失去,疑为同事者所藏。后终无迹。岂此物为祟耶?"遍索室中,迄不可得。以不为人害,亦不复追求。殆常在茵席之间,得人精气,久而幻化欤!

外祖雪峰张公家,牡丹盛开。家奴李桂,夜见二女凭阑立。其一曰:"月色殊佳。"其一曰:"此间绝少此花,唯佟氏园与此数株耳。"桂知是狐,掷片瓦击之,忽不见。俄而砖石乱飞,窗棂皆损。雪峰公自往视之,拱手曰:"赏花韵事,步月雅人,奈何与小人较量,致杀风景?"语讫寂然。公叹曰:"此狐不俗。"

佃户张九宝言:尝夏日锄禾毕,天已欲暝,与众同坐田塍上。见火光一道如赤练,自西南飞来。突堕于地,乃一狐,苍白色,被创流血,卧而喘息。急举锄击之。复努力跃起,化火光投东北去。后牵车贩鬻至枣强,闻人言某家妇为狐所媚,延道士劾治,已捕得封罂中。儿童辈私揭其符,欲视狐何状。竟破罂飞去。问其月日,正见狐堕之时也。此道士咒术可云有验,然无奈鐩稚②之窃窥。古来竭力垂成,而败于无知者之手,类如斯也夫。

---

① 冱(hù)冻——寒冷凝结。

② 鐩(ái)稚——呆、傻。此处指不懂事的孩子。

老仆刘琪言：其妇弟某，尝独卧一室，榻在北牖。夜半觉有手扪搎①，疑为盗。惊起谛视，其臂乃从南牖探入，长殆丈许。某故有胆，遽捉执之。忽一臂又破棂而入，径批其颊，痛不可忍。方回手支拒，所捉臂已掣去矣。闻窗外大声曰："尔今畏否？"方忆昨夕林下纳凉，与同辈自称不畏鬼也。鬼何必欲人畏？能使人畏，鬼亦复何荣？以一语之故，寻衅求胜，此鬼可谓多事矣。裘文达公尝曰："使人畏我，不如使人敬我。敬发乎人之本心，不可强求。"惜此鬼不闻此语也。

宗室瑶华道人言：蒙古某额驸尝射得一狐，其后两足着红鞋，弓弯与女子无异。又沈少宰云椒言：李太仆敬堂，少与一狐女往来。其太翁疑为邻女，布灰于所经之路。院中足印作兽迹，至书室门外，则足印作纤纤样矣。某额驸所射之狐，了无他异。敬堂所眷之狐，居数岁别去。敬堂问："何时当再晤？"曰："君官至三品，当来迎。"此语人多知之。后来果验。

外叔祖张公雪堂言：十七八岁时，与数友月夜小集。时霜蟹初肥，新篘②亦熟，酣洽之际，忽一人立席前，著草笠，衣石蓝衫，蹑镶云履，拱手曰："仆虽鄙陋，然颇爱把酒持螯。请附末坐可乎？"众错愕不测，姑揖之坐。问姓名，笑不答。但痛饮大嚼，都无一语。醉饱后，蹶然起曰："今朝相遇，亦是前缘。后会茫茫，不知何日得酬高谊。"语讫，耸身一跃，屋瓦无声，已莫知所在。视椅上有物粲然，乃白金一饼，约略敌是日之所费。或曰："仙也。"或曰："术士也。"或曰："巨盗也。"余谓巨盗之说为近之。小时见李金梁辈，其技可以至此。又闻窦二东之党，（二东，献县巨盗。其兄曰大东，皆逸其名，而以乳名传。他书记载，或作窦尔敦，音之转耳。）每能夜入人家，伺妇女就寝，胁以刃，禁勿语，并衾褥卷之，挟以越屋数十重。晓钟将动，仍卷之送还。被盗者惘惘如梦。一夕，失妇家伏人于室，俟其送还，突出搏击。乃一手挥刀格斗，一手掷妇于床上，如风旋电

---

① 扪搎（sūn）——摸索。

② 篘（chōu）——原为滤酒的器具。此处指酒。

掣,倏已无踪。殆唐代剑客之支流乎!

奇门遁甲之书,所在多有,然皆非真传。真传不过口诀数语,不著诸纸墨也。德州宋清远先生言:曾访一友,(清远曾举其姓名,岁久忘之。清远称雨后泥泞,借某人一驴骑往。则所居不远矣。)友留之宿,曰:"良夜月明,观一戏剧可乎?"因取凳十余,纵横布院中,与清远明烛饮堂上。二鼓后,见一人逾垣入,环转阶前,每遇一凳,辄蹒跚,努力良久乃跨过。始而顺行,曲踊一二百度;转而逆行,又曲踊一二百度。疲极踣卧,天已向曙矣。友引至堂上,诘问何来。叩首曰:"吾实偷儿,入宅以后,唯见层层皆短垣,愈越愈不能尽;窘而退出,又愈越愈不能尽,故困顿见擒。死生唯命。"友笑遣之。谓清远曰:"昨卜有此偷儿来,故戏以小术。"问:"此何术?"曰:"奇门法也。他人得之恐召祸,君真端谨,如愿学,当授君。"清远谢不愿。友叹息曰:"愿学者不可传,可传者不愿学,此术其终绝矣乎!"意若有失,怅怅送之返。

有故家子,日者推其命大贵,相者亦云大贵,然垂老官仅至六品。一日扶乩,问仕路崎岖之故。仙判曰:"日者不谬,相者亦不谬。以太夫人偏爱之故,削减官禄至此耳。"拜问:"偏爱诚不免,然何至削减官禄?"仙又判曰:"礼云继母如母,则视前妻之子当如子;庶子为嫡母服三年,则视庶子亦当如子。而人情险恶,自设町畦[①],所生与非所生,厘[②]然如水火不相入。私心一起,机械万端。小而饮食起居,大而货财田宅,无一不所生居于厚,非所生者居于薄,斯已干造物之忌矣。甚或离间谗构,密运阴谋,诟谇嚣陵,罔循礼法,使罹毒者吞声,旁观者切齿,犹哓哓称所生者之受抑。鬼神怒视,祖考怨恫,不祸谴其子,何以见天道之公哉?且人之受享,只有此数,此赢彼缩,理之自然。既于家庭之内,强有所增;自于仕宦之途,阴有所减。子获利于兄弟多矣,物不两大,亦何憾于坎坷乎?"其人悚

---

① 町畦——田界,此指界限。

② 厘——制订、规定。

然而退。后亲串中一妇闻之,曰:"悖哉此仙!前妻之子,恃其年长,无不吞噬其弟者;庶出之子,恃其母宠,无不凌轹其兄者。非有母为之撑拄,不尽为鱼肉乎?"姚安公曰:"是虽妒口,然不可谓无此事也。世情万变,治家者平心处之可矣。"

族祖黄图公言:顺治康熙间,天下初定,人心未一。某甲阴为吴三桂谍,以某乙骁健有心计,引与同谋。既而枭獍[①]伏诛,鲸鲵[②]就筑,亦既洗心悔祸,无复逆萌。而来往秘札,多在乙处。书中故无乙名,乙胁以讦发,罪且族灭。不得已以女归乙,赘于家。乙得志益骄,无复人理,迫淫其妇女殆遍,乃至女之母不免;女之幼弟才十三四,亦不免。皆饮泣受污,惴惴然恐失其意。甲抑郁不自聊,恒避于外。一日,散步田间,遇老父对语,怪附近村落无此人。老父曰:"不相欺,我天狐也。君固有罪,然乙逼君亦太甚,吾窃不平。今盗君秘札奉还。彼无所挟,不驱自去矣。"因出十余纸付甲。甲验之良是,即毁裂吞之,归而以实告乙。乙防甲女窃取,密以铁瓶瘗[③]他处。潜往检视,果已无存。乃踉跄引女去。女日与诟谇,旋亦仳离。后其事渐露,两家皆不齿于乡党,各携家远遁。夫明季之乱极矣,圣朝荡涤洪炉,拯民水火。甲食毛践土已三十余年,当吴三桂拒命之时,彼已手戮桂王,断不得称楚之三户[④]。则甲阴通三桂,亦不能称殷之顽民。即阖门骈戮,亦不为冤。乙从而污其闺帏,较诸荼毒善良,其罪似应末减。然乙初本同谋,罪原相埒[⑤];又操戈挟制,肆厥凶淫,罪实当加甲一等。虽后来食报,无可证明,天道昭昭,谅必无幸免之理也。

姚安公读书舅氏陈公德音家。一日早起,闻人语喧阗,曰客作张珉,

---

① 枭獍——枭,恶鸟;獍,恶兽。旧说其生而食母、食父。常以比喻不孝之人。

② 鲸鲵——鲸鱼。旧说雄为鲸,雌为鲵。比喻凶恶之人。

③ 瘗(yì)——埋藏。

④ 楚之三户——《史记·项羽本纪》:"楚虽三户,亡秦必楚。"

⑤ 埒(liè)——等同。

昨夜村外守瓜田,今早已失魂不语矣。灌救百端,至夕乃苏。曰:"二更以后,遥见林外有火光,渐移渐近。比至瓜田,乃一巨人,高十余丈,手执烛笼,大如一间屋,立团焦前,俯视良久。吾骇极晕绝,不知其何时去也。"或曰:"罔两①。"或曰:"当是主夜神。"案《博物志》②载主夜神咒曰:"婆珊婆演底",诵之可以辟恶梦,止恐怖。不应反现异状,使人恐怖。疑罔两为近之。

姚安公又言:一夕,与亲友数人,同宿舅氏斋中。已灭烛就寝矣,忽大声如巨炮,发于床前,屋瓦皆震。满堂战栗,噤不能语,有耳聋数日者。时冬十月,不应有雷霆;又无焰光冲击,亦不似雷霆。公同年高丈尔玿曰:"此为鼓妖,非吉征也。主人宜修德以禳之。"德音公亦终日栗栗,无一事不谨慎。是岁家有缢死者,别无他故。殆戒惧之力欤!

姚安公闻先曾祖润生公言:景城有姜三莽者,勇而戆。一日,闻人说宋定伯卖鬼得钱事③,大喜曰;"吾今乃知鬼可缚。如每夜缚一鬼,唾使变羊,晓而牵卖于屠市,足供一日酒肉资矣。"于是夜夜荷梃执绳,潜行墟墓间,如猎者之伺狐兔,竟不能遇。即素称有鬼之处,佯醉寝以诱致之,亦寂然无睹。一夕,隔林见数磷火,踊跃奔赴;未至间,已星散去。懊恨而返。如是月余,无所得,乃止。盖鬼之侮人,恒乘人之畏。三莽确信鬼可缚,意中已视鬼蔑如矣,其气焰足以慑鬼,故鬼反避之也。

益都朱天门言:有书生僦住京师云居寺,见小童年十四五,时来往寺中。书生故荡子,诱与狎,因留共宿。天晓,有客排闼入。书生窘愧,而客

---

① 罔两——传说中山川的精怪。也作"魍魉"。

② 《博物志》——晋张华撰,志怪小说。

③ 宋定伯卖鬼得钱事——《列异传》载,宋定伯路遇鬼,后设法把鬼诳至宛市,使其化为羊,卖得钱千五百。

若无睹。俄僧送茶入，亦若无睹。书生疑有异，客去，拥而固问之。童曰："公勿怖，我实杏花之精也。"书生骇曰："子其魅我乎？"童曰："精与魅不同：山魈厉鬼，依草附木而为祟，是之谓魅。老树千年，英华内聚，积久而成形，如道家之结圣胎，是之谓精。魅为人害，精则不为人害也。"问："花妖多女子，子何独男？"曰："杏有雌雄，吾故雄杏也。"又问："何为而雌伏？"曰："前缘也。"又问："人与草木安有缘？"惭沮良久，曰："非借人精气，不能炼形故也。"书生曰："然则子仍魅我耳。"推枕遽起。童亦艴然去。此书生悬崖勒马，可谓大智慧矣。其人盖天门弟子，天门不肯举其名云。

申铁蟾，名兆定，阳曲人。以庚辰举人官知县，主余家最久。庚戌秋，在陕西试用，忽寄一札与余诀。其词恍惚迷离，抑郁幽咽，都不省为何语。而铁蟾固非不得志者，疑不能明也。未几，讣音果至。既而见邵二云赞善，始知铁蟾在西安，病数月。病愈后，入山射猎，归而目前见二圆物如毬，旋转如风轮，虽瞑目亦见之。如是数日，忽爆然裂，二小婢从中出，称仙女奉邀。魂不觉随之往。至则琼楼贝阙，一女子色绝代，通词自媒。铁蟾固谢，托以不惯居此宅。女子薄怒，挥之出，霍然而醒。越月余，目中见二圆物如前，爆出二小婢亦如前，仍邀之往。已别构一宅，幽折窅窱①，颇可爱。问："此何地？"曰："佛桑。"请题堂额。因为八分书"佛桑香界"字。女子再申前议。意不自持，遂定情。自是恒梦游。久而女子亦昼至，禁铁蟾勿与所亲通。遂渐病。病剧时，方士李某以赤丸饵之，呕逆而卒。其事甚怪。始知前札乃得心疾时作也。铁蟾聪明绝特，善诗歌，又工八分，驰骋名场，祎然以风流自命。与人交，意气如云，邮筒②走天下。中年忽慕神仙，遂生是魔障，迷罔以终。妖以人兴，像由心造。才高意广，翻以好异陨生，其可惜也夫。

---

① 窅窱（yǎo tiǎo）——幽远深邃的样子。

② 邮筒——古时封寄书信的竹管。

崔庄旧宅厅事西有南北屋各三楹,花竹翳如,颇为幽僻。先祖在时,奴子张云会夜往取茶具,见垂鬟女子,潜匿树下,背立向墙隅。意为宅中小婢于此幽期,遽捉其臂,欲有所挟。女子突转其面,白如傅粉,而无耳目口鼻。绝叫仆地。众持烛至,则无睹矣。或曰:"旧有此怪。"或曰:"张云会一时目眩。"或曰:"实一黠婢,猝为人阻,弗能遁,以素巾幕面,伪为鬼状以自脱也。"均未知其审。然自此群疑不释,宿是院者恒凛凛,夜中亦往往有声。盖人避弗居,斯狐鬼入之耳。又宅东一楼,明隆庆初所建。右侧一小屋,亦云有魅。虽不为害,然婢媪或见之。姚安公一日检视废书,于簏[①]下捉得二獾[②]。佥曰:"是魅矣。"姚安公曰:"獾弭首为童子缚,必不能为魅。然室无人迹,至使野兽为巢穴,则有魅也亦宜。斯皆空穴来风之义也。"后西厅析属从兄坦居,今归从侄汝侗。楼析属先兄晴湖,今归侄汝份。子姓日繁,家无隙地,魅皆不驱自去矣。

甲与乙相善,甲延乙理家政。及官抚军,并使佐官政,唯其言是从。久而资财皆为所乾没,始悟其奸,稍稍谯责之。乙挟甲阴事,遽反噬。甲不胜愤,乃投牒诉城隍。夜梦城隍语之曰:"乙险恶如是,公何以信任不疑?"甲曰:"为其事事如我意也。"神喟然曰:"人能事事如我意,可畏甚矣。公不畏之而反喜之,不公之给而给谁耶?渠恶贯将盈,终必食报。若公则自贻伊戚,可无庸诉也。"此甲亲告姚安公者。事在雍正末年。甲滇人,乙越人也。

《杜阳杂编》[③]记李辅国香玉辟邪事,殊怪异,多疑为小说荒唐。然世间实有香玉。先外祖母有一苍玉扇坠,云是曹化淳[④]故物,自明内府窃出。制作朴略,随其形为双螭纠结状。有血斑数点,色如熔蜡。以手摩

① 簏(lù)——竹箱。
② 獾(huān)——哺乳动物。
③ 《杜阳杂编》——唐苏鹗撰。
④ 曹化淳——明末宦官。

热，嗅之作沉香气；如不摩热，则不香。疑李辅国玉，亦不过如是，记事者点缀其词耳。先太夫人尝密乞之，外祖母曰："我死则传汝。"后外祖母殁，舅氏疑在太夫人处。太夫人又疑在舅氏处。卫氏姨母曰："母在时佩此不去身，殆携归黄壤矣。"侍疾诸婢皆言殓时未见。因此又疑在卫氏姨母处。今姨母久亡，卫氏式微已甚，家藏玩好，典卖略尽，终未见此物出鬻。竟不知其何往也。

有客携柴窑片磁，索数百金，云嵌于胄，临阵可以辟火器。然无由知确否。余曰："何不绳悬此物，以铳发铅丸击之。如果辟火，必不碎，价数百金不为多；如碎，则辟火之说不确，理不能索价数百金也。"鬻者不肯，曰："公于赏鉴非当行，殊杀风景。"急怀之去。后闻鬻于贵家，竟得百金。夫君子可欺以其方，难罔以非其道。炮火横冲，如雷霆下击，岂区区片瓦所能御？且雨过天青，不过泑①色精妙耳，究由人造，非出神功，何断裂之余，尚有灵如是耶？余作旧瓦砚歌有云："铜雀台②址颓无遗，何乃剩瓦多如斯？文士例有好奇癖，心知其妄姑自欺。"柴片亦此类而已矣。

嘉峪关外有阔石图岭，为哈密巴尔库尔界。阔石图，译言碑也。有唐太宗时侯君集③平高昌碑，在山脊。守将砌以砖石，不使人读，云读之则风雪立至，屡试皆不爽。盖山有神，木石有精，示怪异以要血食，理固有之。巴尔库尔又有汉顺帝时裴岑破呼衍王碑，在城西十里海子上，则随人拓摹，了无他异。唯云海子为冷龙所居，城中不得鸣夜炮，鸣夜炮则冷龙震动，天必奇寒。是则不可以理推矣。

李老人，不知何许人，自称年已数百岁，无可考也。其言支离荒

---

① 泑(yōu)——陶瓷器色泽光滑者称泑。
② 铜雀台——汉末曹操所建。
③ 侯君集——唐太宗时人，任交河道行军总管，率兵平高昌。

杳，殆前明醒神之流。曩客先师钱文敏公家，余曾见之。符药治病，亦时有小验。文敏次子寓京师水月庵，夜饮醉归，见数十厉鬼遮路，因发狂自劙①其腹。余偕陈裕斋、倪余疆往视，血肉淋漓，仅存一息，似万万无生理。李忽自来舁去，疗半月而创合。人颇以为异。然文敏公误信祝由②，割指上疣赘，创发病卒，李疗之竟无验。盖符箓烧炼之术，有时而效，有时而不效也。先师刘文正公曰："神仙必有，然必非今之卖药道士；佛菩萨必有，然必非今之说法禅僧。"斯真千古持平之论矣。

杨主事頀，余甲辰典试所取士也。相法及推算八字五星，皆有验。官刑部时，与阮吾山共事。忽语人曰："以我法论，吾山半月内当为刑部侍郎。然今刑部侍郎不缺员，是何故耶?"次日堂参后，私语同官曰："杜公缺也。"既而杜凝台果有伊犁之役。一日，仓皇乞假归，来辞余。问："何匆遽乃尔?"曰："家唯一子侍老父，今推子某月当死，恐老父过哀，故急归耳。"是时尚未至死期。后询其乡人，果如所说。尤可异也。余尝问以子平③家谓命有定，堪舆④家谓命可移，究谁为是。对曰："能得吉地即是命，误葬凶地亦是命，其理一也。"斯言可谓得其通矣。

昌吉遣犯彭杞，一女年十七，与其妻皆病瘵。妻先殁，女亦垂尽。彭有官田耕作，不能顾女，乃弃置林中，听其生死。呻吟凄楚，见者心恻。同遣者杨熺语彭曰："君大残忍，世宁有是事！我愿舁归疗治，死则我葬，生则为我妻。"彭曰："大善。"即书券付之。越半载，竟不起。临殁，语杨曰："蒙君高义，感沁心脾。缘伉俪之盟，老亲慨诺，故饮食寝处，不畏嫌疑；搔抑抚摩，都无避忌。然病骸憔悴，迄未能一

---

① 劙（lí）——剖割。

② 祝由——古人迷信以符咒治病。

③ 子平——宋徐子平《珞琭子赋注》，以人出生年月，推断人的吉凶祸福。后把占卜星命术称为子平术。

④ 堪舆——相地看风水。

荐枕衾，实多愧负。若殁而无鬼，夫复何言；若魂魄有知，当必有以奉报。”呜咽而终。杨涕泣葬之。葬后，夜夜梦女来，狎昵欢好，一若生人；醒则无所睹。夜中呼之，终不出；才一交睫，即弛服横陈矣。往来既久，梦中亦知是梦，诘以不肯现形之由。曰：“吾闻诸鬼矣：人阳而鬼阴，以阴侵阳，必为人害。唯睡则敛阳而入阴，可以与鬼相见，神虽遇而形不接，乃无害也。”此丁亥春事，至辛卯春四年矣。余归之后，不知其究竟如何。夫卢充金碗[①]，于古尝闻；宋玉瑶姬[②]，偶然一见。至于日日相觌[③]，皆在梦中，则载籍之所希睹也。

有孟氏媪清明上冢归，渴就人家求饮。见女子立树下，态殊婉娈，取水饮媪毕，仍邀共坐，意甚款洽。媪问其父母兄弟，对答具有条理。因戏问:“已许嫁未？我为汝媒。”女面赧避入，呼之不出。时已日暮，乃不别而行。越半载，有为媪子议婚者，询知即前女，大喜过望，急促成之。于归后，媪抚其肩曰:“数月不见，汝更长成矣。”女错愕不知所对。细询始末，乃知女十岁失母，鞠于外氏五六年，纳币[④]后始迎归。媪上冢时，原未尝至家也。女家故小姓，又颇窘乏，非媪亲见其明慧，姻未必成。不知是何鬼魅，托形以联其好；又不知鬼魅何所取义，必托形以联其好。事有不可理推者，此类是矣。

交河苏斗南，雍正癸丑会试归。至白沟河，与一友遇于酒肆中。友方罢官，饮酣后，牢骚抑郁，恨善恶之无报。适一人褶裤急装，系马于树，亦就对坐。侧听良久，揖其友而言曰:“君疑因果有爽耶？夫好色者必病，嗜博者必贫，势也；劫财者必诛，杀人者必抵，理也。同好色而禀有强弱，

---

① 卢充金碗——晋干宝《搜神记》记卢充与崔少府女幽婚，女魂赠卢充金碗事。

② 宋玉瑶姬——瑶姬即宋玉《高唐赋》中的高唐神女。

③ 觌（dí）——相见。

④ 纳币——古婚礼男家送聘于女家称纳币。

同嗜博而技有工拙,则势不能齐;同劫财而有首有从,同杀人而有误有故,则理宜别论。此中之消息微矣。其间功过互偿,或以无报为报;罪福未尽,或有报而不即报。毫厘比较,益微乎微矣。君执目前所见,而疑天道之难明,不亦颠乎?且君亦何可怨天道,君命本当以流外①出身,官至七品。以君机械多端,伺察多术,工于趋避,而深于挤排,遂削减为八品。君迁八品之时,自谓以心计巧密,由九品而升。不知正以心计巧密,由七品而降也。"因附耳密语,语讫,大声曰:"君忘之乎?"友骇汗浃背,问何以能知。微笑曰:"岂独我知,三界②孰不知?"掉头上马。唯见黄尘滚滚然,斯须灭迹。

乾隆壬戌、癸亥间，村落男妇往往得奇疾。男子则尻骨生尾，如鹿角，如珊瑚枝。女子则患阴挺，如葡萄，如芝菌。有能医之者，一割立愈。不医则死。喧言有妖人投药于井，使人饮水成此病，因以取利。内阁学士永公，时为河间守。或请捕医者治之。公曰："是事诚可疑，然无实据。一村不过三两井，严守视之，自无所施其术。傥一逮问，则无人复敢医此证，恐死者多矣。凡事宜熟虑其后，勿过急也。"固不许。患亦寻息。郡人或以为镇定，或以为纵奸。后余在乌鲁木齐，因牛少价昂，农颇病。遂严禁屠者，价果减。然贩牛者闻牛贱，皆不肯来。次岁牛价乃倍贵。弛其禁，始渐平。又深山中盗采金者，殆数百人。捕之恐激变，听之又恐养痈。因设策断其粮道，果饥而散出。然散出之后，皆穷而为盗。巡防察缉，竟日纷纭。经理半载，始得靖。乃知天下事但知其一，不知其二，多有收目前之效而贻后日之忧者。始服永公"熟虑其后"一言，真"瞻言百里"也。

---

① 流外——九品以外的职官。

② 三界——佛教把生死流转的人世分为欲界、色界、无色界三界。

卷　九

如是我闻(三)

王征君载扬言:尝宿友人蔬圃中,闻窗外人语曰:“风雪寒甚,可暂避入空屋。”又闻一人语曰:“后垣半圮,偷儿阑入,将奈何?食人之食,不可不事人之事。”意谓童仆之守夜者。天晓启户,地无人迹,唯二犬偃卧墙缺下,雪没腹矣。嘉祥曾映华曰:“此载扬寓言,以愧童仆之负心者也。”余谓犬之为物,不烦驱策而警夜不失职,宁忍寒饿而恋主不他往,天下为童仆者,实万万不能及。其足使人愧,正不在能语不能语耳。

从孙翰清言:南皮赵氏子为狐所媚,附于其身,恒在襟袂间与人语。偶悬钟馗小像于壁,夜闻室中跳掷声,谓驱之去矣。次日,语如故。诘以曾睹钟馗否。曰:“钟馗甚可怖,幸其躯干仅尺余,其剑仅数寸。彼上床则我下床,彼下床则我上床,终不能击及我耳。”然则画像果有灵欤?画像之灵,果躯干皆如所画欤?设画为径寸之像,亦执针锋之剑,蠕蠕然而斩邪欤?是真不可解矣。

乾隆戊午夏,献县修城。役夫数百,拆故堞破砖掷城下。城下役夫数百,运以荆筐。炊熟则鸣柝聚食,方聚食间,役夫辛五告人曰:“顷运砖时,忽闻耳畔大声曰:‘杀人偿命,欠债还钱。汝知之乎?’回顾无所睹,殊可怪也。”俄而众手合作,砖落如雹,一砖适中辛五,脑裂死。惊呼扰攘,竟不得击者主名。官司莫能诘,仅断令役夫之长出钱十千,棺敛而已。乃知辛五夙生负击者命,役夫长夙生负辛五钱,因果牵缠,终相填补。微鬼神先告,几何不以为偶然耶!

诸桐屿言:其乡旧家有书楼,恒镝钥。每启视,必见凝尘之上有女子足迹,纤削仅二寸有奇,知为鬼魅。然数十年寂无形声,不知何怪也。里人刘生,性轻脱,妄冀有王轩之遇[1]。祈于主人,独宿楼上,具茗果酒肴,焚香切祝,明烛就寝。屏息以伺,亦无所见闻,唯渐觉阴森之气砭入肌骨,目能视,耳能听,而口不能言,四肢不能动。久而寒沁肺腑,如卧层冰积雪中,苦不可忍。至天晓,乃能出语,犹若冻僵。至是无敢复下榻者。此怪行踪可云隐秀,即其料理刘生,不动声色,亦有雅人深致也。

顾非熊再生事,见段成式[2]《酉阳杂俎》,又见孙光宪[3]《北梦琐言》;其父顾况集中,亦载是诗,当非诬造。近沈云椒少宰撰其母陆太夫人志,称太夫人于归,甫匝岁,赠公即卒,遗腹生子恒,周三岁亦殇。太夫人哭之恸,曰:"吾之为未亡人也,以有汝在;今已矣,吾不忍吾家之宗祀,自此而绝也。"于其敛,以朱志其臂,祝曰:"天不绝吾家,若再生以此为验。"时雍正己酉十二月也。是月族人有比邻而居者,生一子,臂朱灼然。太夫人遂抚之以为后,即少宰也。余官礼部尚书时,与少宰同事。少宰为余口述尤详。盖释氏书中,诞妄者原有;其徒张皇罪福,诱人施舍,诈伪者尤多。惟轮回之说,则凿然有证。司命者每因一人一事,偶示端倪,彰神道之教。少宰此事,即借转生之验,以昭苦节之感者也。儒者盛言无鬼,又乌乎知之。

伶人方俊官,幼以色艺擅场,为士大夫所赏。老而贩鬻古器,时来往京师。尝览镜自叹曰:"方俊官乃作此状!谁信曾舞衫歌扇,倾倒一时耶!"倪余疆感旧诗曰:"落拓江湖鬓欲丝,红牙按曲记当时。庄生蝴蝶归何处?惆怅残花剩一枝。"即为俊官作也。俊官自言本儒家子,年十三四

---

① 王轩之遇——唐范摅《云溪友议》载王轩泊舟苧罗,在西施石上题诗;有一女子前来道谢赠诗之意。

② 段成式——唐代人。

③ 孙光宪——五代末、北宋初人。

时，在乡塾读书。忽梦为笙歌花烛拥入闺闼，自顾则绣裙锦帔，珠翠满头；俯视双足，亦纤纤作弓弯样，俨然一新妇矣。惊疑错愕，莫知所为。然为众手挟持，不能自主，竟被扶入帏中，与一男子并肩坐；且骇且愧，悸汗而寤。后为狂且所诱，竟失身歌舞之场。乃悟事皆前定也。余疆曰："卫洗马问乐令梦，乐云是想①。汝殆积有是想，乃有是梦。既有是想是梦，乃有是堕落。果自因生，因由心造，安可委诸夙命耶？"余谓此辈沉沦贱秽，当亦前身业报，受在今生，未可谓全无冥数。余疆所言，特正本清源之论耳。后苏杏村闻之，曰："晓岚以三生论因果，惕以未来。余疆以一念论因果，戒以现在。虽各明一义，吾终以余疆之论，可使人不放其心。"

族祖黄图公言：尝访友至北峰，夏夜散步村外，不觉稍远。闻秫田中有呻吟声，寻声往视，乃一童子裸体卧。询其所苦。言薄暮过此，遇垂髫艳女。招与语，悦其韶秀，就与调谑。女言父母皆外出，邀到家小坐。引至秫叶深处，有屋三楹，阒无一人。女阖其户，出瓜果共食。笑言既洽，弛衣登榻。比拥之就枕，则女忽变形为男子，状貌狰狞，横施强暴。怖不敢拒，竟受其污。蹂躏楚毒，至于晕绝。久而渐苏，则身卧荒烟蔓草间，并室庐失所在矣。盖魅悦此童之色，幻女形以诱之也。见利而趋，反为利饵，其自及也宜矣。

先师赵横山先生，少年读书于西湖，以寺楼幽静，设榻其上。夜闻室中窸窣声，似有人行，叱问："是鬼是狐，何故扰我？"徐闻嗫嚅而对曰："我亦鬼亦狐。"又问："鬼则鬼，狐则狐耳。何亦鬼亦狐也？"良久，复对曰："我本数百岁狐，内丹已成，不幸为同类所搤杀，盗我丹去。幽魂沉滞，今为狐之鬼也。"问："何不诉诸地下？"曰："凡丹由吐纳导引而成者，如血气附形，融合为一，不自外来，人弗能盗也。其由采补而成者，如劫夺之财，本非己物，故人可杀而吸取之。吾媚人取精，所伤害多矣。杀人者死。死

---

① "卫洗马"句——《世说新语·文学》载晋卫玠总角时问乐令梦的事情，乐令回答："是想"。

当其罪,虽诉神,神不理也。故宁郁郁居此耳。”问:“汝据此楼,作何究竟?”曰:“本匿影韬声,修太阴炼形之法。以公阳光熏烁,阴魄不宁,故出而乞哀,求幽明各适。”言讫,唯闻搏颡①声,问之不复再答。先生次日即移出。尝举以告门人曰:“取非所有者,终不能有,且适以自戕也。可畏哉!”

从兄万周言:交河有农家妇,每归宁②,辄骑一驴往。驴甚健而驯,不待人控,引即知路。或其夫无暇,即自骑以行,未尝有失。一日,归稍晚,天阴月黑,不辨东西。驴忽横逸,载妇径入秫田中;密叶深丛,迷不得返。半夜,乃抵一破寺,唯二丐者栖庑下。进退无计,不得已,留与共宿。次日,丐者送之还。其夫愧焉,将鬻驴于屠肆。夜梦人语曰:“此驴前世盗汝钱,汝捕之急,逃而免。汝嘱捕役絷其妇,羁留一夜。今为驴者,盗钱报;载汝妇入破寺者,絷妇报也。汝何必又结来世冤耶?”惕然而寤,痛自忏悔。驴是夕忽自毙。

奴子任玉病革时,守视者夜闻窗外牛吼声,玉骇然而殁。次日,共话其异。其妇泣曰:“是少年尝盗杀数牛,人不知也。”

余某者,老于幕府,司刑名四十余年。后卧病濒危,灯前月下,恍惚似有鬼为厉者。余某慨然曰:“吾存心忠厚,誓不敢妄杀一人,此鬼胡为乎来耶?”夜梦数人浴血立,曰:“君知刻酷之积怨,不知忠厚亦能积怨也。夫茕茕孱弱,惨被人戕,就死之时,楚毒万状;孤魂饮泣,衔恨九泉,唯望强暴就诛,一申积愤。而君但见生者之可悯,不见死者之可悲,刀笔舞文,曲相开脱。遂使凶残漏网,白骨沉冤。君试设身处地:如君无罪无辜,受人屠割,魂魄有知,旁观谳是狱者改重伤为轻,改多伤为少,改理曲为理直,

---

① 搏颡(sǎng)——叩头。

② 归宁——回娘家。

改有心为无心，使君切齿之仇，纵容脱械，仍纵横于人世，君感乎怨乎？不是之思，而诩诩以纵恶为阴功。彼枉死者，不仇君而仇谁乎？”余某惶怖而寤，以所梦备告其子，回手自挝曰：“吾所见左矣！吾所见左矣！”就枕未安而殁。

沧州刘太史果实，襟怀夷旷，有晋人风。与饴山老人①、莲洋山人②皆友善，而意趣各殊。晚岁家居，以授徒自给。然必孤贫之士，乃容执贽。脩脯③皆无几，箪瓢屡空，晏如也。尝买米斗余，贮罂中，食月余不尽，意甚怪之。忽闻檐际语曰：“仆是天狐，慕公雅操，日日私益之耳。勿讶也。”刘诘曰：“君意诚善。然君必不能耕，此粟何来？吾不能饮盗泉也，后勿复尔。”狐叹息而去。

亡侄汝备，字理含。尝梦人对之诵诗，醒而记其一联曰：“草草莺花春似梦，沉沉风雨夜如年。”以告余，余讶其非佳谶。果以戊辰闰七月夭逝。后其妻武强张氏，抚弟之子为嗣，苦节终身，凡三十余年，未尝一夕解衣睡。至今婢媪能言之。乃悟二语为孀闺独宿之兆也。

雍正丙午、丁未间，有流民乞食过崔庄，夫妇并病疫。将死，持券哀呼于市，愿以幼女卖为婢，而以卖价买二棺。先祖母张太夫人为葬其夫妇，而收养其女，名之曰连贵。其券署父张立、母黄氏，而不著籍贯，问之已不能语矣。连贵自云：家在山东，门临驿路，时有大官车马往来，距此约行一月余。而不能举其县名。又云：去年曾受对门胡家聘。胡家亦乞食外出，不知所往。越十余年，杳无亲戚来寻访，乃以配圉人刘登。登自云：山东新泰人，本胡姓。父母俱殁，有刘氏收养之，因从其姓。小时闻父母为聘

---

① 饴山老人——清代赵执信号饴山老人。

② 莲洋山人——清代吴雯号莲洋山人。

③ 脩脯——即学费。

一女,但不知其姓氏。登既胡姓,新泰又驿路所经,流民乞食,计程亦可以月余,与连贵言皆符。颇疑其乐昌之镜,离而复合①,但无显证耳。先叔栗甫公曰:"此事稍为点缀,竟可以入传奇。惜此女蠢若鹿豕,唯知饱食酣眠,不称点缀,可恨也。"边随园徵君曰:"'秦人不死,信符生之受诬;蜀老犹存,知葛亮之多枉。'(四语乃刘知幾《史通》之文。符生事见《洛阳伽蓝记》,葛亮事见《魏书·毛修之传》。浦二田注《史通》以为未详,盖偶失考。)史传不免于缘饰,况传奇乎?《西楼记》称穆素晖艳若神仙,吴林塘言其祖幼时及见之,短小而丰肌,一寻常女子耳。然则传奇中所谓佳人,半出虚说。此婢虽粗,傥好事者按谱填词,登场度曲,他日红氍毹②上,何尝不莺娇花媚耶?先生所论,犹未免于尽信书也。"

聂松岩言:胶州一寺,经楼之后有蔬圃。僧一夕开牖纳凉,月明如昼,见一人徙倚老树下。疑窃蔬者,呼问为谁。磬折而对曰:"师勿讶,我鬼也。"问:"鬼何不归尔墓?"曰:"鬼有徒党,各从其类。我本书生,不幸葬丛冢间,不能与马医夏畦③伍。此辈亦厌我非其族。落落难合,故宁避嚣于此耳。"言讫,冉冉没。后往往遥见之,然呼之不应矣。

福州学使署,本前明税珰署④也。奄人⑤暴横,多潜杀不辜,故至今犹往往见变怪。余督闽学时,奴辈每夜惊。甲申夏,先姚安公至署,闻某室有鬼,辄移榻其中,竟夕晏然。昀尝乘间微谏,请勿以千金之躯与鬼角。因诲昀曰:"儒者谓无鬼,迂论也,亦强词也。然鬼必畏人,阴不胜阳也;其或侵人,必阳不足以胜阴也。夫阳之盛也,岂恃血气之壮与性情之悍哉?人之一心,慈祥者为阳,惨毒者为阴;坦白者为阳,深险者为阴;公直

---

① 乐昌之镜,离而复合——即南朝陈乐昌公主与徐德言破镜重圆故事。

② 氍毹(qúyú)——毛麻所织的地毯。红氍毹:指唱戏之舞台。

③ 夏畦——夏天在田地里干活的人。也指一般体力劳动者。

④ 税珰署——珰,宦官的代称。为宦官掌管税收的官署。

⑤ 奄人——指宦官。

者为阳，私曲者为阴。故易象以阳为君子，阴为小人。苟立心正大，则其气纯乎阳刚，虽有邪魅，如幽室之中鼓洪炉而炽烈焰，冱冻自消。汝读书亦颇多，曾见史传中有端人硕士为鬼所击者耶?"昀再拜受教。至今每忆庭训①，辄悚然如侍左右也。

束州邵氏子，性佻荡。闻淮镇古墓有狐女甚丽，时往伺之。一日，见其坐田塍上，方欲就通款曲。狐女正色曰："吾服气炼形，已二百余岁，誓不媚一人。汝勿生妄念。且彼媚人之辈，岂果相悦哉，特摄其精耳；精竭则人亡，遇之未有能免者。汝何必自投陷阱也!"举袖一挥，凄风飒然，飞尘眯目，已失所在矣。先姚安公闻之，曰："此狐乃能作此语，吾断其后必生天。"

献县李金梁、李金柱兄弟，皆巨盗也。一夕，金梁梦其父语曰："夫盗有败有不败，汝知之耶？贪官墨吏，刑求威胁之财；神奸巨蠹，豪夺巧取之财；父子兄弟，隐匿偏得之财；朋友亲戚，强求诈诱之财；黠奴干役，侵渔乾没之财；巨商富室，重息剥削之财；以及一切刻薄计较、损人利己之财，是取之无害。罪恶重者，虽至杀人亦无害。其人本天道之所恶也。若夫人本善良，财由义取，是天道之所福也；如干犯之，是为悖天。悖天者终必败。汝兄弟前劫一节妇，使母子冤号，鬼神怒视。如不悛改，祸不远矣。"后岁余，果并伏法。金梁就狱时，自知不免，为刑房吏史真儒述之。真儒余里人也，尝举以告姚安公，谓盗亦有道。又述巨盗李志鸿之言曰：吾鸣骹②跃马三十年，所劫夺多矣，见人劫夺亦多矣；盖败者十之二三，不败者十之七八。若一污人妇女，屈指计之，从无一人不败者。故恒以是戒其徒。盖天道祸淫，理固不爽云。

---

① 庭训——指接受父辈的教育。典出《论语·季氏》。

② 鸣骹(xiāo)——响箭。

辛卯夏,余自乌鲁木齐从军归,僦居珠巢街路东一宅,与龙皋司承祖邻。第二重室五楹,最南一室,帘恒飏起尺余,若有风鼓之者;余四室之帘则否。莫喻其故。小儿女入室,辄惊啼,云床上坐一肥僧,向之嬉笑。缁徒厉鬼,何以据人家宅舍,尤不可解也。又三鼓以后,往往闻龙氏宅中有女子哭声;龙氏宅中亦闻之,乃云声在此宅。疑不能明,然知其凿然非善地,遂迁居柘南先生双树斋。后居是二宅者,皆不吉。白环九司寇,无疾暴卒,即在龙氏宅也。凶宅之说,信非虚语矣。先师陈白崖先生曰:"居吉宅者未必吉,居凶宅者则无不凶。如和风温煦,未必能使人祛病;而严寒沴厉,一触之则疾生。良药滋补,未必能使人骤健;而峻剂攻伐,一饮之则洞泄。"此亦确有其理,未可执定命与之争。孟子有言:"是故知命者,不立乎岩墙[1]之下。"

洛阳郭石洲言:其邻县有翁姑受富室二百金,鬻寡媳为妾者。至期,强被以彩衣,掖之登车。妇不肯行,则以红巾反接其手,媒媪拥之坐车上。观者多叹息不平。然妇母族无一人,不能先发也。仆夫振辔之顷,妇举声一号,旋风暴作,三马皆惊逸不可止。不趋其家而趋县城,飞渡泥淖,如履康庄,虽仄径危桥,亦不倾覆。至县衙,乃屹然立。其事遂败。用知庶女呼天,雷电下击,非典籍之虚词。

从舅安公介然曰:"厉鬼还冤,见于典记者不一,得于传闻者亦不一。癸未五月,自盐山耿家庵还崔庄,乃亲见之。其人年约五十余,戴草笠,著苎衫,以一驴驮幞被,系河干柳树下,倚树而坐。余亦系马小憩。忽其人蹶然而起,以手作撑拒状,曰:'害汝命,偿汝命耳,何必若是相殴也!'支拄良久,语渐模糊不可辨;忽踊身一跃,已汩没于波浪中矣。同见者十余人,咸合掌诵佛。虽不知所报何冤,然害命偿命,则其人所自道也。"

---

① 语出《孟子·尽心》上。岩墙,高而危的墙。

戊子夏，小婢玉儿病瘵死。俄复苏曰："冥役遣我归索钱。"市冥镪焚之，乃死。俄又复苏曰："银色不足，冥役弗受也。"更市金银箔折锭焚之，则死不复苏矣。因忆雍正壬子，亡弟映谷濒危时，亦复类是。然则冥镪果有用耶？冥役需索如是，冥官又所司何事耶？

胡牧亭侍御言：其乡有生为冥官者，述冥司事甚悉。不能尽忆，大略与传记载同。唯言六道轮回，不烦遣送，皆各随平生之善恶，如水之流湿，火之就燥，气类相感，自得本途。语殊有理，从来论鬼神者未道也。

狐之媚人，为采补计耳，非渔色也；然渔色者亦偶有之。表兄安滹北言：有人夜宿深林中，闻草间人语曰："君爱某家小童，事已谐否？此事亢阳熏烁，消蚀真阴，极能败道。君何忽动此念耶？"又闻一人答曰："劳君规戒。实缘爱其美秀，遂不能忘情。然此童貌虽艳冶，心无邪念，吾于梦中幻诸淫态诱之，漠然不动。竟无如之何，已绝是想矣。"其人觉有异，潜往窥视，有二狐跳踉去。

泰州任子田，名大椿，记诵博洽，尤长于三《礼》[①]注疏，六书[②]训诂。乾隆己丑登二甲一名进士，浮沉郎署。晚年始得授御史，未上而卒。自开国以来，二甲一名进士，不入词馆者仅三人，子田实居其一。自言十五六时，偶为从父侍姬以宫词书扇。从父疑之，致侍姬自经死。其魂讼于地下，子田奄奄卧疾，魂亦为追去考问。阅四五年，冥官庭鞫七八度，始辨明出于无心；然卒坐以过失杀人，减削官禄。故仕途偃蹇如斯。贾钝夫舍人曰："治是狱者即顾郎中德懋。二人先不相知；一日相见，彼此如旧识。时同在座亲见其追话冥司事，子田对之，犹栗栗然也。"

---

① 《三礼》——即《周礼》、《仪礼》、《礼记》。

② 六书——汉代学者分析小篆而归纳出来的六种条例，即象形、指事、会意、形声、转注、假借。

即墨杨槐亭前辈言:济宁一童子为狐所昵,夜必同衾枕。至年二十余,犹无虚夕。或教之留须,须稍长,辄睡中为狐剃去,更为傅脂粉。屡以符箓驱遣,皆不能制。后正乙真人舟过济宁,投词乞劾治。真人牒于城隍,狐乃诣真人自诉。不睹其形,然旁人皆闻其语。自言过去生中为女子,此童为僧。夜过寺门,被劫闭窟室中,隐忍受污者十七载,郁郁而终。诉于地下主者,判是僧地狱受罪毕,仍来生偿债。会我以他罪堕狐身,窜伏山林百余年,未能相遇。今炼形成道,适逢僧后身为此童,因得相报。十七年满自当去,不烦驱遣也。真人竟无如之何。后不知期满果去否。然据其所言,足知人有所负,虽隔数世犹偿也。

同年项君廷模言:昔尝馆翰林某公家,相见辄讲学。一日,其同乡为外吏者,有所馈赠。某公自陈平生俭素,雅不需此。见其崖岸高峻,遂逡巡携归。某公送宾之后,徘徊厅事前,怅怅惘惘,若有所失,如是者数刻。家人请进内午餐,大遭诟怒。忽闻有数人吃吃窃笑,视之无迹,寻之声在承尘上。盖狐魅云。

陈少廷尉耕岩,官翰林时,为魅所扰。避而迁居,魅辄随往。多掷小帖道其阴事,皆外人不及知者。益悚惧,恒虔祀之。一日掷帖,责其待侄之薄,且曰:"不厚资助,祸且至。"众缘是窃疑其侄,密约伺察。夜闻击损器物声,突出掩执,果其侄也。耕岩天性长厚,尤笃于骨肉,但曰:"尔需钱可告我,何必乃尔?"笑遣之归寝,由是遂安。后吴编修朴园突遭回禄[1],莫知火之自来。凡再徙居而再焚,余意亦当如耕岩事。朴园曰:"固亦疑之。"然第三次迁泉州会馆时,适与客坐厅事中,忽烈焰赫然,自承尘下射。是非人所能上,亦非人所能入也,殆真魅所为矣。

程也园舍人居曹竹虚旧宅中。一夕,弗戒于火,书画古器,多遭焚毁。

---

① 回禄——传说中的火神名。

中褚河南①临《兰亭》一卷，乃五百金所质，方虑来赎时轇轕②；忽于灰烬中拣得，匣及袱并爇，而书卷无一字之损。表弟张桂岩馆也园家，亲见之。白香山③所谓“在在处处有神物护持”者耶？抑成毁各有定数，此卷不在此火劫中耶？然事则奇矣，亦将来赏鉴家一佳话也。

同年柯禺峰，官御史时，尝借宿内城友人家。书室三楹，东一室隔以纱橱，扃不启。置榻外室南牖下，睡至夜半，闻东室有声如鸭鸣，怪而谛视。时明月满窗，见黑烟一道，从东室门隙出，著地而行，长可丈余，蜿蜒如巨蟒；其首乃一女子，鬟鬓俨然，昂而仰视，盘旋地上，作鸭鸣不止。禺峰素有胆，拊榻叱之。徐徐却行，仍从门隙敛而入。天晓，以告主人。主人曰：“旧有此怪，或数年一出，不为害，亦无他休咎。”或曰：“未买是宅前，旧主有侍姬幽死此室。”未知其审也。

胥魁④有善博者，取人财犹探物于囊，犹不持兵而劫夺也。其徒党密相羽翼，意喻色授，机械百出，犹臂指之相使，犹呼吸之相通也。騃竖⑤多财者，则犹鱼吞饵，犹雉遇媒⑥耳。如是近十年，橐金巨万，俾其子贾于长芦，规什一之利。子亦狡黠，然冶荡好渔色。有堕其术而破家者，衔之次骨。乃乞与偕往，而阴导之为北里⑦游。舞衫歌扇，耽玩忘归，耗其资十之九。胥魁微有所闻，自往检校，已不可收拾矣。论者谓是虽人谋，亦有天道：仇者之动此念，殆神启其心欤？不然，何前愚而后智也！

---

① 褚河南——唐代褚遂良，河南阳翟人，著名书法家。

② 轇轕(jiāo gé)——交错、纠葛。

③ 白香山——唐白居易。

④ 胥魁——官府差役的头目。

⑤ 騃竖(ái shù)——愚蠢、见识短浅之人。

⑥ 犹雉遇媒——猎人驯养雏雉，用以招引野雉。

⑦ 北里——唐代长安北里为妓女居住地，唐孙棨撰《北里志》记当时妓女生活状况，后世遂以“北里”称妓女所在地。

故城刁飞万言:其乡有与狐女生子者,其父母怒谇之。狐女泣涕曰:“舅姑见逐,义难抗拒。但子未离乳,当且携去耳。”越两岁余,忽抱子诣其夫曰:“儿已长,今还汝。”其夫遵父母戒,掉首不与语。狐女叹息抱之去。此狐殊有人理,但抱去之儿,不知作何究竟。将人所生者仍为人,庐居火食,混迹闾阎欤?抑妖所生者即为妖,幻化通灵,潜踪墟墓欤?或虽为妖而犹承父姓,长育子孙,在非妖非人之界欤?虽为人而犹依母党,往来窟穴,在亦人亦妖之间欤?惜见首不见尾,竟莫得而质之。

同年蒋心余编修言:其乡有故家废宅,往往见艳女靓妆,登墙外视。武生王某,粗豪有胆,径携被独宿其中,冀有所遇。至夜半寂然,乃拊枕自语曰:“人言此宅有狐女,今何往耶?”窗外小声应曰:“六娘子知君今日来,避往溪头看月矣。”问:“汝为谁?”曰:“六娘子之婢。”又问:“何故独避我?”曰:“不知何故,但云畏见此腹负将军①。”亦不解为何语也。王后每举以问人曰:“腹负将军是武职几品?”莫不粲然。后问其乡人,曰:“实有其人,亦实有其事;然仅彷徨竟夜,一无所见耳。其语则心余所点缀也。”心余性好诙谐,理或然欤!

先母张太夫人,尝雇一张媪司炊,房山人也,居西山深处。言其乡有贫极弃家觅食者,素未外出,行半日即迷路,石径崎岖,云阴晦暗,莫知所适,姑枯坐树下,俟天晴辨南北。忽一人自林中出,三四人随之,并狰狞伟岸,有异常人。心知非山灵即妖魅,度不能隐避,乃投身叩拜,泣诉所苦。其人恻然曰:“尔勿怖,不汝害也。我是虎神,今为诸虎配食料。待虎食人,尔收其衣物,足自活矣。”因引至一处,嗷然长啸,众虎岔集。其人举手指挥,语啁哳不可辨。俄俱散去,唯一虎留伏丛莽间。俄有荷担度岭者,虎跃起欲搏,忽辟易而退。少顷,一妇人至,乃搏食之。捡其衣带,得数金,取以付之,且告曰:“虎不食人,唯食禽兽。其食人者,人而禽兽者耳。大抵人天良未泯者,其顶上必有灵光,虎见之即避。其天良澌灭者,

---

① 腹负将军——称只会吃饭而别无他能的人。

灵光全息，与禽兽无异，虎乃得而食之。顷前一男子，凶暴无人理；然攘夺所得，犹恤其寡嫂孤侄，使不饥寒。以是一念，灵光煜煜如弹丸，故虎不敢食。后一妇人，弃其夫而私嫁，又虐其前妻之子，身无完肤；更盗后夫之金，以贻前夫之女，即怀中所携是也。以是诸恶，灵光消尽，虎视之，非复人身，故为所啖。尔今得遇我，亦以善事继母，辍妻子之食以养，顶上灵光高尺许；故我得而佑之，非以尔叩拜求哀也。勉修善业，当尚有后福。"因指示归路，越一日夜得至家。张媪之父与是人为亲串，故得其详。时家奴之妇，有虐使其七岁孤侄者，闻张媪言，为之少戢[1]。圣人以神道设教，信有以夫。

磷为鬼火，《博物志》谓战血所成，非也，安得处处有战血哉！盖鬼者，人之余气也，鬼属阴，而余气则属阳。阳为阴郁，则聚而成光，如雨气至阴而萤火化，海气至阴而阴火然也。多见于秋冬，而隐于春夏；秋冬气凝，春夏气散故也。其或见于春夏者，非幽房废宅，必深岩幽谷，皆阴气常聚故也。多在平原旷野，薮泽沮洳[2]，阳寄于阴，地阴类，水亦阴类，从其本类故也。先兄晴湖，尝同沈丰功年丈夜行，见磷火在高树巅，青荧如炬，为从来所未闻。李长吉[3]诗曰："多年老鸮成木魅，笑声碧火巢中起。"疑亦曾睹斯异，故有斯咏。先兄所见，或木魅所为欤！

贾人持巨砚求售，色正碧而红斑点点如血沁。试之，乃滑不受墨。背镌长歌一首，曰："祖龙[4]奋怒鞭顽石，石上血痕胭脂赤。沧桑变幻几度经，水舂沙蚀存盈尺。飞花点点粘落红，芳草茸茸挼嫩碧。海人[5]漉得出

① 戢(jí)——收敛。
② 沮洳(jù rù)——腐物堆积的泥潭。
③ 李长吉——即唐代诗人李贺。
④ 祖龙——指秦始皇。
⑤ 海人——海上捕鱼之人。

银涛，鲛客①咨嗟龙女惜。云何强遣充砚材，如以嫱施司洴澼②。凝脂原不任研磨，镇肉翻成遭弃掷。（原注：客问镇肉事，判曰："出《梦溪笔谈》。"）音难见赏古所悲，用弗量才谁之责。案头米老③玉蟾蜍，为汝伤心应泪滴。"后题："康熙己未重九，餐花道人降乩，偶以顽砚请题，立挥长句。因镌诸砚背以记异。"款署"奕焘"二字，不著其姓，不知为谁，餐花道人亦无考。其词感慨抑郁，不类仙语，疑亦落拓之才鬼也。索价十金，酬以四金不肯售。后再问之，云四川一县令买去矣。

奴子纪昌，本姓魏，用黄犊子④故事，从主姓。少喜读书，颇娴文艺，作字亦工楷。最有心计，平生无一事失便宜。晚得奇疾：目不能视，耳不能听，口不能言，四肢不能动，周身并痿痹，不知痛痒；仰置榻上，块然如木石，唯鼻息不绝。知其未死，按时以饮食置口中，尚能咀咽而已。诊之乃六脉平和，毫无病状，名医亦无所措手。如是数年，乃死。老僧果成曰："此病身死而心生，为自古医经所不载，其业报欤？"然此奴亦无大恶，不过务求自利，算无遗策耳。巧者造物之所忌，谅哉！

奴子李福之妇，悍戾绝伦，日忤其姑舅，面詈背诅，无所不至。或微讽以不孝有冥谪，辄掉头哂曰："我持观音斋，诵观音咒，菩萨以甚深法力，消灭罪愆，阎罗王其奈我何？"后婴恶疾，楚毒万端，犹曰："此我诵咒未漱口，焚香用灶火，故得此报，非有他也。"愚哉！

---

① 鲛客——神话传说中居住海底的怪人。

② 嫱施司洴澼（píng pì）——嫱，王嫱，即王昭君；施，西施。洴澼，漂洗（衣物）。

③ 米老——宋代书画家米芾。

④ 黄犊子——隋代京兆尹韦衮的奴仆。唐代张鹭《朝野佥载》有关于黄犊子谣的记载。

蔡太守必昌，尝判冥事。朱石君中丞问以佛法忏悔，有无利益。蔡曰："寻常冤谴，佛能置讼者于善处。彼得所欲，其怨自解。如人世之有和息也。至重业深仇，非人世所可和息者，即非佛所能忏悔，释迦牟尼亦无如之何。"斯言平易而近理。儒者谓佛法为必无，佛者谓种种罪恶皆可消灭，盖两失之。

余家距海仅百里，故河间古谓之瀛州。地势趋东，以渐而高，故海岸绝陡，潮不能出，水亦不能入。九河皆在河间，而大禹导河，不直使入海，引之北行数百里，自碣石乃入，职是故也。海中每数岁或数十岁，遥见水云澒洞①中，红光烛天，谓之烧海。辄有断椽折栋，随潮而上。人取以为薪。越数日，必互言某匠某匠，为神召去营龙宫。然无亲睹其人，话鲛室贝阙之状者，第传闻而已。余谓是殆重洋巨舶，弗戒于火，水光映射，空无障翳，故千百里外皆可见；梁柱之类，舶上皆有，亦不必定属殿材也。

献县捕役某，尝奉差捕巨盗，就絷矣。盗妇有色，盗乞以妇侍寝而纵之逃，某弗许。后以积蠹多赃坐斩。行刑前二日，狱舍墙圮，压而死。狱吏叶某，坐不早葺治，得重杖。先是叶某梦身立堂下，闻堂上官吏论捕役事。官指挥曰："一善不能掩千恶，千恶亦不能掩一善。免则不可，减则可。"既而吏抱牍出，殊不相识，谛视其官，亦不识，方悟所到非县署。醒而阴贺捕役，谓且减死；不知神以得保首领为减也。人计捕役生平，只此一善，而竟得免刑。天道昭昭，何尝不许人晚盖哉！

吴江吴林塘言：其亲表有与狐女遇者，虽无疾病，而惘惘恒若神不足。父母忧之，闻有游僧能劾治，试往祈请。僧曰："此魅与郎君夙缘，无相害意。郎君自耽玩过度耳。然恐魅不害郎君，郎君不免自害。当善遣之。"乃夜诣其家，趺坐诵梵咒。家人遥见烛光下似绣衫女子，冉冉再拜。僧举

① 澒洞（hòng）——形容弥漫无际的样子。

拂子曰:“留未尽缘作来世欢,不亦可乎!”欻然而隐,自是遂绝。林塘知其异人,因问以神仙感遇之事。僧曰:“古来传记所载,有寓言者,有托名者,有借抒恩怨者,有喜谈诙诡以诧异闻者,有点缀风流以为佳话,有本无所取而寄情绮语,如诗人之拟艳词者;大都伪者十八九,真者十一二。此一二真者,又大都皆才鬼灵狐,花妖木魅,而无一神仙。其称神仙必诡词。夫神正直而聪明,仙冲虚而清静,岂有名列丹台,身依紫府,复有荡姬佚女,参杂其间,动入桑中之会[①]哉?”林塘叹其精识,为古所未闻。说是事时,林塘未举其名字。后以问林塘子钟侨,钟侨曰:“见此僧时,才五六岁,当时未闻呼名字,今无可问矣。唯记其语音,似杭州人也。”

李芍亭家扶乩,其仙自称邱长春[②]。悬笔而书,疾于风雨,字如颠、素之狂草。客或拜求丹方,乩判曰:“神仙有丹诀,无丹方,丹方是烧炼金石之术也。《参同契》[③]炉鼎铅汞,皆是寓名,非言烧炼。方士转相附会,遂贻害无穷。夫金石燥烈,益以火力,亢阳鼓荡,血脉偾张[④],故筋力似倍加强壮;而消铄真气,伏祸亦深。观艺花者,培以硫磺,则冒寒吐蕊;然盛开之后,其树必枯。盖郁热蒸于下,则精华涌于上,涌尽则立槁耳。何必纵数年之欲,掷千金之躯乎?”其人悚然而起。后芍亭以告田白岩,白岩曰:“乩仙大抵皆托名。此仙能作此语,或真是邱长春欤!”

吴云岩家扶乩,其仙亦云邱长春。一客问曰:“《西游记》[⑤]果仙师所作,以演金丹奥旨乎?”批曰:“然。”又问:“仙师书作于元初,其中祭赛国之锦衣卫,朱紫国之司礼监,灭法国之东城兵马司,唐太宗之太学士、翰林

---

① 桑中之会——指男女私奔幽会。典出《诗经·鄘风·桑中》:“期我乎桑中,要我乎上宫。”

② 邱长春——元代道士邱处机。

③ 《参同契》——又名《周易参同契》,旧题汉魏伯阳撰。

④ 偾(fèn)张——兴奋、激扬。

⑤ 《西游记》——此处应指元李志常《长春真人西游记》,非吴承恩的《西游记》。

院中书科,皆同明制,何也?”乩忽不动。再问之,不复答。知已词穷而遁矣。然则《西游记》为明人依托无疑也。

文安王氏姨母,先太夫人第五妹也。言未嫁时,坐度帆楼中,遥见河畔一船,有宦家中年妇,伏窗而哭,观者如堵。乳媪启后户往视,言是某知府夫人,昼寝船中,梦其亡女为人执缚宰割,呼号惨切。悸而寤,声犹在耳,似出邻船。遣婢寻视,则方屠一豚子,泻血于盎,未竟也。梦中见女缚足以绳,缚手以红带。复视其前足,信然,益悲怆欲绝,乃倍价赎而瘗之。其童仆私言:此女十六而殁。存日极柔婉,惟嗜食鸡,每饭必具;或不具,则不举箸。每岁恒割鸡七八百。盖杀业云。

交河有书生,日暮独步田野间。遥见似有女子,避入秫田,疑荡妇之赴幽期者。逼往视之,寂无所睹,疑其窜伏深丛,不复追迹。归而大发寒热,且作谵语曰:“我饿鬼也,以君有禄相,不敢触忤,故潜匿草间。不虞忽相顾盼,枉步相寻。既尔有情,便当从君索食,乞惠薄奠,即从此辞。”其家为具纸钱肴酒,霍然而愈。苏进士语年曰:“此君本无邪心,以偶尔多事,遂为此鬼所乘。小人之于君子,恒伺隙而中之也。言动可不慎哉!”

炎凉转瞬,即鬼魅亦然。程鱼门编修曰:“王文庄公遇陪祀北郊,必借宿安定门外一坟园。园故有祟,文庄弗睹也。一岁,灯下有所睹,越半载而文庄卒矣。所谓山鬼能知一岁事耶!”

太原申铁蟾言:昔自苏州北上,以舵牙触损,泊舟兴济之南。荒塍野岸,寂无一人,而夜闻草际有哦诗声。心知是鬼,与其友谛听之。所诵凡数十篇,幽咽断续,不甚可辨。铁蟾唯听得一句,曰“寒星炯炯生芒角”,其友听得二句,曰“夜深翁仲语,月黑鬼车来”。

张完质舍人,僦居一宅,或言有狐。移入之次日,书室笔砚皆开动,又失红柬一方。纷纭询问间,忽一钱铮然落几上,若偿红柬之值也。俄喧言所失红柬,粘宅后空屋。完质往视,则楷书"内室止步"四字,亦颇端正。完质曰:"此狐狡狯。"恐其将来恶作剧,乃迁去。闻此宅在保安寺街,疑即翁覃溪宅也。

李又聃先生言:东光某氏宅有狐,一日,忽掷砖瓦,伤盆盎。某氏詈之。夜闻人叩窗语曰:"君睡否?我有一言:邻里乡党,比户而居,小儿女或相触犯,事理之常,可恕则恕之,必不可恕,告其父兄,自当处置。遽加以恶声,于理毋乃不可。且我辈出入无形,往来不测,皆君闻见所不及,提防所不到。而君攘臂与为难,庸有幸乎?于势亦必不敌,幸熟计之。"某氏披衣起谢,自是遂相安。会亲串中有以童仆微衅,酿为争斗,几成大狱者,又聃先生叹曰:"殊令人忆某氏狐。"

北河总督署,有楼五楹,为蝙蝠所据多年矣。大小不知凡几万,一白者巨如车轮,乃其魁也,能为变怪。历任总督,皆扃钥弗居。福建李公清时,延正一真人劾治,果皆徙去。不久,李公卒,蝙蝠复归。自是无敢问之者。余谓汤文正公驱五通神[①],除民害也。蝙蝠自处一楼,与人无患,李公此举,诚为可已而不已。至于猝捐馆舍,则适值其时,不得谓蝙蝠为祟。修短[②]有数,岂妖魅能操其权乎!

余七八岁时,见奴子赵平自负其胆,老仆施祥摇手曰:"尔勿恃胆,吾已以恃胆败矣。吾少年气最盛,闻某家凶宅无人敢居,径携幞被卧其内。夜将半,剨然有声,承尘中裂,忽堕下一人臂,跳掷不已;俄又堕一臂,又堕两足,又堕其身,最后乃堕其首,并满屋迸跃如猿猱。吾错愕不知所为,俄

---

① 五通神——鬼神名,明清两代江浙一带多设祠祭祀。

② 修短——指寿命长短。晋王羲之《兰亭集序》:"修短随化,终期于尽。"

已合为一人，刀痕杖迹，腥血淋漓，举手直来搦吾颈。幸夏夜纳凉，挂窗未阖，急自窗跃出，狂奔而免。自是心胆并碎，至今犹不敢独宿也。汝恃胆不已，无乃不免如我乎！”平意不谓然，曰：“丈原大误，何不先捉其一段，使不能凑合成形？”后夜饮醉归，果为群鬼所遮，掖入粪坑中，几于灭顶。

同年钟上庭言：官宁德日，有幕友病亟。方服药，恍惚见二鬼曰：“冥司有某狱，待君往质。药可勿服也。”幕友言：“此狱已五十余年，今何尚未了？”鬼曰：“冥司法至严，而用法至慎。但涉疑似，虽明知其事，证人不具，终不为狱成。故恒待至数十年。”问：“如是不稽延拖累乎？”曰；“此亦千万之一，不恒有也。”是夕果卒。然则果报有时不验，或缘此欤？又小说所载，多有生魂赴鞫者，或宜迟宜速，各因其轻重缓急欤？要之早晚虽殊，神理终不愦愦，则凿然可信也。

田氏媪诡言其家事狐神，妇女多焚香问休咎，颇获利。俄而群狐大集，需索酒食，罄所获不足供。乃被击破瓮盎，烧损衣物。哀乞不能遣，怖而他投。濒行时，闻屋上大笑曰：“尔还敢假名敛财否？”自是遂寂，亦遂不徙。然并其先有之资，耗大半矣。此余幼时闻先太夫人说。又有道士称奉王灵官，掷钱卜事，时有验，祈祷亦盛。偶恶少数辈，挟妓入庙，为所阻。乃阴从伶人假灵官鬼卒衣冠，乘其夜醮，突自屋脊跃下，据坐诃责其惑众；命鬼卒缚之，持铁蒺藜将拷问。道士惶怖服罪，具陈虚诳取钱状。乃哄堂一笑，脱衣冠高唱而出。次日，觅道士，则已窜矣。此雍正甲寅七月事。余随先姚安公宿沙河桥，闻逆旅主人说。

安邑宋半塘，尝官鄞县。言鄞有一生，颇工文，而偃蹇不第。病中梦至大官署，察其形状，知为冥司。遇一吏，乃其故人，因叩以此病得死否。曰：“君寿未尽而禄尽，恐不久来此。”生言：“平生以馆谷糊口，无过分之暴殄，禄何以先尽？”吏叹息曰：“正为受人馆谷而疏于训课，冥司谓无功窃食，即属虚糜。销除其应得之禄，补所探支，故寿未尽而禄尽也。盖

'在三'[①]之义,名分本尊。利人脩脯,误人子弟,谴责亦最重。有官禄者减官禄,无官禄者则减食禄,一锱一铢,计较不爽。世徒见才士通儒,或贫或夭,动言天道之难明。乌知自误生平,罪多坐此哉!"生怅然而寤,病果不起。临殁,举以戒所亲,故人得知其事云。

道士庞斗枢,雄县人。尝客献县高鸿胪家。先姚安公幼时,见其手撮棋子布几上,中间横斜萦带,不甚可辨;外为八门,则井然可数。投一小鼠,从生门入,则曲折寻隙而出;从死门入,则盘旋终日不得出。以此信鱼腹阵图[②],定非虚语。然斗枢谓此特戏剧耳。至国之兴亡,系乎天命;兵之胜败,在乎人谋。一切术数,皆无所用。从古及今,有以壬遁星禽成事者耶?即如符咒厌劾,世多是术,亦颇有验时。然数千年来,战争割据之世,是时岂竟无传?亦未闻某帝某王某将某相死于敌国之魇魅也,其他可类推矣。姚安公曰:"此语非术士所能言,此理亦非术士所能知。"

从舅安公介然言:仙户刘子明,家粗裕。有狐居其仓屋中,数十年一无所扰,惟岁时祭以酒五琖[③],鸡子数枚而已。或遇火盗,辄叩门窗作声,使主人知之。相安已久,一日,忽闻吃吃笑不止。问之不答,笑弥甚。怒而诃之。忽应曰:"吾自笑厚结盟之兄弟,而疾其亲兄弟者也。吾自笑厚其妻前夫之子,而疾其前妻之子者也。何预于君,而见怒如是?"刘大惭,无以应。俄闻屋上朗诵《论语》曰:"法语之言,能无从乎?改之为贵。巽语[④]之言,能无说乎?绎之为贵。"叹息数声而寂。刘自是稍改其所为。后余以告邵闇谷,闇谷曰:"此至亲密友所难言,而狐能言之;此正言庄论

① 在三——三,指父、师、君。《世说新语·言语》注引:"在三之义,人之所重。"

② 鱼腹阵图——即八阵图。

③ 琖(zhǎn)——小杯,同"盏"。

④ 巽语——谦逊和婉的言语。

所难人，而狐以诙谐悟之。东方曼倩①何加焉！予傥到刘氏仓屋，当向门三揖之。”

玛纳斯有遣犯之妇，入山樵采，突为玛哈沁②所执。玛哈沁者，额鲁特③之流民，无君长，无部族，或数十人为队，或数人为队；出没深山中，遇禽食禽，遇兽食兽，遇人即食人。妇为所得，已褫衣缚树上，炽火于旁，甫割左股一脔。倏闻火器一震，人语喧阗，马蹄声殷动林谷。以为官军掩至，弃而遁。盖营卒牧马，偶以鸟枪击雉子，误中马尾。一马跳掷，群马皆惊，相随逸入万山中，共噪而追之也。使少迟须臾，则此妇血肉狼藉矣，岂非若或使之哉！妇自此遂持长斋，尝谓人曰：“吾非佞佛求福也。天下之痛苦，无过于脔割者；天下之恐怖，亦无过于束缚以待脔割者。吾每见屠宰，辄忆自受楚毒时；思彼众生，其痛苦恐怖，亦必如我。故不能下咽耳。”此言亦可告世之饕餮④者也。

奴子刘琪，畜一牛一犬。牛见犬辄触，犬见牛辄噬，每斗至血流不止。然牛唯触此犬，见他犬则否；犬亦惟噬此牛，见他牛则否。后系置两处，牛或闻犬声，犬或闻牛声，皆昂首瞑视。后先姚安公官户部，余随至京师，不知二物究竟如何也。或曰：“禽兽不能言者，皆能记前生。此牛此犬殆佛经所谓夙冤，今尚相识欤？”余谓夙冤之说，凿然无疑。谓能记前生，则似乎未必。亲串中有姑嫂相恶者，嫂与诸小姑皆睦，唯此小姑则如仇；小姑与诸嫂皆睦，唯此嫂则如仇。是岂能记前生乎？盖怨毒之念，根于性识，一朝相遇，如相反之药，虽枯根朽草，本自无知，其气味自能激斗耳。因果

① 东方曼倩——即汉代东方朔。
② 玛哈沁——新疆称强盗。
③ 额鲁特——西部蒙古族各部的称呼。
④ 饕餮（tāotiè）——贪残。

牵缠,无施不报。三生[①]一瞬,可快意于睚眦[②]哉!

从伯君章公言:前明青县张公,十世祖赞祁公之外舅也。尝与邑人约,连名讼县吏。乘马而往,经祖墓前,有旋风扑马首。惊而堕,从者舁以归。寒热陡作,忽迷忽醒,恍惚中似睹鬼物。将延巫禳解,忽起坐,作其亡父语曰:"尔勿祈祷,扑尔马者我也。凡讼无益:使理曲,何可讼?使理直,公论具在,人人为扼腕,是即胜矣,何必讼?且讼役讼吏,为患尤大:讼不胜,患在目前;幸而胜,官有来去,此辈长子孙必相报复,患在后日。吾是以阻尔行也。"言讫,仍就枕,汗出如雨。比睡醒,则霍然矣。既而连名者皆败,始信非谵语也。此公闻于伯祖湛元公者。湛元公一生未与人涉讼,盖守此戒云。

世有圆光术:张素纸于壁,焚符召神,使五六岁童子视之。童子必见纸上突现大圆镜,镜中人物,历历示未来之事,犹卦影也。但卦影隐示其像,此则明著其形耳。庞斗枢能此术,某生素与斗枢狎,尝觊觎一妇,密祈斗枢圆光,观谐否。斗枢骇曰:"此事岂可渎鬼神。"固强之。不得已勉为焚符,童子注视良久曰:"见一亭子,中设一榻,三娘子与一少年坐其上。"三娘子者,某生之亡妾也。方诟责童子妄语,斗枢大笑曰:"吾亦见之。亭中尚有一匾,童子不识字耳。"怒问:"何字?"曰:"'己所不欲'四字也。"某生默然,拂衣去。或曰:"斗枢所焚实非符,先以饼饵诱童子,教作是语。"是殆近之。虽曰恶谑,要未失朋友规过之义也。

先太夫人言:外祖家恒夜见一物,舞蹈于楼前,见人则窜避。月下循窗隙窥之,衣惨绿衫,形蠢蠢如巨鳖,见其手足而不见其首,不知何怪。外叔祖紫衡公遣健仆数人,持刀杖绳索伏门外,伺其出,突掩之。踉跄逃入

---

① 三生——佛教谓前生、今生、来生为三生。

② 睚眦(yá zì)——小怨小忿。

楼梯下。秉火照视，则墙隅绿锦袱包一银船，左右有四轮；盖外祖家全盛时儿童戏剧之物。乃悟绿衫其袱，手足其四轮也。熔之得三十余金。一老媪曰：“吾为婢时，房中失此物，同辈皆大遭棰楚。不知何人窃置此间，成此魅也。”《搜神记》载孔子之言曰；“夫六畜之物、龟蛇鱼鳖草木之属，神皆能为妖怪，故谓之五酉。五行之方，皆有其物。酉者老也，故物老则为怪矣。杀之则已，夫何患焉！”然则物久而幻形，固事理之常耳。

两世夫妇，如韦皋、玉箫者，盖有之矣。景州李西崖言：乙丑会试，见贵州一孝廉，述其乡民家生一子，甫能言，即云我前生某氏之女，某氏之妻，夫名某字某；吾卒时夫年若干，今年当若干；所居之地，距民家四五日程耳。此语渐闻。至十四五岁时，其故夫知有是说，径来寻问。相见涕泗，述前生事悉相符。是夕竟抱被同寝。其母不能禁，疑而窃听，灭烛以后，已妮妮儿女语矣。母怒，逐其故夫去。此子愤悒不食，其故夫亦栖迟旅舍不肯行。一日防范偶疏，竟相偕遁去，莫知所终。异哉此事！古所未闻也。此谓发乎情而不止乎礼矣。

东光霍从占言：一富室女，五六岁时，因夜出观剧，为人所掠卖。越五六年，掠卖者事败，供曾以药迷此女。移檄来问，始得归。归时视其肌肤，鞭痕、杖痕、剪痕、锥痕、烙痕、烫痕、爪痕、齿痕遍体如刻画，其母抱之泣数日，每言及，辄沾襟。先是女自言主母酷暴无人理，幼时不知所为，战栗待死而已；年渐长，不胜其楚，思自裁。夜梦老人曰：“尔勿短见，再烙两次，鞭一百，业报满矣。”果一日缚树受鞭，甫及百而县吏持符到。盖其母御婢极残忍，凡觳觫①而侍立者，鲜不带血痕；回眸一视，则左右无人色。故神示报于其女也。然竟不悛改，后疽发于项死。子孙今亦式微。从占又云：一宦家妇，遇婢女有过，不加鞭棰，但褫下衣，使露体伏地。自云如蒲鞭之示辱也。后患颠痫，每防守稍疏，辄裸而舞蹈云。

---

① 觳觫(hú sù)——恐惧发抖的样子。

及孺爱先生言:其仆自邻村饮酒归,醉卧于路。醒则草露沾衣,月向午矣。欠伸之顷,见一人瑟缩立树后,呼问:“为谁?”曰:“君勿怖,身乃鬼也。此间群鬼喜嬲醉人,来为君防守耳。”问:“素昧生平,何以见护?”曰:“君忘之耶?我殁之后,有人为我妇造蜚语,君不平而白其诬,故九泉衔感也。”言讫而灭,竟不及问其为谁,亦不自记有此事。盖无心一语,黄壤已闻;然则有意造言者,冥冥之中宁免握拳啮齿耶!

河间献王墓在献县城东八里。墓前有祠,祠前二柏树,传为汉物,未知其审,疑后人所补种。左右陪葬二墓,县志称左毛苌①,右贯长卿②;然任丘又有毛苌墓,亦莫能详也。或曰:“苌宋代追封乐寿伯,献县正古乐寿地。任丘毛公墓,乃毛亨也。”理或然欤!从舅安公五占言:康熙中,有群盗觊觎玉鱼③之藏,乃种瓜墓旁,阴于团焦中穿地道。将近墓,探以长锥,有白气随锥射出,声若雷霆,冲诸盗皆仆。乃不敢掘。论者谓王墓封闭二千载,地气久郁,故遇隙涌出,非有神灵。余谓王功在《六经》,自当有鬼神呵护。穿古冢者多矣,何他处地气不久郁而涌乎?

鬼魅在人腹中语,余所闻见,凡三事:一为云南李编修衣山,因扶乩与狐女唱和。狐女姊妹数辈,并入居其腹中,时时与语。正一真人劾治弗能遣,竟颠痫终身。余在翰林目睹之。一为宛平张丈鹤友,官南汝光道时,与史姓幕友宿驿舍。有客投刺谒史,对语彻夜。比晓,客及其仆皆不见,忽闻语出史腹中。后拜斗祛之去。俄仍归腹中,至史死乃已。疑其夙冤也。闻金听涛少宰言之。一为平湖一尼,有鬼在腹中,谈休咎多验,檀施④鳞集。鬼自云夙生负此尼钱,以此为偿。如《北梦琐言》所记田布事。人侧耳尼腋下,亦闻其语,疑为樟柳神也。闻沈云椒少宰言之。

---

① 毛苌——汉代研究《诗经》学者。
② 贯长卿——汉代研究《诗经》学者。
③ 玉鱼——玉刻之鱼,古时多作殉葬品。
④ 檀施——布施。

晋杀秦谍，六日而苏，或由缢杀杖杀，故能复活；但不识未苏以前，作何情状。诂经有体，不能如小说琐记也。佃户张天锡，尝死七日，其母闻棺中击触声，开视，已复生。问其死后何所见，曰："无所见，亦不知经七日，但倏如睡去，倏如梦觉耳。"时有老儒馆余家，闻之，拊髀雀跃曰："程朱圣人哉！鬼神之事，孔孟犹未敢断其无，唯二先生敢断之。今死者复生，果如所论，非圣人能之哉！"余谓天锡自以气结尸厥，瞀不知人，其家误以为死耳，非真死也。虢太子事，载于《史记》，此翁未见耶？

帝王以刑赏劝人善，圣人以褒贬劝人善。刑赏有所不及，褒贬有所弗恤者，则佛以因果劝人善。其事殊，其意同也。缁徒执罪福之说，诱胁愚民，不以人品邪正分善恶，而以布施有无分善恶。福田之说兴，瞿昙①氏之本旨晦矣。闻有走无常者，以血盆经忏有无利益问冥吏。冥吏曰："无是事也。夫男女构精，万物化生，是天地自然之气，阴阳不息之机也。化生必产育，产育必秽污，虽淑媛贤母，亦不得不然，非自作之罪也。如以为罪，则饮食不能不便溺，口鼻不能不涕唾，是亦秽污，是亦当有罪乎？为是说者，盖以最易惑者唯妇女，而妇女所必不免者唯产育，以是为有罪，以是罪为非忏不可；而闺阁之财，无不充功德之费矣。尔出入冥司，宜有闻见，血池果在何处？堕血池者果有何人？乃犹疑而问之欤！"走无常后以告人，人讫无信其言者。积重不返，此之谓矣。

释明玉言：西山有僧，见游女踏青，偶动一念。方徙倚凝想间，有少妇忽与目成，渐相软语，云："家去此不远，夫久外出。今夕当以一灯在林外相引。"叮咛而别。僧如期往，果荧荧一灯，相距不半里，穿林渡涧，随之以行，终不能追及。既而或隐或见，倏左倏右，奔驰辗转，道路遂迷，困不能行，踣卧老树之下。天晓谛观，仍在故处。再视林中，则苍藓绿莎，履痕重叠。乃悟彻夜绕此树旁，如牛旋磨也。自知心动生魔，急投本师忏悔。后亦无他。又言：山东一僧，恒见经阁上有艳女下窥，心知是魅；然私念魅

① 瞿昙——梵语译音。代指佛。

亦良得,径往就之,则一无所睹,呼之亦不出。如是者凡百余度,遂惘惘得心疾,以至于死。临死乃自言之。此或夙世冤愆,借以索命欤?然二僧究皆自败,非魔与魅败之也。

吴惠叔言:医者某生,素谨厚。一夜有老媪持金钏一双,就买堕胎药。医者大骇,峻拒之。次夕,又添持珠花两枝来。医者益骇,力挥去。越半载余,忽梦为冥司所拘,言有诉其杀人者。至则一披发女子,项勒红巾,泣陈乞药不与状。医者曰:"药以活人,岂敢杀人以渔利!汝自以奸败,于我何尤?"女子曰:"我乞药时,孕未成形,傥得堕之,我可不死。是破一无知之血块,而全一待尽之命也。既不得药,不能不产,以致子遭扼杀,受诸痛苦,我亦见逼而就缢。是汝欲全一命,反戕两命矣。罪不归汝,反归谁乎?"冥官喟然曰:"汝之所言,酌乎事势;彼所执者,则理也。宋以来,固执一理而不揆事势之利害者,独此人也哉?汝且休矣!"拊几有声,医者悚然而寤。

惠叔又言:有疫死还魂者,在冥司遇其故人,褴褛荷校①。相见悲喜,不觉握手叹息曰:"君一生富贵,竟不能带至此耶?"其人蹙然曰:"富贵皆可带至此,但人不肯带耳。生前有功德者,至此何尝不富贵耶?寄语世人,早作带来计可也。"李南涧曰:"善哉斯言,胜于谓富贵皆空也。"

---

① 校(jiào)——古代刑具。

卷　十

如是我闻(四)

长山聂松岩言:安丘张卯君先生家,有书楼为狐所据,每与人对语。媪婢童仆,凡有隐慝,必对众暴之。一家畏若神明,惕惕然不敢作过。斯亦能语之绳规,无形之监史矣。然奸黠者或敬事之,则讳其所短,不肯质言。盖聪明有余,正直则不足也。斯狐之所以为狐欤!

沧州插花庙老尼董氏言:尝夜半睡醒,闻佛殿磬声铿然,如有人礼拜者。次日,告其徒。曰:"师耳鸣也。"至夜复然,乃潜起蹑足窥之。佛火青荧,依稀辨物,见击磬者乃其亡师,一少妇对佛长跪,喁喁絮祝。回面向内,不识为谁。细听所祝,则为夫病祈福也。恐怖失措,触朱槅①有声。阴气冥蒙,灯光骤暗。再明,则已无睹矣。先外祖雪峰张公曰:"此少妇已入黄泉,犹忧夫病,闻之使人增伉俪之情。"董尼又言:近一卖花媪,夜经某氏墓,突见某夫人魂立树下,以手招之。无路可避,因战栗拜谒。某夫人曰:"吾夜夜在此,待一相识人寄信,望眼几穿,今乃见尔。归告我女我婿:一切阴谋,鬼神皆已全知,无更枉抛心力。吾在冥府,大受鞭笞;地下先亡,更人人唾詈。无地自容,日唯避此树边,苦雨凄风,酸辛万状。尚不知沉沦几载,得付转轮。似闻须所夺小郎资财耗散都尽,始冀有生路也。又婿有密札数纸,病中置螺甸②小箧中。嘱其检出毁灭,免为他日口实。"叮咛再三,呜咽而灭。媪潜告其女,女怒曰:"为小郎游说耶!"迨于箧中见前札,乃始悚然。后女家日渐消败。亲串中知其事者,皆合掌曰:

---

① 槅(gé)——窗上用木条做成的格子。

② 螺甸——用螺壳镶嵌。

"某夫人生路近矣。"

乌鲁木齐提督巴公彦弼言:昔从征乌什时,梦至一处山麓,有六七行幄,而不见兵卫;有数十人出入往来,亦多似文吏。试往窥视,遇故护军统领某公,(某名凡五字,公以滚舌音急呼之,今不能记。)握手相劳苦,问:"公久逝,今何事到此?"曰:"吾以平生拙直,得授冥官。今随军籍记战殁者也。"见其几上诸册,有黄色、红色、紫色、黑色数种。问:"此以旗分耶?"微哂曰:"安有紫旗、黑旗,【按:旧制本有黑旗,以黑色夜中难辨,乃改为蓝旗。此公盖偶未知也。】此别甲乙之次第耳。"问:"次第安在?"曰:"赤心为国,奋不顾身者,登黄册。恪遵军令,宁死不挠者,登红册。随众驱驰,转战而殒者,登紫册。仓皇奔溃,无路求生,蹂践裂尸,追歼断脰[①]者,登黑册。"问:"同时授命,血溅尸横,岂能一一区分,毫无舛误?"曰:"此唯冥官能辨矣。大抵人亡魂在,精气如生。应登黄册者,其精气如烈火炽腾,蓬蓬勃勃。应登红册者,其精气如烽烟直上,风不能摇。应登紫册者,其精气如云漏电光,往来闪烁。此三等中,最上者为明神,最下者亦归善道。至应登黑册者,其精气瑟缩摧颓,如死灰无焰。在朝廷褒崇忠义,自一例哀荣;阴曹则以常鬼视之,不复齿数矣。"巴公侧耳敬听,悚然心折。方欲自问将来,忽炮声惊觉。后常以告麾下曰:"吾临阵每忆斯语,便觉捐身锋镝,轻若鸿毛。"

《夜灯丛录》载谢梅庄戆子事,而不知戆子姓卢名志仁,盖未见梅庄自作《戆子传》,仅据传闻也。霍京兆易书,戍葵苏图时,轿夫王二,与戆子事相类。后殁于塞外,京兆哭之恸。一夕,忽闻帐外语曰:"羊被盗矣,可急向西北追。"出视果然。听其语音,灼然王二之魂也。京兆有一仆,方辞归,是日睹此异,遂解装不行,谓其曹曰:"恐冥冥中王二笑人。"

---

① 断脰 dòu)——砍头。

沧州瞽者蔡某，每过南山楼下，即有一叟邀之弹唱，且对饮。渐相狎，亦时到蔡家共酌。自云姓蒲，江西人，因贩磁到此。久而觉其为狐，然契分甚深，狐不讳，蔡亦不畏也。会有以闺阃①蜚语涉讼者，众议不一。偶与狐言及，曰："君既通灵，必知其审。"狐艴然曰："我辈修道人，岂干预人家琐事？夫房帏秘地，男女幽期，暧昧难明，嫌疑易起。一犬吠影，每至于百犬吠声。即使果真，何关外人之事？乃快一时之口，为人子孙数世之羞，斯已伤天地之和，召鬼神之忌矣。况杯弓蛇影，恍惚无凭，而点缀铺张，宛如目睹。使人忍之不可，辩之不能，往往致抑郁难言，含冤毕命。其怨毒之气，尤历劫难消。苟有幽灵，岂无业报？恐刀山剑树之上，不能不为是人设一坐也。汝素朴诚，闻此事自当掩耳；乃考求真伪，意欲何为？岂以失明不足，尚欲犁舌乎？"投杯径去，从此遂绝。蔡愧悔，自批其颊。恒述以戒人，不自隐匿也。

舅氏张公梦征言：所居吴家庄西，一丐者死于路，所畜犬守之不去。夜有狼来啖其尸，犬奋啮不使前；俄诸狼大集，犬力尽踣，遂并为所啖。唯存其首，尚双目怒张，眦如欲裂。有佃户守瓜田者亲见之。又程易门在乌鲁木齐，一夕，有盗入室，已逾垣将出。所畜犬追啮其足。盗抽刃斫之，至死啮终不释。因就擒。时易门有仆，曰龚起龙，方负心反噬。皆曰程太守家有二异：一人面兽心，一兽面人心。

余在乌鲁木齐日，骁骑校萨音绰克图言：曩守红山口卡伦，一日将曙，有乌哑哑对户啼。恶其不吉，引骹矢射之。嗷然有声，掠乳牛背上过。牛骇而奔，呼数卒急追。入一山坳，遇耕者二人，触一人仆。扶视无大伤，唯足跛难行。问其家不远，共舁送归。入室坐未定，闻小儿连呼有贼。同出助捕，则私逃遣犯韩云，方逾垣盗食其瓜，因共执焉。使乌不对户啼，则萨音绰克图不射；萨音绰克图不射，则牛不惊逸；牛不惊逸，则不触人仆；不触人仆，则数卒不至其家；徒一小儿见人盗瓜，其势必不能执缚：乃辗转相

① 闺阃（kǔn）——妇女的居室。

引,终使受絷伏诛。此乌之来,岂非有物凭之哉!盖云本剧寇,所劫杀者多矣。尔时虽无所睹,实与刘刚遇鬼因果相同也。

又佐领额尔赫图言:曩守吉木萨卡伦,夜闻团焦外呜呜有声。人出逐,则渐退;人止则止,人返则复来。如是数夕。一戍卒有胆,竟操刃随之,寻声迤逦①入山中,至一僵尸前而寂。视之有野兽啮食痕,已久枯矣。卒还以告,心知其求瘗也。具棺葬之,遂不复至。夫神识已离,形骸何有?此鬼沾沾于遗蜕,殊未免作茧自缠。然蝼蚁鱼鳖之谈,自庄生之旷见;岂能使含生之属,均如太上忘情。观于兹事,知棺衾必慎,孝子之心;胔胳必藏,仁人之政。圣人通鬼神之情状,何尝谓魂升魄降,遂冥漠无知哉!

献县令某,临殁前,有门役夜闻书斋人语曰:"渠数年享用奢华,禄已耗尽。其父诉于冥司,探支来生禄一年,治未了事。未知许否也?"俄而令暴卒。董文恪公尝曰:"天道凡事忌太甚。故过奢过俭,皆足致不祥。然历历验之,过奢之罚,富者轻而贵者重;过俭之罚,贵者轻而富者重。盖富而过奢,耗己财而已;贵而过奢,其势必至于贪婪。权力重,则取求易也。贵而过俭,守己财而已;富而过俭,其势必至于刻薄,计较明则机械多也。士大夫时时深念,知益己者必损人。凡事留其有余,则召福之道矣。"

小奴玉保言:特纳格尔农家,忽一牛入其牧群,甚肥健。久而无追寻者,询访亦无失牛者,乃留畜之。其女年十三四,偶跨此牛往亲串家。牛至半途,不循蹊径,负女度岭蓦涧,直入乱山。崖陡谷深,堕必糜碎,唯抱牛颈呼号。樵牧者闻声追视,已在万峰之顶,渐灭没于烟霭间。其或饲虎狼,或委溪壑,均不可知矣。皆咎其父贪攘此牛,致罹大害。余谓此牛与此女,合是夙冤,即驱逐不留,亦必别有以相报也。

① 迤逦(yǐ lǐ)　曲折连绵的样了。

故城刁飞万言：一村有二塾师，雨后同步至土神祠，踞砌对谈，移时未去。祠前地净如掌，忽见坌起似字迹。共起视之，则泥上杖画十六字曰："不趁凉爽，自课生徒；溷①人书馆，不亦愧乎？"盖祠无居人，狐据其中，怪二人久聒也。时程试方增律诗，飞万戏曰："随手成文，即四言叶韵。我愧此狐。"

飞万又言：一书生最有胆，每求见鬼不可得。一夕，雨霁月明，命小奴携罂酒诣丛冢间，四顾呼曰："良夜独游，殊为寂寞。泉下诸友，有肯来共酌者乎？"俄见磷火荧荧，出没草际。再呼之，呜呜环集，相距丈许，皆止不进。数其影约十余，以巨杯挹酒洒之，皆俯嗅其气。有一鬼称酒绝佳，请再赐。因且洒且问曰："公等何故不轮回？"曰："善根在者转生矣，恶贯盈者堕狱矣。我辈十三人，罪限未满，待轮回者四；业报沉沦，不得轮回者九也。"问："何不忏悔求解脱？"曰："忏悔须及未死时，死后无着力处矣。"酒洒既尽，举罂示之，各踉跄去。中一鬼回首叮咛曰："饿魂得沃壶觞，无以报德。谨以一语奉赠：忏悔须及未死时也。"

翰林院笔帖式伊实从征伊犁时，血战突围，身中七矛死。越两昼夜，复苏；疾驰一昼夜，犹追及大兵。余与博晰斋同在翰林时，见有伤痕，细询颠末。自言被创时，绝无痛楚，但忽如沉睡。既而渐有知觉，则魂已离体，四顾皆风沙澒洞，不辨东西，了然自知为已死。倏念及子幼家贫，酸彻心骨，便觉身如一叶，随风漾漾欲飞。倏念及虚死不甘，誓为厉鬼杀贼，即觉身如铁柱，风不能摇。徘徊伫立间，方欲直上山巅，望敌兵所在；俄如梦醒，已僵卧战血中矣。晰斋叹息曰："闻斯情状，使人觉战死无可畏。然则忠臣烈士，正复易为，人何惮而不为也！"

里有古氏，业屠牛，所杀不可缕数。后古叟目双瞽。古妪临殁时，肌

---

① 溷（hùn）——混浊。

肤溃烈，痛苦万状，自言冥司仿屠牛之法宰割我。呼号月余乃终。侍姬之母沈媪，亲睹其事。杀业至重；牛有功于稼穑，杀之业尤重。《冥祥记》①载晋庾绍之事，已有“宜勤精进，不可杀生；若不能都断，可勿宰牛”之语，此牛戒之最古者。《宣室志》载夜叉与人杂居则疫生，唯避不食牛人。《酉阳杂俎》②亦载之。今不食牛人，遇疫实不传染，小说固非尽无据也。

海宁陈文勤公言：昔在人家遇扶乩，降坛者安溪李文贞公也。公拜问涉世之道，文贞判曰：“得意时毋太快意，失意时毋太快口，则永保终吉。”公终身诵之。尝诲门人曰：“得意时毋太快意，稍知利害者能之；失意时毋太快口，则贤者或未能。夫快口岂特怨尤哉，夷然不屑，故作旷达之语，其招祸甚于怨尤也。”余因忆先高祖《花王阁剩稿》中载宋盛阳先生（讳大壮，河间诸生，先高祖之外舅也。）赠诗曰：“狂奴犹故态，旷达是牢骚。”与公所论，殆似重规叠矩矣。

有额鲁特女，为乌鲁木齐民间妇，数年而寡。妇故有姿首，媒妁日叩其门。妇谢曰：“嫁则必嫁。然夫死无子，翁已老，我去将谁依？请待养翁事毕，然后议。”有欲入赘其家代养其翁者，妇又谢曰：“男子性情不可必，万一与翁不相安，悔且无及。亦不可。”乃苦身操作，翁温饱安乐，竟胜于有子时。越六七年，翁以寿终。营葬毕，始痛哭别墓，易彩服升车去。论者惜其不贞，而不能不谓之孝。内阁学士永公时镇其地，闻之叹曰：“此所谓质美而未学。”

新城王符九言：其友人某，选贵州一令。贷于西商，抑勒剥削，机械百出。某迫于程限，委曲迁就；而西商枝节益多。争论至夜分，始茹痛书券。

---

① 《冥祥记》——南齐王琰撰。内容皆有关佛事，主旨在于戒恶劝善。

② 《酉阳杂俎》——唐段成式撰。为笔记小说集，内容较杂，志怪、传奇、杂录、琐闻、名物、考证等汇为一书。

计券上百金，实得不及三十金耳。西商去后，持金贮箧。方独坐叹息，忽闻檐上人语曰：“世间无此不平事！公太柔懦，使人愤填胸臆。吾本意来盗公，今且一惩西商，为天下穷官吐气也。”某悸不敢答。俄屋角窸窣有声，已越垣径去。次日，闻西商被盗，并箧中新旧借券，皆席卷去矣。此盗殊多侠气，然亦西商所为太甚，干造物之忌，故鬼神巧使相值也。

许文木言：其亲串有新得官者，盛具牲醴享祖考。有巫能视鬼，窃语人曰：“某家先灵受祭时，皆颜色惨沮，如欲下泪。而后巷某甲之鬼，乃坐对门屋脊上，翘足而笑。是何故也？”后其人到官未久，即伏法。始悟其祖考悲泣之由。而某甲之喜，则终不解。久而有知其阴事者曰：“某甲女有色，是尝遣某妪诱以金珠，同宿数夕。人不知而鬼知也，谁谓冥冥中可堕行哉！”

王梅序孝廉言：交河城西有古墓，林木丛杂，云藏妖魅，犯之者多患寒热，樵牧弗敢近。一老儒耿直负气，由所居至县城，其地适中，过必憩息，偃蹇傲睨，竟无所见闻。如是数年。一日，又坐墓侧，袒裼纳凉。归而发狂，谵语曰：“曩以汝为古君子，故任汝放诞，未敢侮汝。汝近乃作负心事，知从前规言矩步，皆貌是心非，今不复畏汝矣。”其家再三拜祷，昏瞶数日始痊。自是索然气馁，每经其地，辄俯首疾趋。观此知魅不足畏，心苟无邪，虽凌之而不敢校；亦观此而知魅大可畏，行苟有玷，虽秘之而皆能窥。

门人萧山汪生辉祖，字焕曾，乾隆乙未进士，今为湖南宁远县知县。未第时，久于幕府，撰《佐治药言》二卷，中载近事数条，颇足以资法戒。其一曰：孙景溪先生，讳尔周。令吴桥时，幕客叶某一夕方饮酒，偃仆于地，历二时而苏。次日闭户书黄纸疏，赴城隍庙拜毁，莫喻其故。越六日，又偃仆如前，良久复起，则请迁居于署外。自言八年前在山东馆陶幕，有士人告恶少调其妇。本拟请主人专惩恶少，不必妇对质。而同事谢某，欲窥妇姿色，怂恿传讯。致妇投缳，恶少亦抵法。今恶少控于冥府，谓妇不死，则渠无死法；而妇死由内幕之传讯。馆陶城隍神移牒来拘，昨具疏申辩，谓妇本应对质；且造意者为谢某。顷又移牒，谓："传讯之意，在窥其色，非理其冤；念虽起于谢，笔实操于叶。谢已摄至，叶不容宽。"余必不免矣。越夕而殒。其一曰：浙江臬司同公言：乾隆乙亥秋审时，偶一夜潜出，察诸吏治事状。皆已酣寝，唯一室灯独明。穴窗窃窥，见一吏方理案牍，几前立一老翁、一少妇。心甚骇异，姑视之。见吏初草一签，旋毁稿更书，少妇敛衽退。又抽一卷，沉思良久，书一签，老翁亦揖而退。传诘此吏，则先理者为台州因奸致死一案：初拟缓决，旋以身列青衿，败检酿命，改情实。后抽之卷为宁波叠殴致死一案：初拟情实，旋以索逋理直，死由还殴，改缓决。知少妇为捐生之烈魄，老翁为累囚之先灵矣。其一曰：秀水县署有爱日楼，板梯久毁，阴雨辄闻鬼泣声。一老吏言：康熙中，令之母喜诵佛号，因建此楼。雍正初，有令挈幕友胡姓来，盛夏不欲见人，独处楼中；案牍饮食，皆缒而上下。一日，闻楼上惨号声。从者急梯而上，则胡裸体浴血，自刺其腹，并碎劙周身如刻画。自云曩在湖南某县幕，有奸夫杀本夫者，奸妇首于官。吾恐主人有失察咎，以访拿报，妇遂坐磔。顷见一神引妇来，剸刃于吾腹，他不知也。号呼越夕而死。其一曰：吴兴某，以善治钱谷有声。偶为当事者所慢，因密讦其侵盗阴事于上官，竟成大狱。后自啮其舌而死。又无锡张某，在归安令裘鲁青幕，有奸夫杀本夫者，裘以妇不同谋，欲出之。张大言曰："赵盾不讨贼为弑君①，许止不尝药为弑父②，《春秋》有诛意之法。是不可纵也。"妇竟论死。后张梦一女子，被发持剑，搏膺而至曰："我无死法，汝何助之急也？"以刃刺之。觉而刺处痛甚。自是夜夜为厉，以至于死。其一曰：萧山韩其相先生，少工刀笔，久困场屋③，且无子，已绝意进取矣。雍正癸卯，在公安县幕，梦神人语曰："汝因笔孽多，尽削禄嗣。今治狱仁恕，赏汝科名及子，其速归。"未以为信，次夕梦复然。时已七月初旬，答以试期不及。神曰："吾能送汝也。"寤而急理归装，江行风利，八月初二日竟抵杭州，以遗才入闱中式。次年，

---

① 赵盾事见《左传 · 宣公二年》。

② 许止事见《春秋 · 昭公十九年》。

③ 场屋——指考场。久困场屋，指科举考试一直失利。

果举一子。焕曾笃实有古风，其所言当不妄。又所记《囚关绝祀》一条曰：平湖杨研耕在虞乡县幕时，主人兼署临晋，有疑狱，久未决。后鞫实为弟殴兄死，夜拟谳牍毕，未及灭烛而寝。忽闻床上钩鸣，帐微启，以为风也。少顷复鸣，则帐悬钩上，有白须老人跪床前叩头，叱之不见，而几上纸翻动有声。急起视，则所拟谳牍也。反复详审，罪实无枉。唯其家四世单传，至其父始生二子，一死非命，一又伏辜，则五世之祀斩矣。因毁稿存疑如故，盖以存疑为是也。余谓以王法论，灭伦者必诛；以人情论，绝祀者亦可悯。生与杀皆碍，仁与义竟两妨矣。如必委曲以求通，则谓杀人者抵，以申死者之冤也。申己之冤以绝祖父之祀，其兄有知，必不愿；使其竟愿，是无人心矣。虽不抵不为枉，是一说也。或又谓情者一人之事，法者天下之事也。使凡仅兄弟二人者，弟杀其兄，哀其绝祀，皆不抵，则夺产杀兄者多矣，何法以正伦纪乎？是又未尝非一说也。不有皋陶，此狱实为难断，存以待明理者之论定可矣。

姚安公言：昔在舅氏陈公德音家，遇骤雨，自巳到午乃息，所雨皆沤麻水也。时西席一老儒方讲学，众因叩曰："此雨究竟是何理？"老儒掉头面壁曰："子不语怪①。"

刘香畹言：曩客山西时，闻有老儒经古冢，同行者言中有狐。老儒詈之，亦无他异。老儒故善治生，冬不裘，夏不絺②，食不肴，饮不荈③，妻子不宿饱。铢积锱累，得四十金，熔为四铤，秘缄之。而对人自诉无担石。自詈狐后，所储金或忽置屋颠树梢，使梯而取。或忽在淤泥浅水，使濡而求。甚或忽投圊溷④，使探而濯。或移易其地，大索乃得。或失去数日，从空自堕。或与客对坐，忽纳于帽檐。或对人拱揖，忽铿然脱袖。千变万

① "子不语怪"——语出《论语·述而》："子不语怪，力，乱，神。"
② 絺（chī）——细麻布。
③ 荈（chuǎn）——茶。
④ 圊溷（qīnghùn）——厕所。

化,不可思议。一日,忽四铤跃掷空中,如蛱蝶飞翔,弹丸击触,渐高渐远,势将飞去。不得已,焚香拜祝,始自投于怀。自是不复相嬲,而讲学之气焰已索然尽矣。说是事时,一友曰:"吾闻以德胜妖,不闻以詈胜妖也。其及也固宜。"一友曰:"使周、张、程、朱①詈,妖必不兴。惜其古貌不古心也。"一友曰:"周、张、程、朱必不轻詈。唯其不足于中,故悻悻于外耳。"香畹首肯曰:"斯言洞见症结矣。"

香畹又言:一孝廉颇善储蓄,而性啬。其妹家至贫,时逼除夕,炊烟不举。冒风雪徒步数十里,乞贷三五金,期明春以其夫馆谷偿。坚以窘辞。其母涕泣助请,辞如故。母脱簪珥付之去,孝廉如弗闻也。是夕,有盗穴壁入,罄所有去。迫于公论,弗敢告官捕。越半载,盗在他县败,供曾窃孝廉家,其物犹存十之七。移牒来问,又迫于公论,弗敢认。其妇惜财不能忍,阴遣子往认焉。孝廉内愧,避弗见客者半载。夫母子天性,兄妹至情;以啬之故,漠如陌路。此真闻之扼腕矣。乃盗遽乘之,使人一快;失而弗敢言,得而弗敢取,又使人再快。至于椎心茹痛,自匿其瑕,复败于其妇,瑕终莫匿,更使人不胜其快。颠倒播弄,如是之巧,谓非若或使之哉!然能愧不见客,吾犹取其足为善。充此一愧,虽以孝友闻可也。

卢霁渔编修患寒疾,误延读《景岳全书》②者投人参,立卒。太夫人悔焉,哭极恸。然每一发声,辄闻板壁格格响;夜或绕床呼阿母,灼然辨为霁渔声。盖不欲高年之过哀也。悲哉!死而犹不忘亲乎。

海阳鞠前辈庭和言:一宦家妇临卒,左手挽幼儿,右手挽幼女,呜咽而终,力擘之乃释,目炯炯尚不瞑也。后灯前月下,往往遥见其形,然呼之不应,问之不言,招之不来,即之不见。或数夕不出,或一夕数出,或望之在

---

① 周、张、程、朱——宋代学者周敦颐、张载、程颢、程颐、朱熹。
② 《景岳全书》——医书。明代张介宾(景岳)撰。

某人前，而某人反无睹；或此处方睹，而彼处又睹。大抵如泡影空花，电光石火，一转瞬而即灭，一弹指而倏生。虽不为害，而人人意中有一先亡夫人在。故后妻视其子女，不敢生分别心；婢媪童仆视其子女，亦不敢生凌侮心。至男婚女嫁，乃渐不睹。然越数岁或一见，故一家恒惴惴栗栗，如时在其旁。或疑为狐魅所托，是亦一说。唯是狐魅扰人，而此不近人。且狐魅又何所取义，而辛苦十余年，为时时作此幻影耶？殆结恋之极，精灵不散耳。为人子女者，知父母之心，殁而弥切如是也。其亦可以怆然感乎？

庭和又言：有兄死而吞噬其孤侄者，迫胁侵蚀，殆无以自存。一夕，夫妇方酣眠，忽梦兄仓皇呼曰："起起，火已至。"醒而烟焰迷漫，无路可脱，仅破窗得出。喘息未定，室已崩摧。缓须臾，则灰烬矣。次日，急召其侄，尽还所夺。人怪其数朝之内，忽跖忽夷①。其人流涕自责，始知其故。此鬼善全骨肉，胜于为厉多多矣。

高淳令梁公钦官户部额外主事时，与姚安公同在四川司。是时六部规制严，凡有故不能入署者，必遣人告掌印，掌印移牒司务，司务每日汇呈堂，谓之出付；不能无故不至也。一日，梁公不入署，而又不出付，众疑焉。姚安公与福建李公根侯，寓皆相近，放衙后同往视之。则梁公昨夕睡后，忽闻砰訇②撞触声，如怒马腾踏。呼问无应者，悸而起视，乃二仆一御者裸体相搏，捶击甚苦，然皆缄口无一言。时四邻已睡，寓中别无一人。无可如何，坐视其斗。至钟鸣乃并仆，迨晓而苏，伤痕鳞叠，面目皆败。问之都不自知，唯忆是晚同坐后门纳凉，遥见破屋址上有数犬跳踉，戏以砖掷之，嗥而逃。就寝后遂有是变。意犬本是狐，月下视之未审欤！梁公泰和人，与正一真人为乡里，将往陈诉。姚安公曰："狐自游戏，何预于人？无

① 忽跖忽夷——跖(zhí)，盗跖，相传为春秋末期，后代为坏人代称；伯夷，商代人，封建时代作为高尚守节的典型。一会儿为坏人，一会儿为好人。

② 砰訇(pēng hōng)——形容大声。

故击之,曲不在彼。袒曲而攻直,于理不顺。"李公亦曰:"凡仆隶与人争,宜先克己;理直尚不可纵使有恃而妄行,况理曲乎?"梁公乃止。

乾隆己未会试前,一举人过永光寺西街,见好女立门外;意颇悦之,托媒关说,以三百金纳为妾。因就寓其家,亦甚相得。迨出闱返舍,则破窗尘壁,阒无一人,污秽堆积,似废坏多年者。访问邻家,曰:"是宅久空,是家来住仅月余,一夕自去,莫知所往矣。"或曰:"狐也,小说中盖尝有是事。"或曰:"是以女为饵,窃资远遁,伪为狐状也。"夫狐而伪人,斯亦黠矣;人而伪狐,不更黠乎哉!余居京师五六十年,见类此者不胜数,此其一耳。

汪御史香泉言:布商韩某,昵一狐女,日渐尪羸①。其侣求符箓劾禁,暂去仍来。一夕,与韩共寝,忽披衣起坐曰:"君有异念耶?何忽觉刚气砭人,刺促不宁也?"韩曰:"吾无他念。唯邻人吴某,迫于债负,鬻其子为歌童。吾不忍其衣冠之后沦下贱,措四十金欲赎之,故辗转未眠耳。"狐女蹶然推枕曰:"君作是念,即是善人。害善人者有大罚,吾自此逝矣。"以吻相接,嘘气良久,乃挥手而去。韩自是壮健如初。

戴遂堂先生曰:尝见一巨公,四月八日在佛寺礼忏放生。偶散步花下,遇一游僧,合掌曰:"公至此何事?"曰:"作好事也。"又问:"何为今日作好事?"曰:"佛诞日也。"又问:"佛诞日乃作好事,余三百五十九日皆不当作好事乎?公今日放生,是眼见功德;不知岁岁庖厨之所杀,足当此数否乎?"巨公猝不能对。知客僧代叱曰:"贵人护法,三宝②增光。穷和尚何敢妄语!"游僧且行且笑曰:"紫衣和尚不语,故穷和尚不得不语也。"掉臂径出,不知所往。一老僧窃叹曰:"此阇黎③大不晓事;然在我法中,自是突闻

---

① 尪羸(wāng léi)——瘦弱。

② 三宝——佛教以佛、法、僧为三宝。

③ 阇(shé)黎——梵语,僧徒之师。也作阇梨等。

狮子吼[1]矣。”昔五台僧明玉尝曰：“心心念佛，则恶意不生，非日念数声即为功德也。日日持斋，则杀业永除，非月持数日即为功德也。燔炙肥甘，晨昏餍饫，而月限某日某日不食肉，谓之善人。然则苞苴[2]公行，簠簋不饰[3]，而月限某日某日不受钱，谓之廉吏乎？”与此游僧之言，若相印合。李杏浦总宪则曰：“此为彼教言之耳。士大夫终身茹素，势必不行。得数日持月斋，则此数日可减杀；得数人持月斋，则此数人可减杀。不愈于全不持乎？”是亦见智见仁，各明一义。第不知明玉傥在，尚有所辩难否耳。

恒王府长史东鄂洛，（据《八旗氏族谱》，当为董鄂，然自书为东鄂。案牍册籍亦书为东鄂。《公羊传》所谓名从主人也。）谪居玛纳斯，乌鲁木齐之支属也。一日，诣乌鲁木齐。因避暑夜行，息马树下。遇一人半跪问起居，云是戍卒刘青。与语良久，上马欲行。青曰：“有琐事，乞公寄一语：印房官奴喜儿，欠青钱三百。青今贫甚，宜见还也。”次日，见喜儿，告以青语。喜儿骇汗如雨，面色如死灰。怪诘其故，始知青久病死，——初死时，陈竹山闵其勤慎，以三百钱付喜儿市酒脯楮钱奠之。喜儿以青无亲属，遂尽乾没。事无知者，不虞鬼之见索也。竹山素不信因果，至是悚然曰：“此事不诬，此语当非依托也。吾以为人生作恶，特畏人知；人不及知之处，即可为所欲为耳。今乃知无鬼之论，竟不足恃。然则负隐慝者，其可虑也夫！”

昌吉平定后，以军俘逆党子女分赏诸将。乌鲁木齐参将某，实司其事。自取最丽者四人，教以歌舞，脂香粉泽，彩服明珰，仪态万方，宛然娇女，见者莫不倾倒。后迁金塔寺副将，戒期启行，诸童检点衣装，忽箧中绣履四双，翩然跃出，满堂翔舞，如蛱蝶群飞。以杖击之乃堕地，尚蠕蠕欲动，呦呦有声。识者讶其不详。行至辟展，以鞭挞台员为镇守大臣所劾，

---

① 狮子吼——佛教比喻佛祖讲经，影响甚大。

② 苞苴（bāo jū）——以财物行贿。

③ 簠簋（fǔ guǐ）不饰——簠簋，古代祭器。比喻为官不廉正。

论戍伊犁,竟卒于谪所。

至危至急之地,或忽出奇焉;无理无情之事,或别有故焉。破格而为之,不能胶柱[①]而断之也。吾乡一媪,无故率媪妪数十人,突至邻村一家,排闼强劫其女去。以为寻衅,则素不往来;以为夺婚,则媪又无子。乡党骇异,莫解其由。女家讼于官,官出牒拘摄,媪已携女先逃,不能踪迹;同行婢妪,亦四散逋亡。累绁多人,辗转推鞫,始有一人吐实,曰:"媪一子,病瘵垂殁,媪抚之恸曰:'汝死自命,惜哉不留一孙,使祖父竟为馁鬼也。'子呻吟曰:'孙不可必得,然有望焉。吾与某氏女私昵,孕八月矣,但恐产必见杀耳。'子殁后,媪咄咄独语十余日,突有此举,殆劫女以全其胎耶?"官怃然曰:"然则是不必缉,过两三月自返耳。"届期果抱孙自首,官无如之何,仅断以不应重律,拟杖纳赎而已。此事如兔起鹘落,稍纵即逝。此媪亦捷疾若神矣。安静涵言:其携女宵遁时,以三车载婢妪,与己分四路行,故莫测所在。又不遵官路,横斜曲折,歧复有歧,故莫知所向。且晓行夜宿,不淹留一日,俟分娩乃税宅,故莫迹所居停。其心计尤周密也。女归,为父母所弃,遂偕媪抚孤,竟不再嫁。以其初涉溱洧[②],故旌典不及,今亦不著其氏族焉。

李庆子言:尝宿友人斋中,天欲晓,忽二鼠腾掷相逐,满室如飚轮旋转,弹丸迸跃,瓶彝罍洗,击触皆翻,砰铿碎裂之声,使人心骇久之。一鼠踊起数尺,复堕于地,再踊再仆,乃僵。视之七窍皆血流,莫测其故。急呼其家僮收检器物,见柈[③]中所晾媚药数十丸,啮残过半。乃悟鼠误吞此药,狂淫无度,牝不胜嬲而窜避,牡无所发泄,蕴热内燔以毙也。友人出视,且骇且笑;既而悚然曰:"乃至是哉,吾知惧矣!"尽覆所蓄药于水。夫

① 胶柱——胶柱鼓瑟。瑟上的弦柱如果被胶住了,音就无从调节。比喻拘泥、不知变通。

② 溱洧——《诗经·郑风》篇名,写男女到溱、洧水边相会,互通幽情。

③ 柈(pán)——盘子。

燥烈之药，加以锻炼，其力既猛，其毒亦深。吾见败事者多矣，盖退之硫磺，贤者不免。庆子此友，殆数不应尽，故鉴于鼠而忽悟欤！

张鷟[①]《朝野佥载》曰：唐青州刺史刘仁轨，以海运失船过多，除名为民，遂辽东效力。遇病，卧平壤城下，褰[②]幕看兵士攻城。有一兵直来前头背坐，叱之不去。须臾城头放箭，正中心而死。微此兵，仁轨几为流矢所中。大学士温公征乌什时，为领队大臣。方督兵攻城，渴甚，归帐饮。适一侍卫亦来求饮，因让茵与坐。甫拈碗，贼突发巨炮，一铅丸洞其胸死。使此人缓来顷刻，则必不免矣。此公自为余言，与刘仁轨事绝相似。后公征大金川，卒战殁于木果木。知人之生死，各有其地，虽命当阵殒者，苟非其地，亦遇险而得全。然则畏缩求免者，不徒多一趋避乎哉！

人物异类，狐则在人物之间；幽明异路，狐则在幽明之间；仙妖异途，狐则在仙妖之间。故谓遇狐为怪可，谓遇狐为常亦可。三代以上无可考，《史记·陈涉世家》称篝火作狐鸣曰："大楚兴，陈胜王。"必当时已有是怪，是以托之。吴均《西京杂记》称广川王发栾书冢，击伤冢中狐，后梦见老翁报冤。是幻化人形，见于汉代。张鷟《朝野佥载》称唐初以来，百姓多事狐神，当时谚曰："无狐魅，不成村。"是至唐代乃最多。《太平广记》载狐事十二卷，唐代居十之九，是可以证矣。诸书记载不一，其源流始末，则刘师退先生所述为详。盖旧沧州南一学究与狐友，师退因介学究与相见，躯干短小，貌如五六十人，衣冠不古不今，乃类道士；拜揖亦安详谦谨。寒温毕，问枉顾意。师退曰："世与贵族相接者，传闻异词，其间颇有所未明。闻君豁达不自讳，故请祛所惑。"狐笑曰："天生万品，各命以名。狐名狐，正如人名人耳。呼狐为狐，正如呼人为人耳。何讳之有？至我辈之中，好丑不一，亦如人类之内，良莠不齐。人不讳人之恶，狐何必讳狐之恶

---

① 张鷟（zhuó）——唐代人。

② 褰（qiān）——撩开。

乎？第言无隐。”师退问：“狐有别乎？”曰：“凡狐皆可以修道，而最灵者曰狉[①]狐。此如农家读书者少，儒家读书者多也。”问：“狉狐生而皆灵乎？”曰：“此系乎其种类。未成道者所生，则为常狐；已成道者所生，则自能变化也。”问：“既成道矣，自必驻颜。而小说载狐亦有翁媪，何也？”曰：“所谓成道，成人道也。其饮食男女，生老病死，亦与人同。若夫飞升霞举，又自一事。此如千百人中，有一二人求仕宦。其炼形服气者，如积学以成名；其媚惑采补者，如捷径以求售。然游仙岛、登天曹者，必炼形服气乃能；其媚惑采补，伤害或多，往往干天律也。”问：“禁令赏罚，孰司之乎？”曰：“小赏罚统于其长，大赏罚则地界鬼神鉴察之。苟无禁令，则来往无形，出入无迹，何事不可为乎！”问：“媚惑采补，既非正道，何不列诸禁令，必俟伤人乃治乎！”曰：“此譬诸巧诱人财，使人喜助，王法无禁也。至夺财杀人，斯论抵耳。《列仙传》[②]载酒家妪，何尝干冥诛乎！”问：“闻狐为人生子，不闻人为狐生子，何也？”微哂曰：“此不足论。盖有所取无所与耳。”问：“支机别赠，不惮牵牛妒乎[③]？”又哂曰：“公太放言，殊未知其审。凡女则如季姬鄫子之故事[④]，可自择配。妇则既有定偶，弗敢逾防。若夫赠芍采兰[⑤]，偶然越礼，人情物理，大抵不殊，固可比例而知耳。”问：“或居人家，或居旷野，何也？”曰：“未成道者未离乎兽，利于远人，非山林弗便也。已成道者事事与人同，利于近人，非城市弗便也。其道行高者，则城市山林皆可居。如大富大贵家，其力百物皆可致，住荒村僻壤与通都大邑一也。”师退与纵谈，其大旨唯劝人学道，曰：“吾曹辛苦一二百年，始化人身。公等现是人身，功夫已抵大半，而悠悠忽忽，与草木同朽，殊可惜

---

① 狉（pí）——白狐。

② 《列仙传》——旧题汉刘向撰。

③ “支机别赠”句——典出《集林》。有人寻河源，见妇人浣纱，问之曰，此天河，并赠与一石。后问卜家严君平，严君平说：“这是织女支机石。”后喻分情于别人。

④ 季姬鄫子之故事——《春秋·鲁僖公十四年》载：“夏六月，季姬与鄫子遇于防。”《公羊传》认为鄫子来朝鲁僖公是为了得到鲁僖公的爱女季姬。后以此喻男女自由择配。

⑤ 赠芍采兰——典出《诗经·郑风·溱洧》，男女互赠兰芍，表达爱慕之情。

也。”师退腹笥三藏[①]，引与谈禅。则谢曰：“佛家地位绝高，然或修持未到，一入轮回，便迷却本来面目。不如且求不死，为有把握。吾亦屡逢善知识，不敢见异而迁也。”师退临别曰：“今日相逢，亦是天幸。君有一言赠我乎？”踌躇良久，曰：“三代以下恐不好名，此为下等人言。自古圣贤，却是心平气和，无一毫做作。洛、闽诸儒，撑眉努目，便生出如许葛藤。先生其念之。”师退怃然自失。盖师退崖岸[②]太峻，时或过当云。

裘文达公言：尝闻诸石东村曰：有骁骑校，颇读书，喜谈文义。一夜寓直宣武门城上，乘凉散步。至丽谯之东，见二人倚堞相对语；心知为狐鬼，屏息伺之。其一举手北指曰：“此故明首善书院，今为西洋天主堂矣。其推步星象，制作器物，实巧不可阶。其教则变换佛经，而附会以儒理。吾曩往窃听，每谈至无归宿处，辄以天主解结，故迄不能行。然观其作事，心计亦殊黠。”其一曰：“君谓其黠，我则怪其太痴。彼奉其国王之命，航海而来，不过欲化中国为彼教。揆度事势，宁有是理！而自利玛窦[③]以后，源源续至，不偿其所愿终不止，不亦颠欤？”其一又曰：“岂但此辈痴，即彼建首善书院者亦复大痴。奸珰柄国，方阴伺君子之隙，肆其诋排。而群聚清谈，反予以钩党之题目，一网打尽，亦复何尤！且三千弟子，唯孔子则可，孟子揣不及孔子，所与讲肄[④]者公孙丑、万章等数人而已。洛闽诸儒，无孔子之道德，而亦招聚生徒，盈千累百，枭鸾并集，门户交争，遂酿为朋党，而国随以亡。东林[⑤]诸儒，不鉴覆辙，又骛[⑥]虚名而受实祸。今凭吊遗踪，能无责备于贤者哉！”方相对叹息，忽回顾见人，翳然而灭。东村曰：“天下趋之若骛，而世外之狐鬼，乃窃窃不满也。人误耶？狐鬼误耶？”

---

① 腹笥三藏——笥，藏书之器，以腹比笥，表示胸中学识丰富。三藏，佛教以经、律、论为三藏。此句言师道对佛教经典的学习颇有造诣。

② 崖岸——高傲、不易接近。

③ 利马窦（1552—1610）——意大利人。于明朝万历10年来中国，传播西方天主教，为中西文化交流、宣传科学、传播技术，作出过一定贡献。

④ 讲肄——讲习。

⑤ 东林——指明末东林党人。

⑥ 骛（wù）——追求。

王西园先生守河间时，人言献县八里庄河夜行者多遇鬼，唯县役冯大邦过，则鬼不敢出。有遇鬼者，或诈称冯姓名，鬼亦却避。先生闻之曰："一县役能使鬼畏，此必有故矣。"密访将惩之，或为解曰："本无是事，百姓造言耳。"先生曰："县役非一，而独为冯大邦造言，此亦必有故矣。"仍檄拘之。大邦惧而亡去。此庚午、辛未间事，先生去郡后数载，大邦尚未归。今不知如何也。

里有崔某者，与豪强讼，理直而弗能伸也；不胜其愤，殆欲自戕。夜梦其父语曰："人可欺，神则难欺。人有党，神则无党。人间之屈弥甚，则地下之伸弥畅。今日之纵横如志者，皆十年外业镜台前觳觫①对簿者也。吾为冥府司茶吏，见判司注籍矣，汝何恚焉！"崔自是怨尤都泯，更不复一言。

有善讼者，一日为人书讼牒，将罗织多人。端绪缴绕，猝不得分明，欲静坐构思。乃戒毋通客，并妻亦避居别室。妻先与邻子目成，家无隙所，窥伺岁余，无由一近也；至是乃得间焉。后每构思，妻辄嘈杂以乱之，必叱使避出，袭为例；邻子乘间而来，亦袭为例，终其身不败。殁后岁余，妻以私孕为怨家所讦。官鞫外遇之由，乃具吐实。官拊几喟然曰："此生刀笔巧矣，乌知造物更巧乎！"

必不能断之狱，不必在情理外也；愈在情理中，乃愈不能明。门人吴生冠贤，为安定令时，余自西域从军还，宿其署中。闻有幼女幼男皆十六七岁，并呼冤于舆前。幼男曰："此我童养之妇。父母亡，欲弃我别嫁。"幼女曰："我故其胞妹。父母亡，欲占我为妻。"问其姓，犹能记。问其乡里，则父母皆流丐，朝朝转徙，已不记为何处人矣。问同丐者，则曰："是到此甫数日，即父母并亡，未知其始末。但闻其以兄妹称。然小家童养

---

① 觳觫(hú sù)——因恐惧而发抖。

媳,与夫亦例称兄妹,无以别也。”有老吏请曰:“是事如捉影捕风,查无实证;又不可以刑求。断合断离,皆难保不误。然断离而误,不过误破婚姻,其失小;断合而误,则误乱人伦,其失大矣。盍断离乎!”推研再四,无可处分,竟从老吏之言。因忆姚安公官刑部时,织造海保方籍没,官以三步军守其宅。宅凡数百间,夜深风雪,三人坚扃外户,同就暖于邃密寝室中,篝灯共饮。沉醉以后,偶剔灯灭,三人暗中相触击,因而互殴。殴至半夜,各困踣卧。至曙,则一人死焉。其二人一曰戴符,一曰七十五,伤亦深重,幸不死耳。鞫讯时,并云共殴致死,论抵无怨。至是夜昏黑之中,觉有扭者即相扭,觉有殴者即还殴,不知谁扭我谁殴我,亦不知我所扭为谁所殴为谁;其伤之重轻,与某伤为某殴,非唯二人不能知,即起死者问之,亦断不能知也。既一命不必二抵,任官随意指一人,无不可者。如必研讯为某人,即三木严求,亦不过妄供耳。竟无如之何。相持月余,会戴符病死,藉以结案。姚安公尝曰:“此事坐罪起衅者,亦可以成狱;然核其情词,起衅者实不知谁。锻炼而求,更不如随意指也。迄今反复追思,究不得一推鞫法。刑官岂易为哉!”

文安王岳芳言:其乡有女巫,能视鬼。尝至一宦家,私语其仆妇曰:“某娘子床前,一女鬼著惨绿衫,血渍胸臆,颈垂断而不殊,反折其首,倒悬于背后,状甚可怖。殆将病乎?”俄而寒热大作。仆妇以女巫言告。具楮钱酒食送之,顷刻而痊。余尝谓风寒暑暍,皆可作疾,何必定有鬼为祟。一女巫曰:“风寒暑暍之疾,其起也以渐而作,其愈也以渐而减。鬼病则陡然而起,急然而止。以此为别,历历不失也。”此言似亦近理。

陈石闾言:有旧家子偕数客观剧九如楼。饮方酣,忽一客中恶仆地。方扶掖灌救,突起坐张目直视,先拊膺痛哭,责其子之冶游;次啮齿握拳,数诸客之诱引。词色俱厉,势若欲相搏噬。其子识是父语声,蒲伏战栗,殆无人色。诸客皆瑟缩潜遁,有踉跄失足破额者。四坐莫不叹息。此雍正甲寅事,石闾曾目击之,但不肯道其姓名耳。先师阿文勤公曰:“人家不通宾客,则子弟不亲士大夫,所见唯妪婢僮奴,有何好样?人家宾客太广,必有淫朋匪友参杂其间,狎昵濡染,贻子弟无穷之害。”数十年来,历历验所见闻,知公言真药石也。

五军塞王生言:有田父夜守枣林,见林外似有人影。疑为盗,密伺之。俄一人自东来,问:“汝立此有何事?”其人曰:“吾就木时,某在旁窃有幸词,衔之二十余年矣。今渠亦被摄,吾在此待其缧绁[①]过也。”怨毒之于人甚矣哉!

甲与乙有隙,甲妇弗知也。甲死,妇议嫁,乙厚币娶焉。三朝后,共往谒兄嫂,归而迂道至甲墓,对诸耕者馌者拍妇肩呼曰:“某甲,识汝妇否耶?”妇恚,欲触树。众方牵挽,忽旋飚飒然,尘沙眯目,则夫妇已并似失魂矣。扶回后,倏迷倏醒,竟终身不瘥[②]。外祖家老仆张才,其至戚也,亲目睹之。夫以直报怨,圣人弗禁,然已甚则圣人所不为。《素问》曰:“亢则害。”《家语》[③]曰:“满则覆。”乙亢极满极矣,其及也固宜。

僧所诵焰口[④]经,词颇俚;然闻其召魂施食诸梵咒,则实佛所传。余在乌鲁木齐,偶与同人论是事,或然或否。印房官奴白六,故巨盗遣戍者也,卒然曰:“是不诬也。曩遇一大家放焰口,欲伺其匆扰取事,乃无隙可乘。伏卧高楼檐角上,俯见摇铃诵咒时,有黑影无数,高可二三尺,或逾垣入,或由窦入,往来摇漾,凡无人处皆满。迨撒米时,倏聚倏散,倏前倏后,如环绕攘夺,并仰接俯拾之态,亦仿佛依稀。其色如轻烟,其状略似人形,但不辨五官四体耳。然则鬼犹求食,不信有之乎?”

---

① 缧绁(léi xiè)——捆绑犯人的绳索。此处指被阴府所拘。

② 瘥(cuó)——病。

③ 《家语》——即《孔子家语》,传为三国魏王肃所撰。

④ 焰口——农月七月十五日,即佛经所称盂兰盆节,届时僧尼诵经施食,俗称放焰口。

后汉敦煌太守裴岑《破呼衍王碑》,在巴里坤海子上关帝祠中,屯军耕垦,得之土中也。其事不见《后汉书》,然文句古奥,字划浑朴,断非后人所依托。以僻在西域,无人摹拓,石刻锋棱犹完整。乾隆庚寅,游击[①]刘存存(此是其字,其名偶忘之。武进人也。)摹刻一木本,洒火药于上,烧为斑驳,绝似古碑。二本并传于世,赏鉴家率以旧石本为新,新木本为旧。与之辩,傲然弗信也。以同时之物,有目睹之人,而真伪颠倒尚如此,况于千百年外哉!《易》之象数,《诗》之小序[②],《春秋》之三传,或亲见圣人,或去古未远,经师授受,端绪分明。宋儒曰:"汉以前人皆不知,吾以理知之也。"其类此夫。

康熙十四年,西洋贡狮,馆阁前辈多有赋咏。相传不久即逸去,其行如风,巳刻绝锁,午刻即出嘉峪关。此齐东语[③]也。圣祖南巡,由卫河回銮,尚以船载此狮。先外祖母曹太夫人,曾于度帆楼窗罅窥之,其身如黄犬,尾如虎而稍长,面圆如人,不似他兽之狭削。系船头将军柱上,缚一豕饲之。豕在岸犹号叫,近船即噤不出声。及置狮前,狮俯首一嗅,已怖而死。临解缆时,忽一震吼声,如无数铜钲[④]陡然合击。外祖家厩马十余,隔垣闻之,皆战栗伏枥下;船去移时,尚不敢动。信其为百兽王矣。狮初至,时吏部侍郎阿公礼稗,画为当代顾、陆[⑤],曾橐笔对写一图,笔意精妙。旧藏博晰斋前辈家,阿公手赠其祖者也。后售于余,尝乞一赏鉴家题签。阿公原未署名,以元代曾有献狮事,遂题曰"元人狮子真形图"。晰斋曰:"少宰丹青,原不在元人下。此赏鉴未为谬也。"

---

① 游击——官名。清代绿营兵设游击,职位乃次于参将。

② 《诗》之小序——《诗经》各篇之前解释本诗主题意义者为小序。

③ 齐东语——即齐东野人语。齐国东边边远地区老百姓的话。意谓不足征信。语出《孟子·万章》:"此非君子之言,齐东野人之语也。"

④ 钲(zhēng)——锣。

⑤ 顾、陆——晋代画家顾恺之、陆探微。

乾隆庚辰，戈芥舟前辈扶乩，其仙自称唐人张紫鸾，将访刘长卿[①]于瀛洲岛，偕游天姥。或叩以事，书一诗曰："身从异域来，时见瀛州岛。日落晚风凉，一雁入云杳。"隐示以鸿冥物外，不预人世之是非也。芥舟与论诗，即欣然酬答，以所游名胜《破石崖》、《天姥峰》、《庐山联句》三篇而去。芥舟时修《献县志》，因附录志末。其《破石崖》一篇，前为五言律诗八韵，对偶声病俱谐；第九韵以下，忽作鲍参军[②]《行路难》、李太白《蜀道难》体。唐三百年诗人无此体裁，殊不入格。其以东、冬、庚、青四韵通押，仿昌黎[③]"此日足可惜"诗；以穿鼻声七韵为一部例，又似稍读古书者。盖略涉文翰之鬼，伪托唐人也。

河城(在县东十五里，随乐寿县故城也。)西村民，掘地得一镜。广丈余，已触碎其半。见者人持一片去，置室中，每夕吐光。凡数家皆然。是亦王度神镜[④]，应月盈亏之类。但残破之余，尚能如是，更异耳。或疑镜何以如此之大，余谓此必河间王宫殿中物。陆机与弟云[⑤]书曰："仁寿殿中有大方镜，广丈余，过之辄写人影。"是晋代犹沿此制也。

乾隆己卯、庚辰间，献县掘得唐张君平墓志。大中七年明经刘伸撰，字画尚可观，文殊鄙俚。余拓示李廉衣前辈，曰："公谓古人事事胜今人，此非唐文耶？天下率以名相耀耳。如核其实，善笔札者必称晋，其时亦必有极拙之字。善吟咏者必称唐，其时亦必有极恶之诗。非晋之厮役皆羲、

---

① 刘长卿——唐代诗人。
② 鲍参军——南朝宋诗人鲍照。
③ 昌黎——唐韩愈。
④ 王度神镜——隋唐间人王度撰传奇小说《古镜记》，言得一面神镜，能治妖显灵，变化无穷。
⑤ 陆机、陆云——晋代文学家。

献[1]，唐之屠沽皆李、杜[2]也。西子、东家[3]实为一姓，盗跖、柳下[4]乃是同胞，岂能美则俱美，贤则俱贤耶？赏鉴家得一宋砚，虽滑不受墨，亦宝若球图；得一汉印，虽谬不成文，亦珍逾珠璧。问何所取，曰取其古耳。东坡诗曰：'嗜好与俗殊酸咸。'斯之谓欤！"

交河老儒刘君琢，名璞，素谨厚，以长者称。在余家设帐二十余年，从兄懋园（坦居）、从弟东白（羲轩），皆其弟子也。尝自河间岁试归，中途遇雨，借宿民家。主人曰："家唯有屋两楹，尚可栖止；然素有魅，不知狐与鬼也。君能不畏，则请解装。"不得已宿焉。灭烛以后，承尘上轰轰震响，如怒马奔腾。君琢起着衣冠，长揖仰祝曰："偃蹇寒儒，偶然宿此，欲祸我耶？我非君仇；欲戏我耶？与君素不狎昵；欲逐我耶？今夜必不能行，明朝亦必不能住，何必多此扰攘耶？"俄闻承尘上似老媪语曰："客言殊有理，尔辈勿太造次。"闻足音橐橐然，向西北隅去，顷刻寂然矣。君琢尝以告门人曰："遇意外之横逆，平心静气，或有解时。当时如怒詈之，未必不抛砖掷瓦。"又刘景南尝僦一寓，迁入之夕，大为狐扰。景南诃之曰："我自出钱租宅，汝何得鸠占鹊巢？"狐厉声答曰："使君先居此，我续来争，则曲在我。我居此宅五六十年，谁不知者。君何处不可租宅，而必来共住？是恃气相凌也，我安肯让君？"景南次日遂移去。何励庵先生曰："君琢所遇之狐，能为理屈；景南所遇之狐，能以理屈人。"先兄晴湖曰："屈狐易，能屈于狐难。"

道家有太阴炼形法，葬数百年，期满则复生。此但有是说，未睹斯事。古以水银敛者，尸不朽，则凿然有之。董曲江曰："凡罪应戮尸者，虽葬多

---

① 羲、献——晋代书法家王羲之、王献之父子。
② 李、杜——唐诗人李白、杜甫。
③ 西子、东家——西施与东施。西施为美人，东施为丑女。
④ 柳下——即柳下惠。盗跖为坏人代称，柳下惠为贤良之人的代称。

年,尸不朽。吕留良[①]焚骨时,开其棺,貌如生,刃之尚有微血。盖鬼神留使伏诛也。某人(是曲江之亲族,当时举其字,今忘之矣。)时官浙江,奉檄莅其事,亲目击之。然此类皆不为祟。其为祟者曰僵尸。僵尸有二:其一新死未敛者,忽跃起搏人;其一久葬不腐者,变形如魑魅,夜或出游,逢人即攫。或曰:'旱魃即此。'莫能详也。夫人死则形神离矣,谓神不附形,安能有知觉运动?谓神仍附形,是复生矣,何又不为人而为妖?且新死尸厥者,并其父母子女或抱持不释,十指抉入肌骨。使无知,何以能踊跃?使有知,何以一息才绝,即不识其所亲?是殆别有邪物凭之,戾气感之,而非游魂之为变欤!袁子才[②]前辈《新齐谐》载南昌士人行尸夜见其友事,始而祈请,继而感激,继而凄恋,继而忽变形搏噬。谓人之魂善而魄恶,人之魂灵而魄愚,其始来也,一灵不泯,魄附魂以行;其既去也,心事既毕,魂一散而魄滞。魂在则为人也,魂去则非其人也。世之移尸走影,皆魄为之。唯有道之人,为能制魄。"语亦凿凿有精理。然管窥之见,终疑其别有故也。

任子田言:其乡有人夜行,月下见墓道松柏间,有两人并坐:一男子年约十六七,韶秀可爱;一妇人白发垂项,佝偻携杖,似七八十以上人。倚肩笑语,意若甚相悦。窃讶何物淫妪,乃与少年儿狎昵。行稍近,冉冉而灭。次日,询是谁家冢,始知某早年夭折,其妇孀守五十余年,殁而合窆[③]于是也。《诗》曰:"谷则异室,死则同穴[④]。"情之至也。《礼》曰:"殷人之祔也离[⑤]之,周人之祔也合之。善夫!"圣人通幽明之礼,故能以人情知鬼神之情也。不近人情,又乌知《礼》意哉!

---

① 吕留良——明末清初人。明亡,不愿仕进,著述多鼓吹民族思想。死后由于曾静文字狱牵连,全家被杀。

② 袁子才——即清代学者袁枚。

③ 合窆(biǎn)——葬时穿土下棺。合葬。

④ "谷则异室,死则同穴"——即生前分室而居,死后同穴而葬。

⑤ 繊——合葬。离,两棺之间隔一物。

族侄肇先言：有书生读书僧寺，遇放焰口。见其威仪整肃，指挥号令，若可驱役鬼神。喟然曰："冥司之敬彼教，乃过于儒。"灯影朦胧间，一叟在旁语曰："经纶宇宙，唯赖圣贤，彼仙佛特以神道补所不及耳。故冥司之重圣贤，在仙佛上；然所重者真圣贤。若伪圣伪贤，则阴干天怒，罪亦在伪仙伪佛上。古风淳朴，此类差稀。四五百年以来，累囚日众，已别增一狱矣。盖释道之徒，不过巧陈罪福，诱人施舍。自妖党聚徒谋为不轨外，其伪称我仙我佛者，千万中无一。儒则自命圣贤者，比比皆是。民听可惑，神理难诬。是以生拥皋比①，殁沉阿鼻②，以其贻害人心，为圣贤所恶故也。"书生骇愕，问："此地府事，公何由知？"一弹指间，已无所睹矣。

甲乙有宿怨，乙日夜谋倾甲。甲知之，乃阴使其党某以他途入乙家，凡为乙谋，皆算无遗策；凡乙有所为，皆以甲财密助其费，费省而功倍。越一两岁，大见信，素所倚任者皆退听。乃乘间说乙曰："甲昔阴调我妇，讳弗敢言，然衔之实次骨。以力弗敌，弗敢撄。闻君亦有仇于甲，故效犬马于门下。所以尽心于君者，固以报知遇，亦为是谋也。今有隙可抵，盍图之。"乙大喜过望，出多金使谋甲。某乃以乙金为甲行赂，无所不曲到。阱既成，伪造甲恶迹及证佐姓名以报乙，使具牒。比庭鞫，则事皆子虚乌有，证佐亦莫不倒戈，遂一败涂地，坐诬论戍。愤恚甚，以昵某久，平生阴事皆在其手，不敢再举，竟气结死。死时誓诉于地下，然越数十年卒无报。论者谓难端发自乙，甲势不两立，乃铤而走险，不过自救之兵，其罪不在甲。某本为甲反间，各忠其所事，于乙不为负心，亦不能甚加以罪，故鬼神弗理也。此事在康熙末年。《越绝书》③载子贡谓越王曰："夫有谋人之心，而使人知之者，危也。"岂不信哉！

里人范鸿禧，与一狐友昵。狐善饮，范亦善饮，约为兄弟，恒相对醉

① 皋比——虎皮的坐椅。指学师的坐席。
② 阿鼻——即阿鼻地狱。
③ 《越绝书》——传为东汉袁康撰。书记春秋吴越国事。

眠。忽久不至,一日遇于秫田中,问:“何忽见弃?”狐掉头曰:“亲兄弟尚相残,何有于义兄弟耶!”不顾而去。盖范方与弟讼也。杨铁崖[1]《白头吟》曰:“买妾千黄金,许身不许心;使君自有妇,夜夜白头吟。”与此狐所见正同。

献县捕役樊长,与其侣捕一巨盗。盗跳免,絷其妇于官店。(捕役拷盗之所,谓之官店,实其私居也。)其侣拥之调谑,妇畏棰楚,噤不敢动,唯俯首饮泣。已缓结矣,长突见之,怒曰:“谁无妇女,谁能保妇女不遭患难落人手?汝敢如是,吾此刻即鸣官。”其侣慑而止。时雍正四年七月十七日戌刻也。长女嫁为农家妇,是夜为盗所劫,已褫衣反缚,垂欲受污,亦为一盗呵而止。实在子刻,中间仅仅隔一亥刻耳。次日,长闻报,仰面视天,舌挢不能下也。

裘文达公赐第,在宣武门内石虎胡同。文达之前,为右翼宗学。宗学之前,为吴额驸府。吴额驸之前,为前明大学士周延儒第。阅年既久,又窈窕闳深,故不免时有变怪,然不为人害也。厅事西小屋两楹,曰“好春轩”,为文达燕见宾客地。北壁一门,又横通小屋两楹。童仆夜宿其中,睡后多为魅异出,不知是鬼是狐,故无敢下榻其中者。琴师钱生独不畏,亦竟无他异。钱面有癞风,状极老丑。蒋春农戏曰:“是尊容更胜于鬼,鬼怖而逃耳。”一日,键户外出,归而几上得一雨缨帽,制作绝佳,新如未试。互相传视,莫不骇笑。由此知是狐非鬼,然无敢取者。钱生曰:“老病龙钟,多逢厌贱。自司空以外,(文达公时为工部尚书。)怜念者曾不数人。我冠诚敝,此狐哀我贫也。”欣然取著,狐亦不复摄去。其果赠钱生耶?赠钱生者又何意耶?斯真不可解矣。

尝与杜少司寇凝台同宿南石槽,闻两家轿夫相语曰:“昨日怪事:我

---

① 杨铁崖——即杨维桢,元代文学家。

表兄朱某在海淀为人守墓,因入城未返,其妻独宿。闻园中树下有斗声,破窗纸窃窥,见二人攘臂奋击,一老翁举杖隔之,不能止。俄相搏仆地,并现形为狐,跳踉摆拨,触老翁亦仆。老翁蹶起,一手按一狐呼曰:'逆子不孝!朱五嫂可助我。'朱伏不敢出,老翁顿足曰:'当诉诸土神。'恨恨而散。次夜,闻满园锒铛声,似有所搜捕。觉几上瓦瓶似微动,怪而视之,瓶中小语曰:'乞勿言,当报恩。'朱怒曰:'父母恩且不肯报,何有于我!'与瓶掷门外碑趺上,訇然而碎。即闻嗷嗷有声,意其就执矣。"一轿夫曰:"斗触父母倒是何大事,乃至为土神捕捉?殊可怖也。"凝台顾余笑曰:"非轿夫不能作此言。"

里有张媪,自云尝为走无常,今告免矣。昔到阴府,曾问冥吏:"事佛有益否?"吏曰:"佛只是劝人为善,为善自受福,非佛降福也。若供养求佛降福,则廉吏尚不受赂,曾佛受赂乎?"又问:"忏悔有益否?"吏曰:"忏悔须勇猛精进,力补前愆。今人忏悔,只是自首求免罪,又安有益耶?"此语非巫者所肯言,似有所受之。

卷 十 一

槐西杂志(一)

余再掌乌台①,每有法司会谳事,故寓直西苑之日多。借得袁氏婿数楹,榜曰“槐西老屋”。公余退食,辄憩息其间。距城数十里,自僚属白事外,宾客殊稀。昼长多暇,晏坐而已。旧有《滦阳消夏录》、《如是我闻》二书,为书肆所刊刻。缘是友朋聚集,多以异闻相告。因置一册于是地,遇轮直则忆而杂书之,非轮直之日则已,其不能尽忆则亦已。岁月骎②寻,不觉又得四卷,孙树馨录为一帙,题曰《槐西杂志》;其体例则犹之前二书耳。自今以往,或竟懒而辍笔欤,则以为《挥麈》③之三录可也;或老不能闲,又有所缀欤,则以为《夷坚》④之丙志亦可也。

壬子六月,观弈道人识。

《隋书》载兰陵公主死殉后夫,登于《列女传》之首。颇乖史法。(祖君彦《檄隋文》称兰陵公主逼幸告终。盖欲甚炀帝之恶,当以史文为正。)沧州医者张作霖言:其乡有少妇,夫死未周岁辄嫁。越两岁,后夫又死,乃誓不再适,竟守志终身。尝问一邻妇病,邻妇忽瞋目作其前夫语曰:“尔甘为某守,不为我守何也?”少妇毅然对曰:“尔不以结发视我,三年曾无一肝鬲语,我安得为尔守!彼不以再醮轻我,两载之中,恩深义重,我安得不为彼守!尔不自反,乃敢咎人耶?”鬼竟语塞而退。此与兰陵公主事相

---

① 乌台——御史台。此指都察院。

② 骎(qín)——疾速。

③ 《挥麈》——《挥麈录》,南宋王明清撰,记北宋末南宋初事。

④ 《夷坚》——《夷坚志》,南宋洪迈撰,所记多为神怪故事。

类。盖亦豫让[1]"众人遇我,众人报之;国士遇我,国士报之"之意也。然五伦[2]之中,唯朋友以义合:不计较报施,厚道也;即计较报施,犹直道也。兄弟天属,已不可言报施;况君臣父子夫妇,义属三纲哉。渔洋山人作《豫让桥》诗曰:"国士桥边水,千年恨不穷;如闻柱厉叔[3],死报莒敖公。"自谓可以敦薄,斯言允矣。然柱厉叔以不见知而放逐,乃挺身死难,以愧人君不知其臣者,(事见刘向《说苑》。)是犹怨怼之意;特与君较是非,非为君捍社稷也。其事可风,其言则未协乎义。或记载者之失乎?

江宁王金英,字菊庄,余壬午分校所取士也。喜为诗,才力稍弱,然秀削不俗,颇近宋末四灵[4]。尝画艺菊小照,余戏仿其体格题之,有"以菊为名字,随花入画图"句,菊庄大喜。则所尚可知矣。撰有诗话数卷,尚未成书,霜雕夏绿,其稿不知流落何所。犹记其中一条云:江宁一废宅,壁上微有字迹。拂尘谛视,乃绝句五首。其一曰:"新绿渐长残红稀,美人清泪沾罗衣。蝴蝶不管春归否,只趁菜花黄处飞。"其二曰:"六朝燕子年年来,朱雀桥圮花不开。未须惆怅问王谢,刘郎一去何曾回[5]。"其三曰:"荒池废馆芳草多,踏青年少时行歌。谯楼鼓动人去后,回风袅袅吹女萝。"其四曰:"土花漠漠围颓垣,中有桃叶桃根魂。夜深踏遍阶下月,可怜罗袜终无痕。"其五曰:"清明处处啼黄鹂,春风不上枯柳枝。唯应夹戺[6]双石兽,记汝曾挂黄金丝。"字极怪伟,不著姓名,不知为人语鬼语。余谓福

---

① 豫让——春秋末战国初刺客。事迹见《史记·刺客列传》。

② 五伦——封建礼教称君臣、父子、兄弟、夫妇、朋友之间的五种关系。

③ 柱厉叔——春秋时莒人,为莒敖公臣。因不被莒敖公信任而远离海上。后敖公有难,柱厉叔又赶来相救,以身殉主。事迹最早见于《吕氏春秋·恃君》。

④ 四灵——南宋诗人徐照号灵晖,徐玑号灵渊,翁卷号灵舒,赵师秀号灵秀,都是浙江永嘉人,称"永嘉四灵"。

⑤ 此诗化用唐刘禹锡《乌衣巷》及《再游玄都观》诗意。

⑥ 戺(shì)——堂前阶石的两端。

王[①]破灭以后前明故老之词也。

董秋原言：昔为钜野学官时，有门役典守节孝祠，即携家居祠侧。一日秋祀，门役夜起洒扫，其妻犹寝。梦中见妇女数十辈，联袂入祠。心知神降，亦不恐怖。忽见所识二贫媪亦在其中，再三审视，真不谬。怪问其未邀旌表，何亦同来。一媪答曰："人世旌表，岂能遍及穷乡蔀屋？湮没不彰者，在在有之。鬼神悯其荼苦，虽祠不设位，亦招之来飨。或藏瑕匿垢，冒滥馨香，虽位设祠中，反不容入。故我二人得至此也。"此事颇创闻，然揆以神理，似当如是。又献县礼房吏魏某，临终喃喃自语曰："吾处闲曹，自谓未尝作恶业；不虞贫妇请旌，索其常例，冥谪如是其重也。"二事足相发明。信忠孝节义，感天地动鬼神矣！

族叔行止言：有农家妇，与小姑并端丽。月夜纳凉，共睡檐下。突见赤发青面鬼，自牛栏后出，旋舞跳掷，若将搏噬。时男子皆外出守场圃，姑嫂悸不敢语。鬼一一攫搦强污之，方跃上短墙，忽噭然失声，倒投于地。见其久不动，乃敢呼人。邻里趋视，则墙内一鬼，乃里中恶少某，已昏仆不知人；墙外一鬼屹然立，则社公祠中土偶也。父老谓社公有灵，议至晓报赛。一少年哑然曰："某甲恒五鼓出担粪，吾戏抱神祠鬼卒置路侧，使骇走，以博一笑；不虞遇此伪鬼，误为真鬼惊踣也。社公何灵哉！"中一叟曰："某甲日日担粪，尔何他日不戏之而此日戏之也？戏之术亦多矣，尔何忽抱此土偶也？土偶何地不可置，尔何独置此家墙外也？此其间神实凭之，尔自不知耳。"乃共醵金以祀。其恶少为父母舁去，困卧数日，竟不复苏。

山西太谷县西南十五里白城村，有糊涂神祠，土人奉事之甚严。云稍不敬，辄致风雹。然不知神何代人，亦不知何以得此号。后检通志，乃知

---

① 福王——即南明皇帝朱由崧。继承其父福王朱常洵王位，后在南京建立南明政权，国号弘光。

为狐突祠，元中统三年敕建，本名利应狐突神庙。“狐”“糊”同音；北人读入声皆似平，故“突”转为“涂”也。是又一杜十姨矣①。

石中物象，往往有之。姜绍书《韶石轩笔记》②言见一石子，作太极图。是犹纹理旋螺，偶分黑白也。颜介子③尝见一英德砚山，上有白脉，作“山高月小”四字，炳然分明；其脉直透石背，尚依稀似字之反面，但模糊散漫，不具点画波磔耳。谛视，非嵌非雕，亦非渍染，真天成也。不更异哉！夫山与地俱有，石与山俱有，岂开辟以来，即预知有程邈隶书④欤？即预知有东坡《赤壁赋》欤？即曰山孕此石，在宋以后。又谁使仿此字，谁使题此语欤？然则天工之巧，无所不有，精华蟠结，自成文章，非常理所可测矣。世传河图洛书⑤，出于北宋，唐以前所未见也。河图作黑白圈五十五，洛书作黑白圈四十五。考孔安国⑥《论语注》，称河图即八卦。（孔安国《论语注》今已不传，此条乃何晏《论语集解》所引。）是孔氏之门，本无此五十五点之图矣，陈抟⑦何自而得之？至洛书既谓之书，当有文字，乃亦四十五圈，与河图相同，是宜称洛图不得称书。系词又何以别之曰书乎？刘向、刘歆、班固⑧并称洛书有文，孔颖达⑨《尚书正义》并详载其字数。（《洪范》初一曰五行一章疏曰，《五行志》全载此一章，云此六十五字皆洛书本文。计天言简要，必无次第之数。初一曰等二十七字，是禹加之也；其敬用农用等一十八字，大刘及顾氏以为龟背先有总三十八字，小刘

① 宋黄震《黄氏日钞》载，夔州有杜拾遗庙，当地人因读音之讹，呼为杜十姨庙。

② 姜绍书《韶石轩笔记》——姜绍书，明末金石学家；《韵石轩笔记》一作《韵石斋笔谈》。

③ 颜介子——即北朝文学家颜之推。

④ 程邈隶书——程邈，秦代下络人，相传为隶书的创始者。

⑤ 河图洛书——即河图、洛书，关于《周易》、《尚书》来源的传说。《易·系辞》：“河出图，洛出书，圣人则之。”

⑥ 孔安国——汉代学者。

⑦ 陈抟——宋代道士。据传《河洛真数》一书为其所撰。

⑧ 刘向、刘歆——父子俩，东汉学者。班固——东汉史学家。

⑨ 孔颖达——唐代学者。

以为敬用等皆禹所叙第,其龟文唯有二十字云云。虽所说字数不同,而足见由汉至唐,洛书无黑白点之伪图也。)观此砚山,知石纹成字,凿然不诬,未可执卢辨晚出之说,(明堂九室法龟文,始见北齐卢辨《大戴礼注》。朱子以为郑康成说,偶误记也。)遂以太乙九宫真为神禹所受也。(今术家所用洛书,乃太乙行九宫法,出于《易纬·乾凿度》,即《汉书·艺文志》所谓太乙家,当时原不称为洛书也。)

表兄刘香畹言:昔官闽中,闻有少妇素幽静,殁葬山麓。每月明之夕,辄遥见其魂,反接缚树上,渐近则无睹。莫喻其故也。余曰:"此有所示也:人莫喻其受谴之故,而必使人见其受谴,示人所不知,鬼神知之也。"

陈太常枫崖言:一童子年十四五,每睡辄作呻吟声,疑其病也。问之,云无有。既而时作呓语,呼之不醒。其语颇了了,谛听皆媟狎之词,其呻吟亦受淫声也。然问之终不言。知为魅,牒于社公。夜梦社公曰:"魅诚有之,非吾力所能制也。"乃牒于城隍。越一宿,城隍祠中泥塑控马卒无故首自陨,始悟社公所谓力不能制也。然一驺耳,未必城隍之所爱;即城隍之所爱,神正直而聪明,亦必不以所爱之故,曲法庇一驺。牒一陈而伏冥诛,城隍之心事昭然矣。彼社公者乃揣摩顾畏,隐忍而不敢言,其视城隍何如也!城隍之视此社公,又何如也!

赵太守书三言:有夜遇狐女者,近前挑之,忽不见。俄飞瓦击落其帽。次日睡起,见窗纸细书一诗,曰:"深院满枝花,只应蝴蝶采;喓喓①草下虫,尔有蓬蒿在。"语殊轻薄,然风致楚楚,宜其不爱纨绔儿。

田白岩言:尝与诸友扶乩,其仙自称真山民,宋末隐君子也。【按:山

① 喓喓(yāo)——虫叫的声音。

民有诗集，今著录《四库全书》中。】倡和方洽，外报某客某客来，乩忽不动。他日复降，众叩昨遽去之故。乩判曰："此二君者，其一世故太深，酬酢①太熟，相见必有谀词数百句。云水散人，拙于应对，不如避之为佳。其一心思太密，礼数太明，其与人语恒字字推敲，责备无已。闲云野鹤，岂能耐此苛求，故逋逃尤恐不速耳。"后先姚安公闻之，曰："此仙究狷介之士，器量未宏。"

从兄懋园言：乾隆丙辰乡试，坐秋字号中。续一人入号，号军问姓名籍贯，拱手致贺曰："昨梦女子持杏花一枝插号舍上，告我曰：'明日某县某人至，为言杏花在此也。'君名姓籍贯适符，岂非佳兆哉！"其人愕然失色，竟不解考具，称疾而出。乡人有知其事者曰："此生有小婢名杏花，逼乱之而终弃之，竟流落不知所终，意其赍恨以殁矣。"

从孙树森言：晋人有以资产托其弟而行商于外者，客中纳妇，生一子。越十余年，妇病卒，乃携子归。弟恐其索还资产也，诬其子抱养异姓，不得承父业。纠纷不决，竟鸣于官。官故愦愦，不牒其商所问真赝，而依古法滴血试；幸血相合，乃笞逐其弟。弟殊不信滴血事，自有一子，刺血验之，果不合。遂执以上诉，谓县令所断不足据。乡人恶其贪荃②无人理，佥曰："其妇夙与某私昵，子非其子，血宜不合。"众口分明，具有征验，卒证实奸状。拘妇所欢鞫之，亦俯首引伏。弟愧不自容，竟出妇逐子，窜身逃走，资产反尽归其兄。闻者快之。按陈业滴血③，见《汝南先贤传》④，则自汉已有此说。然余闻诸老吏曰："骨肉滴血必相合，论其常也。或冬月以器置冰雪上，冻使极冷；或夏月以盐醋拭器，使有酸咸之味：则所滴之

① 酬酢——交往应酬。

② 荃(mò)——嫉妒。

③ 滴血——旧时用血辨别亲属真伪的方法。据说至亲之血，共滴于水中则相凝合。

④ 《汝南先贤传》——晋周斐撰。

血,入器即凝,虽至亲亦不合。故滴血不足成信谳。”然此令不刺血,则商之弟不上诉,商之弟不上诉,则其妇之野合生子亦无从而败。此殆若或使之,未可全咎此令之泥古矣。

都察院蟒,余载于《滦阳消夏录》中,尝两见其蟠迹,非乌有子虚也。吏役畏之,无敢至库深处者。壬子二月,奉旨修院署。余启库检视,乃一无所睹。知帝命所临,百灵巨盗矣。院长舒穆噜公因言内阁学士札公祖墓亦有巨蟒,恒遥见其出入曝鳞,墓前两槐树,相距数丈,首尾各挂于一树,其身如彩虹横亘也。后葬母卜圹,适当其地,祭而祝之,果率其族类千百蜿蜒去。葬毕,乃归。去时其行如风,然渐行渐缩,乃至长仅数尺。盖能大能小,已具神龙之技矣。乃悟都察院蟒,其围如柱,而能出入窗棂中,隙才寸许,亦犹是也。是月,与汪蕉雪副宪同在山西马观察家,遇内务府一官,言西十库贮硫磺处亦有二蟒,皆首矗一角,鳞甲作金色。将启钥,必先鸣钲。其最异者,每一启钥,必见硫磺堆户内,磊磊如假山,足供取用,取尽复然。意其不欲人入库,人亦莫敢入也。或曰即守库之神,理或然欤!《山海经》载诸山之神,蛇身鸟首,种种异状,不必定作人形也。

先兄晴湖言:有王震升者,暮年丧爱子,痛不欲生。一夜偶过其墓,徘徊凄恋,不能去。忽见其子独坐陇头,急趋就之。鬼亦不避。然欲握其手,辄引退。与之语,神意索漠,似不欲闻。怪问其故,鬼哂曰:“父子宿缘也,缘尽,则尔为尔我为我矣,何必更相问讯哉!”掉头竟去。震升自此痛念顿消。客或曰:“使西河①能知此义,当不丧明。”先兄曰:“此孝子至情,作此变幻,以绝其父之悲思,如郗超②密札之意耳,非正理也。使人存

① 西河——孔子弟子子夏,讲学于西河。据《史记·仲尼弟子传》载,子夏因子早死,痛哭失明。

② 郗超——东晋时人,字景兴,一字嘉宾。官至中书侍郎等职。桓温专权,他参与废立密谋。临死时,留给其父一箱装有自己参预谋反的信札,以激怒其父,使之不再痛念他。事见《晋书·郗超传》。

此见，父子兄弟夫妇，均视如萍水之相逢，不日趋于薄哉！”

某公纳一姬，姿采秀艳，言笑亦婉媚，善得人意。然独坐则凝然若有思，习见亦不讶也。一日，称有疾，键户昼卧。某公穴窗纸窥之，则涂脂傅粉，钗钏衫裙，一一整饬，然后陈设酒果，若有所祀者。排闼入问，姬蹙然敛衽跪曰：“妾故某翰林之宠婢也。翰林将殁，度夫人必不相容，虑或鬻入青楼，乃先遣出。临别，切切私嘱曰：‘汝嫁我不恨，嫁而得所我更慰。唯逢我忌日，汝必于密室靓妆私祭我；我魂若来，以香烟绕汝为验也。’”某公曰：“徐铉[①]不负李后主，宋主弗罪也。吾何妨听汝。”姬再拜炷香，泪落入俎。烟果袅袅然三绕其颊，渐蜿蜒绕至足。温庭筠[②]《达摩支曲》曰：“捣麝成尘香不灭，拗莲作寸丝难绝。”此之谓欤！虽琵琶别抱[③]，已负旧恩，然身去而心留，不犹愈于同床各梦哉。

交河一节妇建坊，亲串毕集。有表姊妹自幼相谑者，戏问曰：“汝今白首完贞矣，不知此四十余年中，花朝月夕，曾一动心否乎？”节妇曰：“人非草木，岂得无情。但觉礼不可逾，义不可负，能自制不行耳。”一日，清明祭扫毕，忽似昏眩，喃喃作呓语。扶掖归，至夜乃苏，顾其子曰：“顷恍惚见汝父，言不久相迎，且劳慰甚至，言人世所为，鬼神无不知也。幸我平生无瑕玷，否则黄泉会晤，以何面目相对哉！”越半载，果卒。此王孝廉梅序所言，梅序论之曰：“佛戒意恶，是铲除根本工夫，非上流人不能也。常人胶胶扰扰，何念不生？但有所畏而不敢为，抑亦贤矣。此妇子孙，颇讳此语。余亦不敢举其氏族。然其言光明磊落，如白日青天，所谓皎然不自欺也，又何必讳之！”

---

① 徐铉——五代南唐至北宋初人，事见《宋史·徐铉传》。

② 温庭筠——晚唐词人。

③ 琵琶别抱——指移情他人。典出白居易《琵琶行》。

姚安公监督南新仓时，一廒[①]后壁无故圮。掘之，得死鼠近一石，其巨者形几如猫。盖鼠穴壁下，滋生日众，其穴亦日廓；廓至壁下全空，力不任而覆压也。公同事福公海曰："方其坏人之屋，以广己之宅，殆忘其宅之托于屋也耶？"余谓李林甫、杨国忠[②]辈尚不明此理，于鼠乎何尤。

先曾祖润生公，尝于襄阳见一僧，本惠登相之幕客也，述流寇事颇悉，相与叹劫数难移。僧曰："以我言之，劫数人所为，非天所为也。明之末年，杀戮淫掠之惨，黄巢流血三千里，不足道矣。由其中叶以后，官吏率贪虐，绅士率暴横，民俗亦率奸盗诈伪，无所不至。是以下伏怨毒，上干神怒，积百年冤愤之气，而发之一朝。以我所见闻，其受祸最酷者，皆其稔恶最甚者也。是可曰天数耶？昔在贼中，见其缚一世家子，跪于帐前，而拥其妻妾饮酒，问：'敢怒乎？'曰：'不敢。'问：'愿受役乎？'曰：'愿。'则释缚使行酒于侧。观者或叹息不忍。一老翁陷贼者曰：'吾今乃始知因果。'是其祖尝调仆妇，仆有违言，捶而缚之槐，使旁观与妇卧也。即是一端，可类推矣。"座有豪者曰："巨鱼吞细鱼，鸷鸟搏群鸟，神弗怒也，何独于人而怒之？"僧掉头曰："彼鱼鸟耳，人鱼鸟也耶？"豪者拂衣起；明日，邀客游所寓寺，欲挫辱之。已打包去，壁上大书二十字曰："尔亦不必言，我亦不必说。楼下寂无人，楼上有明月。"疑刺豪者之阴事也。后豪者卒覆其宗。

有郎官覆舟于卫河，一姬溺焉。求得其尸，两掌各握粟一掬[③]，咸以为怪。河干一叟曰："是不足怪也。凡沉于水者，上视暗而下视明，惊惶瞀乱，必反从明处求出，手皆掊土。故检验溺人，以十指甲有泥无泥别生投死弃也。此先有运粟之舟沉于水底，粟尚未腐，故掊之盈手耳。"此论可谓入微，唯上暗下明之故，则不能言其所以然。按张衡《灵宪》曰："日

---

① 廒(áo)——粮仓。

② 李林甫、杨国忠——唐玄宗时奸相。

③ 掬——用手捧(东西)。此处作量词用。

譬犹火,月譬犹水。火则外光,水则含景。”又刘邵[①]《人物志》曰:“火日外照,不能内见;金水内映,不能外光。”然则上暗下明,固水之本性矣。

程念伦,名思孝,乾隆癸酉甲戌间,来游京师,弈称国手。如皋冒祥珠曰:“是与我皆第二手,时无第一手,遽自雄耳。”一日,门人吴惠叔等扶乩,问:“仙善弈否?”判曰:“能。”问:“肯与凡人对局否?”判曰:“可。”时念伦寓余家,因使共弈。(凡弈谱,以子纪数。象戏谱,以路记数。与乩仙弈,则以象戏法行之。如纵第九路横第三路下子,则判曰:“九三。”余皆仿此。)初下数子,念伦茫然不解,以为仙机莫测也,深恐败名,凝思冥索,至背汗手颤,始敢应一子,意犹惴惴。稍久,似觉无他异,乃放手攻击。乩仙竟全局覆没,满室哗然。乩忽大书曰:“吾本幽魂,暂来游戏,托名张三丰[②]耳。因粗解弈,故尔率答。不虞此君之见困,吾今逝矣。”惠叔慨然曰:“长安道上,鬼亦诳人。”余戏曰:“一败即吐实,犹是长安道上钝鬼也。”

景州申廉居先生,讳诩,姚安公癸巳同年也。天性和易,平生未尝有忤色,而孤高特立,一介不取,有古狷者风。衣必缊袍,食必粗粝。偶门人馈祭肉,持至市中易豆腐,曰:“非好苟异,实食之不惯也。”尝从河间岁试归,使童子控一驴;童子行倦,则使骑而自控之。薄暮遇雨,投宿破神祠中。祠止一楹,中无一物,而地下芜秽不可坐,乃摘板扉一扇,横卧户前。夜半睡醒,闻祠中小声曰:“欲出避公,公当户不得出。”先生曰:“尔自在户内,我自在户外,两不相害,何必避?”久之,又小声曰:“男女有别,公宜放我出。”先生曰:“户内户外即是别,出反无别。”转身酣睡。至晓,有村民见之,骇曰:“此中有狐,尝出媚少年人,入祠辄被瓦砾击。公何晏然也?”后偶与姚安公语及,掀髯笑曰:“乃有狐欲媚申谦居,亦大异事。”姚安公戏曰:“狐虽媚尽天下人,亦断不到君。当是诡状奇形,狐所未睹,不

① 刘邵——三国魏学者。

② 张三丰——明代道士。《明史》有传。

知是何怪物，故惊怖欲逃耳。”可想见先生之为人矣。

董曲江前辈言：乾隆丁卯乡试，寓济南一僧寺。梦至一处，见老树下破屋一间，欹斜欲圮。一女子靓妆坐户内，红愁绿惨，摧抑可怜。疑误入人内室，止不敢进。女子忽向之遥拜，泪涔涔沾衣袂，然终无一言。心悸而悟。越数夕，梦复然，女子颜色益戚，叩额至百余。欲逼问之，倏又醒。疑不能明，以告同寓，亦莫解。一日，散步寺园，见庑下有故柩，已将朽。忽仰视其树，则宛然梦中所见也。询之寺僧，云是某官爱妾，寄停于是，约来迎取。至今数十年，寂无音问。又不敢移瘗，徬徨无计者久矣。曲江豁然心悟。故与历城令相善，乃醵金市地半亩，告于官而迁葬焉。用知亡人以入土为安，停搁非幽灵所愿也。

朱青雷言：高西园尝梦一客来谒，名刺为司马相如。惊怪而寤，莫悟何祥。越数日，无意得司马相如一玉印，古泽斑驳，篆法精妙，真昆吾[①]刀刻也。恒佩之不去身，非至亲昵者不能一见。官盐场时，德州卢丈雅雨为两淮运使，闻有是印，燕见时偶索观之。西园离席半跪，正色启曰：“凤翰一生结客，所有皆可与朋友共。其不可共者唯二物：此印及山妻也。”卢丈笑遣之曰：“谁夺尔物者，何痴乃尔耶！”西园画品绝高，晚得末疾，右臂偏枯，乃以左臂挥毫。虽生硬倔强，乃弥有别趣。诗格亦脱洒。虽托迹微官，蹉跎以殁，在近时士大夫间，犹能追前辈风流也。

杨铁崖[②]词章奇丽，虽被文妖之目，不损其名。唯鞋杯[③]一事，猥亵淫秽，可谓不韵之极，而见诸赋咏，传为佳话。后来狂诞少年，竞相依仿，以为名士风流，殊不可解。闻一巨室，中元家祭，方举酒置案上，忽一杯声如爆

---

① 昆吾——古代宝刀名。
② 杨铁崖——元氏文学家杨维桢。
③ 鞋杯——置杯于女鞋以行酒。

竹,剨然中裂,莫解何故。久而知数日前其子邀妓,以此杯效铁崖故事也。

太常寺仙蝶、国子监瑞柏,仰邀圣藻,人尽知之。翰林院金槐,数人合抱,瘿磊[①]砢如假山,人亦或知之。礼部寿草,则人不尽知也。此草春开红花,缀如火齐,秋结实如珠。《群芳谱》[②]、《野菜谱》[③]皆未之载,不知其名。或曰:"即田塍公道老。"(此草种两家田塍上,用识界限。犁不及则一茎不旁生,犁稍侵之,即蔓延不止,反过所侵之数。故得此名。)余谛审之,叶作锯齿,略相似,花则不似,其说非也。在穿堂之北,治事处阶前甬道之西。相传生自国初,岁久渐成藤本。今则分为二歧,枝格杈丫,挺然老木矣。曹地山先生名之曰"长春草"。余官礼部尚书时,作木栏护之。门人陈太守沾亲沾亲渼,时官员外,使为之图。盖酝化湛深,和气涵育,虽一草一虫,亦各遂其生若此也。礼部又有连理槐,在斋戒处南荣下。邹小山先生官侍郎,尝绘图题诗。今尚贮库中。然特大小二槐相并而生,枝干互相缠抱耳,非真连理也。

道家言祈禳,佛家言忏悔,儒家则言修德以胜妖:二氏治其末,儒者治其本也。族祖雷阳公畜数羊,一羊忽人立而舞。众以为不祥,将杀羊。雷阳公曰:"羊何能舞,有凭之者也。石言于晋[④],《左传》之义明矣。祸已成欤,杀羊何益?祸未成而鬼神以是警余也,修德而已,岂在杀羊?"自是一言一动,如对圣贤。后以顺治乙酉拔贡,戊子中副榜,终于通判,讫无纤芥之祸。

---

① 瘿(yǐng)磊——脖子上的瘤子。树木表面木瘤累累。

② 《群芳谱》——明王象晋撰。

③ 《野菜谱》——明王磐撰。

④ 石言于晋——《左传·昭公八年》载,石言于晋魏榆(地名),表示上天对晋侯执政的不满。

三从兄晓东言：雍正丁未会试归，见一丐妇，口生于项上，饮啜如常人。其人妖也耶？余曰："此偶感异气耳，非妖也。骈拇枝指，亦异于众，可曰妖乎哉！余所见有豕两身一首者，有牛背生一足者。又于闻家庙社会见一人，右手掌大如箕，指大如椎，而左手则如常；日以右手操笔鬻字画。使谈谶纬者见之，必曰此豕祸，此牛祸，此人痾也，是将兆某患；或曰，是为某事之应。然余所见诸异，讫毫无征验也。故余于汉儒之学，最不信《春秋》阴阳、《洪范五行传》①；于宋儒之学，最不信河图洛书、《皇极经世》②。"

房师孙端人先生，文章淹雅，而性嗜酒。醉后所作，与醒时无异。馆阁诸公，以为斗酒百篇③之亚也。督学云南时，月夜独饮竹丛下，恍惚见一人注视壶盏，状若朵颐④。心知鬼物，亦不恐怖，但以手按盏曰："今日酒无多，不能相让。"其人瑟缩而隐。醒而悔之，曰："能来猎酒，定非俗鬼。肯向我猎酒，视我亦不薄。奈何辜其相访意。"市佳酿三巨碗，夜以小几陈竹间。次日视之，酒如故。叹曰："此公非但风雅，兼亦狷介。稍与相戏，便涓滴不尝。"幕客或曰："鬼神但歆其气，岂真能饮！"先生慨然曰："然则饮酒宜及未为鬼时，勿将来徒歆其气。"先生侄渔珊，在福建学幕，为余述之。觉魏晋诸贤，去人不远也。

钱塘俞君祺，(偶忘其字，似是佑申也。)乾隆癸未，在余学署。偶见其《野泊不寐》诗曰："芦荻荒寒野水平，四围唧唧夜虫声。长眠人亦眠难稳，独倚枯松看月明。"余曰："杜甫诗曰：'巴童浑不寝，夜半有行舟。'张继诗曰：'姑苏城外寒山寺，夜半钟声到客船。'均从对面落笔，以半夜得闻，写出未睡，非咏巴童舟、寒山寺钟也。君用此法，可谓善于夺胎。然

① 《洪范五行传》——汉刘向撰，已佚，基本内容存于《汉书·五行志》。
② 《皇极经世》——宋代邵雍撰。
③ 斗酒百篇——典出杜甫《饮中八仙歌》："李白斗酒诗百篇，长安市上酒家眠。"
④ 朵颐——鼓动腮颊，嚼食的样子。

杜、张所言是眼前景物,君忽然说鬼,不太鹘兀乎?”俞君曰:“是夕实遥见月下一人倚树立,似是文士。拟就谈以破岑寂,相去十余步,竟冉冉没,故有此语。”钟忻湖戏曰:“‘云中鸡犬刘安过,月里笙歌炀帝归①。’唐人谓之见鬼诗,犹嫌假借。如公此作,乃真不愧此名。”

霍丈易书言:闻诸海大司农曰:“有世家子,读书坟园。园外居民数十家,皆巨室之守墓者也。一日,于墙缺见丽女露半面,方欲注视,已避去。越数日,见于墙外采野花,时时凝睇望墙内,或竟登墙缺,露其半身,以为东家之窥宋玉②也,颇萦梦想。而私念居此地者皆粗材,不应有此艳质;又所见皆荆布,不应此女独靓妆,心疑为狐鬼。故虽流目送盼,而未通一词。一夕,独立树下,闻墙外二女私语。一女曰:‘汝意中人方步月,何不就之?’一女曰:‘彼方疑我为狐鬼,何必徒使惊怖!’一女又曰:‘青天白日,安有狐鬼?痴儿不解事至此。’世家子闻之窃喜,褰衣欲出,忽猛省曰:‘自称非狐鬼,其为狐鬼也确矣。天下小人未有自称小人者,岂唯不自称,且无不痛诋小人以自明非小人者。此魅用此术也。’掉臂竟返。次日密访之,果无此二女。此二女亦不再来。”

吴林塘言:曩游秦陇,闻有猎者在少华山麓,见二人儽③然卧树下。呼之犹能强起,问:“何困踬于此?”其一曰:“吾等皆为狐魅者也。初,我夜行失道,投宿一山家,有少女绝妍丽,伺隙调我。我意不自持,即相媟狎。为其父母所窥,甚见詈辱。我拜跪,始免捶挞。既而闻其父母絮絮语,若有所议者。次日,竟纳我为婿,唯约山上有主人,女须更番执役,五日一上直,五日乃返。我亦安之。半载后,病瘵,夜嗽不能寝,散步林下。闻有笑语声,偶往寻视,见屋数楹,有人拥我妇坐石看月。不胜恚忿,力疾

① “云中鸡犬刘安过,月里笙歌炀帝归”——汉淮南王刘安成仙,其所服仙药还搁在院子里,鸡犬舐啄之,尽得升天。事见东晋葛洪《神仙传》。

② 宋玉——见宋玉《登徒子好色赋》。

③ 儽(lěi)——憔悴、颓丧的样子。

欲与角。其人亦怒曰:‘鼠辈乃敢瞰我妇!’亦奋起相搏。幸其亦病惫,相牵并仆。妇安坐石上,嬉笑曰:‘尔辈勿斗,吾明告尔:吾实往来于两家,皆托云上直,使尔辈休息五日,蓄精以供采补耳。今吾事已露,尔辈精亦竭,无所用尔辈。吾去矣。’奄忽不见。两人迷不能出,故饿踣于此,幸遇君等得拯也。”其一人语亦同。猎者食以乾糒①,稍能举步,使引视其处。二人共诧曰:“向者墙垣故土,梁柱故木,门故可开合,窗故可启闭,皆确有形质,非幻影也。今何皆土窟耶?院中地平如砥,净如拭。今何土窟以外,崎岖不容足耶?窟广不数尺,狐自容可矣,何以容我二人?岂我二人之形亦为所幻化耶?”一人见对面崖上有破磁,曰:“此我持以登楼失手所碎,今峭壁无路,当时何以上下耶?”四顾徘徊,皆惘惘如梦。二人恨狐女甚,请猎者入山捕之。猎者曰:“邂逅相遇,便成佳偶,世无此便宜事。事太便宜,必有不便宜者存。鱼吞钩,贪饵故也;猩猩刺血②,嗜酒故也。尔二人宜自恨,亦何恨于狐?”二人乃悯默而止。

林塘又言:有少年为狐所媚,日渐羸困,狐犹时时来。后复共寝,已疲顿不能御女。狐乃披衣欲辞去,少年泣涕挽留,狐殊不顾。怒责其寡情,狐亦怒曰:“与君本无夫妇义,特为采补来耳。君膏髓已竭,吾何所取而不去!此如以势交者,势败则离;以财交者,财尽则散。当其委曲相媚,本为势与财,非有情于其人也。君于某家某家,皆向日附门墙,今何久绝音问耶?乃独责我!”其音甚厉,侍疾者闻之皆叹息。少年乃反面向内,寂无一言。

汪旭初言:见扶乩者,其仙自称张紫阳③。叩以《悟真篇》,弗能答也,但判曰“金丹大道,不敢轻传”而已。会有仆妇窃资逃,仆叩问:“尚可追捕否?”仙判曰:“尔过去生中,以财诱人,买其妻;又诱之饮博,仍取其财。此人今世相遇,诱汝妇逃者,买妻报;并窃资者,取财报也。冥数先定,追

---

① 糒(bèi)——干粮。
② 猩猩刺血——据传猩血可以当染料,故人捉猩来放血。
③ 张紫阳——宋代人,名伯端,号紫阳。

捕亦不得,不如已也。”旭初曰:“真仙自不妄语。然此论一出,凡奸盗皆诿诸夙因,可勿追捕,不推波助澜乎?”乩不能答。有疑之者曰:“此扶乩人多从狡狯恶少游,安知不有人匿仆妻而教之作此语?”阴使人侦之。薄暮,果赴一曲巷。登屋脊密伺,则聚而呼卢,仆妇方艳饰行酒矣。潜呼逻卒围所居,乃弭首就缚。律禁师、巫,为奸民窜伏其中也。蓝道行①尝假此术以败严嵩,论者不甚以为非,恶嵩故也。然杨、沈诸公②,喋血碎首而不能争者,一方士从容谈笑,乃制其死命,则其力亦大矣。幸所排者为嵩,使因而排及清流,虽韩、范、富、欧阳③,能与枝梧乎?故乩仙之术,士大夫偶然游戏,倡和诗词,等诸观剧则可;若借卜吉凶,君子当怖其卒也。

从叔梅庵公曰:“淮镇人家有空屋五间,别为院落,用以贮杂物。儿童多往嬉游,跳掷践踏,颇为喧扰。键户禁之,则窃逾短墙入。乃大书一帖粘户上,曰:‘此房狐仙所住,毋得秽污!’姑以怖儿童云尔。数日后,夜闻窗外语:‘感君见招,今已移入,当为君坚守此院也。’自后人有入者,辄为砖瓦所击,并僮奴运杂物者亦不敢往。久而不治,竟全就圮颓,狐仙乃去。此之谓‘妖由人兴’。”

余有庄在沧州南,曰上河涯,今鬻之矣。旧有水明楼五楹,下瞰卫河。帆樯来往栏楯下,与外祖雪峰张公家度帆楼,皆游眺佳处。先祖母太夫人夏月每居是纳凉,诸孙更番随侍焉。一日,余推窗南望,见男妇数十人,登一渡船,缆已解。一人忽奋拳击一叟落近岸浅水中,衣履皆濡。方坐起愤詈,船已鼓棹去。时卫河暴涨,洪波直泻,汹涌有声。一粮艘张双帆顺流来。急如激箭,触渡船,碎如柿。数十人并没,唯此叟存,乃转怒为喜,合掌诵佛号。问其何适。曰:“昨闻有族弟得二十金,鬻童养媳为人妾,以今日成券,急质田得金如其数,赍之往赎耳。”众同声曰:“此一击神所使也。”促

① 蓝道行——明代方士。
② 杨、沈——明代名臣杨继盛、沈炼,为严嵩迫害致死。
③ 韩、范、富、欧阳——北宋名臣韩琦、范仲淹、富弼、欧阳修。

换渡船送之过。时余方十岁,但闻为赵家庄人,惜未问其名姓。此雍正癸丑事。又先太夫人言:沧州人有逼嫁其弟妇而鬻两侄女于青楼者,里人皆不平。一日,腰金贩绿豆泛巨舟诣天津,晚泊河干,坐船舷濯足。忽西岸一盐舟纤索中断,横扫而过,两舷相切,自膝以下,筋骨糜碎如割截,号呼数日乃死。先外祖一仆闻之,急奔告曰:"某甲得如是惨祸,真大怪事!"先外祖徐曰:"此事不怪。若竟不如此,反是怪事。"此雍正甲辰、乙巳间事。

交河王洪绪言:高川刘某,住屋七楹:自居中三楹,东厢二楹,以妻殁无葬地,停柩其中;西厢二楹,幼子与其妹居之。一夕,闻儿啼甚急,而不闻妹语。疑其在灶室未归,从窗罅视已熄灯否,月明之下,见黑烟一道,蜿蜒从东厢户下出,萦绕西厢窗下,久之不去。迨妹醒拊儿,黑烟乃冉冉敛入东厢去。心知妻之魂也。自后每月夜闻儿啼,潜起窥视,所见皆然。以语其妹,妹为之感泣。悲哉,父母之心,死尚不忘其子乎!人子追念其父母,能如是否乎?

先师桂林吕公闇斋言:其乡有官邑令者,莅任之日,梦其房师某公,容色憔悴,若重有忧者。邑令蹙然迎拜曰:"旅榇未归,是诸弟子之过也,然念之未敢忘。今幸托荫得一官,将拮据营窀穸①矣。"——盖某公卒于戍所,尚浮厝僧院也。——某公曰:"甚善。然归我之骨,不如归我之魂。子知我骨在滇南,不知我魂羁于此也。我初为此邑令,有试垦污莱②者,吾误报升科③。诉者纷纷,吾心知其词直,而恐干吏议,百计回护,使不得申,遂至今为民累。土神诉与东岳,岳神谓事由疏舛,虽无自利之心,然恐以检举妨迁擢,则其罪与自利等。牒摄吾魂,羁留于此,待此浮粮减免,然后得归。困苦饥寒,所不忍道。回思一时爵禄,所得几何?而业海茫茫,

① 窀穸(zhūn xī)——墓穴。

② 污莱——积水的洼地与杂草丛生的高地。指荒地。

③ 升科——清代新开垦荒地,在一定年限之内不纳税;过一定年限后才按照一般田地征收钱粮,叫升科。

竟杳无崖岸，诚不胜泣血椎心。今幸子来官此，傥念平生知遇，为吁请蠲除，则我得重入转轮，脱离鬼趣。虽生前遗蜕，委诸蝼蚁，亦非所憾矣。”邑令检视旧牍，果有此事。后为宛转请豁，又恍惚梦其来别云。

交河及方言曰：“说鬼者多诞，然亦有理似可信者。雍正乙卯七月，泊舟静海之南。微月朦胧，散步岸上，见二人坐柳下对谈。试往就之，亦欣然延坐。谛听所说，乃皆幽冥事。疑其为鬼，瑟缩欲遁。二人止之曰：‘君勿讶，我等非鬼：一走无常，一视鬼者也。’问：‘何以能视鬼？’曰：‘生而如是，莫知所以然。’又问：‘何以走无常？’曰：‘梦寝中忽被拘役，亦莫知所以然也。’共话至二鼓，大抵缕陈报应。因问：‘冥司以儒理断狱耶？以佛理断狱耶？’视鬼者曰：‘吾能见鬼，而不能与鬼语，不知此事。’走无常曰：‘君无须问此，只问己心。问心无愧，即阴律所谓善；问心有愧，即阴律所谓恶。公是公非，幽明一理，何分儒与佛乎？’其说平易，竟不类巫觋①语也。”

里有视鬼者曰：“鬼亦恒憧憧扰扰，若有所营，但不知所营何事；亦有喜怒哀乐，但不知其何由。大抵鬼与鬼竞，亦如人与人竞耳。然微阴不足敌盛阳，故莫不畏人。其不畏人者，一由人据所居，鬼刺促不安，故现变相驱之去；一由祟人求祭享；一由桀骜强魂，戾气未消。如人世无赖，横行为暴，皆遇气旺者避，遇运蹇者乃敢侵。或有冤魂厉魄，得请于神，报复以申积恨者，不在此数。若夫欲心所感，淫鬼应之；杀心所感，厉鬼应之；愤心所感，怨鬼应之，则皆由其人之自召，更不在此数矣。我尝清明上冢，见游女踏青，其妖媚弄姿者，诸鬼随之嬉笑；其幽闲贞静者，左右无一鬼。又尝见学宫有数鬼，教谕鲍先生出，（先生讳梓，南宫人，官献县教谕。载县志《循吏传》。）则瑟缩伏草间；训导某先生出，则跳掷自如。然则鬼之敢侮与否，尤视乎其人哉！”

---

① 巫觋（xí）——古代称女巫为巫，男巫为觋，合称巫觋。

侍姬之母沈媪言:盐山有刘某者,患癃[①]闭,百药不验。一夕,梦神语曰:“铜头煅灰,酒服之,即通。”问:“铜头何物?”曰:“汝辈所谓蝼蛄也。”试之果愈。余谓此湿热蕴结,以湿热攻湿热,借其窜利下行之性耳。若州都之官,气不能化,则求之于本原,非此物所能导也。

梁铁幢副宪言:有夜行者,于竹林边见一物,似人非人,蠢蠢然摸索而行。叱之不应,知为精魅,拾瓦石击之。其物化为黑烟,缩入林内,啾啾作声曰:“我缘宿业,堕饿鬼道中,既瞽且聋,艰苦万状。公何忍复相逼?”乃委之而去。余《栾阳消夏录》中,记王菊庄所言女鬼以巧于谗构受哑报,此鬼受聋瞽报 ,其聪明过甚者乎!

先师汪文端公言:有欲谋害异党者,苦无善计。有黠者密侦知之,阴裹药以献,曰:“此药入腹即死,然死时情状,与病卒无异;虽蒸骨验之,亦与病卒无异也。”其人大喜,留之饮。归则以是夕卒矣。盖先以其药饵之,为灭口计矣。公因叹息曰:“献药者杀人以媚人,而先自杀也。用其药者,先杀人以灭口,而口终不可灭也。纷纷机械何为乎?”张樊川前辈时在座,因言有好娈童者,悦一宦家子。度无可得理,阴属所爱姬托媒妪招之,约会于别墅,将执而胁污焉。届期,闻已至,疾往掩捕。突失足堕荷塘板桥下,几于灭顶。喧呼掖出,则宦家子已遁,姬已鬓乱钗横矣。盖是子美秀甚,姬亦悦之故也。后无故开阁放此姬,婢妪乃稍泄其事。阴谋者鬼神所忌,殆不虚矣。

卖花者顾媪,持一旧瓷器求售:似笔洗而略浅,四周内外及底皆有

---

① 癃(lóng)——小便不通。

泑[①]色，似哥窑[②]而无冰纹，中平如砚，独露瓷骨[③]，边线界画甚明，不出入毫发，殊非剥落。不知何器，以无用还之。后见《广异志》[④]载嵇胡见石室道士案头朱笔及杯语，《乾𦠆子》[⑤]载何元让所见天狐有朱盏笔砚语，又《逸史》[⑥]载叶法善有持朱钵画符语，乃悟唐以前无朱砚，点勘文籍，则研朱于杯盏；大笔濡染，则贮朱于钵。杯盏略小而口哆，以便掭笔；钵稍大而口敛，以便多注浓渖也。顾媪所持，盖即朱盏，向来赏鉴家未及见耳。急呼之来，问："此盏何往？"曰："本以三十钱买得，云出自井中。因公斥为无用，以二十钱卖诸杂物摊上。今将及一年，不能复问所在矣。"深为惋惜。世多以高价市赝物，而真古器或往往见摈。余尚非规方竹漆断纹[⑦]者，而交臂失之尚如此。然则蓄宝不彰者，可胜数哉。（余后又得一朱盏，制与此同，为陈望之抚军持去。乃知此物世尚多有，第人不识耳。）

先师介公野园言：亲串中有不畏鬼者，闻有凶宅，辄往宿。或言西山某寺后阁，多见变怪。是岁值乡试，因僦住其中。奇形诡状，每夜环绕几榻间，处之恬然，然亦弗能害也。一夕月明，推窗四望，见艳女立树下，咥然曰："怖我不动，来魅我耶？尔是何怪，可近前。"女亦咥然曰："尔固不识我，我尔祖姑也，殁葬此山。闻尔日日与鬼角，尔读书十余年，将徒博一不畏鬼之名耶？抑亦思奋身科目，为祖父光、为门户计耶？今夜而斗争，昼而倦卧，试期日近，举业全荒，岂尔父尔母遣尔裹粮入山之本志哉？我虽居泉壤，于母家不能无情，故正言告尔。尔试思之。"言讫而隐。私念所言颇有理，乃束装归。归而详问父母，乃无是祖姑。大悔，顿足曰："吾

---

① 泑（yōu）——瓷器色泽光滑油亮。

② 哥窑——宋瓷窑名。地址在浙江龙泉县南。

③ 瓷骨——瓷器上无釉之处。

④ 《广异志》——唐代戴孚撰。

⑤ 《乾𦠆子》——唐代温庭筠撰。

⑥ 《逸史》——唐代卢撰。

⑦ 规方竹漆断纹——方竹，方形的竹子；断纹，断纹的古琴。二者都是珍奇之物。把方竹削圆，把古琴重新上漆，比喻不识货。典出宋张表臣《珊瑚钩诗话》。

乃为黠鬼所卖。”奋然欲再往 。其友曰:“鬼不敢以力争,而幻其形以善言解,鬼畏尔矣,尔何必追穷寇!”乃止。此友可谓善解纷矣。然鬼所言者正理也,正理不能禁,而权词能禁之,可以悟销熔刚气之道也。

前记阁学札公祖墓巨蟒事,据总宪舒穆噜公之言也。壬子三月初十日,蒋少司农戟门邀看桃花,适与札公联坐,因叩其详。知舒穆噜公之语不诬。札公又曰:“尚有一轶事,舒穆噜公未知也。守墓者之妻刘媪,恒与此蟒同寝处,蟠其榻上几满。来必饮以火酒,注巨碗中,蟒举首一嗅,酒减分许,所余已味淡如水矣。凭刘媪与人疗病,亦多有验。一旦,有欲买此蟒者,给刘媪钱八千,乘其醉而舁之去。去后,媪忽发狂曰:‘我待汝不薄,汝乃卖我。我必褫汝魄。’自挝不止。媪之弟奔告札公。札公自往视,亦无如何。逾数刻竟死。夫妖物凭附女巫,事所恒有;忤妖物而致祸,亦事所恒有。唯得钱卖妖,其事颇奇;而有人出钱以买妖,尤奇之奇耳。此蟒今犹在,其地在西直门外,土人谓之红果园。”

育婴堂、养济院,是处有之。唯沧州别有一院养瞽者,而不隶于官。瞽者刘君瑞曰:“昔有选人陈某,过沧州,资斧匮竭,无可告贷,进退无路,将自投于河。有瞽者悯之,倾囊以助其行。选人入京,竟得官,荐至州牧。念念不能忘瞽者,自赍数百金,将申漂母之报①。而偏觅瞽者不可得,并其姓名无知者。乃捐金建是院,以收养瞽者。此瞽者与此选人,均可谓古之人矣。”君瑞又言:“众瞽者留室一楹,旦夕炷香拜陈公。”余谓陈公之侧,瞽者亦宜设一坐。君瑞嗫嚅曰:“瞽者安可与官坐?”余曰:“如以其官而祀之,则瞽者自不可坐。如以其义而祀之,则瞽者之义与官等,何不可坐耶?”此事在康熙中,君瑞告余在乾隆乙亥、丙子间,尚能举居是院者为某某。今已三十余年,不知其存与废矣。

① 漂母之报——漂母,在河边漂洗衣服的老妇人。《史记·淮阴侯列传》载韩信穷困之时,漂母与他饭食,后韩信为楚王,赐漂母以千金。

明季兵乱，曾伯祖镇番公年甫十一，被掠至临清。遇旧客作李守敬，以独轮车送归。崎岖戎马之间，濒危者数，终不舍去也。时宋太夫人在，酬以金。先顿首谢，然后置金于案曰："故主流离，心所不忍，岂为求赏来耶！"泣拜而别，自后不复再至矣。守敬性戆直，侪辈有作奸者，辄龂龂与争，故为众口所排去。而患难之际，不负其心乃如此。

事有先兆，莫知其然。如日将出而霞明，雨将至而础润，动乎彼则应乎此也。余自四岁至今，无一日离笔砚。壬子三月初二日，偶在直庐，戏语诸公曰："昔陶靖节①自作挽歌，余亦自题一联曰：'浮沉宦海如鸥鸟，生死书丛似蠹鱼。'百年之后，诸公书以见挽足矣。"刘石庵参知曰："上句殊不类公，若以挽陆耳山，乃确当耳。"越三日而耳山讣音至，岂非机之先见欤！

申苍岭先生言：有士人读书别业，墙外有废冢，莫知为谁。园丁言夜中或有吟哦声，潜听数夕，无所闻。一夕，忽闻之。急持酒往浇冢上曰："泉下苦吟，定为词客。幽明虽隔，气类不殊。肯现身一共谈乎？"俄有人影冉冉出树荫中，忽掉头竟去。殷勤拜祷，至再至三。微闻树外人语曰："感君见赏，不敢以异物自疑。方拟一接清谈，破百年之岑寂。及遥观丰采，乃衣冠华美，翩翩有富贵之容，与我辈郊袍，殊非同调。士各有志，未敢相亲。唯君委曲谅之。"士人怅怅而返，自是并吟哦亦不闻矣。余曰："此先生玩世之寓言耳。此语既未亲闻，又旁无闻者，岂此士人为鬼揶揄，尚肯自述耶？"先生掀髯曰："钽麑槐下之词②浑良夫梦中之噪③，谁闻之欤？子乃独诘老夫也！"

---

① 陶靖节——晋陶渊明，世号靖节先生。

② 钽麑槐下之词——组麑为春秋时晋国大力士，晋灵公残暴，命其往杀赵盾；钽麑见赵盾贤明，不忍杀，触庭槐自杀。事见《左传·宣公二年》。

③ 浑良夫梦中之噪——《左传·哀公十七年》："卫侯梦于北宫，见人登昆吾之观，被发北面而噪曰：'……余为浑良夫，叫天无辜。'"

邱孝廉二田言:永春山中有废寺,皆焦土也。相传初有僧居之,僧善咒术。其徒夜或见山魈,请禁制之。僧曰:“人自人,妖自妖,两无涉也。人自行于昼,妖自行于夜,两无害也。万物并生,各适其适。妖不禁人昼出,而人禁妖夜出乎?”久而昼亦嬲人,僧寮无宁宇,始施咒术。而气候已成,党羽已众,竟不可禁制矣。愤而云游,求善劾治者偕之归。登坛檄将,雷火下击,妖歼而寺亦烬焉。僧拊膺曰:“吾之罪也!夫吾咒术始足以胜之,而弗肯胜也;吾道力不足以胜之,而妄欲胜也。博善化之虚名,溃败决裂乃至此。养痈贻患,我之谓也夫!”

飞车刘八,从孙树珊之御者也。其御车极鞭策之威,尽驰驱之力,遇同行者,必驀越其前而后已,故得此名。马之强弱所不问,马之饥饱所不问,马之生死亦所不问也。历数主,杀马颇多。一日,御树珊往群从家,以空车返。中路马轶,为轮所轧,仆辙中。其伤颇轻,竟昏瞀不知人,舁归则气已绝矣。好胜者必自及,不仁者亦必自及。东野稷①以善御名一国,而极马之力,终以败驾。况此役夫哉!自陨其生,非不幸也。

先祖光禄公,有庄在沧州卫河东。以地恒积潦,其水左右斜袤如人字,故名人字汪。后土语讹人字曰银子,又 转汪为洼,以吹唇声轻呼之,音乃近娃,弥失其真矣。土瘠而民贫,雕敝日甚。庄南八里为狼儿口。(土语以狼儿二字合声吹唇呼之,音近辣,平声。)光禄公曰:“人对狼口,宜其不蕃也。”乃改庄门背向。直北五里曰木沽口,(沽字土音在果戈之间。)自改门后,人字汪渐富腴,而木沽口渐雕敝矣。其地气转移欤?抑孤虚之说竟真有之?

人字汪场中有积柴,(俗谓之垛。)多年矣。土人谓中有灵怪,犯之多致灾祸;有疾病,祷之亦或验。莫敢撷一茎,拈一叶也。雍正乙巳,岁大

① 东野稷——《庄子·达生》中所称善于骑马驾车者。

饥，光禄公捐粟六千石，煮粥以赈。一日，柴不给，欲用此柴，而莫敢举手。乃自往祝曰："汝既有神，必能达理。今数千人枵腹待毙，汝岂无恻隐心？我拟移汝守仓，而取此柴活饥者，谅汝不拒也。"祝讫，麾众拽取，毫无变异。柴尽，得一秃尾巨蛇，蟠伏不动；以巨畚舁入仓中，斯须不见。从此亦遂无灵。然迄今六七十年，无敢窃入盗粟者，以有守仓之约故也。物至毒而不能不为理所屈，妖不胜德，此之谓矣。

从孙树宝言：韩店史某，贫彻骨。父将殁，家惟存一青布袍，将以殓。其母曰："家久不举火，持此易米，尚可多活月余，何为委之土中乎？"史某不忍，卒以殓。此事人多知之。会有失银钏者，大索不得。史某忽得于粪壤中。皆曰："此天偿汝衣，旌汝孝也。"失钏者以钱六千赎之，恰符衣价。此近日事。或曰："偶然也。"余曰："如以为偶，则王祥①固不再得鱼，孟宗②固不再生笋也。幽明之感应，恒以一事示其机耳。汝乌乎知之！"

景州李晴[illegible]言：有刘生训蒙于古寺，一夕，微月之下，闻窗外窸窣声；自隙窥之，墙缺似有二人影，急呼有盗。忽隔墙语曰："我辈非盗，来有求于君者也。"骇问："何求？"曰："猥以夙业，堕饿鬼道中，已将百载。每闻僧厨炊煮，辄饥火如焚。窥君似有慈心，残羹冷粥，赐一浇奠可乎？"问："佛家经忏，足济冥途，何不向寺僧求超拔？"曰："鬼逢超拔，是亦前因。我辈过去生中，营营仕宦，势盛则趋附，势败则掉臂如路人。当其得志，本未扶穷救厄，造有善因；今日势败，又安能遇是善缘乎？所幸货赂丰盈，不甚爱惜，孤寒故旧，尚小有周旋。故或能时遇矜怜，得一沾余沥。不然，则

① 王祥——汉末人，事继母至孝，卧冰取鲤鱼事母。事见《世说新语·德行》篇。参见卷八第15则注。

② 孟宗——三国时吴人，事母至孝，其母嗜笋，值冬天无笋，孟宗入竹林哭泣，笋为之生。事见《三国志·吴·孙皓传》注引《楚国先贤传》。

如目连母[①]键在大地狱中，食至口边，皆化猛火，虽佛力亦无如何矣。”生恻然悯之，许如所请，鬼感激呜咽去。自是每以残羹剩酒浇墙外，亦似有肸蠁[②]，然不见形，亦不闻语。越岁余，夜闻墙外呼曰：“久叨嘉惠，今来别君。”生问：“何往？”曰：“我二人无计求脱，惟思作善以自拔。此林内野鸟至多，有弹射者，先惊之使高飞；有网罟者，先驱之使勿入。以是一念，感动神明，今已得付转轮也。”生尝举以告人曰：“沈沦之鬼，其力犹可以济物。人奈何谢不能乎？”

族兄中涵知旌德县时，近城有虎暴，伤猎户数人，不能捕。邑人请曰：“非聘徽州唐打猎，不能除此患也。”（休宁戴东原曰：“明代有唐某，甫新婚而戕于虎。其妇后生一子，祝之曰：‘尔不能杀虎，非我子也；后世子孙如不能杀虎，亦皆非我子孙也。’故唐氏世世能捕虎。”）乃遣吏持币往。归报唐氏选艺至精者二人，行且至。至则一老翁，须发皓然，时咯咯作嗽；一童子十六七耳。大失望，姑命具食。老翁察中涵意不满，半跪启曰：“闻此虎距城不五里，先往捕之，赐食未晚也。”遂命役导往。役至谷口，不敢行。老翁哂曰：“我在，尔尚畏耶？”入谷将半，老翁顾童子曰：“此畜似尚睡，汝呼之醒。”童子作虎啸声。果自林中出，径搏老翁。老翁手一短柄斧，纵八九寸，横半之，奋臂屹立。虎扑至，侧首让之。虎自顶上跃过，已血流仆地。视之，自颔下至尾闾，皆触斧裂矣。乃厚赠遣之。老翁自言炼臂十年，炼目十年。其目以毛帚扫之不瞬，其臂使壮夫攀之，悬身下缒不能动。《庄子》曰：“习伏众神，巧者不过习者之门。”信夫。尝见史舍人嗣彪，暗中捉笔书条幅，与秉烛无异。又闻静海励文恪公，剪方寸纸一百片，书一字其上，片片向日叠映，无一笔丝毫出入。均习而已矣，非别有谬巧也。

---

① 目连母——目连传说为释迦牟尼十大弟子之一。其母死，坠入地狱饿鬼道中，目连入地狱救母。此为民间流行最广的佛教故事。唐敦煌变文《目连变文》即取材于这一故事。

② 肸蠁（xī xiǎng）——弥漫、散布（指声响或气体）。

李庆子言：山东民家，有狐居其屋数世矣。不见其形，亦不闻其语；或夜有火烛盗贼，则击扉撼窗，使主人知觉而已。屋或漏损，则有银钱铿然坠几上。即为修葺，计所给恒浮所费十之二。若相酬者，岁时必有小馈遗置窗外。或以食物答之，置其窗下，转瞬即不见矣。从不出嬲人，儿童或反嬲之，戏以瓦砾掷窗内，仍自窗还掷出。或欲观其掷出，投之不已，亦掷出不已，终不怒也。一日，忽檐际语曰："君虽农家，而子孝弟友，妇姑娣姒皆婉顺，恒为善神所护，故久住君家避雷劫。今大劫已过，敬谢主人，吾去矣。"自此遂绝。从来狐居人家，无如是之谨饬者，其有得于老氏"和光①"之旨欤！卒以谨饬自全，不遭劾治之祸，其所见加人一等矣。

从侄虞惇，从兄懋园之子也。壬子三月，随余勘文渊阁书，同在海淀槐西老屋。（余婿袁煦之别业，余葺治之，为轮对上直憩息之地。）言懋园有朱漆藤枕，崔庄社会之所买，有年矣。一年夏日，每枕之，辄嗡嗡有声，以为作劳耳鸣也。旬余后，其声渐厉，似飞虫之振羽。又月余，声达于外，不待就枕始闻矣。疑而剖视，则一细腰蜂鼓翼出焉。枕四围无针芥隙，蜂何能遗种于内？如未漆时先遗种，何以越数岁乃生？或曰："化生也。"然蜂生以蛹，不以化。即果化生，何以他处不化而化于枕？他枕不化而化于此枕？枕中不饮不食，何以两月余犹活？设不剖出，将不死乎？此理殊不可晓也。

虞惇又言：掖县林知州禹门，其受业师也。自言其祖年八十余，已昏耄不识人，亦不能步履，然犹善饭。唯枯坐一室，苦郁郁不适。子孙恒以椅舁至门外延眺，以为消遣。一日，命侍者入取物，独坐以俟。侍者出，则并椅失之矣。合家悲泣惶骇，莫知所为；裹粮四出求之，亦无踪迹。会有友人自劳山来，途遇禹门，遥呼曰："若非觅若祖乎？今在山中某寺，无恙也。"急驰访之，果然。其地距掖数百里，僧不知其何以至。其祖但觉有二人舁之飞行，亦不知其为谁也。此事极怪而非怪，殆山魈狐魅播弄老人以为游戏耳。

---

① 和光——和光同尘。把光荣和尘浊同等看等。《老子》："和其光，同其尘。"

戈孝廉廷模，字式之，芥舟前辈长子也。天姿朗彻，诗格书法，并有父风。于父执中独师事余。余期以远到，乃年四十余，始选一学官。后得心疾，忽发忽止，竟夭天年。余深悲之，偶与从孙树珏谈及。树珏因言其未殁以前，读书至夜半，偶即景得句曰:“秋入幽窗灯黯淡。”属对未就，忽其友某揭帘入，延与坐谈，因告以此句。其友曰:“何不对以‘魂归故里月凄清。’”式之愕然曰:“君何作鬼语?”转瞬不见，乃悟其非人。盖衰气先见，鬼感衰气应之也。故式之不久亦下世。与《灵怪集》[①]载曹唐《江陵佛寺》诗“水底有天春漠漠”一联事颇相类。

曹慕堂宗丞言:有夜行遇鬼者，奋力与角。俄群鬼大集，或抛掷沙砾，或牵拽手足。左右支吾，大受捶击，颠踣者数矣。而愤恚弥甚，犹死斗不休。忽坡上有老僧持灯呼曰:“檀越且止！此地鬼之窟宅也，檀越虽猛士，已陷重围。客主异形，众寡异势，以一人气血之勇，敌此辈无穷之变幻，虽贲、育[②]无幸胜也，况不如贲、育者乎？知难而退，乃为豪杰。何不暂忍一时，随老僧权宿荒刹耶!”此人顿悟，奋身脱出，随其灯影而行。群鬼渐远，老僧亦不知所往。坐息至晓，始觅得路归。此僧不知是人是鬼，可谓善知识耳。

海淀人捕得一巨鸟，状类苍鹅，而长喙利吻，目睛突出，眈眈可畏。非鹜非鹳，非鸨非鸬鹚，莫能名之，无敢买者。金海住先生时寓直澄怀园，独买而烹之，味不甚佳。甫食一二脔，觉胸膈间冷如冰雪，坚如铁石;沃以烧春[③]，亦无暖气。委顿数日，乃愈。或曰:“张读《宣室志》载，俗传人死数日后，当有禽自柩中出，曰‘杀。’有郑生者，尝在隰川，与郡官猎于野，网得巨鸟，色苍，高五尺余;解而视之，忽然不见。里中人言有人死且数日，卜者言此日‘杀’当去。其家伺而视之，果有巨鸟苍色自柩中出。”又“《原

① 《灵怪集》——前蜀牛峤撰。

② 贲、育——孟贲、夏育，古代勇士。

③ 烧春——烧酒。

化记》①载，韦滂借宿人家，射落‘杀’鬼，烹而食之，味极甘美。先生所食，或即‘杀’鬼所化，故阴凝之气如是欤！”倪余疆时方同直，闻之笑曰：“是又一终南进士②矣。”

自黄村至丰宜门，（俗谓之南西门。）凡四十里。泉源水脉，络带钩连，积雨后污潦沮洳，车马颇为阻滞。有李秀者，御空车自固安返。见少年约十五六，娟丽如好女，蹩躠③泥涂，状甚困惫。时日已将没，见秀行过，有欲附载之色，而愧沮不言。秀故轻薄，挑与语，邀之同车。忸怩而上。沿途市果饵食之，亦不甚辞。渐相软款，间以调谑。面赧微笑而已。行数里后，视其貌似稍苍，尚不以为意。又行十余里，暮色昏黄，觉眉目亦似渐改。将近南苑之西门，则广颡高颧，鬑鬑有须矣。自讶目眩，不敢致诘。比至逆旅下车，乃须鬓皓白，成一老翁，与秀握手作别曰：“蒙君见爱，怀感良深。惟暮齿衰颜，今夕不堪同榻，愧相负耳。”一笑而去，竟不知为何怪也。秀表弟为余厨役，尝闻秀自言之；且自悔少年无状，致招狐鬼之侮云。

文安王岳芳言：有杨生者，貌姣丽，自虑或遇强暴，乃精习技击，十六七时，已可敌数十人。会诣通州应试，暂住京城。偶独游陶然亭，遇二回人强邀入酒肆。心知其意，姑与饮啖，且故索珍味食。二回人喜甚，因诱至空寺，左右挟坐，遽拥于怀。生一手按一人，并踣于地，以足踏背，各解带反接，抽刀拟颈曰：“敢动者死！”褫其下衣，并淫之；且数之曰：“尔辈年近三十，岂足供狎昵！然尔辈污人多矣，吾为孱弱童子复仇也。”徐释其缚，掉臂径出。后与岳芳同行，遇其一于途，顾之一笑。其人掩面鼠窜去。乃为岳芳具道之。岳芳曰：“戕命者使还命，攘财者使还财，律也，此当相偿者也。唯淫人者有治罪之律，无还使受淫之律，此不当偿者也。子之所为，谓之快心则可，谓之合理则未也。”

---

① 《原化记》——唐皇甫口撰。

② 终南进士——指钟馗。

③ 蹩躠（bié sà）——竭力行进的样子。

从孙树棂言:南村戈孝廉仲坊,至遵祖庄(土语呼榛子庄,遵榛叠韵之讹,祖子双声之转也。相近又有念祖桥,今亦讹为验左。)会曹氏之葬。闻其邻家鸡产一卵,入夜有光。仲坊偕数客往观,时已昏暮,灯下视之,无异常卵;撤去灯火,果吐光荧荧,周卵四围如盘盂。置诸室隅,立门外视之,则一室照耀如昼矣。客或曰:"是鸡为蛟龙所感,故生卵有是变怪。恐久而破壳出,不利主人。"仲坊次日即归,不知其究竟如何也。案木华[1]《海赋》曰:"阳冰不冶,阴火潜然。"盖阳气伏积阴之内,则郁极而外腾。《岭南异物志》[2]称海中所生鱼蜃,置阴处有光。《岭表录异》[3]亦称黄蜡鱼头,夜有光如笼烛,其肉亦片片有光。水之所生,与水同性故也。必海水始有火,必海错始有光者,积水之所聚,即积阴之所凝,故百川不能郁阳气,惟海能郁也。至暑月腐草之为萤,以层阴积雨,阳气蒸而化为虫。塞北之夜亮木,以冰谷雪岩,阳气聚而附于木。萤不久即死,夜亮木移植盆盎,越一两岁亦不生明。出潜离隐,气得舒则渐散耳。唯鸡卵夜光则理不可晓,蛟龙所感之说,亦未必然。按段成式《酉阳杂俎》称岭南毒菌夜有光,杀人至速。盖瘴疠所钟,以温热发为阳焰。此卵或沴厉之气,偶聚于鸡;或鸡多食毒虫,久而蕴结,如毒菌有光之类,亦未可知也。

从侄虞惇言:闻诸任丘刘宗万曰:"有旗人赴任丘催租,适村民夜演剧,观至二鼓乃散。归途酒渴,见树旁茶肆,因系马而入。主人出,言火已熄,但冷茶耳。入室良久,捧茶半杯出,色殷红而稠粘,气似微腥。饮尽,更求益。曰:'瓶已罄矣,当更觅残剩。须坐此稍待,勿相窥也。'既而久待不出,潜窥门隙,则见悬一裸女子,破其腹,以木撑之,而持杯刮取其血。惶骇退出,乘马急奔。闻后有追索茶钱声,沿途不绝。比至居停,已昏瞀坠仆。居停闻马声出视,扶掖入。次日乃苏,述其颠末。共往迹之,至系马之处,唯平芜老树,荒冢累累,丛棘上悬一蛇,中裂其腹,横支以草茎而

[1] 木华——晋代文学家。
[2] 《岭南异物志》——清吴绮撰。
[3] 《岭表录异》——唐代刘恂撰。

已。此与裴硎[①]《传奇》载卢涵遇盟器婢子杀蛇为酒事相类。然婢子留宾，意在求偶。此鬼鬻茶胡为耶？鬼所需者冥镪，又向人索钱何为耶？”

田香谷言：景河镇西南有小村，居民三四十家。有邹某者，夜半闻犬声，披衣出视。微月之下，见屋上有一巨人坐。骇极惊呼，邻里并出。稍稍审谛，乃所畜牛昂首而蹲，不知其何以上也。顷刻喧传，男妇皆来看异事。忽一家火发，焰猛风狂，合村几尽为焦土。乃知此为牛祸，兆回禄[②]也。姚安公曰：“时方纳稼，豆秸谷草，堆秫篱茅屋间，袤延相接。农家作苦，家家夜半皆酣眠。突尔遭焚，则此村无噍类矣。天心仁爱，以此牛惊使梦醒也。何反以为妖哉！”

同郡某孝廉未第时，落拓不羁，多来往青楼中。然倚门者视之，漠然也。唯一妓名椒树者（此妓佚其姓名，此里巷中戏谐之称也。）独赏之，曰：“此君岂长贫贱者哉！”时邀之狎饮，且以夜合资供其读书。比应试，又为捐金治装，且为其家谋薪米。孝廉感之，握臂与盟曰：“吾傥得志，必纳汝。”椒树谢曰：“所以重君者，怪姊妹唯识富家儿；欲人知脂粉绮罗中，尚有巨眼人耳。至白头之约，则非所敢闻。妾性冶荡，必不能作良家妇；如已执箕帚，仍纵怀风月，君何以堪！如幽闭闺阁，如坐囹圄，妾又何以堪！与其始相欢合，终致仳离，何如各留不尽之情，作长相思哉！”后孝廉为县令，屡招之不赴。中年以后，车马日稀，终未尝一至其署。亦可云奇女子矣。使韩淮阴[③]能知此意，乌有“鸟尽弓藏”之憾哉！

胶州法南野，飘泊长安，穷愁颇甚。一日，于李符千御史座上，言曾于泺口旅舍见二诗，其一曰：“流落江湖十四春，徐娘半老尚风尘。西楼一

① 裴硎——唐代传奇小说家。
② 回禄——传说中的火神名。
③ 韩淮阴——汉韩信，封淮阴侯。

枕鸳鸯梦,明月窥窗也笑人。”其二曰:“含情不忍诉琵琶,几度低头掠鬓鸦①。多谢西川贵公子,肯持红烛赏残花②。”不署年月姓名,不知谁作也。余曰:“此君自寓坎坷耳。然五十六字足抵一篇《琵琶行》矣。”

益都李生文渊,南涧弟也。嗜古如南涧,而博辩则过之。不幸夭逝,南涧乞余志其墓。匆匆未果,并其事状失之,至今以为憾也。一日,在余生云精舍讨论古礼,因举所闻一事曰:博山有书生,夜行林莽间,见贵官坐松下,呼与语。谛视,乃其已故表丈某公也,不得已近前拜谒。问家事甚悉。生因问:“古称体魄藏于野,而神依于庙主。丈人有家祠,何为在此?”某公曰:“此泥于古不墓祭之文也。夫庙祭地也,主祭位也,神之来格,以是地是位为依归焉耳。如神常居于庙,常附于主,是世世祖妣与子孙人鬼杂处也。且有庙有主,为有爵禄者言之耳。今一邑一乡之中,能建庙者万家不一二,能立祠者千家不一二,能设主者百家不一二。如神依主而不依墓,是百千亿万贫贱之家,其祖妣皆无依之鬼也,有是理耶?知鬼神之情状者,莫若圣人。明器之礼,自夏后氏以来矣。使神在主而不在墓,则明器当设于庙。乃皆瘗之于墓中,是以器供神而置于神所不至也,圣人顾若是颠耶?卫人之祔离之,殷礼也;鲁人之祔合之,周礼也。孔子善周。使神不在墓,则墓之分合,了无所异,有何善不善耶?《礼》曰:‘父殁而不忍读父之书,手泽存焉尔;母亡而不忍用其杯棬,口泽存焉尔。’一物之微,尚且如是。顾以先人体魄,视如无物;而别植数寸之木,曰此吾父吾母之神也。毋乃不知类耶?寺钟将动,且与子别。子今见吾,此后可毋为竖儒所惑矣。”生匆遽起立,东方已白。视之正其墓道前也。

陈裕斋言:有僦居道观者,与一狐女狎,靡夕不至。忽数日不见,莫测何故。一夜,搴帘含笑入。问其旷隔之由。曰:“观中新来一道士,众目

---

① 鬓鸦——指妇女发髻。

② 此二句化用苏轼《海棠花》——“只恐夜深花睡去,更烧高烛照红妆”典故。苏轼为西川(今四川)人。

曰仙。虑其或有神术，姑暂避之。今夜化形为小鼠，自壁隙潜窥，直大言欺世者耳。故复来也。”问：“何以知其无道力?”曰：“伪仙伪佛，技止二端：其一故为静默，使人不测；其一故为颠狂，使人疑其有所托。然真静默者，必淳穆安恬，凡矜持者伪也。真托于颠狂者，必游行自在，凡张皇者伪也。此如君辈文士，故为名高，或迂僻冷峭，使人疑为狷；或纵酒骂坐，使人疑为狂，同一术耳。此道士张皇甚矣，足知其无能为也。”时共饮钱稼轩先生家，先生曰：“此狐眼光如镜，然词锋太利，未免不留余地矣。”

司炊者曹媪，其子僧也。言尝见粤东一宦家，到寺营斋，云其妻亡已十九年。一夕，灯下见形曰：“自到黄泉，无时不忆，尚冀君百年之后，得一相见。不意今配入转轮，从此茫茫万古，无复会期。故冒冥司之禁，赂监送者来一取别耳。”其夫骇痛，方欲致词，忽旋风入室卷之去，尚隐隐闻泣声。故为饭僧礼忏，资来世福也。此夫此妇，可谓两不相负矣。《长恨歌》①曰：“但令心如金钿坚，天上人间会相见。”安知不以此一念，又种来世因耶!

《桂苑丛谈》②记李卫公以方竹杖赠甘露寺僧，云此竹出大宛国，坚实而正方，节眼须牙，四面对出云云。案方竹今闽、粤多有，不为异物。大宛即今哈萨克，已隶职方，其地从不产竹，乌有所谓方者哉！又《古今注》③载乌孙有青田核，大如六升瓠，空之以盛水，俄而成酒。案乌孙即今伊犁地，问之额鲁特，皆云无此。又《杜阳杂编》④载元载造芸晖堂于私第。芸香，草名也，出于阗国，其香洁白如玉，入土不朽烂；舂之为屑，以涂其壁，故号曰芸晖。于阗即今和阗地，亦未闻此物。唯西域有草名玛努，根似苍术，番僧焚以供佛，颇为珍贵；然色不白，亦不可泥壁。均小说附会之词也。

---

① 《长恨歌》——长诗，唐代白居易撰。

② 《桂苑丛谈》——题唐代冯翊撰。或云作者当为五代严子休。

③ 《古今注》——晋代崔豹撰。

④ 《杜阳杂编》——唐代苏鹗撰。

黎荇塘言:有少年,其父商于外,久不归。无所约束,因为囊家所诱,博负数百金。囊家议代出金偿众,而勒写鬻宅之券。不得已从之。虑无以对母妻,遂不返其家,夜入林自缢。甫结带,闻马蹄隆隆,回顾,乃其父归也。骇问:“何以作此计?”度不能隐,以实告。父殊不怒,曰:“此亦常事,何至于此!吾此次所得尚可抵。汝自归家,吾自往偿金索券可也。”时囊家博未散,其父突排闼入。本皆相识,一一指呼姓字,先斥其诱引之非,次责以逼迫之过。众错愕无可置词。既而曰:“既不肖子写宅券,吾亦难以博诉官。今偿汝金,汝明日分给众人,还我宅券可乎?”囊家知理屈,愿如命。其父乃解腰缠付囊家,一一验入。得券即就灯焚之,愤然而出。其子还家具食,待至晓不归。至囊家侦探,曰:“已焚券去。”方虑有他故。次日,囊家发箧,乃皆纸铤。金所亲收,众目共睹,无以自白,竟出己橐以偿,颇自疑遇鬼。后旬余,讣音果至,殁已数月矣。

李樵风言:杭州涌金门外,有渔舟泊神祠下,闻祠中人语嘈杂。既而神诃曰:“汝曹野鬼,何辱文士?罪当笞。”又闻辩诉曰:“人静月明,诸幽魂暂游水次,稍释羁愁。此二措大①独讲学谈诗,刺刺不止。众皆不解,实所厌闻。窃相耳语,微示不满,稍稍引去则有之,非敢有所触犯也。”神默然,少顷,曰:“论文雅事,亦当择地择人。先生休矣。”俄而磷火如萤,自祠中出。遥闻吃吃笑不已,四散而去。

刘燨,沧州人。其母以康熙壬申生,至乾隆壬子,年一百一岁,尚强健善饭。屡逢恩诏,里胥欲为报官支粟帛,辄固辞弗愿。去岁,欲为请旌建坊,亦固辞弗愿。或询其弗愿之故。慨然曰:“贫家嫠妇,赋命蹇薄,正以颠连困苦,为神道所怜,得此寿耳。一邀过分之福,则死期至矣。”此媪所见殊高。计其生平,必无胶胶扰扰分外之营求,宜其恬然冲静,颐养天和,得以保此长龄矣。

---

① 措大——指贫寒失意的读书人。

卷 十 二

槐西杂志(二)

安中宽言:有人独行林莽间,遇二人,似是文士,吟哦而行。一人怀中落一书册,此人拾得。字甚拙涩,波磔①皆不甚具,仅可辨识。其中或符箓、或药方、或人家春联,纷糅无绪,亦间有经书古文诗句。展阅未竟,二人遽追来夺去,倏忽不见。疑其狐魅也。一纸条飞落草间,俟其去远,觅得之。上有字曰:“《诗经》于字皆音乌,《易经》无字左边无点。”余谓此借言粗材之好讲文艺者也,然能刻意于是,不愈于饮博游冶乎!使读书人能奖励之,其中必有所成就。乃薄而挥之,斥而笑之,是未思圣人之待互乡、阙党②二童子也。讲学家崖岸过峻,使人甘于自暴弃,皆自沽己名,视世道人心如膜外耳。

景州甯逊公,能以琉璃舂碎调漆,堆为擘窠书③。凹凸皴皱,俨若石纹。恒挟技游富贵家,喜索人酒食。或闻燕集,必往搀末席。一日,值吴桥 社会,以所作对联匾额往售。至晚,得数金。忽遇十数人邀之,曰:“我辈欲君殚一月工,堆字若干,分赠亲友,冀得小津润。今先屈先生一餐,明日奉迎至某所。”甯大喜,随入酒肆,共恣饮啖。至漏下初鼓,主人促闭户。十数人一时不见,座上惟甯一人。无可置辩,乃倾囊偿值,懊恼而归。不知为幻术为狐魅也。李露园曰:“此君自宜食此报。”

---

① 波磔(zhé)——书法左撇称波,右捺称磔。

② 互乡、阙党——古地名,不详所在。孔子待二童子之事,分别见《论语·述而》、《论语·宪问》。

③ 擘窠书——指大字。

某公眷一娈童,性柔婉,无市井态,亦无恃宠骄纵意。忽泣涕数日,目尽肿。怪诘其故。慨然曰:“吾日日荐枕席,殊不自觉。昨寓中某与某童狎,吾穴隙窃窥,丑难言状,与横陈之女迥殊。因自思吾一男子而受污如是,悔不可追,故愧愤欲死耳。”某公譬解百方,终怏怏不释。后竟逃去。或曰:“已改易姓名,读书游泮①矣。”梅禹金②有《青泥莲花记》,若此童者,亦近于青泥莲花欤!又奴子张凯,初为沧州隶,后夜闻罪人暗泣声,心动辞去,鬻身于先姚安公。年四十余,无子。一日,其妇临蓐,凯愀然曰:“其女乎!”已而果然。问:“何以知之?”曰:“我为隶时,有某控其妇与邻人张九私。众知其枉,而事涉暧昧,无以代白也。会官遣我拘张九。我禀曰:‘张九初五日以逋赋拘,初八日笞十五去矣。今不知所往,乞宽其限。’官检征比册,良是,怒某曰:‘初七日张九方押禁,何由至汝妇室乎?’杖而遣之。其实别一张九,吾借以支吾得免也。去岁,闻此妇死。昨夜梦其向我拜,知其转生为我女也。”后此女嫁为贾人妇,凯夫妇老且病,竟赖其孝养以终。杨椒山③有《罗刹成佛记》。若此奴者,亦近于罗刹成佛欤!

冯平宇言:有张四喜者,家贫佣作。流转至万全山中,遇翁妪留治圃。爱其勤苦,以女赘之。越数岁,翁妪言往塞外省长女,四喜亦挈妇他适。久而渐觉其为狐,耻与异类偶,伺其独立,潜弯弧射之,中左股。狐女以手拔矢,一跃直至四喜前,持矢数之曰:“君太负心,殊使人恨!虽然,他狐媚人,苟且野合耳。我则父母所命,以礼结婚,有夫妇之义焉。三纲所系,不敢仇君;君既见弃,亦不敢强住聒君。”握四喜之手痛哭,逾数刻,乃蹶然逝。四喜归,越数载,病死,无棺以敛。狐女忽自外哭入,拜谒姑舅,具述始末;且曰:“儿未嫁,故敢来也。”其母感之,詈四喜无良。狐女俯不语。邻妇不平,亦助之詈。狐女瞋视曰:“父母詈儿,无不可者。汝奈何对人之妇,詈人之夫!”振衣竟出,莫知所往。去后,于四喜尸旁得白金五

---

① 游泮——泮,泮宫,古代学宫。明清时州县考试录取为生员而学的,称游泮,也称入泮。

② 梅禹金——明代梅鼎祚。

③ 杨椒山——明代杨继盛。

两,因得成葬。后四喜父母贫困,往往于盎中箧内无意得钱米,盖亦狐女所致也。皆谓此狐非惟形化人,心亦化人矣。或又谓狐虽知礼,不至此,殆平宇故撰此事,以愧人之不如者。姚安公曰:"平宇虽村叟,而立心笃实,平生无一字虚妄;与之谈,讷讷不出口,非能造作语言者也。"

卢观察㧑吉言:在平有夫妇相继死,遗一子,甫周岁。兄嫂咸不顾恤,饿将死。忽一少妇排门入,抱儿于怀,詈其兄嫂曰:"尔弟夫妇尸骨未寒,汝等何忍心至此!不如以儿付我,犹可觅一生活处也。"挈儿竟出,莫知所终。邻里咸目睹之。有知其事者曰:"其弟在日,常昵一狐女。意或不忘旧情,来视遗孤乎?"是亦张四喜妇之亚也。

乌鲁木齐多狭斜,小楼深巷,方响[①]时闻。自谯鼓初鸣,至寺钟欲动,灯火恒荧荧也。冶荡者惟所欲为,官弗禁,亦弗能禁。有宁夏布商何某,年少美风姿,资累千金,亦不甚吝,而不喜为北里游。惟畜牝豕十余,饲极肥,濯极洁,日闭门而沓淫之。豕亦相摩相倚,如昵其雄。仆隶恒窃窥之,何弗觉也。忽其友乘醉戏诘,乃愧而投井死。迪化厅同知木金泰曰:"非我亲鞫是狱,虽司马温公[②]以告我,我弗信也。"余作是地杂诗,有曰:"石破天惊事有无,后来好色胜登徒[③]。何郎甘为风情死,才信刘郎爱媚猪[④]。"即咏是事。人之性癖,有至于如此者!乃知以理断天下事,不尽其变;即以情断天下事,亦不尽其变也。

张一科,忘其何地人。携妻就食塞外,佣于西商。西商昵其妻,挥金

① 方响——古代打击乐器。此处代指乐曲。

② 司马温公——即宋代司马光,封温国公。后世称温公。

③ 好色胜登徒——语出宋玉《登徒子好色赋》。

④ 媚猪——五代南汉王刘𬬮得一波斯女,称媚猪。事见《清异录》。参见卷六第7则注。

如土,不数载资尽归一科,反寄食其家。妻厌薄之,诟谇使去。一科曰:“微是人无此日,负之不详。”坚不可。妻一日持梃逐西商,一科怒詈。妻亦反詈曰:“彼非爱我,昵我色也。我亦非爱彼,利彼财也。以财博色,色已得矣,我原无所负于彼;以色博财,财不继矣,彼亦不能责于我。此而不遣,留之何为?”一科益愤,竟抽刃杀之,先以百金赠西商,而后自首就狱。又一人忘其姓名,亦携妻出塞。妻病卒,困不能归,且行乞。忽有西商招至肆,赠五十金。怪其太厚,固诘其由。西商密语曰:“我与尔妇最相昵,尔不知也。尔妇垂殁,私以尔托我。我不忍负于死者,故资尔归里。”此人怒掷于地,竟格斗至讼庭。二事相去不一月。相国温公,时镇乌鲁木齐。一日,宴僚佐于秀野亭,座间论及。前竹山令陈题桥曰:“一不以贫富易交,一不以死生负约,是虽小人,皆古道可风也。”公颦蹙曰:“古道诚然。然张一科曷可风耶?”后杀妻者拟抵,而谳语甚轻;赠金者拟杖,而不云枷示。公沉思良久,慨然曰:“皆非法也。然人情之薄久矣,有司如是上,即如是可也。”

嘉祥曾映华言:一夕秋月澄明,与数友散步场圃外。忽旋风滚滚,自东南来,中有十余鬼,互相牵曳,且殴且詈。尚能辨其一二语,似争朱、陆①异同也。门户之祸,乃下彻黄泉乎!

“去去复去去,凄恻门前路。行行重行行,辗转犹含情。含情一回首,见我窗前柳;柳北是高楼,珠帘半上钩。昨为楼上女,帘下调鹦鹉;今为墙外人,红泪沾罗巾。墙外与楼上,相去无十丈;云何咫尺间,如隔千重山?悲哉两决绝,从此终天别。别鹤空徘徊,谁念鸣声哀!徘徊日欲晚,决意投身返。手裂湘裙裾,泣寄稿砧②书。可怜帛一尺,字字血痕赤。一

① 朱、陆——即南宋朱熹、陆九渊。二人俱为理学家,但意见、理论多有不合。

② 稿砧——丈夫的代称。典见《玉台新咏·古绝句之一》。

字一酸吟，旧爱牵人心。君如收覆水①，妾罪甘鞭捶。不然死君前，终胜生弃捐。死亦无别语，愿葬君家土。傥化断肠花，犹得生君家。”右见《永乐大典》，题曰《李芳树刺血诗》，不著朝代，亦不详芳树始末。不知为所自作，如窦玄妻诗②；为时人代作，如焦仲卿妻诗③也。世无传本，余校勘《四库》偶见之。爱其缠绵悱恻，无一毫怨怒之意，殆可泣鬼神。令馆吏录出一纸，久而失去。今于役滦阳，检点旧帙，忽于小箧内得之。沈湮数百年，终见于世，岂非贞魂怨魄，精贯三光④，有不可磨灭者乎！陆耳山副宪曰：“此诗次韩蕲王⑤孙女诗前；彼在宋末，则芳树必宋人。”以例推之，想当然也。

舅氏安公实斋，一夕就寝，闻室外叩门声。问之不答，视之无所见。越数夕，复然。又数夕，他室亦复然。如是者十余度，亦无他故。后村中获一盗，自云我曾入某家十余次，皆以人不睡而返。问其日皆合，始知鬼报盗警也。故瑞不必为祥，妖不必为灾，各视乎其人。

明永乐二年，迁江南大姓实畿辅⑥。始祖椒坡公，自上元徙献县之景城。后子孙繁衍，析居崔庄，在景城东三里。今土人以仕宦科第，多在崔庄，故皆称崔庄纪，举其盛也。而余族则自称景城纪，不忘本也。椒坡公故宅，在景城、崔庄间，兵燹久圮，其址属族叔黎庵家。黎庵从余受经，以乾隆丙子举乡试，拟筑室移居于是。先姚安公为预题一联曰：“当年始祖

---

① 覆水——覆水难收，比喻夫妻离异难以复合。据传汉代朱买臣因家贫而妻子与之离异，后朱得中高官，妻子又想来复合；朱嘱人在马首之前泼了一盆水，问其妻子能不能把水收回去？其妻自知复合无望，羞愧而死。

② 窦玄妻诗——窦玄，汉代人，相貌绝异，皇帝要把公主许配给他，他的妻子写了一首《古怨歌》给他，怨恨之情，溢于言表。事见陆昶《历朝名媛诗词》。

③ 焦仲卿妻诗——即《孔雀东南飞》。

④ 三光——指日、月、星。

⑤ 韩蕲王——宋韩世忠，死后追封蕲王。

⑥ 畿辅——指京都地区。

初迁地,此日云孙再造家。”后室不果筑,而姚安公以甲申八月弃诸孤。卜地惟是处吉,因割他田易诸棃庵而葬焉。前联如公自谶也。事皆前定,岂不信哉!

侍姬沈氏,余字之曰明玕。其祖长洲人,流寓河间,其父因家焉。生二女,姬其次也。神思朗彻,殊不类小家女。常私语其姊曰:“我不能为田家妇。高门华族,又必不以我为妇。庶几其贵家媵乎?”其母微闻之,竟如其志。性慧黠,平生未尝忤一人。初归余时,拜见马夫人。马夫人曰:“闻汝自愿为人媵,媵亦殊不易为。”敛衽对曰:“惟不愿为媵,故媵难为耳。既愿为媵,则媵亦何难!”故马夫人始终爱之如娇女。尝语余曰:“女子当以四十以前死,人犹悼惜。青裙白发,作孤雏腐鼠,吾不愿也。”亦竟如其志,以辛亥四月二十五日卒,年仅三十。初仅识字,随余检点图籍,久遂粗知文义,亦能以浅语成诗。临终,以小照付其女,口诵一诗,请余书之,曰:“三十年来梦一场,遗容手付女收藏。他时话我生平事,认取姑苏沈五娘。”泊然而逝。方病剧时,余以侍值圆明园,宿海淀槐西老屋。一夕,恍惚两梦之,以为结念所致耳。既而知其是夕晕绝,移二时乃苏,语其母曰:“适梦至海淀寓所,有大声如雷霆,因而惊醒。”余忆是夕,果壁上挂瓶绳断堕地,始悟其生魂果至矣。故题其遗照有曰:“几分相似几分非,可是香魂月下归?春梦无痕时一瞥,最关情处在依稀。”又曰:“到死春蚕尚有丝①,离魂倩女不须疑②。一声惊破梨花梦,恰记铜瓶坠地时。”即记此事也。

相去数千里,以燕赵之人,谈滇黔之俗,而谓居是土者,不如吾所知之确。然耶否耶?晚出数十年,以髫龀之子,论耆旧之事,而曰见其人者,不如吾所知之确。然耶否耶?左丘明身为鲁史,亲见圣人;其于《春秋》,确

---

① 唐李商隐《无题》:“春蚕到死丝方尽”。

② 唐陈玄祐有传奇小说《离魂记》,叙张倩娘魂化为两体事。元杂剧据此题材有《青琐倩女离魂》。

有源委。至唐中叶，陆淳辈始持异论。宋孙复以后，哄然佐斗，诸说争鸣，皆曰左氏不可信，吾说可信。何以异于是耶！盖汉儒之学务实，宋儒则近名，不出新义，则不能耸听；不排旧说，则不能出新义。诸经训诂，皆可以口辩相争；惟《春秋》事迹厘然，难于变乱。于是谓左氏为楚人、为七国初人、为秦人，而身为鲁史、亲见圣人之说摇。既非身为鲁史、亲见圣人，则传中事迹，皆不足据，而后可惟所欲言矣。沿及宋季，赵鹏飞作《春秋经筌》，至不知成风为僖公生母，尚可与论名分、定褒贬乎？元程端学推波助澜，尤为悍戾。偶在五云多处（即原心亭。）检校端学《春秋解》，周编修书昌因言：有士人得此书，珍为鸿宝。一日，与友人游泰山，偶谈经义，极称其论叔姬归酅①一事，推阐至精。夜梦一古妆女子，仪卫尊严，厉色诘之曰："武王元女，实主东岳。上帝以我艰难完节，接迹共姜②，俾隶太姬为贵神，今二千余年矣。昨尔述竖儒之说，谓我归酅为淫于纪季，虚辞诬诋，实所痛心！我隐公七年归纪，庄公二十年归酅，相距三十四年，已在五旬以外矣。以斑白之嫠妇，何由知季必悦我？越国相从，《春秋》之法，非诸侯夫人不书，亦如非卿不书也。我待年之媵，例不登诸简策，徒以矢心不二，故仲尼有是特笔。程端学何所依凭而造此暧昧之谤耶？尔再妄传，当脔尔舌，命从神以骨朵③击之。"狂叫而醒，遂毁其书。余戏谓书昌曰："君耽宋学，乃作此言！"书昌曰："我取其所长，而不敢讳所短也。"是真持平之论矣。

杨令公祠在古北口内，祀宋将杨业。顾亭林④《昌平山水记》，据《宋史》谓业战死长城北口，当在云中，非古北口也。考王曾⑤《行程录》，已云古北口内有业祠。盖辽人重业之忠勇，为之立庙。辽人亲与业战，曾奉

---

① 酅（xī）——古地名。

② 共姜——春秋卫世子共伯妻，共伯早死，父母夺其志，使改嫁，共姜誓死不从。见《毛诗序》。

③ 骨朵——古代棍棒类兵器。

④ 顾亭林——明末清初思想家顾炎武。

⑤ 王曾——宋代学者。

使时,距业仅数十年,岂均不知业殁于何地?《宋史》则元季托克托所修,(托克托旧作脱脱,盖译音未审。今从《三史国语解》。)距业远矣,似未可据后驳前也。

余校勘秘籍,凡四至避暑山庄:丁未以冬、戊申以秋、己酉以夏、壬子以春,四时之胜胥览焉。每泛舟至文津阁,山容水意,皆出天然,树色泉声,都非尘境;阴晴朝暮,千态万状,虽一鸟一花,亦皆入画。其尤异者,细草沿坡带谷,皆茸茸如绿罽①,高不数寸,齐如裁剪,无一茎参差长短者。苑丁谓之规矩草。出宫墙才数步,即鬖髿②滋蔓矣。岂非天生嘉卉,以待宸游哉!

李又聃先生言:有张子克者,授徒村落,岑寂寡俦。偶散步场圃间,遇一士,甚温雅。各道姓名,颇相款洽。自云家住近村,里巷无可共语者,得君如空谷之足音也。因共至塾,见童子方读《孝经》。问张曰:"此书有今文古文,以何为是?"张曰:"司马贞③言之详矣。近读《吕氏春秋》,见《审微》篇中引诸侯一章,乃是今文。七国时人所见如是,何处更有古文乎?"其人喜曰:"君真读书人也。"自是屡至塾。张欲报谒,辄谢以贫无栖止,夫妇赁住一破屋,无地延客。张亦遂止。一夕,忽问:"君畏鬼乎?"张曰:"人未离形之鬼,鬼已离形之人耳,虽未见之,然觉无可畏。"其人恧然曰:"君既不畏,我不欺君,身即是鬼。以生为士族,不能逐焰口争钱米。叨为气类,求君一饭可乎?"张契分既深,亦无疑惧,即为具食,且邀使数来。考论图籍,殊有端委。偶论太极无极之旨,其人怫然曰:"于传有之:'天道远,人事迩。'《六经》所论皆人事,即《易》阐阴阳,亦以天道明人事也。舍人事而言天道,已为虚杳;又推及先天之先,空言聚讼,安用此为?谓君留心古义,故就君求食。君所见乃如此乎?"拂衣竟起,倏已影灭。再于

---

① 罽(jì)——一种毛织品。
② 鬖髿(sān shā)——散乱、参差不齐的样子。
③ 司马贞——唐代学者。

相遇处候之，不复睹矣。

余督学闽中时，院吏言：雍正中，学使有一姬堕楼死，不闻有他故，以为偶失足也。久而有泄其事者，曰姬本山东人，年十四五，嫁一窭人子①。数月矣，夫妇甚相得，形影不离。会岁饥，不能自活，其姑卖诸贩鬻妇女者。与其夫相抱，泣彻夜，啮臂为志而别。夫念之不置，沿途乞食，兼程追及贩鬻者，潜随至京师。时于车中一觌面，幼年怯懦，惧遭诃詈，不敢近，相视挥涕而已。既入官媒家，时时候于门侧，偶得一睹，彼此约勿死，冀天上人间，终一相见也。后闻为学使所纳，因投身为其幕友仆，共至闽中。然内外隔绝，无由通问，其妇不知也。一日病死，妇闻婢媪道其姓名、籍贯、形状、年齿，始知之。时方坐笔捧楼上，凝立良久，忽对众备言始末，长号数声，奋身投下死。学使讳言之，故其事不传。然实无可讳也。大抵女子殉夫，其故有二：一则撑柱②纲常，宁死不辱。此本乎礼教者也。一则忍耻偷生，苟延一息，冀乐昌破镜，再得重圆；至望绝势穷，然后一死以明志。此生于情感者也。此女不死于贩鬻之手，不死于媒氏之家，至玉玷花残，得故夫凶问而后死，诚为太晚。然其死志则久定矣，特私爱缠绵，不能自割。彼其意中，固不以当死不死为负夫之恩，直以可待不待为辜夫之望。哀其遇，悲其志，惜其用情之误，则可矣；必执《春秋》大义，责不读书之儿女，岂与人为善之道哉！

壬申七月，小集宋蒙泉家，偶谈狐事。聂松岩曰：贵族有一事，君知之乎？曩以乡试在济南，闻有纪生者，忘其为寿光为胶州也。尝暮遇女子独行，泥泞颠踬，倩之扶掖。念此必狐女，姑试与昵，亦足以知妖魅之情状。因语之曰："我识尔，尔勿诳我。然得妇如尔亦自佳。人静后可诣书斋，勿在此相调，徒多迂折。"女子笑而去。夜半果至，狎昵者数夕，觉渐为所惑，因拒使勿来。狐女怨詈不肯去。生正色曰："勿如是也。男女之事，

---

① 窭(jù)人子——贫穷人家子弟。

② 撑(zhī)柱——支撑，拄持。

权在于男。男求女，女不愿，尚可以强暴得；女求男，男不愿，则心如寒铁，虽强暴亦无所用之。况尔为盗我精气来，非以情合，我不为负尔情。尔阅人多矣，难以节言，我亦不为堕尔节。始乱终弃，君子所恶，为人言之，不为尔曹言之也。尔何必恋恋于此，徒为无益？"狐女竟词穷而去。乃知一受蛊惑，缠绵至死，符箓不能驱遣者，终由情欲牵连，不能自割耳。使泊然不动，彼何所取而不去哉！

法南野又说一事曰：里有恶少数人，闻某氏荒冢有狐，能化形媚人。夜携罝罟布穴口，果掩得二牝狐。防其变幻，急以锥刺其髀，贯之以索，操刃胁之曰："尔果能化形为人，为我辈行酒，则贷尔命。否则立磔尔！"二狐嗥叫跳掷，如不解者。恶少怒，刺杀其一。其一乃人语曰："我无衣履，及化形为人，成何状耶？"又以刃拟颈。乃宛转成一好女子，裸无寸缕。众大喜，迭肆无礼，复拥使侑觞，而始终掣索不释手。狐妮妮软语，祈求解索。甫一脱手，已瞥然逝。归未到门，遥见火光，则数家皆焦土，杀狐者一女焚焉。知狐之相报也。狐不扰人，人乃扰狐，"多行不义"①，其及也宜哉。

田白岩说一事曰：某继室少艾②，为狐所媚，劾治无验。后有高行道士，檄神将缚至坛，责令供状。佥闻狐语曰："我豫产也，偶挞妇，妇潜窜至此，与某昵。我衔之次骨，是以报。"某忆幼时果有此，然十余年矣。道士曰："结恨既深，自宜即报，何迟迟至今？得无刺知此事，假借藉口耶？"曰："彼前妇贞女也，惧干天罚，不敢近。此妇轻佻，乃得诱狎。因果相偿，鬼神弗罪，师又何责焉？"道士沉思良久，曰："某昵尔妇几日？"曰："一年余。""尔昵此妇几日？"曰："三年余。"道士怒曰："报之过当，曲又在尔，不去且檄尔付雷部！"狐乃服罪去。清远先生(蒙泉之父。)曰："此可见邪正之念，妖魅皆得知。报施之理，鬼神弗能夺也。"

---

① 多行不义——"多行不义必自毙"的省称。

② 艾——美好、漂亮。

清远先生亦说一事曰:朱某一婢,粗材也。稍长,渐慧黠,眉目亦渐秀媚,因纳为妾。颇有心计,摒挡井井,米盐琐屑,家人纤毫不敢欺,欺则必败。又善居积,凡所贩鬻,来岁价必贵。朱以渐裕,宠之专房。一日,忽谓朱曰:"君知我为谁?"朱笑曰:"尔颠耶?"因戏举其小名曰:"尔非某耶?"曰:"非也,某逃去久矣,今为某地某人妇,生子已七八岁。我本狐女,君九世前为巨商,我为司会计。君遇我厚,而我乾没君三千余金。冥谪堕狐身,炼形数百年,幸得成道。然坐此负累,终不得升仙。故因此婢之逃,幻其貌以事君。计十余年来,所入足以敌所逋。今尸解去矣。我去之后,必现狐形。君可付某仆埋之,彼必裂尸而取革,君勿罪彼。彼四世前为饿殍时,我未成道,曾啖其尸。听彼磔磔我,庶冤可散也。"俄化狐仆地,有好女长数寸,出顶上,冉冉去;其貌则别一人矣。朱不忍而自埋之,卒为此仆窃发,剥卖其皮。朱知为夙业,浩叹而已。

从孙树棂言:高川贺某,家贫甚。逼除夕,无以卒岁,诣亲串借贷无所得,仅沽酒款之。贺抑郁无聊,姑浇块垒,遂大醉而归。时已昏夜,遇老翁负一囊,蹩躠不进,约贺为肩至高川,酬以雇值。贺诺之,其囊甚重。贺私念方无度岁资,若攘夺而逸,龙钟疲叟,必不能追及。遂尽力疾趋,翁自后追呼,不应。狂奔七八里,甫得至家,掩门急入。呼灯视之,乃新斫杨木一段,重三十余斤,方知为鬼所弄。殆其贪狡之性,久为鬼恶,故乘其窘而侮之。不然,则来往者多,何独戏贺?是时未见可欲,尚未生盗心,何已中途相待欤?

树棂又言:垛庄张子仪,性嗜饮,年五十余,以寒疾卒。将殓矣,忽苏曰:"我病愈矣。顷至冥司,见贮酒巨瓮三,皆题'张子仪封'字;其一已启封,尚存半瓮,是必皆我之食料,须饮尽方死耳。"既而果愈,复纵饮二十余年。一日,谓所亲曰:"我其将死乎!昨又梦至冥司,见三瓮酒俱尽矣。"越数日,果无疾而卒。然则《补录纪传》载李卫公食羊之说,信有之乎!

宝坻王孝廉锦常言:宝坻旧城圮坏,水啮雨穿,多成洞穴,妖物遂窟宅其中。后修城时,毁其旧垣,失所凭依,遂散处空宅古寺,四出祟人,男女多为所媚。忽来一道士,教人取黑豆四十九粒,持咒炼七日,以击妖物,应手死。锦堂家多空屋,遂为所据;一仆妇亦为所媚。以道人所炼豆击之,忽风声大作,似有多人喧呼曰:"太夫人被创死矣!"趋视,见一巨蛇,豆所伤处,如铳炮铅丸所中。因问道士:"凡媚女者必男妖,此蛇何呼太夫人?"道士曰:"此雌蛇也。蛇之媚人,其首尾皆可以噏精气,不必定相交接也。"旋有人但闻风声,即似梦魇,觉有吸其精者,精即涌溢。则道士之言信矣。又一人突见妖物,豆在纸裹中,猝不及解,并纸掷之,妖物亦负创遁。又一人为女妖所媚,或授以豆。耽其色美,不肯击,竟以陨身。夫妖物之为祟,事所恒有,至一时群聚而肆毒,则非常之恶,天道所不容矣。此道士不先不后,适以是时来,或亦神所假手欤!

某侍郎夫人卒,盖棺以后,方陈祭祀,忽一白鸽飞入帏,寻视无睹。俄扰间,烟焰自棺中涌出,连甍累栋,顷刻并焚。闻其生时,御下严:凡买女奴,成券入门后,必引使长跪,先告戒数百语,谓之教导;教导后,即褫衣反接,挞百鞭,谓之试刑。或转侧,或呼号,挞弥甚。挞至不言不动,格格然如击木石,始谓之知畏,然后驱使。安州陈宗伯夫人,先太夫人姨也,曾至其家。常曰其童仆婢媪,行列进退,虽大将练兵,无如是之整齐也。又余常至一亲串家,丈人行也,入其内室,见门左右悬二鞭,穗皆有血迹,柄皆光泽可鉴。闻其每将就寝,诸婢一一缚于凳,然后覆之以衾,防其私遁或自戕也。后死时,两股疽溃露骨,一若杖痕。

刑曹案牍,多被殴后以伤风死者,在保辜①限内,于律不能不拟抵。吕太常含晖,尝刊秘方:以荆芥、黄蜡、鱼鳔三味(鱼鳔炒黄色。)各五钱,艾叶三片,入无灰酒一碗,重汤煮一炷香,热饮之,汗出立愈;惟百日以内,

① 保辜——古代规定打人致伤,打人者需在一定时间内为被打者治伤,叫保辜。

不得食鸡肉。后其子慕堂,登庚午贤书,人以为刊方之报也。

《酉阳杂俎》载骰子咒曰:“伊帝弥帝,弥揭罗帝。”诵至十万遍,则六子皆随呼而转。试之,或验或不验。余谓此犹诵驴字治病耳。大抵精神所聚,气机应之。气机所感,鬼神通之。所谓“至诚则金石为开”也。笃信之则诚,诚则必动;姑试之则不诚,不诚则不动。凡持炼之术,莫不如是,非独此咒为然矣。

旧仆兰桂言:初至京师,随人住福清会馆,门以外皆丛冢也。一夜月黑,闻汹汹喧呶声、哭泣声,又有数人劝谕声。念此地无人,是必鬼斗;自门隙窃窥,无所睹。屏息谛听,移数刻,乃一人迁其妇柩,误取他家柩去。妇故有夫,葬亦相近,谓妇为此人所劫,当以此人妇相抵。妇不从而诟争也。会逻者鸣金过,乃寂无声。不知其作何究竟,又不知此误取之妇他年合窆之作何究竟也。然则谓鬼附主而不附墓,其不然乎!

虞惇有佃户孙某,善鸟铳,所击无不中。尝见一黄鹂,命取之。孙启曰:“取生者耶?死者耶?”问:“铁丸冲击,安能预决其生死?”曰:“取死者直中之耳,取生者则惊使飞而击其翼。”命取生者。举手铳发,黄鹂果堕。视之,一翼折矣。其精巧如此。适一人能诵放生咒,与约曰:“我诵咒三遍,尔百击不中也。”试之果然。后屡试之,无不验。然其词鄙俚,殆可笑噱,不识何以能禁制。又凡所闻禁制诸咒,其鄙俚大抵皆似此,而实皆有验,均不测其所以然也。

蔡葛山先生曰:“吾校四库书,坐讹字夺俸者数矣,惟一事深得校书力:吾一幼孙,偶吞铁钉,医以朴硝等药攻之,不下,日渐尪弱。后校《苏沈良方》①,见有小儿吞铁物方,云剥新炭皮研为末,调粥三碗,与小儿食,其铁自下。依方试之,果炭屑裹铁钉而出。乃知杂书亦有用也。此书世无传本,惟《永乐大典》收其全部。余领书局时,属王史亭排纂成帙。苏沈者,苏东坡、沈存中也,二公皆好讲医药。宋人集其所论,为此书云。”

叶守甫,德州老医也,往来余家,余幼时犹及见之。忆其与先姚安公言:常从平原诣海丰,夜行失道,仆从皆迷。风雨将至,四无村墟,望有废寺,往投暂避。寺门虚掩,而门扉隐隐有白粉大书字。敲火视之,则“此寺多鬼,行人勿住”二语也。进退无路,乃推门再拜曰:“过客遇雨,求神庇荫;雨止即行,不敢久稽。”闻承尘板上语曰:“感君有礼。但今日大醉,不能见客,奈何！君可就东壁坐,西壁蝎窟,恐遭其螫;渴勿饮檐溜,恐有蛇涎;殿后酸梨已熟,可摘食也。”毛发直立,噤不敢语。雨稍止,即惶遽拜谢出,如脱虎口焉。姚安公曰:“题门榜示,必伤人多矣。而君得无恙,且得其委曲告语。盖以礼自处,无不可以礼服者;以诚相感,无不可以诚动者。虽异类无间也。君非惟老于医,抑亦老于涉世矣。”

朱导江言:新泰一书生,赴省乡试。去济南尚半日程,与数友乘凉早行。黑暗中有二驴追逐行,互相先后,不以为意也。稍辨色后,知为二妇人。既而审视,乃一妪,年约五六十,肥而黑;一少妇,年纪二十,甚有姿首。书生频目之。少妇忽回顾失声曰:“是几兄耶!”生错愕不知所对。少妇曰:“我即某氏表妹也。我家法中表兄妹不相见,故兄不识妹。妹则尝于帘隙窥兄,故相识也。”书生忆原有表妹嫁济南,因相款语。问:“早行何适?”曰:“昨与妹婿往问舅母疾,本拟即日返。舅母有讼事,浼妹婿入京,不能即归;妹早归为治装也。”流目送盼,情态嫣然,且微露十余岁时一见相悦意。书生心微动。至路歧,邀至家具一饭。欣然从之,约同行者晚在某所候。至钟动不来。次日,亦无耗。往昨别处,循歧路寻之,得

① 《苏沈良方》——古代医书。宋人合沈括著《沈存中良方》与苏轼医药杂说,编撰而成。

其驴于野田中，鞍尚未解。遍物色村落间，绝无知此二妇者。再询，访得其表妹家，则表妹殁已半年余。其为鬼所惑、怪所啖，抑或为盗所诱，均不可知。而此人遂长已矣。此亦足为少年佻薄者戒也。时方可村在座，言："游秦陇时，闻一事与此相类，后有合窆于妻墓者，启圹，则有男子尸在焉。不知地下双魂，作何相见。焦氏[①]《易林》曰：'两夫共妻，莫适为雌。'若为此占矣。"戴东原亦在座，曰："《后汉书》尚有三夫共妻事，君何见不广耶？"余戏曰："二君勿喧。山阴公主面首三十人，独忘之欤！然彼皆不畏其夫者。此鬼私藏少年，不虑及后来之合窆，未免纵欲忘患耳。"东原喟然曰："纵欲忘患，独此鬼也哉！"

杂说称娈童始黄帝，（钱詹事辛楣如此说，辛楣能举其书名，今忘之矣。）殆出依托。比顽童始见《商书》，然出梅赜[②]伪古文，亦不足据。《逸周书》[③]称"美男破老"，殆指是乎？《周礼》有不男之讼，注谓天阉不能御女者。然自古及今，未有以不能御女成讼者；经文简质，疑其亦指此事也。凡女子淫佚，发乎情欲之自然。娈童则本无是心，皆幼而受绐，或势劫利饵言。相传某巨室喜狎狡童，而患其或愧拒，乃多买端丽小儿未过十岁者；与诸童華戏时，使执烛侍侧。种种淫状，久而见惯，视若当然。过三数年，稍长可御，皆顺流之舟矣。有所供养僧规之曰："此事世所恒有，不能禁擅越不为，然因其自愿。譬诸挟妓，其过尚轻；若处心积虑，凿赤子之天真，则恐干神怒。"某不能从，后卒罹祸。夫术取者造物所忌，况此事而以术取哉！

东光有王莽河，即胡苏河也。旱则涸，水则涨，每病涉焉。外舅马公周箓言：雍正末，有丐妇一手抱儿，一手扶病姑涉此水。至中流，姑蹶而仆。妇弃儿于水，努力负姑出。姑大诟曰："我七十老妪，死何害！张氏

---

① 焦氏——西汉焦赣，又名延寿。

② 梅赜——晋元帝时豫章内史。曾献出古文二十五篇，经后人考证，为伪作。

③ 《逸周书》——旧题《汲冢周书》，为晋太康汲郡人得于魏安釐王冢中。

数世,待此儿延香火,尔胡弃儿以拯我?斩祖宗之祀者尔也!”妇泣不敢语,长脆而已。越两日,姑竟以哭孙不食死。妇呜咽不成声,痴坐数日,亦立槁。不知其何许人,但于其姑詈妇时,知为姓张耳。有著论者,谓儿与姑较,则姑重;姑与祖宗较,则祖宗重。使妇或有夫,或尚有兄弟,则弃儿是。既两世穷嫠,止一线之孤子,则姑所责者是,妇虽死有余悔焉。姚安公曰:“讲学家责人无已时。夫急流汹涌,少纵即逝,此岂能深思长计时哉!势不两全,弃儿救姑,此天理之正,而人心之所安也。使姑死而儿存,终身宁不耿耿耶?不又有责以爱儿弃姑者耶?且儿方提抱,育不育未可知。使姑死而儿又不育,悔更何如耶?此妇所为,超出恒情已万万。不幸而其姑自殒,以死殉之,其亦可哀矣!犹沾沾焉而动其喙,以为精义之学,毋乃白骨衔冤,黄泉赍恨乎!孙复[①]作《春秋尊王发微》,二百四十年内,有贬无褒;胡致堂[②]作《读史管见》,三代以下无完人。辨则辨矣,非吾之所欲闻也。”

郭石洲言:朱明经静园,与一狐友。一日,饮静园家,大醉,睡花下。醒而静园问之曰:“吾闻贵族醉后多变形,故以衾覆君而自守之。君竟不变,何也?”曰:“此视道力之浅深矣。道力浅者能化形幻形耳,故醉则变,睡则变,仓皇惊怖则变;道力深者能脱形,犹仙家之尸解,已归人道,人其本形矣,何变之有!”静园欲从之学道。曰:“公不能也。凡修道人易而物难,人气纯,物气驳也;成道物易而人难,物心一,人心杂也。炼形者先炼气,炼气者先炼心,所谓志气之帅也。心定则气聚而形固,心摇则气涣而形萎。广成子之告黄帝[③],乃道家之秘要,非庄叟[④]寓言也。深岩幽谷,不见不闻,惟凝神导引,与天地阴阳往来消息,阅百年如一日,人能之乎?”朱乃止。因忆丁卯同年某御史,尝问所昵伶人曰:“尔辈多矣,尔独擅场,何也。”曰:“吾曹以其身为女,必并化其心为女,而后柔情媚态,见者意

---

① 孙复——宋代学者。
② 胡致堂——胡寅,宋代学者。
③ 广成子——传说古代仙人。
④ 庄叟——即庄子。

消。如男心一线犹存，则必有一线不似女，乌能争蛾眉曼睩①之宠哉？若夫登场演剧，为贞女则正其心，虽笑谑亦不失其贞；为淫女则荡其心，虽庄坐亦不掩其淫；为贵女则尊重其心，虽微服而贵气存；为贱女则敛抑其心，虽盛妆而贱态在；为贤女则柔婉其心，虽怒甚无遽色；为悍女则拗戾其心，虽理诎无巽词②。其他喜怒哀乐，恩怨爱憎，一一设身处地，不以为戏而以为真，人视之竟如真矣。他人行女事而不能存女心，作种种女状而不能有种种女心，此我所以独擅场也。"李玉典曰："此语猥亵不足道，而其理至精；此事虽小，而可以喻大。天下未有心不在是事而是事能诣极者，亦未有心心在是事而是事不诣极者。心心在一艺，其艺必工；心心在一职，其职必举。小而僚之丸③、扁之轮④，大而皋、夔、稷、契⑤之营四海，其理一而已矣。此与炼气炼心之说，可互相发明也。"

石洲又言：一书生家有园亭，夜雨独坐。忽一女子搴帘入，自云家在墙外，窥宋⑥已久，今冒雨相就。书生曰："雨猛如是，尔衣履不濡，何也？"女词穷，自承为狐。问："此间少年多矣，何独就我？"曰："前缘。"问："此缘谁所记载？谁所管领？又谁以告尔？尔前生何人？我前生何人？其结缘以何事？在何代何年？请道其详。"狐仓促不能对，嗫嚅久之，曰："子千百日不坐此，今适坐此；我见千百人不相悦，独见君相悦。其为前缘审矣，请勿拒。"书生曰："有前缘者必相悦。吾方坐此，尔适自来，而吾漠然心不动，则无缘审矣，请勿留。"女趑趄间，闻窗外呼曰："婢子不解事，何必定觅此木强人！"女子举袖一挥，灭灯而去。或云是汤文正公⑦少年事。余谓狐魅岂敢近汤公，当是曾有此事，附会于公耳。

---

① 蛾眉曼睩——女子顾盼撩人。语出《楚辞·招魂》。
② 巽词——和婉恭谦的言词。
③ 僚之丸——僚，宜僚，春秋宋国勇士，善于用丸，事见《左传·昭公二十一年》。
④ 扁之轮——扁，轮扁，古代造轮的名匠。见《庄子·天道》。
⑤ 皋、夔、稷、契——上古虞舜时的大臣。
⑥ 窥宋——用宋玉《登徒子好色赋》典。指女子对男子的爱慕。
⑦ 汤文正公——清代汤斌，字孔伯，官至工部尚书，谥文正公。

乌鲁木齐多野牛,似常牛而高大,千百为群,角利如矛矟①;其行以强壮者居前,弱小者居后。自前击之,则驰突奋触,铳炮不能御,虽百炼健卒,不能成列合围也;自后掠之,则绝不反顾。中推一最巨者,如蜂之有王,随之行止。常有一为首者,失足落深涧,群牛俱随之投入,重叠殪焉。又有野骡野马,亦作队行,而不似野牛之悍暴,见人辄奔。其状真骡真马也,惟被以鞍勒,则伏不能起。然时有背带鞍花者,(鞍所磨伤之处,创愈则毛作白色,谓之鞍花。)又有蹄嵌踣铁者,或曰山神之所乘,莫测其故。久而知为家畜骡马逸入山中,久而化为野物,与之同群耳。骡肉肥脆可食,马则未见食之者。又有野羊,《汉书·西域传》所谓羱羊也,食之与常羊无异。又有野猪,猛鸷亚于野牛,毛革至坚,枪矢弗能入,其牙铦于利刃,马足触之皆中断。吉木萨山中有老猪,其巨如牛,人近之辄被伤;常率其族数百,夜出暴禾稼。参领额尔赫图牵七犬入山猎,猝与遇,七犬立为所啖,复厉齿向人。鞭马狂奔,乃免。余拟植木为栅,伏巨炮其中,伺其出击之。或曰:"倘击不中,则其牙拔栅如拉朽,栅中人危矣。"余乃止。又有野驼,止一峰,脔之极肥美。杜甫《丽人行》所谓"紫驼之峰出翠釜",当即指此。今人以双峰之驼为八珍之一,失其实矣。

景城之北,有横冈坡陀,形家谓余家祖茔之来龙。其地属姜氏,明末,姜氏妒余族之盛,建真武祠于上,以厌胜之。崇祯壬午,兵燹,余家不绝如线。后祠渐圮,余族乃渐振,祠圮尽而复盛焉。其地今鬻于从侄信夫。时乡中故老已稀,不知旧事,误建土神祠于上,又稍稍不靖。余知之,急属信夫迁去,始安。相地之说,或以为有,或以为无。余谓刘向校书,已列此术为一家,安得谓之全无;但地师②所学必不精,又或缘以为奸利,所言尤不足据,不宜溺信之耳。若其凿然有验者,固未可诬也。

---

① 矟(shuò)——古兵器,矛的一种。

② 地师——指风水家。

《象经》始见《庾开府①集》，然所言与今法不相符。《太平广记》载棋子为怪事，所言略近今法，而亦不同。北人喜为此戏，或有耽之忘寝食者。景城真武祠未圮时，中一道士酷好此，因共以“棋道士”呼之，其本姓名乃转隐。一日，从兄方洲入所居，见几上置一局，止三十一子，疑其外出，坐以相待。忽闻窗外喘息声，视之，乃二人四手相持，共夺一子，力竭并踣也。癖嗜乃至于此！南人则多嗜弈，亦颇有废时失事者。从兄坦居言：丁卯乡试，见场中有二士，画号板为局，拾碎炭为黑子，剔碎石灰块为白子，对著不止，竟俱曳白②而出。夫消闲遣日，原不妨偶一为之；以此为得失喜怒，则可以不必。东坡诗曰：“胜固欣然，败亦可喜。”荆公③诗曰：“战罢两奁收白黑，一枰何处有亏成？”二公皆有胜心者，迹其生平，未能自践此言，然其言则可深思矣。辛卯冬，有以“八仙对弈图”求题者，画为韩湘、何仙姑对局，五仙旁观，而铁拐李枕一壶卢睡。余为题曰：“十八年来阅宦途，此心久似水中凫。如何才踏春明路，又看仙人对弈图。”“局中局外两沉吟，犹是人间胜负心。哪似顽仙痴不省，春风蝴蝶睡乡深。”今老矣，自迹生平，亦未能践斯言，盖言则易耳。

明天启中，西洋人艾儒略④作《西学》，凡一卷。言其国建学育才之法，凡分六科：勒铎理加者，文科也；斐录所费哑者，理科也；默弟济纳者，医科也；勒斯义者，法科也；加诺搦斯者，教科也；陡禄日亚者，道科也。其教授各有次第，大抵从文入理，而理为之纲。文科如中国之小学⑤，理科如中国之大学⑥，医科、法科、教科皆其事业，道科则彼法中所谓尽性至命之极也。其致力亦以格物穷理为要，以明体达用为功，与儒学次序略似；

① 庾开府——南北朝文学家庾信，官至开府仪同三司。

② 曳白——指考试交白卷。

③ 荆公——王荆公，北宋文学家王安石，封荆国公。

④ 艾儒略——意大利人，明万历年间来华的传教士。

⑤ 小学——古代指训诂学、文字学、音韵学等。

⑥ 大学——原为《礼记》篇名，后为“四书”（《论语》、《孟子》、《中庸》、《大学》）之一。此处之“大学”，应为性理学、道学等哲学代称，如宋明时期的理学。

特所格之物皆器数之末,所穷之理又支离怪诞而不可诘,是所以为异学耳。末附《唐碑》一篇,明其教之久入中国。碑称贞观十二年,大秦国阿罗木远将经像来献,即于义宁坊敕造大秦寺一所,度僧二十一人云云。考《西溪丛语》①,贞观五年,有传法穆护何禄,将祆教诣阙奏闻。敕令长安崇化坊立祆寺,号大秦寺,又名波斯寺。至天宝四年七月,敕波斯经教,出自大秦,传习而来,久行中国。爰初建寺,因以为名;将以示人,必循其本,其两京波斯寺,并宜改为大秦寺。天下诸州县有者准此。《册府元龟》②载,开元七年,吐火罗鬼王上表献解天文人大慕阁,智慧幽深,问无不知。伏乞天恩唤取问诸教法,知其人有如此之艺能;请置一法堂,依本教供养。段成式《酉阳杂俎》载,孝亿国界三千余里,举俗事祆,不识佛法。有祆祠三千余所。又载德建国乌浒河中有火祆祠,相传其神本自波斯国来。祠内无像,于大屋下作小庐舍向西,人向东礼神。有一铜马,国人言自天而下。据此数说,则西洋人即所谓波斯,天主即所谓祆神,中国具有纪载,不但此碑也。又杜预③注《左传》次睢之社曰:"睢受汴,东经陈留,是谯彭城入泗。此水次有祆神,皆社祠之。"顾野王④《玉篇》亦有祆字,音阿怜切,注为祆神。徐铉据以增入《说文》。宋敏求⑤《东京记》载宁远坊有祆神庙,注曰:"《四夷朝贡图》云:'康国有神名祆毕,国有火祆祠,或传石勒时立此。'"是祆教其来已久,亦不始于唐。岳珂⑥《桯史》记番禺海獠,其最豪者号白番人,本占城之贵人,留中国以通往来之货,屋室侈靡逾制。性尚鬼而好洁,平居终日,相与膜拜祈福。有堂焉以祀,如中国之佛,而实无像设,称为聱牙。亦莫能晓,竟不知为何神。有碑高袤数丈,上皆刻异书如篆籀,是为像主,拜者皆向之。是祆教至宋之末年,尚由贾舶达广州。而利玛窦之初来,乃诧为亘古未有。艾儒略既援唐碑以自证,其为祆教更无疑义。乃当时无一人援据古事,以决源流。盖明自万历以后,儒者早年

① 《西溪丛语》——宋姚宽撰。
② 《册府元龟》——宋王钦若、杨亿、钱惟演等奉敕编撰。
③ 杜预——晋代人。
④ 顾野王——南朝梁代人。
⑤ 宋敏求——宋代人。
⑥ 岳珂——南宋人,岳飞孙子。

攻八比，晚年讲心学，即尽一生之能事，故征实之学全荒也。

田氏姊言：赵庄一佃户，夫妇甚相得。一旦，妇微闻夫有外遇，未确也。妇故柔婉，亦不甚愠，但戏语其夫："尔不爱我而爱彼，吾且缢矣。"次日，馌田间，遇一巫能视鬼，见之骇曰："尔身后有一缢鬼，何也？"乃知一语之戏，鬼已闻之矣。夫横亡者必求代，不知阴律何所取，殆恶其轻生，使不得速入转轮；且使世人闻之，不敢轻生欤？然而又启鬼瞰之渐，并闻有缢鬼诱人自裁者。故天下无无弊之法，虽神道无如何也。

戈荔田言：有妇为姑所虐，自缢死。其室因废不居，用以贮杂物。后其翁纳一妾，更悍于姑，翁又爱而阴助之；家人喜其遇敌也，又阴助之。姑窘迫无计，亦恚而自缢；家无隙所，乃潜诣是室。甫启钥，见妇披发吐舌当户立。姑故刚悍，了不畏，但语曰："尔勿为厉，吾今还尔命。"妇不答，径前扑之。阴风飒然，倏已昏仆。俄家人寻视，扶救得苏，自道所见。众相劝慰，得不死。夜梦其妇曰："姑死我当得代；然子妇无仇姑理，尤无以姑为代理，是以拒姑返。幽室沈沦，凄苦万状，姑慎勿蹈此辙也。"姑哭而醒，愧悔不自容；乃大集僧徒，为作道场七日。戈傅斋曰："此妇此念，自足生天，可无烦追荐也。"此言良矣。然傅斋、荔田俱不肯道其姓氏，余有嗛焉。

姚安公言：霸州有老儒，古君子也，一乡推祭酒①。家忽有狐祟，老儒在家则寂然，老儒出则撼窗扉、毁器物、掷污秽，无所不至。老儒缘是不敢出，闭户修省而已。时霸州诸生以河工事[illegible]州牧，期会于学宫，将以老儒列牒首。老儒以狐祟不至，乃别推一王生。自后王生坐聚众抗官伏法，老儒得免焉。此狱兴而狐去，乃知为尼其行也。是故小人无瑞，小人而有瑞，天所以厚其毒；君子无妖，君子而有妖，天所以示之警。

① 祭酒——此处指乡里中德高望重者。

前母安太夫人家有小书室，寝是室者，中夜开目，见壁上恍惚有火光，如燃香状，谛视则无。久而光渐大，闻人声，乃徐徐隐。后数岁，谛视之竟不隐，乃壁上悬一画猿，光自猿目中出也。佥曰："此画宝矣。"外祖安公(讳国维，佚其字号。今安氏零落殆尽，无可问矣。)曰："是妖也，何宝之有？为虺弗摧，为蛇奈何？不知后日作何变怪矣！"举火焚之，亦无他异。

崔媪家在西山中，言其邻子在深谷樵采，忽见虎至，上高树避之。虎至，昂首作人语曰："尔在此耶，不识我矣！我今堕落作此形，亦不愿尔识也。"俯首呜咽良久。既而以爪掊地，曰："悔不及矣。"长号数声，奋然掉首去。

杨槐亭言：即墨有人往劳山，寄宿山家。所住屋有后门，门外缭以短墙为菜圃。时日已薄暮，开户纳凉，见墙头一靓妆女子，眉目姣好，仅露其面，向之若微笑。方凝视间，闻墙外众童子呼曰："一大蛇身蟠于树，而首阁于墙上。"乃知蛇妖幻形，将诱而吸其血也。仓皇闭户，亦不知其几时去。设近之，则危矣。

琴工钱生(钱生尝客裘文达公家，日相狎习，而忘问名字乡里。)言：其乡有人，家酷贫，佣作所得，悉以与其寡嫂，嫂竟以节终。一日，在烛下拈纻线，见窗隙一人面，其小如钱，目炯炯内视。急探手攫得之，乃一玉孩，长四寸许，制作工巧，土蚀斑然。乡僻无售者，仅于质库①得钱四千。质库置椟中，越日失去，深惧其来赎。此人闻之，曰："此本怪物，吾偶攫得，岂可复胁取人财！"具述本末，还其质券。质库感之，常呼令佣作，倍酬其直，且岁时周恤之，竟以小康。裘文达公曰："此天以报其友爱也。不然，何在其家不化去，到质库始失哉？至慨还质券，尤人情所难，然此人

---

① 质库——即当铺。

之绪余耳。世未有锲薄①奸黠而友于兄弟者，亦未有友于兄弟而锲薄奸黠者也。”

王庆簕一媪，恒为走无常。（即《滦阳消夏录》所记见送妇再醮之鬼者。）有贵家姬问之曰：“我辈为妾媵，是何因果？”曰：“冥律小善恶相抵，大善恶则不相掩。姨等皆积有小善业，故今生得入富贵家；又兼有恶业，故使有一线之不足也。今生如增修善业，则恶业已销，善业又续，来生益全美矣。今生如增造恶业，则善业已销，恶业又续，来生恐不可问矣。然增修善业，非烧香拜佛之谓也，孝亲敬嫡，和睦家庭，乃真善业耳。”一姬又问：“有子无子，是必前定，祈一检问。如冥籍不注，吾不更作痴梦矣。”曰：“此不必检，但常作有子事，虽注无子，亦改注有子；若常作无子事，虽注有子，亦改注无子也。”先外祖雪峰张公，为王庆簕曹氏婿，平生严正，最恶六婆②，独时时引与语，曰：“此妪所言，虽未必皆实，然从不劝妇女布施佞佛，是可取也。”

翰林院供事茹某（忘其名，似是茹铤。）言：曩访友至邯郸，值主人未归，暂寓城隍祠。适有卖瓜者，息担横卧神座前。一卖线叟寓祠内，语之曰：“尔勿若是，神有灵也。”卖瓜者曰：“神岂在此破屋内？”叟曰：“在也。吾常夜起纳凉，闻殿中有人声。蹑足潜听，则有狐陈诉于神前，大意谓邻家狐媚一少年，将死未绝之顷，尚欲取其精。其家愤甚，伏猎者以铳矢攻之。狐骇，现形奔。众噪随其后。狐不投己穴，而投里许外一邻穴。众布网穴外，熏以火，阖穴皆殪，而此狐反乘隙遁。故讼其嫁祸。城隍曰：‘彼杀人而汝受祸，讼之宜也。然汝子孙亦有媚人者乎？’良久，应曰：‘亦有。’‘亦曾杀人乎？’又良久，应曰：‘或亦有。’‘杀几人乎？’狐不应。城隍怒，命批其颊。乃应曰：‘实数十人。’城隍曰：‘杀数十命，偿以数十命，适相当矣。此怨魄所凭，假手此狐也。尔何讼焉？’命检籍示之。狐乃泣

① 锲薄——刻薄。

② 六婆——旧时指牙婆、媒婆、师婆（巫婆）、虔婆、药婆、稳婆。

去。尔安得谓神不在乎?”乃知祸不虚生,虽无妄之灾,亦必有所以致之;但就事论事者,不能一一知其故耳。

汪主事康谷言:有在西湖扶乩者,降坛诗曰:“我游天目还,跨鹤看龙井。夕阳没半轮,斜照孤飞影。飘然一片云,掠过千峰顶。”未及题名,一客窃议曰:“夕阳半没,乃是反照,司马相如所谓凌倒景也。何得云斜照?”乩忽震撼久之,若有怒者,大书曰:“小儿无礼!”遂不再动。余谓客论殊有理,此仙何太护前,独不闻古有一字师乎?

俞君祺言:向在姚抚军署,居一小室。每灯前月下,睡欲醒时,恍惚见人影在几旁,开目则无睹。自疑目眩,然不应夜夜目眩也。后伪睡以伺之,乃一粗婢,冉冉出壁角;侧听良久,乃敢稍移步。人略转,则已缩入矣。乃悟幽魂滞此不能去,又畏人不敢近,意亦良苦。因私计彼非为祟,何必逼近使不安,不如移出。才一举念,已仿佛见其遥拜。可见人心一动,鬼神皆知;“十目十手”,岂不然乎!次日,遂托故移出。后在余幕中,乃言其实,曰:“不欲惊怖主人也。”余曰:“君一生缜密,然殊未了此鬼事。后来必有居者,负其一拜矣。”

族侄肇先言:曩中涵叔官旌德时,有掘地遇古墓者,棺骸俱为灰土,惟一心存,血色犹赤,惧而投诸水。有石方尺余,尚辨字迹。中涵叔闻而取观。乡民惧为累,碎而沈之,讳言无是事,乃里巷讹传。中涵叔罢官后,始购得录本,其文曰:“白璧有瑕,黄泉蒙耻。魂断水讴,骨埋山趾。我作誓词,祝霾圹底。千百年后,有人发此。尔不贞耶,消为泥滓。尔傥衔冤,心终不死。”末题“壬申三月,耕石翁为第五女作。”盖其女冤死,以此代志。观心仍不朽,知受枉为真。然翁无姓名,女无夫族,岁月无年号,不知为谁。无从考其始末,遂令奇迹不彰,其可惜也夫!

许文木言:康熙末年,鬻古器李鹭汀,其父执也。善六壬[1],惟晨起自占一课,而不肯为人卜,曰:“多泄未来,神所恶也。”有以康节[2]比之者。曰:“吾才得六七分耳。尝占得某日当有仙人扶竹杖来,饮酒题诗而去。焚香候之。乃有人携一雕竹纯阳像求售,侧倚一贮酒壶卢,上刻‘朝游北海’一诗也。康节安有此失乎?”年五十余无子,惟蓄一妾。一日,许父造访,闻其妾泣,且絮语曰:“此何事而以戏人,其试我乎?”又闻鹭汀力辩曰:“此真实语,非戏也。”许父叩反目之故。鹭汀曰:“事殊大奇!今日占课,有二客来市古器:一其前世夫,尚有一夕缘;一其后夫,结好当在半年内,并我为三,生在一堂矣。吾以语彼,彼遽恚怒。数定无可移,我不泣而彼泣,我不讳而彼讳之,岂非痴女子哉!”越半载,鹭汀果死。妾鬻于一翰林家,嫡不能容,过一夕即遣出。再鬻于一中书舍人家,乃相安云。

庞雪崖初婚日,梦至一处,见青衣高髻女子,旁一人指曰:“此汝妇也。”醒而恶之。后再婚殷氏,宛然梦中之人。故《丛碧山房集》中有悼亡诗曰:“漫说前因与后因,眼前业果定谁真?与君琴瑟初调日,怪煞箜篌入梦人。”记此事也。按箜篌入梦凡二事:其一为《仙传拾遗》[3]载薛肇摄陆长源女见崔宇,其一为《逸史》载卢二舅摄柳氏女见李生,皆以人未婚之妻作伎侑酒,殊太恶作剧。近时所闻吕道士等,亦有此术。(语详《滦阳消夏录》。)

叶旅亭言:其祖犹及见刘石渠。一日,夜饮,有契友逼之召仙女。石渠命扫一室,户悬竹帘,燃双炬于几。众皆移席坐院中,而自禹步[4]持咒,取界尺拍案一声,帘内果一女子亭亭立。友视之,乃其妾也,奋起欲殴。石渠急拍界尺一声,见火光蜿蜒如掣电,已穿帘去矣。笑语友曰:“相交

---

① 六壬——古代用阴阳五行占卜吉凶的一种方法。

② 康节——宋代邵雍,精通易数,死后谥康节。

③ 《仙传拾遗》——五代十国前蜀杜光庭撰。

④ 禹步——道士作法时的步伐。

二十年,岂有真以君妾为戏者。适摄狐女,幻形激君一怒为笑耳。”友急归视,妾乃刺绣未辍也。如是为戏,庶乎在不即不离间矣。余因思李少君致李夫人①,但使远观而不使相近,恐亦是摄召精魅,作是幻形也。

费长房②劾治百鬼,乃后失其符,为鬼所杀。明崇俨③卒,剚④刃陷胸,莫测所自。人亦谓役鬼太苦,鬼刺之也。恃术者终以术败,盖多有之。刘香畹言:有僧善禁咒,为狐诱至旷野,千百为群,嗥叫搏噬。僧运金杵,击踣人形一老狐,乃溃围出。后遇于途,老狐投地膜拜,曰:“曩蒙不杀,深自忏悔。今愿皈依受五戒。”僧欲摩其顶,忽掷一物幂僧面,遁形而去。其物非帛非革,色如琥珀,粘若漆,牢不可脱。瞀闷不可忍,使人奋力揭去,则面皮尽剥,痛晕殆绝。后痂落,无复人状矣。又一游僧,榜门曰“驱狐”。亦有狐来诱,僧识为魅,摇铃诵梵咒。狐骇而逃。旬月后,有媪叩门,言家近墟墓,日为狐扰,乞往禁治。僧出小镜照之,灼然人也,因随往。媪导至堤畔,忽攫其书囊掷河中,符箓法物,尽随水去。妪亦奔匿秫田中,不可踪迹。方懊恼间,瓦砾飞击,面目俱败;幸赖梵咒自卫,狐不能近,狼狈而归。次日,即愧遁。久乃知妪即土人,其女与狐昵;因其女,赂以金,使盗其符耳。此皆术足以胜狐,卒为狐算。狐有策而僧无备,狐有党而僧无助也。况术不足胜而轻与妖物角乎!

舅氏五占安公言:留福庄木匠某,从卜者问婚姻。卜者戏之曰:“去此西南百里,某地某甲今将死,其妻数合嫁汝。急往访求,可得也。”匠信之,至其地,宿村店中。遇一人,问:“某甲居何处?”其人问:“访之何为?”

---

① 李少君致李夫人——汉文帝姬李夫人病亡,汉文帝非常想念她。一位叫少翁的道士为汉文帝召来李夫人的魂灵,让他们相见。事见《汉书·外戚传》。

② 费长房——东汉汝南人,为鬼所杀事见《后汉书·方术传》。

③ 明崇俨——唐代人。学招鬼术,后夜中于厅堂被刺身亡,有人说是他被招来的鬼所杀。

④ 剚(zì)——刺。

匠以实告。不虑此人即某甲也，闻之恚愤，掣佩刀欲刺之。匠逃入店后，逾垣遁。是人疑主人匿室内，欲入搜。主人不允，互相格斗，竟杀主人，论抵伏法。而匠之名姓里居，则均未及问也。后年余，有妪同一男一妇过献县，云叔及寡嫂也。妪暴卒，无以殓，叔乃议嫁其嫂。嫂无计，亦曲从。匠尚未娶，众为媒合焉。后询其故夫，正某甲也。异哉，卜者不戏，匠不往；匠不往，无从与某甲斗；无从与某甲斗，则主人不死；主人不死，则某甲不论抵；某甲不论抵，此妇无由嫁此匠也。乃无故生波，卒辗转相牵，终成配偶，岂非数使然哉！又闻京师西四牌楼，有卜者日设肆于衢。雍正庚戌闰六月，忽自卜十八日横死。相距一两日耳，自揣无死法，而爻象甚明。乃于是日键户不出，观何由横死。不虑忽地震，屋圮压焉。使不自卜，是日必设肆通衢中，乌由覆压？是亦数不可逃，使转以先知误也。

画士张无念，寓京师樱桃斜街，书斋以巨幅阔纸为窗幛①，不著一棂，取其明也。每月明之夕，必有一女子全影在幛心。启户视之，无所睹，而影则如故。以不为祸祟，亦姑听之。一夕谛视，觉体态生动，宛然入画。戏以笔四围钩之，自是不复见；而墙头时有一女子露面下窥。忽悟此鬼欲写照，前使我见其形，今使我见其貌也。与语不应，注视之，亦不羞避，良久乃隐。因补写眉目衣纹，作一仕女图。夜闻窗外语曰："我名亭亭。"再问之，已寂。乃并题于幛上，后为一知府买去。（或曰，是李中山。）或曰："狐也，非鬼也，于事理为近。"或曰："本无是事，无念神其说耳。"是亦不可知。然香魂才鬼，恒欲留名于后世。由今溯古，结习相同，固亦理所宜有也。

姚安公官刑部江苏司郎中时，西城移送一案，乃少年强污幼女者。男年十六，女年十四。盖是少年游西顶归，见是女撷菜圃中，因相逼胁。逻卒闻女号呼声，就执之。讯未竟，两家父母俱投词：乃其未婚妻，不相知而误犯也。于律未婚妻和奸有条，强奸无条。方拟议间，女供亦复改移，称

① 幛（zhèng）——同"帧"。画幅。

但调谑而已。乃薄责而遣之。或曰:“是女之父母受重赂,女亦爱此子丰姿;且家富,故造此虚词以解纷。”姚安公曰:“是未可知。然事止婚姻,与贿和人命,冤沉地下者不同。其奸未成无可验,其贿无据难以质。女子允矣,父母从矣,媒保有确证,邻里无异议矣,两造之词亦无一毫之牴牾矣,君子可欺以其方,不能横加锻炼,入一童子远戍也。”

某公夏日退朝,携婢于静室昼寝。会阍者启事,问:“主人安在?”一僮故与阍者戏,漫应曰:“主人方拥尔妇睡某所。”妇适至前,怒而诟詈。主人出问,笞逐此僮。越三四年,阍者妇死。会此婢以抵触失宠,主人忘前语,竟以配阍者。事后忆及,乃浩然叹曰:“岂偶然欤!”

文水李华廷言:去其家百里一废寺,云有魅,无敢居者。有贩羊者十余人,避雨宿其中。夜闻呜呜声,暗中见一物,臃肿团圞,不辨面目,蹒跚而来,行甚迟重。众皆无赖少年,殊不恐怖,共以破砖掷。击中声铮然,渐缩退欲却。觉其无能,噪而追之。至寺门坏墙侧,屹然不动。逼视,乃一破钟,内多碎骨,意其所食也。次日,告土人,冶以铸器。自此怪绝。此物之钝极矣,而亦出嬲人,卒自碎其质。殆见夫善幻之怪,有为祟者,从而效之也。余家一婢,沧州山果庄人也。言是庄故盗薮,有人见盗之获利,亦从之行。捕者急,他盗格斗跳免,而此人就执伏法焉。其亦此钟之类也夫。

舅氏安公介然言:有柳某者,与一狐友,甚昵。柳故贫,狐恒周其衣食。又负巨室钱,欲质其女。狐为盗其券,事乃已。时来其家,妻子皆与相问答,但惟柳见其形耳。狐媚一富室女,符箓不能遣,募能劾治者予百金。柳夫妇素知其事。妇利多金,怂恿柳伺隙杀狐。柳以负心为歉。妇谇曰:“彼能媚某家女,不能媚汝女耶? 昨以五金为汝女制冬衣,其意恐有在。此患不可不除也。”柳乃阴市砒霜,沽酒以待。狐已知之。会柳与乡邻数人坐,狐于檐际呼柳名,先叙相契之深,次陈相周之久,次乃一一发其阴谋曰："吾非不能为尔祸，然周旋已久，宁忍便作寇仇？"又以布一匹、棉一束自檐掷下，曰："昨尔幼儿号寒苦，许为作被，不可失信于孺子也。"众意不平，咸诮让①柳。狐曰："交不择人，亦吾之过。世情如是，亦何足深尤？吾姑使知之耳。"太息而去。柳自是不齿于乡党，亦无肯资济升斗者。挈家夜遁，竟莫知所终。

舅氏张公梦征言：沧州佟氏园未废时，三面环水，林木翳如，游赏者恒借以宴会。守园人每闻夜中鬼唱曰："树叶儿青青，花朵儿层层。看不分明，中间有个佳人影。只望见盘金衫子，裙是水红绫。"如是者数载。后一妓为座客殴辱，恚而自缢于树。其衣色一如所唱，莫喻其故。或曰："此缢鬼候代，先知其来代之人，故喜而歌也。"

青县一农家，病不能力作。饿将殆，欲鬻妇以图两活。妇曰："我去，君何以自存？且金尽仍饿死。不如留我侍君，庶饮食医药，得以检点，或可冀重生。我宁娼耳。"后十余载，妇病垂死，绝而复苏曰："顷恍惚至冥司，吏言娼女当堕为雀鸽；以我一念不忘夫，犹可生人道也。"

侍姬郭氏，其父大同人，流寓天津。生时，其母梦鬻端午彩符者，买得一枝，因以为名。年十三，归余。生数子，皆不育；惟一女，适德州卢荫文，晖吉观察子也。晖吉善星命，尝推其命，寿不能四十。果三十七而卒。余在西域时，姬已病瘵，祈签关帝，问："尚能相见否？"得一签曰："喜鹊檐前报好音，知君千里有归心。绣帏重结鸳鸯带，叶落霜雕寒色侵。"谓余即当以秋冬归，意甚喜。时门人邱二田在寓，闻之，曰："见则必见，然末句非吉语也。"后余辛卯六月还，姬病良已。至九月，忽转剧，日渐沈绵，遂以不起。殁后，晒其遗箧，余感赋二诗，曰："风花还点旧罗衣，惆怅酴醿②片片飞。恰

① 诮让——谴责。

② 酴醾(tú mí)——花名，色似酴醾酒。

记香山居士语:‘春随樊素一时归①。’(姬以三月三十日亡,恰送春之期也。)百折湘裙登画栏,临风还忆步珊珊。明知神谶曾先定,终惜‘芙蓉不耐寒’。”(“未必长如此,芙蓉不耐寒”,寒山子诗也。)即用签中意也。

世传推命始于李虚中②,其法用年月日而不用时,盖据昌黎所作虚中墓志也。其书《宋史·艺文志》著录,今已久佚,惟《永乐大典》载虚中《命书》三卷,尚为完帙。所说实兼论八字,非不用时,或疑为宋人所伪托,莫能明也。然考虚中墓志,称其最深于五行,书以人始生之年月日,所直日辰,支干相生,胜衰死生,互相斟酌,推人寿夭贵贱、利不利云云。按天有十二辰,故一日分为十二时,日至某辰,即某时也,故时亦谓之日辰。《国语》“星与日辰之位,皆在北维”是也。《诗》“跂彼织女,终日七襄。”孔颖达疏:“从旦暮七辰一移,因谓之七襄。”是日辰即时之明证。《楚辞》“吉日兮辰良”,王逸注:“日谓甲乙,辰谓寅卯。”以辰与日分言,尤为明白。据此以推,似乎“所直日辰”四字,当连上年月日为句。后人误属下文为句,故有不用时之说耳。余撰《四库全书总目》,亦谓虚中推命不用时,尚沿旧说。今附著于此,以志余过。至五星之说,世传起自张果③。其说不见于典籍。考《列子》称禀天命,属星辰,值吉则吉,值凶则凶,受命既定,即鬼神不能改易,而圣智不能回。王充《论衡》称天施气而众星布精。天施气而众星之气在其中矣,含气而长,得贵则贵,得贱则贱。贵或秩有高下,富或资有多少,皆星位大小尊卑之所授。是以星言命,古已有之,不必定始于张果。又韩昌黎《三星行》曰:“我生之辰,月宿南斗,牛奋其角,箕张其口。”杜樊川④自作墓志曰:“余生于角星昴毕,于角为第八宫,曰疾厄宫,亦曰八杀宫,土星在焉,火星继木星土。杨晞曰:‘木在张,于角为第十一福德宫。木为福德大,君子无虞也。’余曰:‘湖守不周岁迁舍人,木还福于角足矣,火土还死于角宜哉。’”是五星之说,原起于唐,其法亦与

① 樊素——唐代白居易之女伎。
② 李虚中——唐朝人。
③ 张果——唐代人。
④ 杜樊川——唐代杜牧。

今不异。术者托名张果，亦不为无因。特其所托之书，词皆鄙俚，又在李虚中命书之下，决非唐代文字耳。

霍养仲言：一旧家壁悬仙女骑鹿图，款题赵仲穆，不知确否也。（仲穆名雍，松雪之子也。）每室中无人，则画中人缘壁而行，如灯戏之状。一日，预系长绳于轴首，伏人伺之。俟其行稍远，急掣轴出，遂附形于壁上，彩色宛然。俄而渐淡，俄而渐无，越半日而全隐。疑其消散矣。余尝谓画无形质，亦无精气，通灵幻化，似未必然；古书所谓画妖，疑皆有物凭之耳。后见林登《博物志》载北魏元兆，捕得云门黄花寺画妖，兆诘之曰："尔本虚空，画之所作，奈何有此妖形？"画妖对曰："形本是画，画以像真；真之所示，即乃有神。况所画之上，精灵有凭可通。此臣之所以有感，感而幻化。臣实有罪"云云。其言似亦近理也。

骁骑校萨音绰克图与一狐友，一日，狐仓皇来曰："家有妖祟，拟借君坟园栖眷属。"怪问："闻狐祟人，不闻有物更祟狐，是何魅欤？"曰："天狐也，变化通神，不可思议；鬼出电入，不可端倪。其祟人，人不及防；或祟狐，狐亦弗能睹也。"问："同类何不相惜欤？"曰："人与人同类，强凌弱，智绐愚，宁相惜乎？"魅复遇魅，此事殊奇。天下之势，辗转相胜；天下之巧，层出不穷。千变万化，岂一端所可尽乎！

中国古典文学名著丛书

阅微草堂笔记

下

[清] 纪昀等 著

華夏出版社
HUAXIA PUBLISHING HOUSE

卷 十 三

槐西杂志(三)

丁卯同年郭彤纶,戊辰上公车①,宿新中驿旅舍。灯下独坐吟哦,闻窗外语曰:"公是文士,西壁有一诗请教。"出视无所睹;至西壁拂尘寻视,有旅邸卧病诗八句,词甚凄苦,而鄙俚不甚成句。岂好疥壁人②死尚结习未忘耶?抑欲彤纶传其姓名,俾人知某甲旅卒于是,冀家人归其骨也?

奴子宋遇凡三娶:第一妻自合卺即不同榻,后竟仳离。第二妻子必孪生,恶其提携之烦,乳哺之不足,乃求药使断产;误信一王媪言,舂砺石为末服之,石结聚肠胃死。后遇病革时,口喃喃如与人辩。稍苏,私语其第三妻曰:"吾出初妻时,吾父母已受人聘,约日迎娶。妻尚未知,吾先一夕引与狎。妻以为意转,欣然相就。五更尚拥被共眠,鼓吹已至,妻恨恨去。然媒氏早以未尝同寝告后夫,吾母兄亦皆云尔。及至彼,非完璧,大遭疑诟,竟郁郁卒。继妻本不肯服石,吾痛捶使咽尽。殁后惧为厉,又贿巫斩殃。今并恍惚见之,吾必不起矣。"已而果然。又奴子王成,性乖僻。方与妻嬉笑,忽叱使伏受鞭;鞭已,仍与嬉笑。或方鞭时,忽引起与嬉笑;既而曰:"可补鞭矣。"仍叱使伏受鞭。大抵一日夜中,喜怒反复者数次。妻畏之如虎,喜时不敢不强欢,怒时不敢不顺受也。一日,泣诉先太夫人。呼成问故。成跪启曰:"奴不自知,亦不自由。但忽觉其可爱,忽觉其可憎耳。"先太夫人曰:"此无人理,殆佛氏所谓夙冤耶!"虑其妻或轻生,并遣之去。后闻成病死,其妻竟著红衫。夫

---

① 公车——指举子上京参加会试。

② 疥壁人——在壁上乱涂乱画的人。语出唐段成式《酉阳杂俎·语资》。

夫为妻纲，天之经也。然尊究不及君，亲究不及父，故妻又训齐，有敌体之义焉。则其相与，宜各得情理之平 。宋遇第二妻，误杀也，罪止太悍。其第一妻，既已被出而受聘，则恩义已绝，不当更以夫妇论，直诱污他人未婚妻耳。因而致死，其取偿也宜矣。王成酷暴，然未致妇于死也，一日居其室，则一日为所天。歿不制服，反而从吉，是悖理乱常也。其受虐固无足悯焉。

吴惠叔言:太湖有渔户嫁女者,舟至波心,风浪陡作,舵师失措,已欹仄欲沈。众皆相抱哭,突新妇破帘出,一手把舵,一手牵篷索,折戗[①]飞行,直抵婿家,吉时犹未过也。洞庭人传以为奇。或有以越礼讥者,惠叔曰:“此本渔户女,日日船头持篙橹,不能责以必为宋伯姬[②]也。”又闻吾郡有焦氏女,不记何县人,已受聘矣。有谋为媵者,中以蜚语,婿家欲离婚。父讼于官,而谋者陷阱已深,非惟证佐凿凿,且有自承为所欢者。女见事急,竟倩邻媪导至婿家,升堂拜姑曰:“女非妇比,贞不贞有明证也。儿与其献丑于官媒,仍为所诬,不如献丑于母前。”遂阖户弛服,请姑验。讼立解。此较操舟之新妇更越礼矣,然危急存亡之时,有不得不如是者。讲学家动以一死责人,非通论也。

杨雨亭言:劳山深处,有人兀坐木石间,身已与木石同色矣。然呼吸不绝,目炯炯尚能视。此婴儿炼成,而闭不能出者也。不死不生,亦何贵于修道,反不如鬼之逍遥矣。大抵仙有 仙骨,质本清虚;仙有仙缘,诀逢指授。不得真传而妄意冲举,因而致害者不一,此人亦其明鉴也。或曰:“以刃破其顶,当兵解[③]去。”此亦臆度之词,谈何容易乎!

---

① 戗(qiāng)——逆。此指逆风。

② 宋伯姬——《春秋公羊传·襄公三十年》载,宋伯家失火,有人劝其姬出去,姬曰妇人之义,傅母不在不下堂。遂被烧死。

③ 兵解——道家称学道的人死于兵器为兵解。

古者大夫祭五祀[1]，今人家惟祭灶神。若门神、若井神、若厕神、若中霤神，或祭或不祭矣。但不识天下一灶神欤？一城一乡一灶神欤？抑一家一灶神欤？如天下一灶神，如火神之类，必在祀典，今无此祀典也。如一城一乡一灶神，如城隍社公之类，必有专祠，今未见处处有专祠也。然则一家一灶神耳，又不识天下人家，如恒河沙数，天下灶神，亦当如恒河沙数；此恒河沙数之灶神，何人为之？何人命之？神不太多耶？人家迁徙不常，兴废亦不常，灶神之闲旷者何所归？灶神之新增者何自来？日日铨除移改，神不又太烦耶？此诚不可以理解。然而遇灶神者，乃时有之。余小时，见外祖雪峰张公家一司爨妪，好以秽物扫入灶。夜梦乌衣人呵之，且批其颊。觉而颊肿成痈，数日巨如杯，脓液内溃，从口吐出；稍一呼吸，辄入喉呕哕欲死。立誓虔祷，乃愈。是又何说欤？或曰："人家立一祀，必有一鬼凭之。祀在则神在，祀废则神废，不必一一帝所命也。"是或然矣。

孙协飞先生夜宿山家，闻了鸟(了鸟，门上铁系也。李义山诗作此二字。)丁东声，问为谁？门外小语曰："我非鬼非魅，邻女欲有所白也。"先生曰："谁呼汝为鬼魅而先辩非鬼非魅也？非欲盖弥彰乎！"再听之，寂无声矣。

崔崇屽，汾阳人，以卖丝为业。往来于上谷、云中有年矣。一岁，折阅[2]十余金，其曹偶有怨言。崇屽恚愤，以刃自 剖其腹，肠出数寸，气垂绝。主人及其未死，急呼里胥与其妻至，问："有冤耶？"曰："吾拙于贸易，致亏主人资。我实自愧，故不欲生，与人无预也。其速移我返，毋以命案为人累。"主人感之，赠数十金为棺殓费，奄奄待尽而已。有医缝其肠，纳之腹中。敷药结痂，竟以渐愈。惟遗矢从刀伤处出，谷道[3]闭矣。后贫甚，至鬻其妻。旧共卖丝者怜之，各赠以丝，俾拈线自给。渐以小康，复娶

---

① 五祀——古代祭礼名。褅、郊、宗、祖、报称五祀。

② 折阅——亏损。

③ 穀道——指直肠。

妻生子。至乾隆癸巳、甲午间,年七十乃终。其乡人刘炳为作传。曹受之侍御录以示余,因撮记其大略。夫贩鬻丧资,常事也。以十余金而自戕,崇岍可谓轻生矣。然其本志,则以本无毫发私,而其迹有似于乾没,心不能白,以死自明,其平生之自好可知矣。濒死之顷,对众告明里胥,使官府无可疑;切嘱其妻,使眷属无可讼,用心不尤忠厚欤!当死不死,有天道焉。事似异而非异也。

文安王丈紫府言:灞州一宦家娶妇,甫却扇[①],新婿失声狂奔出。众追问故。曰:"新妇青面赤发。状如奇鬼,吾怖而走。"妇故中人姿[②],莫解其故。强使复入,所见如前。父母迫之归房,竟伺隙自缢。既未成礼,女势当归。时贺者尚满堂,其父引之遍拜诸客,曰:"小女诚陋,然何至惊人致死哉!"《幽怪录》[③]载卢生娶弘农令女事,亦同于此,但婿未死耳。此殆夙冤,不可以常理论也。自讲学家言之,则必曰:"是有心疾,神虚目眩耳。"

李主事再瀛,汉三制府之孙也。在礼部时为余属。气宇朗彻,余期以远到[④]。乃新婚未几,遽夭天年。闻其亲迎时,新妇拜神,怀中镜忽堕地,裂为二,已讶不祥;既而鬼声啾啾,彻夜不息。盖衰气之所感,先兆之矣。

选人某,在虎坊桥租一宅。或曰:"中有狐,然不为患,入居者祭之则安。"某性啬不从,亦无他异。既而纳一妾,初至日,独坐房中。闻窗外帘

---

① 却扇——折开头巾。

② 中人姿——中等相貌。

③ 《幽怪录》——唐牛僧孺撰。卢生故事见唐李复言《续幽怪录》。

④ 远到——前途远大。

隙有数十人悄语,品评其妍媸。[1] 忸怩不敢举首。既而灭烛就寝,满室吃吃作笑声,(吃吃笑不止,出《飞燕外传》。或作嗤嗤,非也。又有作咥咥者,盖据毛亨《诗传》。然《毛传》咥咥乃笑貌,非笑声也。)凡一动作,辄高唱其所为。如是数夕不止。诉于正乙真人。其法官汪某曰:“凡魅害人,乃可劾治;若止嬉笑,于人无损。譬互相戏谑,未酿事端,即非王法之所禁。岂可以猥亵细事,渎及神明!”某不得已,设酒肴拜祝。是夕寂然。某喟然曰:“今乃知应酬之礼不可废。”

王符九言:凤皇店民家,有儿持其母履戏,遗后圃花架下,为其父所拾。妇大遭诟诘,无以自明,拟就缢。忽其家狐祟大作,妇女近身之物,多被盗掷于他处,半月余乃止。遗履之疑,遂不辩而释,若阴为此妇解结者,莫喻其故。或曰:“其姑性严厉,有婢私孕,惧将投缳。妇窃后圃钥纵之逃。有是阴功,故神遣狐救之欤!”或又曰:“既为神佑,何不遣狐先收履,不更无迹乎?”符九曰:“神正以有迹明因果也。”余亦以符九之言为然。

胡太虚抚军能视鬼,云尝以葺屋巡视诸仆家,诸室皆有鬼出入,惟一室阒然。问之,曰:“某所居也。”然此仆蠢蠢无寸长,其妇亦常奴耳。后此仆死,其妇竟守节终身。盖烈妇或激于一时,节妇非素有定志必不能。饮冰茹蘖[2]数十年,其胸中正气,蓄积久矣,宜鬼之不敢近也。又闻一视鬼者曰:“人家恒有鬼往来,凡闺房苹狎,必诸鬼聚观,指点嬉笑,但人不见不闻耳。鬼或望而引避者,非他年烈妇、节妇,即孝妇、贤妇也。”与胡公所言,若重规叠矩矣。

朱定远言:一士人夜坐纳凉,忽闻屋上有噪声。骇而起视,则两女自

---

① 妍媸(yán chī)——美丑。

② 蘖(bì)——野菜。

檐际格斗堕，厉声问曰："先生是读书人，姊妹共一婿，有是礼耶?"士人噤不敢语。女又促问。战栗嗫嚅曰："仆是人，仅知人礼。鬼有鬼礼，狐有狐礼，非仆之所知也。"二女唾曰："此人模棱不了事，当别问能了事人耳。"仍纠结而去。苏味道①模棱，诚自全之善计也。然以推诿偾事，获谴者亦在在有之。盖世故太深，自谋太巧，恒并其不必避者而亦避，遂于其必当为者而亦不为，往往坐失事机，留为祸本，决裂有不可收拾者。此士人见诮于狐，其小焉者耳。

济南朱青雷言：其乡民家一少年与邻女相悦，时相窥也。久而微露盗香迹，女父疑焉，夜伏墙上，左右顾视两家，阴伺其往来。乃见女室中有一少年，少年室中有一女，衣饰形貌皆无异。始知男女皆为狐媚也。此真黎丘之技②矣。青雷曰："以我所见，好事者当为媒合，亦一佳话。然闻两家父母皆恚甚，各延巫驱狐。时方束装北上，不知究竟如何也。"

有视鬼者曰："人家继子，凡异姓者，虽女之子，妻之侄，祭时皆所生来享，所后者弗来也。凡同族者，虽五服③以外，祭时皆所后来享，所生者虽亦来，而配食于侧，弗敢先也。惟于某抱养张某子，祭时乃所后来享。久而知其数世前本于氏妇怀孕嫁张生，是于之祖也。此何义欤?"余曰："此义易明。铜山西崩，洛钟东应④，不以远而阻也。琥珀拾芥不引针，磁石引针不拾芥⑤，不以近而合也。一本者气相属，二本者气不属耳。观此使人睦族之心，油然而生，追远之心，亦油然而生。一身歧为四肢，四肢

---

① 苏味道——唐代人，官至宰相。

② 黎丘之技——黎丘之鬼常幻化出来戏弄人。典见《吕氏春秋·疑似》。

③ 五服——古代为死者服丧服，按亲疏分为斩衰、齐衰、大功、小功、缌麻五种名称，统称五服。

④ 铜山西崩，洛钟东应——洛钟，洛阳宫中之钟。语出《易·乾》唐孔颖达正义。

⑤ 琥珀摩擦能吸引草，但不能吸引针；磁石能够吸引针，但不能吸引草。语出《易·乾》唐孔颖达疏。

各歧为五指,是别为二十歧矣;然二十歧之痛痒,吾皆能觉,一身故也。莫昵近于妻妾,妻妾之痛痒,苟不自言,吾终不觉,则两身而已矣。"

宋子刚言:一老儒训蒙乡塾,塾侧有积柴,狐所居也。乡人莫敢犯,而学徒顽劣,乃时秽污之。一日,老儒往会葬,约明日返。诸儿因累几为台,涂朱墨演剧。老儒突返,各挞之流血,恨恨复去。众以为诸儿大者十一二,小者七八岁耳,皆怪师太严。次日,老儒返,云昨实未归。乃知狐报怨也。有欲讼诸土神者,有议除积柴者,有欲往诟詈者;中一人曰:"诸儿实无礼,挞不为过,但太毒耳。吾闻胜妖当以德,以力相角,终无胜理。冤冤相报,吾虑祸不止此也。"众乃已。此人可谓平心,亦可谓远虑矣。

雍正乙卯,佃户张天锡家生一鹅,一身而两首。或以为妖。沈丈丰功曰:"非妖也。人有孪生,卵亦有双黄;双黄者,雏必枳首。吾数见之矣。"与从侄虞惇偶话及此。虞惇曰:"凡鹅一雄一雌者,生十卵即得十雏。两雄一雌者,十卵必毈①一二,父气杂也。一雄两雌者,十卵亦必毈一二,父气弱也。鸡鹜则不妨,物各一性尔。"余因思鹅鸭皆不能自伏卵,人以鸡代伏之。天地生物之初,羽族皆先以气化,后以卵生,不待言矣。(凡物皆先气化而后形交,前人先有鸡先有卵之争,未之思也。)第不知最初卵生之时,上古之民淳淳闷闷,谁知以鸡代伏也?鸡不代伏,又何以传种至今也?此真百思不得其故矣。

刘友韩侍御言:向寓山东一友家,闻其邻女为狐媚。女父迹知其穴,百计捕得一小狐,与约曰:"能舍我女,则舍尔子。"狐诺之。舍其子而狐仍至。詈其负约。则谢曰:"人之相诳者多矣,而责我辈乎!"女父恨甚,使女阳劝之饮,而阴置砒焉。狐中毒,变形踉跄去。越一夕,家中瓦砾交飞,窗扉震撼,群狐合噪来索命。女父厉声道始末,闻似一老狐语曰:"悲

① 毈(duàn)——卵坏孵不出禽鸟。

哉！彼徒见人皆相诳，从而效尤。不知天道好还，善诳者终遇诳也。主人词直，犯之不祥。汝曹随我归矣。”语讫寂然。此狐所见，过其子远矣。

季廉夫言：泰兴旧宅后，有楼五楹，人迹罕至。廉夫取其僻静，恒独宿其中。一夕，甫启户，见板阁上有黑物，似人非人，鬖髿长毳如蓑衣，扑灭其灯，长吼冲人去。又在扬州宿舅氏家，朦胧中见红衣女子推门入。心知鬼物，强起叱之。女子跪地，若有所陈，俄仍冉冉出门去。次日，问主人，果有女缢此室，时为祟也。盖幽房曲室，多鬼魅所藏。黑物殆精怪之未成者，潜伏已久，是夕猝不及避耳。缢鬼长跪，或求解脱沈沦乎？廉夫壮年气盛，故均不能近而去也。俚巫言，凡缢死者著红衣，则其鬼出入房闼，中霤神[①]不禁。盖女子不以红衣殓，红为阳色，犹似生魂故也。此语不知何本。然妇女信之甚深，故衔愤死者多红衣就缢，以求为祟。此鬼红衣，当亦由此云。

先兄晴湖言：沧州吕氏姑家，（余两胞姑皆适吕氏，此不知为二姑家、五姑家也。）门外有巨树，形家[②]言其不利。众议伐之，尚未决。夜梦老人语曰：“邻居二三百年，忍相戕乎？”醒而悟为树之精，曰：“不速伐，且为妖矣。”议乃定。此树如不自言，事尚未可知也。天下有先期防祸，弥缝周章[③]，反以触发祸机者，盖往往如是矣。（闻李太仆敬堂某科磨勘试卷，忽有举人来投刺，敬堂拒未见。然私讶曰：“卷其有疵乎？”次日检之，已勘过无签；覆加详核，竟得其谬，累停科。此举人如不干谒，已漏网矣。）

奴子王敬，王连升之子也。余旧有质库在崔庄，从官久，折阅都尽，群

---

① 中霤神——迷信称宅神。
② 形家——风水先生。
③ 弥缝周章——弥补缝合得非常周密详到。

从鸠资①复设之,召敬司夜焉。一夕,自经于楼上,虽其母其弟莫测何故也。客作胡兴文,居于楼侧,其妻病剧。敬魂忽附之语,数其母弟之失,曰:"我自以博负死,奈何多索主人棺殓费,使我负心!此来明非我志也。"或问:"尔怨索负者乎?"曰:"不怨也。使彼负我,我能无索乎?"又问:"然则怨诱博者乎?"曰:"亦不怨也。手本我手,我不博,彼能握我手博乎?我安意候代而已。"初附语时,人以为病者瞀乱耳;既而序述生平、寒温故旧,语音宛然敬也。皆叹曰:"此鬼不昧本心,必不终沦于鬼趣。"

李玉典言:有旧家子,夜行深山中,迷不得路。望一岩洞,聊投憩息,则前辈某公在焉。惧不敢进,然某公招邀甚切。度无他害,姑前拜谒。寒温劳苦如平生,略问家事,共相悲慨。因问:"公佳城在某所,何独游至此?"某公喟然曰:"我在世无过失,然读书第随人作计,为官第循分供职,亦无所树立。不意葬数年后,墓前忽见一巨碑,螭额②篆文,是我官阶姓字;碑文所述,则我皆不知,其中略有影响者,又都过实。我一生朴拙,意已不安;加以游人过读,时有讥评;鬼物聚观,更多姗笑。我不耐其聒,因避居于此。惟岁时祭扫,到彼一视子孙耳。"士人曲相宽慰曰:"仁人孝子,非此不足以荣亲。蔡中郎③不免愧词,韩吏部④亦尝谀墓。古多此例,公亦何必介怀。"某公正色曰:"是非之公,人心具在;人即可诳,自问已惭。况公论具存,诳亦何益?荣亲当在显扬,何必以虚词招谤乎?不谓后起胜流,所见皆如是也。"拂衣竟起。士人惘惘而归。余谓此玉典寓言也。其妇翁田白岩曰:"此事不必果有,此论则不可不存。"

交河老儒刘君琢,居于闻家庙,而设帐于崔庄。一日,夜深饮醉,忽自归家。时积雨之后,道途间两河皆暴涨,亦竟忘之。行至河干,忽又欲浴,

---

① 鸠资——集资、筹资。鸠:聚集,纠集。
② 螭额——碑额上刻有螭(传说中无角的龙)头的装饰。
③ 蔡中郎——东汉蔡邕,官至中郎将。
④ 韩吏部——唐韩愈,曾官吏部侍郎。

而稍惮波浪之深。忽旁有一人曰:“此间原有可浴处,请导君往。”至则有盘石如渔矶,因共洗濯。君琢酒少解,忽叹曰:“此去家不十余里,水阻迂折,当多行四五里矣。”其人曰:“此间亦有可涉处,再请导君。”复摄衣径渡。将至家,其人匆匆作别去。叩门入室,家人骇路阻何以归。君琢自忆,亦不知所以也。揣摩其人,似高川贺某,或留不住(村名,其取义则未详。)赵某。后遣子往谢,两家皆言无此事;寻河中盘石,亦无踪迹。始知遇鬼。鬼多嬲醉人,此鬼独扶导醉人。或君琢一生循谨,有古君子风,醉涉层波,势必危,殆神阴相而遣之欤!

奴子董柱言:景河镇某甲,其兄殁,寡嫂在母家。以农忙,与妻共诣之,邀归助馌饷。至中途,憩破寺中。某甲使妇守寺门,而入与嫂调谑。嫂怒叱,竟肆强暴。嫂扞拒呼救,去人窎远①,无应者。妇自入沮解,亦不听。会有馌妇踣于途,碎其瓶罍,客作五六人,皆归就食。适经过,闻声趋视。具陈状。众共愤怒,纵其嫂先行;以二人更番持某甲,裸其妇而迭淫焉。濒行,叱曰:“尔淫嫂,有我辈证,尔当死。我辈淫尔妇,尔嫂决不为证也。任尔控官,我辈午餐去矣。”某甲反叩额于地,祈众秘其事。此所谓假公济私者也,与前所记杨生事,同一 非理,而亦同一快人意。后乡人皆知,然无肯发其事者:一则客作皆流民,一日耘毕,得值即散,无从知为谁何;一则恶某甲故也。皆曰:“馌妇之踣,不先不后,岂非若或使之哉!”

缢鬼溺鬼皆求代,见说部者不一。而自刭自鸩以及焚死压死者,则古来不闻求代事,是何理欤?热河罗汉峰,形酷似趺坐老僧,人多登眺。近时有一人坠崖死,俄而市人时有无故发狂,奔上其顶,自倒掷而陨者。皆曰:“鬼求代也。”延僧礼忏,无验。官守以逻卒,乃止。夫自戕之鬼候代,为其轻生也。失足而死,非其自轻生。为鬼所迷而自投,尤非其自轻生。必使辗转相代,是又何理欤?余谓是或冤谴,或山鬼为祟,求祭享耳,未可概目以求代也。

---

① 窎(diào)远——深远。

余乡产枣,北以车运供京师,南随漕舶以贩鬻于诸省,土人多以为恒业。枣未熟时,最畏雾,雾浥之则瘠而皱,存皮与核矣。每雾初起,或于上风积柴草焚之,烟浓而雾散;或排鸟铳迎击,其散更速。盖阳气盛则阴霾消也。凡妖物皆畏火器。史丈松涛言:山陕间每山中黄云暴起,则有风雹害稼。以巨炮迎击,有堕虾蟆如车轮大者。余督学福建时,山魈或夜行屋瓦上,格格有声。遇辕门鸣炮,则踉跄奔迸,顷刻寂然。鬼亦畏火器。余在乌鲁木齐,曾以铳击厉鬼,不能复聚成形。(语详《滦阳消夏录》。)盖妖鬼亦皆阴类也。

董秋原言:东昌一书生,夜行郊外。忽见甲第甚宏壮,私念此某氏墓,安有是宅,殆狐魅所化欤?稔闻《聊斋志异》青凤、水仙诸事,冀有所遇,踯躅不行。俄有车马从西来,服饰甚华,一中年妇揭帏指生曰:"此郎即大佳,可延入。"生视车后一幼女,妙丽如神仙,大喜过望。既入门,即有二婢出邀。生既审为狐,不问氏族,随之入。亦不见主人出,但供张甚盛,饮馔丰美而已。生候合卺,心摇摇如悬旌。至夕,箫鼓喧阗,一老翁搴帘揖曰:"新婿入赘,已到门。先生文士,定习婚仪,敢屈为傧相,三党①有光。"生大失望,然原未议婚,无可复语;又饫其酒食,难以遽辞。草草为成礼,不别而归。家人以失生一昼夜,方四出觅访。生愤愤道所遇,闻者莫不拊掌曰:"非狐戏君,乃君自戏也。"余因言有李二混者,贫不自存,赴京师谋食。途遇一少妇骑驴,李趁与语,微相调谑。少妇不答亦不嗔。次日,又相遇,少妇掷一帕与之,鞭驴径去,回顾曰:"吾今日宿固安也。"李启其帕,乃银簪珥数事。适资斧竭,持诣质库;正质库昨夜所失,大受拷掠,竟自诬为盗。是乃真为狐戏矣。秋原曰:"不调少妇,何缘致此?仍谓之自戏可也。"

---

① 三党——指三族:父族、母族、妻族。

莆田李生裕翀言：有陈至刚者，其妇死，遗二子一女。岁余，至刚又死。田数亩、屋数间，俱为兄嫂收去。声言以养其子女，而实虐遇之。俄而屋后夜夜闻鬼哭，邻人久不平，心知为至刚魂也，登屋呼曰："何不祟尔兄？哭何益！"魂却退数丈外，呜咽应曰："至亲者兄弟，情不忍祟；父之下，兄为尊矣，礼亦不敢祟。吾乞哀而已。"兄闻之感动，詈其嫂曰："尔使我不得为人也。"亦登屋呼曰："非我也。嫂也。"魂又呜咽曰："嫂者兄之妻，兄不可祟，嫂岂可祟也！"嫂愧不敢出。自是善视其子女，鬼亦不复哭矣。使遭兄弟之变者，尽如是鬼，尚有阋墙[①]之衅乎？

卫媪，从侄虞惇之乳母也。其夫嗜酒，恒在醉乡。一夕，键户自出，莫知所往。或言邻圃井畔有履，视之，果所著；窥之，尸亦在。众谓墙不甚短，醉人岂能逾；且投井何必脱履？咸大惑不解。询守圃者，则是日卖菜未归，惟妇携幼子宿，言夜闻墙外有二人邀客声，继又闻牵拽固留声，又訇然一声，如人自墙跃下者，则声在墙内矣；又闻延坐屋内声，则声在井畔矣；俄闻促客解履上床声，又訇然一声，遂寂无音响。此地故多鬼，不以为意，不虞此人之入井也，其溺鬼求代者乎？遂堙是井。后亦无他。

族叔楘庵言：尝见旋风中有一女子张袖而行，迅如飞鸟，转瞬已在数里外。又尝于大槐树下见一兽跳掷，非犬非羊，毛作褐色，即之已隐。均不知何物。余曰："叔平生专意研经，不甚留心于子、史。此二物，古书皆载之。女子乃飞天夜叉，《博异传》载唐薛淙于卫州佛寺见老僧言居延海上见天神追捕者是也。褐色兽乃树精，《史记·秦本纪》二十七年，伐南山大梓，丰大特。注曰：'今武都故道，有怒特祠，图大牛上生树本，有牛从木中出，复见于丰水之中。'《列异传》：秦文公时，梓树化为牛。以骑击之，骑不胜；或堕地，髻解被发，牛畏之入水。故秦因是置旄头骑。庾信[②]《枯树赋》曰：'白鹿贞松，青牛文梓。'柳宗元《祭纛文》曰：'丰有大特，化

① 阋(xì)墙——兄弟们在家里吵架。

② 庾信——南朝梁诗人，后入北朝。

为巨梓;秦人凭神,乃建旄头。'即用此事也。"

王德圃言:有县吏夜息松林,闻有泣声。吏故有胆,寻往视之,则男女二人并坐石几上,喁喁絮语,似夫妇相别者。疑为淫奔,诘问其由。男子起应曰:"尔勿近,我鬼也。此女吾爱婢,不幸早逝,虽葬他所,而魂常依此。今被配入转轮,从此一别,茫茫万古,故相悲耳。"问:"生为夫妇,各有配偶,岂死后又颠倒移换耶?"曰:"惟节妇守贞者,其夫在泉下暂留,待死后同生人世,再续前缘,以补其一生之茕苦。余则前因后果,各以罪福受生,或及待,或不及待,不能齐矣。尔宜自去,吾二人一刻千金,不能与尔谈冥事也。"张口嘘气,木叶乱飞。吏悚然反走。后再过其地,知为某氏墓也。德圃为凝斋先生侄。先生作《秋灯丛话》,漏载此事。岂德圃偶未言及,抑先生偶失记耶?

先外祖母曹太恭人尝告先太夫人曰:"沧州一宦家妇,不见荅①于夫,郁郁将成心疾,性情乖剌,琴瑟愈不调。会有高行尼至,诣问因果。尼曰:'吾非冥吏,不能稽配偶之籍也;亦非佛菩萨,不能照见三生也。然因缘之理,则吾知之矣。夫因缘无无故而合者也,大抵以恩合者必相欢,以怨结者必相忤。又有非恩非怨,亦恩亦怨者,必负欠使相取相偿也。如是而已。尔之夫妇,其以怨结者乎?天所定也,非人也;虽然,天定胜人,人定亦胜天。故释迦立法,许人忏悔。但消尔胜心,戢②尔傲气,逆来顺受,以情感而不以理争;修尔内职,事翁姑以孝,处娣姒③以和,待妾媵以恩,尽其在我,而不问其在人,庶几可以挽回乎!徒问往因,无益也。'妇用其言,果相睦如初。"先太夫人尝以告诸妇曰:"此尼所说,真闺阁中解冤神咒也。信心行持,无不有验;如或不验,尚是行持未至耳。"

① 见荅——喜欢。
② 戢(jí)——收敛。
③ 娣姒(dì sì)——妯娌。

蔡太守必昌云：判冥，论者疑之。然朱竹君之先德，（唐人称人故父曰先德，见《北梦琐言》。）蔡君先告以亡期；蔡君之母，亦自预知其亡期，皆日辰不爽。是又何说欤？朱石君抚军，言其他事甚悉。石君非妄语人也。顾郎中德懋亦云判冥。后自言以泄漏阴府事，谪为社公①，无可验也。余尝闻其论冥律，已载《滦阳消夏录》中。其论鬼之存亡，亦颇有理。大意谓人之余气为鬼，气久则渐消。其不消者有三：忠孝节义，正气不消；猛将劲卒，刚气不消；鸿材硕学，灵气不消。不遽消者亦三：冤魂恨魄，茹痛黄泉，其怨结则气亦聚也；大富大贵，取多用宏，其精壮则气亦盛也；儿女缠绵，埋忧赍恨，其情专则气亦凝也。至于凶残狠悍，戾气亦不遽消，然堕泥犁者十之九，又不在此数中矣。言之凿凿，或亦有所征耶？

雍正戊申夏，崔庄有大旋风，自北而南，势如潮涌，余家楼堞半揭去。（北方乡居者，率有明楼以防盗，上为城堞。）从伯灿宸公家，有花二盎、水一瓮，并卷置屋上，位置如故，毫不欹侧；而阶前一风炉铜铫，炭火方炽，乃安然不动，莫明其故。次日，询迤北诸村，皆云未见。过村数里，即渐高入云。其风黄色，嗅之有腥气。或地近东瀛，不过百里，海神来往，水怪飞腾，偶然狡狯欤？

从侄虞惇，甲辰闰三月官满城教谕时，其同官戴君，邀游抱阳山。戴携彭、刘二生，从山前往。虞惇偕弟汝侨、子树瑰及金、刘二生，由山后观牛角洞、仙人室诸胜。方升山麓，遥见一人岩上立，意戴君遣来迎也。相距尚里许，急往赴之。愈近，其人渐小，至则白石一片，倚岩植立，高尺五六寸，广四五寸耳。绝不类人形，而望之如人，奇矣。凡物远视必小，欧罗巴②人所谓视差也。此石远视大而近视小，抑又奇矣。迨下山里许，再回视之，仍如初见状。众谓此石有灵，拟上山携取归。彭生及树瑰先往觅，不得；汝侨又与二刘生同往，道路依然，物物如旧，石竟不可复睹矣。盖邃

① 社公——土地神。

② 欧罗巴——即欧洲。

谷深崖,神灵所宅,偶然示现,往往有之。是山所谓仙人室者,在峭壁之上,人不能登。土人每遥见洞口人来往,其必炼精羽化之徒矣。

申丈苍巅言:刘智庙有两生应科试,夜行失道。见破屋,权投栖止。院落半圮,亦无门窗,拟就其西厢坐。闻树后语曰:"同是士类,不敢相拒。西厢是幼女居,乞勿入;东厢是老夫训徒地,可就坐也。"心知非鬼即狐,然疲极不能再进,姑向树拱揖,相对且坐。忽忆当向之问路,再起致词,则不应矣。暗中摸索,觉有物触手;扪之,乃身畔各有半瓜。谢之,亦不应。质明将行,又闻树后语曰:"东去二里,即大路矣。一语奉赠:《周易》互体①,究不可废也。"不解所云,叩之又不应。比就试,策果问互体。场中皆用程朱说,惟二生依其语对,并列前茅焉。

乾隆甲子,余在河间应科试。有同学以帕幂首,云堕驴伤额也。既而有同行者知之,曰:"是于中途遇少妇,靓妆独立官柳下,忽按辔问途。少妇曰:'南北驿路,车马往来,岂有迷途之患?尔直欺我孤立耳。'忽有飞瓦击之,流血被面。少妇径入秫田去,不知是人是狐是鬼也。但未见举手,而瓦忽横击,疑其非人;鬼又不应白日出,疑其狐矣。"高梅村曰:"此不必深问。无论是人是鬼是狐,总之当击耳。"又丁卯秋,闻有京官子,暮过横街东,为娼女诱入室。突其夫半夜归,胁使尽解衣履,裸无寸缕,负置门外丛冢间。京官子无计,乃号呼称遇鬼。有人告其家迎归。姚安公时官户部,闻之笑曰:"今乃知鬼能作贼。"此均足为佻薄者戒也。

乌鲁木齐千总柴有伦言:昔征霍集占时,率卒搜山。于珠尔土斯深谷中遇玛哈沁②,射中其一,负矢奔去。余七八人亦四窜。夺得其马及行帐。树上缚一回妇,左臂左股,已脔食见骨,嗷嗷作虫鸟鸣。见有伦,屡引

---

① 互体——《周易》中的卦式。

② 玛哈沁——新疆称强盗。

其颈，又作叩颡状。有伦知其求速死，剚刃贯其心。瞠目长号而绝。后有伦复经其地，水暴涨，不敢涉，姑憩息以待减退。有旋风来往马前，倏行倏止，若相引者。有伦悟为回妇之鬼，乘骑从之，竟得浅处以渡。

季廉夫言：泰兴有贾生者，食饩①于庠，而癖好符箓禁咒事。寻师访友，炼五雷法，竟成。后病笃，恍惚见鬼来摄。举手作诀，鬼不能近。既而家人闻屋上金铁声，奇鬼狰狞，汹涌而入。咸悚惶避出。遥闻若相格斗者，彻夜乃止。比晓视之，已伏于床下死，手掊地成一深坎，莫知何故也。夫死生数也，数已尽矣，犹以小术与天争，何其不知命乎？

廉夫又言：钟太守光豫官江宁时，有幕友二人，表兄弟也。一司号籍，一司批发，恒在一室同榻寝。一夕，一人先睡。一人犹秉烛，忽见案旁一红衣女子坐，骇极，呼其一醒。拭目惊视，则非女子，乃奇形鬼也。直前相搏，二人并昏仆。次日，众怪门不启，破扉入视。其先见者已死，后见者气息仅属，灌治得活。乃具述夜来状。鬼无故扰人，事或有之；至现形索命，则未有无故而来者。幕府宾佐，非官而操官之权，笔墨之间，动关生死，为善易，为恶亦易。是必冤谴相寻，乃有斯变。第不知所缘何事耳。

乌鲁木齐军吏茹大业言：古浪回民，有踞佛殿饮博者，寺僧孤弱，弗能拒也。一夜，饮方酣，一人舒拇指呼曰："一。"突有大拳如五斗栲栳②，自门探入，五指齐张，厉声呼曰："六。"举掌一拍，烛灭几碎，十余人并惊仆。至晓，乃各渐苏，自是不敢复至矣。佛于众生无计较心，其护法善神之示现乎？

---

① 食饩——明清时，考生员试优等者，官府给于廪饩（即廪生的稻米），称食饩。

② 栲栳（kǎo lǎo）——一种用竹子或柳条编成的器具，也称巴斗。

苏州朱生焕,举壬午顺天乡试第二人,余分校所取也。一日,集余阅微草堂,酒间各说异闻。生言:曩乘舟,见一舵工额上恒贴一膏药,纵约寸许,横倍之。云有疮,须避风。行数日,一篙工私语客曰:"是大奇事,云有疮者伪也。彼尝为会首,赛水神例应捧香而前。一夕犯不洁,方跪致祝,有风登炉灰扑其面;骨栗神悚,几不成礼。退而拂拭,则额上现一墨画秘戏图,神态生动,宛肖其夫妇。洗濯不去,转更分明,故以膏药掩之也。"众不深信,然既有此言,出入往来,不能不注视其额。舵工觉之,曰:"小儿又饶舌耶!"长喟而已。然则其事殆不虚,惜未便揭视之耳。又余乳母李媪言:曩登泰山,见娼女与所欢皆往进香,遇于逆旅,伺隙偶一接唇,竟胶粘不解,擘之则痛彻心髓。众为忏悔,乃开。或曰:"庙祝贿娼女作此状,以耸人信心也。"是亦未可知矣。

献县刑房吏王瑾,初作吏时,受贿欲出一杀人罪。方濡笔起草,纸忽飞著承尘上,旋舞不下。自是不敢枉法取钱,恒举以戒其曹偶①,不自讳也。后一生温饱,以老寿终。又一吏恒得贿舞文,亦一生无祸,然殁后三女皆为娼。其次女事发当杖,伍伯夙戒其徒曰:"此某师傅女,(土俗呼吏曰师傅。)宜从轻。"女受杖讫,语鸨母曰:"微我父曾为吏,我今日其殆矣。"嗟乎,乌知其父不为吏,今日原不受杖哉!

交河有姊妹二妓,皆为狐所媚,羸病欲死。其家延道士劾治,狐不受捕。道士怒,趣设坛,牒雷部。狐化形为书生,见道士曰:"炼师勿苦相仇也。夫采补杀人,诚干天律,然亦思此二女者何人哉!饰其冶容,蛊惑年少,无论其破人之家,不知凡几,废人之业,不知凡几,间人之夫妇,不知凡几,罪皆当死。即彼摄人之精,吾摄其精;彼致人之疾,吾致其疾;彼戕人

① 曹偶——部属。

之命，吾戕其命。皆所谓请君入瓮①，天道宜然。炼师何必曲庇之？且炼师之劾治，谓人命至重耳。夫人之为人，以有人心也。此辈机械万端，寒暖百变，所谓人面兽心者也。既已兽心，即以兽论。以兽杀兽，事理之常。深山旷野，相食者不啻恒河沙数，可一一上渎雷部耶？"道士乃舍去。论者谓道士不能制狐，造此言也。然其言则深切著明矣。

程鱼门言：朱某昵淮上一妓，金尽，被斥出。一日，有西商过访妓，仆舆奢丽，挥金如土。妓兢兢恐其去，尽谢他客，曲意效媚。日赠金帛珠翠，不可缕数。居两月余，云暂出赴扬州，遂不返。访问亦无知者。资货既饶，拟去北里为良家。检点箧笥，所赠已一物不存，朱某所赠亦不存；惟留二百余金，恰足两月余酒食费，一家迷离惝恍，如梦乍回。或曰，闻朱某有狐友，殆代为报复云。

鱼门又言：游士某，在广陵纳一妾，颇娴文墨。意甚相得，时于闺中倡和。一日，夜饮归，僮婢已睡，室内暗无灯火。入视阒然，惟案上一札曰："妾本狐女，僻处山林。以夙负应偿，从君半载。今业缘已尽，不敢淹留。本拟暂住待君，以展永别之意，恐两相凄恋，弥难为怀。是以茹痛竟行，不敢再面。临风回首，百结柔肠。或以此一念，三生石上，再种后缘②，亦未可知耳！诸惟自爱，勿以一女子之故，至损清神。则妾虽去而心稍慰矣。"某得书悲感，以示朋旧，咸相慨叹。以典籍尝有此事，弗致疑也。后月余，妾与所欢北上，舟行被盗，鸣官待捕；稽留淮上者数月，其事乃露。盖其母重鬻于人，伪以狐女自脱也。周书昌曰："是真狐女，何伪之云？

---

① 请君入瓮——瓮，大坛子。唐武则天时，周兴与来俊臣俱为酷吏。有人告了周兴，则天命来俊臣审问。来俊臣问周兴："逼供最好用什么刑？"周兴回答说："只要把犯人装进大坛子，架起炭火一烧，他什么都得承认。"来俊臣就说："请兄入瓮。"事见《资治通鉴·唐纪》。

② 三生石上，再种后缘——唐代李源和和尚圆观生前友好；圆观与李约定他生后十二年在杭州天竺寺相见，后来果然如是。事见唐袁郊《甘泽谣·圆观》。后诗文中常用三生石作为因缘前定的典故。

吾恐志异诸书所载,始遇仙姬,久而舍去者,其中或不无此类也乎!"

余在翰林日,侍读索公尔逊同斋戒于待诏厅,(厅旧有何义门书"衡山旧署"一匾,又联句一对。今联句尚存,匾则久亡矣。)索公言:前征霍集占时,奉参赞大臣檄调。中途逢大雪,车仗不能至,仅一行帐随,姑支以憩。苦无枕,觅得二三死人首,主仆枕之。夜中并蠕蠕掀动,叱之乃止。余谓此非有鬼,亦非因叱而止也。当断首时,生气未尽,为严寒所束,郁伏于中;得人气温蒸,冻解而气得外发,故能自动。已动则气散,故不再动矣。凡物生性未尽者,以火炙之皆动,是其理也。索公曰:"从古战场,不闻逢鬼;吾心恶之,谓吾命衰也。今日乃释此疑。"

崔庄多枣,动辄成林,俗谓之枣行。(户郎切。)余小时,闻有妇女数人,出挑菜,过树下,有小儿坐树杪,摘红熟者掷地下。众竞拾取。小儿急呼曰:"吾自喜周二姐娇媚,摘此与食。尔辈黑鬼,何得夺也?"众怒詈,二姐恶其轻薄,亦怒詈,拾块击之。小儿跃过别枝,如飞鸟穿林去。忽悟村中无此儿,必妖魅也。姚安公曰:"赖周二姐一詈一击,否则必为所媚矣。凡妖魅媚人,皆自招致。苏东坡《范增论》曰:'物必先腐也而后虫生之。'"

有选人在横街夜饮,步月而归。其寓在珠市口,因从香厂取捷径。一小奴持烛笼行,中路踣而灭。望一家灯未熄,往乞火。有妇应门,邀入茗饮。心知为青楼,姑以遣兴。然妇羞涩低眉,意色惨沮。欲出,又牵袂固留。试调之,亦宛转相就。适携数金,即以赠之。妇谢不受,但祈曰:"如念今宵爱,有长随①某住某处,渠久闲居,妻亡子女幼,不免饥寒。君肯携之赴任,则九泉感德矣。"选人戏问:"卿可相随否?"泫然曰:"妾实非人,即某妻也。为某不能赡子女,故冒耻相求耳。"选人悚然而出,回视乃一

① 长随——雇用的仆役。

新冢也。后感其意，竟携此人及子女去。求一长随，至鬼亦荐枕，长随之多财可知。财自何来？其蠹官而病民可知矣。

牛犊马驹，或生鳞角，蛟龙之所合，非真麟也。妇女露寝①，为所合者亦有之。惟外舅马氏家，一佃户年近六旬，独行遇雨，雷电晦冥，有龙探爪按其笠。以为当受天诛，悸而踣，觉龙碎裂其裤，以为褫衣而后施刑也。不意龙捩转其背，据地淫之。稍转侧缩避，辄怒吼，磨牙其顶。惧为吞噬，伏不敢动。移一二刻，始霹雳一声去。呻吟塍上，腥涎满身。幸其子持蓑来迎，乃负以返。初尚讳匿，既而创甚，求医药，始道其实。耘苗之候，□妇众矣，乃狎一男子；牧竖亦众矣，乃狎一衰翁。此亦不可以理解者。

王方湖言：蒙阴刘生，尝宿其中表家。偶言家有怪物，出没不恒，亦不知其潜何所。但暗中遇之，辄触人倒，觉其身坚如铁石。刘故喜猎，恒以鸟铳随，曰："若然，当携此自防也。"书斋凡三楹，就其东室寝。方对灯独坐，见西室一物向门立，五官四体，一一似人，而目去眉约二寸，口去鼻仅分许，部位乃无一似人。刘生举铳拟之，即却避。俄手掩一扉，出半面外窥，作欲出不出状。才一举铳，则又藏，似惧出而人袭其后者。刘生亦惧怪袭其后，不敢先出也。如是数回，忽露全面，向刘生摇首吐舌。急发铳一击，则铅丸中扉上，怪已冲烟去矣。盖诱人发铳，使一发不中，不及再发，即乘机遁也。两敌相持，先动者败，此之谓乎！使忍而不发，迟至天晓，此怪既不能透壁穿窗，势必由户出，则必中铳；不出，则必现形矣。然自此知其畏铳。后伏铳窗棂，伺出击之，琤然仆地，如檐瓦堕裂声。视之，乃破瓮一片，儿童就近沿无泑处戏画作人面，笔墨拙涩，随意涂抹，其状一如刘生所见云。

有富室子病危，绝而复苏，谓家人曰："吾魂至冥司矣。吾尝捐金活

---

① 露寝——露天睡觉。

二命,又尝强夺某女也。今活命者在冥司具保状,而女之父亦诉牒喧辩。尚未决,吾且归也。”越二日,又绝而复苏曰:“吾不济矣。冥吏谓夺女大恶,活命大善,可相抵。冥王谓活人之命,而复夺其女,许抵可也。今所夺者此人之女,而所活者彼人之命;彼人活命之德,报此人夺女之仇,以何解之乎?既善业本重,未可全销,莫若冥司不刑赏,注来生恩自报恩,怨自报怨可也。”语讫而绝。案欧罗巴书不取释氏轮回之说,而取其天堂地狱,亦谓善恶不相抵。然谓善恶不抵,是绝恶人为善之路也。大抵善恶可抵,而恩怨不可抵,所谓冤家债主,须得本人是也。寻常善恶可抵,大善大恶不可抵。曹操赎蔡文姬,不得不谓之义举,岂足抵篡弑之罪乎?(曹操虽未篡,然以周文王自比,其志则篡也,特畏公议耳。)至未来生中,人未必相遇,事未必相值,故因缘凑合,或在数世以后耳。

宋村厂(从弟东白庄名,土人省语呼厂里)仓中旧有狐。余家未析箸[①]时,姚安公从王德庵先生读书是庄。仆隶夜入仓院,多被瓦击,而不见其形,惟先生得纳凉其中,不遭扰戏。然时见男妇往来,且木榻藤枕,俱无纤尘,若时拂拭者。一日,暗中见人循墙走,似是一翁,呼问之曰:“吾闻狐不近正人,吾其不正乎?”翁拱手对曰:“凡兴妖作祟之狐,则不敢近正人;若读书知礼之狐,则乐近正人。先生君子也,故虽少妇稚女,亦不相避,信先生无邪心也。先生何反自疑耶?”先生曰:“虽然,幽明异路,终不宜相接。请勿见形可乎?”翁磬折曰:“诺。”自是不复睹矣。

沈瑞彰寓高庙读书,夏夜就文昌阁廊下睡。人静后,闻阁上语曰:“吾曹亦无用钱处,尔积多金何也?”一人答曰:“欲以此金铸铜佛,送西山潭柘寺供养,冀仰托福佑,早得解形。”一人作啐声曰:“咄咄大错!布施须己财。佛岂不问汝来处,受汝盗来金耶?”再听之,寂矣。善哉野狐,檀越云集之时,倘闻此语,应如霹雳声也。

① 析箸——指分家。

瑞彰又言：尝偕数友游西山，至林峦深处，风日暄妍，泉石清旷，杂树新绿，野花半开。眺赏间，闻木杪诵书声。仰视无人，因揖而遥呼曰："在此朗吟，定为仙侣。叨同儒业，可请下一谈乎？"诵声忽止，俄琅琅又在隔溪。有欲觅路追寻者，瑞彰曰："世外之人，趁此良辰，尚耽研典籍。我辈身列黉宫①，乃在此携酒榼看游女，其鄙而不顾宜矣，何必多此跋涉乎！"众乃止。

沧州有一游方尼，即前为某夫人解说因缘者也，不许妇女至其寺，而肯至人家。虽小家以粗粝为供，亦欣然往。不劝妇女布施，惟劝之存善心，作善事。外祖雪峰张公家，一范姓仆妇，施布一匹。尼合掌谢讫，置几上片刻，仍举付此妇曰："檀越功德，佛已鉴照矣。既蒙见施，布即我布。今已九月，顷见尊姑犹单衫。谨以奉赠，为尊姑制一絮衣可乎？"仆妇踧踖②无一词，惟面赧汗下。姚安公曰："此尼乃深得佛心。"惜闺阁多传其轶事，竟无人能举其名。

先太夫人乳母廖媪言：四月二十八日，沧州社会③也，妇女进香者如云。有少年于日暮时，见城外一牛车向东去，载二女，皆妙丽，不类村妆。疑为大家内眷，又不应无一婢媪，且不应坐露车。正疑思间，一女遗红帕于地，其中似裹数百钱，女及御者皆不顾。少年素朴愿④，恐或追觅为累，亦未敢拾。归以告母，谯诃其痴。越半载，邻村少年为二狐所媚，病瘵死。有知其始末者，曰："正以拾帕索帕，两相调谑媾合也。"母闻之，憬然悟曰："吾乃知痴是不痴，不痴是痴。"

---

① 黉(hóng)宫——学校。
② 踧踖(cù jí)——局促不安的样子。
③ 社会——古时社里、乡里举行的演艺集会。
④ 朴愿——忠厚老实。

有纳其奴女为媵者,奴弗愿,然无如何也。其人故隶旗籍,亦自有主。媵后生一女,年十四五。主闻其姝丽,亦纳为媵。心弗愿,亦无如何也。喟然曰:“不生此女,无此事。”其妻曰:“不纳某女,自不生此女矣。”乃爽然自失。又亲串中有一女,日构其嫂,使受谯责不聊生。及出嫁,亦为小姑所构,日受谯责如其嫂。归而对嫂挥涕曰:“今乃知妇难为也。”天道好还,岂不信哉!又一少年,喜窥妇女,窗罅帘隙,百计潜伺。一日醉寝,或戏以膏药糊其目。醒觉肿痛不可忍,急揭去,眉及睫毛并拔尽;且所糊即所蓄媚药,性至酷烈,目受其熏灼,竟以渐盲。又一友好倾轧,往来播弄,能使胶漆成冰炭。一夜酒渴,饮冷茶。中先堕一蝎,陡螫其舌,溃为疮。虽不致命,然舌短而拗戾,话言不复便捷矣。此亦若或使之,非偶然也。

先师陈文勤公言:有一同乡,不欲著其名,平生亦无大过恶,惟事事欲利归于己,害归于人,是其本志耳。一岁,北上公车,与数友投逆旅。雨暴作,屋尽漏。初觉漏时,惟北壁数尺无渍痕。此人忽称感寒,就是榻蒙被取汗。众知其诈病,而无词以移之也。雨弥甚,众坐屋内如露宿,而此人独酣卧。俄北壁颓圮,众未睡皆急奔出;此人正压其下,额破血流,一足一臂并折伤,竟舁而归。此足为有机心者戒矣。因忆奴子于禄,性至狡。从余往乌鲁木齐,一日早发,阴云四合。度天欲雨,乃尽置其衣装于车箱,以余衣装覆其上。行十余里,天竟放晴,而车陷于淖,水从下入,反尽濡焉。其事亦与此类,信巧者造物之所忌也。

沈淑孙,吴县人,御史芝光先生孙女也。父兄早卒,鞠于祖母。祖母,杨文叔先生妹也,讳芬,字瑶季,工诗文,画花卉尤精。故淑孙亦习词翰,善渲染。幼许余侄汝备,未嫁而卒。病革时,先太夫人往视之。沈夫人泣呼曰:“招孙,(其小字也。)尔祖姑来矣,可以相认也。”时已沈迷,犹张目视,泪承睫,举手攀太夫人钏。解而与之,亲为贯于臂,微笑而瞑。始悟其意欲以纪氏物殓也。初病时,自知不起,画一卷,缄封甚固,恒置枕函边,问之不答。至是亦悟其留与太夫人,发之,乃雨兰一幅,上题曰:“独坐写幽兰,图成只自看;怜渠空谷里,风雨不胜寒。”盖其家庭之间,有难言者,阻滞嫁期,亦是故也。太夫人悲之,欲买地以葬。姚安公谓于礼不可,乃止。后其柩附漕舶归,太夫人尚恍惚梦其泣拜云。

王西侯言:曾与客作都四,夜行淮镇西。倦而少憩,闻一鬼遥呼曰:"村中赛神,大有酒食,可共往饮啖。"众鬼曰:"神筵那可近?尔勿造次。"呼者曰:"是家兄弟相争,叔侄互轧,乖戾之气,充塞门庭,败征已具,神不享矣。尔辈速往,毋使他人先也。"西侯素有胆,且立观其所往。鬼渐近,树上系马皆惊嘶。惟见黑气蒙蒙,转绕从他道去,不知其诣谁氏也。夫福以德基,非可祈也;祸以恶积,非可禳也。苟能为善,虽不祭,神亦助之;败理乱常,而渎祀以冀神佑,神受赇乎?

梁豁堂言:有廖太学,悼其宠姬,幽郁不适。姑消夏于别墅,窗俯清溪,时开对月。一夕,闻隔溪搒掠冤楚声,望似缚一女子,伏地受杖。正怀疑凝眺,女子呼曰:"君乃在此,忍不相救耶?"谛视,正其宠姬,骇痛欲绝。而崖陡水深,无路可过,问:"尔葬某山,何缘在此?"姬泣曰:"生前恃宠,造业颇深。殁被谪配于此,犹人世之军流也。社公酷毒,动辄鞭捶。非大放焰口,不能解脱也。"语讫,为众鬼牵曳去。廖爱恋既深,不违所请;乃延僧施食,冀拔沈沦。月余后,声又如前。趋视,则诸鬼益众,姬裸身反接,更摧辱可怜。见廖哀号曰:"前者法事未备,而牒神求释,被驳不行。社公以祈灵无验,毒虐更增,必七昼夜水陆道场,始能解此厄也。"廖猛省社公不在,谁此监刑?社公如在,鬼岂敢斥言其恶?且社公有庙,何为来此?毋乃黠鬼幻形,绐求经忏耶?姬见廖凝思,又呼曰:"我实是某,君毋过疑。"廖曰:"此灼然伪矣。"因诘曰:"汝身有红痣,能举其生于何处,则信汝矣。"鬼不能答,斯须间,稍稍散去。自是遂绝。此可悟世情狡狯,虽鬼亦然;又可悟情有所牵,物必抵隙。廖自云有灶婢殁葬此山下,必其知我眷念,教众鬼为之。又可悟外患突来,必有内间矣。

豁堂又言:一粤东举子赴京,过白沟河,在逆旅午餐。见有骡车载妇女住对屋中,饭毕先行。偶步入,见壁上新题一词曰:"垂杨袅袅映回汀,作态为谁青?可怜弱絮随风来去,似我飘零。蒙蒙乱点罗衣袂,相送过长亭。丁宁嘱汝:沾泥也好,莫化浮萍。"【按:此调名《秋波媚》,即《眼儿媚》也。】举子曰:"此妓语也,有厌倦风尘之意矣。"日日逐之同行,至京,犹遣小奴记其下车处。后宛转物色,竟纳为小星①。两不相期,偶然凑合,以一小词为红叶②,此真所谓前缘矣。

舅祖陈公德音家,有婢恶猫窃食,见则挞之。猫闻其咳笑,即窜避。一日,舅祖母郭太安人使守屋。闭户暂寝,醒则盘中失数梨。旁无他人,猫犬又无食梨理,无以自明,竟大受捶楚。至晚,忽得于灶中,大以为怪。验之,一一有猫爪齿痕。乃悟猫故衔去,使亦以窃食受挞也。"蜂虿有毒",信哉。婢愤恚,欲再挞猫。郭太安人曰:"断无纵汝杀猫理,猫既被杀,恐冤冤相报,不知出何变怪矣。"此婢自此不挞猫,猫见此婢亦不复窜避。

桐城耿守愚言:一士子游嵩山,搜剔古碑,不觉日晚。时方盛夏,因藉草眠松下。半夜露零,寒侵衣袖,噤而醒。偃卧看月,遥见数人从小径来,敷席山冈,酌酒环坐。知其非人,惧不敢起,姑侧听所言。一人曰:"二公谪限将满,当入转轮,不久重睹白日矣。受生何所,已得消息否?"上坐二人曰:"尚不知也。"既而皆起,曰:"社公来矣。"俄一老人扶杖至,对二人拱手曰:"顷得冥牒,来告喜音:二公前世良朋,来生嘉耦。"指右一人曰:"公官人。"指左一人曰:"公夫人也。"右者顾笑,左者默不语。社公曰:"公何悒悒?阎罗王宁误注哉!此公性刚直,刚则凌物,直则不委曲体人情。平生多所树立,亦多所损伤。故沈沦几二百年,乃得解脱。然究君子

① 小星——小妾。

② 红叶——红叶题诗。唐诗人卢渥应举京城,偶过御沟,得一片红叶,上有绝句。后来宫廷遣放宫人,渥娶得一姓韩宫人,也就是题诗于红叶上的宫人。事见《全唐诗》"题红叶"诗序。

之过,故仍得为达官。公本长者,不肯与人为祸福。然事事养痈不治,亦遗患无穷不提。故堕鬼趣二百年,谪堕女身。以平生深而不险,柔而不佞,故不失富贵。又以此公多忤,而公始终与相得,故生是因缘。神理分明,公何悒悒哉?”众哗笑曰:“渠非悒悒,直初作新妇,未免娇羞耳。有酒有肴,请社公相礼,先为合卺可乎!”酬酢喧杂,不复可辨;晨鸡俄唱,各匆匆散去。不知为前代何许人也。

李应弦言:甲与乙邻居世好,幼同嬉戏,长同砚席,相契如兄弟。两家男女时往来,虽隔墙,犹一宅也。或为甲妇造谤,谓私其表弟。甲侦无迹,然疑不释,密以情告乙,祈代侦之。乙故谨密畏事,谢不能。甲私念未侦而谢不能,是知其事而不肯侦也,遂不再问,亦不明言;然由是不答其妇。妇无以自明,竟郁郁死。死而附魂于乙曰:“莫亲于夫妇,夫妇之事,乃密祈汝侦,此其信汝何如也。使汝力白我冤,甲疑必释;或阳许侦而徐告以无据,甲疑亦必释。汝乃虑脱侦得实,不告则负甲,告则汝将任怨也。遂置身事外,恝①然自全,致我赍恨于泉壤,是杀人而不操兵也。今日诉汝于冥王,汝其往质。”竟颠痫数日死。甲亦曰:“所以需朋友,为其缓急相资也。此事可欺我,岂能欺人?人疏者或可欺,岂能欺汝?我以心腹托汝,无则当言无,直词责我勿以浮言间夫妇;有则宜密告我,使善为计,勿以秽声累子孙。乃视若路人,以推诿启疑窦,何贵有此朋友哉!”遂亦与绝,死竟不吊焉。乙岂真欲杀人哉,世故太深,则趋避太巧耳。然畏小怨,致大怨;畏一人之怨,致两人之怨。卒杀人而以身偿,其巧安在乎?故曰,非极聪明人,不能作极懵懂事。

窦东皋前辈言:前任浙江学政时,署中一小儿,恒往来供给使。以为役夫之子弟,不为怪也。后遣移一物,对曰:“不能。”异而询之,始自言为前学使之僮,殁而魂留于是也。盖有形无质,故能传语而不能举物,于事理为近。然则古书所载,鬼所能为,与生人无异者,又何说欤?

---

① 恝(jiá)——安心、无忧虑的样子。

特纳格尔为唐金满县地,尚有残碑。吉木萨有唐北庭都护府故城,则李卫公①所筑也。周四十里,皆以土墼②垒成;每墼厚一尺,阔一尺五六寸,长二尺七八寸。旧瓦亦广尺余,长一尺五六寸。城中一寺已圮尽,石佛自腰以下陷入土,犹高七八尺。铁钟一,高出人头,四围皆有铭,锈涩模糊,一字不可辨识。惟刮视字棱,相其波磔,似是八分书③耳。城中皆黑煤,掘一二尺乃见土。额鲁特云:"此城昔以火攻陷,四面炮台,即攻城时所筑。"其为何代何人,则不能言之。盖在准噶尔前矣。城东南山冈上一小城,与大城若相犄角。额鲁特云:"以此一城阻碍,攻之不克,乃以炮攻也。"庚寅冬,乌鲁木齐提督标增设后营,余与永余斋(名庆,时为迪化城督粮道,后官至湖北布政使。)奉檄筹划驻兵地。万山丛杂,议数日未定。余谓余斋曰:"李卫公相度地形,定胜我辈。其所建城必要隘,盍因之乎?"余斋以为然,议乃定。即今古城营也。(本名破城,大学士温公为改此名。)其城望之似孤悬,然山中千蹊万径,其出也必过此城,乃知古人真不可及矣。褚筠心学士修《西域图志》时,就访古迹,偶忘语此。今附识之。

喀什噶尔山洞中,石壁劖④平处有人马像。回人相传云,是汉时画也。颇知护惜,故岁久尚可辨。汉画如武梁祠堂之类,仅见刻本,真迹则莫古于斯矣。后戍卒燃火御寒,为烟气所熏,遂模糊都尽。惜初出师时,无画手橐笔摹留一纸也。

次子汝传妇赵氏,性至柔婉,事翁姑尤尽孝。马夫人称其工容言德皆全备,非偏爱之词也。不幸早卒,年仅三十有三。余至今悼之。后汝传官湖北时,买一妾,体态容貌,与妇竟无毫发差,一见骇绝。署中及见其妇

---

① 李卫公——唐李靖,封卫国公。
② 墼(jī)——坯。
③ 八分书——形似隶书的一种字体。
④ 劖(chán)——凿。

者，亦莫不骇绝。计其生时，妇尚未殁，何其相肖至此欤？又同归一夫，尤可异也。然此妾入门数月，又复夭逝。造物又何必作此幻影，使一见再见乎？

桐城姚别峰，工吟咏，书仿赵吴兴，神骨逼肖。尝摹吴兴体作伪迹，熏暗其纸，赏鉴家弗能辨也。与先外祖雪峰张公善，往来恒主其家，动淹旬月。后闻其观潮没于水，外祖甚悼惜之。余小时多见其笔迹，惜年幼不知留意，竟忘其名矣。舅祖紫衡张公（先祖母与先母为姑侄，凡祖母兄弟，惟雪峰公称外祖，有服之亲从其近也；余则皆称舅祖，统于尊也。）尝延之作书，居宅西小园中。一夕月明，见窗上有女子影，出视则无。四望园内，似有翠裙红袖，隐隐树石花竹间。东就之则在西，南就之则在北，环走半夜，迄不能一睹，倦而憩息。闻窗外语曰："君为书《金刚经》一部，则妾当相见拜谢。不过七千余字，君肯见许耶？"别峰故好事，急问："卿为谁？"寂不应矣。适有宣纸素册，次日，尽谢他笔墨，一意写经。写成，炷香供几上，觊其来取。夜中已失之。至夕，徘徊怅望，果见女子冉冉花外来，叩额至地。别峰方举手引之，挺然起立，双目上视，血淋漓胸臆间，乃自刭鬼也。噭然惊仆。馆僮闻声持烛至，已无睹矣。顿足恨为鬼所卖。雪峰公曰："鬼云拜谢，已拜谢矣。鬼不卖君，君自生妄念，于鬼何尤？"

于南溟明经曰："人生苦乐，皆无尽境；人心忧喜，亦无定程。曾经极乐之境，稍不适则觉苦；曾经极苦之境，稍得宽则觉乐矣。尝设帐康宁屯，馆室湫隘，几不可举头。门无帘，床无帐，院落无树。久旱炎郁，如坐炊甑；解衣午憩，蝇扰扰不得交睫。烦躁殆不可耐，自谓此猛火地狱也。久之，倦极睡去。梦乘舟大海中，飓风陡作，天日晦冥，樯断帆摧，心胆碎裂，顷刻覆没。忽似有人提出，掷于岸上，即有人持绳束缚，闭置地窖中。暗不睹物，呼吸亦咽塞不通。恐怖窘急，不可言状。俄闻耳畔唤声，霍然开目，则仍卧三脚木榻上。觉四体舒适，心神开朗，如居蓬莱方丈间也。是夕月明，与弟子散步河干，坐柳下，敷陈此义。微闻草际叹息曰：'斯言中理。我辈沉沦水次，终胜于地狱中人'。"

外舅周箓马公家,有老仆曰门世荣。自言尝渡吴桥钩盘河,日已暮矣,积雨暴涨,沮洳纵横,不知何处可涉。见二人骑马先行,迂回取道,皆得浅处,似熟悉地形者。因逐之行。将至河干,一人忽勒马立,待世荣至,小语曰:“君欲渡河,当左绕半里许,对岸有枯树处可行。吾导此人来此,将有所为。君勿与俱败。”疑为劫盗,悚然返辔,从所指路别行,而时时回顾。见此人策马先行,后一人随至中流,突然灭顶,人马俱没;前一人亦化旋风去。乃知为报冤鬼也。

田丈耕野官凉州镇时,携回万年松一片,性温而活血,煎之,色如琥珀。妇女血枯血闭诸证,服之多验。亲串家递相乞取,久而遂尽。后余至西域,乃见其树,直古松之皮,非别一种也。土人煮以代茶,亦微有香气。其最大者,根在千仞深涧底。枝干亭苕,直出山脊,尚高二三十丈,皮厚者二尺有余。奴子吴玉保,尝取其一片为床。余谓闽广芭蕉叶可容一二人卧,再得一片作席,亦一奇观。又尝见一人家,即树孔施门窗,以梯上下;入之,俨然一屋。余与呼延化州(名华国,长安人,己未进士,前化州知州。)同登视,化州曰:“此家以巢居兼穴处矣。”盖天山以北,如乌孙突厥,古多行国,不需梁柱之材,故斧斤不至。意其真盘古时物,万年之名,殆不虚矣。

田白岩曰:“名妓月宾,尝来往渔洋山人家,如东坡之于琴操①也。”苏斗南因言少时见山东一妓,自云月宾之孙女,尚有渔洋所赠扇。索观之,上画一临水草亭,傍倚二柳,题“庚寅三月道冲写”。不知为谁。左侧有行书一诗曰:“烟缕蒙蒙蘸水青,纤腰相对斗娉婷。樽前试问香山老,柳宿新添第几星?”不署名字,一小印已模糊。斗南以为高年耆宿,偶赋闲情,故讳不自著也。余谓诗格风流,是新城宗派。然渔洋以辛卯夏卒,庚寅是其前一岁,是时不当有老友,“香山老”定指何人?如云自指,又不当

① 琴操——宋苏轼于杭州时所结识的妓女。

云“试问”;且词意轻巧,亦不类老笔。或是维摩丈室,偶留天女散花[①],他少年代为题扇,以此调之。妓家借托盛名,而不解文义,遂误认颜标[②]耳。

王觐光言:壬午乡试,与数友共租一小宅读书。觐光所居室中,半夜灯光忽黯碧。剪剔复明,见一人首出地中,对炉嘘气。拍案叱之,急缩入。停刻许复出,叱之又缩。如是七八度,几四鼓矣,不胜其扰;又素以胆自负,不欲呼同舍,静坐以观其变。乃惟张目怒视,竟不出地。觉其无能为,熄灯竟睡,亦不知其何时去。然自此不复睹矣。吴惠叔曰:“殆冤鬼欲有所诉,惜未一问也。”余谓果为冤鬼,当哀泣不当怒视。粉房琉璃街迤东,皆多年丛冢,民居渐拓,每夷而造屋。此必其骨在屋内,生人阳气熏烁,鬼不能安,故现变怪驱之去。初拍案叱,是不畏也,故不敢出。然见之即叱,是犹有鬼之见存,故亦不肯竟去。至熄灯自睡,则全置此事于度外,鬼知其终不可动,遂亦不虚相恐怖矣。东坡书孟德事一篇,即是此义。小时闻巨盗李金梁曰:“凡夜至人家,闻声而嗽者,怯也,可攻也;闻声而启户以待者,怯而示勇也,亦可攻也;寂然无声,莫测动静,此必勍敌,攻之十恒七八败,当量力进退矣。”亦此义也。

《列子》谓蕉鹿[③]之梦,非黄帝孔子不能知。谅哉斯言!余在西域,从办事大臣巴公履视军台。巴公先归,余以未了事暂留,与前副将梁君同宿。二鼓有急递,台兵皆差出,余从睡中呼梁起,令其驰送,约至中途遇台兵则使接递。梁去十余里,相遇即还,仍复酣寝。次日,告余曰:“昨梦公遣我赍廷寄,恐误时刻,鞭马狂奔。今日髀肉尚作楚。真大奇事!”以真

---

① 天女散花——《维摩诘经·观众生品》记维摩诘室有一天女,见诸大人闻所说法,便现其身之事。此句指渔洋山人或许有寻花问柳的弟子。

② 颜标——唐王定保《唐摭言》载,有举人颜标参加考试,主考官以为他是颜真卿之后,于是录取他为状元,其实颜标出身寒微。后用“颜标”为错认的典故。

③ 蕉(qiáo)鹿之梦——蕉,紫薪。《列子·周穆王》记载有一个人打死了一只鹿,怕人家看见,就用柴草把它盖起来,但后来竟不知道藏在什么地方,于是就认为自己是在做梦。后用蕉鹿之梦比喻真假掺杂、得失无常。

为梦,仆隶皆粲然。余乌鲁木齐杂诗曰:“一笑挥鞭马似飞,梦中驰去梦中归。人生事事无痕过,(东坡诗:“事如春梦了无痕。”)蕉鹿何须问是非?”即纪此事也。又有以梦为真者,族兄次辰言:静海一人,就寝后,其妇在别屋夜绩。此人忽梦妇为数人劫去,噩而醒,不自知其梦也,遽携梃出门追之。奔十余里,果见旷野数人携一妇,欲肆强暴。妇号呼震耳。怒焰炽腾,奋力死斗,数人皆被创逸去。近前慰问,乃近村别一人妇,为盗所劫者也。素亦相识,姑送还其家。惘惘自返,妇绩未竟,一灯尚荧然也。此则鬼神或使之,又不以梦论矣。

交河黄俊生言:折伤骨者,以开通元宝钱(此钱唐初所铸,欧阳询所书。其旁微有偃月形,乃进蜡样时,文德皇后误掐一痕,因而未改也。其字当回环读之。俗读为开元通宝,以为玄宗之钱,误之甚矣。)烧而醋淬,研为末,以酒服下,则铜末自结而为圈,周束折处。曾以一折足鸡试之,果接续如故。及烹此鸡,验其骨,铜束宛然。此理之不可解者。铜末不过入肠胃,何以能透膜自到筋骨间也?惟仓促间此钱不易得。后见张鷟《朝野佥载》曰:“定州人崔务,堕马折足。医令取铜末酒服之,遂痊平。及亡后十余年,改葬,视其胫骨折处,铜末束之。”然则此本古方,但云铜末,非定用开通元宝钱也。

招聚博塞,古谓之囊家,见李肇①《国史补》,是自唐已然矣。至藏蓄粉黛,以分夜合之资,则明以前无是事。家有家妓,官有官妓故也。教坊既废,此风乃炽,遂为豪猾之利源,而呆痴之陷阱。律虽明禁,终不能断其根株。然利旁倚刀,贪还自贼。余尝见操此业者,花娇柳亸②,近在家庭,遂不能使其子孙皆醉眠之阮籍③。两儿皆染淫毒,延及一门,疠疾缠绵,

---

① 李肇——唐代学者。

② 亸(duǒ)——下垂的样子。

③ 醉眠之阮籍——晋人阮籍性不拘礼法,邻家酒店少妇,长得漂亮,阮常去喝酒,喝醉了就在她的酒店里睡。阮籍不避嫌,少妇的丈夫也不在意。见《晋书·阮籍传》。

因绝嗣续。若敖氏之鬼,竟至馁而①。

临清李名儒言:其乡屠者买一牛,牛知为屠也,縋不肯前,鞭之则横逸。气力殆竭,始强曳以行。牛过一钱肆,忽向门屈两膝跪,泪涔涔下。钱肆悯之,问知价八千,如数乞赎。屠者恨其狞,坚不肯卖,加以子钱亦不许,曰:“此牛可恶,必剚刃而甘心,虽万贯不易也。”牛闻是言,蹶然自起,随之去。屠者煮其肉于釜,然后就寝。五更,自起开釜。妻子怪不回,疑而趋视,则已自投釜中,腰以上与牛俱糜矣。夫凡属含生,无不畏死。不以其畏而悯恻,反以其畏而恚愤,牛之怨毒,加寻常数等矣。厉气所凭,报不旋踵,宜哉。先叔仪南公,尝见屠者许学牵一牛。牛见先叔,跪不起。先叔赎之,以与佃户张存。存豢之数年,其驾耒服辕,力作较他牛为倍。然则恩怨之间,物犹如此矣。可不深长思哉!

甲与乙望衡而居,皆宦裔也。其妇皆以姣丽称,二人相契如弟兄,二妇亦相契如姊妹。乙俄卒,甲妇亦卒。乃百计图谋娶乙妇,士论讥焉。纳币之日,厅事有声,登登然如挝叠鼓。却扇之夕,风扑花烛灭者再。人知为乙之灵也。一日,甲妇忌辰,悬画像以祀。像旁忽增一人影,立妇椅侧,左手自后凭其肩,右手戏摩其颊。画像亦侧眸流盼,红晕微生。谛视其形,宛然如乙。似淡墨所渲染,而绝无笔痕,似隐隐隔纸映出,而眉目衣纹,又纤微毕露。心知鬼祟,急裂而焚之。然已众目共睹,万口喧传矣。异哉!岂幽冥恶其薄行,判使取偿于地下,示此变幻,为负死友者戒乎!

---

① 若敖氏之鬼,竟至馁而——若敖,楚国君姓。楚子尽灭若敖氏,若敖一支也就绝嗣了。事见《左传·宣公四年》。后用若敖氏之魂,或若敖鬼馁,比喻绝嗣。

卷 十 四

槐西杂志(四)

林教谕清标言:囊馆崇安,传有士人居武夷山麓,闻采茶者言,某岩月夜有歌吹声,遥望皆天女也。士人故佻达,乃借宿山家,月出辄往,数夕无所遇。山家亦言有是事,但恒在月望①,岁或一两闻,不常出也。士人托言习静,留待旬余。一夕,隐隐似有声,乃潜踪急往,伏匿丛薄间。果见数女皆殊绝,一女方拈笛欲吹,瞥见人影,以笛指之。遽僵如束缚,然耳目犹能视听。俄清响透云,曼声动魄,不觉自赞曰:"虽遭禁制,然妙音媚态,已具赏矣。"语未竟,突一帕飞蒙其首,遂如梦魇,无闻无见,似睡似醒。迷惘约数刻,渐似苏息。诸女叱群婢曳出,谯呵曰:"痴儿无状,乃窥伺天上花耶?"趣折修篁,欲行棰楚。士人苦自申理,言性耽音律,冀窃听幔亭法曲②,如李謩之傍宫墙③,实不敢别有他肠,希彩鸾甲帐。一女微哂曰:"悯汝至诚,有小婢亦解横吹,姑以赐汝。"士人匍匐叩谢,举头已杳。回顾其婢,广颡巨目,短发鬔鬙④,腰腹彭亨⑤,气咻咻如喘。惊骇懊恼,避欲却走。婢固引与狎,捉搦不释。愤击仆地,化一豕嗥叫去。岩下乐声,自此遂绝。观于是婢,殆是妖,非仙矣。或曰:"仙借豕化婢戏之也。"倘或然欤?

---

① 月望——农历十五。

② 法曲——道观所奏之曲。据传唐玄宗喜爱法曲,选坐部伎子弟三百,教于梨园。

③ 李謩之傍宫墙——李謩为唐玄宗时善吹笛者,曾于夜中于天津桥玩月,依傍宫墙窃听唐玄宗新谱曲子。

④ 鬔鬙(péng sēng)——头发散乱的样子。

⑤ 彭亨——胀满。

刘燮甫言：有一学子，年十六七，聪俊韶秀，似是近上一流，甚望成立。一日，忽发狂谵语，如见鬼神。俟醒时问之，自云："景城社会观剧，不觉夜深，归途过一家求饮。惟一少妇，取水饮我，留我小坐，言其夫应官外出，须明日方归。流目送盼，似欲相就。爱其婉媚，遂相燕好。临行泣涕，嘱勿再来，以二钏赠我。次日视之，铜青斑斑，微有银色，似多年土中者。心知是鬼，而忆念不忘。昨再至其地，徘徊寻视。突有黑面长髯人，手批我颊。踉跄奔归。彼亦随至。从此时时见之，向我诟厉。我即忽睡忽醒，不知其他也。"父母为诣墓设奠，并埋其钏。俄其子瞋目呼曰："我妇失钏，疑有别故；而未得主名，仅倒悬鞭五百，转鬻远处。今见汝窃来，乃知为汝所诱。此何等事，可以酒食金钱谢耶？"颠痫月余，竟以不起。然则钻穴逾墙，即地下亦尚有祸患矣。

李云举言：东光有熏狐者，每载燧挟罟，来往墟墓间。一夜，伏伺之际，见一方巾襕衫人自墓顶出，魑魑（苦侯反。《说文》曰："鬼声也。"）长啸，群狐四集，围绕丛薄，狰狞嗥叫，齐呼捕此恶人，煮以作脯。熏狐者无路可逃，乃攀援上高树。方巾者指挥群狐，令锯树倒。即闻锯声訇訇然。熏狐者窘急，俯而号曰："如蒙见释，不敢再履此地。"群狐不应，锯声更厉。如是号再三，方巾者曰："果尔，可设誓。"誓讫，鬼狐俱不见。此鬼此狐，均可谓善了事矣。盖侵扰无已，势不得不铤而走险，背城借一。以群狐之力，原不难于杀一人；然杀一人易，杀一人而激众人之怒，不焚巢犁穴不止也。仅使知畏而纵之，姑取和焉，则后患息矣。有力者不尽其力，乃可以养威；屈人者使人易从，乃可以就服。召陵之役，不责以僭王，而责以苞茅，使易从也；屈完来盟即旋师，不尽其力，以养威也①。讲学家说《春秋》者，动议齐桓②之小就。方城汉水③之固，不识可一战胜乎？一战而

---

① "召陵之役"二句——《左传·僖公四年》："夏，楚子使屈完如师，师退，次于召陵。"苞茅，古时祭祀时用以滤酒的青茅草。召陵之役，齐国举兵伐楚国，责以不贡苞茅于天子之罪；楚国派屈完与齐签订盟约，齐师退。

② 齐桓——春秋时齐国国君，即齐桓公。

③ 方城汉水——方城、汉水均为楚国凭借的天险。

不胜,天下事尚可为乎?淮西、符离①之事,吾征诸史册矣。

族弟继先,尝宿广宁门内友人家。夜大风雨,有雷火自屋山(近房脊之墙谓之屋山,以形似山也。范石湖诗屡用之。)穿过,如电光一掣然,墙栋皆摇。次日,视其处,东西壁各一小窦如钱大。盖雷神逐精魅,贯而透也。凡击人之雷,从天而下;击怪之雷,则多横飞,以遁逃追捕故耳。若寻常之雷,则地气郁积,奋而上出。余在福宁度岭,曾于山巅见云中之雷;在淮镇遇雨,曾于旷野见出地之雷,皆如烟气上冲,直至天半,其端火光一爆,即訇然有声,与铳炮之发无异。然皆在无人之地。其有人之地,则从无此事。或曰:“天心仁爱,恐触之者死。”语殊未然。人为三才之中,人之聚处,则天地气通,通则弗郁,安得有雷乎?塞外苦寒之地,耕种牧养,渐成墟落,则地气渐温,亦此义耳。

王岳芳言:其家有一刀,廷尉公故物也。或夜有盗警,则格格作爆声,挺出鞘外一二寸。后雷逐妖魅穿屋过,刀堕于地,自此不复作声矣。世传刀剑曾渍人血者,有警皆能自响。是不尽然,惟曾杀多人者乃如是尔。每杀一人,刀上必有迹二条,磨之不去。幼年在河间扬威将军哈公元生家,曾以其佩刀求售,云夜亦有声。验之,信然也。或又谓作声之故,乃鬼所凭,是亦不然。战阵所用,往往曾杀千百人,岂有千百鬼长守一刀者哉?饮血既多,取精不少,厉气之所聚也。盗贼凶鸷,亦厉气之所聚也。厉气相感,跃而自鸣,是犹抚琴者鼓宫宫应,鼓商商应而已②。蕤宾之铁,跃乎

① 淮西、符离——地名。南宋军队与金兵在此二地方打仗,两次战役均以南宋军队惨败为告终。

② 宫、商——各为古代五音之一,即宫调、商调。

池内①;黄钟之铎,动乎土中②,是岂有物凭之哉?至雷火猛烈,一切厉气,遇之皆消,故一触焰光,仍为凡铁。亦非丰隆、列缺③,专为此物下击也。

余尝惜西域汉画,毁于烟煤;而稍疑一二千年笔迹,何以能在?从侄虞惇曰:"朱墨著石,苟风雨所不及,苔藓所不生,则历久能存。易州、满城接壤处,有村曰神星。大河北来,复折而东南,有两峰对峙河南北,相传为落星所结,故以名村。其峰上哆④下敛,如云朵之出地,险峻无路。好事者攀踏其孔穴,可至山腰。多有旧人题名,最古者有北魏人、五代人,皆手迹宛然可辨。然则洞中汉画之存于今,不为怪矣。"惜其姓名虞惇未暇一一记也。易州、满城皆近地,当访其土人问之。

虞惇又言:落星石北有渔梁⑤,土人世擅其利,岁时以特牲祀梁神。偶有人教以毒鱼法,用芫花于上流挼渍,则下流鱼虾皆自死浮出,所得十倍于网罟。试之良验。因结团焦于上流,日施此术。一日,天方午,黑云自龙潭暴涌出,狂风骤雨,雷火赫然,燔其庐为烬。众惧,乃止。夫佃渔之法,肇自庖羲⑥;然数罟不入,仁政存焉。绝流而渔,圣人尚恶;况残忍暴殄,聚族而坑哉!干神怒也宜矣。

周书昌曰:"昔游鹊华,借宿民舍。窗外老树森翳,直接冈顶。主

---

① 蕤宾之铁,跃乎池内——蕤(ruí)宾,古乐十二律之一。能发出蕤宾音调的铁,当有人鼓奏此曲调时,铁就会在水池中跳跃。典出唐段成式《酉阳杂俎·前集卷六》。

② 黄钟之铎,动乎土中——黄钟,古乐十二律之一;铎、形如大铃的古乐器。能发出黄钟音调的大铃,当有人弹奏这音调时,大铃就会在泥土中发出共鸣。典出《唐书·李嗣真传》。

③ 丰隆、列缺——雷、闪电。

④ 哆(chǐ)——张开。

⑤ 渔梁——渔场。

⑥ 庖羲——古代传说中的部落酋长。也称伏羲等。

人言时闻鬼语，不辨所说何事也。是夜月黑，果隐隐闻之，不甚了了。恐惊之散去，乃启窗潜出，匍匐草际，渐近窃听。乃讲论韩、柳、欧、苏文，各标举其佳处。一人曰：‘如此乃是中声，何前后七子①，必排斥不数，而务言秦汉，遂启门户之争?’一人曰：‘质文递变，原不一途。宋末文格猥琐，元末文格纤秾，故宋景濂②诸公力追韩、欧，救以春容大雅③。三杨④以后，流为台阁之体，日就肤廓，故李崆峒⑤诸公又力追秦汉，救以奇伟博丽。隆、万⑥以后，流为伪体，故长沙一派⑦，又反唇焉。大抵能挺然自为宗派者，其初必各有根柢，是以能传；其后亦必各有流弊，是以互诋。然董江都⑧、司马文园⑨文格不同，同时而不相攻也。李、杜、王、孟诗格不同，亦同时而不相攻也。彼所得者深焉耳。后之学者，论甘则忌辛，是丹则非素，所得者浅焉耳。’语未竟，我忽作嗽声，遂乃寂然。惜不尽闻其说也。”余曰：“此与李词畹记饴山事⑩均以平心之论托诸鬼魅，语已尽，无庸歇后矣。”书昌微愠曰：“永年百无一长，然一生不能作妄语。先生不信，亦不敢固争。”

董曲江言：一儒生颇讲学，平日亦循谨无过失，然崖岸太甚，动以

---

① 前后七子——明代的文学家。李梦阳、何景明、徐祯卿、边贡、康海、王九思、王廷相，为弘治年间人，称前七子；李攀龙、谢榛、吴维岳、王世贞、梁有誉、徐中行、吴国伦为嘉靖年间人，称后七子。

② 宋景濂——明代开国文臣宋濂。

③ 春容大雅——宏大雅正。

④ 三杨——明代的杨士奇、杨荣、杨溥，俱为馆阁大臣。他们的文学作品，形式典雅工丽，但内容空虚，多为点缀升平的歌功颂德之词。其文风流行于永乐、成化年间，世称台阁体。

⑤ 李崆峒——明李梦阳，自号崆峒子。

⑥ 隆、万——明穆宗年号隆庆、神宗年号万历。

⑦ 长沙一派——明李东阳为湖南茶陵人。以李东阳为首的诗派称茶陵诗派；由于茶陵属长沙，故又称长沙派。

⑧ 董江都——西汉董仲舒，曾任江都相。

⑨ 司马文园——西汉司马相如，曾拜孝文园令。

⑩ 李词畹记饴山事——饴山，清代赵执信号。李词畹记赵执信与木魅答论之事见本书《滦阳消夏录》卷三。

不情之论责人。友人于五月释服，七月欲纳妾。此生抵以书曰："终制未三月而纳妾，知其蓄志久矣。《春秋》诛心，鲁文公虽不丧娶，犹丧娶也①。朋友规过之义，不敢不以告。其何以教我？"其持论大抵类此。一日，其妇归宁，约某日返，乃先期一日。怪而诘之。曰："吾误以为月小也。"亦不为讶。次日，又一妇至。大骇愕，觅昨妇，已失所在矣。然自是日渐尪瘠，因以成痨。盖狐女假形摄其精，一夕所耗已多也。前纳妾者闻之，亦抵以书曰："夫妇居室，不能谓之不正也；狐魅假形，亦非意料之所及也。然一夕而大损真元，非恣情纵欲不至是。无乃燕昵之私，尚有不节以礼者乎？且妖不胜德，古之训也。周、张、程、朱，不闻曾有遇魅事。而此魅公然犯函丈②，无乃先生之德尚有所不足乎？先生贤者也，责备贤者，《春秋》法也。朋友规过之义，不敢不以告。先生其何以教我？"此生得书，但力辩实无此事，里人造言而已。宋清远先生闻之曰："此所谓以子之矛，陷子之盾。"

袁愚谷制府,(讳守侗,长山人,官至直隶总督,谥清悫。)少与余同砚席,又为姻家。自言三四岁时,尚了了记前生。五六岁时,即恍惚不甚记。今则但记是一岁贡生,家去长山不远;姓名籍贯,家世事迹,全忘之矣。余四五岁时,夜中能见物,与昼无异。七八岁后,渐昏暗。十岁后,遂全无睹;或夜半睡醒,偶然能见,片刻则如故。十六七后以至今,则一两年或一见,如电光石火,弹指即过。盖嗜欲日增,则神明日减耳。

景州李西崖言:其家一佃户,最有胆。种瓜亩余,地在丛冢侧。熟时恒自守护,独宿草屋中,或偶有形声,亦恬不为惧。一夕,闻鬼语嘈杂,似相喧诟。出视,则二鬼冢上格斗,一女鬼痴立于旁。呼问其故。一人曰;"君来大佳,一事乞君断曲直:天下有对其本夫调其定婚之妻者耶?"其一人语亦同。佃户呼女鬼曰:"究竟汝与谁定婚?"女鬼靦觍良久,曰:"我本

① 鲁文公虽不丧娶，犹丧娶也——鲁文公虽然不在丧期内婚娶，但等于在丧期婚娶。见《公羊传·鲁文公二年》。

② 函丈——旧时学子对老师的尊称。

妓女。妓家之例,凡多钱者皆密订相嫁娶。今在冥途,仍操旧术,实不能一一记姓名,不敢言谁有约,亦不敢言谁无约也。”佃户笑且唾曰:“何处得此二痴物!”举首则三鬼皆逝矣。又小时闻舅祖陈公(讳颖孙,岁久失记其字号。德音公之弟,庚子进士,仙居知县秋亭之祖也。)说亲见一事曰:“亲串中有殁后妾改适者,魂附病婢灵语曰:‘我昔问尔,尔自言不嫁。今何负心?’妾殊不惧,从容对曰:‘天下有夫尚未亡,自言必改适者乎?公此问先愦愦,何怪我如是答乎?’”二事可互相发明也。

有讲学者论无鬼,众难之曰:“今方酷暑,能往墟墓中独宿纳凉一夜乎?”是翁毅然竟往,果无所见。归益自得,曰:“朱文公岂欺我哉!”余曰:“重赍千里,路不逢盗,未可云路无盗也;纵猎终日,野不遇兽,未可云野无兽也。以一地无鬼,遂断天下皆无鬼;以一夜无鬼,遂断万古皆无鬼,举一废百矣。且无鬼之论,创自阮瞻①,非朱子也。朱子特谓魂升魄降为常理,而一切灵怪非常理耳,未言无也。故金去伪录曰:‘二程初不说无鬼神,但无如今世俗所谓鬼神耳。’杨道夫录曰:‘雨风露雷,日月昼夜,此鬼神之迹也,此是白日公平正直之鬼神。若所谓有啸于梁,触于胸,此则所谓不正邪暗、或有或无、或来或去、或聚或散者。又有所谓祷之而应,祈之而获,此亦所谓鬼神同一理也。’包扬录曰:‘鬼神死生之理,定不如释家所云,世俗所见;然又有其事昭昭,不可以理推者,且莫要理会。’又曰:‘南轩亦只是硬不信。如禹鼎魑魅魍魉②之属,便是有此物,深山大泽,是彼所居。人往占之,岂不为祟。豫章刘道人,居一山顶结庵。一日,众蜥蜴入来,尽吃庵中水。少顷,庵外皆堆雹。明日,山下果雹。有一妻伯刘文,人甚朴实,不能妄语。言过一岭,闻溪边林中响,乃无数蜥蜴,各抱一物如水晶,未去数里下雹。此理又不知如何。旧有一邑,泥塑一大佛,一方尊信之。后被一无状宗子断其首。民聚哭之,佛颈泥木出舍利。泥木岂有此物,只是人心所致。’吴必大录曰:‘因论薛士龙家见鬼,曰:世之信鬼神者,皆谓实有在天地间;其不信者,断然以为无鬼。然却又有真个见

---

① 阮瞻——晋代人,曾著无鬼论。事迹见《晋书·阮瞻传》。

② 魑魅魍魉(chī mèi wǎng liǎng)——比喻各种各样的坏人。魑魅:传说中山林里能害人的妖怪。魍魉:传说中的怪物。

者,郑景望遂以薛氏所见为实。不知此特虹霓之类耳。问:虹霓只是气,还有形质?曰:既能啜水,亦必有肠肚。只才散便无,如雷部神亦此类。'林赐录曰:'世之见鬼神者甚多,不审有无如何?曰:世间人见者极多,如何谓无,但非正理耳。如伯有为厉①,伊川谓别是一理。盖其人气未当尽而强死,魂魄无所归,自是如此。昔有人在淮上夜行,见无数形象,似人非人,出没于两水之间。此人明知其鬼,不得已冲之而过。询之,此地乃昔人战场也。彼皆死于非命,衔冤抱恨,固宜未散。坐间或云:乡间有李三者,死而为厉。乡曲凡有祭祀佛事,必设此人一分。后因为人放爆仗,焚其所依之树,自是遂绝。曰:是他枉死气未散,被爆仗惊散。'沈僩录曰:'人有不伏其死者,所以既死而此气不散,为妖为怪。如人之凶死及僧道既死多不散。(原注:僧道务养精神,所以凝聚不散。)'万人杰录曰:'死而气散,泯然无迹者,是其常道理。恁地有托生者,是偶然聚得气不散,又恁生去凑着那生气便再生。'叶贺孙录曰:'潭州一件公事:妇杀夫,密埋之。后为祟。事已发觉,当时便不为祟。以是知刑狱里面,这般事若不与决罪,则死者之冤必不解。'李壮祖录曰:'或问:世有庙食之神,绵历数百年,又何理也?曰:螼②久亦散。昔守南康,久旱,不免遍祷于神。忽到一庙,但有三间敝屋,狼藉之甚。彼人言三五十年前,其灵如响,有人来而帷中之神与之言者。昔之灵如彼,今之灵如此,亦自可见。'叶贺孙录曰:'论鬼神之事,谓蜀中灌口二郎庙是李冰,因开离堆立庙。今来现许多灵怪,乃是他第二儿子出来,初间封为王;后来徽宗好道,遂改封为真君。张魏公③用兵,祷于其庙,夜梦神语曰:我向来封为王,有血食之奉,故威福得行。今号为真君虽尊,人以素食祭我,无血食之养,故无威福之灵。今须复封我为王,当有威灵。魏公遂乞复其封。不知魏公是有此梦,是一时用兵,托为此说。又有梓潼神,极灵。此二神似乎割据两川。大抵鬼神用生物祭者,皆是假此生气为灵。古人衅钟衅龟皆此意。汉卿云,李通说有人射虎,见虎后数人随之,乃是为虎伤死之人。生气未散,故结成此形。'黄义刚录曰:'论及请紫姑神吟诗之事,曰:亦有请得正身出现,其家小女

---

① 伯有为厉——伯有,春秋郑国大夫良霄的字。传说他死后变为厉鬼。事见《左传·襄公三十年》。

② 螼(qīn)——逐渐。

③ 张魏公——南宋爱国将领张浚,封魏国公。

子见,不知此是何物。且如衢州有一人事一神,只开所录事目于纸,而封之祠前。少间开封,而纸中自有答语。此不知是如何。’凡此诸说,黎靖德①所编语类班班具载,先生何竟诬朱子乎?”此翁索书观之,良久,怃然曰:“朱子尚有此书耶!”悯默而散。然余犹有所疑者:朱子大旨,谓人秉天地之气生,死则散还于天地。叶贺孙录所谓“如鱼在水,外面水便是肚里水,鳜鱼肚里水与鲤鱼肚里水只是一般”,其理精矣;而无如祭祀之理,制于圣人,载于经典,遂不得不云子孙一气相感,复聚而受祭;受祭既毕,仍散入虚无。不识此气散还以后,与元气浑合为一欤?抑参杂于元气之内欤?如混合为一,则如众水归海,共为一水,不能使江淮河汉,复各聚一处也。如五味和羹,共成一味,不能使姜盐醯酱,复各聚一处也。又安能于中犁出某某之气,使各与子孙相通耶?如参杂于元气之内,则如飞尘四散,不知析为几万亿处,如游丝乱飞,不知相去几万亿里。遇子孙享荐,乃星星点点,条条缕缕,复合为一,于事理毋乃不近耶?即以能聚而论,此气如无知,又安能感格?安能歆享?此气如有知,知于何起?当必有心;心于何附?当必有身。既已有身,则仍一鬼矣。且未聚以前,此亿万微尘,亿万缕缕,尘尘缕缕,各有所知,则不止一鬼矣。不过释氏之鬼,地下潜藏;儒者之鬼,空中旋转。释氏之鬼,平日常存;儒家之鬼,临时凑合耳。又何以相胜耶?此诚非末学所知也。

乌鲁木齐千总某,患寒疾。有道士踵门求诊,云有夙缘,特相拯也。会一流人高某妇,颇能医,见其方,骇曰:“桂枝下咽,阳盛乃亡。药病相反,乌可轻试?”力阻之。道士叹息曰:“命也夫!”振衣竟去。然高妇用承气汤,竟愈。皆以道士为妄。余归以后,偶阅邸抄②,忽见某以侵蚀屯粮伏法。乃悟道士非常人,欲以药毙之,全其首领也。此与旧所记兵部书吏事相类,岂非孽由自作,非智力所可挽回欤?

姚安公云,人家有奇器妙迹,终非佳事。因言癸巳同年牟丈灏家(不

① 黎靖德——宋代学者,辑有《朱子语类》140 卷。

② 邸抄——古代官府用以传知朝廷政事的文书抄本。也称邸报。

知即牟丈,不知或牟丈之伯叔,幼年听之未审也。)有一砚,天然作鹅卵形,色正紫,一鸜鹆①眼如豆大,突出墨池中心,旋螺纹理分明,瞳子炯炯有神气。拊之,腻不留物。叩之,坚如金铁。呵之,水出如露珠。下墨无声,数磨即成浓渖。无款识铭语,似爱其浑成,不欲椎凿。匣亦紫檀根所雕,出入无滞,而包裹无纤隙,摇之无声。背有"紫桃轩"三字,小仅如豆,知为李太仆日华②故物也。(太仆有说部名《紫桃轩杂缀》。)平生所见宋砚,此为第一。然后以珍惜此砚忤上官,几罹不测,竟恚而撞碎。祸将作时,夜闻砚若呻吟云。

余在乌鲁木齐日,城守营都司朱君馈新菌③,守备徐君(与朱均偶忘其名。盖日相接见,惟以官称,转不问其名字耳。)因言:昔未达时,偶见卖新菌者,欲买。一老翁在旁,呵卖者曰:"渠尚有数任官,汝何敢为此!"卖者逡巡去。此老翁不相识,旋亦不知其何往。次日,闻里有食菌死者。疑老翁是社公。卖者后亦不再见,疑为鬼求代也。《吕氏春秋》称味之美者越骆之菌,本无毒,其毒皆蛇虺之故,中者使人笑不止。陈仁玉④《菌谱》载水调苦茗白矾解毒法,张华《博物志》、陶宏景⑤《名医别录》并载地浆解毒法,盖以此也。(以黄泥调水,澄而饮之,曰地浆。)

亲串家厅事之侧有别院,屋三楹。一门客每宿其中,则梦见男女裸逐,粉黛杂沓,四围环绕,备诸䙝状。初甚乐观,久而夜夜如是,自疑心病也。然移住他室则不梦,又疑为妖。然未睡时寂无影响,秉烛至旦,亦不见闻。其人亦自相狎戏,如不睹旁尚有人,又似非魅,终莫能明。一日,忽悟书橱贮牙镌石琢横陈像凡十余事,秘戏册卷大小亦十余事,必此物为祟。乃密白主人尽焚之。有知其事者曰:"是物何能为祟哉!此主人征歌选妓之所也,气机所感,而淫鬼应之。此君亦青楼之狎客也,精神所注,

---

① 鸜鹆(qú yù)——鸟名,即八哥。
② 李太仆日华——明代李日华,官至太仆,写有《南调西厢记》。
③ 菌——即蘑菇。
④ 陈仁玉——宋代学者。
⑤ 陶宏景——南朝梁学者。"宏"也作"弘"。

而妖梦通之。水腐而后蠛蠓①生,酒酸而后醯鸡②集,理之自然也。市肆鬻杂货者,是物不少,何不一一为祟?宿是室者非一人,何不一一入梦哉?此可思其本矣。徒焚此物,无益也。某氏其衰乎!"不十岁,而屋易主。

明公恕斋,尝为献县令,良吏也。官太平府时,有疑狱,易服自察访之。偶憩小庵,僧年八十余矣,见公合掌肃立,呼其徒具茶。徒遥应曰:"太守且至,可引客权坐别室。"僧应曰:"太守已至,可速来献。"公大骇曰:"尔何以知我来?"曰:"公一郡之主也,一举一动,通国皆知之,宁独老僧!"又问:"尔何以识我?"曰:"太守不能识一郡之人,一郡之人则孰不识太守。"问:"尔知我何事出?"曰:"某案之事,两造③皆遣其党,布散道路间久矣,彼皆阳④不识公耳。"公怃然自失,因问:"尔何独不阳不识?"僧投地膜拜曰:"死罪死罪!欲得公此问也。公为郡不减龚、黄⑤,然微不慊于众心者,曰好访。此不特神奸巨蠹,能预为蛊惑计也;即乡里小民,孰无亲党,孰无恩怨乎哉?访甲之党,则甲直而乙曲;访乙之党,则甲曲而乙直。访其有仇者,则有仇者必曲;访其有恩者,则有恩者必直。至于妇人孺子,闻见不真;病媪衰翁,语言昏聩,又可据为信谳乎?公亲访犹如此,再寄耳目于他人,庸有幸乎?且夫访之为害,非仅听讼为然也,闾阎利病,访亦为害,而河渠堤堰为尤甚。小民各私其身家,水有利则遏以自肥,水有患则邻国为壑,是其胜算矣。孰肯揆地形之大局,为永远安澜之计哉?老僧方外人也,本不应预世间事,况官家事耶。第佛法慈悲,舍身济众,苟利于物,固应冒死言之耳。惟公俯察焉。"公沉思其语,竟不访而归。次日,遣役送钱米。归报曰:"公返之后,僧谓其徒曰:'吾心事已毕。'竟泊然逝矣。"此事杨丈汶川尝言之,姚安公曰:"凡狱情虚心研察,情伪乃明,信人信己皆非也。信人之弊,僧言是也;信己之弊,亦有不可胜言者。安得再一老僧,亦为说法乎!"

---

① 蠛蠓(miè měng)——小虫名。

② 醯(xī)鸡——小虫名,酒坛里的蠛蠓。

③ 两造——双方,即原告和被告。

④ 阳——假装,通"佯"。

⑤ 龚、黄——汉代龚遂、黄霸。两人都是有名的循吏,在政期间,做了不少有益人民的好事。

舅氏健亭张公言：读书野云亭时，诸同学修禊佟氏园。偶扶乩召仙，共请姓名。乩题曰："偶携女伴偶闲行，词客何劳问姓名？记否瑶台明月夜，有人嗔唤许飞琼①。"再请下坛诗。乩又题曰："三面纱窗对水开，佟园还是旧楼台。东风吹绿池塘草，我到人间又一回。"众窃议诗情凄婉，恐是才女香魂；然近地无此闺秀，无乃炼形拜月之仙姬乎。众情颠倒，或凝思伫立，或微谑通词。乩忽奋迅大书曰："衰翁憔悴雪盈颠，傅粉熏香看少年。偶遣诸郎作痴梦，可怜真拜小婵娟。"复大书一"笑"字而去。此不知何代诗魂，作此狡狯；要亦轻薄之意，有以召之。

胡厚庵先生言：有书生昵一狐女，初遇时，以二寸许壶卢授生，使佩于衣带，而自入其中。欲与晤，则拔其楔，便出阒婉，去则仍入而楔之。一日，行市中，壶卢为偷儿剪去。从此遂绝，意恒怅怅。偶散步郊外，以消郁结，闻丛翳中有相呼者，其声狐女也。就往与语，匿不肯出，曰："妾已变形，不能复与君见矣。"怪诘其故。泣诉曰："采补炼形，狐之常理。近不知何处一道士，又搜索我辈，供其采补。捕得禁以神咒，即僵如木偶，一听其所为。或有道力稍坚，吸之不吐者，则蒸以为脯。血肉既啖，精气亦为所收。妾入壶卢盖避此难，不意仍为所物色，攘之以归。妾畏罹汤镬，已献其丹，幸留残喘。然失丹以后，遂复兽形，从此炼形又须二三百年，始能变化。天荒地老，后会无期；感念旧恩，故呼君一诀。努力自爱，毋更相思也。"生愤恚曰："何不诉于神？"曰："诉者多矣。神以为悖入悖出，自作之愆；杀人人杀，相酬之道，置不为理也。乃知百计巧取，适以自戕。自今以往，当专心吐纳，不复更操此术矣。"此事在乾隆丁巳、戊午间，厚庵先生曾亲见此生。后数年，闻山东雷击一道士，或即此道士淫杀过度，又伏天诛欤？螳螂捕蝉，黄雀在后，挟弹者又在其后，此之谓矣。

从弟东白宅，在村西井畔。从前未为宅时，缭以周垣，环筑土屋。其中有屋数间，夜中辄有叩门声。虽无他故，而居者恒病不安。一日，门旁墙圮，出一木人，作张手叩门状，上有符箓。乃知工匠有嗛主人，作是镇魇

① 许飞琼——古仙女名。事迹见《汉武帝内传》。

也。故小人不可与轻作缘,亦不可与轻作难。

何子山先生言:雍正初,一道士善符箓。尝至西山极深处,爱其林泉,拟结庵习静。土人言是鬼魅之巢窟,伐木采薪,非结队不敢入,乃至狼虎不能居,先生宜审。弗听也。俄而鬼魅并作,或窃其屋材,或魇其工匠,或毁其器物,或污其饮食。如行荆棘中,步步挂碍。如野火四起,风叶乱飞,千手千目,应接不暇也。道士怒,结坛召雷将。神降则妖已先遁,大索空山无所得。神去,则数日复集。如是数回,神恶其渎,不复应。乃一手结印,一手持剑,独与战,竟为妖所踣,拔须败面,裸而倒悬。遇樵者得解,狼狈逃去。道士盖恃其术耳。夫势之所在,虽圣人不能逆;党之已成,虽帝王不能破。久则难变,众则不胜诛也。故唐去牛、李之倾轧,难于河北之藩镇①。道士昧众寡之形,客主之局,不量力而撄其锋,取败也宜矣。

小人之计万变,每乘机而肆其巧。小时,闻村民夜中闻履声,以为盗,秉炬搜捕,了无形迹。知为魅也,不复问。既而胠箧②者知其事,乘夜而往。家人仍以为魅,偃息弗省。遂饱所欲去。此犹因而用之也。邑有令,颇讲学,恶僧如仇。一日,僧以被盗告。庭斥之曰:"尔佛无灵,何以庙食?尔佛有灵,岂不能示报于盗,而转渎官长耶?"挥之使去,语人曰:"使天下守令用此法,僧不沙汰而自散也。"僧固黠甚,乃阳与其徒修忏祝佛,而阴赂丐者,使捧衣物跪门外,状若痴者。皆曰佛有灵,檀施转盛。此更反而用之,使厄我者助我也。人情如是,而区区执一理与之角,乌有幸哉!

张某、瞿某,幼同学,长相善也。瞿与人讼,张受金,刺得其阴谋,泄于其敌。瞿大受窘辱,衔之次骨;然事密无左证,外则未相绝也。俄张死,瞿

---

① "故唐去牛、李"句——唐代中期朝中大臣李德裕和牛僧孺各结成朋党,互相争斗,史称牛李党争。藩镇指安史之乱后,在河北的三个藩镇:卢龙、成德、魏博。他们拥兵自重,不服朝廷管辖,唐末之乱由此而起。

② 胠箧(qū qiè)——撬开箱子,指盗窃。

百计娶得其妇。虽事事成礼，而家庭共语，则仍呼曰张几嫂。妇故朴愿，以为相怜相戏，亦不较也。一日，与妇对食，忽跃起自呼其名曰："瞿某，尔何太甚耶？我诚负心，我妇归汝，足偿矣。尔必仍呼嫂何耶？妇再嫁常事，娶再嫁妇亦常事。我既死，不能禁妇嫁，即不能禁汝娶也。我已失朋友义，亦不能责汝娶朋友妇也。今尔不能为妇，仍系我姓呼为嫂，是尔非娶我妇，乃淫我妇也。淫我妇者，我得而诛之矣。"竟颠狂数日死。夫以直报怨，圣人不禁。张固小人之常态，非不共之仇也。计娶其妇，报之已甚矣；而又视若倚门妇，玷其家声，是已甚之中又已甚焉。何怪其愤激为厉哉！

一恶少感寒疾，昏瞆中魂已出舍，怅怅无所适。见有人来往，随之同行。不觉至冥司，遇一吏，其故人也。为检籍良久，蹙额曰："君多忤父母，于法当付镬汤狱。今寿尚未终，可且反，寿终再来受报可也。"恶少惶怖，叩首求解脱。吏摇首曰："此罪至重，微我难解脱，即释迦牟尼亦无能为力也。"恶少泣涕求不已。吏沉思曰："有一故事，君知乎？一禅师登座，问：'虎颔下铃，何人能解？'众未及对，一沙弥曰：'何不令系铃人解。'得罪父母，还向父母忏悔，或希冀可免乎！"少年虑罪业深重，非一时所可忏悔。吏笑曰："又有一故事，君不闻杀猪王屠，放下屠刀，立地成佛乎？"遣一鬼送之归，霍然遂愈。自是洗心涤虑，转为父母所爱怜。后年七十余乃终。虽不知其果免地狱否，然观其得寿如是，似已许忏悔矣。

许文木言：老僧澄止，有道行。临殁，谓其徒曰："我持律精进，自谓是四禅天①人。世尊嗔我平生议论，好尊佛而斥儒，我相未化，不免仍入轮回矣。"其徒曰："崇奉世尊，世尊反嗔乎？"曰："此世尊所以为世尊也。若党同而伐异，扬己而抑人，何以为世尊乎？我今乃悟，尔见犹左耳。"因忆杨槐亭言：乙丑上公车时，偕同年数人行。适一僧同宿逆旅，偶与闲谈。一同年目止之曰："君奈何与异端语？"僧不平曰："释家诚与儒家异，然彼

---

① 四禅天——佛教把色界诸天分为四禅；四禅天为最高境界。

此均各有品地。果为孔子,可以辟佛;颜、曾①以下弗能也。果为颜、曾,可以辟菩萨;郑、贾②以下弗能也。果为郑、贾,可以辟阿罗汉;程、朱以下弗能也。果为程、朱,可以辟诸方祖师;其依草附木,自托讲学者弗能也。何也?其分量不相及也。先生而辟佛,毋乃高自位置乎?"同年怒且笑曰:"惟各有品地,故我辈儒可辟汝辈僧也。"几于相哄而散。余谓各以本教而论,譬如居家,三王以来,儒道之持世久矣,虽再有圣人弗能易,犹主人也。佛自西域而来,其空虚清净之义,可使驰骛者息营求,忧愁者得排遣;其因果报应之说,亦足警戒下愚,使回心向善,于世不为无补。故其说得行于中国。犹挟技之食客也,食客不修其本技,而欲变更主人之家政,使主人退而受教,此佛者之过也。各以末流而论,譬如种田,儒犹耕耘者也。佛家失其初旨,不以善恶为罪福,而以施舍不施舍为罪福。于是惑众蠹财,往往而有,犹侵越疆畔,攘窃禾稼者也。儒者舍其耒耜,荒其阡陌,而皇皇持梃荷戈,日寻侵越攘窃者与之格斗;即格斗全胜,不知己之稼穑如何也。是又非儒者之颠耶?夫佛自汉明帝后,蔓延已二千年,虽尧、舜、周、孔复生,亦不能驱之去。儒者父子君臣兵刑礼乐,舍之则无以治天下,虽释迦出世,亦不能行彼法于中土。本可以无争,徒以缁徒不胜其利心,妄冀儒绌佛伸,归佛者檀施当益富。讲学者不胜其名心,著作中苟无辟佛数条,则不足见卫道之功。故两家语录,如水中泡影,旋生旋灭,旋灭旋生,互相诟厉而不止。然两家相争,千百年后,并存如故;两家不争,千百年后,亦并存如故也。各修其本业可矣。

陈瑞庵言:献县城外诸丘阜,相传皆汉冢也。有耕者误犁一冢,归而寒热谵语,责以触犯。时瑞庵偶至,问:"汝何人?"曰:"汉朝人。"又问:"汉朝何处人?"曰:"我即汉朝献县人,故家在此,何必问也?"又问:"此地汉即名献县耶?"曰:"然。"问:"此地汉为河间国,县曰乐成。金始改献州。明乃改献县。汉朝安得有此名?"鬼不语。再问之,则耕者苏矣。盖传为汉冢,鬼亦习闻,故依托以求食。而不虞适以是败也。

---

① 颜、曾——孔子弟子颜回、曾参。

② 郑、贾——汉代经学家郑兴、郑众、贾逵等。

毛其人言:有耿某者,勇而悍。山行遇虎,奋一梃与斗,虎竟避去,自以为中黄、佽飞[①]之流也。偶闻某寺后多鬼,时嬲醉人,愤往驱逐。有好事数人随之往。至则日薄暮,乃纵饮至夜,坐后垣上待其来。二鼓后,隐隐闻啸声,乃大呼曰:"耿某在此。"倏人影无数,涌而至,皆吃吃笑曰:"是尔耶,易与耳。"耿怒跃下,则鸟兽散去,遥呼其名而詈之。东逐则在西,西逐则在东,此没彼出,倏忽千变。耿旋转如风轮,终不见一鬼,疲极欲返,则嘲笑以激之。渐引渐远,突一奇鬼当路立,锯牙电目,张爪欲搏。急奋拳一击,忽嗷然自仆,指已折,掌已裂矣,乃误击墓碑上也。群鬼合声曰:"勇哉!"瞥然俱杳。诸壁上观者闻耿呼痛,共持炬舁归。卧数日,乃能起,右手遂废。从此猛气都尽,竟唾面自乾焉。夫能与虓虎敌,而不能不为鬼所困,虎斗力,鬼斗智也。以有限之力,欲胜无穷之变幻,非天下之痴人乎?然一惩即戒,毅然自返,虽谓之大智慧人,亦可也。

张桂岩自扬州还,携一琴砚见赠。斑驳剥落,古色黝然。右侧近下,镌"西涯"二篆字,盖怀麓堂[②]故物也。中镌行书一诗曰:"如以文章论,公原胜谢、刘[③]。玉堂挥翰手,对此忆风流。"款曰"稚绳",高阳孙相国字也。左侧镌小楷一诗曰:"草绿湘江叫子规,茶陵青史有微词。流传此砚人犹惜,应为高阳五字诗。"款曰"不凋",乃太仓崔华之字。华,渔洋山人之门人。渔洋论诗绝句曰:"溪水碧于前渡日,桃花红似去年时。江南肠断何人会?只有崔郎七字诗。"即其人也。二诗本集皆不载,岂以诋诃前辈,微涉讦直,编集时自删之欤?后以赠庆大司马丹年,刘石庵参知颇疑其伪。然古人多有集外诗,终弗能明也。又杨丈汶川(讳可镜,杨忠烈公曾孙也。以拔贡官户部郎中,与先姚安公同事。)赠姚安公一小砚,背有铭曰:"自渡辽,携汝伴。草军书,恒夜半。余之心,惟汝见。"款题:"芝冈铭"。盖熊公廷弼军中砚,云得之于其亲串家。又家藏一小砚,左侧有"白谷手琢"四字,当是孙公传庭所亲制。二砚大小相近,婉安公以皆前代名臣,合为一匣。后在长儿汝佶处。汝佶夭逝,二砚为婢媪所窃卖。今

---

① 中黄、佽(cì)飞——中黄,古代指勇力之士:佽飞,春秋楚国勇士。

② 怀麓堂——明李东阳,撰《怀麓堂集》100 卷。

③ 谢、刘——与李东阳同时的朝臣谢迁、刘健。

不可物色矣。

余十七岁时，自京师归应童子试，宿文安孙氏。(土语呼若巡诗，音之转也。)室庐皆新建，而土炕下钉一桃杙①。上下颇碍，呼主人去之。主人颇笃实，摇手曰："是不可去，去则怪作矣。"诘问其故。曰："吾买隙地构此店，宿者恒夜见炕前一女子立，不言不动，亦无他害。有胆者以手引之，乃虚无所触。道士咒桃褉钉之，乃不复见。"余曰："其下必古冢，人在上，鬼不安耳。何不掘出其骨，具棺迁葬？"主人曰："然。"然不知其果迁否也。又辛巳春，余乞假养疴北仓。姻家赵氏请余题主，先姚安公命之往。归宿杨村，夜已深，余先就枕，仆隶秣马尚未睡。忽见彩衣女子揭帘入，甫露面，即退出。疑为趁座妓女，呼仆隶遣去，皆云外户已闭，无一人也。主人曰："四日前，有宦家子妇宿此卒，昨移柩去。岂其回煞耶？"归告姚安公。公曰："我童子时，读书陈氏舅家。值仆妇夜回煞，月明如昼，我独坐其室外，欲视回煞作何状，迄无见也。何尔乃有见耶？然则尔不如我多矣。"至今深愧此训也。

河豚唯天津至多，土人食之如园蔬；然亦恒有死者，不必家家皆善烹治也。姨丈惕园牛公言：有一人嗜河豚，卒中毒死。死后见梦于妻子曰："祀我何不以河豚耶？"此真死而无悔也。又姚安公言：里有人粗温饱，后以博破家。临殁，语其子曰："必以博具置棺中。如无鬼，与白骨同为土耳，于事何害？如有鬼，荒榛蔓草之间，非此何以消遣耶！"比大殓，佥曰："死葬之以礼，乱命不可从也。"其子曰："独不云事死如事生乎？生不能几谏，殁乃违之乎？我不讲学，诸公勿干预人家事。"卒从其命。姚安公曰："非礼也，然亦孝子无已之心也。吾恶夫事事遵古礼，而思亲之心则漠然者也。"

一奴子业针工，其父母鬻身时未鬻此子，故独别居于外。其妇年二十

① 杙(yì)——小木桩。

余，为狐所媚，岁余病瘵死。初不肯自言，病甚，乃言狐初来时为女形，自言新来邻舍也。留与语，渐涉谑，既而渐相逼，遽前拥抱，遂昏昏如魇。自是每夜辄来，来必换一形，忽男忽女，忽老忽少，忽丑忽好，忽僧忽道，忽鬼忽神，忽今衣冠忽古衣冠，岁余无一重复者。至则四肢缓纵，口噤不能言，惟心目中了了而已。狐亦不交一言，不知为一狐所化，抑众狐更番而来也。其尤怪者，妇小姑偶入其室，突遇狐出，一跃即逝。小姑所见，是方巾道袍人，白须鬖；妇所见则黯黑垢腻，一卖煤人耳。同时异状，更不可思议耳。

及孺爱先生言：（先生于余为疏从表侄，然幼时为余开蒙，故始终待以师礼。）交河有人田在丛冢旁，去家远，乃筑室就之。夜恒闻鬼语，习见不怪也。一夕，闻冢间呼曰："尔狼狈何至是？"一人应曰："适路遇一女，携一童子行。见其面有衰气，死期已近，未之避也。不虞女忽一嚏，其气中人，如巨杵舂撞，（平声。）伤而仆地。苏息良久，乃得归。今胸鬲尚作楚也。"此人默记其语。次日，耘者聚集，具述其异，因问："昨日谁家女子傍晚行，致中途遇鬼？"中一宋姓者曰："我女昨晚同我子自外家归，无遇鬼事也。"众以为妄语。数日后，宋女为强暴所执，捍刃抗节死。乃知贞烈之气，虽届衰绝，尚刚劲如是也。鬼魅畏正人，殆以此夫。

张完质舍人言：有与狐为友者，将商于外，以家事托狐。凡火烛盗贼，皆为警卫；僮婢或作奸，皆摘发无遗。家政井井，逾于商未出时。惟其妇与邻人昵，狐若弗知。越两岁，商归，甚德狐。久而微闻邻人事，又甚咎狐。狐谢曰："此神所判，吾不敢违也。"商不服曰："鬼神祸淫，乃反导淫哉？"狐曰："是有故。邻人前世为巨室，君为司出纳，因其倚信，侵蚀其多金。冥判以妇偿负，一夕准宿妓之价销金五星①，今所欠只七十余金矣。销尽自绝，君何躁焉！君倘未信，试以所负偿之，观其如何耳。"商乃诣邻人家曰："闻君贫甚，仆此次幸多赢，谨以八十金奉助。"邻人感且愧，自是遂与妇绝。岁暮，馈肴品示谢，甚精腆。计其所值，正合七十余金所赢数。

① 星——秤杆上刻度的点。

乃知夙生债负,受者毫厘不能增,与者毫厘不能减也。是亦可畏也已。

族侄竹汀言:有农家妇少寡,矢志不嫁,养姑抚子数年矣。一日,见华服少年,从墙缺窥伺。以为过客误入,詈之去。次日复来。念近村无此少年,土人亦无此华服,心知是魅,持梃驱逐。乃复抛掷砖石,损坏器物。自是日日来,登墙自道相悦意。妇无计,哭诉于社公祠,亦无验。越七八日,白昼晦冥,雷击裂村南一古墓,魅乃绝。不知是狐是鬼也。以妖媚人,已干天律,况媚及柏舟①之妇,其受殛也固宜。顾必迟久而后应,岂天人一理,事关诛死,亦待奏请而后刑,由社公辗转上闻,稍稽时日乎?然匹妇一哭,遽达天听,亦足见孝弟之通神明矣。

沧州一带海滨煮盐之地,谓之灶泡。袤延数百里,并斥卤不可耕种,荒草粘天,略如塞外,故狼多窟穴于其中。捕之者掘地为阱,深数尺,广三四尺,以板覆其上,中凿圆孔如盂大,略如枷状。人蹲阱中,携犬子或豚子,击使嗥叫。狼闻声而至,必以足探孔中攫之。人即握其足立起,肩以归。狼隔一板,爪牙无所施其利也。然或遇其群行,则亦能搏噬。故见人则以喙据地嗥,众狼毕集,若号令然,亦颇为行客道途患。有富室偶得二小狼,与家犬杂畜,亦与犬相安。稍长,亦颇驯,竟忘其为狼。一日,主人昼寝厅事,闻群犬呜呜作怒声,惊起周视,无一人。再就枕将寐,犬又如前。乃伪睡以俟,则二狼伺其未觉,将啮其喉,犬阻之不使前也。乃杀而取其革。此事从侄虞惇言。狼子野心,信不诬哉!然野心不过遁逸耳;阳为亲昵,而阴怀不测,更不止于野心矣。兽不足道,此人何取而自贻患耶!

田村一农妇,甚贞静。一日馌饷,有书生遇于野,从乞瓶中水。妇不应。出金一锭投其袖。妇掷且詈,书生惶恐遁。晚告其夫,物色之,无是人,疑其魅也。数日后,其夫外出,阻雨不得归。魅乃幻其夫形,作冒雨归者,入与寝处,草草熄灯,遽相媟戏。忽电光射窗,照见乃向书生。妇恚

① 柏舟——《诗经·国风》的篇名,为贞女节妇之诗。

甚,爪败其面。魅甫跃出窗,闻呦然一声,莫知所往。次早夫归,则门外一猴脑裂死,如刃所中也。盖妖之媚人,皆因其怀春而媾和。若本无是心,而乘其不意,变幻以败其节,则罪当与强污等。揆诸神理,自必不容,而较前记竹汀所说事,其报更速。或社公权微,不能即断;此遇天神立殛之?抑彼尚未成,此则已玷,可以不请而诛欤?

同年邹道峰言:有韩生者,丁卯夏读书山中。窗外为悬崖,崖下为涧。涧绝陡,两岸虽近,然可望而不可至也。月明之夕,每见对岸有人影,虽知为鬼,度其不能越,亦不甚怖。久而见惯,试呼与语。亦响应,自言是堕涧鬼,在此待替。戏以余酒凭窗洒涧内,鬼下就饮,亦极感谢。自此遂为谈友,诵肄之暇,颇消岑寂。一日试问:"人言鬼前知。吾今岁应举,汝知我得失否?"鬼曰:"神不检籍,亦不能前知,何况于鬼。鬼但能以阳气之盛衰,知人年运;以神光之明晦,知人邪正耳。若夫禄命,则冥官执役之鬼,或旁窥窃听而知之;城市之鬼,或辗转相传而闻之;山野之鬼弗能也。城市之中,亦必捷巧之鬼乃闻之,钝鬼亦弗能也。譬君静坐此山,即官府之事不得知,况朝廷之机密乎!"一夕,闻隔涧呼曰:"与君送喜。顷城隍巡山,与社公相语,似言今科解元是君也。"生亦窃自贺。及榜发,解元乃韩作霖,鬼但闻其姓同耳。生太息曰:"乡中人传官里事,果若斯乎!"

王史亭编修言:有崔生者,以罪戍广东。恐携孥有意外,乃留其妻妾,只身行。到戍后,穷愁抑郁,殊不自聊;且回思"少妇登楼",弥增忉怛①。偶遇一叟,自云姓董,字无念。言颇契,愍其流落,延为子师,亦甚相得。一夕,宾主夜酌,楼高月满,忽动离怀,把酒倚栏,都忘酬酢。叟笑曰:"君其有'云鬟玉臂'②之感乎?托在契末,已早为经纪,但至否未可知,故先不奉告;旬月后当有耗耳。"又半载,叟忽戒僮婢扫治别室,意甚匆遽。顷之,则三小肩舆至,妻妾及一婢揭帘出矣。惊喜怪问。皆曰:"得君信相

① 忉怛(dāo dá)——悲痛。

② "云鬟玉臂"——用杜甫《月夜》:"香雾云鬟湿,清辉玉臂寒"典。

迓,嘱随某官眷属至。急不能久待,故草草来;家事托几房几兄代治,约岁得租米,岁岁鬻金寄至矣。"问:"婢何来?"曰:"即某官之媵,嫡不能容,以贱价就舟中鬻得也。"生感激拜叟,至于涕零。从此完聚成家,无复故园之梦。越数月,叟谓生曰:"此婢中途邂逅,患难相从,当亦是有缘。似当共侍巾栉,无独使向隅也。"又数载,遇赦得归。生喜跃不能寐,而妻妾及婢俱惨惨有离别之色。生慰之曰:"尔辈恋主人恩耶?倘不死,会有日相报耳。"皆不答,惟趣为生治装。濒行,翁治酒作饯,并呼三女出曰:"今日事须明言矣。"因拱手对生曰:"老夫地仙也。过去生中,与君为同官。殁后,君百计营求,归吾妻子,恒耿耿不忘。今君别鹤离鸾,自合为君料理;但山川绵邈,二孱弱女子,何以能来?因摄召花妖,俾先至君家中半年,窥尊室容貌语言,摹拟俱似;并刺知家中旧事,使君有证不疑。渠本三姊妹,故多增一婢耳。渠皆幻相,君勿复思,到家相对旧人,仍与此间无异矣。"生请与三女俱归。叟曰:"鬼神各有地界,可暂出不可久越也。"三女握手作别,洒泪沾衣,俯仰间已俱不见。登舟时,遥见立岸上,招之不至矣。归后,妻子具言家日落,赖君岁岁寄金来,得活至今。盖亦此叟所为也。使世间离别人皆逢此叟,则无复牛女银河之恨矣。史亭曰:"信然。然粤东有地仙,他处亦必有地仙;董叟有此术,他仙亦必有此术。所以无人再逢者,当由过去生中原未受恩,故不肯竭尽心力缩地补天耳。"

有客在泊镇宿妓,与以金。妓反复审谛,就灯铄之,微笑曰:"莫纸铤否?"怪问其故。云数日前粮艘演剧赛神,往看至夜深归。遇少年与以金,就河干草屋野合。至家,探怀觉太轻,取出乃一纸铤。盖遇鬼也。因言相近一妓家,有客赠衣饰甚厚。去后,皆已箧中物,钥故未启,疑为狐所给矣。客戏曰:"天道好还。"又瞽者刘君瑞言:青县有人与狐友,时共饮甚昵。忽久不见,偶过丛莽,闻有呻吟声,视之,此狐也。问"何狼狈乃尔?"狐愧沮良久,曰:"顷见小妓颇壮盛,因化形往宿,冀采其精。不虞妓已有恶疮,采得之后,毒渗命门,与平生所采混合为一,如油入面,不可复分。遂溃裂蔓延,达于面部。耻见故人,故久疏来往耳。"此又狐之败于妓者。机械相乘,得失倚伏,胶胶扰扰,将伊于胡底①乎?

① 伊于胡底——走到哪里去。不堪设想的意思。

李千之侍御言：某公子美丰姿，有卫玠璧人①之目。雍正末，值秋试，于丰宜门内租僧舍过夏。以一室设榻，一室读书。每晨兴，书室几榻笔墨之类，皆拂拭无纤尘；乃至瓶插花，砚池注水，亦皆整顿如法，非粗材所办。忽悟北地多狐女，或藉通情愫，亦未可知，于意亦良得。既而盘中稍稍置果饵，皆精品。虽不敢食，然益以美人之贻，拭目以待佳遇。一夕月明，潜至北牖外穴纸窃窥，冀睹艳质。夜半，闻器具有声，果一人在室料理。谛视，则修髯伟丈夫也，怖而却走。次日，即移寓。移时，承尘上似有叹声。

康师，杜林镇僧也。北俗呼僧多以姓，故名号不传焉。工疡医。余小时曾及见之。言其乡人家一婢，怀春死。魂不散，时出祟人。然不现形，不作声，亦不附人语，不使人病。惟时与少年梦中接，稍尪瘦，则别媚他少年，亦不至杀人。故为祟而不以为祟。即尝为所祟者，亦梦境恍惚，莫能确执。如是数十年，不为人所畏，亦不为人所劾治。真黠鬼哉！可谓善藏其用，善遁于虚，善留其不尽，善得老氏之旨矣。然终有人知之，有人传之，则黠巧终无不败也。

相传康熙中，瓜子店火，（在正阳门之南而偏东。）有少年病瘵不能出，并屋焚焉。火熄，掘之，尸已焦，而有一狐与俱死，知其病为狐媚也。然不知狐何以亦死。或曰："狐情重，救之不出，守之不去也。"或曰："狐媚人至死，神所殛也。"是皆不然。狐鬼皆能变幻，而鬼能穿屋透壁出。（罗两峰云尔。）鬼有形无质，纯乎气也；气无所不达，故莫能碍。狐能大能小与龙等，然有形有质，质能缩而小，不能化而无。故有隙即遁，而无隙则碍不能出。虽至灵之狐，往来亦必由户牖。此少年未死间，狐尚来媚，猝遇火发，户牖俱焰，故并为烬焉耳。

门人徐通判敬儒言：其乡有富室，昵一婢，宠眷甚至。婢亦倾意向其

---

① 璧人——仪容美如璧玉。《世说新语·容止》载卫玠容貌姣好，被人称为璧人。

主,誓不更适。嫡心妒之而无如何。会富室以事他出,嫡密召女侩鬻诸人。待富室归,则以窃逃报。家人知主归事必有变也,伪向女侩买出,而匿诸尼庵。婢自到女侩家,即直视不语,提之立则立,扶之行则行,捺之卧则卧,否则如木偶,终日不动。与之食则食,与之饮则饮,不与亦不索也。到尼庵亦然。医以为愤恚痰迷,然药之不效,至尼庵仍不苏。如是不死不生者月余。富室归,果与嫡操刃斗,屠一羊沥血告神,誓不与俱生。家人度不可隐,乃以实告。急往尼庵迎归,痴如故。富室附耳呼其名,乃霍然如梦觉。自言初到女侩家,念此特主母意,主人当必不见弃,因自奔归;虑为主母见,恒藏匿隐处,以待主人之来。今闻主人呼,喜而出也。因言家中某日见某人,某人某日作某事,历历不爽。乃知其形去而魂归也。因是推之,知所谓离魂倩女,其事当不过如斯,特小说家点缀成文,以作佳话。至云魂归后衣皆重著,尤为诞谩。着衣者乃其本形,顷刻之间,襟带不解,岂能层层搀入?何不云衣如委蜕,尚稍近事理乎。

客作①田不满,(初以其取不自满假之义,称其命名有古意。既乃知以饕餮得此名,取田填同音也。)夜行失道,误经墟墓间,足踏一髑髅。髑髅作声曰:“毋败我面!且祸尔。”不满戆且悍,叱曰:“谁遣尔当路!”髑髅曰:“人移我于此,非我当路也。”不满又叱曰:“尔何不祸移尔者?”髑髅曰:“彼运方盛,无如何也。”不满笑且怒曰:“岂我衰耶?畏盛而凌衰,是何理耶?”髑髅作泣声曰:“君气亦盛,故我不敢祟,徒以虚词恫喝也。畏盛凌衰,人情皆尔,君乃责鬼乎!哀而拨入土窟中,公之惠也。”不满冲之竟过,惟闻背后呜呜声,卒无他异。余谓不满无仁心。然遇莽卤之人而以大言激其怒,鬼亦有过焉。

蒋苕生编修言:一士人北上,泊舟北仓、杨柳青之间。(北仓去天津二十里,杨柳青距天津四十里。)时已黄昏,四顾渺漫。去人家稍远,独一小童倚树立,姣丽特甚;然衣裳华洁,而神意不似大家儿。士故轻薄,自上岸与语。口操南音,自云流落至此,已有人相约携归,待尚未至。渐相款

---

① 客作——雇工。

洽,因挑以微词,解扇上汉玉佩为赠。赧颜谢曰:“君是解人,亦不能自讳。然故人情重,实不忍别抱琵琶。”置佩而去。士人意未已,欲觇其居停,蹑迹从之。数十步外,倏已灭迹,惟丛莽中一小坟,方悟为鬼也。女子事夫,大义也,从一则为贞,野合乃为荡耳。男子而抱衾裯,已失身矣,犹言从一,非不揣本而齐末乎?然较反面负心,则终为差胜也。

先师陈白崖先生言:业师某先生,(忘其姓字,似是姓周。)笃信洛、闽,而不骛讲学名,故穷老以终,声华阒寂。然内行醇至,粹然古君子也。尝税居空屋数楹,一夜,闻窗外语曰:“有事奉白,虑君恐怖,奈何?”先生曰:“第入无碍。”入则一人戴首于项,两手扶之;首无巾而身襕衫,血渍其半。先生拱之坐,亦谦逊如礼。先生问:“何语?”曰:“仆不幸,明末戕于盗,魂滞此屋内。向有居者,虽不欲为祟,然阴气阳光,互相激薄,人多惊悸,仆亦不安。今有一策:邻家一宅,可容君眷属。仆至彼多作变怪,彼必避去;有来居者,扰之如前,必弃为废宅。君以贱价售之,迁居于彼。仆仍安居于此。不两得乎?”先生曰:“吾平生不作机械事,况役鬼以病人乎?义不忍为。吾读书此室,图少静耳。君既在此,即改以贮杂物,日扃锁之可乎?”鬼愧谢曰:“徒见君案上有性理,故敢以此策进。不知君竟真道学,仆失言矣。既荷见容,即托宇下可也。”后居之四年,寂无他异。盖正气足以慑之矣。

凡物太肖人形者,岁久多能幻化。族兄中涵言:官旌德时,一同官好戏剧,命匠造一女子,长短如人,周身形体以及隐微之处,亦一一如人;手足与目与舌,皆施关捩,能屈伸运动;衣裙簪珥,可以按时更易。所费百金,殆夺偃师①之巧。或植立书室案侧 ,或坐于床凳,以资笑噱。一夜,童仆闻书室格格声。时已镝闭,穴纸窃视,月光在牖,乃此偶人来往自行。急告主人自觇之,信然。焚之,嘤嘤作痛声。又先祖母言:舅祖蝶庄张公家,有空屋数间,贮杂物。媪婢或夜见院中有女子,容色姣好,而颔下修髯如戟,两颊亦磔如猬毛,携四五小儿游戏。小儿或跛或盲,或头面破损,或

① 偃师——传说周穆王时的巧匠。见《列子·汤问》。

无耳鼻。人至则倏隐,莫知何妖。然不为人害,亦不外出。或曰目眩,或曰妄语,均不甚留意。后检点此屋,见破裂虎丘泥孩一床,状如所见,其女子之须,则儿童嬉戏以墨笔所画云。

景州方夔典言:少尝患心气不宁,稍作劳则似簌簌动。服枣仁、远志之属,时作时止,不甚验也。偶遇友人家扶乩,云是纯阳真人。因拜乞方。乩判曰:"此 证现于心,而其原出于脾,脾虚则子食母气故也。可炒白术常服之。"试之果验。夔曲又言:尝向乩仙问科第。乩判曰:"场屋文字,只笔酣墨饱,书味盎然,即中式矣,何必预问乎!"后至乾隆丙辰登进士,本房同考官出阅卷簿视之,所注批词即此八字也。然则科名前定,并批词亦前定乎?

高梅村言:有二村民同行,一人偶便旋,蹴起片瓦,下有一罂。瓦上刻一字,则同行者姓也。惧为所见,托故自返,而潜伏荟翳中;望其去远,乃往私取,则满罂皆清水矣。不胜其恚,举而尽饮之。时日已暮,无可栖止,忆同行者家尚近,径往借宿。夜中忽患霍乱,呕泄并作,秽其床席几遍;愧不自容,竟宵遁。质明,其家视之,则皆精银,如熔汁泻地成片然。余谓此语特供谐笑,未必真有。而梅村坚执谓不诬。然则物各有主,非人力可强求,凿然信矣。

梅村又言:有姜挺者,以贩布为业,恒携一花犬自随。一日独行,途遇一叟呼之住。问:"不相识,何见招?"叟遽叩首有声曰:"我狐也。夙生负君命,三日后君当嗾花犬断我喉。冥数已定,不敢逃死。然窃念事隔百余年,君转生人道,我堕为狐,必追杀一狐,与君何益?且君已不记被杀事,偶杀一狐,亦无所快于心。愿纳女自赎,可乎?"姜曰:"我不敢引狐入室,亦不欲乘危劫人女。贳①则贳汝,然何以防犬终不噬也?"曰:"君但手批一帖曰:'某人夙负,自愿销除。'我持以告神,则犬自不噬。冤家债主,解

① 贳(shì)——宽纵,赦免。

释须在本人，神不违也。”适携记簿纸笔，即批帖予之。叟喜跃去。后七八载，姜贩布渡大江，突遇暴风，帆不能落，舟将覆。见一人直上樯竿杪，掣断其索，骑帆俱落。望之似是此叟，转瞬已失所在矣。皆曰：“此狐能报恩。”余曰：“此狐无术自救，能数千里外救人乎？此神以好生延其寿，遣此狐耳。”

周泰宇言：有刘哲者，先与一狐女狎，因以为继妻。操作如常人，孝舅姑，睦娣姒，抚前妻子女如己出，尤人所难能。老而死，其尸亦不变狐形。或曰：“是本奔女，讳其事，托言狐也。”或曰：“实狐也，炼成人道，未得仙，故有老有死；已解形，故死而尸如人。”余曰：“皆非也，其心足以持之也。凡人之形，可以随心化。郗皇后之为蟒①，封使君之为虎②，其心先蟒先虎，故其形亦蟒亦虎也。旧说狐本淫妇阿紫所化，其人而狐心也，则人可为狐。其狐而人心也，则狐亦可为人。缁衣黄冠，或坐蜕不仆；忠臣烈女，或骸存不腐，皆神足以持其形耳。此狐死不变形，其类是夫！”泰宇曰：“信然。相传刘初纳狐，不能无疑惮。狐曰：‘妇欲宜家耳，苟宜家，狐何异于人？且人徒知畏狐，而不知往往与狐侣。彼妇之容止无度，生疾损寿，何异狐之采补乎？彼妇之逾墙钻穴，密会幽欢，何异狐之冶荡乎？彼妇之长舌离间，生衅家庭，何异狐之媚惑乎？彼妇之隐盗资产，私给亲爱，何异狐之攘窃乎？彼妇之嚣凌诟谇，六亲不宁，何异狐之祟扰乎？君何不畏彼而反畏我哉？’是狐之立志，欲在人上久矣，宜其以人始以人终也。若所说种种类狐者，六道轮回，惟心所造，正恐眼光落地，下免堕入彼中耳。”

古者世禄世官，故宗子必立后，支子不祭，则礼无必立后之文。孟皮③不闻有后，亦不闻孔子为立后，非嫡故也。支子之立后，其为茕嫠守

---

① 郗皇后之为蟒——郗皇后，梁武帝萧衍皇后。事见《梁书·后妃传》。

② 封使君之为虎——《太平御览·述异记》载汉宣城郡守封邵，一日忽化为虎，吃郡民事。

③ 孟皮——孔子的庶兄。

志,不忍节妇之无祀乎?譬诸士本无诔,而县贲父[1]则始诔,死职故也。童子本应殇,而汪踦[2]则不殇,卫社稷故也。礼以义起,遂不可废。凡支子之无后者,亦遂沿为例不可废,而家庭之难,即往往由是作焉。董曲江言:东昌有兄弟三人,仲先死无后。兄欲以其子继,弟亦欲以其子继。兄曰,弟当让兄。弟曰,兄子幼而其子长,又当让兄弟。讼经年,卒为兄夺。弟恚甚,郁结成疾。痴甚时,语其子曰:“吾必求直于地下。”既而昏眩,经半日复苏,曰:“岂特阳官悖哉,阴官之悖乃更甚。顷魂游冥司,陈诉此事。一阴官诘我曰:‘汝为汝兄无后耶?汝兄已有后矣,汝特为资产争耳。见兽于野,两人并逐,捷足者先得。汝何讼焉?’竟不理也。夫争继原为资产,乃瞋目与我讲宗祀,何不解事至此耶?多置纸笔我棺中,我且诉诸上帝也。”此真至死不悟者欤?曲江曰:“吾犹取其不自讳也。”

己卯典试山西时,陶序东以乐平令充同考官。卷未入时,共闲话仙鬼事。序东言有友尝游南岳,至林壑深处,见女子倚石坐花下。稔闻智琼、兰香[3]事,遽往就之。女子以纨扇障面曰:“与君无缘,不宜相近。”曰:“缘自因生,不可从此种因乎?”女子曰:“因须夙造,缘须两合,非一人欲种即种也。”翳然灭迹,疑为仙也。余谓情欲之因缘,此女所说是也。至恩怨之恩缘,则一人欲种即种,又当别论矣。

大同宋中书瑞言:昔在家中戏扶乩,乩动,请问仙号。即书曰:“我本住深山,来往白云里。天风忽飒然,云动如流水。我偶随之游,飘飘因至此。荒村茅舍静,小坐亦可喜。莫问我姓名,我忘已久矣。且问此门前,去山凡几里?”书讫,乩遂不动。或者此乃真仙欤?

---

① 县贲父——春秋鲁庄公的臣子。

② 汪踦——春秋时鲁国童子。

③ 智琼、兰香——智琼,神女名。晋干宝《搜神记》有魏弦超与神女智琼离合事。兰香,五代前蜀杜光庭《墉城集仙录》中的神女。

和和呼通诺尔之战①,兵士有没蕃者。乙亥平定伊犁,望大兵旗帜,投出宥死,安置乌鲁木齐,群呼之曰"小李陵②"。此人不知李陵为谁,亦漫应之。久而竟迷其本名。己丑、庚寅间,余在乌鲁木齐,犹见其人,已老矣。言在准噶尔转鬻数主,皆司牧羊。大兵将至前一岁八月中旬,夜栖山谷,望见沙碛有火光。西域诸部,每互相钞掠,疑为劫盗。登冈眺望,乃见一巨人,长丈许,衣冠华整,侍从秉炬前导,约七八十人。俄列队分立,巨人端拱向东拜,意甚虔肃,知为山灵。时适准噶尔乱,已微闻阿睦尔撒纳款塞请兵事③,窃意或此地当内属,故鬼神预东向耶?既而果然。时尚不知八月中旬为圣节,归正后乃悟天声震叠,为遥祝万寿云。

甘肃李参将名璇,精康节观梅④之术,占事多验。平定西域时,从大学士温公在军营。有兵士遗火,焚辕前枯草,阔丈许。公使占何祥。曰:"此无他,公数日内当有密奏耳。火得枯草行最速,急递之象也;烟气上升,上达之象也。知为密奏。凡密奏,当焚草也。"公曰:"我无当密奏事。"曰:"遗火亦无心,非预定也。"既而果然。其占人终身,则使随手拈一物。或同拈一物,而所断又不同。至京师时,一翰林拈烟筒。曰:"贮火而其烟呼吸通于内,公非冷局官也;然位不甚通显,尚待人吹嘘故也。"问:"历官当几年?"曰:"公毋怪直言。火本无多,一熄则为灰烬,热不久也。"问:"寿几何?"摇首曰:"铜器原可经久,然未见百年烟筒也。"其人愠去。后岁余,竟如所言。又一郎官同在座,亦拈此烟筒,观其复何所云。曰:"烟筒火已熄,公必冷官也。已置于床,是曾经停顿也;然再拈于手,是又遇提携复起矣。将来尚有热时,但热又占与前同耳。"后亦如所言。

吴惠叔携一小幅挂轴,纸色似百年外物,云得之长椿寺市上。笔墨草略,半以淡墨扫烟霭,半作水纹,中惟一小舟,一女子坐篷下,一女子摇橹

---

① 和和呼通诺尔之战——发生于雍正九年(1731年)。

② 李陵——汉武帝时将领,带兵出征匈奴,兵败被俘,不得已投降。

③ 乾隆十九年(1754),阿睦尔撒纳与准噶尔汗达瓦齐战;战败后举关依附清廷。

④ 观梅——占卜术数的一种。

而已。右角浓墨写一诗曰:“沙鸥同住水云乡,不记荷花几度香。颇怪麻姑[①]太多事,犹知人世有沧桑。”款曰:“画中人自画并题。”无年月,无印记。或以为仙笔,然女仙手迹,人何自得之?或以为游女,又不应作此世外语。疑是明末女冠[②],避兵于渔庄蟹舍,自作此图。无旧人跋语,亦难确信。惠叔索题,余无从著笔,置数日还之。惠叔殁于蜀中,此画不知今在否也?

舅氏实斋安公言:程老,村夫子也。女颇韶秀,偶门前买脂粉,为里中少年所挑,泣告父母。惮其暴横,弗敢较,然恚愤不可释,居恒郁郁。故与一狐友,每至辄对饮。一日,狐怪其惨沮。以实告,狐默然去。后此少年复过其门,见女倚门笑,渐相软语,遂野合于小圃空屋中。临别,女涕泣不舍,相约私奔。少年因夜至门外,引以归。防程老追索,以刃拟妇曰:“敢泄者死!”越数日,无所闻;知程老讳其事,意甚得,益狎昵无度。后此女渐露妖迹,乃知为魅;然相悦甚,弗能遣也。岁余病瘵,惟一息仅存,此女乃去。百计医药,幸得不死,资产已荡然。夫妇露栖,又尪弱不任力作,竟食妇夜合之资,非复从前之悍气矣。程老不知其由,向狐述说。狐曰:“是吾遣黠婢戏之耳。必假君女形,非是不足饵之也;必使知为我辈,防败君女之名也;濒危而舍之,其罪不至死也。报之已足,君无更怏怏矣。”此狐中之朱家、郭解[③]欤?其不为已甚,则又非朱家、郭解所能也。

从孙树宝言:辛亥冬,与从兄道原访戈孝廉仲坊,见案上新诗数十纸,中有二绝句云:“到手良缘事又违,春风空自锁双扉。人间果有乘龙婿,夜半居然破壁飞[④]。”“岂但蛾眉斗尹、邢[⑤],仙家亦自妒娉婷。请看搔背

---

① 麻姑——传说中的女仙。《神仙传》载,麻姑自言按侍以来,已见东海三为桑田。其手指纤细如鸟爪。

② 女冠——女道士。

③ 朱家、郭解——汉初游侠。见《史记·游侠列传》。

④ “人间”二句——用“画龙点睛”典故。张僧繇在壁上画龙而不点睛;点上睛则雷电破壁,龙飞而去。见晋王浮《神异记》。

⑤ 尹、邢——汉武帝的两位宠姬。

麻姑爪，变相分明是巨灵[1]。"皆不省所云，询其本事。仲坊曰："昨见沧州张君辅言：南皮某甲，年二十余，未娶。忽二艳女夜相就。诘所从来，自云：'是狐，以夙命当为夫妇。虽不能为君福，亦不至祸君。'某甲耽昵其色，为之不婚。有规戒之者，某甲谢曰：'狐遇我厚，相处日久无疾病，非相魅者。且言当为我生子，于嗣续亦无害，实不忍负心也。'后族众强为纳妇，甲闻其女甚姣丽，遂顿负旧盟。迨洞房停烛之时，突声若风霆，震撼檐宇，一手破窗而入，其大如箕，攫某甲以去。次日，四出觅访，杳然无迹。七八日后，有数小儿言，某神祠中有声如牛喘。北方之俗，凡神祠无庙祝者，虑流丐栖息，多以土墼甂其户，而留一穴置香炉。自穴窥之，似有一人裸体卧，不辨为谁。启户视之，则某甲在焉，已昏昏不知人矣。多方疗治，仅得不死。自是狐女不至。而妇家畏狐女之报，亦竟离婚。此二诗记此事也。夫狐已通灵，事与人异。某甲虽娶，何碍倏忽之往来？乃逞厥凶锋，几戕其命，狐可谓妒且悍矣。然本无夙约，则曲在狐；既不慎于始而与约，又不善其终而背之，则激而为祟，亦自有词。是固未可罪狐也。

北方之桥，施栏楯以防失足而已。闽中多雨，皆于桥上覆以屋，以庇行人。邱二田言：有人夜中遇雨，趋桥屋。先有一吏携案牍，与军役押数人避屋下，枷锁琅然。知为官府录囚，惧不敢近，但畏缩于一隅。中一囚号哭不止，吏叱曰："此时知惧，何如当日勿作耶？"囚泣曰："吾为吾师所误也。吾师日讲学，凡鬼神报应之说，皆斥为佛氏之妄语。吾信其言，窃以为机械能深，弥缝能巧，则种种惟所欲为，可以终身不败露；百年之后，气反太虚，冥冥漠漠，并毁誉不闻，何惮而不恣吾意乎！不虞地狱非诬，冥王果有。始知为其所卖，故悔而自悲也。"又一囚曰："尔之堕落由信儒，我则以信佛误也。佛家之说，谓虽造恶业，功德即可以消灭；虽堕地狱，经忏即可以超度。吾以为生前焚香布施，殁后延僧持诵，皆非吾力所不能。既有佛法护持，则无所不为，亦非地府所能治。不虞所谓罪福，乃论作事之善恶，非论舍财之多少。金钱虚耗，舂煮难逃。向非恃佛之故，又安敢纵恣至此耶？"语讫长号。诸囚亦皆痛哭。乃知其非人也。夫《六经》具在，不谓无鬼神；三藏所谈，非以敛财路。自儒者沽名，佛者渔利，其流弊

---

① 巨灵——指河神。

遂至此极。佛本异教,缁徒藉是以谋生,是未足为责。儒者亦何必乃尔乎?

倪媪,武清人,年未三十而寡。舅姑欲嫁之,以死自誓。舅姑怒,逐诸门外,使自谋生。流离艰苦,抚二子一女,皆婚嫁,而皆不才。茕茕无倚,惟一女孙度为尼,乃寄食佛寺,仅以自存,今七十八岁矣。所谓青年矢志,白首完贞者欤!余悯其节,时亦周之。马夫人尝从容谓曰:“君为宗伯①,主天下节烈之旌典。而此媪失诸目睫前,其故何欤?”余曰:“国家典制,具有条格。节妇烈女,学校同举于州郡,州郡条上于台司,乃具奏请旨,下礼曹议,从公论也。礼曹得察核之、进退之,而不得自搜罗之,防私防滥也。譬司文柄者,棘闱墨牍,得握权衡,而不能取未试遗材,登诸榜上。此媪久去其乡,既无举者;京师人海,又谁知流寓之内,有此孤嫠?沧海遗珠,盖由于此。岂余能为而不为欤?”念古来潜德,往往藉稗官小说,以发幽光。因撮厥大凡,附诸琐录。虽书原志怪,未免为例不纯;于表章风教之旨,则未始不一耳。

① 宗伯——即礼部尚书。

卷 十 五

姑妄听之(一)

余性耽孤寂,而不能自闲。卷轴笔砚,自束发至今,无数十日相离也。三十以前,讲考证之学,所坐之处,典籍环绕如獭祭①。三十以后,以文章与天下相驰骤,抽黄对白,恒彻夜构思。五十以后,领修秘籍,复折而讲考证。今老矣,无复当年之意兴,惟时拈纸墨,追录旧闻,姑以消遣岁月而已。故已成《滦阳消夏录》等三书,复有此集。缅昔作者,如王仲任、应仲远②,引经据古,博辨宏通;陶渊明、刘敬叔、刘义庆③,简淡数言,自然妙远。诚不敢妄拟前修,然大旨期不乖于风教。若怀挟恩怨,颠倒是非,如魏泰、陈善④之所为,则自信无是矣。适盛子松云欲为剞劂⑤,因率书数行弁于首。以多得诸传闻也,遂采庄子之语名曰《姑妄听之》。　　乾隆癸丑七月二十五日,观弈道人自题。

冯御史静山家,一仆忽发狂自挝,口作谵语云:“我虽落拓以死,究是衣冠。何物小人,傲不避路?今惩尔使知。”静山自往视之,曰:“君白昼现形耶?幽明异路,恐于理不宜。君隐形耶?则君能见此辈,此辈不能见君,又何从而相避?”其仆俄如昏睡,稍顷而醒,则已复常矣。门人桐城耿

---

① 獭祭——水獭捕得鱼,陈列于水边,状如陈物设祭。后在诗文中常作堆砌典故代称。

② 王仲任、应仲远——汉代王充、应劭。王撰《论衡》,应撰《风俗通义》。

③ 刘敬叔、刘义庆——均南朝宋宗室。敬叔撰《异苑》,义庆撰《世说新语》。

④ 魏泰、陈善——宋代人。魏撰《东轩笔录》,多有妄评古人之语;陈撰《扪虱新话》,对“三苏”、韩愈、孟子,多加贬低。

⑤ 剞劂(jī jué)——雕刻书版,即刻印书籍。

守愚,狷介自好,而喜与人争礼数。余尝与论此事,曰:“儒者每盛气凌轹,以邀人敬,谓之自重。不知重与不重,视所自为。苟道德无愧于圣贤,虽王侯拥篲①不能荣,虽胥靡版筑②不能辱。可贵者在我,则在外者不足计耳。如必以在外为重轻,是待人敬我我乃荣,人不敬我我即辱,舆台③仆妾皆可操我之荣辱,毋乃自视太轻欤?”守愚曰:“公生长富贵,故持论如斯。寒士不贫贱骄人④,则崖岸不立,益为人所贱矣。”余曰:“此田子方之言,朱子已驳之,其为客气不待辨。即就其说而论,亦谓道德本重,不以贫贱而自屈;非毫无道德,但贫贱即可骄人也。信如君言,则乞丐较君为更贫,奴隶较君为更贱,群起而骄君,君亦谓之能立品乎?先师陈白崖先生,尝手题一联于书室曰:‘事能知足心常惬,人到无求品自高。’斯真探本之论,七字可以千古矣!”

龚集生言:乾隆己未,在京师,寓灵佑宫,与一道士相识,时共杯酌。一日观剧,邀同往,亦欣然相随。薄暮归,道士拱揖曰:“承诸君雅意,无以为酬,今夜一观傀儡可乎?”入夜,至所居室中,惟一大方几,近边略具酒果,中央则陈一棋局。呼童子闭外门,请宾四面围几坐。酒一再行,道士拍界尺一声,即有数小人长八九寸,落局上,合声演剧。呦呦嘤嘤,音如四五岁童子;而男女装饰,音调关目,一一与戏场无异。一出终,(传奇以一折为一出。古无是字,始见吴任臣《字汇补注》,曰读如尺。相沿已久,遂不能废。今亦从俗体书之。)瞥然不见。又数人落下,别演一出。众且骇且喜。畅饮至夜分,道士命童子于门外几上置鸡卵数百,白酒数罂。戛然乐止,唯闻铺啜之声矣。诘其何术。道士曰:“凡得五雷法者,皆可以役狐。狐能大能小,故遣作此戏,为一宵之娱。然惟供驱使则可,若或役

---

① 拥篲——篲,扫帚。《史记·孟子传》载,驺子到燕国,燕昭王拥篲而迎,即打扫道路迎接他。

② 胥靡版筑——胥靡,古代服劳役的犯人。版筑,古代建房子,筑墙用两板相夹,上面填土泥,用杵捣实。《孟子·告子》记载,商王武丁选拔傅说于版筑之中。

③ 舆台——舆与台都是古代奴仆的等级。

④ 《史记·魏世家》载,战国魏世子遇士子田子方,田子方昂然而过。世子问:“富贵者骄人乎?贫贱者骄人乎?”田子方回答:“亦贫贱者骄人。”

之盗物,役之祟人,或摄召狐女荐枕席,则天谴立至矣。"众见所未见,乞后夜再观,道士诺之。次夕诣所居,则早起已携童子去。

卜者童西磵言:尝见有二人对弈,一客预点一弈图,如黑九三白六五之类,封置笥中。弈毕发视,一路不差。竟不知其操何术。按《前定录》①载:开元中,宣平坊王生,为李揆卜进取。授以一缄,可数十纸,曰:"君除拾遗日发此。"后揆以李揵荐,命宰臣试文词:一题为《紫丝盛露囊赋》,一题为《答吐蕃书》,一题为《代南越献白孔雀表》。揆自午至酉而成,凡涂八字,旁注两句。翌日,授左拾遗。旬余,乃发王生之缄视之,三篇皆在其中,涂注者亦如之。是古有此术,此人偶得别传耳。夫操管运思,临枰布子,虽当局之人,有不能预自主持者,而卜者乃能先知之。是任我自为之事,尚莫逃定数;巧取强求,营营然日以心斗者,是亦不可以已乎!

乌鲁木齐遣犯刚朝荣言:有二人诣西藏贸易,各乘一骡,山行失路,不辨东西。忽十余人自悬崖跃下,疑为夹坝。(西番以劫盗为夹坝,犹额鲁特之玛哈沁也。)渐近,则长皆七八尺,身毵毵有毛,或黄或绿,面目似人非人,语啁哳不可辨。知为妖魅,度必死,皆战栗伏地。十余人乃相向而笑,无搏噬之状,惟挟人于胁下,而驱其骡行。至一山坳,置人于地,二骡一推堕坎中,一抽刃屠割,吹火燔熟,环坐吞啖。亦提二人就坐,各置肉于前。察其似无恶意,方饥困,亦姑食之。既饱之后,十余人皆扪腹仰啸,声类马嘶。中二人仍各挟一人,飞越峻岭三四重,捷如猿鸟,送至官路旁,各予以一石,瞥然竟去。石巨如瓜,皆绿松也。携归货之,得价倍于所丧。事在乙酉、丙戌间。朝荣曾见其一人,言之甚悉。此未知为山精,为木魅,观其行事,似非妖物。殆幽岩穹谷之中,自有此一种野人,从古未与世通耳。

漳州产水晶,云五色皆备,然赤者未尝见,故所贵惟紫。别有所谓金

---

① 《前定录》——唐代钟辂撰。

晶者,与黄晶迥殊,最不易得;或偶得之,亦大如豇豆如瓜种止矣。惟海澄公家有一三足蟾,可为扇坠,视之如精金熔液,洞彻空明,为稀有之宝。杨制府景素官汀漳龙道时,尝为余言,然亦相传如是,未目睹也。姑录之以广异闻。

陈来章先生,余姻家也。尝得一古砚,上刻云中仪凤形。梁瑶峰相国为之铭曰:"其鸣将将,乘云翱翔。有妫[1]之祥,其鸣归昌[2]。云行四方,以发德光。"时癸巳闰三月也。【按:原题惟作闰月,盖古例如斯。】至庚子,为人盗去。丁未,先生仲子闻之,多方购得。癸丑六月,复乞铭于余。余又为之铭曰:"失而复得,如宝玉大弓。孰使之然?故物适逢。譬威凤之冲[3]云,翩没影于遥空;及其归也,必仍止于梧桐。"故家子孙,于祖宗手泽,零落弃掷者多矣。余尝见媒媪携玉佩数事,云某公家求售。外裹残纸,乃北宋椠[4]《公羊传》四页,为怅惘久之。闻之于先人已失之器,越八载购得,又乞人铭以求其传。人之用心,盖相去远矣。

董家庄佃户丁锦,生一子曰二牛。又一女赘曹宁为婿,相助工作,甚相得也。二牛生一子曰三宝。女亦生一女,因住母家,遂联名曰四宝。其生也同年同月,差数日耳。姑嫂互相抱携,互相乳哺,襁褓中已结婚姻。三宝四宝又甚相爱,稍长,即跬步不离。小家不知别嫌疑,于二儿嬉戏时,每指曰:"此汝夫,此汝妇也。"二儿虽不知为何语,然闻之则已稔矣。七八岁外,稍稍解事,然俱随二牛之母同卧起,不相避忌。会康熙辛丑至雍正癸卯岁屡歉,锦夫妇并殁。曹宁先流转至京师,贫不自存,质四宝于陈郎中家。(不知其名,惟知为江南人。)二牛继至,会郎中求馆僮,亦质三宝于其家,而诫勿言与四宝为夫妇。郎中家法严,每笞四宝,三宝必暗泣;笞三宝,四宝亦然。郎中疑之,转质四宝于郑氏,(或云,即貂皮郑也。)而

---

① 妫(guī)——春秋时陈国之姓。

② 归昌——凤凰集鸣声。

③ 冲(chōng)——直往上飞。

④ 椠(qiàn)——刻版。

逐三宝。三宝仍投旧媒媪，又引与一家为馆僮。久而微闻四宝所在，乃夤缘入郑氏家。数日后，得见四宝，相持痛哭，时已十三四矣。郑氏怪之，则诡知兄妹相逢对。郑氏以其名行第相连，遂不疑。然内外隔绝，仅出入时相与目成而已。后岁稔，二牛、曹宁并赴京赎子女，辗转寻访至郑氏。郑氏始知其本夫妇，意甚悯恻，欲助之合卺，而仍留服役。其馆师严某，讲学家也，不知古今事异，昌言排斥曰："中表①为婚礼所禁，亦律所禁，违之且有天诛。主人意虽善，然我辈读书人，当以风化为己任，见悖理乱伦而不沮，是成人之恶，非君子也。"以去就力争。郑氏故良懦，二牛、曹宁亦乡愚，闻违法罪重，皆慑而止。后四宝鬻为选人妾，不数月病卒。三宝发狂走出，莫知所终。或曰："四宝虽被迫胁去，然毁容哭泣，实未与选人共房帏。惜不知其详耳。"果其如是，则是二人者，天上人间，会当相见，定非一瞑不视者矣。惟严某作此恶业，不知何心，亦不知其究竟。然神理昭昭，当无善报。或又曰："是非泥古，亦非好名，殆觊觎四宝，欲以自侍耳。"若然，则地狱之设，正为斯人矣。

乾隆戊午，运河水浅，粮艘衔尾不能进。共演剧赛神，运官皆在。方演《荆钗记》②投江一出，忽扮钱玉莲者长跪哀号，泪随声下，口喃喃诉不止，语作闽音，啁哳无一字可辨。知为鬼附，诘问其故。鬼又不能解人语。或投以纸笔，摇首似道不识字，惟指天画地，叩额痛哭而已。无可如何，掖于岸上，尚呜咽跳掷，至人散乃已。久而稍苏，自云突见一女子，手携其头自水出。骇极失魂，昏然如醉，以后事皆不知也。此必水底羁魂，见诸官会集，故出鸣冤。然形影不睹，言语不通。遣善泅者求尸，亦无迹。旗丁又无新失女子者，莫可究诘。乃连衔具牒，焚于城隍祠。越四五日，有水手无故自刭死。或即杀此女子者，神谴之欤？

---

① 中表——表兄弟姐妹。

② 《荆钗记》——元代柯丹丘作的南戏剧本。

郑太守慎人言:尝有数友论闽诗,于林子羽①颇致不满。夜分就寝,闻笔砚格格有声,以为鼠也。次日,见几上有字二行,曰:"如'檄雨古潭暝,礼星寒殿开',似钱、郎②诸公都未道及,可尽以为唐摹晋帖乎?"时同寝数人,书皆不类;数人以外,又无人能作此语者。知文士争名,死尚未已。郑康成为厉之事③,殆不虚乎?

黄小华言:西城有扶乩者,下坛诗曰:"策策西风木叶飞,断肠花谢雁来稀。吴娘日暮幽房冷,犹着玲珑白苎衣。"皆不解所云。乩又书曰:"顷过某家,见新来稚妾,锁闭空房。流落仳离,自其定命;但饥寒可念,振触人心,遂恻然咏此。敬告诸公,苟无驯狮④、调象⑤之才,勿轻举此念,亦阴功也。"请问仙号。书曰:"无尘。"再问之,遂不答。按李无尘,明末名妓,祥符人。开封城陷,殁于水。有诗集,语颇秀拔。其哭王烈女诗曰:"自嫌予有泪,敢谓世无人!"措词得体,尤为作者所称也。

"遗秉""滞穗"⑥,寡妇之利,其事远见于周雅⑦。乡村麦熟时,妇孺数十为群,随刈者之后,收所残剩,谓之拾麦。农家习以为俗,亦不复回

---

① 林子羽——明代福建人,工诗,为闽中十才子之冠,但其诗竭力仿唐人,为后世所诟病。

② 钱、郎——唐代中期诗人钱起、郎士元,诗名并称。

③ 郑康成为厉之事——《幽冥录》载,王辅嗣注《易》,嘲笑了郑玄(康成)。夜里来了一老丈,骂了王辅嗣一顿,说你竟敢随便讥笑老子。王辅嗣不久便死了。

④ 驯狮——北宋大文豪苏轼之友陈訹好谈佛,他的妻柳氏凶妒,苏轼写诗借佛家"狮子吼"典故来嘲笑陈訹。诗句中有"忽闻河东狮子吼,拄杖落手心茫然"之句。事见宋洪迈《容斋三笔·陈季常》。

⑤ 调象——佛问驯象师调教象的方法,驯象师回答,一是用钢钩钩口,二是饿,三是打。事见《法苑珠林》。

⑥ "遗秉""滞穗"——《诗经·小雅》:"彼有遗秉,有滞穗,伊寡妇之利。"秉,禾稻一把。

⑦ 周雅——周代的《小雅》。

顾，犹古风也。人情渐薄，趋利若鹜，所残剩者不足给，遂颇有盗窃攘夺，又浸淫而失其初意者矣。故四五月间，妇女露宿者遍野。有数人在静海之东，日暮后趁凉夜行，遥见一处有灯火，往就乞饮。至则门庭华焕，童仆皆鲜衣；堂上张灯设乐，似乎燕宾。遥望三贵人据榻坐，方进酒行炙。众陈投止意，阍者为白主人，颔之。俄又呼回，似附耳有所嘱。阍者出，引一媪悄语曰："此去城市稍远，仓促不能致妓女。主人欲于同来女伴中，择端正者三人侑酒荐寝，每人赠百金；其余亦各有犒赏。媪为通词，犒赏当加倍。"媪密告众。众利得资，怂恿幼妇应其请。遂引三人入，沐浴妆饰，更衣裙侍客；诸妇女皆置别室，亦大有酒食。至夜分，三贵人各拥一妇入别院，阖家皆灭烛就眠。诸妇女行路疲困，亦酣卧不知晓。比日高睡醒，则第宅人物，一无所睹，惟野草秡秡①，一望无际而已。寻觅三妇，皆裸露在草间，所更衣裙已不见，惟旧衣抛十余步外，幸尚存。视所与金，皆纸铤。疑为鬼，而饮食皆真物，又疑为狐。或地近海滨，蛟螭水怪所为欤？贪利失身，乃只博一饱。想其惘然相对，忆此一宵，亦大似邯郸枕上②矣。先兄晴湖则曰："舞衫歌扇，仪态万方，弹指繁华，总随逝水。鸳鸯社散之日，茫茫回首，旧事皆空，亦与三女子裸露草间，同一梦醒耳。岂但海市蜃楼，为顷刻幻景哉！"

乌鲁木齐参将德君楞额言：向在甘州，见互控于张掖令者，甲云造言污蔑，乙云事有实证。讯其事，则二人本中表。甲携妻出塞，乙亦同行。至甘州东数十里，夜失道。遇一人似贵家仆，言此僻径少人，我主人去此不远，不如投止一宿，明日指路上官道。随行三四里，果有小堡。其人入，良久出，招手曰："官唤汝等入。"进门数重，见一人坐堂上，问姓名籍贯，指挥曰："夜深无宿饭，只可留宿。门侧小屋，可容二人；女子令与媪婢睡可也。"二人就寝后，似隐隐闻妇唤声。暗中出视，摸索不得门，唤声亦寂，误以为耳偶鸣也。比睡醒，则在旷野中。急觅妇，则在半里外树下，裸

① 芃芃（péng）——草茂密的样子。

② 邯郸枕上——唐沈既济《枕中记》，记卢生路经邯郸，寄住客店，同店的吕翁给他一个枕头，告诉他枕着睡觉可得富贵荣华。在梦中，卢生果然享尽荣华富贵，睡醒时店家的黄粱饭还没煮熟。这就是黄粱梦的故事。

体反接,鬓乱钗横,衣裳挂在高枝上。言一婢持灯导至此,有华屋数楹,婢媪数人。俄主人随至,逼同坐。拒不肯,则婢媪合手抱持,解衣缚臂置榻上。大呼无应者,遂受其污。天欲明,主人以二物置颈旁,屋宇顿失,身已卧沙石上矣。视颈旁物,乃银二铤,各镌重五十两;其年号则崇祯,其县名则榆次。土蚀黑黯,真百年以外铸也。甲戒乙勿言,约均分。后违约,乙怒诟争,其事乃泄。甲夫妇虽坚不承,然诘银所自,则云拾得;又诘妇缚伤,则云搔破。其词闪烁,疑乙语未必诳也。令笑遣甲曰:"于律得遗失物当入官。姑念尔贫,可将去。"又瞋视乙曰:"尔所告如虚,则同拾得,当同送官,于尔无分;所告如实,则此为鬼以酬甲妇,于尔更无分。再多言,且笞尔。"并驱之出。以不理理之,可谓善矣。此与拾麦妇女事相类:一以巧诱而以财移其心,一以强胁而以财消其怒;其揣度人情,投其所好,伎俩亦略相等也。

金重牛鱼,即沈阳鲟鳇鱼,今尚重之。又重天鹅,今则不重矣。辽重毗离,亦曰毗令邦,即宣化黄鼠,明人尚重之,今亦不重矣。明重消熊栈鹿,栈鹿当是以栈饲养,今尚重之;消熊则不知为何物,虽极富贵家,问此名亦云未睹。盖物之轻重,各以其时之好尚,无定准也。记余幼时,人参、珊瑚、青金石①价皆不贵,今则日昂。绿松石、碧鸦犀价皆至贵,今则日减。云南翡翠玉,当时不以玉视之,不过如蓝田乾黄,强名以玉耳;今则以为珍玩,价远出真玉上矣。又灰鼠旧贵白,今贵黑。貂旧贵长毳,故曰丰貂,今贵短毳。银鼠旧比灰鼠价略贵,远不及天马②,今则贵几如貂。珊瑚旧贵鲜红如榴花,今则贵淡红如樱桃,且有以白类车渠③为至贵者。盖相距五六十年,物价不同已如此,况隔越数百年乎!儒者读《周礼》苐④酱,窃窃疑之,由未达古今异尚耳。

---

① 青金石——一种似玉的石头。清官员四品者以此石作顶饰。

② 天马——即沙狐。

③ 车渠——海中蚌类。壳内色白如玉,清代切磨后为顶珠。

④ 苐(chí)——蚁卵。

八珍①惟熊掌、鹿尾为常见，驼峰出塞外，已罕觏矣。（此野驼之单峰，非常驼之双峰也。语详《槐西杂志》。）猩唇则仅闻其名。乾隆乙未，闵抚军少仪馈余二枚，贮以锦函，似甚珍重。乃自额至颏全剥而腊之，口鼻眉目，一一宛然，如戏场面具，不仅两唇。庖人不能治，转赠他友。其庖人亦未识，又复别赠。不知转落谁氏，迄未晓其烹饪法也。

李又聃先生言：东光毕公（偶忘其名，官贵州通判，征苗时运饷遇寇，血战阵亡者也。）尝奉檄勘苗峒地界，土官盛宴款接。宾主各一瓷盖杯置面前，土官手捧启视，则贮一虫如蜈蚣，蠕蠕旋动。译者云，此虫兰开则生，兰谢则死，惟以兰蕊为食，至不易得。今喜值兰时，搜岩剔穴，得其二。故必献生，表至敬也。旋以盐末少许洒杯中，覆之以盖。须臾启视，已化为水，湛然净绿，莹澈如琉璃，兰气扑鼻。用以代醯，香沁齿颊，半日后尚留余味。惜未问其何名也。

西域之果，蒲桃②莫盛于土鲁番，瓜莫盛于哈密。蒲桃京师贵绿者，取其色耳。实则绿色乃微熟，不能甚甘；渐熟则黄，再熟则红，熟十分则紫，甘亦十分矣。此福松岩额驸（名福增格，怡府婿也。）镇辟展时为余言。瓜则充贡品者，真出哈密。馈赠之瓜，皆金塔寺产。然贡品亦只熟至六分有奇，途间封闭包束，瓜气自相郁蒸，至京可熟至八分。如以熟八九分者贮运，则蒸而霉烂矣。余尝问哈密国王苏来满：（额敏和卓之子。）"京师园户，以瓜子种殖者，一年形味并存；二年味已改，惟形粗近；三年则形味俱变尽。岂地气不同欤？"苏来满曰："此地上暖泉甘而无雨，故瓜味浓厚。种于内地，固应少减，然亦养子不得法。如以今年瓜子，明年种之，虽此地味亦不美，得气薄也。其法当以灰培瓜子，贮于不湿不燥之空仓，三五年后乃可用。年愈久则愈佳，得气足也。若培至十四五年者，国王之圃乃有之，民间不能待，亦不能久而不坏也。"其语似为近理。然其灰培之法，必有节度，亦必有宜忌，恐中国以意为之，亦未必能如所说耳。

---

① 八珍——指熊掌、豹胎、白鹗胸、猩唇、紫驼峰、螭髓、素麟脂、金鲤尾。

② 蒲桃——即葡萄。

裘超然编修言:杨勤悫公年幼时,往来乡塾,有绿衫女子时乘墙缺窥之。或偶避入,亦必回眸一笑,若与目成。公始终不侧视。一日,拾块掷公曰:"如此妍皮,乃裹痴骨!"公拱手对曰:"钻穴逾墙,实所不解。别觅不痴者何如?"女子忽瞠目直视曰:"汝狡黠如是,安能从尔索命乎?且待来生耳。"散发吐舌而去。自此不复见矣。此足见立心端正,虽冤鬼亦无如何;又足见一代名臣,在童稚之年,已自树立如此也。

河间王仲颖先生,(安溪李文贞公为先生改字曰仲退。然原字行已久,无人称其改字也。)名之锐,李文贞公之高弟。经术湛深,而行谊方正,粹然古君子也。乙卯、丙辰间,余随姚安公在京师,先生犹官国子监助教,未能一见,至今怅然。相传先生夜偶至邸后空院,拔所种莱菔下酒,似恍惚见人影,疑为盗。倏已不见,知为鬼魅,因以幽明异路之理厉声责之。闻丛竹中人语曰:"先生邃于《易》,一阴一阳,天之道也。人出以昼,鬼出以夜,是即幽明之分。人居无鬼之地,鬼居无人之地,是即异路焉耳。故天地间无处无人,亦无处无鬼,但不相干,即不妨并育。使鬼昼入先生室,先生责之是也。今时已深更,地为空隙,以鬼出之时,入鬼居之地,既不炳烛,又不扬声,猝不及防,突然相遇,是先生犯鬼,非鬼犯先生。敬避似已足矣,先生何责之深乎?"先生笑曰:"汝词直,姑置勿论。"自拔莱菔而返。后以语门人,门人谓:"鬼既能言,先生又不畏怖,何不叩其姓字,暂假词色,问冥司之说为妄为真,或亦格物之一道。"先生曰:"是又人与鬼狎矣,何幽明异路之云乎?"

郑慎人言:曩与数友往九鲤湖,宿仙游山家。夜凉未寝,出门步月。忽轻风泠然,穿林而过,木叶簌簌,栖鸟惊飞。觉有种种花香,沁人心骨,出林后沿溪而去。水禽亦磔格乱鸣,似有所见。然凝睇无睹也,心知为仙灵来往。次日,寻视林内,微雨新晴,绿苔如罽,步步皆印弓弯;又有跣足之迹,然总无及三寸者。溪边泥迹亦然。数之,约二十余人。指点徘徊,相与叹异,不知是何神女也。慎人有四诗纪之,忘留其稿,不能追忆矣。

慎人又言:一日,庭花盛开,闻婢妪惊相呼唤。推窗视之,竞以手指桂树杪,乃一蛱蝶大如掌,背上坐一红衫女子,大如拇指,翩翩翔舞。斯须过墙去,邻家儿女又惊相呼唤矣。此不知为何怪,殆所谓花月之妖欤?说此事时,在刘景南家,景南曰:"安知非闺阁游戏,以蓪①草花朵中人物,缚于蝶背而纵之耶?"是亦一说。慎人曰:"实见小人在蝶背,有磬控驾驭之状,俯仰顾盼,意态生动,殊不类偶人也。"是又不可知矣。

舅氏安公介然言:曩随高阳刘伯丝先生官瑞州,闻城西土神祠有一泥鬼忽仆地,又一青面赤发鬼,衣装面貌与泥鬼相同,压于其下。视之,则里中少年某,伪为鬼状也,已断脊死矣。众相骇怪,莫明其故。久而有知其事者曰:"某邻妇少艾,挑之,为所詈。妇是日往母家,度必夜归过祠前。祠去人稍远,乃伪为鬼状伏像后,待其至而突掩之,将乘其惊怖昏仆,以图一逞。不虞神之见谴也。"盖其妇弟预是谋,初不敢告人,事定后,乃稍稍泄之云。介然公又言:有狂童荡妇,相遇于河间文庙前,调谑无所避忌。忽飞瓦破其脑,莫知所自来也。夫圣人道德侔乎天地,岂如二氏之教,必假灵异而始信,必待护法而始尊哉!然神鬼㧑呵②,则理所应有。必谓朱锦作会元③,由于前世修文庙,视圣人太小矣;必谓数仞宫墙,竟无灵卫,是又儒者之迂也。

三座塔(蒙古名古尔板苏巴尔,汉唐之营州柳城县,辽之兴中府也。今为喀喇沁右翼地。)金巡检言:(裘文达公之侄婿,偶忘其名。)有樵者山行遇虎,避入石穴中,虎亦随入。穴故嵌空而缭曲,辗转内避,渐不容虎。而虎必欲搏樵者,努力强入。樵者窘迫,见旁一小窦,尚足容身,遂蛇行而入;不意蜿蜒数步,忽睹天光,竟反出穴外。乃力运数石,窒虎退路,两穴并聚柴以焚之。虎被熏灼,吼震岩谷,不食顷,死矣。此事亦足为当止不

① 蓪(tōng)——草木,即木通。
② 㧑呵——制止、执法。
③ 朱锦作会元——明代上海人朱锦修文庙;清代顺治年间乡试,会元为上海人朱锦。人们说这两人是前后世人。

止之戒也。

金巡检又言:巡检署中一太湖石,高出檐际,皴皱斑驳,孔窍玲珑,望之势如飞动。云辽金旧物也。考金尝拆艮岳奇石,运之北行,此殆所谓“卿云万态奇峰”耶?然金以大定府为北京,今大宁城是也。辽兴中府,金降为州,不应置石于州治,是又疑不能明矣。又相传京师兔儿山石,皆艮岳故物,余幼时尚见之。余虎坊桥宅,为威信公故第,厅事东偏,一石高七八尺,云是雍正中初造宅时所赐,亦移自兔儿山者。南城所有太湖石,此为第一。余又号“孤石老人”,盖以此云。

京师花木最古者,首给孤寺吕氏藤花,次则余家之青桐,皆数百年物也。桐身横径尺五寸,耸峙高秀,夏月庭院皆碧色。惜虫蛀一孔,雨渍其内,久而中朽至根,竟以枯槁。吕氏宅后售与高太守兆煌,又转售程主事振甲。藤今犹在,其架用梁栋之材,始能支拄。其阴覆厅事一院,其蔓旁引,又覆西偏书室一院。花时如紫云垂地,香气袭衣。慕堂孝廉在日,(慕堂名元龙,庚午举人,朱石君之妹婿也。与余同受业于董文恪公。)或自宴客,或友人借宴客,觞咏殆无虚夕。迄今四十余年,再到曾游,已非旧主,殊深邻笛之悲①。倪穟畴年丈尝为题一联曰:“一庭芳草围新绿,十亩藤花落古香。”书法精妙,如渴骥怒猊②,今亦不知所在矣。

陈句山前辈移居一宅,搬运家具时,先置书十余箧于庭。似闻树后小语曰:“三十余年,此间不见此物也。”视之阒如。或曰:“必狐也。”句山掉首曰:“解作此语,狐亦大佳。”

---

① 邻笛之悲——晋向秀与嵇康、吕臣友善。嵇、吕后来为司马氏所杀,向秀经过他的旧舍时,听到邻人吹笛,因而追思往昔游宴之好,感慨万分,作了《思旧赋》。

② 渴骥怒猊——《书史》:“徐浩草书,如怒猊抉石,渴骥奔泉。”后用渴骥怒猊形容草书的奔放遒劲。

先祖光禄公，康熙中于崔庄设质库，司事者沈玉伯也。尝有提傀儡者，质木偶二箱，高皆尺余，制作颇精巧。逾期未赎，又无可转售，遂为弃物，久置废屋中。一夕月明，玉伯见木偶跳舞院中，作演剧之状。听之，亦咿嘤似度曲。玉伯故有胆，厉声叱之。一时迸散。次日，举火焚之，了无他异。盖物久为妖，焚之则精气烁散，不复能聚。或有所凭亦为妖，焚之则失所依附，亦不能灵。固物理之自然耳。

献县一令，待吏役至有恩。殁后，眷属尚在署，吏役无一存问者。强呼数人至，皆狰狞相向，非复曩时。夫人愤恚，恸哭柩前，倦而假寐。恍惚见令语曰："此辈无良，是其本分。吾望其感德已大误，汝责其负德，不又误乎？"霍然忽醒，遂无复怨尤。

康熙末，张歌桥（河间县地。）有刘横者，（横读去声，以其强悍得此称，非其本名也。）居河侧。会河水暴满，小舟重载者往往漂没。偶见中流一妇，抱断橹浮沉波浪间，号呼求救。众莫敢援，横独奋然曰："汝曹非丈夫哉，乌有见死不救者！"自棹舴艋追三四里，几覆没者数，竟拯出之。越日，生一子。月余，横忽病，即命妻子治后事。时尚能行立，众皆怪之。横叹息曰："吾不起也。吾援溺之夕，恍惚梦至一官府。吏卒导入，官持簿示吾曰：'汝平生积恶种种，当以今岁某日死，堕豕身，五世受屠割之刑。幸汝一日活二命，作大阴功，于冥律当延二纪。今销除寿籍，用抵业报，仍以原注死日死。缘期限已迫，恐世人昧昧，疑有是善事，反促其生。故召尔证明，使知其故。今生因果并完矣，来生努力可也。'醒而心恶之，未以告人。今届期果病，尚望活乎？"既而竟如其言。此见神理分明，毫厘不爽。乘除进退，恒合数世而计之。勿以偶然不验，遂谓天道无知也。

郑苏仙言：有约邻妇私会，而病其妻在家者，夙负妻家钱数千，乃遣妻赍还。妻欣然往。不意邻妇失期，而其妻乃途遇强暴，尽夺衣裙簪珥，缚置秫丛。皆客作流民，莫可追诘。其夫唯俯首叹息，无复一言。人亦不知邻妇事也。后数年，有村媪之子挑人妇女，为媪所觉，反复戒饬，举此事以明因果。人乃稍知。盖此人与邻妇相闻,实此媪通词,故知之审;唯邻妇姓名,则媪始终不肯泄,幸不败焉。

狐所幻化,不知其自视如何,其互相视又如何。尝于《滦阳消夏录》论之。然狐本善为妖惑者也。至鬼则人之余气,其灵不过如人耳。人不能化无为有,化小为大,化丑为妍。而诸书载遇鬼者,其棺化为宫室,可延人入;其墓化为庭院,可留人居。其凶终之鬼,备诸恶状者,可化为美丽。岂一为鬼而即能欤?抑有教之者欤?此视狐之幻,尤不可解。忆在凉州路中,御者指一山坳曰:"曩与车数十辆露宿此山,月明之下,遥见山半有人家,土垣周络,屋角一一可数。明日过之,则数冢而已。"是无人之地,亦能自现此象矣。明器①之作,圣人其知此情状乎?

吴僧慧贞言:有浙僧立志精进,誓愿坚苦,胁未尝至席。一夜,有艳女窥户。心知魔至,如不见闻。女蛊惑万状,终不能近禅榻。后夜夜必至,亦终不能使起一念。女技穷,遥语曰;"师定力如斯,我固宜断绝妄想。虽然,师忉利天中人也,知近我则必败道,故畏我如虎狼。即努力得到非非想天②,亦不过柔肌著体,如抱冰雪;媚姿到眼,如见尘𡎝③,不能离乎色相也。如心到四禅天,则花自照镜,镜不知花;月自映水,水不知月,乃离色相矣。再到诸菩萨天,则花亦无花,镜亦无镜,月亦无月,水亦无水,乃无色无相,无离不离,为自在神通,不可思议。师如敢容我一近,而真空不染,则摩登伽一意皈依,不复再扰阿难④矣。"僧自揣道力足以胜魔,坦然许之。偎倚抚摩,竟毁戒体。懊丧失志,侘傺⑤以终。夫"磨而不磷,涅而

① 明器——送丧的器具。

② 非非想天——无色界第四天,指非一般想象所可理解的境界。

③ 𡎝(ài)——尘埃。

④ 阿难讨乞过淫室,大幻术摩登伽女用咒把他摄入,将毁掉他的戒体。事见《楞严经》。

⑤ 侘傺(chà chì)——失意不遇的样子。

不缁①”,惟圣人能之,大贤以下弗能也。此僧中于一激,遂开门揖盗。天下自恃可为,遂为人所不敢为,卒至溃败决裂者,皆此僧也哉!

德脊斋扶乩,其仙降坛不作诗,自署名曰刘仲甫。众不知为谁,有一国手在侧,曰:“是南宋国手,著有《棋诀》四篇者也。”因请对弈。乩判曰:“弈则我必负。”固请,乃许。乩果负半子。众曰:“大仙谦挹,欲奖成后进之名耶?”乩判曰:“不然,后人事事不及古,惟推步与弈棋则皆胜古。或谓因古人所及,更复精思,故已到竿头,又能进步,是为推步言,非为弈棋言也。盖风气日薄,人情日巧,其倾轧攻取之术,两机激薄,变幻万端,吊诡出奇,不留余地。古人不肯为之事,往往肯为;古人不敢冒之险,往往敢冒;古人不忍出之策,往往忍出。故一切世事心计,皆出古人上。弈棋亦心计之一,故宋元国手,至明已差一路,今则差一路半矣。然古之国手,极败不过一路耳;今之国手,或败至两路三路,是则踏实蹈虚之辨也。”问:“弈竟无常胜法乎?”又判曰:“无常胜法,而有常不负法。不弈则常不负矣。仆猥以夙慧,得作鬼仙,世外闲身,名心都尽,逢场作戏,胜败何关。若当局者角争得失,尚慎旃哉!”四座有经历世故者,多喟然太息。

季沧洲言:有狐居某氏书楼中数十年矣,为整理卷轴,驱除虫鼠,善藏弆者不及也。能与人语,而终不见其形。宾客宴集,或虚置一席,亦出相酬酢,词气恬雅,而谈言微中,往往倾其座人。一日,酒纠②宣觞政③,约各言所畏,无理者罚,非所独畏者亦罚。有云畏讲学者,有云畏名士者,有云畏富人者,有云畏贵官者,有云畏善谀者,有云畏过谦者,有云畏礼法周密者,有云畏缄默慎重、欲言不言者。最后问狐,则曰:“吾畏狐。”众哗笑曰:“人畏狐可也,君为同类,何所畏?请浮大白④。”狐哂曰:“天下惟同

① 磨而不磷,涅而不缁——《论语·阳货》:“不曰坚乎?磨而不磷;不曰白乎?涅而不缁。”屡经磨砺而不损坏,屡经熏染也不黑。

② 酒纠——指侑酒的伎人。

③ 觞政——酒令。

④ 大白——指酒。

类可畏也。夫瓯、越之人，与奚、霫①不争地；江海之人，与车马不争路。类不同也。凡争产者，必同父之子；凡争宠者，必同夫之妻；凡争权者，必同官之士；凡争利者，必同市之贾。势近则相碍，相碍则相轧耳。且射雉者媒以雉，不媒以鸡鹜；捕鹿者由以鹿，不由以羊豕。凡反间内应，亦必以同类；非其同类，不能投其好而入，伺其隙而抵也。由是以思，狐安得不畏狐乎？"座有经历险阻者，多称其中理。独一客酌酒狐前曰："君言诚确。然此天下所同畏，非君所独畏。仍宜浮大白。"乃一笑而散。余谓狐之罚觞，应减其半。盖相碍相轧，天下皆知之；至伏肘腑之间，而为心腹之大患，托水乳之契，而藏钩距②之深谋，则不知者或多矣。

沧州李媪，余乳母也。其子曰柱儿，言昔往海上放青时，(海滨空旷之地，茂草丛生。土人驱牛马往牧，谓之放青。)有灶丁夜方寝，(海上煮盐之户，谓之灶丁。)闻室内窸窣有声。时月明穿牖，谛视无人，以为虫鼠类也。俄闻人语嘈杂，自远而至，有人连呼曰："窜入此屋矣。"疑讶间已到窗外，扣窗问曰："某在此乎？"室内泣应曰："在。"又问："留汝乎？"泣应曰："留。"又问："汝同床乎？别宿乎？"泣良久，乃应曰："不同床谁肯留也！"窗外顿足曰："败矣。"忽一妇大笑曰："我度其出投他所，人必不相饶。汝以为未必，今竟何如？尚有面目携归乎？"此语之后，惟闻索索人行声，不闻再语。既而妇又大笑曰："此尚不决，汝为何物乎？"扣窗呼灶丁曰："我家逃婢投汝家，既已留宿，义无归理。此非尔胁诱，老奴无词以仇汝；即或仇汝，有我在，老奴无能为也。尔等且寝，我去矣。"穴纸私窥，阒然无影；回顾枕畔，则一艳女横陈。且喜且骇，问所自来。言："身本狐女，为此家狐买作妾。大妇妒甚，日日加捶楚。度不可住，逃出求生。所以不先告君者，虑恐怖不留，必为所执。故襟伏床角，俟其追至，始冒死言已失身，冀或相舍。今幸得脱，愿生死随君。"灶丁虑无故得妻，或为人物色，致有他虞。女言："能自隐形，不为人见，顷缩身为数寸，君顿忘耶！"遂留为夫妇，亲操井臼，不异贫家，灶丁竟以小康。柱儿于灶丁为外兄，故

---

① 奚、霫(xí)——我国古族名。南北朝时奚称库莫奚，居今饶乐水流域，从事游牧。霫，隋唐时居潢水，以射猎为生。

② 钩距——盘问人的一种方法。辗转究问，核其实情。

知其审。李媪说此事时，云女尚在。今四十余年，不知如何矣。此婢遭逢患难，不辞诡语以自污，可谓铤而走险。然既已自污，则其夫留之为无理，其嫡去之为有词，此冒险之计，实亦决胜之计也，婢亦黠矣哉。惟其夫初既不顾其后，后又不为之所，使此婢援绝路穷，至一决而横溃，又何如度德量力，早省此一举欤！

老儒周懋官，口操南音，不记为何许人。久困名场，流离困顿，尝往来于周西擎、何华峰家。华峰本亦姓周，或二君之族欤？乾隆初，余尚及见之，迂拘拙钝，古君子也。每应试，或以笔画小误被贴，或已售而以一二字被落。亦有过遭吹索，如题目写曰字偶稍狭，即以误作日字贴；写己字末笔偶锋尖上出，即以误作已字贴。尤抑郁不平。一日，焚牒文昌祠，诉平生未作过恶，横见沮抑。数日后，梦朱衣吏引至一殿，神据案语曰："尔功名坎坷，遽渎明神，徒挟怨尤，不知因果。尔前身本部院吏也，以尔狡黠舞文，故罚尔今生为书痴，毫不解事。以尔好指摘文牒，虽明知不误，而巧词锻炼，以挟制取财，故罚尔今生处处以字画见斥。"因指簿示之曰："尔以日字见贴者，此官前世乃福建驻防音德布之妻，老节妇也，因咨文写音为殷，译语谐声，本无定字。尔反复驳诘，来往再三，使穷困孤嫠所得建坊之金，不足供路费。尔以已字见贴者，此官前世以知县起服，本历俸三年零一月。尔需索不遂，改其文三字为五，一字为十，又以五年零十月核计，应得别案处分。比及辨白，坐原文错误，已沉滞年余。业报牵缠，今生相遇，尔何冤之可鸣欤？其他种种，皆有夙因，不能为尔备陈，亦不可为尔预泄。尔宜委顺，无更哓哓。傥其不信，则缁袍黄冠，行且有与尔为难者，可了然悟矣。"语讫，挥出。霍然而醒，殊不解缁袍黄冠之语。时方寓佛寺，因迁徙避之。至乙卯乡试，闱中已拟第十三。二场僧道拜父母判中，有"长揖君亲"字，盖用傅奕①表"不忠不孝，削发而揖君亲"语也。考官以为疵累，竟斥落。方知神语不诬。此其馆步丈陈谟家（名登廷，枣强人，官制造库郎中。）自详述于步丈者。后不知所终，殆坎凛以殁矣。

---

① 傅奕——唐相州邺人，官太史令，屡次上疏弹劾佛法，请求让僧尼还俗。

虞倚帆待诏言:有选人张某,携一妻一婢至京师,僦居海丰寺街。岁余,妻病殁。又岁余,婢亦暴卒。方治榇①,忽似有呼吸,既而目睛转动,已复苏,呼选人执手泣曰:"一别年余,不意又相见。"选人骇愕。则曰:"君勿疑谵语,我是君妇,借婢尸再生也。此婢虽侍君巾栉,恒郁郁不欲居我下。商于妖尼,以术魇我。我遂发病死,魂为术者收瓶中,镇以符咒,埋尼庵墙下。局促昏暗,苦状难言。会尼庵墙圮,掘地重筑,圬者劚土破瓶,我乃得出。茫茫昧昧,莫知所往,伽蓝神②指我诉城隍。而行魇法者皆有邪神为城社,辗转撑拄,狱不能成。达于东岳,乃捕逮术者,鞫治得状,拘婢付泥犁。我寿未尽,尸已久朽,故判借婢尸再生也。"阖家悲喜,仍以主母事之。而所指作魇之尼,则谓选人欲以婢为妻,故诈死片时,造作斯语。不顾陷人于重辟,汹汹欲讦讼。事无实证,惧干妖妄罪,遂讳不敢言。然倚帆尝私叩其童仆,具道妇再生后,述旧事无纤毫差,其语音行步,亦与妇无纤毫异。又婢拙女红,而妇善刺绣,有旧所制履未竟,补成其半,宛然一手,则似非伪托矣。此雍正末年事也。

范衡洲(山阴人,名家相,甲戌进士,官柳州府知府。)之侄女,未婚殉节,吞金环不死,卒自投于河。曾太守(嘉祥人,曾子裔也,偶忘其名字。)之女,以救母并焚死。其事迹始末,当时皆了了知之。今四十余年,不能举其详矣。奇闻易记,庸行易忘,固事理之常欤!附存姓氏,冀不泯幽光。《孔子家语》③载弟子七十二人,固不必一一皆具行实尔。

蘅洲言:其乡某甲甚朴愿,一生无妄为。一日昼寝,梦数役持牒摄之去。至一公署,则冥王坐堂上,鞫以谋财杀某乙。某乙至,亦执甚坚。盖某乙自外索逋归,天未曙,趁凉早发。遇数人,见腰缠累然,共击杀之,携资遁,弃尸岸旁。某甲适棹舴艋过,见尸大骇,视之,识为某乙,尚微有气。因属邻里抱置舟上,欲送之归。某乙垂绝,忽稍苏,张目见某甲,以为众夺

① 榇(huì)——棺材。
② 伽蓝神——佛教的护法神。
③ 《孔子家语》——三国魏王肃注,十卷。

财去,某甲独载尸弃诸江也。故魂至冥司,独讼某甲。冥王检籍,云盗为某某,非某甲。某乙以亲见固争。冥吏又以冥籍无误理,与某乙固争。冥王曰:“冥籍无误,论其常也。然安知千百万年不误者,不偶此一误乎?我断之不如人质之也,吏言之不如囚证之也。”故拘某甲。某甲具述载送意。照以业镜,如所言。某乙乃悟。某甲初窃怪误拘,冥王告以故,某甲亦悟。遂别治某乙狱,而送某甲归。夫折狱之明决,至冥司止矣;案牍之详确,至冥司亦止矣。而冥王若是不自信也,又若是不惮烦也,斯冥王所以为冥王欤!

“仲尼不为已甚”①,岂仅防矫枉过直哉,圣人之所虑远也。老子曰:“民不畏死,奈何以死畏之!”夫民未尝不畏死,至知必死乃不畏。至不畏死,则无事不可为矣。小时闻某大姓为盗劫,悬赏格购捕。半岁余,悉就执,亦俱引伏。而大姓恨盗甚,以多金赂狱卒,百计苦之:至足不蹑地,胁不到席,束缚不使如厕,裈中蛆虫蠕蠕嘬股髀,惟不绝饮食,使勿速死而已。盗恨大姓甚,私计强劫得财,律不分首从斩;轮奸妇女,律亦不分首从斩。二罪从一科断,均归一斩,万无加至磔裂理。乃于庭鞫时,自供遍污其妇女。官虽不据以录供,而众口坚执,众耳共闻,迄不能灭此语。不善大姓者又从而附会,谓盗已论死足蔽罪,而不惜多金又百计苦之,其衔恨次骨正以此。人言籍籍,亦无从而辨此疑,遂大为门户玷,悔已无及。夫劫盗骈戮,不能怨主人;即拷掠追讯,桎梏幽系,亦不能怨主人,法所应受也。至虐以法外,则其志不甘。掷石击石,力过猛必激而反。取一时之快,受百世之污,岂非已甚之故乎?然则圣人之所虑远矣。

霍养仲言:雍正初,东光有农家,粗具中人产。一夕,有劫盗,不甚搜财物,惟就衾中曳其女,掖入后圃,仰缚曲项老树上,盖其意本不在劫也。女哭詈。客作高斗,睡圃中,闻之跃起,挺刃出与斗。盗尽披靡,女以免。女恚愤泣涕,不语不食。父母宽譬终不解,穷诘再三,始出一语曰:“我身裸露,可令高斗见乎?”父母喻意,竟以妻斗。此与楚钟建事适相类。然

① “仲尼不为已甚”——孔子不做过分的事。语出《孟子·离娄》下。

斗始愿不及此，徒以其父病，主为医药；及死为棺殓，葬以隙地，而招其母司炊煮，故感激出死力耳。罗大经①《鹤林玉露》载咏朱亥诗曰："高论唐虞儒者事，负君卖友岂胜言。凭君莫笑金椎陋，却是屠沽解报恩②。"至哉言乎！

太白诗曰："徘徊映歌扇，似月云中见；相见不相亲，不如不相见。"此为冶游言也。人家夫妇有暌离③阻隔，而日日相见者，则不知是何因果矣。郭石洲言：中州有李生者，娶妇旬余而母病，夫妇更番守侍，衣不解结者七八月。母殁后，谨守礼法，三载不内宿。后贫甚，同依外家。外家亦仅仅温饱，屋宇无多，扫一室留居。未匝月，外姑之弟远就馆，送母来依姊。无室可容，乃以母与女共一室，而李生别榻书斋，仅早晚同案食耳。阅两载，李生入京规进取，外舅亦携家就幕江西。后得信，云妇已卒。李生意气懊丧，益落拓不自存，仍附舟南下觅外舅。外舅已别易主人，随往他所。无所栖托，姑卖字糊口。一日，市中遇雄伟丈夫，取视其字曰："君书大好。能一岁三四十金，为人书记乎？"李生喜出望外，即同登舟。烟水渺茫，不知何处。至家，供张亦甚盛。及观所属笔札，则绿林豪客也。无可如何，姑且依止。虑有后患，因诡易里籍姓名。主人性豪侈，声伎满前，不甚避客。每张乐，必召李生。偶见一姬，酷肖其妇，疑为鬼。姬亦时时目李生，似曾相识。然彼此不敢通一语。盖其外舅江行，适为此盗所劫，见妇有姿首，并掠以去。外舅以为大辱，急市薄槥，诡言女中伤死，伪为哭殓，载以归。妇惮死失身，已充盗后房。故于是相遇，然李生信妇已死，妇又不知李生改姓名，疑为貌似，故两相失。大抵三五日必一见，见惯亦不复相目矣。如是六七年，一日，主人呼李生曰："吾事且败，君文士不必与此难。此黄金五十两，君可怀之，藏某处丛荻间。候兵退，速觅渔舟返。此地人皆识君，不虑其不相送也。"语讫，挥手使急去伏匿。未几，闻哄然格斗声。既而闻传呼曰："盗已全队扬帆去，且籍其金帛妇女。"时已

---

① 罗大经——南宋学者。

② 战国时，秦围赵，魏王令大将晋鄙带兵救赵，晋鄙迟疑不进。信陵君窃出兵符，假魏王令替代晋鄙带兵，晋鄙不予理睬。信陵君随身带去的屠户朱亥用铁椎把晋鄙击死，遂解了赵国之围。事见《史记·信陵君传》。

③ 暌(kuí)离——阔别。

曛黑,火光中窥见诸乐伎皆披发肉袒,反接系颈,以鞭杖驱之行,此姬亦在内,惊怖战栗,使人心恻。明日,岛上无一人,痴立水次。良久,忽一人棹小舟呼曰:"某先生耶? 大王故无恙,且送先生返。"行一日夜,至岸。惧遭物色,乃怀金北归。至则外舅已先返。仍住其家,货所携,渐丰裕。念夫妇至相爱,而结錞[①]十载,始终无一月共枕席。今物力稍充,不忍终以薄槥葬。拟易佳木,且欲一睹其遗骨,亦夙昔之情。外舅力沮不能止,词穷吐实。急兼程至豫章,冀合乐昌之镜[②]。则所俘乐伎,分赏已久,不知流落何所矣。每回忆六七年中,咫尺千里,辄惘然如失。又回忆被俘时,缧绁鞭笞之状,不知以后摧折,更复若何,又辄肠断也。从此不娶。闻后竟为僧。戈芥舟前辈曰:"此事竟可作传奇,惜末无结束,与《桃花扇》[③]相等。虽曲终不见,江上峰青[④],绵邈含情,正在烟波不尽,究未免增人怊怅耳。"

金可亭(此浙江金孝廉,名嘉炎。与金大司农同姓同号,各自一人。)言:有赵公者,官监司。晚岁家居,得一婢曰紫桃,宠专房,他姬莫当夕。紫桃亦婉娈善奉事,呼之必在侧,百不一失。赵公固聪察,疑有异,于枕畔固诘。紫桃自承为狐,然夙缘当侍公,与公无害。昵爱久,亦弗言。家有园亭,一日立两室间,呼紫桃。则两室各一紫桃出。乃大骇。紫桃谢曰:"妾分形也。"偶春日策杖郊外,逢道士与语,甚有理致。情颇洽,问所自来。曰:"为公来。公本谪仙,限满当归三岛。今金丹已为狐所盗,不可复归。再不治,虑寿限亦减。仆公旧侣,故来视公。"赵公心知紫桃事,邀同归。道士踞坐厅事,索笔书一符,曼声长啸。邸中纷纷扰扰,有数十紫桃,容色衣饰,无毫发差,跪庭院皆满。道士呼真紫桃出。众相顾曰:"无真也。"又呼最先紫桃出。一女叩额曰:"婢子是。"道士叱曰:"尔盗赵公

---

① 结錞(lí)——女子出嫁时所系佩巾。此指结婚。

② 合乐昌之镜——指南朝陈太子舍人徐德言与乐昌公主破镜重圆故事。参见卷二第14则注。

③ 《桃花扇》——清代孔尚任所撰传奇戏剧。以南明兴亡为背景,写江南名妓李香君与文士侯方域的爱情故事。

④ 曲终不见,江上峰青——中唐诗人钱起《湘灵鼓瑟》诗有"曲终人不见,江上数峰青"之句。

丹已非，又呼朋引类，务败其道，何也？”女对曰：“是有二故：赵公前生，炼精四五百年，元关坚固，非更番迭取不能得。然赵公非碌碌者，见众美睐进，必觉为蛊惑，断不肯纳。故终始共幻一形，匿其迹也。今事已露，愿散去。”道士挥手令出，顾赵公叹息曰：“小人献媚旅进，君子弗受也。一小人伺君子之隙，投其所尚，众小人从而阴佐之，则君子弗觉矣。《易·姤卦》之初六，一阴始生，其象为系于金柅。柅以止车，示当止也。不止则履霜之初，即坚冰之渐[①]。浸假而《剥卦》六五至矣[②]。今日之事，是之谓乎？然苟无其隙，虽小人不能伺；苟无所好，虽小人不能投。千金之堤，溃于蚁漏，有罅故也。公先误涉旁门，欲讲容成[③]之术；既而耽玩艳冶，失其初心。嗜欲日深，故妖物乘之而麇集。衅因自起，于彼何尤？此始此终，固亦其理。驱之而不谴，盖以是耳。吾来稍晚，于公事已无益。然从此摄心清静，犹不失作九十翁。”再三珍重，瞥然而去。赵公后果寿八十余。

哈密屯军，多牧马西北深山中。屯弁或往考牧，中途恒憩一民家。主翁或具瓜果，意甚恭谨。久渐款洽，然窃怪其无邻无里，不圃不农，寂历空山，作何生计。一日，偶诘其故。翁无词自解，云实蜕形之狐。问：“狐喜近人，何以僻处？狐多聚族，何以独居？”曰：“修道必世外幽栖，始精神坚定。如往来城市，则嗜欲日生，难以炼形服气，不免于媚人采补，摄取外丹。傥所害过多，终干天律。至往来墟墓，种类太繁，则踪迹彰明，易招弋猎，尤非远害之方。故均不为也。”屯弁喜其朴诚，亦不猜惧，约为兄弟。翁亦欣然。因出便旋，循墙环视。翁笑曰：“凡变形之狐，其室皆幻；蜕形之狐，其室皆真。老夫尸解以来，久归人道，此并葺茅伐木，手自经营，公毋疑如海市也。”他日再往，屯军告月明之夕，不睹人形，而石壁时现二人影，高并丈余，疑为鬼物，欲改牧厂。屯弁以问，此翁曰：“此所谓木石之

---

① “《易·姤卦》之初六”三句——柅(ní)，塞于车轮下的制动木块。《易》中姤卦初六的卦形为一阴始生；它的卦象是与“柅”联系在一起的。“柅”表示停止，不停止就踩上霜，也即是踏上坚冰的始步。

② “浸假”句——渐渐地，《剥卦》六五就来了。《周易》剥卦六五曰：“剥之为害，小人得宠，以消君子者也。”

③ 容成——容成公，古代仙人。《汉书·艺文志》录容成《阴道》二十六卷，言房中术。

怪夔罔两也。山川精气，翕合而生，其始如泡露，久而渐如烟雾，久而凝聚成形，尚空虚无质，故月下惟见其影；再百余年，则气足而有质矣。二物吾亦尝见之，不为人害，无庸避也。”后屯弁泄其事，狐遂徙去。惟二影今尚存焉。此哈密徐守备所说。徐云久拟同屯弁往观，以往返须数日，尚未暇也。

乌鲁木齐牧厂一夕大风雨，马惊逸者数十匹，追寻无迹。七八日后，乃自哈密山中出。知为乌鲁木齐马者，马有火印故也。是地距哈密二十余程，何以不十日即至？知穹谷幽岩，人迹未到之处，别有捷径矣。大学士温公，遣台军数辈，裹粮往探。皆粮尽空返，终不得路。或曰：“台军惮路远，在近山逗留旬日，诡云已往。”或曰：“台军惮伐山开路劳，又惮移台搬运费，故讳不言。”或曰：“自哈密辟展至迪化，（即乌鲁木齐之城名，今因为州名。）人烟相接，村落市廛，邮传馆舍如内地，又沙平如掌。改而山行，则路既险阻，地亦荒凉，事事皆不适。故不愿。”或曰：“道途既减大半，则台军之额，驿马之数，以及一切转运之费，皆应减大半，于官吏颇有损。故阴掣肘。”是皆不可知。然七八日得马之事，终不可解。或又为之说曰：“失马谴重，司牧者以牢醴祷山神。神驱之故马速出，非别有路也。”然神能驱之行，何不驱之返乎？

奴子王廷佑之母言：幼时家在卫河侧，一日晨起，闻两岸呼噪声。时水暴涨，疑河决，踉跄出视，则河中一羊头昂出水上，巨如五斗栲栳，急如激箭，顺流向北去。皆曰羊神过。余谓此蛟螭之类，首似羊也。《埤雅》①载龙九似，亦称首似牛云。

居卫河侧者言：河之将决，中流之水必凸起，高于两岸；然不知其在何处也。至棒椎鱼集于一处，则所集之处不一两日溃矣。父老相传，验之百不失一。棒椎鱼者，象其形而名，平时不知在何所，网钓亦未见得之者，至

---

① 《埤雅》——宋代学者陆佃撰。

河暴涨乃麇至。护堤者见其以首触岸,如万杵齐筑,则决在斯须间矣,岂非数哉!然唐尧洪水,天数也;神禹随刊,则人事也。惟圣人能知天,惟圣人不委过于天。先事而绸缪,后事而补救,虽不能消弭,亦必有所挽回。

先曾祖母王太夫人八旬时,宾客满堂。奴子李荣司茶酒,窃沧酒半罂,匿房内。夜归将寝,闻罂中有鼾声,怪而撼之。罂中忽语曰:"我醉欲眠,尔勿扰。"知为狐魅,怒而极撼之。鼾益甚。探手引之,则一人首出罂口,渐巨如斗,渐巨如栲栳。荣批其颊,则掉首一摇,连罂旋转,砰然有声,触瓮而碎,已涓滴不遗矣。荣顿足极骂,闻梁上语曰:"长孙无礼!(长孙,荣之小名也。)许尔盗不许我盗耶?尔既惜酒,我亦不胜酒。今还尔。"据其项而呕。自顶至踵,淋漓殆遍。此与余所记西城狐事相似而更恶作剧。然小人贪冒,无一事不作奸,稍料理之,未为过也。

安州陈大宗伯,宅在孙公园。(其后废墟即孙退谷之别业。)后有楼贮杂物,云有狐居,然不甚露形声也。一日,闻似相诟谇;忽乱掷牙牌于楼下,琤琤如雹。数之,得三十一扇,惟阙二四一扇耳。二四幺二,牌家谓之至尊,(以合为九数故也。)得者为大捷。疑其争此二扇,怒而抛弃欤?余儿时曾亲见之。杜工部大呼五白①,韩昌黎博塞争财②,李习之作《五木经》③,杨大年④喜叶子戏,偶然寄兴,借此消闲,名士风流,往往不免。乃至"元邱校尉"⑤亦复沿波,余性迂疏,终以为非雅戏也。

蒋心余言:有客赴人游湖约,至则画船箫鼓,红裙而侑酒者,谛视乃其

---

① "杜工部"句——杜工部,唐杜甫,其诗《今夕行》:"凭陵大叫呼五白,赤跣不肯成枭卢。"五白,古代一种赌具。

② "韩昌黎"句——韩昌黎,唐韩愈。韩愈赌博争胜。韩愈有"五白气争呼,六奇心运度"的联句。

③ "李习之"句——李习之,唐李翱。李翱著《五木经》,"五木"即"五白"。

④ "杨大年"句——杨大年,宋代杨亿。叶子戏,即纸牌游戏。

⑤ 元邱校尉——唐张读《宣城志》记张铤回蜀路遇狐狸自称"元邱校尉"。

妇也。去家二千里，不知何流落到此，惧为辱，噤不敢言。妇乃若不相识，无恐怖意，亦无惭愧意，调丝度曲，引袖飞觞，恬如也。惟声音不相似。又妇笑好掩口，此妓不然，亦不相似。而右腕红痣如粟颗，乃复宛然。大惑不解，草草终筵，将治装为归计。俄得家书，妇半载前死矣。疑为见鬼，亦不复深求。所亲见其意态殊常，密诘再三，始知其故，咸以为貌偶同也。后闻一游士来往吴越间，不事干谒，不通交游，亦无所经营贸易，惟携姬媵数辈闭门居；或时出一二人，属媒媪卖之而已。以为贩鬻妇女者，无与人事，莫或过问也。一日，意甚匆遽，急买舟欲赴天目山，求高行僧作道场。僧以其疏语掩抑支离，不知何事；又有"本是佛传，当求佛佑，仰藉慈云之庇，庶宽雷部之刑"语，疑有别故，还其衬施，谢遣之。至中途，果殒于雷。后从者微泄其事，曰："此人从一红衣番僧受异术，能持咒摄取新殓女子尸，又摄取妖狐淫鬼，附其尸以生，即以自侍。再有新者，即以旧者转售人，获利无算。因梦神责以恶贯将满，当伏天诛，故忏悔以求免，竟不能也。"疑此客之妇，即为此人所摄矣。理藩院尚书留公亦言红教喇嘛有摄召妇女术，故黄教斥以为魔云。

外祖安公，前母安太夫人父也。殁时，家尚盛，诸舅多以金宝殉。或陈"璠玙"①之戒，不省。又筑室墓垣外，以数壮夫逻守，柝声铃声，彻夜相答。或曰："是树帜招盗也。"亦不省。既而果被发。盖盗乘守者昼寝，衣青蓑，逾垣伏草间，故未觉其人。至夜，以椎凿破棺。柝二击则亦二椎，柝三击则亦三椎，故转以击柝不闻声。伏至天欲晓，铃柝皆息，乃逾垣遁，故未觉其出。一含珠巨如龙眼核，亦裂颏取去。先闻之也，告官。大索未得间，诸舅同梦外祖曰："吾夙生负此三人财，今取偿，捕亦不获。唯我未尝屠割彼，而横见酷虐，刃劙②断我颐，是当受报，吾得直于冥司矣。"后月余，获一盗，果取珠者。珠为尸气所蚀，已青黯不值一钱。其二盗灼知姓名，而千金购捕不能得，则梦语不诬矣。

① 璠玙(fán yú)——美玉。

② 劙(lí)——割开。

表叔王月阡言:近村某甲买一妾,两月余,逃去。其父反以妒杀焚尸讼。会县官在京需次[①]时,逃妾构讼,事与此类,触其旧愤,穷治得诬状。计不得逞,然坚不承转鬻。盖无诱逃实证,难于究诘,妾卒无踪。某甲妇弟住隔县。妇归宁,闻弟新纳妾,欲见之。妾闭户不肯出,其弟自曳之来。一见即投地叩额,称死罪,正所失妾也。妇弟以某甲旧妾,不肯纳。某甲以曾侍女妇弟,亦不肯纳。鞭之百,以配老奴,竟以爨婢终焉。夫富室构讼,词连帷薄,此不能旦夕结也,而适值是县官。女子转鬻,深匿闺帏,此不易物色求也,而适值其妇弟。机械百端,可云至巧,乌知造物更巧哉!

门人葛观察正华,吉州人。言其乡有数商,驱骡纲行山间。见樵径上立一道士,青袍棕笠,以麈尾招其中一人曰:“尔何姓名?”具以对。又问籍何县,曰:“是尔矣,尔本谪仙,今限满当归紫府。吾是尔本师,故来导尔。尔宜随我行。”此人私念平生不能识一字,鲁钝如是,不应为仙人转生;且父母年已高,亦无弃之求仙理,坚谢不往。道士叹息,又招众人曰:“彼既堕落,当有一人补其位。诸君相遇,即是有缘,有能随我行者乎?千载一遇,不可失也。”众亦疑骇无应者,道士稽然去。众至逆旅,以此事告人。或云仙人接引,不去可惜。或云恐或妖物,不去是。有好事者,次日循樵径探之,甫登一岭,见草间残骸狼藉,乃新被虎食者也。惶遽而返。此道士殆虎伥欤?故无故而致非常之福,贪冒者所喜,明哲者所惧也。无故而作非分之想,侥幸者其偶,颠越者其常也。谓此人之鲁钝,正此人之聪明可矣。

宋人咏蟹诗曰:“水清讵免双螯黑,秋老难逃一背红。”借寓朱勔[②]之贪婪必败也。然他物供庖厨,一死焉而已。惟蟹则生投釜甑,徐受蒸煮,由初沸至熟,至速亦逾数刻,其楚毒有求死不得者。意非夙业深重,不堕是中。相传赵公宏燮官直隶巡抚时,(时直隶尚未设总督。)一夜梦家中已死童仆媪婢数十人,环跪阶下,皆叩额乞命,曰:“奴辈生受豢养恩,而互结朋党,蒙

① 需次——按次序补官。也即补缺。

② 朱勔——宋徽宗时主管苏杭应奉局及花石纲官员,因贪赃钦宗时被诛。

蔽主人，久而枝蔓牵缠，根柢胶固，成牢不可破之局。即稍有败露，亦众口一音，巧为解结，使心知之而无如何。又久而阴相掣肘，使不如众人之意，则不能行一事。坐是罪恶，堕入水族，使世世罹汤镬之苦。明日主人供膳蟹，即奴辈后身，乞见赦宥。”公故仁慈，天曙，以梦告司庖，饬举蟹投水，且为礼忏作功德。时霜蟹肥美，使宅所供，尤精选膏腴。奴辈皆窃笑曰：“老翁狡狯，造此语怖人耶！吾辈岂受汝绐者。”竟效校人[①]之烹，而以已放告；又乾没其功德钱，而以佛事已毕告。赵公竟终不知也。此辈作奸，固其常态；要亦此数十童仆婢媪者，留此锢习，适以自戕。请君入瓮[②]，此之谓欤！

魂与魄交而成梦，究不能明其所以然。先兄晴湖，尝咏高唐神女事曰：“他人梦见我，我固不得知；我梦见他人，人又乌知之？孱王自幻想，神女宁幽期？如何巫山上，云雨今犹疑。”足为瑶姬雪谤。然实有见人之梦者。奴子李星，尝月夜村外纳凉，遥见邻家少妇掩映枣林间，以为守圃防盗，恐其翁姑及夫或同在，不敢呼与语。俄见其循塍西行半里许，入秫丛中。疑其有所期会，益不敢近，仅远望之。俄见穿秫丛出行数步，阻水而返，痴立良久，又循水北行百余步，阻泥泞又返，折而东北入豆田。诘屈行，颠踬者再。知其迷路，乃遥呼曰：“几嫂深夜往何处？迤北更无路，且陷淖中矣。”妇回顾应曰：“我不能出，几郎可领我还。”急赴之，已无睹矣。知为遇鬼，心惊骨栗，狂奔归家。乃见妇与其母坐门外墙下，言适纺倦睡去，梦至林野中，迷不能出，闻几郎在后唤我，乃霍然醒。与星所见，一一相符。盖疲苶[③]之极，神不守舍，真阳飞越，遂至离魂。魄与形离，是即鬼类，与神识起灭自生幻象者不同，故人或得而见之。独孤生之梦游[④]，正此类耳。

---

① 校人——管理池沼的小官。《孟子·万章》中记载，有人送给子产一条活鱼，子产嘱校人放在池塘里养；校人把鱼烹吃了，回来却告诉子产说，鱼在池里游走了。

② 事见卷十三第44则注。

③ 疲苶(nié)——疲倦的样子。

④ 独孤生之梦游——《河东记》记载，独孤遐叔外出游历，两年后回家途中，在佛堂见一群男女在宴饮，其妻也在里面。独孤遐叔用石头向这群人砸去，却什么也没有了。回家后，妻子告诉他所做的梦与他所见的相同。

有州牧以贪横伏诛。既死之后,州民喧传其种种冥报,至不可殚书。余谓此怨毒未平,造作讹言耳。先兄晴湖则曰:“天地无心,视听在民;民言如是,是亦可危也已。”

里媪遇饭食凝滞者,即以其物烧灰存性,调水服之。余初斥其妄,然亦往往验。审思其故,此皆油腻凝滞者也。盖油腻先凝,物稍过多,则遇之必滞。凡药物入胃,必凑其同气。故某物之灰,能自到某物凝滞处。凡油腻得灰即解散,故灰到其处,滞者自行,犹之以灰浣垢而已。若脾弱之凝滞,胃满之凝滞,气郁之凝滞,血瘀痰结之凝滞,则非灰所能除矣。

乌鲁木齐军校王福言:曩在西宁,与同队数人入山射生。遥见山腰一番妇独行,有四狼随其后。以为狼将搏噬,番妇未见也,其相呼噪。番妇如不闻。一人引满射狼,乃误中番妇,倒掷堕山下。众方惊悔,视之,亦一狼也。四狼则已逸去矣。盖妖兽幻形,诱人而啖,不幸遭殪也。岂恶贯已盈,若或使之欤!

卷 十 六

姑妄听之(二)

天下事情，理而已，然情理有时而互妨。里有姑虐其养媳者，惨酷无人理，遁归母家。母怜而匿别所，诡云未见，因涉讼。姑以朱老与比邻，当见其来往，引为证。朱私念言女已归，则驱人就死；言女未归，则助人离婚。疑不能决，乞签于神。举筒屡摇，签不出。奋力再摇，签乃全出。是神亦不能决也。辛彤甫先生闻之曰："神殊愦愦！十岁幼女，而日日加炮烙，恩义绝矣。听其逃死不为过。"

戈孝廉仲坊，丁酉乡试后，梦至一处，见屏上书绝句数首。醒而记其两句曰："知是蓬莱第一仙，因何清浅几多年？"壬子春，在河间见景州李生，偶话其事。李骇曰："此余族弟屏上近人题梅花作也。句殊不工，不知何以入君梦？前无因缘，后无征验，《周官》六梦①，竟何所属乎？"

《新齐谐》(即《子不语》之改名。)载雄鸡卵事，今乃知竟实有之。其大如指顶，形似闽中落花生，不能正圆，外有斑点，向日映之，其中深红如琥珀，以点目眚，甚效。德少司空成、汪副宪承霈皆尝以是物合药。然不易得，一枚可以值十金。阿少司农迪斯曰："是虽罕睹，实亦人力所为。"以肥壮雄鸡闭笼中，纵群雌绕笼外，使相近而不能相接。久而精气抟结，自能成卵。此亦理所宜然。然鸡秉巽风②之气，故食之发疮毒。其卵以盛阳不泄，郁积而成，自必蕴热，不知何以反明目？又《本草》之所不载，医经之所未言，何以知其能明目？此则莫明其故矣。汪副宪曰："有以蛇

---

① 六梦——指正、噩、思、寤、善、惧等六梦。

② 鸡秉巽(xùn)风——八卦名。《易·说卦》，巽为鸡为风。

卵售欺者,但映日不红,即为伪托。亦不可不知也。”

沈媪言:里有赵三者,与母俱佣于郭氏。母殁后年余,一夕,似梦非梦,闻母语曰:“明日大雪,墙头当冻死一鸡,主人必与尔。尔慎勿食。我尝盗主人三百钱,冥司判为鸡以偿。今生卵足数而去也。”次日,果如所言。赵三不肯食,泣而埋之。反复究诘,始吐其实。此数年内事也。然则世之供车骑受刲煮者,必有前因焉,人不知耳。此辈之狡黠攘窃者,亦必有后果焉,人不思耳。

余十一二岁时,闻从叔灿若公言:里有齐某者,以罪戍黑龙江,殁数年矣。其子稍长,欲归其骨,而贫不能往,恒蹙然如抱深忧。一日,偶得豆数升,乃屑以为末,水抟成丸;衣以赭土,诈为卖药者以往,姑以给取数文钱供口食耳。乃沿途买其药者,虽危证亦立愈。转相告语,颇得善价,竟藉是达戍所,得父骨,以箧负归。归途于窝集遇三盗,急弃其资斧,负箧奔。盗追及,开箧见骨,怪问其故。涕泣陈述。共悯而释之,转赠以金。方拜谢间,一盗忽擗踊大恸曰:“此人孱弱如是,尚数千里外求父骨。我堂堂丈夫,自命豪杰,顾乃不能耶?诸君好住,吾今往肃州矣。”语讫,挥手西行。其徒呼使别妻子,终不反顾。盖所感者深矣。惜人往风微,无传于世。余作《滦阳消夏录》诸书,亦竟忘之。癸丑三月三日,宿海淀直庐,偶然忆及,因录以补志乘之遗。傥亦潜德未彰,幽灵不泯,有以默启余衷乎!

李蟠木言:其乡有灌园叟,年六十余矣。与客作数人同屋寝,忽闻其哑哑作鹯①声,又呢呢作媚语,呼之不应。一夕,灯未尽,见其布衾蠕蠕掀簸,如有人交接者,问之亦不言。既而白昼或忽趋僻处,或无故闭门。怪而觇之,辄有瓦石飞击。人方知其为魅所据。久之不能自讳,言初见一少年至园中,似曾相识,而不能记忆;邀之坐,问所自来。少年言:“有一事告君,祈君勿拒。君四世前与我为密友,后忽藉胥魁势豪夺我田。我诉

① 鹯(zhān)——古书上所说的一种猛禽。

官,反遭笞。郁结以死,诉于冥官。主者以契交隙末,当以欢喜解冤。判君为我妇二十年。不意我以业重,遽堕狐身,尚有四年未了。比我炼形成道,君已再入轮回,转生今世。前因虽昧,旧债难消;夙命牵缠,遇于此地。业缘凑合,不能待君再堕女身,便乞相偿,完此因果。"我方骇怪,彼遽嘘我以气,惘惘然如醉如梦,已受其污。自是日必一两至,去后亦自悔恨,然来时又帖然意肯,竟自忘为老翁,不知其何以故也。一夜,初闻狎昵声,渐闻呻吟声,渐闻悄悄乞缓声,渐闻切切求免声;至鸡鸣后,乃噭然失声。突梁上大笑曰:"此足抵笞三十矣。"自是遂不至。后葺治草屋,见梁上皆白粉所画圈,十圈为一行。数之,得一千四百四十,正合四年之日数。乃知为所记淫筹。计其来去,不满四年,殆以一度抵一日矣。或曰:"是狐欲媚此叟,故造斯言。"然狐之媚人,悦其色,摄其精耳。鸡皮鹤发,有何色之可悦?有何精之可摄?其非相媚也明甚。且以扶杖之年,讲分桃之好①,逆来顺受,亦太不情。其为身异性存,夙根未泯,自然相就,如磁引针,亦明甚。狐之所云,殆非虚语。然则怨毒纠结,变端百出,至三生之后而未已,其亦慎勿造因哉!

文水李秀升言:其乡有少年山行,遇少妇独骑一驴,红裙蓝帔,貌颇娴雅,屡以目侧睨。少年故谨厚,虑或招嫌,恒在其后数十步,俯首未尝一视。至林谷深处,妇忽按辔不行,待其追及,语之曰:"君秉心端正,大不易得。我不欲害君,此非往某处路,君误随行。可于某树下绕向某方,斜行三四里即得路矣。"语讫,自驴背一跃,直上木杪,其身渐渐长丈余,俄风起叶飞,瞥然已逝。再视其驴,乃一狐也。少年悸几失魂。殆飞天夜叉之类欤?使稍与狎昵,不知作何变怪矣。

癸丑会试,陕西一举子于号舍遇鬼,骤发狂疾。众掖出归寓,鬼亦随出,自以首触壁,皮骨皆破。避至外城,鬼又随至,卒以刃自刺死。未死间,手书片纸付其友,乃"天网恢恢,疏而不漏"八字。虽不知所为何事,

---

① 分桃之好——弥之瑕为卫灵公之幸臣,尝以食桃之甘,分其半奉卫灵公。事见《左传·定公六年》。此处指以男色事人。

其为冤报则凿凿矣。

南皮郝子明言:有士人读书僧寺,偶便旋于空院,忽有飞瓦击其背。俄闻屋中语曰:“汝辈能见人,人则不能见汝辈。不自引避,反嗔人耶?”方骇愕间,屋内又语曰:“小婢无礼,当即笞之,先生勿介意。然空屋多我辈所居,先生凡遇此等处,宜面墙便旋,勿对门窗,则两无触忤矣。”此狐可谓能克己。余尝谓童仆吏役与人争角而不胜,其长恒引以为辱,世态类然。夫天下至可耻者,莫过于悖理。不问理之曲直,而务求我所隶属人不能犯以为荣,果足为荣也耶?昔有属官私其胥魁,百计袒护。余戏语之曰:“吾侪身后,当各有碑志一篇,使盖棺论定,撰文者奋笔书曰:‘公秉正不阿,于所属吏役,犯法者一无假借。’人必以为荣,谅君亦以为荣也。又或奋笔书曰:‘公平生喜庇吏役,虽受赇骫法①,亦一一曲为讳匿。’人必以为辱,谅君亦以为辱也。何此时乃以辱为荣,以荣为辱耶?”先师董文恪曰;“凡事不可载入行状,即断断不可为。”斯言谅矣。

侍鹭川言:(侍氏未详所出,疑本侍其氏,明洪武中,凡复姓皆令去一字,因为侍氏也。)有贾于淮上者,偶行曲巷,见一女姿色明艳,殆类天人。私访其近邻。曰:“新来未匝月,只老母携婢数人同居,未知为何许人也。”贾因赂媒媪觇之。其母言:“杭州金姓,同一子一女往依其婿。不幸子遘疾,卒于舟;二仆又乘隙窃资逃。茕茕孤嫠,惧遭强暴,不得已税屋权住此,待亲属来迎。尚未知其肯来否?”语讫,泣下。媒舔以既无所归,又无地主,将来作何究竟,有女如是,何不于此地求佳婿,暮年亦有所依。母言:“甚善,我亦不求多聘币。但弱女娇养久,亦不欲草草。有能制衣饰奁具约值千金者,我即许之。所办仍是渠家物,我惟至彼一阅视,不取纤芥归也。”媒以告贾,贾私计良得。旬日内,趣办金珠锦绣,殚极华美;一切器用,亦事事精好。先亲迎一日,邀母来观,意甚惬足。次日,箫鼓至门,乃坚闭不启。候至数刻,呼亦不应。询问邻舍,又未见其移居。不得已逾墙入视,则阒无一人。偏索诸室,惟破床堆髑髅数具,乃知其非人。

① 骫(wěi)法——骨不正,引申为枉曲,枉法。

回视家中,一物不失,然无所用之,重鬻仅能得半价。懊丧不出者数月,竟莫测此魅何所取。或曰:“魅本无意惑贾。贾妄生窥伺,反往觇魅,魅故因而戏弄之。”是于理当然。或又曰:“贾富而悭,心计可以析秋毫。犯鬼神之忌,故魅以美色颠倒之。”是亦理所宜有也。

《宣室志》①载陇西李生左乳患痈,一日痈溃,有雉自乳飞出,不知所之。《闻奇录》②载崔尧封外甥李言吉左目患瘤,剖之有黄雀鸣噪而去。其事皆不可以理解。札阁学郎阿亲见其亲串家小婢项上生疮,疮中出一白蝙蝠。知唐人记二事非虚。岂但“六合之外,存而不论”③哉?

曹慕堂宗丞有乩仙所画《醉锺馗图》,余题以二绝句曰:“一梦荒唐事有无,吴生④粉本几临摹;纷纷画手多新样,又道先生是酒徒。”“午日家家蒲酒香,终南进士⑤亦壶觞;太平时节无妖厉,任尔闲游到醉乡。”画者题者,均弄笔狡狯而已。一日,午睡初醒,听窗外婢媪悄语说鬼:有王媪家在西山,言曾月夕守瓜田,遥见双灯自林外冉冉来,人语嘈杂,乃一大鬼醉欲倒,诸小鬼掖之踉跄行。安知非醉锺馗乎?天地之大,无所不有。随意画一人,往往遇一人与之肖;随意命一名,往往有一人与之同。无心暗合,是即化工之自然也。

相传魏环极⑥先生尝读书山寺,凡笔墨几榻之类,不待拂拭,自然无尘。初不为意,后稍稍怪之。一日晚归,门尚未启,闻室中窸窣有声;从隙窃觇,见一人方整饬书案。骤入掩之,其人瞥穿后窗去。急呼令近,其人遂拱立窗外,意甚恭谨。问:“汝何怪?”磬折对曰:“某狐之习儒者也。以

---

① 《宣室志》——唐张读撰的笔记小说。

② 《闻奇录》——唐末于逖撰的笔记小说。

③ 语出《庄子·齐物论》。六合,指天地四方。

④ 吴生——指唐画家吴道子,曾画钟馗像。

⑤ 终南进士——指钟馗。

⑥ 魏环极——清代魏象枢,官至刑部尚书。

公正人,不敢近,然私敬公,故日日窃执仆隶役。幸公勿讶。"先生隔窗与语,甚有理致。自是虽不敢入室,然遇先生不甚避,先生亦时时与言。一日,偶问:"汝视我能作圣贤乎?"曰:"公所讲者道学,与圣贤各一事也。圣贤依乎中庸,以实心励实行,以实学求实用。道学则务语精微,先理气,后彝伦,尊性命,薄事功,其用意已稍别。圣贤之于人,有是非心,无彼我心;有诱导心,无苛刻心。道学则各立门户,不能不争;既已相争,不能不巧诋以求胜。以是意见,生种种作用,遂不尽可令孔孟见矣。公刚大之气,正直之情,实可质鬼神而不愧,所以敬公者在此。公率其本性,为圣为贤亦在此。若公所讲,则固各自一事,非下愚之所知也。"公默然遣之。后以语门人曰:"是盖因明季党祸①,有激而言,非笃论也。然其抉摘情伪,固可警世之讲学者。"

沧州南一寺临河干,山门圮于河,二石兽并沈焉。阅十余岁,僧募金重修,求二石兽于水中,竟不可得,以为顺流下矣。棹数小舟,曳铁钯,寻十余里无迹。一讲学家设帐寺中,闻之笑曰:"尔辈不能究物理。是非木柹,岂能为暴涨携之去?乃石性坚重,沙性松浮,湮于沙上,渐沈渐深耳。沿河求之,不亦颠乎?"众服为确论。一老河兵闻之,又笑曰:"凡河中失石,当求之于上流。盖石性坚重,沙性松浮,水不能冲石,其反激之力,必于石下迎水处啮沙为坎穴。渐激渐深,至石之半,石必倒掷坎穴中。如是再啮,石又再转。转转不已,遂反溯流逆上矣。求之下流,固颠;求之地中,不更颠乎?"如其言,果得于数里外。然则天下之事,但知其一,不知其二者多矣,可据理臆断欤!

交河及友声言:有农家子,颇轻佻。路逢邻村一妇,伫目睨视。方微笑挑之,适有馌者同行,遂各散去。阅日,又遇诸途,妇骑一乌牸牛②,似相顾盼。农家子大喜,随之。时霖雨之后,野水纵横,牛行沮洳中甚速。沾体濡足,颠踬者屡,比至其门,气殆不属。及妇下牛,觉形忽不类;谛视

---

① 明季党祸——指明末东林党人为阉党迫害事。

② 牸(zì)牛——雌性的牛。

之,乃一老翁。恍惚惊疑,有如梦寐。翁讶其痴立,问:“到此何为?”无可置词,诡以迷路对,踉跄而归。次日,门前老柳削去木皮三尺余,大书其上曰:“私窥贞妇,罚行泥泞十里。”乃知为魅所戏也。邻里怪问,不能自掩,为其父捶几殆。自是愧悔,竟以改行。此魅虽恶作剧,即谓之善知识可矣。友声又言:一人见狐睡树下,以片瓦掷之。不中,瓦碎有声,狐惊跃去。归甫入门,突见其妇缢树上,大骇呼救。其妇狂奔而出,树上缢者已不见。但闻檐际大笑曰:“亦还汝一惊。”此亦足为佻达者戒也。

同年陈半江言:有道士善符箓,驱鬼缚魅,具有灵应。所至惟蔬食茗饮而已,不受铢金寸帛也。久而术渐不验,十每失四五。后竟为群魅所遮,大见窘辱,狼狈遁走。诉于其师。师至,登坛召将,执群魅鞫状。乃知道士虽不取一物,而其徒往往索人财,乃为行法;又窃其符箓,摄狐女媟狎。狐女因窃污其法器,故神怒不降,而仇之者得以逞也。师拊髀叹曰:“此非魅败尔,尔徒之败尔也;亦非尔徒之败尔,尔不察尔徒,适以自败也。赖尔持戒清苦,得免幸矣,于魅乎何尤!”拂衣竟去。夫天君泰然,百体从令,此儒者之常谈也。然奸黠之徒,岂能以主人廉介,遂辍贪谋哉!半江此言,盖其官直隶时,与某令相遇于余家,微以相讽。此令不悟,故清风两袖,而卒被恶声,其可惜也已。

里有少年,无故自掘其妻墓,几见棺矣。时耕者满野,见其且詈且掘,疑为颠痫,群起阻之。诘其故,坚不肯吐;然为众手所牵制,不能复掘,荷锸恨恨去。皆莫测其所以然也。越日,一牧者忽至墓下,发狂自挝曰;“汝播弄是非,间人骨肉多矣。今乃诬及黄泉耶?吾得请于神,不汝贷也。”因缕陈始末,自啮其舌死。盖少年恃其刚悍,顾盼自雄,视乡党如无物。牧者惎①焉,因为造谤曰:“或谓某帷薄不修②,吾固未信也。昨偶夜行,过其妻墓,闻林中呜呜有声,惧不敢前,伏草间窃视。月明之下,见七八黑影,至墓前与其妻杂坐调谑,媟声艳语,一一分明。人言其殆不诬

① 惎(jì)——忌恨。

② 帷薄不修——古代称家庭生活淫乱者。

耶?”有闻之者,以告少年。少年为其所中,遽有是举。方窃幸得计,不虞鬼之有灵也。小人狙诈,自及也宜哉。然亦少年意气凭陵,乃招是忌。故曰,“君子不欲多上人”。

从孙树宝,盐山刘氏甥也。言其外祖有至戚,生七女,皆已嫁。中一婿,夜梦与僚婿六人,以红绳连系,疑为不祥。会其妇翁殁,七婿皆赴吊。此人忆是噩梦,不敢与六人同眠食;偶或相聚,亦稍坐即避出。怪诘之,具述其故。皆疑其别有所嗛,托是言也。一夕,置酒邀共饮,而私键其外户,使不得遁。突殡宫火发,竟七人俱烬。乃悟此人无是梦则不避六人,不避六人则主人不键户,不键户则七人未必尽焚。神特以一梦诱之,使无一得脱也。此不知是何夙因?同为此家之婿,同时而死,又不知是何夙因?七女同生于此家,同时而寡,殆必非偶然矣。

周密庵言:其族有孀妇,抚一子,十五六矣。偶见老父携幼女,饥寒困惫,踣不能行,言愿与人为养媳。女故端丽,孀妇以千钱聘之。手书婚帖,留一宿而去。女虽孱弱,而善操作,井臼皆能任;又工针黹,家藉以小康。事姑先意承志,无所不至,饮食起居,皆经营周至,一夜往往三四起。遇疾病,日侍榻旁,经旬月目不交睫。姑爱之乃过于子。姑病卒,出数十金与其夫使治棺衾。夫诘所自来,女低回良久曰:“实告君,我狐之避雷劫者也。凡狐遇雷劫,惟德重禄重者庇之可免。然猝不易逢,逢之又皆为鬼神所呵护,猝不能近。此外惟早修善业,亦可以免。然善业不易修,修小善业亦不足度大劫。因化身为君妇,黾勉事姑。今藉姑之庇,得免天刑,故厚营葬礼以申报,君何疑焉!”子故孱弱,闻之惊怖,竟不敢同居。女乃泣涕别去。后遇祭扫之期,其姑墓上必先有焚楮酹酒迹,疑亦女所为也。是特巧于逭①死,非真有爱于其姑。然有为为之,犹邀神福,信孝为德之至矣。

---

① 逭(huàn)——逃,避。

闻有村女，年十三四，为狐所媚。每夜同寝处，笑语媟狎，宛如伉俪。然女不狂惑，亦不疾病，饮食起居如常人，女甚安之。狐恒给钱米布帛，足一家之用。又为女制簪珥衣裳，及衾枕茵褥之类，所值逾数百金。女父亦甚安之。如是岁余，狐忽呼女父语曰："我将还山，汝女奁具亦略备，可急为觅一佳婿，吾不再来矣。汝女犹完璧，无疑我始乱终弃也。"女故无母，倩邻妇验之，果然。此余乡近年事，婢媪辈言之凿凿，竟与乖崖还婢①其事略同。狐之媚人，从未闻有如是者。其亦夙缘应了，夙债应偿耶？

杨雨亭言：登莱间有木工，其子年十四五，甚姣丽。课之读书，亦颇慧。一日，自乡塾独归，遇道士对之诵咒，即惘惘不自主，随之俱行。至山坳一草庵，四无居人，道士引入室，复相对诵咒。心顿明了，然口噤不能声，四肢缓亸②不能举。又诵咒，衣皆自脱。道士掖伏榻上，抚摩偎倚，调以媟词，方露体近之，忽蹶起却坐曰："修道二百余年，乃为此狡童败乎？"沉思良久，复偃卧其侧，周身玩视，慨然曰："如此佳儿，千载难遇。纵败吾道，不过再炼气二百年，亦何足惜！"奋身相逼，势已万万无免理。间不容发之际，又掉头自语曰："二百年辛苦，亦大不易。"掣身下榻，立若木鸡；俄绕屋旋行如转磨。突抽壁上短剑，自刺其臂，血如涌泉。欹倚呻吟，约一食顷，掷剑呼此子曰："尔几败，吾亦几败，今幸俱免矣。"更对之诵咒。此子觉如解束缚，急起披衣。道士引出门外，指以归路。口吐火焰，自焚草庵，转瞬已失所在，不知其为妖为仙也。余谓妖魅纵淫，断无顾虑。此殆谷饮岩栖，多年胎息③，偶差一念，魔障遂生；幸道力原深，故忽迷忽悟，能勒马悬崖耳。老子称不见可欲，使心不乱；若已见已乱，则非大智慧不能猛省，非大神通不能痛割。此道士于欲海横流，势不能遏，竟毅然一决，以楚毒断绝爱根，可谓地狱劫中证天堂果矣。其转念可师，其前事可勿论也。

---

① 乖崖还婢——宋代张咏，自号乖崖。治益州时，属官没人敢畜侍婢。张咏为了不绝人之情，自畜一婢，属官遂敢效仿。张咏回朝时，婢女嫁人，还是处女。事见《宋史·张咏传》。

② 亸(duǒ)——下垂的样子。

③ 胎息——道家一种练功方法。《内传》："习闭气而吞之，名曰胎息。"

朱秋圃初入翰林时,租横街一小宅,最后有破屋数楹,用贮杂物。一日,偶入检视,见尘壁仿佛有字迹。拂拭谛观,乃细楷书二绝句,其一曰:“红蕊几枝斜,春深道韫①家。枝枝都看遍,原少并头花。”其二曰;“向夕对银釭,含情坐绮窗。未须怜寂寞,我与影成双。”墨迹黯淡,殆已多年。又有行书一段,剥落残缺。玩其句格,似是一词,惟末二句可辨,曰:“天孙②莫怅阻银河,汝尚有牵牛相忆。”不知是谁家娇女,寄感詸梅③。然不畏人知,濡毫题壁,亦太放诞风流矣。余曰:“《詸梅》三章,非女子自赋耶?”秋圃曰:“旧说如是,于心终有所格格。忆先儒有一说,云是女子父母所作,【按:此宋戴岷隐之说。】是或近之。”倪余疆闻之曰:“详词末二语,是殆思妇之作,遘脱辐之变④者也。二公其皆失之乎!”既而秋圃揭换壁纸,又得数诗,其一曰:“门掩花空落,梁空燕不来⑤。惟余双小婢,鞋印在青苔。”其二曰:“久已梳妆懒,香奁偶一开。自持明镜看,原让赵阳台⑥。”又一首曰:“咫尺楼窗夜见灯,云山似阻几千层。居家翻作无家客,隔院真成退院僧。镜里容华空若许,梦中晤对亦何曾?侍儿劝织回文锦⑦,懒惰心情病未能。”则余疆之说信矣。后为程文恭公诵之。公俯思良久,曰:“吾知之,吾不言。”既而曰:“语语负气,不见答也亦宜。”

季湫六言:有佃户所居枕旷野。一夕,闻兵仗格斗声,阖家惊骇,登墙视之,无所睹。而战声如故,至鸡鸣乃息。知为鬼也。次日复然,病其聒不已,共谋伏铳击之,果应声啾啾奔散。既而屋上屋下,众声合噪曰:“彼劫我妇女,我亦劫彼妇女为质,互控于社公。社公愦愦,劝以互抵息事。俱不肯伏,故在此决胜负,何预汝事?汝以铳击我,今共至汝家,汝举铳则我去,汝置铳则我又来,汝能夜夜自昏至晓,发铳不止耶?”思其言中理,

① 道韫——谢道韫,晋谢安之侄女,古代有名的才女。

② 天孙——星名,织女星。《史记·天官书》:“织女,天女孙也。”

③ 詸梅——《詸有梅》,《诗经·召南》篇名之一。内容写女子求偶。

④ 遘脱辐之变——遭受离别的变异。

⑤ 梁空燕不来——化用隋薛道衡“空梁落燕泥”句。

⑥ 赵阳台——前秦秦州刺史窦滔的爱妾,善于歌舞。

⑦ 回文锦——窦滔镇守襄阳时,与爱妾赵阳台两情缱绻,久不给其妻苏若兰音信。苏若兰于锦上写了回文诗寄去。见《晋书·窦滔妻传》。

乃跪拜谢过，大具酒食纸钱送之去。然战声亦自此息矣。夫不能不为之事，不出任之，是失几也；不能不除之害，不力争之，是养痈也。鬼不干人，人反干鬼，鬼有词矣，非开门揖盗乎！孟子有言，乡邻有斗者，披发缨冠①而往救之。则惑也，虽闭户可也。

伊松林舍人言：有赵延洪者，性伉直，嫉恶至严，每面责人过，无所避忌。偶见邻妇与少年语，遽告其夫。夫侦之有迹，因伺其私会骈斩之，携首鸣官。官已依律勿论矣②。越半载，赵忽发狂自挝，作邻妇语，与索命，竟啮断其舌死。夫荡妇逾闲，诚为有罪。然惟其亲属得执之，惟其夫得杀之，非乱臣贼子，人人得而诛者也。且所失者一身之名节，所玷者一家之门户，亦非神奸巨蠹，弱肉强食，虐焰横煽，沉冤莫雪，使人人公愤者也。律以隐恶扬善之义，即转语他人，已伤盛德。傥伯仁由我而死③，尚不免罪有所归；况直告其夫，是诚何意，岂非激以必杀哉！游魂为厉，固不为无词。观事经半载，始得取偿，其必得请于神，乃奉行天罚矣。然则以讦为直，固非忠厚之道，抑亦非养福之道也。

御史佛公伦，姚安公老友也。言贵家一佣奴，以游荡为主人所逐。衔恨次骨，乃造作蜚语，诬主人帷薄不修，缕述其下烝上报状，言之凿凿，一时传布。主人亦稍闻之，然无以钳其口，又无从而与辩；妇女辈惟爇香吁神而已。一日，奴与其党坐茶肆，方抵掌纵谈，四座耸听，忽嗷然一声，已仆于几上死。无由检验，以痰厥具报。官为殓埋，棺薄土浅，竟为群犬捎食，残骸狼藉。始知为负心之报矣。佛公天性和易，不喜闻人过，凡童仆婢媪，有言旧主之失者，必善遣使去，鉴此奴也。尝语昀曰："宋党进闻平话说韩信，（优人演说故实，谓之平话。《永乐大典》所载，尚数十部。）即行斥逐。或请其故。曰：'对我说韩信，必对韩信亦说我，是乌可听？'千

① 披发缨冠——语出《孟子·离娄》。披发缨冠，形容情况急迫，来不及穿戴好衣饰。

② 依律勿论——清律规定妻妾与人私通被丈夫当场捉住杀死，以无罪论。

③ 伯仁——东晋周顗的字。周为王敦所杀，王敦的堂弟为王导，王导后来哭着说："吾虽不杀伯仁，伯仁由我而死。"事见《晋书·周顗传》。

古笑其愦愦,不知实绝大聪明。彼但喜对我说韩信,不思对韩信说我者,乃真愦愦耳。”真通人之论也。

福建泉州试院,故海防道署也,室宇宏壮。而明季兵燹,署中多攖杀戮;又三年之中,学使按临仅两次。空闭日久,鬼物遂多。阿雨斋侍郎言:尝于黄昏以后,隐隐见古衣冠人,暗中来往。既而视之,则无睹。余按临是郡,时幕友孙介亭亦曾见纱帽红袍人入奴子室中,奴子即梦魇。介亭故有胆,对窗唾曰:“生为贵官,死乃为童仆辈作祟,何不自重乃尔耶?”奴子忽醒,此后遂不复见。意其魂即栖是室,故欲驱奴子出;一经斥责,自知理屈而止欤!

里俗遇人病笃时,私剪其着体衣襟一片,炽火焚之。其灰有白文,斑驳如篆籀者,则必死;无字迹者,即生。又或联纸为衾,其缝不以糊粘,但以秤锤就捣衣砧上捶之。其缝缀合者必死,不合者即生。试之,十有八九验。此均不测其何理。

莆田林生霈言:闻泉州有人,忽灯下自顾其影,觉不类己形。谛审之,运动转侧,虽一一与形相应,而首巨如斗,发鬇鬡如羽葆①,手足皆钩曲如鸟爪,宛然一奇鬼也。大骇,呼妻子来视,所见亦同。自是每夕皆然,莫喻其故,惶怖不知所为。邻有塾师闻之,曰:“妖不自兴,因人而兴。子其阴有恶念,致罗刹感而现形欤?”其人悚然具服,曰:“实与某氏有积仇,拟手刃其一门,使无遗种,而跳身以从鸭母。(康熙末,台湾逆寇朱一贵结党煽乱。一贵以养鸭为业,闽人皆呼为鸭母云。)今变怪如是,毋乃神果警我乎!且辍是谋,观子言验否?”是夕鬼影即不见。此真一念转移,立分祸福矣。

---

① 羽葆(bǎo)——古代用羽毛制成,形如盖的仪仗。

丁御史芷溪言：曩在天津，遇上元①，有少年观灯夜归，遇少妇甚妍丽，徘徊歧路，若有所待，衣香鬟影，楚楚动人。初以为失侣之游女，挑与语，不答。问姓氏里居，亦不答。乃疑为幽期密约迟所欢而未至者，计可以挟制留也，邀至家少憩。坚不肯。强迫之同归。柏酒粉团②，时犹未彻，遂使杂坐妻妹间，联袂共饮。初甚靦觍，既而渐相调谑，媚态横生，与其妻妹互劝酬。少年狂喜，稍露留宿之意。则微笑曰："缘蒙不弃，故暂借君家一卸妆。恐伙伴相待，不能久住。"起解衣饰卷束之，长揖径行，乃社会中拉花者也。（秧歌队中作女妆者，俗谓之拉花。）少年愤恚，追至门外，欲与斗。邻里聚问，有亲见其强邀者，不能责以夜入人家；有亲见其唱歌者，不能责以改妆戏妇女，竟哄笑而散。此真侮人反自侮矣。

老仆卢泰言：其舅氏某，月夜坐院中枣树下，见邻女在墙上露半身，向之索枣。扑数十枚与之。女言今日始归宁，兄嫂皆往守瓜，父母已睡。因以手指墙下梯，斜盼而去。其舅会意，蹑梯而登。料女甫下，必有几凳在墙内，伸足试踏，乃踏空堕溷中。女父兄闻声趋视，大受捶楚。众为哀恳乃免。然邻女是日实未归，方知为魅所戏也。前所记骑牛妇，尚农家子先挑之；此则无因而至，可云无妄之灾。然使招之不往，魅亦何所施其技？仍谓之自取可矣。

李芍亭言：有友尝避暑一僧寺，禅室甚洁，而以板窒其后窗。友置榻其下。一夕，月明，枕旁有隙如指顶，似透微光。疑后为僧密室，穴纸觇之，乃一空园，为厝棺之所。意其间必有鬼，因侧卧枕上，以一目就窥。夜半，果有黑影，仿佛如人，来往树下。谛视粗能别男女，但眉目不了了。以耳就隙窃听，终不闻语声。厝棺约数十，然所见鬼少仅三五，多不过十余。或久而渐散，或已入转轮欤？如是者月余，不以告人，鬼亦竟未觉。一夕，

---

① 上元——农历正月十五，即元宵节。

② 柏酒粉团——柏酒，柏叶浸的酒。粉团，古代一种节日游戏。据五代王仁裕《天宝遗事》载，每到端阳节，宫中做粉团角黍，盛于金盘，游戏时用小角弓架箭射盘中粉团，中者得食。

见二鬼媟狎于树后，距窗下才七八尺，冶荡之态，更甚于人。不觉失声笑，乃阒然灭迹。次夜再窥，不见一鬼矣。越数日，寒热大作，疑鬼为祟，乃徙居他寺。变幻如鬼，不免于意想之外，使人得见其阴私。十目十手，殆非虚语。然智出鬼上，而卒不免为鬼驱。察见渊鱼者不祥①，又是之谓矣。

大学士温公镇乌鲁木齐日，军屯报遣犯王某逃，缉捕无迹。久而微闻其本与一吴某皆闽人，同押解至哈密辟展间，王某道死。监送台军不通闽语，不能别孰吴孰王。吴某因言死者为吴，而自冒王某之名。来至配所数月，伺隙潜遁。官府据哈密文牒，缉王不缉吴，故吴幸跳免。然事无左证，疑不能明，竟无从究诘。军吏巴哈布因言：有卖丝者妇，甚有姿首。忽得奇疾，终日惟昏昏卧，而食则兼数人。如是两载余。一日，嗷然长号，僵如尸厥。灌治竟夜，稍稍能言。自云魂为城隍判官所摄，逼为妾媵，而别摄一饿鬼附其形。至某日寿尽之期，冥牒拘召，判官又嘱鬼役别摄一饿鬼抵。饿鬼亦喜得转生，愿为之代。迨城隍庭讯，乃察知伪状，以判官鬼役付狱，遣我归也。后判官塑像无故自碎，此妇又两年余乃终。计其复生至再死，与其得疾至复生，日数恰符。知以枉被掠夺，仍还其应得之寿矣。然则移甲代乙，冥司亦有，所惜者此少城隍一讯耳。

李阿亭言：滦州民家，有狐据其仓中居，不甚为祟；或偶然抛掷砖瓦，盗窃饮食耳。后延术士劾治，殪数狐；且留符曰："再至则焚之。"狐果移去。然时时幻形为其家妇女，夜出与邻舍少年狎；甚乃幻其幼子形，与诸无赖同卧起。大播丑声，民固弗知。一日，至佛寺，闻禅室嬉笑声。穴纸窃窥，乃其女与僧杂坐。愤甚，归取刃。其女乃自内室出。始悟为狐复仇，再延术士。术士曰："是已窜逸，莫知所之矣。"夫狐魅小小扰人，事所恒有，可以不必治，即治亦罪不至死。遽骈诛之，实为已甚，其衔冤也固宜。虽有符可恃，狐不能再逞，而相报之巧，乃卒生于所备外。然则君子于小人，力不足胜，固遭反噬；即力足胜之，而机械潜伏，变端百出，其亦深可怖已。

---

① 察见渊鱼者不祥——语出《史记·吴王濞传》。即俗语"水至清则无鱼，察至清则无人"之意。

嵩辅堂阁学言:海淀有贵家守墓者,偶见数犬逐一狐,毛血狼藉。意甚悯之,持杖击犬散,提狐置室中,俟其苏息,送至旷野,纵之去。越数日,夜有女子款扉入,容华绝代。骇问所自来。再拜曰:“身是狐女,昨遘大难,蒙君再生,今来为君拂枕席。”守墓者度无恶意,因纳之。往来狎昵,两月余,日渐瘵瘦,然爱之不疑也。一日,方共寝,闻窗外呼曰:“阿六贱婢!我养创甫愈,未即报恩,尔何得冒托我名,魅郎君使病?脱有不讳,族党中谓我负义,我何以自明?即知事出于尔,而郎君救我,我坐视其死,又何以自安?今偕姑姊来诛尔。”女子惊起欲遁,业有数女排闼入,掊击立毙。守墓者惑溺已久,痛惜恚忿,反斥此女无良,夺其所爱。此女反复自陈,终不见省,且拔刃跃起,欲为彼女报冤。此女乃痛哭越墙去。守墓者后为人言之,犹恨恨也。此所谓“忠而见谤,信而见疑”也欤①!

董曲江前辈言:有讲学者,性乖僻,好以苛礼绳生徒。生徒苦之,然其人颇负端方名,不能诋其非也。塾后有小圃,一夕,散步月下,见花间隐隐有人影。时积雨初晴,土垣微圮,疑为邻里窃蔬者。迫而诘之,则一丽人匿树后,跪答曰:“身是狐女,畏公正人不敢近,故夜来折花。不虞为公所见,乞曲恕。”言词柔婉,顾盼间百媚俱生。讲学者惑之,挑与语。宛转相就,且云妾能隐形,往来无迹,即有人在侧亦不睹,不至为生徒知也。因相燕昵。比天欲晓,讲学者促之行。曰:“外有人声,我自能从窗隙去,公无虑。”俄晓日满窗,执经者麇至,女仍垂帐偃卧。讲学者心摇摇,然尚冀人不见。忽外言某媪来迓女。女披衣径出,坐皋比②上,理鬓讫,敛衽谢曰:“未携妆具,且归梳沐。暇日再来访,索昨夕缠头锦③耳。”乃里中新来角妓,诸生徒贿使为此也。讲学者大沮,生徒课毕归早餐,已自负衣装遁矣。外有余必中不足,岂不信乎!

---

① “忠而见谤,信而见疑”——语出《史记·屈原列传》。原文为“信而见疑,忠而被谤,能无怨乎?”

② 皋比——指座椅。

③ 缠头锦——指陪睡的酬金。

曲江又言:济南有贵公子,妾与妻相继殁。一日,独坐荷亭,似睡非睡,恍惚若见其亡姬。素所怜爱,即亦不畏,问:“何以能返?”曰:“鬼有地界,土神禁不许阑入。今日明日,值娘子诵经期,连放焰口,得来领法食也。”问:“娘子已来否?”曰:“ 娘子狱事未竟,安得自来!”问:“施食无益于亡者,作焰口何益?”曰:“天心仁爱,佛法慈悲,赈人者佛天喜,赈鬼者佛天亦喜。是为亡者资冥福,非为其自来食也。”问:“泉下况味何似?”曰:“堕女身者妾夙业,充下陈者君夙缘。业缘俱满,静待转轮,亦无大苦乐。但乏一小婢供驱使,君能为焚一偶人乎?”懵腾而醒,姑信其有,为作偶人焚之。次夕见梦,则一小婢相随矣。夫束刍缚竹,剪纸裂缯,假合成质,何亦通灵?盖精气抟结,万物成形;形不虚立,秉气含精。虽久而腐朽,犹蜎蠕[①]以化,芝菌以蒸。故人之精气未散者为鬼,布帛之精气,鬼之衣服,亦如生。其于物也,既有其质,精气斯凝,以质为范,像肖以成。火化其渣滓,不化其菁英,故体为灰烬,而神聚幽冥。如人殂谢,魄降而魂升。夏作明器[②],殷周相承,圣人所以知鬼神之情也。若夫金钉、春条[③],未闷佳城,殡宫阒寂,彳亍夜行,投畀炎火,微闻咿嘤。是则衰气所召,妖以人兴,抑或他物之所凭矣。(有樊媪者,在东光见有是事。)

朱子颖运使言:昔官叙永同知时,由成都回署,偶遇茂林,停舆小憩。遥见万峰之顶,似有人家;而削立千仞,实非人迹所到。适携西洋远镜,试以窥之,见草屋三楹,向阳启户,有老翁倚松立,一幼女坐檐下,手有所持,似俯首缝补;屋柱似有对联,望不了了。俄云气蓊郁[④],遂不复睹。后重过其地,林麓依然,再以远镜窥之,空山而已。其仙灵之宅,误为人见,遂更移居欤?

潘南田画有逸气,而性情孤峭,使酒骂座,落落然不合于时。偶为余

---

① 蜎蠕(yuān rú)——指小幼虫。

② 明器——送葬用的器具。

③ 金钉、春条——笔记小说《灵怪集》、《博异记》两女子名,为明器变化而成。

④ 蓊(wěng)郁——云烟迷漫。

作梅花横幅，余题一绝曰："水边篱落影横斜，曾在孤山处士家①。只怪账枝蟠似铁，风流毕竟让桃花。"盖戏之也。后余从军塞外，侍姬辈嫌其黻黯，竟以桃花一幅易之。然则细琐之事，亦似皆前定矣。

青县王恩溥，先祖母张太夫人乳母孙也。一日，自兴济夜归，月明如昼，见大树下数人聚饮，杯盘狼藉。一少年邀之入座，一老翁嗔语少年曰："素不相知，勿恶作剧。"又正色谓恩溥曰："君宜速去，我辈非人，恐小儿等于君不利。"恩溥大怖，狼狈奔走，得至家，殆无气以动。后于亲串家作吊，突见是翁，惊仆欲绝，惟连呼："鬼！鬼！"老翁笑掖之起，曰："仆耽曲蘖②，日恒不足。前值月夜，荷邻里相邀，酒已无多。遇君适至，恐增一客则不满枯肠，故诡语遣君。君乃竟以为真耶！"宾客满堂，莫不绝倒。中一客目击此事，恒向人说之。偶夜过废祠，见数人轰饮，亦邀入座。觉酒味有异，心方疑讶，乃为群鬼挤入深淖，化磷火荧荧散。东方渐白，有耕者救之，乃出。缘此胆破，翻疑恩溥所见为真鬼。后途遇此翁，竟不敢接谈。此表兄张自修所说。戴君恩诏则曰实有此事，而所传殊倒置。乃此客先遇鬼，而恩溥闻之。偶夜过某村，值一多年未晤之友，邀之共饮。疑其已死，绝裾奔逃。后相晤于姻家，大遭诟谇也。二说未审孰是。然由张所说，知不可偶经一事，遂谓事事皆然，致失于误信；由戴所说，知亦不可偶经一事，遂谓事事皆然，反败于多疑也。

李秋崖言：一老儒家，有狐居其空仓中，三四十年未尝为祟。恒与人对语，亦颇知书；或邀之饮，亦肯出，但不见其形耳。老儒殁后，其子亦诸生，与狐酬酢如其父。狐不甚答，久乃渐肆扰。生故设帐于家，而兼为人作讼牒。凡所批课文，皆不遗失；凡作讼牒，则甫具草辄碎裂，或从手中掣其笔。凡脩脯所入，毫厘不失；凡刀笔所得，虽扃锁严密，辄盗去。凡学子出入，皆无所见；凡讼者至，或瓦石击头面流血，或檐际作人语，对众发其阴谋。生苦之，延道士劾治。登坛召将，摄狐至。狐侃侃辩曰："其父不

① 北宋诗人林逋隐居西湖孤山，养鹤植梅以自娱。

② 曲蘖（niè）——指酒。

以异类视我,与我交至厚。我亦不以异类自外,视其父如弟兄。今其子自堕家声,作种种恶业,不陨身不止。我不忍坐视,故挠之使改图;所攫金皆埋其父墓中,将待其倾覆,周其妻子,实无他肠。不虞炼师之见谴,生死惟命。”道士蹶然下座,三揖而握其手曰:“使我亡友有此子,吾不能也;微我不能,恐能者千百无一二。此举乃出尔曹乎!”不别主人,叹息径去。其子愧不自容,誓辍是业,竟得考终。

乾隆丙辰、丁巳间,户部员外郎长公泰有仆妇,年二十余,中风昏眩,气奄奄如缕,至夜而绝。次日,方为营棺殓,手足忽动,渐能屈伸。俄起坐,问:“此何处?”众以为犹谵语也。既而环视室中,意若省悟,喟然者数四,默默无语,从此病顿愈。然察其语音行步,皆似男子;亦不能自梳沐,见其夫若不相识。觉有异,细诘其由。始自言本男子,数日前死。魂至冥司,主者检算未尽,然当谪为女身,命借此妇尸复生。觉倏如睡去,倏如梦醒,则已卧板榻上矣。问其姓名里贯,坚不肯言,惟曰事已至此,何必更为前世辱。遂不穷究。初不肯与仆同寝,后无词可拒,乃曲从;然每一荐枕,辄饮泣至晓。或窃闻其自语曰:“读书二十年,作官三十余年,乃忍耻受奴子辱耶?”其夫又尝闻呓语曰:“积金徒供儿辈乐,多亦何为?”呼醒问之,则曰未言。知其深讳,亦姑置之。长公恶言神怪事,禁家人勿传,故事不甚彰,然亦颇有知之者。越三载余,终郁郁病死。讫不知其为谁也。

先师裘文达公言:有郭生,刚直负气。偶中秋燕集,与朋友论鬼神,自云不畏。众请宿某凶宅以验之,郭慨然仗剑往。宅约数十间,秋草满庭,荒芜蒙翳。扃户独坐,寂无见闻。四鼓后,有人当户立。郭奋剑欲起,其人挥袖一拂,觉口噤体僵,有如梦魇,然心目仍了了。其人磬折致词曰:“君固豪士,为人所激,因至此。好胜者常情,亦不怪君。既蒙枉顾,本应稍尽宾主意。然今日佳节,眷属皆出赏月,礼别内外,实不欲公见。公又夜深无所归。今筹一策,拟请君入瓮,幸君勿嗔;觞酒豆肉,聊以破闷,亦幸勿见弃。”遂有数人舁郭置大荷缸中,上覆方桌,压以巨石。俄隔缸笑语杂睐,约男女数十,呼酒行炙,一一可辨。忽觉酒香触鼻,暗中摸索,有壶一、杯一、小盘四,横阁象箸二。方苦饥渴,且姑饮啖。复有数童了绕缸唱艳歌，有人扣缸语曰：“主人命娱宾也。”亦靡靡可听。良久，又扣缸语曰：“郭君勿罪，大众皆醉，不能举巨石。君且姑耐，贵友行至矣。”语讫，遂寂。次日，众见门不启，疑有变，逾垣而入。郭闻人声，在缸内大号。众竭力移石，乃闯然出，述所见闻，莫不拊掌。视缸中器具，似皆己物。还家讯问，则昨夕家燕，并酒肴失之，方诟谇大索也。此魅可云狡狯矣。然闻之使人笑不使人怒，当出瓮时，虽郭生亦自哑然也，真恶作剧哉。余容若曰：“是犹玩弄为戏也。曩客秦陇间，闻有少年随塾师读书山寺。相传寺楼有魅，时出媚人。私念狐女必绝艳，每夕诣楼外，祷以媟词，冀有所遇。一夜，徘徊树下，见小环招手。心知狐女至，跃然相就。小环悄语曰：‘君是解人，不烦絮说。娘子甚悦君，然此何等事，乃公然致祝！主人怒君甚，以君贵人，不敢祟；惟约束娘子颇严。今夜幸他出，娘子使来私招君。君宜速往。’少年随之行，觉深闺曲弄，都非寺内旧门径。至一房，朱槅半开，虽无灯，隐隐见床帐。小环曰：‘娘子初会，觉靦覥，已卧帐内。君第解衣，径登榻，无出一言，恐他婢闻也。’语讫，径去。少年喜不自禁，遽揭其被，拥于怀而接唇。忽其人惊起大呼。却立愕视，则室庐皆不见，乃塾师睡檐下乘凉也。塾师怒，大施夏楚。不得已吐实，竟遭斥逐。此乃真恶作剧矣。”文达公曰：“郭生恃客气，故仅为魅侮；此生怀邪心，故竟为魅陷。二生各自取耳，岂魅有善恶哉！”

李村有农家妇，每早晚出馌，辄见女子随左右。问同行者，则不见。意大恐怖。后乃渐随至家，然恒在院中，或在墙隅，不入寝室。妇逼视，即却走；妇返，即仍前。知为冤对，因遥问之。女子曰：“汝前生与我并贵家妾，汝妒我宠，以奸盗诬我致幽死。今来取偿，讵汝今生事姑孝，恒为善神所护，我不能近，故日日相随。揆度事势，万万无可相报理。汝傥作道场度我，我得转轮，即亦解冤矣。”妇辞以贫。女子曰；“汝贫非虚语，能发念诵佛号万声，亦可度我。”问：“此安能得度鬼？”曰：“常人诵佛号，佛不闻也，特念念如对佛，自摄此心而已。若忠臣孝子，诚感神明，一诵佛号，则声闻三界，故其力与经忏等。汝是孝妇，知必应也。”妇如所说，发念持诵。每诵一声，则见女子一拜。至满万声，女子不见矣。此事故老时说之，知笃志事亲，胜信心礼佛。

又闻洼东有刘某者,母爱其幼弟,刘爱弟更甚于母。弟婴痼疾,母忧之,废寝食。刘经营疗治,至鬻其子供医药。尝语妻曰:“弟不救,则母可虑,毋宁我死耳!”妻感之,鬻及亵衣,无怨言。弟病笃,刘夫妇昼夜泣守。有丐者夜栖土神祠,闻鬼语曰:“刘某夫妇轮守其弟,神光照烁,猝不能入,有违冥限,奈何?”土神曰;“兵家声东而击西,汝知之乎?”次日,其母灶下卒中恶。夫妇奔视,母苏而弟已绝矣。盖鬼以计取之也。后夫妇并年八十余乃卒。奴子刘琪之女,嫁于洼东,言闻诸故老曰,刘自奉母以外,诸事蠢蠢如一牛。有告以某忤其母者,刘掉头曰:“世宁有是人?人宁有是事?汝毋造言。”其痴多类此,传以为笑。不知乃天性纯挚,直以尽孝为自然,故有是疑耳。元人《王彦章墓》诗曰:“谁信人间有冯道①?”即此意矣。

景少司马介兹官翰林时,斋宿清秘堂。(此因乾隆甲子御题“集贤清秘”额,因相沿称之,实无此堂名。)积雨初晴,微月未上,独坐廊下。闻瀛洲亭中语曰:“今日楼上看西山,知杜紫微②‘雨余山态活’句,真神来之笔。”一人曰:“此句佳在活字,又佳在态字烘出活字。若作山色山翠,则兴象俱减矣。”疑为博晰之等尚未睡,纳凉池上,呼之不应;推户视之,阒无人迹。次日,以告晰之。晰之笑曰:“翰林院鬼,故应作是语。”

释家能夺舍,道家能换形。夺舍者托孕妇而转生;换形者血气已衰,大丹未就,则借一壮盛之躯,与之互易也。狐亦能之。族兄次辰云,有张仲深者,与狐友,偶问其修道之术。狐言:“初炼幻形,道渐深则炼蜕形,蜕形之后,则可以换形。凡人痴者忽黠,黠者忽颠,与初不学仙而忽好服饵导引,人怪其性情变常,不知皆魂气已离,狐附其体而生也。然既换人形,即归人道,不复能幻化飞腾。由是而精进,则与人之修仙同,其证果较易。或声色货利,嗜欲牵缠,则与人之惑溺同,其堕轮回亦易。故非道力

① 冯道——五代人,历任后唐、后晋、后汉、后周四朝十二君,视丧君亡国毫不在意。新旧《五代史》有传。

② 杜紫微——唐杜牧,号紫微太守。

坚定,多不敢轻涉世缘,恐浸淫而不自觉也。"其言似亦近理。然则人欲之险,其可畏也哉。

朱介如言:尝因中暑眩瞀,觉忽至旷野中,凉风飒然,意甚爽适。然四顾无行迹,莫知所向。遥见数十人前行,姑往随之。至一公署,亦姑随入。见殿阁宏敞,左右皆长廊;吏役奔走,如大官将坐衙状。中一吏突握其手曰:"君何到此?"视之,乃亡友张恒照。悟为冥司,因告以失路状。张曰:"生魂误至,往往有此,王见之亦不罪;然未免多一诘问。不如且坐我廊屋,俟放衙,送君返;我亦欲略问家事也。"入坐未几,王已升座。自窗隙窃窥,见同来数十人,以次庭讯。语不甚了了,惟一人昂首争辩,似不服罪。王举袂一挥,殿左忽现大圆镜,围约丈余。镜中现一女子反缚受鞭像。俄似电光一瞥,又现一女子忍泪横陈像。其人叩额曰:"伏矣。"即曳去。良久放衙,张就问子孙近状。朱略道一二,张挥手曰:"勿再言,徒乱人意。"因问:"顷所见者业镜耶?"曰;"是也。"问:"影必肖形,今无形而现影,何也?"曰:"人镜照形,神镜照心。人作一事,心皆自知;既已自知,即心有此事;心有此事,即心有此事之像,故一照而毕现也。若无心作过,本不自知,则照亦不见。心无是事,即无是像耳。冥司断狱,惟以有心无心别善恶,君其识之。"又问:"神镜何以能照心?"曰:"心不可见,缘物以形。体魄已离,存者性灵。神识不灭,如灯荧荧。外光无翳,内光虚明,内外莹澈,故纤芥必呈也。"语讫,遽曳之行。觉此身忽高忽下,如随风败箨。倏然惊醒,则已卧榻上矣。此事在甲子七月。怪其乡试后期至,乃具道之。

东光马节妇,余妻党也。年未二十而寡,无翁姑兄弟,亦无子女。艰难困苦,坐卧一破屋中,以浣濯缝纫自给,至鬻釜以易粟,而拾破瓦盆以代釜。年八十余,乃终。余尝序马氏家乘,然其夫之名字,与母之族氏,则忘之久矣。相传其十一二时,随母至外家。故有狐,夜掷瓦石击其窗。闻屋上厉声曰:"此有贵人,汝辈勿取死。"然竟以民妇终,殆孟子所谓"天爵”[1]欤？先师李又聃先生与同里，尝为作诗曰：“早岁吟黄鹄[2]，颠连四十春。怀贞心比铁，完节鬓如银。慷慨期千古，凋零剩一身。几番经坎坷，此念未缁磷[3]。(原注：节妇初寡时，尚存薄田数亩。有欲迫之嫁者，侵凌至尽。)震撼惊风雨，抝呵赖鬼神。(原注：一岁霖雨经旬，邻屋新造者皆圮，节妇一破屋，支柱欹斜，竟得无恙。)天原常佑善，人竟不怜贫。稍觉亲朋少，羞为乞索频。一家徒四壁，九食度三旬。绝粒肠空转，佣针手尽皴。有薪皆扫叶，无甑可生尘。黧面真如鹄，悬衣半似鹑[4]。遮门才破荐，(原注：屋扉破碎不能葺，以破荐代扉者十余年。)藉草是华茵。只自甘饥冻，翻嫌话苦辛。偷儿嗤饿鬼，(原注：夜有盗过节妇屋上，节妇呼问，盗大笑曰：“吾何至进汝饿鬼家！”)女伴笑痴人。(原注：有同巷贫妇，再醮富室。归宁时华服过节妇曰：“看我享用，汝岂非大痴耶！”)生死心无改，存亡理亦均。喧阗凭燕雀，坚劲自松筠。伊我钦贤淑，多年共里闉[5]。不辞歌咏拙，取表性情真。公议存乡校[6]，廷评待史臣。他时邀紫诰，光映九河滨。”盖先生壬申公车[7]主余家时所作，故仅云“颠连四十春”。诗格绝类香山。敬录于此，一以昭节妇之贤，一以存先师之遗墨也。后外舅周箓马公见此诗，遂割腴田三百亩为节妇立嗣[8]，且为请旌。或亦讽谕之力欤！

余从军西域时，草奏草檄，日不暇给，遂不复吟咏。或得一联一句，亦境过辄忘。乌鲁木齐杂诗百六十首，皆归途追忆而成，非当日作也。一

---

① 天爵——《孟子·告子》：“仁义、忠、信，乐善不倦，此天爵也。”

② 黄鹄——《黄鹄歌》。《烈女传》载，陶婴夫死，守义作《黄鹄歌》：“黄鹄早寡矣，七年不双飞。”

③ 缁磷——《论语·阳货》：“不曰坚乎，磨而不磷；不曰白乎，涅而不缁。”磷，不损坏，不薄；涅，染；缁，黑。

④ “黧面”句——黧(lí)，色黑而黄。鹑(chún)，鸟名，秃尾，故衣衫破旧，称鹑衣。

⑤ 闉(yīn)——城门。

⑥ 乡校——乡村的公众场所。

⑦ 公车——指举人入京参加会试。

⑧ 立嗣——无子之人，以同宗辈分相当的人为嗣子。

日，功加毛副戎自述生平，怅怀今昔，偶为赋一绝句曰："雄心老去渐颓唐，醉卧将军古战场；半夜醒来吹铁笛，满天明月满林霜。"毛不解诗，余亦不复存稿。后同年杨君逢元过访，偶话及之。不知何日杨君登城北关帝祠楼，戏书于壁，不署姓名。适有道士经过，遂传为仙笔。余畏人乞诗，杨君畏人乞书，皆不肯自言。人又微知余能诗不能书，杨君能书不能诗，亦遂不疑及，竟几于流为丹青。迨余辛卯还京祖饯，于是始对众言之。乃爽然若失。昔南宋闽人林外题词①于西湖，误传仙笔。元【按：元当作金。王庭筠，字子端，金河东人，自号黄华老人。】王黄华诗刻于山西者，后摹刻于滇南，亦误传仙笔。然则诸书所谓仙诗者，此类多矣。

图裕斋前辈言：有选人游钓鱼台。时西顶社会，游女如织。薄暮，车马渐稀，一女子左抱小儿，右持鼗②鼓，袅袅来。见选人，举鼗一遥。选人一笑，女子亦一笑。选人故狡黠，揣女子装束类贵家，而抱子独行，又似村妇，踪迹诡异，疑为狐魅，因逐之絮谈。女子微露夫亡子幼意。选人笑语之曰："毋多言，我知尔，亦不惧尔。然我贫，闻尔辈能致财。若能赡我，我即从尔去。"女子亦笑曰："然则同归耳。"至其家，屋不甚宏壮，而颇华洁；亦有父母姑姊妹。彼此意会，不复话氏族，惟献酬款洽而已。酒阑就宿，备极嬿婉。次日入城，携小奴及幞被往，颇相安。惟女子冶荡无度，奔命殆疲。又渐使拂枕簟，侍梳沐，理衣裳，司洒扫，至于烟筒茗碗之役，亦遣执之。久而其姑若姊妹，皆调谑指挥，视如僮婢。选人耽其色，利其财，不能拒也。一旦，使涤厕牏③，选人不肯。女子愠曰："事事随汝意，此乃不随我意耶？"诸女亦助之诮责。由此渐相忤。既而每夜出不归，云亲戚留宿。又时有客至，皆曰中表，日嬉笑燕饮，或琵琶度曲，而禁选人勿至前。选人恚愤，女子亦怒，且笑曰："不如是，金帛从何来？使我谢客易，然一家三十口，须汝供给，汝能之耶？"选人知不可留，携小奴入京，僦住屋。次日再至，则荒烟蔓草，无复人居，并衣装不知所往矣。选人本携数

① 林外之诗曰："药炉丹灶旧生涯，白云深处是吾家。江城恋酒不归去，老却碧桃无限花。"

② 鼗（táo）——小鼓。

③ 厕牏（yú）——筑墙短板。厕所。

百金,善治生,衣颇褴褛。忽被服华楚,皆怪之。具言赘婿状,人亦不疑。俄又褴褛,讳不自言。后小奴私泄其事,人乃知之。曹慕堂宗丞曰:“此魅窃逃,犹有人理。吾所见有甚于此者矣。”

武强张公令誉,康熙丁酉举人,刘景南之妇翁也。言有选人纳一姬,聘币颇轻,惟言其母爱女甚,每月当十五日在寓,十五日归宁。悦其色美而值廉,竟曲从之。后一选人纳姬,约亦如是。选人初不肯,则举此选人为例。询访信然,亦曲从之。二人本同年①,一日话及,前选人忽省曰:“君家阿娇②归宁上半月耶?下半月耶?”曰:“下半月。”前选人大悟,急引入内室视之,果一人也。盖其初鬻之时,已预留再鬻地矣。张公淳实君子,度必无妄言。惟是京师鬻女之家,虽变幻万状,亦必欺以其方,故其术一时不遽败。若月月克日归宁,已不近事理;又不时往来于两家,岂人不能闻。是必败之道,狡黠者断不出此。或传闻失实,张公误听之欤?然紫陌看花③,动多迷路。其造作是语,固亦不为无因耳。

朱青雷言:李华麓在京,以五百金纳一姬。会以他事诣天津,还京之日,途遇一友,下车为礼。遥见姬与二媒媪同车驰过,大骇愕。而姬若弗见华麓者。恐误认,思所衣绣衫又已所新制,益怀疑,草草话别。至家,则姬故在。一见,即问:“尔先至耶?媒媪又将尔嫁何处?”姬仓皇不知所对。乃怒,遣家僮呼其父母来领女。父母狼狈至。其妹闻姊有变,亦同来。入门则宛然车中女,其绣衫乃借于姊者,尚未脱。盖少其姊一岁,容貌略相似也。华麓方跳踉如虓虎,见之省悟,嗒然无一语。父母固诘相召意。乃述误认之故,深自引愆。父母亦具述方鬻次女,借衣随媒媪同往事。问价几何,曰:“三百金,未允也。”华麓輾然,急开箧取五百金置几上曰:“与其姊同价可乎?”顷刻议定,留不遣归,即是夕同衾焉。风水相遭,

① 同年——旧指同科考中的人。

② 阿娇——“金屋藏娇”熟语。此指娇妾。

③ 紫陌看花——唐刘禹锡《戏赠看花诸君子》诗:“紫陌红尘拂面来,无人不道看花回。”

无心凑合。此亦可为佳话矣。

刘东堂言:狂生某者,性悖妄,诋訾今古,高自位置。有指摘其诗文一字者,衔之次骨,或至相殴。值河间岁试,同寓十数人,或相识,或不相识。夏夜散坐庭院纳凉,狂生纵意高谈。众畏其唇吻,皆缄口不答。惟树后坐一人,抗词与辩,连抵其隙。理屈词穷,怒问:“子为谁?”暗中应曰;“仆焦王相也。”(河间之宿儒。)骇问:“子不久死耶?”笑应曰:“仆如不死,敢捋虎须耶?”狂生跳掷叫号,绕墙寻觅。惟闻笑声吃吃,或在木杪,或在檐端而已。

王洪绪言:鄚州筑堤时,有少妇抱衣袱行堤上,力若不胜,就柳下暂息。时佣作数十人,亦散憩树下。少妇言归自母家,幼弟控一驴相送。驴惊坠地,弟入秫田追驴,自辰至午尚未返。不得已沿堤自行。家去此西北四五里。谁能抱袱送我,当谢百钱。一少年私念此可挑,不然亦得谢,乃随往。一路与调谑,不甚答亦不甚拒。行三四里,突七八人要于路曰:“何物狂且,敢觊觎我家妇女?”共执缚捶楚,皆曰:“送官徒涉讼,不如埋之。”少妇又述其谑语。益无可辩,惟再三哀祈。一人曰:“姑贳尔。然须罚掘开此塍,尽泄其积水。”授以一锸,坐守促之。掘至夜半,水道乃通,诸人亦不见。环视四面,芦苇丛生,杳无村落。疑狐穴被水,诱此人浚治云。

卷十七

姑妄听之(三)

族侄竹汀言:文安有佣工古北口外者,久无音问。其父母值岁荒,亦就食口外,且觅子。亦久无音问。后乃有人见之泰山下。言昔至密云东北,日已暮,风云并作。遥见山谷有灯光,漫往投止。至则土屋数楹,围以秫篱,有老妪应门,问其里贯,入以告。又遣问姓名年岁,并问:“曾有子出口否?子何名?年几何岁?”具以实对。忽有女子整衣出,延入上坐,拜而侍立;促老妪督婢治酒肴,意甚亲昵。莫测其由,起而固诘。则失声伏地曰:“儿不敢欺翁姑。儿狐女也,尝与翁姑之子为夫妇。本出相悦,无相媚意。不虞其爱恋过度,竟以瘵亡。心恒愧悔,故誓不别适,依其墓以居。今无意与翁姑遇,幸勿他往,儿尚能养翁姑。”初甚骇怖,既而见其意真切,相持涕泣,留共居。狐女奉事无不至,转胜于有子。如是六七年,狐女忽遣老妪市一棺,且具锸畚。怪问其故,欣然曰:“翁姑宜贺儿。儿奉事翁姑,自追念逝者,聊尽寸心耳。不期感动土地,闻于岳帝。岳帝悯之,许不待丹成,解形证果。今以遗蜕合窆,表同穴意也。”引至侧室,果一黑狐卧榻上,毛光如漆;举之轻如叶,扣之乃作金石声。信其真仙矣。葬事毕,又启曰:“今隶碧霞元君①为女官,当往泰山。请共往。”故相偕至此,僦屋与土人杂居。狐女惟不使人见形,其供养仍如初也。后不知其所终。此与前所记狐女略相近,然彼有所为而为,故仅得逭诛;此无所为而为,故竟能成道。天上无不忠不孝之神仙,斯言谅哉。

竹汀又言:有夜宿城隍庙廊者,闻殿中鬼语曰:“奉牒拘某妇。某妇恋其病姑,不肯死,念念固结,神不离舍,不能摄取,奈何?”城隍曰:“愚忠愚孝,多不计成败。与命数争,徒自苦者,固不少;精诚之至,鬼神所不能

① 碧霞元君——神名。传说为岳帝之女。

夺者,挽回一二,间亦有之。与强魂捍拒,其事迥殊,此宜申岳帝取进止,毋遽以厉鬼往也。”语讫,遂寂。后不知究竟能摄否。然足知人定胜天,确有是理矣。

顾郎中德懋,世所称判冥者也。尝自言平反一狱,颇自喜。其姓名不敢泄,其事则有姑出其妇者,以小姑之谗,非其罪也。姑性卞①,仓促度无挽回理;而母家亲党无一人,遂披缁尼庵,待姑意转。其夫怜之,时往视妇。亦不能无情。庵旁有废园,每约以夜伏破屋,而自逾墙缺私就之。来往岁余,为其师所觉。师持戒严,以为污佛地,斥其夫勿来,来且逐妇。夫遂绝迹。妇竟郁郁死。冥官谓既入空门,宜遵佛法,乃耽淫犯戒,当从僧律科断,议付泥犁。顾驳之曰:“尼犯淫戒,固有明刑。然必初念皈依,中违誓愿,科以僧律,百喙无词。此妇则无罪仳离,冀收覆水②,恩非断绝,志且坚贞。徒以孤苦无归,托身荒刹。其为尼也,但可谓之毁容,未可谓之奉法;其在庵也,但可谓之借榻,不可谓之安禅。若据其浮踪,执为恶业,则瑶光夺婿③,更以何罪相加?至其感念故夫,逾墙幽会,迹似‘赠以芍药’④,事均‘采彼蘼芜’⑤。人本同衾,理殊失节。阳律于未婚私媾,仅拟杖刑,犹容纳赎。兹之违礼,恐视彼为轻。况已抑郁捐生,纵有微愆,足以蔽罪。自应宽其薄罚,径付转轮。准理酌情,似乎两协。”事上,冥王竟从其议。此语真妄,无可证验。然据其所议,固持平之论矣。又顾临殁,自云以多泄阴事,谪为社公。姑存其说,亦足为轻谈温室⑥者箴也。

① 卞——急躁。

② 覆水——比喻夫妻离异。

③ 瑶光夺婿——北魏永安三年(530)尔朱兆在洛阳纵兵掠劫,当时洛阳有“洛阳男儿急作髻,瑶光寺尼夺作婿”之语。事见杨衒之《洛阳伽蓝记·瑶光寺》。

④ “赠以芍药”——《诗经·溱洧》:“伊其相谑,赠之以芍药”之句,意为男女相恋互赠礼物。

⑤ “采彼蘼芜”——古诗《上山采蘼芜》:“上山采蘼芜,下山逢故夫。”

⑥ 谈温室——汉代孔光为人谨慎寡言,回家从不言朝廷中事,有人问他温室省里栽种有什么树,他也避而不谈。事见《汉书·孔光传》。

库尔喀喇乌苏(库尔喀喇,译言黑;乌苏,译言水也。)台军李印,尝随都司刘德行山中。见悬崖老松贯一矢,莫测其由。晚宿邮舍,印乃言昔过是地,遥见一骑飞驰来,疑为玛哈沁,伏深草伺之。渐近,则一物似人非人,据马上,马乃野马也。知为怪,发一矢,中之。嗡然如钟声,化黑烟去;野马亦惊逸。今此矢在树,知为木妖也。问:"顷见之何不言?"曰:"射时彼原未见我。彼既有灵,恐闻之或报复,故宁默也。"其机警多类此。一日,塔尔巴哈台押逋寇满答尔至,命印接解。以铁扦贯手,以铁链从马腹横锁其足。时已病,奄奄仅一息。与之食,亦不甚咽;在马上每欲倒掷下,赖絷足得不堕。但虑其死,不虑其逃也。至戈壁,两马相并,又作欲堕状。印举手引之。突挺然而起,以扦击印仆马下,即旋辔驰入戈壁去。戈壁东北连科布多(北路定边副将军所属。)绵亘数百里,古无人迹,竟莫能追。始知其病者伪也。参将岳济,坐是获重谴;印亦长枷。既而伊犁复捕得满答尔。盖额鲁特来降者,赏赍最厚。满答尔贪饵而出,因就擒。讯其何以敢再至。则曰:"我罪至重,谅必不料我来;我随众而来,亦必不疑其中有我。"其所计良是,而不虞识其顶上箭瘢也。以印之巧密,而卒为术愚;以满答尔之深险,而卒以诈败。日以心斗,诚不知其所穷。然任智终遇其敌,未有千虑不一失者,则定理也。

李义山①诗"空闻子夜鬼悲歌",用晋时鬼歌子夜事也。李昌谷②诗"秋坟鬼唱鲍家诗",则以鲍参军③有《蒿里行》,幻窅其词耳。然世固往往有是事。田香沜言:尝读书别业。一夕,风静月明,闻有度昆曲者,亮折清圆,凄心动魄。谛审之,乃《牡丹亭》叫画一出也。忘其所以,静听至终。忽省墙外皆断港荒陂,人迹罕至,此曲自何而来?开户视之,惟芦荻瑟瑟而已。

香沚又言:有老儒授徒野寺。寺外多荒冢,暮夜或见鬼形,或闻鬼语。

① 李义山——唐诗人李商隐,字义山。
② 李昌谷——唐诗人李贺,出生于河南昌谷。
③ 鲍参军——南朝宋诗人鲍照,曾任临海王参军。

老儒有胆，殊不怖。其童仆习惯，亦不怖也。一夕，隔墙语曰："邻君已久，知先生不讶。尝闻吟咏，案上当有温庭筠诗，乞录其《达摩支曲》一首焚之。"又小语曰："末句'邺城风雨连天草'，祈写'连'为'粘'，则感极矣。顷争此一字，与人赌小酒食也。"老儒适有温集，遂举投墙外。约一食顷，忽木叶乱飞，旋飚怒卷，泥沙洒窗户如急雨。老儒笑且叱曰："尔辈勿劣相。我筹之已熟：两相角赌，必有一负；负者必怨，事理之常。然因改字以招怨，则吾词曲；因其本书以招怨，则吾词直。听尔辈狡狯，吾不愧也。"语讫而风止。褚鹤汀曰："究是读书鬼，故虽负气求胜，而能为理屈。然老儒不出此集，不更两全乎？"王榖原曰："君论世法也。老儒解世法，不老儒矣。"

司爨王媪言：(即见醉钟馗者。)有樵者伐木山冈，力倦小憩。遥见一人持衣数袭，沿路弃之，不省其何故。谛视之，履险阻如坦途，其行甚速，非人可及；貌亦惨淡不似人，疑为妖魅。登高树瞰之，人已不见。由其弃衣之路，宛转至山坳，则一虎伏焉。知人为伥鬼，衣所食者之遗也。急弃柴自冈后遁。次日，闻某村某甲于是地死于虎矣。路非人径所必经，知其以衣为饵，导之至是也。物莫灵于人，人恒以饵取物。今物乃以饵取人，岂人弗灵哉！利汩其灵，故智出物下耳。然是事一传，猎者因循衣所在，得虎窟，合铳群击，殪其三焉。则虎又以智败矣。辗转倚伏，机械又安有穷欤？或又曰："虎至悍而至愚，心计万万不到此。闻伥役于虎，必得代乃转生。是殆伥诱人自代，因引人捕虎报冤也。"伥者人所化，揆诸人事，固亦有之。又惜虎知伥助己，不知即伥害己矣。

梁豁堂言：有粤东大商，喜学仙，招纳方士数十人，转相神圣，皆曰冲举①可坐致。所费不资，然亦时时有小验，故信之益笃。一日，有道士来访，虽敝衣破笠，而神意落落，如独鹤孤松。与之言，微妙玄远，多出意表。试其法，则驱役鬼神，呼召风雨，如操券也；松鲈、台菌，吴橙、闽荔，如取携也；星娥琴竽，玉女歌舞，犹仆隶也。握其符，十洲三岛，可以梦游。出黍

① 冲举——上天。指成仙。

颗之丹,点瓦石为黄金,百炼不耗。粤商大骇服。诸方士自顾不及,亦稽首称圣师,皆愿为弟子,求传道。道士曰:“然则择日设坛,当一一授汝。”至期,道士登座,众拜讫。道士问:“尔辈何求?”曰:“求仙。”问:“求仙何以求诸我?”曰:“如是灵异,非真仙而何?”道士轩渠①良久,曰:“此术也,非道也。夫道者冲漠自然,与元气为一,乌有如是种种哉!盖三教之放失久矣。儒之本旨,明体达用而已。文章记诵,非也;谈天说性,亦非也,佛之本旨,无生无灭而已。布施供养,非也;机锋语录,亦非也。道之本旨,清净冲虚而已。章咒符箓,非也;炉火服饵,亦非也。尔所见种种,是皆章咒符箓事,去炉火服饵,尚隔几尘,况长生乎?然无所征验,遽斥其非,尔必谓訾其所能,而毁其所不能,徒大言耳。今示以种种能为,而告以种种不可为,尔庶几知返乎!儒家释家,情伪日增,门径各别,可勿与辩也。吾疾夫道家之滋伪,故因汝好道,姑一正之。”因指诸方士曰:“尔之不食,辟谷丸也。尔之前知,桃偶人也。尔之烧丹,房中药也。尔之点金,缩银法也。尔之入冥,茉莉根②也。尔之召仙,摄灵鬼也。尔之返魂,役狐魅也,尔之搬运,五鬼术也。尔之辟兵,铁布衫也。尔之飞跃,鹿卢③跷也。名曰道流,皆妖人耳。不速解散,雷部且至矣。”振衣欲起。众牵衣叩额曰:“下士沈迷,已知其罪;幸逢仙驾,是亦前缘。忍不一度脱乎?”道士却坐,顾粤商曰:“尔曾闻笙歌锦绣之中,有一人挥手飞升者乎?”顾诸方士曰:“尔曾闻炫术鬻财之辈,有一人脱屣羽化者乎?夫修道者须谢绝万缘,坚持一念,使此心寂寂如死,而后可不死;使此气绵绵不停,而后可长停。然亦非枯坐事也。仙有仙骨,亦有仙缘。骨非药物所能换,缘亦非情好所能结。必积功累德,而后列名于仙籍,仙骨以生;仙骨既成,真灵自尔感通,仙缘乃凑。此在尔辈之自度,仙家安有度人法乎?”因索纸大书十六字曰:“内绝世缘,外积阴骘④;无怪无奇,是真秘密。”投笔于案,声如霹雳,已失所在矣。

---

① 轩渠——欣悦的样子。
② 茉莉根——据说以茉莉花根磨汁喝,一寸可以使人暂时尸蹶一日。
③ 鹿卢——滑轮。
④ 骘(zhì)——安排;定数。

表伯王洪生家，有狐居仓中，不甚为祟；然小儿女或近仓游戏，辄被瓦击。一日，厨下得一小狐，众欲捶杀以泄愤。洪生曰："是挑衅也。人与妖斗，宁有胜乎？"乃引至榻上，哺以果饵，亲送至仓外。自是儿女辈往来其地，不复击矣。此不战而屈人也。

又舅氏安公五占，居县东留福庄。其邻家二犬，一夕吠甚急。邻妇出视无一人，惟闻屋上语曰："汝家犬太恶，我不敢下。有逃婢匿汝家灶内，烦以烟熏之，当自出。"妇大骇，入视灶内，果嘤嘤有泣声。问是何物，何以至此？灶内小语曰："我名绿云，狐家婢也。不胜鞭捶，逃匿于此，冀少缓须臾死，惟娘子哀之。"妇故长斋礼佛，意颇怜悯，向屋仰语曰："渠畏怖不出，我亦实不忍火攻。苟无大罪，乞仙家舍之。"（里俗呼狐曰仙家。）屋上应曰："我二千钱新买得，哪能即舍？"妇曰："二千钱赎之，可乎？"良久，乃应曰："是或尚可。"妇以钱掷于屋上，遂不闻声。妇扣灶呼曰："绿云可出，我已赎得汝。汝主去矣。"灶内应曰："感活命恩，今便随娘子驱使。"妇曰："人哪可蓄狐婢，汝且自去；恐惊骇小儿女，亦慎勿露形。"果似有黑物瞥然逝。后每逢元旦，辄闻窗外呼曰："绿云叩头。"

蒙古以羊骨卜，烧而观其坼兆，犹蛮峒①鸡卜也。霍丈易书在葵苏图军台时，有老妇解此术。使卜归期。妇侧睨良久，曰："马未鞍，人未冠，是不行也；然鞍与冠皆已具，行有兆矣。"越数月，又使卜。妇一视即拜曰："马已鞍，人已冠矣，公不久其归乎？"既而果赐环②。又大学士温公言：曩征乌什，俘回部十余人，禁地窖中。一日，指口诉饥。投以杏。众分食讫，一年老者握其核，喃喃密祝，掷于地上，观其纵横奇偶，忽失声哭。其党环视，亦皆哭。既而骈诛之牒至。疑其法如火珠林③钱卜也。是与蓍龟虽不同，然以骨取像者，龟之变；以物取数者，蓍之变。其藉人精神以有灵，理则一耳。

---

① 峒（dòng）——旧时对我国贵州、广西少数民族的泛称。

② 赐环——古时官员有罪，待于其境三年，朝廷赐环则复，赐玦则去。

③ 火珠林——疑为署名麻衣道人撰的占卜之书。

康熙癸巳秋,宋村厂佃户周甲,不胜其妇之捶楚,夜伺妇寝,逃匿破庙,将待晓,介邻里乞怜。妇觉之,追迹至庙,对神像数其罪,叱使伏受鞭。庙故有狐。鞭甫十余,方哀呼,群狐合躁而出,曰:“世乃有此不平事!”齐夺甲置墙隅,执其妇,褫无寸缕,即以其鞭鞭之,至流血未释。突狐妇又合噪而出,曰:“男子但解护男子。渠背妻私昵某家女,不应死耶?”亦夺其妇置墙隅,而相率执甲。群狐格斗争救,喧哄良久。守田者疑为劫盗,大呼鸣铳为声援。狐乃各散。妇已委顿,甲竭蹶负以归。王德庵先生时设帐于是,见妇在途中犹喃喃骂也。先生尝曰:“快哉诸狐!可谓礼失而求野。狐妇乃恶伤其类,又别执一理,操同室之戈。盖门户分而朋党起,朋党盛而公论淆,轇轕[①]纷纭,是非蜂起,其相轧也久矣。”

张铉耳先生家,一夕觅一婢不见,意其逋逃。次日,乃醉卧宅后积薪下。空房锁闭,不知其何从入也。沃发渍面,至午乃苏。言昨晚闻后院嬉笑声,稔知狐魅,习惯不惧,窃从门隙窥之。见酒炙罗列,数少年方聚饮。俄为所觉,遽跃起拥我逾墙入。恍惚间如睡如梦,噤不能言,遂被逼入坐。陈醲酞,加以苛罚,遂至沉酣,不记几时眠,亦不知其几时去也。铉耳先生素刚正,自往数之曰:“相处多年,除日日取柴外,两无干犯。何突然越礼,以良家婢子作倡女侑觞?子弟猖狂,父兄安在?为家长者宁不愧乎?”至夜半,窗外语曰:“儿辈冶荡,业已笞之。然其间有一线乞原者:此婢先探手入门,作谑词乞肉,非出强牵。且其月下花前,采兰赠芍,阅人非一,碎璧多年,故儿辈敢通款曲。不然,则某婢某婢色岂不佳,何终不敢犯乎?防范之疏,仆与先生似当两分其过,惟俯察之。”先生曰:“君既笞儿,此婢吾亦当痛笞。”狐哂曰:“过摽梅之年[②],而不为之择配偶,郁而横决,罪岂独在此婢乎?”先生默然。次日,呼媒媪至,凡年长数婢尽嫁之。

邱县丞天锦言:西商有杜奎者,不知其乡贯,其语似泽、潞人也。刚劲

---

① 轇轕(jiāo gé)——纠葛,纵横交杂的样子。

② 摽梅之年——摽梅,《诗经·召南》篇名。指已届婚姻之年。参见卷十六第22则注。

有胆,不畏鬼神,空宅荒祠,所至恒幞被独宿,亦无所见闻。偶行经六盘山麓,日已曛黑,遂投止。废堡破屋,荒烟蔓草,四无人踪。度万万无寇盗,解装绊马,拾枯枝爇火御寒竟,展衾安卧。方欲睡间,闻有哭声。谛听之,似在屋后,似出地下。时榾拙①方燃,室明如昼,因侧眠握刀以待之。俄声渐近,已在窗外黑处,呜呜不已;然终不露形。杜叱问曰;"平生未曾见尔辈。是何鬼物?可出面言。"暗中有应者曰:"身是女子,裸无寸缕,愧难相见。如不见弃,许入被中,则有物蔽形,可以对语。"杜知其欲相媚惑,亦不惧之,微哂曰:"欲入即入。"阴风飒然,已一好女共枕矣。羞容靦覥,掩面泣曰:"一语才通,遽相偎倚。人虽冶荡,何至于斯?缘有苦情,迫于陈诉,虽嫌造次,勿讶淫奔。此堡故群盗所居,妾偶独行,为其所劫,尽褫衣裳簪珥,缚弃涧中。夏浸寒泉,冬埋积雪,沈阴冱冻,万苦难名。后恶党伏诛,废为墟莽。无人可告,茹痛至今。幸空谷足音,得见君子,机缘难再,千载一时。故忍耻相投,不辞自献,拟以一宵之爱,乞市薄槥,移骨平原。庶地气少温,得安营魄。倘更作佛事,超拔转轮,则再造之恩,誓世世长执巾栉。"语讫拭泪,纵体入怀。杜慨然曰:"本谓尔为妖,乃沈冤如是!吾虽耽花柳,然乘人窘急,挟制求欢,则落落丈夫,义不出此。汝既畏冷,无妨就我取温;如讲幽期,则不如径去。"女伏枕叩额,亦不再言。杜拥之酣眠,帖然就抱。天晓,已失所在。乃留数日,为营葬营斋。越数载归里,有邻家小女,见杜辄恋恋相随。后老而无子,求为侧室。父母不肯。女自请相从,竟得一男。知其事者,皆疑为此鬼后身也。

《宋书·符瑞志》曰:珊瑚钩,王者恭信则见。然不言其形状,盖自然之宝也。杜工部诗曰:"飘飘青琐②郎,文采珊瑚钩。"似即指此。萧诠诗曰;"珠帘半上珊瑚钩。"则以珊瑚为钩耳。余见故大学士杨公一带钩,长约四寸余,围约一寸六七分。其钩就倒垂椏杈,截去附枝,作一螭头。其系绦镮柱,亦就一横出之瘿瘤,作一芝草。其干天然弯曲,脉理分明,无一毫斧凿迹,色亦纯作樱桃红,殆为奇绝。其挂钩之环,则以交柯连理之枝,去其外歧,而存其周围相属者,亦似天成。然珊瑚连理者多,佩环似此者

---

① 榾拙(gǔ duò)——木块,木头。

② 青琐——刻镂成格的窗户。

亦多,不为异也。云以千四百金得诸洋舶。此在壬午、癸未间,其时珊瑚易致,价尚未昂云。

又余在乌鲁木齐时,见故大学士温公有玉一片,如掌大,可作臂阁。质理莹白,面有红斑四点,皆大如指顶,鲜活如花片,非血浸,非油炼,非琥珀烫,深入腠理,而晕脚四散,渐远渐淡,以至于无,盖天成也。公恒以自随。木果木之战①,公埋轮絷马②,慷慨捐生。此物想流落蛮烟瘴雨间矣。

又尝见贾人持一玉簪,长五寸余,圆如画笔之管,上半纯白,下半莹澈如琥珀,为目所未睹。有酬以九百金者,坚不肯售。余终疑为药炼也。

五十年前,见董文恪公一玉蟹,质不甚巨,而纯白无点瑕。独视之亦常玉,以他白玉相比,则非隐青即隐黄隐赭,无一正白者,乃知其可贵。顷与柘林司农话及,司农曰:"公在日,偶值匮乏,以六百金转售之矣。"

益都有书生,才气飚发,颇为隽上。一日,晚凉散步,与村女目成。密遣仆妇通词,约某夕虚掩后门待。生潜踪匿影,方暗中扪壁窃行,突火光一掣,朗若月明,见一厉鬼当户立。狼狈奔回,几失魂魄。次日至塾,塾师忽端坐大言曰;"吾辛苦积得小阴骘,当有一孙登第。何逾墙钻穴,自败成功?幸我变形阻之,未至削籍,然亦殿两举矣。尔受人脩脯,教人子弟,何无约束至此耶?"自批其颊十余,昏然仆地。方灌治间,宅内仆妇亦自批其颊曰:"尔我家三世奴,岂朝秦暮楚者耶?幼主妄行当劝戒,不从则当告主人。乃献媚希赏,几误其终身,岂非负心耶?后再不悛,且褫尔魄!"语讫,亦昏仆。并久之,乃苏。门人李南涧曾亲见之。盖祖父之积累如是其难,子孙之败坏如是其易也,祖父之于子孙如是其死尚不忘也,

---

① 木果木之战——发生在乾隆三十九(1774)年。

② 埋轮絷马——屈原《国殇》:"埋两轮兮絷四马"。

人可不深长思乎！然南涧言此生终身不第，颇颔以终。殆流荡不返，其祖亦无如何欤？抑或附形于塾师，附形于仆妇，而不附形于其孙，亦不附形于其子，犹有溺爱者存，故终不知惩欤？

狐魅，人之所畏也，而有罗生者，读小说杂记，稔闻狐女之姣丽，恨不一遇。近郊古冢，人云有狐，又云时或有人与狎昵。乃诣其窟穴，具贽币牲醴，投书求婚姻，且云或香闺娇女，并已乘龙，或鄙弃樗材[1]，不堪倚玉，则乞赐一艳婢，用充贵媵，衔感亦均。再拜置之而返，数日寂然。一夕，独坐凝思，忽有好女出灯下，嫣然笑曰："主人感君盛意，卜今吉日，遣小婢三秀来充下陈，幸见收录。"因叩谒如礼，凝眸侧立，妖媚横生。生大欣慰，即于是夜定情。自以为彩鸾[2]甲帐，不是过也。婢善隐形，人不能见；虽远行别宿，亦复相随，益惬生所愿。惟性饕餮，家中食物，多被窃。食物不足，则盗衣裳器具，鬻钱以买，亦不知谁为料理，意有徒党同来也。以是稍谯责之，然媚态柔情，摇魂动魄，低眉一盼，亦复回嗔。又冶荡殊常，蛊惑万状，卜夜卜昼，靡有已时，尚嗛嗛不足。以是家为之凋，体亦为之敝。久而疲于奔命，怨詈时闻，渐起衅端，遂成仇隙。呼朋引类，妖祟大兴，日不聊生。延正一真人劾治，婢现形抗辩曰："始缘祈请，本异私奔；继奉主命，不为苟合。手札具存，非无故为魅也。至于盗窃淫佚，狐之本性，振古如是，彼岂不知？既以耽色之故，舍人而求狐；乃又责狐以人理，毋乃悖欤？即以人理而论，图声色之娱者，不能惜蓄养之费。既充妾媵，即当仰食于主人；所给不敷，即不免私有所取。家庭之内，似此者多。较攘窃他人，终为有间。若夫闺房燕昵，何所不有？圣人制礼，亦不能立以程限；帝王定律，亦不能设以科条。在嫡配尚属常情，在姬侍尤其本分。录以为罪，窃有未甘。"真人曰："鸠众肆扰，又何理乎？"曰："嫁女与人，意图求取。不满所欲，聚党喧哄者，不知凡几，未闻有人科其罪，乃科罪于狐欤？"真人俯思良久，顾罗生笑曰："君所谓求仁得仁，亦复何怨。老夫耄矣，不能驱役鬼神，预人家儿女事。"后罗生家贫如洗，竟以瘵终。

---

① 樗(chū)材——臭椿。比喻蠢材或劣材。

② 彩鸾——传说中的仙女，与书生文箫相恋，归钟陵为夫妇。见元林坤《诚斋杂记》。

从侄秀山言:奴子吴士俊尝与人斗,不胜,恚而求自尽。欲于村外觅僻地,甫出栅,即有二鬼邀之。一鬼言投井佳,一鬼言自缢更佳,左右牵掣,莫知所适。俄有旧识丁文奎者从北来,挥拳击二鬼遁去,而自送士俊归。士俊惘惘如梦醒,自尽之心顿息。文奎亦先以缢死者,盖二人同役于叔父栗甫公家。文奎殁后,其母撄疾困卧。士俊尝助以钱五百,故以是报之。此余家近岁事,与《新齐谐》①所记针工遇鬼略相似,信凿然有之。而文奎之求代而来,报恩而去,尤足以激薄俗矣。

周景垣前辈言:有巨室眷属,连舻之任,晚泊大江中。俄一大舰来同泊,门灯樯帜,亦官舫也。日欲没时,舱中二十余人露刃跃过,尽驱妇女出舱外。有靓妆女子隔窗指一少妇曰:“此即是矣。”群盗应声曳之去。一盗大呼曰:“我即尔家某婢父。尔女酷虐我女,鞭捶炮烙无人理。幸逃出遇我。尔追捕未获。衔冤次骨,今来复仇也。”言讫,扬帆顺流去,斯须灭影。缉寻无迹,女竟不知其所终,然情状可想矣。夫贫至鬻女,岂复有所能为?而不虑其能为盗也。婢受惨毒,岂复能报?而不虑其父能为盗也。此所谓蜂虿有毒欤!又李受公言:有御婢残忍者,偶以小过闭空房,冻饿死,然无伤痕。其父讼不得直,反受笞。冤愤莫释,夜逾垣入,并其母女手刃之。海捕多年,竟终漏网。是不为盗亦能报矣。又言京师某家火,夫妇子女并焚,亦群婢怨毒之所为。事无显证,遂无可追求。是不必有父亦自能报矣。余有亲串,鞭笞婢妾,嬉笑如儿戏,间有死者。一夕,有黑气如车轮,自檐堕下,旋转如风,啾啾然有声,直入内室而隐。次日,疽发于项如粟颗,渐以四溃,首断如斩。是人所不能报,鬼亦报之矣。人之爱子,谁不如我?其强者衔冤茹痛,郁结莫申,一决横流,势所必至。其弱者横遭荼毒,赍恨黄泉,哀感三灵,岂无神理!不有人祸,必有天刑,固亦理之自然耳。

世谓古玉皆昆吾②刀刻,不尽然也。魏文帝《典论》已不信世有昆吾

---

① 《新齐谐》——清袁枚撰,一名《子不语》。

② 昆吾——刀名。据《十洲记》,周穆王时西胡献昆召刀,长一尺,切玉如泥。

刀,是汉时已无此器。李义山诗:“玉集胡沙割。”是唐已沙碾矣。今琢玉之巧,以痕都斯坦①为第一,其地即佛经之印度、《汉书》之身毒②。精是技者,相传犹汉武时玉工之裔,故所雕物象,颇有中国花草,非西域所有者,沿旧谱也。又云别有奇药能软玉,故细入毫芒,曲折如意。余尝见玛少宰兴阿自西域买来梅花一枝,虬干夭矫,殆可以插瓶;而开之则上盖下底成一盒,虽细条碎瓣,亦皆空中。又尝见一钵,内外两重,可以转而不可出,中间隙缝,仅如一发。摇之无声,断无容刀之理;刀亦断无屈曲三折,透至钵底之理。疑其又有黏合无迹之药,不但能软也。此在前代,偶然一见,谓之鬼工。今则纳赆输琛③,有如域内,亦寻常视之矣。

闽人有女未嫁卒,已葬矣。阅岁余,有亲串见之别县。初疑貌相似,然声音体态,无相似至此者。出其不意,从后试呼其小名。女忽回顾。知不谬,又疑为鬼。归告其父母,开冢验视,果空棺。共往踪迹。初阳不相识。父母举其胸胁瘢痣,呼邻妇密视,乃具伏。觅其夫,则已遁矣。盖闽中茉莉花根,以酒磨汁饮之,一寸可尸蹶一日,服至六寸尚可苏,至七寸乃真死。女已有婿,而私与邻子狎,故磨此根使诈死,待其葬而发墓共逃也。婿家鸣官,捕得邻子,供词与女同。时吴林塘官闽县,亲鞫是狱。欲引开棺见尸律④,则人实未死,事异图财;欲引药迷子女例⑤,则女本同谋,情殊掠卖。无正条可以拟罪,乃仍以奸拐本律断。人情变幻,亦何所不有乎!

唐宋人最重通犀⑥,所云种种人物,形至奇巧者。唐武后之简,作双龙对立状。宋孝宗之带,作南极老人扶杖像。见于诸书者不一,当非妄

---

① 痕都斯坦——地名,在今印度。
② 身毒——即印度。
③ 纳赆(jìn)输琛——赆、琛,玉名。指外国进贡的珍宝。
④ 尸律——清刑律定,凡发掘坟墓、开棺见尸者,处绞刑。
⑤ 药迷子女例——清刑律定,以迷药或邪术,诱拐幼小儿童者,为首的处以绞刑,立决。
⑥ 通犀——指犀牛角中央色白通两额者。李商隐《无题》诗中有“心有灵犀一点通”之句。

语。今唯有黑白二色,未闻有肖人物形者,此何以故欤?惟大理石往往似画,至今尚然。尝见梁少司马铁幢家一插屏,作一鹰立老树斜柯上,嘴距翼尾,一一酷似;侧身旁睨,似欲下搏,神气亦极生动。朱运使子颖,尝以大理石镇纸赠亡儿汝佶,长约二寸,广约一寸,厚约五六分。一面悬崖对峙,中有二人乘一舟顺流下;一面作双松欹立;针鬣分明,下有水纹,一月在松梢,一月在水。宛然两水墨小幅。上有刻字,一题曰"轻舟出峡",一题曰"松溪印月",左侧题"十岳山人"。字皆八分书。盖明王寅①故物也。汝佶以献余,余于器玩不甚留意,后为人取去。烟云过眼矣,偶然忆及,因并记之。

旧蓄北宋苑画八幅,不题名氏,绢丝如布,笔墨沈著,工密中有浑浑穆穆之气,疑为真迹。所画皆故事,而中有三幅不可考。一幅下作甲仗隐现状,上作一月衔树杪,一女子衣带飘舞,翩如飞鸟,似御风而行。一幅作旷野之中,一中使背诏立;一人衣巾褴褛自右来,二小儿迎拜于左,其人作引手援之状。中使若不见三人,三人亦若不见中使。一幅作一堂甚华敞,阶下列酒罂五,左侧作艳女数人,靓妆彩服,若贵家姬;右侧作媪婢携抱小儿女,皆侍立甚肃。中一人常服据榻坐,自抱一酒罂,持钻钻之。后前一幅辨为红线②,后二幅则终不知为谁。姑记于此,俟博雅者考之。

张石粼先生,姚安公同年老友也。性伉直,每面折人过;然慷慨尚义,视朋友之事如己事,劳与怨皆不避也。尝梦其亡友某公盛气相诘曰:"君两为县令,凡故人子孙零替者,无不收恤。独我子数千里相投,视如陌路,何也?"先生梦中怒且笑曰:"君忘之欤?夫所谓朋友,岂势利相攀援,酒食相征逐哉?为缓急可恃,而休戚相关也。我视君如弟兄,吾家奴结党以蠹我,其势蟠固。我无可如何。我常密托君察某某。君目睹其奸状,而恐招嫌怨,讳不肯言。及某某贯盈自败,君又博忠厚之名,百端为之解脱。我事之偾不偾,我财之给不给,君皆弗问,第求若辈感激,称长者而已。是

---

① 王寅——号十岳山人,中年入禅。

② 红线——唐传奇小说《甘泽谣》中的女侠。

非厚其所薄，薄其所厚乎？君先陌路视我，而怪我视君如陌路，君忘之欤？”其人瑟缩而去。此五十年前事也。大抵士大夫之习气，类以不谈人过为君子，而不计其人之亲疏，事之利害。余尝见胡牧亭为群仆剥削，至衣食不给。同年朱学士竹君奋然代为驱逐，牧亭生计乃稍苏。又尝见陈裕斋殁后，孀妾孤儿，为其婿所凌逼。同年曹宗丞慕堂亦奋然鸠率旧好，代为驱逐，其子乃得以自存。一时清议，称古道者百不一二，称多事者十恒八九也。又尝见崔总宪应阶娶孙妇，赁彩轿亲迎。其家奴互相钩贯，非三百金不能得，众喙一音。至前期一两日，价更倍昂。崔公恚愤，自求朋友代赁。朋友皆避怨不肯应，甚有谓彩轿无定价，贫富贵贱，各随其人为消长，非他人所可代赁，以巧为调停者。不得已，以己所乘轿结彩缯用之。一时清议，谓坐视非理者亦百不一二，谓善体下情者亦十恒八九也。彼一是非，此一是非，将乌乎质之哉？

朱青雷言：尝谒椒山①祠，见数人结伴入，众皆叩拜，中一人独长揖。或诘其故。曰：“杨公员外郎，我亦员外郎，品秩相等，无庭参②礼也。”或又曰：“杨公忠臣。”稽然曰：“我奸臣乎？”于大羽因言：聂松岩尝骑驴，遇一治磨者，嗔不让路。治磨者曰：“石工遇石工，（松岩安丘张卯君之弟子，以篆刻名一时。）何让之有？”余亦言：交河一塾师与张晴岚论文相诋。塾师怒曰：“我与汝同岁入泮，同至今日皆不第，汝何处胜我耶？”三事相类，虽善辩者无如何也。田白岩曰：“天地之大，何所不有？遇此种人，惟当以不治治之，亦于事无害；必欲其解悟，弥出葛藤。尝见两生同寓佛寺，一詈紫阳③，一詈象山④，喧诟至夜半。僧从旁解纷，又谓异端害正，共与僧斗。次日，三人破额，诣讼庭。非天下本无事，庸人自扰之乎？”

昌平有老妪，蓄鸡至多，惟卖其卵。有买鸡充馔者，虽十倍其价不肯

① 椒山——明杨继盛号椒山，官兵部员外郎，为严嵩所陷害，处斩。

② 庭参——古时官场礼节，称属员于公堂上谒见长官。

③ 紫阳——指宋代朱熹。

④ 象山——指宋代陆九渊。

售。所居依山麓,日久滋衍,殆以谷量。将曙时,唱声竞作,如传呼之相应也。会刈麦曝于门外,群鸡忽千百齐至,围绕啄食。媪持杖驱之不开,遍呼男女,交手扑击,东散西聚,莫可如何。方喧哄间,住屋五楹,訇然摧圮,鸡乃俱惊飞入山去。此与《宣室志》所载李甲家鼠报恩事相类。夫鹤知夜半,鸡知将旦,气之相感而精神动焉,非其能自知时也。故邵子曰:“禽鸟得气之先。”至万物成毁之数,断非禽鸟所先知,何以聚族而来,脱主人于厄乎?此必有凭之者矣!

从侄汝夔言:甲乙并以捕狐为业,所居相距十余里。一日,伺得一冢有狐迹,拟共往,约日落后会于某所。乙至,甲已先在,同至冢侧,相其穴,可容人。甲令乙伏穴内,而自匿冢畔丛薄中;待狐归穴,甲御其出路,而乙在内禽絷之。乙暗坐至夜分,寂无音响,欲出与甲商进止。呼良久,不应;试出寻之,则二墓碑横压穴口,仅隙光一线,阔寸许,重不可举。乃知为甲所卖。次日,闻外有叱牛声,极力号叫。牧者始闻,报其家往视。鸠人移石,已幽闭一昼夜矣。疑甲谋杀,率子弟诣甲,将执讼官。至半途,乃见甲裸体反缚柳树上。众围而唾詈,或鞭扑之。盖甲赴约时,路遇馌妇相调谑,因私狎于秫丛。时盛暑,各解衣置地。甫脱手,妇跃起掣其衣走,莫知所向。幸无人见,狼狈潜归。未至家,遇明火持械者,见之呼曰:“奴在此。”则邻家少妇三四,睡于院中,忽见甲解衣就同卧;惊唤众起,已弃衣逾墙遁。方共里党追捕也。甲无以自白,惟呼天而已。乙述昨事,乃知皆为狐所卖。然伺其穴而掩袭,此戕杀之仇也。戕杀之仇,以游戏报之:一闭使不出,而留隙使不死;一褫其衣使受缚无辨,而人觉即遁,使其罪亦不至死。犹可谓善留余地矣。

天下有极细之事,而皋陶①亦不能断者。门人折生遇兰,健令也。官安定日,有两家争一坟山,讼四五十年,阅两世矣。其地广阔不盈亩,中有二冢,两家各以为祖茔。问邻证,则万山之中,裹粮挈水乃能至,四无居人。问契券,则皆称前明兵燹已不存。问地粮串票,则两造具在。其词皆

① 皋陶——相传上古舜时执法官。

曰:“此地万不足耕,无锱铢之利,而有地丁之额①。所以百控不已者,徒以祖宗丘陇,不欲为他人占耳。”又皆曰:“苟非先人之体魄,谁肯涉讼数十年,认他人为祖宗者。”或疑为谋占吉地,则又皆曰:“秦陇素不讲此事,实无此心,亦彼此不疑有此心;且四围皆石,不能再容一棺,如得地之后,掘而别葬,是反授不得者以间。谁敢为之?”竟无以折服,又无均分理,无入官理,亦莫能判定。大抵每祭必斗,每斗必讼官。惟就斗论斗,更不问其所因矣。后蔡西斋为甘肃藩司,闻之曰:“此争祭非争产也,盍以理喻之。”曰:“尔既自以为祖墓,应听尔祭。其来争祭者既愿以尔祖为祖,于尔祖无损,于尔亦无损也,听其享荐亦大佳,何必拒乎?”亦不得已之权词,然迄不知其遵否也。

胡牧亭言:其乡一富室,厚自奉养,闭门不与外事,人罕得识其面。不善治生,而财终不耗;不善调摄,而终无疾病。或有祸患,亦意外得解。尝一婢自缢死,里胥大喜,张其事报官。官亦欣然即日来。比陈尸检验,忽手足蠕蠕动。方共骇怪,俄欠伸,俄转侧,俄起坐,已复苏矣。官尚欲以逼污投缳,锻炼罗织,微以语导之。婢叩首曰:“主人妾媵如神仙,宁有情到我?设其到我,方欢喜不暇,宁肯自戕?实闻父不知何故为官所杖杀,悲痛难释,愤恚求死耳,无他故也。”官乃大沮去。其他往往多类此。乡人皆言其蠢然一物,乃有此福,理不可明。偶扶乩召仙,以此叩之。乩判曰:“诸君误矣,其福正以其蠢也。此翁过去生中,乃一村叟,其人淳淳闷闷,无计较心;悠悠忽忽,无得失心;落落漠漠,无爱憎心;坦坦平平,无偏私心;人或凌侮,无争竞心;人或欺绐,无机械心;人或谤詈,无嗔怒心;人或构害,无报复心。故虽槁死牖下,无大功德,而独以是心为神所福,使之食报于今生。其蠢无知识,正其身异性存,未昧前世善根也。诸君乃以为疑,不亦误耶!”时在侧者,信不信参半。吾窃有味斯言也,余曰:“此先生自作传赞,托诸斯人耳。然理固有之。”

刘约斋舍人言:刘生名寅,(此在刘景南家酒间话及。南北乡音各

① 地丁之额——即按地多寡征收的税。

异,不知是此寅字否也?)家酷贫。其父早年与一友订婚姻,一诺为定,无媒妁,无婚书庚帖,亦无聘币;然子女则并知之也。刘生父卒,友亦卒。刘生少不更事,窭[①]益甚,至寄食僧寮。友妻谋悔婚,刘生无如之何。女竟郁郁死,刘生知之,痛悼而已。是夕,灯下独坐,悒悒不宁。忽闻窗外啜泣声,问之不应,而泣不已。固问之,仿佛似答一我字。刘生顿悟,曰:"是子也耶?吾知之矣。事已至此,来生相聚可也。"语讫,遂寂。后刘生亦夭死,惜无人好事,竟不能合葬华山[②]。《长恨歌》曰:"天长地久有时尽,此恨绵绵无了期。"此之谓乎!虽悔婚无迹,不能名以贞;又以病终,不能名以烈。然其志则贞烈兼矣。说是事时,满座叹息,而忘问刘生里贯。约斋家在苏州,意其乡里欤?

河间有游僧,卖药于市。以一铜佛置案上,而盘贮药丸,佛作引手取物状。有买者,先祷于佛,而捧盘进之。病可治者,则丸跃入佛手;其难治者,则丸不跃。举国信之。后有人于所寓寺内,见其闭户研铁屑。乃悟其盘中之丸,必半有铁屑,半无铁屑;其佛手必磁石为之,而装金于外。验之信然,其术乃败。会有讲学者,阴作讼牒,为人所讦。到官昂然不介意,侃侃而争。取所批《性理大全》[③]核对,笔迹皆相符,乃叩额服罪。太守徐公,讳景曾,通儒也。闻之笑曰:"吾平生信佛不信僧,信圣贤不信道学。今日观之,灼然不谬。"

杨槐亭前辈有族叔,夏日读书山寺中。至夜半,弟子皆睡,独秉烛咿唔。倦极假寐,闻叩窗语曰:"敢敬问先生,此往某村当从何路?"怪问为谁?曰:"吾鬼也。溪谷重复,独行失路。空山中鬼本稀疏,偶一二无赖贱鬼,不欲与言;即问之,亦未必肯相告。与君幽明虽隔,气类原同,故闻书声而至也。"具以告之,谢而去。后以语槐亭,槐亭怃然曰:"吾乃知孤介寡合,即作鬼亦难。"

---

① 窭(jù)——贫穷。
② 华山——即"华山畿"故事。参见卷五第26则注。
③ 《性理大全》——明代胡广等奉敕编撰,共七十卷。

李秋崖与金谷村尝秋夜坐济南历下亭，时微雨新霁，片月初生。秋崖曰："韦苏州[①]'流云吐华月'句兴象天然，觉张子野[②]'云破月来花弄影'句便多少著力。"谷村未答，忽暗中人语曰："岂但著力不著力，意境迥殊。一是诗语，一是词语，格调亦迥殊也。即如《花间集》[③]'细雨湿流光'句，在词家为妙语，在诗家则靡靡矣。"愕然惊顾，寂无一人。

胶州法南墅，尝偕一友登日观。先有一道士倚石坐，傲不为礼。二人亦弗与言。俄丹曦欲吐，海天滉耀，千汇万状，不可端倪。南墅吟元人诗曰："'万古齐州烟九点，五更沧海日三竿。'[④]不信然乎！"道士忽哂曰："昌谷用作梦天[⑤]诗，故为奇语。用之泰山，不太假借乎？"南墅回顾，道士即不再言。既而踆乌[⑥]涌上，南墅谓其友曰："太阳真火，故入水不濡也。"道士又哂曰："公谓日自海出乎？此由不知天形，故不知地形；不知地形，故不知水形也。盖天椭圆如鸡卵，地浑圆如弹丸，水则附地而流，如核桃之皴皱。椭圆者东西远而上下近，凡有九重，最上曰宗动，元气之表，无象可窥。次为恒星，高不可测。次七重，则日月五星各占一重，随大气旋转，去地且二百余万里，无论海也。浑圆者地无正顶，身所立处皆为顶；地无正平，目所见处皆为平。至广漠之野，四望天地相接处，其圆中规，中高而四隤[⑦]之证也，是为地平。圆规以外，目所不见者，则地平下矣。湖海之中，四望天水相合处，亦圆中规，是又水随地形，中高四隤之证也。然江河之水狭且浅，夹以两岸，行于地中，故日出地上始受日光。惟海至广至深，附于地面，无所障蔽，故中高四隤之处，如水晶球之半。日未至地平，倒影上射，则初见如一线；日将近地平，则斜影横穿，未明先睹。今所见者是日

---

① 韦苏州——唐代诗人韦应物，曾任苏州刺史。

② 张子野——宋代词人张先，字子野。

③ 《花间集》——词总集。五代后蜀赵承祚编。选录唐、五代温庭筠、韦庄等词五百余首。

④ 此为元代诗人张养浩《登泰山诗》句。

⑤ 唐诗人李贺《梦天》中有"遥望齐州九点烟"之句。

⑥ 踆（cún）乌——《淮南子·精神》中有"日中有踆乌，而月中有蟾蜍"之说。即三足乌，传说太阳中的乌鸦。

⑦ 隤（tuí）——倾斜。

之影,非日之形。是天上之日影隔水而映,非海中之日影浴水而出也。至日出地平,则影斜落海底,转不能见矣。儒家盖尝见此景,故以为天包水,水浮地,日出入于水中。而不知日自附天,水自附地。佛家未见此景,故以须弥山①四面为四州,日环绕此山,南昼则北夜,东暮则西朝,是日常旋转,平行竟不入地。证以今日所见,其谬更无庸辩矣。"南墅惊其博辩,欲与再言。道士笑曰:"更竟其说。子不知九万里之围圆,以渐而迤,以渐而转,渐迤渐转,遂至周环,必以为人能正立,不能倒立,拾杨光先②之说,苦相诘难。老夫慵惰,不能与子到大郎山上看南斗,(大郎山在亚禄国,与中国上下反对。其地南极出地三十五度,北极入地三十五度。)不如其已也。"振衣径去,竟莫测其何许人。

大学士温公言:征乌什时,有骁骑校腹中数刃,医不能缝。适生俘数回妇,医曰:"得之矣。"择一年壮肥白者,生剞腹皮,幂于创上,以匹帛缠束,竟获无恙。创愈后,浑合为一,痛痒亦如一。公谓非战阵无此病,非战阵亦无此药。信然。然叛徒逆党,法本应诛;即不剥肤,亦即断脰。用救忠义之士,固异于杀人以活人尔。

周化源言:有二士游黄山,留连松石,日暮忘归。夜色苍茫,草深苔滑,乃共坐于悬崖之下,仰视峭壁,猿鸟路穷,中间片石斜欹,如云出岫。缺月微升,见有二人坐其上,知非仙即鬼,屏息静听。右一人曰:"顷游岳麓,闻此翁又作何语?"左一人曰:"去时方聚众讲《西铭》③,归时又讲《大学衍义》④也。"右一人曰:"《西铭》论万物一体,理原如是。然岂徒心知此理,即道济天下乎?父母之于子,可云爱之深矣,子有疾病,何以不能疗?子有患难,何以不能救?无术焉而已。此犹非一身也。人之一身,虑无不深自爱者,己之疾病,何以不能疗?己之患难,何以不能救?亦无术

① 须弥山——即现称喜马拉雅山。

② 杨光先——清代康熙年间人,因攻击西洋(日耳曼)人汤若望新法而下狱。

③ 《西铭》——宋代张载撰。

④ 《人学衍义》——宋代真德秀撰。

焉而已。今不讲体国经野之政，捍灾御变之方，而曰吾仁爱之心，同于天地之生物。果此心一举，万物即可以生乎？吾不知之矣。至《大学》条目，自格致[①]以至治平，节节相因，而节节各有其功力。譬如土生苗，苗成禾，禾成谷，谷成米，米成饭，本节节相因。然土不耕则不生苗，苗不灌则不得禾，禾不刈则不得谷，谷不舂则不得米，米不炊则不得饭，亦节节各有其功力。西山作《大学衍义》，列目至齐家而止，谓治国平天下可举而措之。不知虞舜之时，果瞽瞍允若[②]而洪水即平，三苗[③]即格乎？抑犹有治法在乎？又不知周文之世，果太姒徽音而江汉即化[④]，崇侯[⑤]即服乎？抑别有政典存乎？今一切弃置，而归本于齐家，毋亦如土可生苗，即炊土为饭乎？吾又不知之矣。"左一人曰："琼山[⑥]所补，治平之道其备乎？"右一人曰："真氏过于泥其本，丘氏又过于逐其末，不究古今之时势，不揆南北之情形，琐琐屑屑，缕陈多法，且一一疏请施行，是乱天下也。即其海运一议，胪列历年漂失之数，谓所省转运之费，足以相抵。不知一舟人命，讵止数十；合数十舟即逾千百，又何为抵乎？亦妄谈而已矣。"左一人曰："是则然矣。诸儒所述封建井田，皆先王之大法，有太平之实验，究何如乎？"右一人曰："封建井田，断不可行，驳者众矣。然讲学家持是说者，意别有在，驳者未得其要领也。夫封建井田不可行，微驳者知之，讲学者本自知之。知之而必持是说，其意固欲借一必不行之事，以藏其身也。盖言理言气，言性言心，皆恍惚无可质，谁能考未分天地之前，作何形状；幽微暧昧之中，作何情态乎？至于实事，则有凭矣。试之而不效，则人人见其短长矣。故必持一不可行之说，使人必不能试，必不肯试，必不敢试，而后可号于众曰：'吾所传先王之法，吾之法可为万世致太平，而无如人不用何也！'人莫得而究诘，则亦相率而欢曰：'先生王佐之才[⑦]，惜哉不竟其用'

---

① 格致——古代哲学名词，即格物致知（探究事物的原理而获得知识）。

② 瞽瞍允若——瞽瞍，舜父亲的别名。允若，顺从、答应。

③ 三苗——我国古代部族名。居住在今长江中游以南一带。

④ 太姒徽音而江汉即化——太姒，周文王之妻。徽音，即德音，有德行的话。江汉，江汉地区，即长江流域一带。

⑤ 崇侯——即崇侯虎，周代崇国国君。崇侯虎叛乱，事见《史记·周本记》。

⑥ 琼山——明代丘浚，琼山（今属海南省）人。著有《大学衍义补》等。

⑦ 王佐之才——辅助帝王的才能。

云尔。以棘刺之端为母猴,而要以三月斋戒乃能观①,是即此术。第彼犹有棘刺,犹有母猴,故人得以求其削。此更托之空言,并无削之可求矣。天下之至巧,莫过于是。驳者乃以迂阔议之,乌识其用意哉!"相与叹息者久之,划然长啸而去。二士窃记其语,颇为人述之。有讲学者闻之,曰:"学求闻道而已。所谓道者,曰天曰性曰心而已。忠孝节义,犹为末务;礼乐刑政,更末之末矣。为是说者,其必永嘉②之徒也夫!"

刘香畹寓斋扶乩,邀余未赴。或传其二诗曰:"是处春山长药苗,闲随蝴蝶过溪桥;林中借得樵童斧,自斫槐根木瘿③瓢。""飞岩倒挂万年藤,猿狖攀缘到未能。记得随身棕拂子④,前年遗在最高层。"虽意境微狭,亦楚楚有致。

《春秋》有原心⑤之法,有诛心⑥之法。青县有人陷大辟,县令好外宠。其子年十四五,颇秀丽。乘其赴省宿馆舍,邀之于途,托言牒诉而自献焉。狱竟解。实为娈童,人不以娈童贱之,原其心也。里有少妇与其夫狎昵无度,夫病瘵死。姑察其性佚荡,恒自监之,眠食必共,出入必偕,五六年未常离一步。竟郁郁以终。实为节妇,人不以节妇许之,诛其心也。余谓此童与郭六事相类,惟欠一死耳。(语详《滦阳消夏录》。)此妇心不可知,而身则无玷。《大车》⑦之诗所谓"畏子不奔,畏子不敢"者,在上犹为有刑政,则在下犹为守礼法。君子与人为善,盖棺之后,固应仍以节许之。

---

① 以棘刺之端为母猴,而要以三月斋戒乃能观——《韩非子·外储》:"宋人有请为燕王以棘刺之端为母猴者,必三月斋,然后能观之"的寓言故事。

② 永嘉——晋怀帝年号。永嘉期间,崇尚玄学、清谈,以司徒王衍为代表。

③ 瘿(yǐng)——树木上隆起如瘤状者。

④ 棕拂子——用棕木作柄的拂尘。

⑤ 原心——追究初意。《汉书·薛宣传》:"《春秋》之义,原心定罪。"

⑥ 诛心——责备人动机不善。

⑦ 《大车》——《诗经》中的篇目。

啄木能禹步①劾禁，竟实有之。奴子李福，性顽劣，尝登高木之杪，以楔塞其穴口，而锯平其外，伏草间伺之。啄木返，果翩然下树，以喙画沙若符篆，画毕，以翼拂之，其穴口之楔，铮然拔出如激矢。此岂可以理解欤？余在书局，销毁妖书，见《万法归宗》②中载有是符，其画纵横交贯，略如小篆两无字相并之形。不知何以得之，亦不知其信否也。

李福又尝于月黑之夜，出村南丛冢间，呜呜作鬼声，以恐行人。俄燐火四起，皆呜呜来赴。福乃狼狈逃归。此以类相召也。故人家子弟，于交游当慎其所召。

壬午顺天乡试，与安溪李延彬前辈同分校③。偶然说虎，延彬曰："里有入山樵采者，见一美妇隔涧行，衣饰华丽，不似村妆。心知为魅，伏丛薄中觇所往。适一鹿引麑下涧饮，妇见之，突扑地化为虎，衣饰委地如蝉蜕，径搏二鹿食之。斯须仍化美妇，整顿衣饰，款款循山去。临流照影，妖媚横生，几忘其曾为虎也。"秦涧泉前辈曰："妖媚蛊惑，但不变虎形耳，搏噬之性则一也。偶露本质，遽相惊讶，此樵何少见多怪乎！"

大学士伍公镇乌鲁木齐日，颇喜吟咏，而未睹其稿。惟于驿壁见一诗曰："极目孤城上，苍茫见四郊。斜阳高树顶，残雪乱山坳。牧马嘶归枥，啼乌倦返巢。秦兵真耐冷，薄暮尚鸣骹。"殊有中唐气韵。

束州佃户邵仁我言：有李氏妇，自母家归。日薄暮，风雨大作，避入废庙中。入夜稍止，已暗不能行。适客作（俗谓之短工。为人锄田刈禾，计日受值，去来无定者也。）数人荷钼入。惧遭强暴，又避入庙后破屋。客

---

① 禹步——道士作法时行走的一种步伐。
② 《万法归宗》——书已佚。
③ 分校——科举时校阅试卷的各房官。此指主考官。

作暗中见影,相呼追迹。妇窘急无计,乃呜呜作鬼声。既而墙内外并呜呜有声,如相应答。数人怖而反。夜半雨晴,竟潜踪得脱。此与李福事相类,而一出偶相追逐,一似来相救援。虽谓秉心贞正,感动幽灵,亦未必不然也。

仁我又言:有盗劫一富室,攻楼门垂破。其党手炬露刃,迫胁家众曰:"敢号呼者死!且大风,号呼亦不闻,死何益!"皆噤不出声。一灶婢年十五六,睡厨下,乃密持火种,黑暗中伏地蛇行,潜至后院,乘风纵火,焚其积柴。烟焰烛天,阖村惊起,数里内邻村亦救视。大众既集,火光下明如白昼,群盗格斗不能脱,竟骈首就擒。主人深感此婢,欲留为子妇。其子亦首肯,曰:"具此智略,必能作家,虽灶婢何害。"主人大喜,趣取衣饰,即是夜成礼。曰:"迟则讲尊卑,论良贱,是非不一,恐有变局矣。"亦奇女子哉!

边秋崖前辈言:一宦家夜至书斋,突见案上一人首,大骇,以为咎征。里有道士能符箓,时预人丧葬事。急召占之。亦骇曰:"大凶!然可禳解,斋醮之费,不过百余金耳。"正拟议间,窗外有人语曰:"身不幸伏法就终,幽魂无首,则不可转生,故恒自提携,累如疣赘。顷见公棐①几滑净,偶置其上。适公猝至,仓皇忘取,以致相惊。此自仆之粗疏,无关公之祸福。术士妄语,慎不可听。"道士乃丧气而去。又言:一宦家患狐祟,延术士劾治。法不验,反为狐所窘。走投其师,更乞符箓至。方登坛檄将,已闻楼上搬移声、呼应声,汹汹然相率而去。术士顾盼有德色。宦家亦深感谢。忽举首见壁上一帖曰:"公衰运将临,故吾辈得相扰。昨公捐金九百建育婴堂,德感明神,又增福泽,故吾辈举族而去。术士行法,适值其时;据以为功,深为忝窃。赐以觞豆②,为稍障羞颜,庶几或可;若有所酬赠,则小人太徼幸矣。"字径寸余,墨痕犹湿。术士惭沮,竟噤不敢言。梁简

① 棐(fěi)——一种木材,可以制几。

② 觞豆——饮食的器具,泛指饮食。

文帝与湘东王[①]书引谚曰:"山川而能语,葬师食无所;肺腑而能语,医师面如土。"此二事者,可谓鬼魅能语矣,术士其知之。

朱导江言:有妻服已释忽为礼忏者,意甚哀切,过于初丧。问之,初不言。所亲或私叩之,乃泫然曰:"亡妇相聚半生,初未觉其有显过。顷忽梦至冥司,见女子数百人,锁以锒铛,驱以骨朵[②],入一大官署中。俄闻号呼凄惨,栗魄动魂。既而一一引出,并流血被骭,匍匐膝行,如牵羊豕。中一人见我招手,视即亡妇。惊问:'何罪至此?'曰:'坐事事与君怀二意。初谓为家庭常态,不意阴律至严,与欺父欺君竟同一理,故堕落如斯。'问:'二意者何事?'曰:'不过骨肉之中私庇子女,奴隶之中私庇婢媪,亲串之中私庇母党,均使君不知而已。今每至月朔,必受铁杖三十,未知何日得脱。此累累者皆是也。'尚欲再言,已为鬼卒曳去。多年伉俪,未免有情,故为营斋造福耳。"夫同牢之礼[③],于情最亲,亲则非疏者所能间;敌体[④]之义,于分本尊,尊则非卑者所能违。故二人同心,则家庭之纤微曲折,男子所不能知、与知而不能自为者,皆足以弥缝其阙。苟徇其私爱,意有所偏,则机械百出,亦可于耳目所不及者无所不为,种种衅端,种种败坏,皆从是起。所关者大,则其罪自不得轻。况信之者至深,托之者至重,而欺其不觉,为所欲为,在朋友犹属负心,应干神谴;则人原一体,分属三纲[⑤]者,其负心之罪不更加倍蓰[⑥]乎?寻常细故,断以严刑,固不得谓之深文矣。

人情狙诈,无过于京师。余常买罗小华[⑦]墨十六铤,漆匣黯敝,真旧

---

① 湘东王——梁简文帝之弟萧绎,即后来的梁元帝。

② 骨朵——古代棍棒类的武器。

③ 同牢之礼——古代结婚仪式中的一种礼节。即新婚夫妇同吃一份牲牢,表示新家庭从此开始。

④ 敌体——地位相当,难分上下。

⑤ 三纲——封建伦理,即君为臣纲、父为子纲、夫为妻纲。

⑥ 蓰(xǐ)——五倍为蓰。

⑦ 罗小华——明代人。

物也。试之,乃抟泥而染以黑色,其上白霜,亦盦①于湿地所生。又丁卯乡试,在小寓买烛,爇之不燃。乃泥质而幂以羊脂。又灯下有唱卖炉鸭者,从兄万周买之。乃尽食其肉,而完其全骨,内傅以泥,外糊以纸,染为炙煿②之色,涂以油,惟两掌头颈为真。又奴子赵平以二千钱买得皮靴,甚自喜。一日骤雨,著以出,徒跣而归。盖靿则乌油高丽纸揉作绉纹,底则糊粘败絮,缘之以布。其他作伪多类此,然犹小物也。有选人见对门少妇甚端丽,问之,乃其夫游幕③,寄家于京师,与母同居。越数月,忽白纸糊门,合家号哭,则其夫讣音至矣。设位祭奠,诵经追荐,亦颇有吊者。既而渐鬻衣物,云乏食,且议嫁。选人因赘其家。又数月,突其夫生还。始知为误传凶问。夫怒甚,将讼官。母女哀吁,乃尽留其囊箧,驱选人出。越半载,选人在巡城御史处,见此妇对簿。则先归者乃妇所欢,合谋挟取选人财,后其夫真归而败也。黎丘之技④,不愈出愈奇乎!又西城有一宅,约四五十楹,月租二十余金。有一人住半载余,恒先期纳租,因不过问。一日,忽闭门去,不告主人。主人往视,则纵横瓦砾,无复寸椽,惟前后临街屋仅在。盖是宅前后有门,居者于后门设木肆,贩鬻屋材,而阴拆宅内之梁柱门窗,间杂卖之。各居一巷,故人不能觉。累栋连甍,搬运无迹,尤神乎技矣。然是五六事,或以取贱值,或以取便易,因贪受饵,其咎亦不尽在人。钱文敏公曰:"与京师人作缘,斤斤自守,不入陷阱已幸矣。稍见便宜,必藏机械,神奸巨蠹,百怪千奇,岂有便宜到我辈。"诚哉是言也。

王青士言:有弟谋夺兄产者,招讼师至密室,篝灯筹划。讼师为设机布阱,一一周详,并反间内应之术,无不曲到。谋既定,讼师掀髯曰:"令兄虽猛如虎豹,亦难出铁网矣。然何以酬我乎?"弟感谢曰:"与君至交,情同骨肉,岂敢忘大德。"时两人对据一方几,忽几下一人突出,绕室翘一足而跳舞,目光如炬,长毛毵毵如蓑衣,指讼师曰:"先生斟酌:此君视先生如骨肉,先生其危乎?"且笑且舞,跃上屋檐而去。二人与侍侧童子并

① 盦(ān)——原古器物名。此处指装在器物中埋进地里。
② 煿(bó)——煎炒食物。
③ 游幕——作官员幕僚。
④ 黎丘之技——《吕氏春秋·疑似》记载,黎丘之处有鬼,常变化为人家亲属模样,以此作弄人。

惊仆。家人觉声息有异,相呼入视,已昏不知人。灌治至夜半,童子先苏,具述所闻见。二人至晓乃能动。事机已泄,人言籍籍,竟寝其谋,闭门不出者数月。相传有狎一妓者,相爱甚。然欲为脱籍,则拒不从;许以别宅自居,礼数如嫡,拒益力。怪诘其故,喟然曰:"君弃其结发而昵我,此岂可托终身者乎?"与此鬼之言,可云所见略同矣。

张夫人,先祖母之妹,先叔之外姑也。病革时,顾侍者曰:"不起矣。闻将死者见先亡,今见之矣。"既而环顾病榻,若有所觅,喟然曰:"错矣!"俄又拊枕曰:"大错矣!"俄又瞑目啮齿、掐掌有痕曰;"真大错矣!"疑为谵语,不敢问。良久,尽呼女媳至榻前,告之曰:"吾向以为夫族疏而母族亲,今来导者皆夫族,无母族也;吾向以为媳疏而女亲,今亡媳在左右而亡女不见也。非一气者相关,异派者不属乎? 回思平日之存心,非厚其所薄,薄其所厚乎? 吾一误矣,尔曹勿再误也。"此三叔母张太宜人所亲闻。妇女偏私,至死不悟者多矣。此犹是大智慧人,能回头猛省也。

孔子有言:谏有五,吾从其讽。圣人之究悉物情也。亲串中一妇,无子而阴忮其庶子;侄若婿又媒蘖短长①,私党胶固,殆不可以理喻。妇有老乳母,年八十余矣。闻之,匍匐入谒,一拜,辄痛哭曰:"老奴三日不食矣。"妇问:"曷不依尔侄?"曰:"老奴初有所蓄积,侄事我如事母,诱我财尽。今如不相识,求一盂饭不得矣。"又问:"曷不依尔女若婿?"曰:"婿诱我财如我侄,我财尽后,弃我亦如我侄,虽我女无如何也。"又问:"至亲相负,曷不讼之?"曰:"讼之矣,官以为我已出嫁,于本宗为异姓;女已出嫁,又于我为异姓。其收养为格外情,其不收养律无罪,弗能直也。"又问:"尔将来奈何?"曰:"亡夫昔随某官在外,娶妇生一子,今长成矣。吾讼侄与婿时,官以为既有此子,当养嫡母,不养则律当重诛。已移牒拘唤,但不知何日至耳。"妇爽然若失,自是所为遂渐改。此亲戚族党唇焦舌敝不能争者,而此妪以数言回其意。现身说法,言之者无罪,闻之者足以戒耳。触龙之于赵太后②,盖用此术矣。

① 媒蘖短长——媒,酒母;蘖,麴。媒蘖,酝酿的意思。指播弄是非,构陷诬蔑。
② 触龙说赵太后——故事见《战国策·赵策》。

卷十八

姑妄听之(四)

马德重言:沧州城南,盗劫一富室,已破扉入,主人夫妇并被执,众莫敢谁何。有妾居东厢,变服逃匿厨下,私语灶婢曰:"主人在盗手,是不敢与斗。渠辈屋脊各有人,以防救应;然不能见檐下。汝扶后窗循檐出,密告诸仆:各乘马执械,四面伏三五里外。盗四更后必出,——四更不出,则天晓不能归巢也。——出必挟主人送;苟无人阻,则行一二里必释,不释恐见其去向也。俟其释主人,急负还而相率随其后,相去务在半里内。彼如返斗即奔还,彼止亦止,彼行又随行。再返斗仍奔,再止仍止,再行仍随行。如此数四,彼不返斗则随之。得其巢,彼返斗则既不得战,又不得遁,逮至天明,无一人得脱矣。"婢冒死出告,众以为中理,如其言,果并就擒。重赏灶婢。妾与嫡故不甚协,至是亦相睦。后问妾何以办此?泫然曰:"吾故盗魁某甲女,父在时,尝言行劫所畏惟此法,然未见有用之者。今事急姑试,竟侥幸验也。"故曰,用兵者务得敌之情。又曰,以贼攻贼。

戴东原言:有狐居人家空屋中,与主人通言语,致馈遗,或互假器物,相安若比邻。一日,狐告主人曰:"君别院空屋,有缢鬼多年矣。君近拆是屋,鬼无所栖,乃来与我争屋。时时现恶状,恐怖小儿女,已自可憎;又作祟使患寒热,尤不堪忍。某观道士能劾鬼,君盍求之除此害。"主人果求得一符,焚于院中。俄暴风骤起,声轰然如雷霆。方骇愕间,闻屋瓦格格乱鸣,如数十人奔走践踏者,屋上呼曰:"吾计大左,悔不及。顷神将下击,鬼缚而吾亦被驱,今别君去矣。"盖不忍其愤,急于一逞,未有不两败俱伤者。观于此狐,可为炯鉴。又吕氏表兄言:(忘其名字,先姑之长子也。)有人患狐祟,延术士禁咒。狐去而术士需索无厌,时遣木人纸虎之类至其家扰人,赂之,暂止。越旬日复然,其祟更甚于狐。携家至京师避之,乃免。锐于求胜,借助小人,未有不遭反噬者。此亦一征矣。

乌鲁木齐参将海起云言:昔征乌什时,战罢还营,见崖下树椏间一人探首外窥。疑为间谍,奋矛刺之。(军中呼矛曰苗子,盖声之转。)中石上,火光激迸,矛折,臂几损。疑为目眩,然矛上地上皆有血迹,不知何怪。余谓此必山精也。深山大泽,何所不育。《白泽图》①所载,虽多附会,殆亦有之。又言:有一游兵,见黑物蹲石上。疑为熊,引满射之。三发皆中,而此物夷然如不知。骇极,驰回呼伙伴,携铳往,则已去矣。余谓此亦山精耳。

常山峪道中加班轿夫刘福言:(九卿肩舆,以八人更番,出京则加四人,谓之加班。)长姐者,忘其姓,山东流民之女。年十五六,随父母就食于赤峰,(即乌蓝哈达。乌蓝译言红,哈达译言峰也。今建为赤峰州。)租田以耕。一日,入山采樵,遇风雨,避岩下。雨止已昏黑,畏虎不敢行,匿草间。遥见双炬,疑为虎目。至前,则官役数人,衣冠不古不今,叱问何人。以实告。官坐石上,令曳出。众呼跪,长姐以为山神,匍匐听命。官曰:"汝夙孽应充我食。今就擒,当啖尔。速解衣伏石上,无留寸缕,致挂碍齿牙。"知为虎王,觳觫祈免。官曰:"视尔貌尚可,肯侍我寝,当赦尔。后当来往于尔家,且福尔。"长姐愤怒跃起曰:"岂有神灵肯作此语?必邪魅也。啖则啖耳,长姐良家女,不能蒙面作此事。"拾石块奋击,一时奔散。此非其力足胜之,其气足胜之,其贞烈之心足以帅其气也。故曰:"其为气也,至大至刚。"

张太守墨谷言:德、景间有富室,恒积谷而不积金,防劫盗也。康熙、雍正间,岁频歉,米价昂。闭廪不肯粜升合,冀价再增。乡人病之,而无如

① 《白泽图》——宋张君房撰《云笈七签》篇目。记载黄帝得白泽神,问以鬼神之事,白泽神一共举出一万一千五百二十种。黄帝令绘为图。

何。有角妓号玉面狐者曰:“是易与,第备钱以待可耳。”乃自诣其家曰:“我为鸨母钱树,鸨母顾虐我。昨与勃豀,约我以千金自赎。我亦厌倦风尘,愿得一忠厚长者托终身,念无如公者。公能捐千金,则终身执巾栉。闻公不喜积金,即钱二千贯亦足抵。昨有木商闻此事,已回天津取资。计其到,当在半月外。我不愿随此庸奴。公能于十日内先定,则受德多矣。”张故惑此妓,闻之惊喜,急出谷贱售。廪已开,买者坌至,不能复闭,遂空其所积,米价大平。谷尽之日,妓遣谢富室曰:“鸨母养我久,一时负气相诟,致有是议。今悔过挽留,义不可负心。所言姑俟诸异日。”富室原与私约,无媒无证,无一钱聘定,竟无如何也。此事李露园亦言之,当非虚谬。闻此妓年甫十六七,遽能办此,亦女侠哉!

丁药园言:有孝廉四十无子,买一妾,甚明慧。嫡不能相安,旦夕诟谇。越岁,生一子。益不能容,竟转鬻于远处。孝廉惘惘如有失。独宿书斋,夜分未寐,妾忽搴帷入。惊问:“何来?”曰:“逃归耳。”孝廉沉思曰:“逃归虑来追捕,妒妇岂肯匿?且事已至此,归何所容?”妾笑曰:“不欺君,我实狐也。前以人来,人有人理,不敢不忍诟;今以狐来,变幻无端,出入无迹,彼乌得而知之?”因嬿婉如初。久而渐为僮婢泄,嫡大恚,多金募术士劾治。一术士檄将拘妾至,妾不服罪,攘臂与术士争曰:“无子纳妾,则纳为有理;生子遣妾,则夫为负心。无故见出,罪不在我。”术士曰:“既见出矣,岂可私归?”妾曰:“出母未嫁,与子未绝;出妇未嫁,于夫亦未绝。况鬻我者妒妇,非见出于夫。夫仍纳我,是未出也,何不可归?”术士怒曰:“尔本兽类,何敢据人理争?”妾曰:“人变兽心,阴律阳律皆有刑。兽变人心,反以为罪,法师据何宪典耶?”术士益怒曰:“吾持五雷法,知诛妖耳,不知其他。”妾大笑曰:“妖亦天地之一物,苟其无罪,天地未尝不并育。上帝所不诛,法师乃欲尽诛乎?”术士拍案曰:“媚惑男子,非尔罪耶?”妾曰:“我以礼纳,不得为媚惑;倘其媚惑,则摄精吸气,此生久槁矣。今在家两年,复归又五六年,康强无恙,所谓媚惑者安在?法师受妒妇多金,锻炼周内①,以酷济贪耳,吾岂服耶!”问答之顷,术士顾所召神将,已

① 锻炼周内——指罗织罪名进行构陷。

失所在。无可如何。嗔目曰:“今不与尔争,明日会当召雷部。”明日,嫡再促设坛,则宵遁矣。盖所持之法虽正,而法以贿行,故魅亦不畏,神将亦不满也。相传刘念台①先生官总宪时,题御史台一联曰:“无欲常教心似水,有言自觉气如霜。”可谓知本矣。

莫雪崖言:有乡人患疫,困卧草榻,魂忽已出门外,觉顿离热恼,意殊自适。然道路都非所曾经,信步所之。偶遇一故友,相见悲喜。忆其已死,忽自悟曰:“我其入冥耶?”友曰:“君未合死,离魂到此耳。此境非人所可到,盍同游览,以广见闻。”因随之行,所经城市墟落,都不异人世;往来扰扰,亦各有所营。见乡人皆目送之,然无人交一语也。乡人曰:“闻有地狱,可一观乎?”友曰:“地狱如囚牢,非冥官不能启,非冥吏不能导,吾不能至也。有三数奇鬼,近乎地狱,君可以往观。”因改循歧路,行半里许,至一地,空旷如墟墓。见一鬼,状貌如人,而鼻下则无口。问:“此何故?”曰:“是人生时,巧于应对,谀词颂语,媚世悦人,故受此报,使不能语;或遇焰口浆水,则饮以鼻。”又见一鬼,尻耸向上,首折向下,面著于腹,以两手支拄而行。问:“此何故?”曰:“是人生时,妄自尊大,故受此报,使不能仰面傲人。”又见一鬼,自胸至腹,裂罅数寸,五脏六腑,虚无一物。问“此何故?”曰:“是人生时,城府深隐,人不能测,故受是报,使中无匿形。”又见一鬼,足长二尺,指巨如椎,踵巨如斗,重如千斛之舟,努力半刻,始移一寸。问:“此何故?”曰:“此人生时,高材捷足,事事务居人先,故受是报,使不能行。”又见一鬼,两耳拖地,如曳双翼,而混沌无窍。问:“此何故?”曰:“此人生时,怀忌多疑,喜闻蜚语,故受此报,使不能听。是皆按恶业浅深,待受报期满,始入转轮。其罪减地狱一等,如阳律之徒流也。”俄见车骑杂遝,一冥官经过,见乡人,惊曰:“此是生魂,误游至此,恐迷不得归。谁识其家,可导使去。”友跪启是旧交。官即令送返。将至门,大汗而醒,自是病愈。雪崖天性爽朗,胸中落落无宿物;与朋友谐戏,每俊辩横生。此当是其寓言,未必真有。然庄生、列子,半属寓言,义足劝惩,固不必刻舟求剑尔。

① 刘念台——明末刘宗周,官至左都御史,明亡绝食而死。宗周字起东,学者称念台先生。

陈半江言:有书生月夕遇一妇,色颇姣丽,挑以微词,欣然相就。自云家在邻近,而不肯言姓名。又云夫恒数日一外出,家有后窗可开,有墙缺可逾,遇隙即来,不能预定期也。如是五六年,情好甚至。一岁,书生将远行,妇夜来话别。书生言随人作计,后会无期。凄恋万状,哽咽至不成语。妇忽嬉笑曰:"君如此情痴,必相思致疾,非我初来相就意。实与君言,我鬼之待替者也。凡人与鬼狎,无不病且死,阴剥阳也。惟我以爱君韶秀,不忍玉折兰摧,故必越七八日后,待君阳复,乃肯再来。有剥有复,故君能无恙。使遇他鬼,则纵情冶荡,不出半载,索君于枯鱼之肆①矣。我辈至多,求如我者则至少,君其宜慎。感君义重,此所以报也。"语讫,散发吐舌作鬼形,长啸而去。书生震栗几失魂,自是虽遇冶容,曾不侧视。

王梅序言:交河有为盗诬引者,乡民朴愿,无以自明,以赂求援于县吏。吏闻盗之诬引,由私调其妇,致为所殴,意其妇必美,却赂而微示以意曰:"此事秘密,须其妇潜身自来,乃可授方略。"居间者以告乡民。乡民惮死失志,呼妇母至狱,私语以故。母告妇,咈然不应也。越两三日,吏家有人夜叩门。启视,则一丐妇,布帕裹首,衣百结破衫,闯然入。问之不答,且行且解衫与帕,则鲜妆华服艳妇也。惊问所自,红潮晕颊,俯首无言,惟袖出片纸。就所持灯视之,某人妻三字而已。吏喜过望,引入内室,故问其来意。妇掩泪曰:"不喻君语,何以夜来?既已来此,不必问矣,惟祈毋失信耳。"吏发洪誓,遂相嬿婉。潜留数日,大为妇所蛊惑,神志颠倒,惟恐不得当妇意。妇暂辞去,言村中日日受侮,难于久住,如城中近君租数楹,便可托庇荫,免无赖凌藉,亦可朝夕相往来。吏益喜,竟百计白其冤。狱解之后,遇乡民,意甚索漠。以为狎昵其妇,愧相见也。后因事到乡,诣其家,亦拒不见。知其相绝,乃大恨。会有挟妓诱博者讼于官,官断妓押归原籍。吏视之,乡民妇也,就与语。妇言苦为夫禁制,愧相负,相忆殊深。今幸相逢,乞念旧时数日欢,免杖免解。吏又惑之,因告官曰:"妓所供乃母家籍,实县民某妻。

① 枯鱼之肆——《庄子·外物》:"吾得斗升之水然活耳,君乃言此,曾不如早索我于枯鱼之肆。"枯鱼,干鱼;肆,鱼店。比喻处境困难。此处指精力耗尽而亡。

宜究其夫。”盖觊怂恿官卖,自买之也。遣拘乡民,乡民携妻至,乃别一人。问乡里皆云不伪。问吏何以诬乡民?吏不能对,第曰风闻。问闻之何人?则噤无语。呼妓问之,妓乃言吏初欲挟污乡民妻,妻念从则失身,不从则夫死,值妓新来,乃尽脱簪珥赂妓。冒名往,故与吏狎识。今当受杖,适与相逢,因仍诳托乡民妻,冀脱棰楚。不虞其又有他谋,致两败也 。官复勘乡民,果被诬。姑念其计出救死,又出于其妻,释不究,而严惩此吏焉。神奸巨蠹,莫吏若矣,而为村妇所笼络,如玩弄婴孩。盖愚者恒为智者败,而物极必反,亦往往于所备之外,有智出其上者,突起而胜之。无往不复,天之道也。使智者终不败,则天地间惟智者存,愚者断绝矣,有是理哉!

鬼魇人至死,不知何意。倪余疆曰:“吾闻诸施亮生矣,取啖其生魂耳。盖鬼为余气,渐消渐减,以至于无;得生魂之气以益之,则又可再延。故女鬼恒欲与人狎,摄其精也。男鬼不能摄人精,则杀人而吸其生气,均犹狐之采补耳。”因忆刘挺生言:康熙庚子,有五举子晚遇雨,栖破寺中。四人已眠,惟一人眠未稳,觉阴风飒然,有数黑影自牖入,向四人嘘气,四人即梦魇。又向一人嘘气,心虽了了,而亦渐昏瞀,觉似有拖曳之者。及稍醒,已离故处,似被絷缚,欲呼则噤不能声;视四人亦纵横偃卧。众鬼共举一人啖之,斯须而尽;又以次食二人。至第四人,忽有老翁自外入,厉声叱曰:“野鬼无造次!此二人有禄相,不可犯也。”众鬼骇散。二人倏然自醒,述所见相同。后一终于教谕,一终于训导。鲍敬亭先生闻之,笑曰:“平生自薄此官,不料为鬼神所重也。”观其所言,似亮生之说不虚矣。

李庆子言:朱生立园,辛酉北应顺天试。晚过羊留之北,因绕避泥泞,遂迂回失道,无逆旅可栖。遥见林外有人家,试往投止。至则土垣瓦舍,凡六七楹,一童子出应门。朱具道乞宿意。一翁衣冠朴雅,延宾入,止旁舍中。呼灯至,黯黯无光。翁曰:“岁歉油不佳,殊令人闷,然无如何也。”又曰:“夜深不能具肴馔,村酒小饮,勿以为亵。”意甚款洽。朱问:“家中有何人?”曰:“零丁孤苦,惟老妻与僮婢同居耳。”问朱何适,朱告以北上。曰:“有一札及少物欲致京中,僻路苦无书邮。今遇君甚幸。”朱问:“四无邻里,独居不怖乎?”曰:“薄田数亩,课奴辈耕作,因就之卜居。贫无储蓄,不畏盗也。”朱曰:“谓旷野多鬼魅耳。”翁曰:“鬼魅即未见,君如怖是,陪坐至天曙,可乎?”因借朱红笔,入作书札;又以杂物封函内,以旧布裹束,密缝其外。付朱曰:“居址已写于函上,君至京拆视自知。”天曙作别,又切嘱信物勿遗失,始殷勤分手。朱至京,拆视布裹,则函题“朱立园先生启”字,其物乃金簪银钏各一双。其札称:“仆老无子息,误惑妇言,以婿为嗣。至外孙犹间一祭扫,后则视为异姓,纸钱麦饭,久已阙如;三尺孤坟,亦就倾圮。九泉茹痛,百悔难追。谨以殉棺薄物,祈君货鬻,归途以所得之直,修治荒茔,并稍浚冢南水道,庶淫潦不浸幽宅。如允所祈,定如杜回结草①。知君畏鬼,当暗中稽首,不敢见形,勿滋疑虑。亡人杨宁顿首。”朱骇汗浃背,方知遇鬼;以书中归途之语,知必不售,既而果然。还至羊留,以所卖簪钏钱遣仆往治其墓,竟不敢再至焉。

吴云岩言:有秦生者,不畏鬼,恒以未一见为歉。一夕,散步别业,闻树外朗吟唐人诗曰:“自去自来人不知,归时惟对空山月。”其声哀厉而长。隔叶窥之,一古衣冠人倚石坐。确知为鬼,遽前掩之。鬼亦不避。秦生长揖曰:“与君路异幽明,人殊今古,邂逅相遇,无可寒温。所以来者,欲一问鬼神情状耳。敢问为鬼时何似?”曰:“一脱形骸,即已为鬼,如茧成蝶,亦不自知。”问:“果魂升魄降,还入太虚乎?”曰:“自我为鬼,即在此间。今我全身现与君对,未尝随絪缊②元气,升降飞扬。子孙祭时始一聚,子孙祭毕则散也。”问:“果有神乎?”曰:“鬼既不虚,神自不妄。譬有百姓,必有官师。”问:“先儒称雷神之类,皆旋生旋化,果不诬乎?”曰:“作措大③时,饱闻是说。然窃疑霹雳击格,轰然交作,如一雷一神,则神之数多于蚊蚋;如雷止神灭,则神之寿促于蜉蝣④。以质先生,率遭呵斥。为鬼之后,乃知百神奉职,如世建官,皆非顷刻之幻影。恨不能以所闻见,再

① 杜回结草——参见卷二第13则注。

② 絪缊(yīn yūn)——古代指天地间阴阳二气交互作用的状态。

③ 措大——旧指贫穷的读书人。

④ 蜉蝣(fú yóu)——水边生长的一种朝生暮死的小昆虫。

质先生。然尔时拥皋比[1]者,计为鬼已久,当自知之,无庸再诘矣。大抵无鬼之说,圣人未有。诸大儒恐人谄渎,故强造斯言。然禁沉湎可,并废酒醴则不可;禁淫荡可,并废夫妇则不可;禁贪婪可,并废财货则不可;禁斗争可,并废五兵则不可。故以一代盛名,挟百千万亿朋党之助,能使人噤不敢语,而终不能惬服其心,职是故耳。传其教者,虽心知不然,然不持是论,即不得称为精义之学,亦违心而和之曰,理必如是云尔。君不察先儒矫枉之意,生于相激,非其本心;后儒辟邪之说,压于所畏,亦非其本心。竟信儒者,真谓无鬼神,皇皇质问,则君之受绐久矣。泉下之人,不欲久与生人接;君亦不宜久与鬼狎。言尽于此,余可类推。”曼声长啸而去。案此谓儒者明知有鬼,故言无鬼,与黄山二鬼谓儒者明知井田封建不可行,故言可行,皆洞见症结之论。仅目以迂阔,犹堕五里雾中矣。

汪主事厚石言:有在西湖扶乩者,下坛诗曰:“旧埋香处草离离,只有西陵[2]夜月知。词客情多来吊古,幽魂肠断看题诗。沧桑几劫湖仍绿,云雨千年梦尚疑。谁信灵山散花女,如今佛火对琉璃。”众知为苏小小[3]也。客或请曰:“仙姬生在南齐,何以亦能七律?”乩判曰:“阅历岁时,幽明一理。性灵不昧,即与世推移。宣圣惟识大篆,祝词何写以隶书?释迦不解华言,疏文何行以骈体?是知千载前人,其性识至今犹在,即能解今之语,通今之文。江文通[4]、谢玄晖(按:谢玄晖当系谢希逸之误。爱妾换马事见《纂异记》。)能作爱妾换马八韵律赋,沈休文[5]子青箱能作《金陵怀古》五言律诗,古有其事,又何疑于今乎?”又问:“尚能作永明体[6]否?”即书四诗曰:“欢来不得来,侬去不得去。懊恼石尤风,一夜断人渡。”“欢从何处来?今日大风雨,湿尽杏子衫,辛苦皆因汝。”“结束蛱蝶裙,为欢棹舴

---

① 皋比——虎皮坐席。后指学师的坐席。
② 西陵——古驿名,在浙江萧山县西。
③ 苏小小——南齐时钱塘(现杭州)名妓。杭州现有苏小小墓。
④ 江文通——南朝梁代文学家江淹。
⑤ 沈休文——南朝梁代文学家沈约。
⑥ 永明体——永明为南齐武帝年号。此时期诗歌创作讲究音律声调、注重炼字炼句。形成了有异以前的诗风,时称永明体,又称新诗体。

艋。宛转沿大堤,绿波双照影。”“莫泊荷花汀,且泊杨柳岸。花外有人行,柳深人不见。”盖《子夜歌》[①]也。虽才鬼依托,亦可云俊辩矣。

表兄安伊在言:河城秋获时,有少妇抱子行塍上,忽失足仆地,卧不复起。获者遥见之,疑有故;趋视,则已死,子亦触瓦角脑裂死。骇报田主,田主报里胥。辨验死者,数十里内无此妇;且衣饰华洁,子亦银钏红绫衫,不类贫家。大惑不解,且覆以苇箔[②],更番守视,而急闻于官。河城去县近,官次日晡时至,启箔检视,则中置稿秸一束,二尸已不见;压箔之砖固未动,守者亦未顷刻离也。官大怒,尽拘田主及守者去,多方鞫治,无丝毫谋杀弃尸状。纠结缴绕至年余,乃以疑案上。上官以案情恍惚,往返驳诘。又岁余,乃姑俟访,而是家已荡然矣。此康熙癸巳、甲午间事。相传村南墟墓间,有黑狐夜夜拜月,人多见之。是家一子好弋猎,潜往伏伺,彀弩中其股。嗷然长号,化火光西去。搜其穴,得二小狐,絷以返。旋逸去,月余而有是事。疑狐变幻来报冤。然荒怪无据,人不敢以入供,官亦不敢入案牍,不能不以匿尸论,故纷扰至斯也。又言:城西某村有丐妇,为姑所虐,缢于土神祠。亦箔覆待检,更番守视。官至,则尸与守者俱不见。亦穷治如河城。后七八年,乃得之于安平。(深州属县。)盖妇颇白皙,一少年轮守时,褫下裳而淫其尸。尸得人气复生,竟相携以逃也。此康熙末事。或疑河城之事当类此,是未可知。或并为一事,则传闻误矣。

同年龚肖夫言:有人四十余无子,妇悍妒,万无纳妾理,恒郁郁不适。偶至道观,有道士招之曰:“君气色凝滞,似有重忧。道家以济物为念,盍言其实,或一效铅刀之用[③]乎!”异其言,具以告。道士曰:“固闻之,姑问君耳。君为制鬼卒衣装十许具,当有以报命。如不能制,即假诸伶官亦可也。”心益怪之,然度其诳取无所用,当必有故,姑试其所为。是夕,妇梦

---

① 《子夜歌》——乐府《吴声歌曲》名。

② 苇箔——芦苇席。

③ 铅刀之用——铅刀,以铅为刀;钝刀。自谦才能薄弱,但尽其所能。

魇，呼不醒，且呻吟号叫声甚惨。次日，两股皆青黯。问之，秘不言，吁嗟而已。三日后复然。自是每三日后皆复然。半月后，忽遣奴唤媒媪，云将买妾。人皆弗信；其夫亦虑后患，殊持疑。既而妇昏瞀累日，醒而促买妾愈急，布金于案，与童仆约：三日不得必重抶①，得而不佳亦重箠。观其状，似非诡语。觅二女以应，并留之。是夕，即整饰衾枕，促其夫入房。举家骇愕，莫喻其意；夫亦惘惘如梦境。后复见道士，始知其有术能摄魂：夜使观中道众为鬼装，而道士星冠羽衣坐堂上，焚符摄妇魂，言其祖宗翁姑，以斩祀不孝，具牒诉冥府，用桃杖决一百；遣归，克期令纳妾。妇初以为噩梦，尚未肯。俄三日一摄，如征比②然。其昏瞀累日，则倒悬其魂，灌鼻以醋，约三日不得好女子，即付泥犁也。摄魂小术，本非正法。然法无邪正，唯人所用，如同一戈矛，用以掠杀则劫盗，用以征讨则王师耳。术无大小，亦惟人所用，如不龟手之药，可以洴澼絖，亦可以大败越师耳③。道士所谓善用其术欤！至嚚顽悍妇，情理不能喻，法令不能禁，而道士能以术制之。尧牵一羊，舜从而鞭，羊不行，一牧竖驱之则群行。物各有所制，药各有所畏。神道设教，以驯天下之强梗，圣人之意深矣。讲学家乌乎识之？

褚鹤汀言：有太学生，资巨万。妻生一子死。再娶，丰于色，太学惑之，托言家政无佐理，迎其母至。母又携二妹来。不一载，其一兄二弟亦挈家来。久而童仆婢媪皆妻党，太学父子反茕茕若寄食。又久而管钥簿籍、钱粟出入，皆不与闻；残杯冷炙，反遭厌薄矣。稍不能堪，欲还夺所侵权，则妻兄弟哄于外，妻母妹等诟于内。尝为众所聚殴，至落须败面，呼救无应者。其子狂奔至，一掴扑地，惟叩额乞缓死而已。恚不自胜，诣后圃将自经。忽一老人止之曰："君勿尔，君家之事，神人共愤久矣。我居君家久，不平尤甚。君但焚牒土神祠，云乞遣后圃狐驱逐，神必许君。"如其言。是夕，果屋瓦乱鸣，窗扉震撼，妻党皆为砖石所击，破额流血。俄而妻

---

① 抶(chì)——鞭打。

② 征比——古时指征用人力和考核役夫成绩。

③ "术无大小"句——龟(jūn)，同"皲"，皮肤因寒冷或干燥而裂开。洴澼絖(píng pì kuàng)，在水上漂洗棉絮。不龟手药之故事，见《庄子·逍遥游》。

党妇女并为狐媚,虽其母不免。昼则发狂裸走,丑词亵状,无所不至;夜则每室坌集数十狐,更番嬲戏,不胜其创,哀乞声相闻。厨中肴馔,俱摄置太学父子前;妻党所食,皆杂以秽物。知不可住,皆窜归。太学乃稍稍招集旧仆,复理家政,始可以自存。妻党觊觎未息,恒来探视,入门辄被击。或私有所携,归家则囊已空矣。其妻或私馈亦然。由是遂绝迹。然核计资产,损耗已甚,微狐力,则太学父子饿殍矣。此至亲密友所不能代谋,此狐百计代谋之,岂狐之果胜人哉?人于世故深,故远嫌畏怨,趋易避难,坐视而不救;狐则未谙世故,故不巧博忠厚长者名,义所当为,奋然而起也。虽狐也,为之执鞭,所欣慕焉。

瞽者刘君瑞言:一瞽者年三十余,恒往来卫河旁,遇泊舟者,必问:"此有殷桐乎?"又必申之曰:"夏殷之殷,梧桐之桐也。"有与之同宿者,其梦中呓语,亦惟此二字。问其姓名,则旬日必一变,亦无深诘之者。如是十余年,人多识之,或逢其欲问,辄呼曰:"此无殷桐,别觅可也。"一日,粮艘泊河干,瞽者问如初。一人挺身上岸曰:"是尔耶,殷桐在此,尔何能为?"瞽者狂吼如虓虎,扑抱其颈,口啮其鼻,血淋漓满地。众前拆解,牢不可开,竟共堕河中,随流而没。后得尸于天妃宫前,(海口不受尸,凡河中求尸不得,至天妃宫前必浮出。)桐捶其左胁骨尽断,终不释手;十指抠桐肩背,深入寸余;两颧两颊,啮肉几尽。迄不知其何仇,疑必父母之冤也。夫以无目之人,侦有目之人,其不得决也;以孱弱之人,搏强横之人,其不敌亦决也。此较伍胥之仇楚,其报更难矣。乃十余年坚意不回,竟卒得而食其肉,岂非精诚之至,天地亦不能违乎!宋高宗之歌舞湖山,究未可以势弱解也。

王昆霞作《雁宕游记》一卷,朱导江为余书挂幅,摘其中一条云:四月十七日,晚出小石门,至北硐,耽玩忘返,坐树下待月上。倦欲微眠,山风吹衣,栗然忽醒。微闻人语曰:"夜气澄清,尤为幽绝,胜罨画图中看金碧山水。"以为同游者夜至也。俄又曰:"古琴铭云:'山虚水深,万籁萧萧。

古无人踪，惟石嶕峣。’真妙写难状之景。尝乞洪谷子①画此意，竟不能下笔。”窃讶斯是何人，乃见荆浩？起坐听之。又曰：“顷东坡为画竹半壁，分柯布叶，如春云出岫，疏疏密密，意态自然，无杈桠怒张之状。”又一人曰：“近见其西天目诗，如空江秋净，烟水渺然，老鹤长唳，清飔远引，亦消尽纵横之气。缘才子之笔，务殚心巧；飞仙之笔，妙出天然，境界故不同耳。”知为仙人，立起仰视。忽扑簌一声，山花乱落，有二鸟冲云去。其诗有“蹑屐颇笑谢康乐②，化鹤亲见徐佐卿”句③，即记此事也。

刘拟山家失金钏，掠问小女奴，具承卖与打鼓者。（京师无赖游民，多妇女在家倚门，其夫白昼避出，担二荆筐，操短柄小鼓击之，收买杂物，谓之打鼓。凡僮婢幼孩窃出之物，多以贱价取之。盖虽不为盗，实盗之羽翼。然赃物细碎，所值不多，又踪迹诡秘，无可究诘，故王法亦不能禁也。）又掠问打鼓者衣服形状，求之不获。仍复掠问，忽承尘上微嗽曰：“我居君家四十年，不肯一露形声，故不知有我。今则实不能忍矣。此钏非夫人检点杂物，误置漆奁中耶？”如言求之，果不谬，然小女奴已无完肤矣。拟山终身愧悔，恒自道之曰：“时时不免有此事，安能处处有此狐！”故仕宦二十余载，鞫狱未尝以刑求。

多小山言：尝于景州见扶乩者，召仙不至。再焚符，乩摇撼良久，书一诗曰：“薄命轻如叶，残魂转似蓬④。练拖三尺白，花谢一枝红。云雨期虽久，烟波路不通。秋坟空鬼唱，遗恨宋家东⑤。”知为缢鬼，姑问姓名。又

---

① 洪谷子——即后文荆浩。五代人，字浩然，善画，自号洪谷子。

② 谢康乐——即南朝宋人谢灵运，爱穿木屐游览山水。事见《宋书·谢灵运传》。

③ “化鹤”句——《广德神异录》记载，唐明皇出猎，箭中云鹤，鹤带箭飞走。益州城西道观自称青城道士的徐佐卿，一天外出归来，言自己为箭所射，但不碍事，并言此箭当留归射箭主人。徐佐卿即为中箭之鹤。

④ 蓬——蓬草。蓬草因风吹而转，故也常称转蓬。

⑤ 宋家东——用宋玉《登徒子好色赋》东邻之女登墙窥宋三年典。

书曰:“妾系本吴门,家侨楚泽。偶业缘之相凑,宛转通词;讵好梦之未成,仓皇就死。律以圣贤之礼,君子应讥;谅其儿女之情,才人或悯。聊抒哀怨,莫问姓名。”此才不减李清照;其圣贤儿女一联,自评亦确也。

《新齐谐》载冥司榜吕留良①之罪曰:“辟佛太过。”此必非事实也。留良之罪,在明亡以后,既不能首阳一饿,追迹夷齐②;又不能戢影逃名,鸿冥世外,如真山民③之比。乃青衿④应试,身列胶庠⑤;其子葆中,亦高掇科名,以第二人入翰苑。则久食周粟,断不能自比殷顽。何得肆作谤书,荧惑黔首⑥?诡托于桀犬之吠尧⑦,是首鼠两端,进退无据,实狡黠反复之尤。核其生平,实与钱谦益⑧相等。殁罹阴谴,自必由斯。至其讲学辟佛,则以尊朱之故,不得不辟陆、王⑨为禅。既已辟禅,自不得不牵连辟佛,非其本志,亦非其本罪也。金人入梦⑩以来,辟佛者多,辟佛太过者亦多。以是为罪,恐留良转有词矣。抑尝闻五台僧明玉之言曰:辟佛之说,宋儒深而昌黎浅,宋儒精而昌黎粗。然而披缁之徒,畏昌黎不畏宋儒,衔昌黎不衔宋儒也。盖昌黎所辟,檀施供养之佛也,为愚夫妇言之也。宋儒所辟,明心见性之佛也,为士大夫言之也。天下士大夫少而愚夫妇多;僧徒之所取给,亦资于士大夫者少,资于愚夫妇者多。使昌黎之说胜,则香

---

① 吕留良——明末清初思想家。明亡以后不仕,图谋复兴。雍正时,吕留良已死,然因曹静案,被清廷开棺戮尸。

② 夷齐——伯夷、叔齐,商代孤竹君之子。武王灭商,二人逃到首阳山,不食周粟而死。事见《史记·伯夷、叔齐列传》。

③ 真山民——宋末隐士,真名不详。宋元动乱之际,深自湮没,有《真山民集》。

④ 青衿——青色衣领,周代学子所穿戴,后为读书人代称。

⑤ 胶庠——周代学校,胶为大学,庠为小学。后作学校代称。

⑥ 黔首——古代称平民百姓。

⑦ 桀犬之吠尧——夏桀之狗吠尧,比喻走狗为主子效劳。

⑧ 钱谦益——明末礼部尚书,后降清,诗文在当时极负盛名。

⑨ 陆、王——陆,代陆九渊;王,明代王守仁。陆、王两家学说观点相似,故常并称。

⑩ 金人入梦——汉明帝夜梦金人,不知为何;傅毅释梦说,金人即是佛,于是明帝遣使往天竺访佛。事见明王圻撰《续文献通考》。

积无烟，祇园无地，虽有大善知识，能率恒河沙众，枵腹[①]露宿而说法哉！此如用兵者先断粮道，不攻而自溃也。故畏昌黎甚，衔昌黎亦甚。使宋儒之说胜，不过尔儒理如是，儒法如是，尔不必从我；我佛理如是，佛法如是，我亦不必从尔。各尊所闻，各行所知，两相枝拄，未有害也。故不畏宋儒，亦不甚衔宋儒。然则唐以前之儒，语语有实用；宋以后之儒，事事皆空谈。讲学家之辟佛，于释氏毫无所加损，徒喧哄耳。录以为功，固为谠论；录以为罪，亦未免重视留良耳。

奴子王发，夜猎归。月明之下，见一人为二人各捉一臂，东西牵曳，而寂不闻声。疑为昏夜之中，剥夺衣物，乃向空虚鸣一铳。二人奔迸散去，一人返奔归，倏皆不见，方知为鬼。比及村口，则一家灯火出入，人语嘈囋，云："新妇缢死复苏矣。"妇云："姑命晚餐作饼，为犬衔去两三枚。姑疑窃食，痛批其颊。冤抑莫白，痴立树下。俄一妇来劝：'如此负屈，不如死。'犹豫未决，又一妇来怂恿之。恍惚迷瞀，若不自知，遂解带就缢，二妇助之。闷塞痛苦，殆难言状，渐似睡去，不觉身已出门外。一妇曰：'我先劝，当代我。'一妇曰：'非我后至不能决，当代我。'方争夺间，忽霹雳一声，火光四照，二妇惊走，我乃得归也。"后发夜归，辄遥闻哭詈，言破坏我事，誓必相杀。发亦不畏。一夕，又闻哭詈。发诃曰："尔杀人，我救人，即告于神，我亦理直。敢杀即杀，何必虚相恐怖！"自是遂绝。然则救人于死，亦招欲杀者之怨，宜袖手者多欤？此奴亦可云小异矣。

宋清远先生言：昔在王坦斋先生学幕时，一友言梦游至冥司，见衣冠数十人累累入；冥王诘责良久，又累累出，各有愧恨之色。偶见一吏，似相识，而不记姓名，试揖之，亦相答。因问："此并何人，作此形状？"吏笑曰："君亦居幕府，其中岂无一故交耶？"曰："仆但两次佐学幕，未入有司署也。"吏曰："然则真不知矣。此所谓四救先生者。"问："四救何义？"曰："佐幕者有相传口诀，曰救生不救死，救官不救民，救大不救小，救旧不救

---

① 枵（xiāo）腹——空腹，指饥饿。

新。救生不救死者,死者已死,断无可救;生者尚生,又杀以抵命,是多死一人也,故宁委曲以出之。而死者衔冤与否,则非所计也。救官不救民者,上控之案,使冤得申,则官之祸福不可测;使不得申,即反坐不过军流耳。而官之枉断与否,则非所计也。救大不救小者,罪归上官,则权位重者谴愈重,且牵累必多;罪归微官,则责任轻者罚可轻,且归结较易。而小官之当罪与否,则非所计也。救旧不救新者,旧官已去,有未了,羁留之恐不能偿;新官方来,有所委卸,强抑之尚可以办。其新官之能堪与否,则非所计也。是皆以君子之心,行忠厚长者之事,非有所求取巧为舞文,亦非有所恩仇私相报复。然人情百态,事变万端,原不能执一而论。苟坚持此例,则矫枉过直,顾此失彼,本造福而反造孽,本弭事而反酿事,亦往往有之。今日所鞫,即以此贻祸者。"问:"其果报何如乎?"曰:"种瓜得瓜,种豆得豆。夙业牵缠,因缘终凑。未来生中,不过亦遇四救先生,列诸四不救而已矣。"俯仰之间,霍然忽醒,莫明其入梦之故,岂神明或假以告人欤?

乾隆癸丑春夏间,京中多疫。以张景岳①法治之,十死八九;以吴又可②法治之,亦不甚验。有桐城一医,以重剂石膏治冯鸿胪星实之姬。人见者骇异。然呼吸将绝,应手辄痊。踵其法者,活人无算。有一剂用至八两,一人服至四斤者。虽刘守真③之原病式、张子和④之儒门事亲,专用寒凉,亦未敢至是,实自古所未闻矣。考喜用石膏,莫过于明缪仲淳,(名希雍,天、崇间人,与张景岳同时,而所传各别。)本非中道,故王懋竑⑤《白田集》有《石膏论》一篇,力辩其非。不知何以取效如此。此亦五运六气⑥,适值是年,未可执为定例也。

---

① 张景岳——明代医学家。
② 吴又可——明代医学家,《瘟疫论》一书作者。
③ 刘守真——金代医学家,《素问元机原病式》一书作者。
④ 张子和——金代医学家,《儒门事亲》一书作者。
⑤ 王懋竑——清代经史学家,著《白田草堂林集》二十四卷。
⑥ 五运六气——五运,即金、木、水、火、土五行的岁运;六气,即阴、阳、风、雨、晦、明。

从伯君章公言：中表某丈，月夕纳凉于村外。遇一人似是书生，长揖曰："仆不幸获谴于社公，自祷弗解也。一社之中，惟君祀社公最丰，而数十年一无所祈请。社公甚德君，亦甚重君。君为一祷，必见从。"表丈曰："尔何人？"曰："某故诸生，与君先人亦相识，今下世三十余年矣。昨偶向某家索食，为所诉也。"表丈曰："己事不祈请，乃祈请人事乎？人事不祈请，乃祈请鬼事乎？仆无能为役，先生休矣。"其人掉臂去曰："自了汉[①]耳，不足谋也。"夫肴酒必丰，敬鬼神也；无所祈请，远之也。敬鬼神而远之，即民之义也。视流俗之谄渎，迂儒之傲侮，为得其中矣。说此事时，余甫八九岁，此表丈偶忘姓名。其时乡风淳厚，大抵必端谨笃实之家，始相与为婚姻，行谊似此者多，不能揣度为谁也。"高山仰止，景行行止"[②]，俯仰七十年间，能勿睪[③]然远想哉！

黄叶道人潘班，尝与一林下巨公连坐，屡呼巨公为兄。巨公怒且笑曰："老夫今七十余矣。"时潘已被酒，昂首曰："兄前朝年岁，当与前朝人序齿[④]，不应阑入本朝。若本朝年岁，则仆以顺治二年九月生，兄以顺治元年五月入大清，仅差十余月耳。唐诗曰：'与兄行年较一岁。'称兄自是古礼，君何过责耶？"满座为之咋舌。论者谓潘生狂士，此语太伤忠厚，宜其坎壈终身，然不能谓其无理也。余作《四库全书总目》，明代集部以练子宁[⑤]至金川门卒龚诩[⑥]八人列解缙、胡广[⑦]诸人前，并附案语曰："谨案练子宁以下八人，皆惠宗旧臣也。考其通籍之年，盖有在解缙等后者。然一则效死于故君，一则邀恩于新主，枭鸾异性，未可同居，故分别编之，使

---

① 自了汉——不问他人，只顾自己的人。即自私自利的人。

② "高山仰止，景行行止"——语出《诗经·车辖》，意为向着高山仰望，沿着大路行进。后用此典指对高尚德行者的仰慕。

③ 睪(gāo)——高远的样子。

④ 序齿——按年龄大小定前后次序。

⑤ 练子宁——明代人，为建文帝左副都御史，燕王朱棣起兵入京，练子宁为建文殉节而死。

⑥ 龚诩——明代人，为金川门守备，燕王篡位，龚诩终生不仕。

⑦ 解缙、胡广——明建文帝在位时官员，后依附燕王。

各从其类。至龚诩卒于成化辛丑,更远在缙等后,今亦升列于前,用以昭名教是非。"千秋论定,纡青拖紫①之荣,竟不能与荷戟老兵争此一纸之先后也。黄泉易逝,青史难诬。潘生是言,又安可以佻薄废乎?

曾映华言:有数书生赴乡试,长夏溽暑,趁月夜行。倦投一废祠之前,就阶小憩,或睡或醒。一生闻祠后有人声,疑为守瓜枣者,又疑为盗,屏息细听。一人曰:"先生何来?"一人曰:"顷与邻冢争地界,讼于社公。先生老于幕府者,请揣其胜负。"一人笑曰:"先生真书痴耶! 夫胜负乌有常也? 此事可使后讼者胜,诘先讼者曰:'彼不讼而尔讼,是尔兴戎侵彼也。'可使先讼者胜,诘后讼者曰:'彼讼而尔不讼,是尔先侵彼,知理曲也。'可使后至者胜,诘先至者曰:'尔乘其未来,早占之也。'可使先至者胜,诘后至者曰:'久定之界,尔忽翻旧局,是尔无故生衅也。'可使富者胜,诘贫者曰:'尔贫无赖,欲使畏讼赂尔也。'可使贫者胜,诘富者曰:'尔为富不仁,兼并不已,欲以财势压孤茕也。'可使强者胜,诘弱者曰:'人情抑强而扶弱,尔欲以肤受之诉耸听也。'可使弱者胜,诘强者曰:'天下有强凌弱,无弱凌强。彼非真枉,不敢冒险撄尔锋也。'可以使两胜,曰:'无券无证,纠结安穷? 中分以息讼,亦可以已也。'可以使两败,曰:'人有阡陌,鬼宁有疆畔? 一棺之外,皆人所有,非尔辈所有,让为闲田可也。'以是种种胜负,乌有常乎?"一人曰:"然则究竟当何如?"一人曰:"是十说者,各有词可执,又各有词以解,纷纭反复,终古不能已也。城隍社公不可知,若夫冥吏鬼卒,则长拥两美庄②矣。"语讫遂寂。此真老于幕府之言也。

蛇能报冤,古记有之,他毒物则不能也。然闻故老之言曰:"凡遇毒

---

① 纡青拖紫——指官居高位的士大夫。

② "美庄"——唐李冗《独异志》载,崔群为相时,夫人常劝其树庄田,以为子孙计。崔群回答说,我有三十所美庄,良田遍天下。夫人表示不解,崔群接着说,我前岁放春榜三十人,岂不是良田吗?

物，无杀害心，则终不遭螫；或见即杀害，必有一日受其毒。”验之颇信。是非物之知报，气机相感耳。狗见屠狗者群吠，非识其人，亦感其气也。又有生啖毒虫者，云能益力。毒虫中人或至死，全贮其毒于腹中，乃反无恙，此又何理欤？崔庄一无赖少年习此术，尝见其握一赤练蛇，断其首而生啮，如有余味。殆其刚悍鸷忍之气足以胜之乎？力何必益？即益力方药亦颇多，又何必是也？

贾公霖言：有贸易来往于樊屯者，与一狐友。狐每邀之至所居，房舍一如人家，但出门后，回顾则不见耳。一夕，饮狐家。妇出行酒，色甚妍丽。此人醉后心荡，戏捘其腕。妇目狐，狐侧睨笑曰：“弟乃欲作陈平①耶？”亦殊不怒，笑谑如平时。此人归后，一日忽家中客作控一驴送其妇来，云得急信，君暴中风，故借驴仓皇连夜至。此人大骇，以为同伴相戏也。旅舍无地容眷属，呼客作送归。客作已自去。距家不一日程，时甫辰巳，乃自控送归。中途遇少年与妇摩肩过，手触妇足。妇怒詈，少年惟笑谢，语涉轻薄。此人愤与相搏，致驴惊逸入歧路，蜀秫方茂，斯须不见。此人舍少年追妇，寻蹄迹行一二里，驴陷淖中，妇则不知所往矣。野田连陌，四无人踪，彻夜奔驰，徬徨至晓。姑骑驴且返，再商觅妇。未及数里，闻路旁大呼曰：“贼得矣。”则邻村驴昨夜被窃，方四出缉捕也。众相执缚，大受捶楚。赖遇素识多方辩说，始得免。懊丧至家，则纺车琤然，妇方引线。问以昨事，茫然不知。始悟妇与客作及少年皆狐所幻，惟驴为真耳。狐之报复恶矣，然衅则此人自启也。

壬子春，滦阳采木者数十人夜宿山坳，见隔涧坡上有数鹿散游，又有二人往来林下，相对泣。共诧人入鹿群，鹿何不惊？疑为仙鬼，又不应对泣。虽崖高水急，人径不通，然月明如昼，了然可见，有微辨其中一人似旧木商某者。俄山风陡作，木叶乱鸣，一虎自林突出，搏二鹿殪焉。知顷所

① 陈平——西汉时人。绛侯灌婴等曾诽谗陈平在家时曾盗嫂。事见《史记·陈丞相世家》。

见,乃其生魂矣。东坡诗曰:“未死神先泣”,是之谓乎!闻此木商亦无大恶,但心计深密,事事务得便宜耳。阴谋者道家所忌,良有以夫。

又闻巴公彦弼言:征乌什时,一日攻城急,一人方奋力酣战,忽有飞矢自旁来,不及见也;一人在侧见之,急举刀代格,反自贯颅死。此人感而哭奠之。夜梦死者曰:“尔我前世为同官,凡任劳任怨之事,吾皆卸尔;凡见功见长之事,则抑尔不得前。以是因缘,冥司注今生代尔死。自今以往,两无恩仇。我自有赏恤,毋庸尔祭也。”此与木商事相近。木商阴谋,故谴重;此人小智,故谴轻耳。然则所谓巧者,非正其拙欤!

门人郝瑗,孟县人,余己卯典试所取士也。成进士,授进贤令。菲衣恶食①,视民事如家事。仓库出入,月月造一册。预储归途舟车费,扃一笥中,虽窘急不用铢两。囊箧皆结束室中,如治装状,盖无日不为去官计。人见其日日可去官,亦无如之何。后患病乞归,不名一钱,以授徒终于家。闻其少时,值春社,游人如织。见一媪将二女,村妆野服,而姿致天然。瑗与同行,未尝侧盼。忽见妪与二女,踏乱石横行至绝涧,鹄立树下。怪其不由人径,若有所避,转凝睇视之。媪从容前致词曰:“节物暄妍,率儿辈踏青,各觅眷属。以公正人不敢近,亦乞公毋近儿辈,使刺促不宁。”瑗悟为狐魅,掉臂去之。然则花月之妖,为人心自召明矣。

木兰伐官木者,遥见对山有数虎。悬崖削壁,非迂回数里不能至;人不畏虎,虎亦不畏人也。俄见别队伐木者,冲虎径过。众顿足危栗。然人如不见虎,虎如不见人也。数日后,相晤话及。别队者曰:“是日亦遥见众人,亦似遥闻呼噪声。然所见乃数巨石,无一虎也。”是殆命不遭啮乎?然命何能使虎化石,其必有司命者矣。司命者空虚无朕,冥漠无知,又何能使虎化石?其必天与鬼神矣。天与鬼神能司命,而顾谓天即理也,鬼神

① 菲衣恶食——穿戴平常,以粗茶淡饭为食。

二气之良能①也。然则理气浑沦，一屈一伸，偶遇斯人，怒而搏者，遂峙而嶙峋乎？吾无以测之矣。

景州高冠瀛，以梦高江村②而生，故亦名士奇。笃学能文，小试必第一，而省闱辄北，竟坎壈以终。年二十余时，日者③推其命，谓天官、文昌、魁星贵人皆集于一宫，于法当以鼎甲入翰林。而是岁只得食饩④。计其一生遭遇，亦无更得志于食饩者。盖其赋命本薄，故虽极盛之运，所得不过如是也。田白岩曰："张文和⑤公八字，日者以其一生仕履，较量星度，其开坊仅低一衿⑥耳。此与冠瀛之命，可以互勘。术家宜以此消息，不可徒据星度，遽断休咎也。"又尝见一术士云，凡阵亡将士，推其死绥之岁月，运必极盛。盖尽节一时，垂名千古，馨香百世，荣逮子孙，所得有在王侯将相之上者故也。立论极奇，而实有至理。此又法外之意，不在李虚中⑦等格局中矣。

冠瀛久困名场，意殊抑郁，尝语余及雪崖曰："闻旧家一宅，留宿者夜辄遭魇，或鬼或狐，莫能明也。一生有胆力，欲伺为祟者何物，故寝其中。二更后，果有黑影瞥落地，似前似却，闻生转侧，即伏不动。知其畏人，佯睡以俟之，渐作鼾声。俄觉自足而上，稍及胸腹，即觉昏沉，急奋右手搏之，执得其尾，即以左手扼其项。嗷然一声，作人言求释。急呼灯视之，乃一黑狐。众共捺制，刃穿其髀，贯以索而自系于左臂。度不能幻化，乃持

① 良能——天赋为善的能力。《孟子·尽心》："人之所不学而能者，其良能也。"
② 高江村——名士奇，清代人，官至礼部侍郎。
③ 日者——星卜先生。
④ 食饩——明清时，生员试优等者，官给廪饩，此处指授廪生。
⑤ 张文和——清代人，名廷玉，官至保和殿大学士。
⑥ 开坊仅抵一衿——意谓在仕途上只能得中秀才而已。开坊，指参加科举考试；衿，学子的代称。
⑦ 李虚中——唐代人，官至殿中侍御史，创设推命法，为星命说之祖。

刀问其作祟意。狐哀鸣曰:‘凡狐之灵者,皆修炼求仙:最上者调息炼神,讲坎离龙虎[①]之旨,吸精服气,饵日月星斗之华,用以内结金丹,蜕形羽化。是须仙授,亦须仙才。若是者吾不能。次则修容成[②]素女之术[③],妖媚蛊惑,摄精补益,内外配合,亦可成丹。然所采少则道不成,所采多则戕人利己,不干冥谪,必有天刑。若是者吾不敢。故以剽窃之功,为猎取之计,乘人酣睡,仰鼻息以收余气,如蜂采蕊,无损于花,凑合渐多,融结为一,亦可元神不散,岁久通灵。即我辈是也。虽道浅术疏,积功亦苦。如不见释,则百年精力,尽付东流,惟君子哀而恕之。’生悯其词切,竟纵之使去。此事在雍正末年,相传已久。吾因是以思,科场上者鸿才硕学,吾亦不能;次者行险徼幸,吾亦不敢;下者剽窃猎取,庶几能之,而吾又有所不肯,吾道穷矣。二君皆早掇科第,其何以教我乎?”雪崖戏曰:“以君作江村后,身如香山之为白老矣[④]。惟此一念,当是身异性存。此病至深,仆辈实无 药相救也。”相与一笑而罢。盖冠瀛为文,喜戛戛生造,硬语盘空,屡踬有司,率多坐是。故雪崖用以为戏。《贾长江集》[⑤]有“独行潭底影,数息树边身”一联,句下夹注一诗曰:“两句三年得,一吟双泪流;知音如不赏,归卧故山秋。”千古畸人,其意见略相似矣。

吉木萨台军言:尝逐雉入深山中,见有悬崖之上,似有人立。越涧往视,去地不四五丈,一人衣紫氆氇[⑥],面及手足皆黑毛,茸茸长寸许;一女子甚姣丽,作蒙古装,惟跣足不靴,衣则绿氆氇也,方对坐共炙肉。旁侍黑毛人四五,皆如小儿,身不着寸缕,见人嘻笑。其语非蒙古、非额鲁特、非回部、非西番,啁哳如鸟不可辨。观其情状,似非妖物,乃跪拜之。忽掷一

---

① 坎离龙虎——宋朱熹《考异》:“坎离、水火、龙虎、铅汞之属,只是互换其名,其实只是精气二者而已。”此指天地日月精华。

② 容成——道家术士。《汉书·艺术志》著容成阴道二十六卷,言房中术。

③ 素女之术——道家房中术。有《素女秘道经》、《素女经》等。

④ 身如香山之为白老矣——唐白居易晚年很喜爱李商隐诗,说死后要转为李的儿子;李商隐生了儿子,就命名“白老”。事见宋蔡启撰《蔡宽夫诗话》。

⑤ 唐代诗人贾岛,有《长江集》十卷。

⑥ 氆氇 ——丝麻织品。此指织绒衣。

物于崖下，乃熟野骡肉半肘也。又拜谢之，皆摇手。乃携以归，足三四日食。再与牧马者往迹，不复见矣。意其山神欤？

世言虹见则雨止，此倒置也，乃雨止则虹见耳。盖云破日露，则回光返照，射对面之云。天体浑圆，上覆如笠，在顶上则仰视，在四垂则侧视，故敛为一线。其形随下垂，两面之势，屈曲如弓。又侧视之中，斜对目者近，平对目者远。以渐而远，故重重云气，皆见其边际，叠为重重红绿色；非真有一物如带，横亘天半也。其能下涧饮水，或见其首如驴者，（见朱子语录。）并有能狎昵妇女者，（见《太平广记》。）当是别一妖气，其形似虹；或别一妖物，化形为虹耳。

及孺爱先生言：尝亲见一蝇，飞入人耳中为祟，能作人言，惟病者闻之。或谓蝇之蠢蠢，岂能成魅？或魅化蝇形耳。此语近之。青衣童子之宣赦①，浑家门客之吟诗②，皆小说妄言，不足据也。

辟尘之珠，外舅马公周箓曾遇之，确有其物，而惜未睹其形也。初，隆福寺鬻杂珠宝者，布茵于地，（俗谓之摆摊。）罗诸小箧于其上。虽大风霾，无点尘。或戏以囊有辟尘珠。其人椎鲁，漫笑应之。弗信也。如是半载，一日，顿足大呼曰："吾真误卖至宝矣！"盖是日飞尘忽集，始知从前果珠所辟也。按医书有服响豆法。响豆者，槐实之夜中爆响者也。一树只一颗，不可辨识。其法槐始花时，即以丝网幂树上，防鸟鹊啄食。结子熟

---

① 青衣童子之宣赦——前秦苻坚的赦令还没有宣布，外面的人已经知道了，并说是一青衣童子告知大家的。苻坚想起自己在写赦令时只有一只大青蝇在来去地飞着，青衣童子应该是青蝇变化的。

② 浑家门客之吟诗——姓滕的人到洛阳，住宿在一户人家中。主人不在，家中有一人自称是浑家的门客姓麻。两人吟诗谈对，十分投机。当主人回来喊滕某之时，滕某发觉自己在厕所中，而所谓姓麻的门客，乃是一条大麻绳。事见唐牛僧孺撰传奇小说《幽怪录》。

后,多缝布囊贮之,夜以为枕,听无声者即弃去。如是递枕,必有一囊作爆声者。取此一囊,又多分小囊贮之,枕听,初得一响者则又分。如二枕渐分至仅存二颗,再分枕之,则响豆得矣。此人所鬻之珠,谅亦无几。如以此法分试,不数刻得矣,至交臂失之乎?乃漫然不省,卒以轻弃,当缘禄相原薄耳。

乾隆甲辰,济南多火灾。四月杪[①],南门内西横街又火,自东而西,巷狭风猛,夹路皆烈焰。有张某者,草屋三楹在路北,火未及时,原可挈妻孥出;以有母柩,筹所以移避,既势不可出,夫妇与子女四人,抱棺悲号,誓以身殉。时抚标[②]参将方督军扑救,隐隐闻哭声,令标军升后巷屋寻声至所居,垂绠使缒出。张夫妇并呼曰:"母柩在此,安可弃也?"其子女亦呼曰:"父母殉父母,我不当殉父母乎?"亦不肯上。俄火及,标军越屋避去,仅以身免。以为阖门并煨烬,遥望叹息而已。乃火熄巡视,其屋岿然独存。盖回飙忽作,火转而北,绕其屋后,焚邻居一质库,始复西也。非鬼神呵护,何以能然!此事在癸丑七月,德州山长张君庆源录以寄余,与余《滦阳消夏录》载孀妇事相类。而夫妇子女,齐心同愿,则尤难之难。夫"二人同心,其利断金[③]",况六人乎!庶女一呼,雷霆下击[④],况六人并纯孝乎!精诚之至,哀感三灵,虽有命数,亦不能不为之挽回。人定胜天,此亦其一。事虽异闻,即谓之常理可也。余于张君不相识,而张君间关邮致,务使有传,则张君之志趣可知矣。因为点定字句,录之此编。

吕太常含晖言:京师有一民家,停柩遇火,无路可出,亦无人肯助舁。

---

① 杪(miǎo)——树梢,引申为底、末。

② 抚标——清代指巡抚直属的绿营兵。

③ 二人同心,其利断金——语出《易·系辞上》。比喻同心同德,办事就容易成功。

④ 庶女一呼,雷霆下击——《淮南子·览冥》记载,有寡妇不嫁,侍奉婆婆;小姑贪图财礼,杀母诬陷寡妇,"庶女(寡妇)叫天,雷电下击"。

乃阖家男女,锹镢刀铲,合手于室内掘一坎,置棺于中,上覆以土。坎甫掩而火及,屋虽被焚,棺在坎中,竟无恙。火性炎上故也。此亦应变之急智,因张孝子事附录之。

交河泊镇有王某,善技击,所谓王飞骸者是也。(骸俗作腿,相沿已久,然非正字也。)一夕,偶过墟墓间,见十余小儿当路戏,约皆四五岁,叱使避,如不闻。怒掴其一,群儿共噪詈。王愈怒,蹴以足。群儿坌涌,各持砖瓦击其髁,捷若猿猱,执之不得;拒左则右来,御前则后至,盘旋撑拄,竟以颠陨;头目亦被伤,屡起屡仆,至于夜半,竟无气以动。次日,家人觅之归,两足青紫,卧半月乃能起。小儿盖狐也。以王之力,平时敌数十壮夫,尚挥霍自如;而遇此小魅,乃一败涂地。《惟南子》引尧诫曰:"战战栗栗,日慎一日,人莫踬于山而踬于垤。"《左传》曰:"蜂虿有毒。"信夫!

郭彤纶言:阜城有人外出,数载无音问。一日,仓皇夜归,曰:"我流落无藉,误落群盗中,所劫杀非一。今事败,幸跳身免;然闻他被执者已供我姓名居址,计已飞檄拘眷属。汝曹宜自为计,俱死无益也。"挥泪竟去,更无一言。阖家震骇,一夜星散尽,所居竟废为虚。人亦不明其故也。越数载,此人至其故宅,访父母妻子移居何处。邻人告以久逃匿,亦茫然不测所由。稍稍踪迹,知其妻在彤纶家佣作。叩门寻访,乃知其故。然在外实无为盗事,后亦实无夜归事;彤纶为稽官牍,亦并无缉捕事。久而忆耕作八沟时,(汉右北平之故地也。)筑室山冈。冈后有狐,时或窃物,又或夜中嗥叫搅人睡。乃聚徒劚破其穴,薰之以烟,狐乃尽去。疑或其为魅以报欤?

奴子史锦文,尝往沧州延医。暑月未携幞被,乘一马而行。至张家沟西,痁①忽作,乃系马于树,倚树小憩。渐懵腾睡去,梦至一处,草屋数楹,

① 痁(shān)——疟疾。

一翁一妪坐门外,见锦文邀坐,问姓名;自言姓李行六,曾在崔庄住两载,与其父史成德有交,锦文幼时亦相见,今如是长成耶。感念存殁,意颇凄怆。妪又问:"五魁无恙否?(五魁,史锦彩之乳名。)三黑尚相随否?"(三黑李姓,锦文异父弟,随继母同来者也。)亦颇周至。翁因言今年水潦,由某路至某处水虽深,然沙底不陷;由某路至某处水虽浅,然皆红土胶泥,粘马足难行。雨且至,日已过午,尔宜速往,不留汝坐矣。霍然而醒,遥见四五丈外,有一孤冢,意即李六所葬欤?如所指路,晚至常家砖河,果遇雨。归告其继母,继母曰:"是尝在崔庄卖瓜果,与尔父日游醉乡者也。"殂谢黄泉,尚惓惓故人之子,亦小人之有意识者矣。

奴子傅显,喜读书,颇知文义,亦稍知医药。性情迂缓,望之如偃蹇老儒。一日,雅步行市上,逢人辄问:"见魏三兄否?"(奴子魏藻,行三也。)或指所在,复雅步以往。比相见,喘息良久。魏问相见何意?曰:"适在苦水井前,遇见三嫂在树下作针黹[1],倦而假寐。小儿嬉戏井旁,相距三五尺耳,似乎可虑。男女有别,不便呼三嫂使醒,故走觅兄。"魏大骇,奔往,则妇已俯井哭子矣。夫童仆读书,可云佳事。然读书以明理,明理以致用也。食而不化,至昏聩僻谬,贻害无穷,亦何贵此儒者哉!

武强一大姓,夜有劫盗,群起捕逐。盗逸去,众合力穷追。盗奔其祖茔松柏中,林深月黑,人不敢入,盗亦不敢出。相持之际,树内旋飚四起,沙砾乱飞,人皆眯目不相见,盗乘间突围得脱。众相诧异,先灵何反助盗耶?主人夜梦其祖曰:"盗劫财不能不捕,官捕得而伏法,盗亦不能怨主人。若未得财,可勿追也;追而及,盗还斗伤人,所失不大乎?即众力足殪盗,盗殪则必告官,官或不谅,坐以擅杀,所失不更大乎?且我众乌合,盗皆死党;盗可夜夜伺我,我不能夜夜备盗也。一与为仇,隐忧方大,可不深长思乎?旋风我所为解此结也,尔又何尤焉!"主人醒而喟然曰:"吾乃知老成远虑,胜少年盛气多矣。"

---

① 黹(zhǐ)——缝纫、刺绣等针线活。

沧州城守尉永公宁与舅氏张公梦征友善。余幼在外家,闻其告舅氏一事曰:"某前锋有女曰平姐,年十八九,未许人。一日,门外买脂粉,有少年挑之,怒詈而入。父母出视,路无是人,邻里亦未见是人也。夜扃户寝,少年乃出于灯下。知为魅,亦不惊呼,亦不与语,操利剪伪睡以俟之。少年不敢近,惟立于床下,诱说百端。平姐如不见闻。少年倏去,越片时复来,握金珠簪珥数十事,值约千金,陈于床上。平姐仍如不见闻。少年又去,而其物则未收。至天欲曙,少年突出曰:'吾伺尔彻夜,尔竟未一取视也!人至不可以利动,意所不可,鬼神不能争,况我曹乎?吾误会尔私祝一言,妄谓托词于父母,故有是举,尔勿嗔也。'敛其物自去。盖女家素贫,母又老且病,父所支饷不足赡,曾私祝佛前,愿早得一婿养父母,为魅所窃闻也。"然则一语之出,一念之萌,暧昧中俱有伺察矣。耳目之前,可涂饰假借乎!

瑶泾有好博者,贫至无甑,夫妇寒夜相对泣,悔不可追。夫言:"此时但有钱三五千,即可挑贩给朝夕,虽死不入囊家矣。顾安所从得乎?"忽闻扣窗语曰:"尔果悔,是亦易得,即多于是亦易得,但恐故智复萌耳。"以为同院尊长悯恻相周,遂饮泣设誓,词甚坚苦。随开门出视,月明如昼,寂无一人,惘惘莫测其所以。次夕,又闻扣窗曰:"钱已尽返,可自取。"秉火起视,则数百千钱累累然皆在屋内,计与所负适相当。夫妇狂喜,以为梦寐,彼此掐腕皆觉痛,知灼然是真。(俗传梦中自疑是梦者,但自掐腕觉痛者是真,不痛者是梦也。)以为鬼神佑助,市牲醴祭谢。途遇旧博徒曰:"尔术进耶?运转耶?何数年所负,昨一日尽复也?"罔知所对,唯诺而已。归甫设祭,闻檐上语曰:"尔勿妄祭,致招邪鬼。昨代博者是我也。我居附近尔父墓,以尔父愤尔游荡,夜夜悲啸,我不忍闻,故幻尔形往囊家取钱归。尔父寄语:事可一不可再也。"语讫,遂寂。此人亦自此改行,温饱以终。呜呼!不肖之子,自以为为所欲为矣,其亦念黄泉之下,有夜夜悲啸者乎!

李秀升言:山西有富室,老惟一子。子病瘵,子妇亦病瘵,势皆不救,父母甚忧之。子妇先卒,其父乃趣为子纳妾。其母骇曰:"是病至此,不速之死乎?"其父曰:"吾固知其必不起。然未生是子以前,吾尝祈嗣于灵隐,梦大士言:'汝本无后,以捐金助赈活千人,特予一孙送汝老。'不趁其未死,早为纳妾,孙自何来乎?"促成其事。不三四月而子卒,遗腹果生一子,竟延其祀。山谷诗曰:"能与贫人共年穀,必有明月生蚌胎。"信不诬矣。

宝坻王泗和,余姻家也。尝示余《书艾孝子事》一篇,曰:"艾子诚,宁河之艾邻村人。父文仲,以木工自给。偶与人斗,击之踣,误以为死,惧而逃,虽其妻莫知所往,第仿佛传闻似出山海关尔。是时妻方娠,越两月,始生子诚。文仲不知已有;子诚幼鞠于母,亦不知有父也。迨稍有知,乃问母父所在,母泣语以故。子诚自是惘惘如有失,恒絮问其父之年齿状貌,及先世之名字,姻娅之姓氏里居。亦莫测其意,姑一一告之。比长,或欲妻以女,子诚固辞曰:'乌有其父流离,而其子安处室家者?'始知其有志于寻父,徒以孀母在堂,不欲远离耳。然文仲久无音耗,子诚又生未出里闾,天地茫茫,何从踪迹?皆未信其果能往。子诚亦未尝议及斯事,惟力作以养母。越二十年,母以疾卒。营葬毕,遂治装裹粮赴辽东,有沮以存亡难定者,子诚泫然曰:'苟相遇,生则共返,殁则负骨归。苟不相遇,宁老死道路间,不生还矣。'众挥涕而送之。子诚出关后,念父避罪亡命,必潜踪于僻地。凡深山穷谷,险阻幽隐之处,无不物色。久而资斧既竭,行乞以糊口。凡二十载,终无悔心。一日,于马家城山中遇老父,哀其穷饿,呼与语。询得其故,为之感泣,引至家,款以酒食。俄有梓人①携具入,计其年与父相等。子诚心动,谛审其貌,与母所说略相似。因牵裾泣涕,具述其父出亡年月,且缕述家世及戚党,冀其或是。是人且骇且悲,似欲相认,而自疑在家未有子。子诚具陈始末,乃嗷然相持哭。盖文仲辗转逃避,乃至是地,已阅四十余年;又变姓名为王友义。故寻访无迹,至是始偶相遇也。老父感其孝,为谋归计。而文仲流落久,多逋负,滞不能行。子诚乃踉跄奔还,质田宅,贷亲党,得百金再往,竟奉以归。归七年,以寿终。

---

① 梓人——木匠。

子诚得父之后，始娶妻。今有四子，皆勤俭能治生。昔文安王原寻亲万里之外，子孙至今为望族。子诚事与相似，天殆将昌其家乎？子诚佃种余田，所居距余别业仅二里。余重其为人，因就问其详而书其大略如右，俾学士大夫，知陇亩间有是人也。时癸丑重阳后二日。”案子诚求父多年，无心忽遇，与宋朱寿昌寻母事同①，皆若有神助，非人力所能为。然精诚之至，故哀感幽明，虽谓之人力亦可也。

引据古义，宜征经典；其余杂说，参酌而已，不能一一执为定论也。《汉书·五行志》【按：《汉书》疑《元史》之误。《元史·五行志》：“中统二年九月，河南民王四妻邹氏一产三男。”】以一产三男列于人痾②，其说以为母气盛也，故谓之咎征。然成周八士，四乳而生③，圣人不以为妖异，抑又何欤？夫天地氤氲，万物化醇，非地之自能生也。男女构精，万物化生，非女之自能生也。使三男不夫而孕，谓之人痾可矣；既为有父之子，则父气亦盛可知，何独以为阴盛阳衰乎？循是以推，则嘉禾专车，异亩同颖④，见于《书序》者，亦将谓地气太盛乎？大抵《洪范五行》⑤，说多穿凿，而此条之难通为尤甚，不得以源出伏胜，遂以传为经。国家典制，凡一产三男，皆予赏赉。一扫曲学之陋说，真千古定议矣。余修《续文献通考》，于祥异考中，变马氏⑥之例，削去此门，遵功令也。癸丑七月草此书成，适议曹以题赏一产三男本稿请署。偶与论此，因附记于书末。

---

① 朱寿昌寻母事见《宋史·朱寿昌传》。

② 人痾——指怪胎。旧时迷信附会人事，认为是一种妖孽。

③ 成周八士，四乳而生——周朝八个有本领的人。具体说法不一。据《论语·微子》释义为伯达、伯适、仲突、仲忽、叔夜、叔夏、季随、季騧。前人认为这是四对双生子（即四乳而生）。

④ 嘉禾专车，异亩同颖——嘉禾，一禾多穗；异亩同颖，不同一垄而共结一穗。古人认为这都是吉祥的征兆。

⑤ 《洪范五行》——洪范为《尚书》篇名，汉代伏生作《尚书大传》解释尚书。后人于中抽于洪范部分，定名为《洪范五行》。

⑥ 马氏——元代马端临，《文献通考》作者。

盛　跋

河间先生典校秘书廿余年,学问文章,名满天下。而天性孤峭,不甚喜交游。退食之余,焚香扫地,杜门著述而已。年近七十,不复以词赋经心,惟时时追录旧闻,以消闲送老。初作《滦阳消夏录》,又作《如是我闻》,又作《槐西杂志》,皆已为坊贾刊行。今岁夏秋之间,又笔记四卷,取庄子语题曰《姑妄听之》。以前三书,甫经脱稿,即为抄胥①私写去。脱文误字,往往而有。故此书特付时彦校之。时彦尝谓先生诸书,虽托诸小说,而义存劝戒,无一非典型之言,此天下之所知也。至于辨析名理,妙极精微;引据古义,具有根柢,则学问见焉。叙述剪裁,贯穿映带,如云容水态,迥出天机,则文章亦见焉。读者或未必尽知也,第曰:"先生出其余技,以笔墨游戏耳。"然则视先生之书去小说几何哉?夫著书必取熔经义,而后宗旨正;必参酌史裁,而后条理明;必博涉诸子百家,而后变化尽。譬大匠之造宫室,千楹广厦,与数椽小筑,其结构一也。故不明著书之理者,虽诂经评史,不杂则陋;明著书之理者,虽稗官脞记②,亦具有体例。先生尝曰:"《聊斋志异》盛行一时,然才子之笔,非著书者之笔也。虞初③以下,干宝④以上,古书多佚矣。其可见完帙者,刘敬叔⑤《异苑》、陶潜《续搜神记》,小说类也;《飞燕外传》⑥、《会真记》⑦,传记类也。《太平广记》,事以类聚,故可并收。今一书而兼二体,所未解也。小说既述见

---

① 抄胥——抄写的小官吏。

② 稗官脞(cuǒ)记——稗官,小官,引申称野史小说;脞记,琐细的记载。

③ 虞初——西汉武帝时人,为方士侍郎,曾据《周书》改成《周说》九百四十三篇。

④ 干宝——晋元帝时人,以佐著作郎领修国史,撰有《搜神记》二十卷。

⑤ 刘敬叔——南朝宋学者。

⑥ 《飞燕外传》——旧题汉伶元撰,其实为后人依托。写汉成帝后赵飞燕等宫中逸事。

⑦ 《会真记》——唐元稹撰,亦名《崔莺莺传》。

闻，即属叙事，不比戏场关目，随意装点。伶玄之传，得诸樊嫕[①]，故猥琐具详；元稹之记，出于自述，故约略梗概。杨升庵[②]伪撰《秘辛》，尚知此意，升庵多见古书故也。今燕昵之词、媟狎之态，细微曲折，摹绘如生。使出自言，似无此理；使出作者代言，则何从而闻见之？又所未解也。留仙[③]之才，余诚莫逮其万一；惟此二事，则夏虫不免疑冰[④]。刘舍人[⑤]云：'滔滔前世，既洗予闻；渺渺来修，谅尘彼观。'心知其意，傥有人乎？"因先生之言，以读先生之书，如叠矩重规，毫厘不失，灼然与才子之笔，分路而扬镳。自喜区区私议，尚得窥先生涯缕也。因附记于末，以告世之读先生之书者。　　乾隆癸丑十一月，门人盛时彦谨跋。

---

① 伶玄之传，得诸樊嫕——伶玄，即伶元。樊嫕，汉成帝后赵飞燕的姑妹。

② 杨升庵——明代诗人杨慎。

③ 留仙——蒲留仙，即蒲松龄，《聊斋志异》作者。

④ 夏虫不免疑冰——语出《庄子·秋水》："夏虫不可以语于冰者，笃于时也。"比喻见识短浅，不通世务的人。

⑤ 刘舍人——即南朝梁著名文学批评家刘勰。刘勰于武帝时曾任东宫通事舍人，故称。

卷 十 九

滦阳续录(一)

景薄桑榆①,精神日减,无复著书之志,惟时作杂记,聊以消闲。《滦阳消夏录》等四种,皆弄笔遣日者也。年来并此懒为,或时有异闻,偶题片纸;或忽忆旧事,拟补前编。又率不甚收拾,如云烟之过眼,故久未成书。今岁五月,扈从②滦阳。退直③之余,昼长多暇,乃连缀成书,命曰《滦阳续录》。缮写既完,因题数语,以志缘起。若夫立言之意,则前四书之序详矣,兹不复衍焉。

嘉庆戊午七夕后三日,观弈道人书于礼部直庐,时年七十有五。

嘉庆戊午五月,余扈从滦阳。将行之前,赵鹿泉前辈云:有瞽者郝生,主彭芸楣参知家,以揣骨④游士大夫间,语多奇验。惟揣胡祭酒长龄,知其四品,不知其状元耳。在江湖术士中,其艺差精。郝自称河间人。余询乡里无知者,殆久游于外欤?郝又称其师乃一僧,操术弥高,与人接一两言,即知其官禄;久住深山,立意不出。其事太神,则余不敢信矣。案相人之法,见于《左传》,其书汉志亦著录;惟太素脉、揣骨二家,前古未闻。太素脉至北宋始出,其授受渊源,皆支离附会,依托显然。余于《四库全书总目》已详论之。揣骨亦莫明所自起。考《太平广记》一百三十六引《三国·典略》称:北齐神武与刘贵、贾智等射猎,遇盲妪,遍扪诸人,云并富

---

① 景薄桑榆——景,通影,日影;薄,接近;桑榆,日落之处。意谓接近暮年。

② 扈从——随从护驾。

③ 退直——直通值。下班时间,即公务之余。

④ 揣骨——星相命卜之一种,以揣摸人的骨骼而定人运命的穷通贫富。也称相骨。

贵;及扪神武,云皆由此人。似此术南北朝已有。又《定命录》[①]称:天宝十四载,东阳县瞽者马生,捏赵自勤头骨,知其官禄。刘公《嘉话录》[②]称:贞元末,有相骨山人,瞽双目。人求相,以手扪之,必知贵贱。《剧谈录》[③]称:开成中,有龙复本者,无目,善听声揣骨。是此术至唐乃盛行也。流传既古,当有所受。故一知半解,往往或中,较太素脉稍有据耳。

诚谋英勇公阿公(文成公之子,袭封。)言:灯市口东有二郎神庙。其庙面西,而晓日初出,辄有金光射室中,似乎返照。其邻屋则不然,莫喻其故。或曰:"是庙基址与中和殿东西相直,殿上火珠(宫殿金顶,古谓之火珠。唐崔曙有明堂火珠诗是也。)映日回光耳。"其或然欤?

阿公偶问余刑天干戚[④]事,余举《山海经》以对。阿公曰:"君勿谓古记荒唐,是诚有也。昔科尔沁台吉达尔玛达都尝猎于漠北深山,遇一鹿负箭而奔,因引弧殪之。方欲收取,忽一骑驰而至,鞍上人有身无首,其目在两乳,其口在脐,语啁哳自脐出。虽不可辨,然观其手所指画,似言鹿其所射,不应夺之也。从骑皆震慑失次。台吉素有胆,亦指画示以彼射未仆,此射乃获,当剖而均分。其人会意,亦似首肯,竟持半鹿而去。不知其是何部族,居于何地。据其形状,岂非刑天之遗类欤!天地之大,何所不有,儒者自拘于见闻耳。"案《史记》称:《山海经》[⑤]、《禹本纪》所有怪物,余不敢信。是其书本在汉以前。《列子》[⑥]称大禹行而见之,伯益知而名之,夷坚闻而志之。其言必有所受,特后人不免附益又窜乱之,故往往悠谬太

① 《定命录》——十七则,唐吕道生撰。
② 《嘉话录》——全称《刘宾客嘉话录》,唐韦绚录。
③ 《剧谈录》——唐康骈撰。
④ 刑天干戚——神话传说中的人物。《山海经·海外西经》称"刑天与帝争神……操干戚以舞。"干戚,古兵器,盾与斧。
⑤ 《山海经》——约成书于战国。书中杂记各地山川、物产、原始风俗,参杂怪异,保存很多远古的神话传说和史地文献。
⑥ 《列子》——旧题战国列御寇撰,很可能为魏晋间人托名伪作。

甚;且杂以秦汉之地名,分别观之,可矣。必谓本依附《天问》[①]作《山海经》,不应引《山海经》反注《天问》,则太过也。

胡中丞太初、罗山人两峰,皆能视鬼。恒阁学兰台,亦能见之,但不能常见耳。戊午正月在避暑山庄直庐,偶然话及。兰台言:鬼之形状仍如人,惟目直视。衣纹则似片片挂身上,而束之下垂,与人稍殊。质如烟雾,望之依稀似人影。侧视之,全体皆见;正视之,则似半身入墙中,半身凸出。其色或黑或苍,去人恒在一二丈外,不敢逼近。偶猝不及避,则或瑟缩匿墙隅,或隐入坎井,人过乃徐徐出。盖灯昏月黑、日暮云阴,往往遇之,不为讶也。所言与胡、罗二君略相类,而形状较详。知幽明之理,不过如斯。其或黑或苍者,鬼本生人之余,气渐久渐散,以至于无。故《左传》称新鬼大,故鬼小。殆由气有厚薄,斯色有浓淡欤?

兰台又言:尝晴昼仰视,见一龙自西而东,头角略与画图同,惟四足开张,摇撼如一舟之鼓四棹;尾扁而阔,至末渐纤,在似蛇似鱼之间;腹下正白如匹练。夫阴雨见龙,或露首尾鳞爪耳,未有天无纤翳,不风不雨,不电不雷,视之如此其明者。录之亦足资博物也。

赵鹿泉前辈言:孙虚船先生未第时,馆于某家。主人之母适病危。馆童具晚餐至。以有他事,尚未食,命置别室几上。倏见一白衣人入室内,方恍惚错愕,又一黑衣短人逡巡入。先生入室寻视,则二人方相对大嚼。厉声叱之。白衣者遁去,黑衣者以先生当门,不得出,匿于墙隅。先生乃坐于户外观其变。俄主人踉跄出,曰:“顷病者作鬼语,称冥使奉牒来拘。其一为先生所扼,不得出。恐误程限,使亡人获大咎。未审真伪,故出视之。”先生乃移坐他处,仿佛见黑衣短人狼狈去,而内寝哭声如沸矣。先

① 《天问》——战国屈原作楚辞体诗歌。对自然现象、神话历史故事提出了许多疑问。

生笃实君子，一生未尝有妄语，此事当实有也。惟是阴律至严，神听至聪，而摄魂吏卒不免攘夺病家酒食。然则人世之吏卒，其可不严察乎！

门人伊比部秉绶言：有书生赴京应试，寓西河沿旅舍中。壁悬仕女一轴，风姿艳逸，意态如生。每独坐，辄注视凝思，客至或不觉。一夕，忽翩然自画下，宛一好女子也。书生虽知为魅，而结念既久，意不自持，遂相与笑语嬿婉。比下第南归，竟买此画去。至家悬之书斋，寂无灵响，然真真之唤弗辍也。三四月后，忽又翩然下。与话旧事，不甚答。亦不暇致诘，但相悲喜。自此狎媟无间，遂患羸疾。其父召茅山道士劾治。道士熟视壁上，曰："画无妖气，为祟者非此也。"结坛作法。次日，有一狐殪坛下。知先有邪心，以邪召邪，狐故得而假借。其京师之所遇，当亦别一狐也。

断天下之是非，据礼据律而已矣。然有于礼不合，于律必禁，而介然孤行其志者。亲党家有婢名柳青，七八岁时，主人即指与小奴益寿为妇。迨年十六七，合婚有日。益寿忽以博负逃，久而无耗。主人将以配他奴，誓死不肯。婢颇有姿，主人乘间挑之，许以侧室。亦誓死不肯。乃使一媪说之曰："汝既不肯负益寿，且暂从主人，当多方觅益寿，仍以配汝。如不从，即鬻诸远方，无见益寿之期矣。"婢暗泣数日，竟俯首荐枕席，惟时时促觅益寿。越三四载，益寿自投归。主人如约为合卺。合卺①之后，执役如故，然不复与主人交一语。稍近之，辄避去。加以鞭箠，并赂益寿，使逼胁，讫不肯从。无可如何，乃善遣之。临行以小箧置主母前，叩拜而去。发之，皆主人数年所私给，纤毫不缺。后益寿负贩，婢缝纫，拮据自活，终无悔心。余乙酉家居，益寿尚持铜瓷器数事来售，头已白矣。问其妇，云久死。异哉，此婢不贞不淫，亦贞亦淫，竟无可位置，录以待君子论定之。

---

① 合卺(jǐn)——古代结婚仪式，新娘新郎各执一瓢分饮瓠中之酒，称合卺。后因代称结婚。

吴茂邻,姚安公门客也。见二童互詈,因举一事曰:交河有人尝于途中遇一叟泥滑失足,挤此人几仆。此人故暴横,遂辱詈叟母。叟怒,欲与角,忽俯首沉思,揖而谢罪,且叩其名姓居址,至歧路别去。此人至家,其母白昼闭房门。呼之不应,而喘息声颇异。疑有他故,穴窗窥之。则其母裸无寸丝,昏昏如醉,一人据而淫之。谛视,即所遇叟也。愤激叫呶,欲入捕捉,而门窗俱坚固不可破。乃急取鸟铳自棂外击之,噭然而仆,乃一老狐也。邻里聚观,莫不骇笑。此人詈狐之母,特托空言,竟致此狐实报之,可以为善詈者戒。此狐快一朝之愤,反以陨身,亦足为睚眦必报①者戒也。

诚谋英勇公言:畅春苑前有小溪,直夜内侍,每云阴月黑,辄见空中朗然悬一星。共相诧异,辗转寻视,乃见光自溪中出。知为宝气,画计取之。得一蚌,横径四五寸。剖视得二珠,缀合为一,一大一稍小,巨似枣,形似壶卢。不敢私匿,遂以进御,至今用为朝冠之顶。此乾隆初事也。小溪不能产巨蚌,蚌珠未闻有合欢,斯由天命。圣人因地呈符瑞,寿跻②九旬,康强③如昔,岂偶然也哉。

莲以夏开,惟避暑山庄之莲至秋乃开,较长城以内迟一月有余。然花虽晚开,亦复晚谢,至九月初旬,翠盖红衣,宛然尚在。苑中每与菊花同瓶对插,屡见于圣制诗中。盖塞外地寒,春来较晚,故夏亦花迟。至秋早寒而不早凋,则莫明其理。今岁恭读圣制诗注,乃知苑中池沼汇武列水④之三源,又引温泉以注之,暖气内涵,故花能耐冷也。

---

① 睚眦(yá zì)必报——睚眦,怒目而视。指小恨小怨而必定报复。

② 跻——达到。

③ 康强——即康健。

④ 武列水——古水名,旧名热河,今名武烈河,在河北省。水有三源,南流经过承德。

戴遂堂先生讳亨，姚安公癸巳同年也。罢齐河令归，尝馆余家。言其先德本浙江人，心思巧密，好与西洋人争胜。在钦天监，与南怀仁忤，（怀仁西洋人，官钦天监正。）遂徙铁岭。故先生为铁岭人。言少时见先人造一鸟铳，形若琵琶，凡火药铅丸皆贮于铳脊，以机轮开闭。其机有二，相衔如牝牡，扳一机则火药铅丸自落筒中，第二机随之并动，石激火出而铳发矣。计二十八发，火药铅丸乃尽，始需重贮。拟献于军营，夜梦一人诃责曰："上帝好生，汝如献此器使流布人间，汝子孙无噍类[①]矣。"乃惧而不献。说此事时，顾其侄秉瑛（乾隆乙丑进士，官甘肃高台知县。）曰："今尚在汝家乎？可取来一观。"其侄曰："在户部学习时，五弟之子窃以质钱，已莫可究诘矣。"其为实已亡失，或爱惜不出，盖不可知。然此器亦奇矣。诚谋英勇公因言：征乌什时，文成公与勇毅公明公犄角为营，距寇垒约里许。每相往来，辄有铅丸落马前后，幸不为所中耳。度鸟铳之力不过三十余步，必不相及，疑沟中有伏。搜之无见，皆莫明其故。破敌之后，执俘讯之，乃知其国宝器有二铳，力皆可及一里外。搜索得之，试验不虚，与勇毅公各分其一。勇毅公征缅甸，殁于阵，铳不知所在。文成公所得，今尚藏于家。究不知何术制作也。

宋代有神臂弓，实巨弩也。立于地而踏其机，可三百步外贯铁甲。亦曰克敌弓，洪容斋[②]试词科，有《克敌弓铭》是也。宋军拒金，多倚此为利器。军法不得遗失一具，或败不能携，则宁碎之，防敌得其机轮仿制也。元世祖灭宋，得其式，曾用以制胜。至明乃不得其传，惟《永乐大典》尚全载其图说。然其机轮一事一图，但有短长宽窄之度与其牝牡凸凹之形，无一全图。余与邹念乔侍郎穷数日之力，审谛逗合，讫无端绪。余欲钩摹其样，使西洋人料理之。先师刘文正公曰："西洋人用意至深，如算术借根法，本中法流入西域，故彼国谓之东来法。今从学算，反秘密不肯尽言。

---

① 噍（jiào）类——指能饮食的动物。此指活着的人。

② 洪容斋——南宋学者洪迈，著有《容斋随笔》。

此弩既相传利器，安知不阴图以去，而以不解谢我乎[①]?《永乐大典》贮在翰苑，未必后来无解者，何必求之于异国?”余与念乔乃止。“维此老成，瞻言[②]百里”。信乎所见者大也。

贝勒春晖主人言：热河碧霞元君庙（俗谓之娘娘庙。）两厢，塑地狱变相。西厢一鬼卒，惨淡可畏，俗所谓地方鬼也。有人见其出买杂物，如柴炭之类，往往堆积于庙内。问之土人，信然。然不为人害，亦习而相忘。或曰：“鬼不烹饪，是安用此?《左传》曰：‘石不能言，物或凭焉。’其他精怪欤? 恐久且为患，当早图之。”余谓天地之大，一气化生。深山大泽，何所不有。热河穹岩巨壑，密迩民居，人本近彼，彼遂近人，于理当有之。抑或草木之妖，依其本质；狐狸之属，原其故居，借形幻化，托诸土偶，于理当亦有之。要皆造物所并育也。圣人以魑魅魍魉铸于禹鼎，庭氏方相列于周官[③]，去其害民者而已，原未尝尽除异类。既不为害，自可听其去来。海客狎鸥，忽翔不下。（鸥字《列子》本作沤，盖古字假借。然古今行用。从无书作沤鸟者，故今以通行字书之。）机心一起，机心应之，或反胶胶扰扰矣。

宛平陈鹤龄，名永年，本富室，后稍落。其弟永泰，先亡。弟妇求析箸，不得已从之。弟妇又曰：“兄公男子能经理，我一孀妇，子女又幼，乞与产三分之二。”亲族皆曰不可。鹤龄曰：“弟妇言是，当从之。”弟妇又以孤寡不能征逋负，欲以资财当二分，而以积年未偿借券，并利息计算，当鹤龄之一分。亦曲从之。后借券皆索取无着，鹤龄遂大贫。此乾隆丙午事也。陈氏先无登科者，是年鹤龄之子三立，竟举于乡。放榜之日，余同年

---

① “安知”句——意谓哪里不知道他们暗地里把图拿去，而用不明白来搪塞我们呢?

② 瞻言——高瞻远瞩的意见。

③ “庭氏方”句——庭氏，周代官名，掌射杀都城附近的鸱鸮、狼、狐之类夜间鸣叫的鸟兽。《周礼》把其列入《秋官》之属。

李步玉居与相近，闻之喟然曰："天道固终不负人。"

南皮张浮槎，名景运，即著《秋坪新语》者也。有一子，早亡，其妇缢以殉。缢处壁上，有其子小像，高尺余，眉目如生。其迹似画非画，似墨非墨。妇固不解画，又无人能为追写；且寝室亦非人所能到。是时亲党毕集，均莫测所自来。张氏纪氏为世姻，纪氏之女适张者数十人，张氏之女适纪者亦数十人。众目同观，咸诧为异。余谓此烈妇精诚之至，极不为异也。盖神之所注，气即聚焉。气之所聚，神亦凝焉。神气凝聚，像即生焉。像之所丽，迹即著焉。生者之神气动乎此，亡者之神气应乎彼，两相翕合，遂结此形。故曰缘心生像，又曰至诚则金石为开也。浮槎录其事迹，征士大夫之歌咏。余拟为一诗，而其理精微，笔力不足以阐发，凡数易稿，皆不自惬。至今耿耿于心，姑录于此以昭幽明之感，诗则期诸异日焉。

神仙服饵，见于杂书者不一，或亦偶遇其人；然不得其法，则反能为害。戴遂堂先生言：尝见一人服松脂十余年，肌肤充溢，精神强固，自以为得力。然久而觉腹中小不适，又久而病燥结，润以麻仁之类，不应。攻以硝黄之类，所遗者细仅一线。乃悟松脂粘挂于肠中，积渐凝结愈厚，则其窍愈窄，故束而至是也。无药可医，竟困顿至死。又见一服硫磺者，肤裂如磔，置冰上，痛乃稍减。古诗"服药求神仙，多为药所误"，岂不信哉！

长城以外，万山环抱，然皆坡陀如冈阜。至王家营迤东，则嵚崎秀拔，皴皱皆含画意。盖天开地献，灵气之所钟故也。有罗汉峰①，宛似一僧趺坐，头项胸腹臂肘，历历可数。有磬锤峰②，即《水经注》所称武列水侧有孤石云举者也，上丰下锐，屹若削成。余修《热河志》时，曾蹑梯挽绠至其下，乃无数石卵与碎砂凝结而成，亘古不圮，莫明其故。有双塔峰，亭亭对

---

① 罗汉峰——在今河北承德市避暑山庄前，也称弥勒峰。

② 磬锤峰——在承德市东北十六里，俗称棒棰峰。

立,远望如两浮图,拔地涌出。无路可上,或夜闻上有钟磬经呗声①,昼亦时有片云往来。乾隆庚研戌,命守吏构木为梯,遣人登视。一峰周围一百六步,上有小屋。屋中一几一香炉,中供片石,镌“王仙生”三字。一峰周围六十二步,上种韭二畦;塍畛②方正,如园圃之所筑。是决非人力所到,不谓之仙踪灵迹不得矣。耳目之前,惝恍莫测尚如此,讲学家执其私见,动曰此理之所无,不亦颠乎。(距双塔峰里许有关帝庙,住持僧悟真云:乾隆壬寅,一夜大雷雨,双塔峰坠下一石佛,今尚供庙中。然仅粗石一片,其一面略似佛形而已。此事在庚戌前八年。毋乃以此峰尚有灵异,欲引而归诸彼法欤。疑以传疑,并附著之。)

同年蔡芳三言:尝与诸友游西山,至深处,见有微径,试缘而登,寂无居人,只破屋数间,苔侵草没。视壁上大书一我字,笔力险劲。因入观之,复有字迹,谛审乃二诗。其一曰:“溪头散步遇邻家,邀我同尝嫩蕨芽。携手贪论南渡事③,不知触折亚枝花。”其二曰:“酒酣醉卧老松前,露下空山夜悄然。野鹿经年相见熟,也来分我绿苔眠。”不著年月姓名。味其词意,似前代遗民。或以为仙笔,非也。又表弟安中宽,昔随木商出古北口,因访友至古尔板苏巴尔汉。(俗称三座塔,即唐之营州,辽之兴中府也。)居停主人云:山家尝捕得一鹿,方缚就涧边屠割,忽绳寸寸断,蹶然逸去。遥见对山一戴笠人,似举手指画,疑其以术禁制之。是山陡立,古无人踪,或者其仙欤?

先师何励庵先生,讳琇,雍正癸丑进士,官至宗人府主事。宦途坎坷,贫病以终。著有《樵香小记》,多考证经史疑义,今著录《四库全书》中。为诗颇喜陆放翁。一日,作《咏怀》诗曰:“冷署萧条早放衙,闲官风味似

① 经呗声——和尚的赞偈声。
② 塍畛(chéngzhěn)——田界。
③ 南渡事——北宋为金所亡,宋王朝渡江建立南宋事。

山家。偶来旧友寻棋局，绝少余钱落画叉①。浅碧好储消夏酒，嫣红已到殿春花。镜中频看头如雪，爱惜流光倍有加。”为余书于扇上。姚安公见之，沉吟曰：“何摧抑哀怨乃尔，殆神志已颓乎？”果以是年夏秋间谢世。古云诗谶，理或有之。

赵鹿泉前辈言：吕城，吴吕蒙所筑也。夹河两岸，有二土神祠。其一为唐汾阳王郭子仪，已不可解。其一为袁绍部将颜良，更不省其所自来。土人祈祷，颇有灵应。所属境周十五里，不许置一关帝祠，置则为祸。有一县令不信，值颜祠社会，亲往观之，故令伶人演《三国志》杂剧。狂风忽起，卷芦棚苫盖至空中，斗掷而下，伶人有死者；所属十五里内，瘟疫大作，人畜死亡；令亦大病几殆。余谓两军相敌，各为其主，此胜彼败，势不并存。此以公义杀人，非以私恨杀人也。其间以智勇之略，败于意外者，其数在天，不得而尤人。以驽下之才②，败于胜己者，其过在己，亦不得而尤人。张睢阳③厉鬼杀贼，以社稷安危，争是一郡，是为君国而然，非为一己而然也。使功成事定之后，殁于战阵者皆挟以为仇，则古来名将，无不为鬼所殛矣，有是理乎！且颜良受歼已久，越一二千年，曾无灵响，何忽今日而为神？何忽今日而报怨？揆以天理，殆必不然。是盖庙祝师巫，造为诡语，山妖水怪，因民听荧惑而依托之。刘敬叔④《异苑》曰：“丹阳县有袁双庙，真第四子也。真为桓宣武诛，便失所在⑤。太元中，形见于丹阳，求立庙。未即就功，大有虎灾。被害之家，辄梦双至，催功甚急。百姓立祠，于是猛暴用息。常以二月晦，鼓舞祈祠，其日恒风雨。至元嘉五年，设奠讫，村人邱都于庙后见一物，人面鼍⑥身，葛巾，七孔端正而有酒气。未知

① 画叉——张挂画幅用的长柄叉。

② 驽下之才——指低下、平庸的才能。

③ 张睢阳——唐代张巡。安禄山叛乱，张坚守睢阳城，以拒叛军，城陷被杀。据说死后化为厉鬼。

④ 刘敬叔——南朝宋人，其《异苑》十卷，多记怪异、佚闻之事。

⑤ “丹阳县”句——晋袁真被桓温废为庶人，在寿阳造反后病死。部将拥立其子袁瑾，后也被桓温生擒、灭族。事见《晋书·桓温传》。

⑥ 鼍（tuó）——动物名，又名猪婆龙，或称扬子鳄。

为双之神,为是物凭也。”余谓来必风雨,其为水怪无疑,然则是事古有之矣。

舅氏张公梦征(亦字尚文,讳景说。)言:沧州吴家庄东一小庵,岁久无僧,恒为往来憩息地。有月作人,每于庵前遇一人招之坐谈,颇相投契。渐与赴市沽饮,情益款洽。偶询其乡贯居址,其人愧谢曰:“与君交厚,不敢欺,实此庵中老狐也。”月作人亦不怖畏,来往如初。一日复遇,挈鸟铳相授曰:“余狎一妇,余弟亦私与狎,是盗嫂也。禁之不止,殴之则余力不敌。愤不可忍,将今夜伺之于路歧,与决生死。闻君善用铳,俟交斗时,乞发以击彼,感且不朽。月明如昼,君望之易辨也。”月作人诺之,即所指处伏草间。既而私念曰:“其弟无礼,诚当死。然究所媚之外妇,彼自有夫,非嫂也。骨肉之间,宜善处置,必致之死,不太忍乎?彼兄弟犹如此,吾时与往来,傥有睚眦,虑且及我矣。”因乘其纠结不解,发一铳而两杀之。《棠棣》①之诗曰:“兄弟阋②于墙,外御其侮。”家庭交构,未有不归于两伤者。舅氏恒举此事为子侄戒,盖是人负两狐归,尝目睹也。

司庖杨媪言:其乡某甲将死,嘱其妇曰:“我生无余资,身后汝母子必冻饿。四世单传,存此幼子。今与汝约:不拘何人,能为我抚孤则嫁之,亦不限服制月日,食尽则行。”嘱讫,闭目不更言,惟呻吟待尽。越半日,乃绝。有某乙闻其有色,遣媒妁请如约。妇虽许婚,以尚足自活,不忍行。数月后,不能举火,乃成礼。合卺之夜,已灭烛就枕,忽闻窗外叹息声。妇识其謦③欬,知为故夫之魂,隔窗呜咽,语之曰:“君之遗言,非我私嫁。今夕之事,于势不得不然,君何以为祟?”魂亦呜咽曰:“吾自来视儿,非来祟汝。因闻汝啜泣卸妆,念贫故使汝至于此,心脾凄动,不觉喟然耳。”某乙悸甚,急披衣起曰:“自今以往,所不视君子如子者,有如日。”灵语遂寂。

① 《棠棣》——《诗经》篇名。
② 阋(xì)——吵架。
③ 謦(qǐng)——咳嗽。

后某乙耽玩艳妻,足不出户。而妇恒惘惘如有失。某乙倍爱其子以媚之,乃稍稍笑语。七八载后,某乙病死,无子,亦别无亲属。妇据其资,延师教子,竟得游泮①。又为纳妇,生两孙。至妇年四十余,忽梦故夫曰:"我自随汝来,未曾离此。因吾子事事得所,汝虽日与彼狎昵,而念念不忘我,灯前月下,背人弹泪。我皆见之,故不欲稍露形声,惊尔母子。今彼已转轮,汝寿亦尽,余情未断,当随我同归也。"数日果微疾,以梦告其子,不肯服药,荏苒遂卒。其子奉棺合葬于故夫,从其志也。程子谓饿死事小,失节事大。是诚千古之正理,然为一身言之耳。此妇甘辱一身,以延宗祀,所全者大,似又当别论矣。杨媪能举其姓氏里居,以碎璧归赵,究非完美,隐而不书。悯其遇,悲其志,为贤者讳也。又吾乡有再醮故夫之三从表弟者,两家所居,距一牛鸣地。嫁后仍以亲串礼回视其姑,三数日必一来问起居,且时有赡助,姑赖以活。殁后,出资敛葬,岁恒遣人祀其墓。又京师一妇,少寡,虽颇有姿首,而针黹烹饪,皆非所能。乃谋于翁姑,伪称己女,鬻为宦家妾,竟养翁姑终身。是皆堕节之妇,原不足称;然不忘旧恩,亦足励薄俗。君子与人为善,固应不没其寸长。讲学家持论务严,遂使一时失足者,无路自赎,反甘心于自弃,非教人补过之道也。

慧灯和尚言:有举子于丰宜门外租小庵过夏,地甚幽僻。一日,得揣摩秘本,于灯下手钞。闻窗外似窸窣有人,试问为谁。外应曰:"身是幽魂,沉滞于此,不闻书声者百余年矣。连日听君讽诵,怅触夙心,思一晤谈,以消郁结。与君气类,幸勿相惊。"语讫,揭帘径入,举止温雅,甚有士风。举子惶怖,呼寺僧。僧至,鬼亦不畏,指一椅曰:"师且坐,我故识师。师素朴野,无丛林市井气,可共语也。"僧及举子俱踧踖不能答。鬼乃探取所录书,才阅数行,遽掷之于地,奄然而灭。

杨雨亭言:莱州深山,有童子牧羊,日恒亡一二,大为主人扑责。留意侦之,乃二大蛇从山罅出,吸之吞食。其巨如瓮,莫敢撄也。童子恨甚,乃

① 游泮——泮,泮宫,古时讲学之处。指入学。

谋于其父,设犁刀于山罅,果一蛇裂腹死。惧其偶之报复,不敢复牧于是地。时往潜伺,寂无形迹,意其他徙矣。半载以后,贪是地水草胜他处,仍驱羊往牧。牧未三日,而童子为蛇吞矣。盖潜匿不出,以诱童子之来也。童子之父有心计,阳不搜索,而阴祈营弁①藏一炮于深草中,时密往伺察。两月以外,见石上有蜿蜒痕,乃载燧夜伏其旁。蛇果下饮于涧,簌簌有声。遂一发而糜碎焉。还家之后,忽发狂自挝曰:"汝计杀我夫,我计杀汝子,适相当也。我已深藏不出,汝又百计以杀我,则我为枉死矣,今必不舍汝。"越数日而卒。俚谚有之曰:"角力不解,必同仆地;角饮不解,必同沉醉。"斯言虽小,可以喻大矣。

孟鹭洲自记巡视台湾事曰:"乾隆丁酉,偶与友人扶乩,乩赠余以诗曰:'乘槎万里渡沧溟,风雨鱼龙会百灵。海气粘天迷岛屿,潮声簸地走雷霆。鲸波不阻三神岛②,鲛室争看二使星③。记取白云飘渺处,有人同望蜀山青。'时将有巡视台湾之役,余疑当往。数日,果命下。六月启行,八月至厦门,渡海,驻半载始归。归时风利,一昼夜即登岸。去时飘荡十七日,险阻异常。初出厦门,即雷雨交作,云雾晦冥。信帆而往,莫知所适。忽腥风触鼻,舟人曰:'黑水洋也。'其水比海水凹下数十丈,阔数十里,长不知其所极。黝然而深,视如泼墨。舟中摇手戒勿语,云其下即龙宫,为第一险处,度此可无虞矣。至白水洋,遇巨鱼鼓鬣而来,举其首如危峰障日,每一拨刺,浪涌如山,声砰訇如霹雳,移数刻始过尽。计其长,当数百里。舟人云来迎天使,理或然欤?既而飓风四起,舟几覆没。忽有小鸟数十,环绕樯竿。舟人喜跃,称天后来拯。风果顿止,遂得泊澎湖。圣人在上,百神效职,不诬也。遐思所历,一一与诗语相符,非鬼神能前知

① 营弁——军营中的士兵。

② 三神岛——蓬莱、方丈、瀛洲三岛于渤海中,传说为仙人居住之处。

③ "鲛室"句——鲛室,指传说中鲛人所居之室。二使星,二位使者。东汉和帝派二位使者到益州微服私访。益州牧李郃问他们:"二位从京师来,知道朝廷派遣二位使者的事吗?"二人问李郃怎么知道?李郃指着星星说:"有二使星向益州上空而来,所以知道。"

欤！时先大夫尚在堂，闻余有过海之役，命兄到赤嵌来视余。遂同登望海楼，并末二句亦巧合。益信数皆前定，非人力所能为矣。戊午秋，扈从滦阳，与晓岚宗伯话及。宗伯方草《滦阳续录》，因书其大略付之，或亦足资谈柄耶。”（以上皆鹭洲自序。）考唐钟辂[①]作《定命录》，大旨在戒人躁竞，毋涉妄求。此乩仙预告未来，其语皆验，可使人知无关祸福之惊恐，与无心聚散之踪迹，皆非偶然，亦足消趋避之机械[②]矣。

高密单作虞言：山东一巨室，无故家中廪自焚，以为偶遗火也。俄怪变数作，阖家大扰。一日，厅事上砰磕有声，所陈设玩器俱碎。主人性素刚劲，厉声叱问曰：“青天白日之下，是何妖魅，敢来为祟？吾行诉尔于神矣！”梁上朗然应曰：“尔好射猎，多杀我子孙。衔尔次骨，至尔家伺隙八年矣。尔祖宗泽厚，福运未艾，中霤神[③]、灶君、门尉禁我弗使动，我无如何也。今尔家兄弟外争，妻妾内讧，一门各分朋党，俨若寇仇。败征已见，戾气应之，诸神不歆尔祀，邪鬼已阚尔室，故我得而甘心焉。尔尚愦愦哉！”其声愤厉，家众共闻。主人悚然有思，抚膺叹息曰：“妖不胜德，古之训也。德之不修，于妖乎何尤？”乃呼弟及妻妾曰：“祸不远矣，幸未及也。如能共释宿憾，各逐私党，翻然一改其所为，犹可以救。今日之事，当自我始。尔等听我，祖宗之灵，子孙之福也；如不听我，我披发入山矣。”反复开陈，引咎自责，泪涔涔渍衣袂。众心感动，并伏几哀号，立逐离间奴婢十余人。凡彼此相轧之事，并一时顿改。执豕于牢，歃血盟神曰：“自今以往，怀二心者如此豕！”方彼此谢罪，闻梁上顿足曰：“我复仇而自漏言，我之过也夫！”叹诧而去。此乾隆八九年间事。

侍姬明玕，粗知文义，亦能以常言成韵语。尝夏夜月明，窗外夹竹桃盛开，影落枕上。因作花影诗曰：“绛桃映月数枝斜，影落窗纱透帐纱。

① 钟辂——唐太和中人，官至崇文馆校书郎。
② 消趋避之机械——即消除进退之心计。
③ 中霤神——迷信称宅神。

三处婆娑花一样,只怜两处是空花。”意颇自喜。次年竟病殁。其婢玉台,侍余二年余,年甫十八,亦相继夭逝。两处空花,遂成诗谶。气机所动,作者殊不自知也。

一庖人随余数年矣,今岁扈从滦阳,忽无故束装去,借住于附近巷中。盖挟余无人烹饪,故居奇以索高价也。同人皆为不平,余亦不能无愤恚。既而忽忆武强刘景南官中书时,极贫窘,一家奴偃蹇求去。景南送之以诗曰:“饥寒迫汝各谋生,送汝依依尚有情。留取他年相见地,临阶惟叹两三声。”忠厚之言,溢于言表。再三吟诵,觉褊急之气都消。

卷 二 十

滦阳续录(二)

一馆吏议叙得经历①,需次②会城,久不得差遣,困顿殊甚。上官有怜之者,权令署典史。乃大作威福,复以气焰轹同僚,缘是以他事落职。邵二云学士偶话及此,因言其乡有人方夜读,闻窗棂有声,谛视之,纸裂一罅,有两小手擘之,大才如瓜子。即有一小人跃而入,彩衣红履,头作双髻,眉目如画,高仅二寸余。掣案头笔举而旋舞,往来腾踏于砚上,拖带墨渖,书卷俱污。此人初甚错愕,坐观良久,觉似无他技,乃举手扑之,噭然就执。蜷跼掌握之中,音呦呦如虫鸟,似言乞命。此人恨甚,径于灯上烧杀之,满室作枯柳木气,迄无他变。炼形甫成,毫无幻术,而肆然侮人以取祸,其此吏之类欤!此不知实有其事,抑二云所戏造,然闻之亦足以戒也。

昌吉守备刘德言:昔征回部时,因有急檄,取珠尔士斯路驰往。阴晦失道,十余骑皆迷,裹粮垂尽,又无水泉,姑坐树根,冀天晴辨南北。见崖下有人马骨数具,虽风雪剥蚀,衣械并朽,察其形制,似是我兵。因对之慨叹曰:“再两日不晴,与君辈在此为侣矣。”顷之,旋风起林外,忽来忽去,似若相招。试纵马随之,风即前导;试暂憩息,风亦不行。晓然知为斯骨之灵。随之返行三四十里,又度岭两重,始得旧路,风亦欻然息矣。众哭拜之而去。嗟乎!生既捐躯,魂犹报国;精灵长在,而名氏翳如。是亦可悲也已。

---

① 经历——官名。清代于宗人府、通政司、都察院均有设置,掌管公文出纳。

② 需次——候补官员按序以进,称需次。

谓无神仙,或云遇之;谓有神仙,又不恒遇。刘向、葛洪、陶宏景以来,记神仙之书,不啻百家;所记神仙之名姓,不啻千人。然后世皆不复言及。后世所遇,又自有后世之神仙。岂保固精气,虽得久延,而究亦终归迁化耶?又神仙清净,方士幻化,本各自一途。诸书所记,凡幻化者皆曰神仙,殊为无别。有王媪者,房山人,家在深山。尝告先母张太夫人曰:山有道人,年约六七十,居一小庵,拾山果为粮,掬泉而饮,日夜击木鱼诵经,从未一至人家。有就其庵与语者,不甚酬答,馈遗亦不受。王媪之侄佣于外,一夕,归省母,过其庵前。道人大骇曰:"夜深虎出,尔安得行!须我送尔往。"乃琅琅击木鱼前道。未半里,果一虎突出。道人以身障之,虎自去,道人不别亦自去。后忽失所在。此或似仙欤?从叔梅庵公言:尝见有人使童子登三层明楼上,(北方以覆瓦者为暗楼,上屋作雉堞形以备御寇者为明楼。)以手招之。翩然而下,一无所损。又以铜盂投溪中,呼之,徐徐自浮出。此皆方士禁制之术,非神仙也。舅氏张公健亭言:砖河农家,牧数牛于野,忽一时皆暴死。有道士过之,曰:"此非真死,为妖鬼所摄耳。急灌以吾药,使脏腑勿坏。吾为尔劾治,召其魂。"因延至家,禹步作法。约半刻,牛果皆蹶然起。留之饭,不顾而去。有知其事者曰:"此先以毒草置草中,后以药解之耳。不肯受谢,示不图财,为再来荧惑地也。吾在山东,见此人行此术矣。"此语一传,道士遂不复至。是方士之中,又有真伪,何概曰神仙哉!

李南涧言:其邻县一生,故家子也。少年佻达,颇渔猎男色。一日,自亲串家饮归,距城稍远,云阴路黑,度不及入,微雪又簌簌下。方踌躇间,见十许步外有灯光,遣仆往视,则茅屋数间,四无居人,屋中惟一童一妪。问:"有栖止处否?"妪曰:"子久出外,惟一孙与我住此。尚有空屋两间,不嫌湫隘①,可权宿也。"遂呼童系二马树上,而邀生入坐。妪言老病须早睡,嘱童应客。童年约十四五,衣履破敝,而眉目极姣好。试挑与言,自吹火煮茗不甚答。渐与谐笑,微似解意,忽乘间悄语曰:"此地密迩祖母房,雪晴当亲至公家乞赏也。"生大喜慰,解绣囊玦赠之。亦羞涩而受。软语

---

① 湫隘——低矮狭小。

良久,乃掩门持灯去。生与仆倚壁倦憩,不觉昏睡。比醒,则屋已不见,乃坐人家墓柏下,狐裘貂冠,衣裤靴袜,俱已褫无寸缕矣。裸露雪中,寒不可忍。二马亦不知所在。幸仆衣未褫,乃脱其敝裘蔽上体,蹩躠①而归,诡言遇盗。俄二马识路自归,已尽剪其尾鬣。衣冠则得于溷中,并狼藉污秽,灼然非盗。无可置词,仆始具泄其情状。乃知轻薄招侮,为狐所戏也。

戊子昌吉之乱,先未有萌也。屯官以八月十五夜,犒诸流人,置酒山坡,男女杂坐。屯官醉后逼诸流妇使唱歌,遂顷刻激变,戕杀屯官,劫军装库,据其城。十六日晓,报至乌鲁木齐。大学士温公促聚兵。时班兵散在诸屯,城中仅一百四十七人,然皆百战劲卒,视贼蔑如也。温公率之即行,至红山口,守备刘德叩马曰:"此去昌吉九十里,我驰一日至城下,是彼逸而我劳,彼坐守而我仰攻,非百余人所能办也。且此去昌吉皆平原,玛纳斯河虽稍阔,然处处策马可渡,无险可扼,所可扼者此山口一线路耳。贼得城必不株守,其势当即来。公莫如驻兵于此,借陡崖遮蔽。贼不知多寡,俟其至而扼险下击,是反攻为守,反劳为逸,贼可破也。"温公从之。及贼将至,德左势红旗,右执利刃,令于众曰:"望其尘气,虽不过千人,然皆亡命之徒,必以死斗,亦不易当。幸所乘皆屯马,未经战阵,受创必反走。尔等各擎枪屈一膝跪,但伏而击马,马逸则人乱矣。"又令曰:"望影鸣枪,则枪不及贼,火药先尽,贼至反无可用。尔等视我旗动,乃许鸣枪;敢先鸣者,手刃之。"俄而贼众枪争发,砰訇动地。德曰:"此皆虚发,无能为也。"迨铅丸击前队一人伤,德曰:"彼枪及我,我枪必及彼矣。"举旗一挥,众枪齐发。贼马果皆横逸,自相冲击。我兵噪而乘之,贼遂歼焉。温公叹曰:"刘德状貌如村翁,而临阵镇定乃尔。参将都司,徒善应对趋跄②耳。"故是役以德为首功。然捷报不能缕述曲折,今详著之,庶不湮没焉。

---

① 蹩躠(bié sà)——尽力行进的样子。

② 趋跄——步履有节奏的样子。此句意谓参将都司等将官,只是善于应对上司,平日装装将官的样子罢了。

由乌鲁木齐至昌吉,南界天山,无路可上;北界苇湖,连天无际,淤泥深丈许,入者辄灭顶。贼之败也,不西还据昌吉,而南北横奔,悉入绝地,以为惶遽迷瞀也。后执俘讯之,皆曰惊溃之时,本欲西走。忽见关帝立马云中,断其归路,故不得已而旁行,冀或匿免也。神之威灵,乃及于二万里外。国家之福祚,又能致神助于二万里外。猬锋螗斧,潢池盗弄①何为哉!

昌吉未乱以前,通判赫尔喜奉檄调至乌鲁木齐,核检仓库。及闻城陷,愤不欲生,请于温公曰:"屯官激变,其反未必本心。愿单骑迎贼于中途,谕以利害。如其缚献渠魁,可勿劳征讨;如其枭獍成群,不肯反正,则必手刃其帅,不与俱生。"温公阻之不可,竟橐鞬②驰去,直入贼中,以大义再三开导。贼皆曰:"公是好官,此无与公事。事已至此,势不可回。"遂拥至路旁,置之去。知事不济,乃掣刀奋力杀数贼,格斗而死。当时公论惜之曰:"屯官非其所属,流人非其所治,无所谓徇纵也。衅起一时,非预谋不轨,无所谓失察也。奉调他出,身不在署,无所谓守御不坚与弃城逃遁也。所劫者军装库,营弁所掌,无所谓疏防也。于理于法,皆可以无死。而终执城存与存,城亡与亡之一言,甘以身殉。推是志也,虽为常山、睢阳③可矣。"故于其柩归,罔不哭奠。而于屯官之残骸归,(屯官为贼以铁剚自踵寸寸剚至顶。乱定后,始掇拾之。)无焚一陌纸钱者。

朱青雷言:曾见一长卷,字大如杯,怪伟极似张二水。首题纪梦十首,而蠹蚀破烂,惟二首尚完整可读。其一曰:"梦到蓬莱顶,琼楼碧玉山。波浮天半壁,日涌海中间。遥望仙官立,翻输野老闲。云帆三十丈,高挂径西还。"其二曰:"郁郁长生树,层层太古苔。空山未开凿,元气尚胚胎。

① 猬锋螗斧,潢池盗弄——像刺猬毛、蝉翅做成的兵器;像小孩子盗窃兵器在池塘里戏弄。全句意谓叛军乌合之众,不堪一击。

② 橐鞬(tuó jiān)——盛弓箭的袋。此指弓箭等兵器。

③ 常山、睢阳——唐颜杲卿为常山太守,张巡守睢阳,二人在"安史之乱"中一为被俘不屈而死,一战死。

灵境在何处？梦游今几回？最怜鱼鸟意，相见不惊猜。”年月姓名，皆已损失，不知谁作也。尝为李玉典书扇，并附以跋。或曰：“此青雷自作，托之古人。”然青雷诗格婉秀如秦少游①小石调，与二诗笔意不近。或又曰：“诗字皆似张东海。”东海集余昔曾见，不记有此二诗否，待更考之。（青雷跋谓，前诗后四句，未经人道。然昌黎诗：“我能屈曲自世间，安能从汝求神仙？”即是此意，特袭取无痕耳。）

同郡有富室子，形状臃肿，步履蹒跚；又不修边幅，垢腻恒满面。然好游狭斜，遇妇女必注视。一日独行，遇幼妇，风韵绝佳。时新雨泥泞，遽前调之曰：“路滑如是，嫂莫要扶持否？”幼妇正色曰：“尔勿愦愦，我是狐女，平生惟拜月炼形，从不作媚人采补事。尔自顾何物，乃敢作是言，行且祸尔。”遂掬沙屑洒其面。惊而却步，忽堕沟中，努力踊出，幼妇已不知所往矣。自是心恒惴惴，虑其为祟，亦竟无患。数日后，友人邀饮，有新出小妓侑酒。谛视，即前幼妇也。疑似惶惑，罔知所措，强试问之曰：“某日雨后，曾往东村乎？”妓漫应曰：“姊是日往东村视阿姨，吾未往也。姊与吾貌相似，公当相见耶？”语殊恍惚，竟莫决是怪是人，是一是二，乃托故逃席去。去后，妓述其事曰：“实憎其丑态，且惧行强暴，姑诳以伪词，冀求解免。幸其自仆，遂匿于麦场积柴后。不虞其以为真也。”席中莫不绝倒。一客曰：“既入青楼，焉能择客？彼固能千金买笑者也，盍挈尔诣彼乎！”遂偕之同往，具述妓翁姑及夫名氏，其疑乃释。（妓姊妹即所谓大杨、二杨者，当时名士多作《杨柳枝词》，皆借寓其姓也。）妓复谢以小时固识君，昨喜见怜，故答以戏谑，何期反致唐突，深为歉仄，敢抱衾枕以自赎。吐词娴雅，姿态横生。遂大为所惑，留连数夕。召其夫至，计月给夜合之资。狎昵经年，竟殒于消渴。先兄晴湖曰：“狐而人，则畏之，畏死也。人而狐，则非惟不畏，且不畏死，是尚为能充其类也乎！行且祸汝，彼固先言。是子也死于妓，仍谓之死于狐可也。”

---

① 秦少游——北宋词人秦观，字少游。

郭大椿、郭双桂、郭三槐,兄弟也。三槐屡侮其兄,且诣县讼之。归憩一寺,见缁袍[①]满座,梵呗[②]竞作。主人虽吉服,而容色惨沮,宣疏通诚之时,泪随声下。叩之,寺僧曰:“某公之兄病危,为叩佛祈福也。”三槐痴立良久,忽发癫狂,顿足捶胸而呼曰:“人家兄弟如是耶?”如是一语,反复不已。掖至家,不寝不食,仍顿足捶胸,诵此一语,两三日不止。大椿、双桂故别住,闻信俱来,持其手哭曰:“弟何至是?”三槐又痴立良久,突抱两兄曰:“兄固如是耶!”长号数声,一踊而绝。咸曰神殛之,非也。三槐愧而自咎,此圣贤所谓改过,释氏所谓忏悔也。苟充是志,虽田荆[③]、姜被[④],均所能为。神方许之,安得殛之?其一恸立殒,直由感动于中,天良激发,自觉不可立于世,故一瞑不视,戢影黄泉,岂神之褫其魄哉?惜知过而不知补过,气质用事,一往莫收;无学问以济之,无明师益友以导之,无贤妻子以辅之,遂不能恶始美终,以图晚盖,是则其不幸焉耳。昔田氏姊买一小婢,倡家女也。闻人诮邻妇淫乱,瞿然惊曰:“是不可为耶?吾以为当如是也。”后嫁为农家妻,终身贞洁。然则三槐悖理,正坐不知。故子弟当先使知礼。

朝鲜使臣郑思贤,以棋子两奁赠予,皆天然圆润,不似人工。云黑者海滩碎石,年久为潮水冲激而成;白者为小车渠壳,亦海水所磨莹,皆非难得。惟检寻其厚薄均,轮廓正,色泽均者,日积月累,比较抽换,非一朝一夕之力耳。置之书斋,颇为雅玩。后为范大司农取去。司农殁后,家计萧然,今不知在何所矣。

---

① 缁袍——黑色的袍服。此指和尚。

② 梵呗——和尚诵经、赞偈之声。

③ 田荆——田真兄弟三人分家,堂前一紫荆树也将剖为三均分。次日砍伐时树已枯死,田真兄弟等受了感动,决定不分家,树又繁茂如初。事见南朝梁吴均撰《续齐谐记》。

④ 姜被——形容兄弟友爱。汉姜肱与弟友爱,常同被而眠。事见《后汉书·姜肱传》。

海中三岛十洲①，昆仑五城十二楼②，词赋家沿用久矣。朝鲜、琉球③、日本诸国，皆能读华书。日本余见其五京地志及山川全图，疆界袤延数千里，无所谓仙山灵境也。朝鲜、琉球之贡使，则余尝数数与谈，以是询之，皆曰东洋自日本以外，大小国土凡数十，大小岛屿不知几千百，中朝人所必不能至者，每帆樯万里，商舶往来，均不闻有是说。惟琉球之落漈④，似乎三千弱水⑤。然落漈之舟，偶值潮平之岁，时或得还，亦不闻有白银宫阙，可望而不可即也。然则三岛十洲，岂非纯构虚词乎！《尔雅》、《史记》，皆称河出昆仑。考河源有二：一出和阗⑥，一出葱岭⑦。或曰葱岭其正源，和阗之水入之。或曰和阗其正源，葱岭之水入之。双流既合，亦莫辨谁主谁宾。然葱岭、和阗，则皆在今版图内，开屯列戍四十余年，即深岩穷谷，亦通耕牧。不论两山之水，孰为正源，两山之中，必有一昆伦确矣。而所谓瑶池、悬圃、珠树、芝田⑧，概乎未见，亦概乎未闻。然则五城十二楼，不又荒唐矣乎！不但此也，灵鹫山在今拔达克善⑨，诸佛菩萨，骨塔具存，题记梵书，一一与经典相合。尚有石室六百余间，即所谓大雷音寺，回部游牧者居之。我兵追剿波罗泥都、霍集占⑩，曾至其地，所见不过如斯。种种庄严，似亦藻绘之词矣。相传回部祖国，以铜为城。近西之回部云，铜城在其东万里。近东之回部云，铜城在其西万里。彼此遥拜，迄无人曾到其地。因是以推，恐南怀仁《坤舆图说》所记五大人洲，珍奇灵怪，均此类焉耳。周编修书昌则曰："有佛缘者，然后能见佛界；有仙骨

---

① 三岛十洲——传说中仙人居住之地。见汉东方朔《十洲记》。

② 五城十二楼——传说中仙人居住之地。《汉书·郊祀志》引应劭语："昆仑玄圃，五城十二楼，仙人之所常居。"

③ 琉球——琉球群岛。

④ 落漈——海水低陷的地方。

⑤ 弱水——传说十洲之一凤麟洲四面有弱水围绕，鸿毛不浮，不可逾越。见《十洲记》。

⑥ 和阗——地名，在今新疆天山南麓。

⑦ 葱岭——山名，在新疆，为葱岭河的发源地。

⑧ 瑶池、悬圃、珠树、芝田——均为神话传说中的池、园圃、仙木、田地。

⑨ 拔达克善——山名，今属阿富汗。

⑩ 波罗泥都、霍集占——回部二酋长名，乾隆时叛变，被朝廷命兆惠讨平。

者,然后能见仙境。未可以寻常耳目,断其有无。曾见一道士游昆仑归,所言与旧记不殊也。”是则余不知之矣。

蔡季实殿撰有一仆,京师长随也。狡黠善应对,季实颇喜之。忽一日,二幼子并暴卒,其妻亦自缢于家。莫测其故,姑殓之而已。其家有老妪私语人曰:“是私有外遇,欲毒杀其夫,而后携子以嫁。阴市砒制饼饵,待其夫归。不虞二子窃食,竟并死。妇悔恨莫解,亦遂併命。”然妪昏夜之中,窗外窃听,仅粗闻秘谋之语,未辨所遇者为谁,亦无从究诘矣。其仆旋亦发病死。死后,其同侪窃议曰:“主人惟信彼,彼乃百计欺主人。他事毋论,即如昨日四鼓诣圆明园侍班,彼故纵驾车骡逸,御者追之复不返。更漏已促,叩门借车必不及。急使雇倩,则曰风雨将来,非五千钱人不往。主人无计,竟委曲从之。不太甚乎!奇祸或以是耶!”季实闻之,曰:“是死晚矣,吾误以为解事人也。”

杨槐亭前辈言:其乡有宦成归里者,闭门颐养,不预外事,亦颇得林下之乐,惟以无嗣为忧。晚得一子,珍惜殊甚。患痘甚危,闻劳山有道士能前知,自往叩之。道士輾然曰:“贤郎尚有多少事未了,哪能便死!”果遇良医而愈。后其子冶游骄纵,竟破其家,流离寄食,若敖之鬼①遂馁。乡党论之曰:“此翁无咎无誉,未应遽有此儿。惟萧然寒士,作令不过十年,而宦橐逾数万。毋乃致富之道有不可知者在乎?”

槐亭又言:有学茅山法者,劾治鬼魅,多有奇验。有一家为狐所祟,请往驱除。整束法器,克日将行。有素识老翁诣之曰:“我久与狐友。狐事急,乞我一言。狐非获罪于先生,先生亦非有憾于狐也。不过得其贽币,故为料理耳。狐闻事定之后,彼许馈廿四金。今愿十倍其数,纳于先生,

① 若敖之鬼——若敖,春秋楚国之姓。若敖氏为楚平子剿灭,若敖氏也就绝嗣了。后以若敖之鬼为绝嗣代称。

先生能止不行乎?"因出金置案上。此人故贪婪,当即受之。次日,谢遣请者曰:"吾法能治凡狐耳。昨召将检查,君家之祟乃天狐,非所能制也。"得金之后,意殊自喜。因念狐既多金,可以术取。遂考召四境之狐,胁以雷斧火狱,俾纳贿焉。征索既频,狐不胜扰,乃共计盗其符印。遂为狐所凭附,癫狂号叫,自投于河。群狐仍摄其金去,铢两不存。人以为如费长房①、明崇俨②也。后其徒阴泄之,乃知其致败之故。夫操持符印,役使鬼神,以驱除妖厉,此其权与官吏侔矣。受赂纵奸,已为不可;又多方以盈其溪壑,天道神明,岂逃鉴察 。微群狐杀之,雷霆之诛,当亦终不免也。

天地高远,鬼神茫昧,似与人无预。而有时其应如响,殚人之智力,不能与争。沧洲上河涯,有某甲女,许字某乙子。两家皆小康,婚期在一二年内矣。有星士过某甲家,阻雨留宿。以女命使推。星士沉思良久曰:"未携算书,此命不能推也。"觉有异,穷诘之。始曰:"据此八字,侧室命也,君家似不应至此。且闻嫁已有期,而干支无刑克,断不再醮。此所以愈疑也。"有黠者闻此事,欲借以牟利,说某甲曰:"君家资几何,加以嫁女必多费,益不支矣。命既如是,不如先诡言女病,次诡言女死,市空棺速葬;而夜携女走京师,改名姓鬻为贵家妾,则多金可坐致矣。"某甲从之。会有达官嫁女,求美媵。以二百金买之。越月余,泛舟送女南行,至天妃闸,阖门俱葬鱼腹,独某甲女遇救得生。以少女无敢收养,闻于所司。所司问其由来。女在是家未久,仅知主人之姓,而不能举其爵里;惟父母姓名居址,言之凿凿。乃移牒至沧州,其事遂败。时某乙子已与表妹结婚,无改盟理。闻某甲之得多金也,愤恚欲讼。某甲窘迫,愿仍以女嫁其子。其表妹家闻之,又欲讼。纷纭轇轕,势且成大狱。两家故旧戚众为调和,使某甲出资往迎女,而为某乙子之侧室,其难乃平。女还家后,某乙子已亲迎。某乙以牛车载女至家,见其姑,苦辩非己意。姑曰:"既非尔意,鬻尔时何不言有夫?"女无词

① 费长房——东汉人,相传道法高深,能驱逐百鬼,善变捉妖。后失其符,为众鬼所杀。载《后汉书·方术传》。

② 明崇俨——唐代人,跟人学招鬼法术,后在厅堂之中,夜被刺死,有人认为他是被招来的鬼杀了。

以应。引使拜嫡，女稍趑趄。姑曰："尔买为媵时，亦不拜耶?"又无词以应，遂拜如礼。姑终身以奴隶畜之。此雍正末年事。先祖母张太夫人，时避暑水明楼，知之最悉。尝语侍婢曰："其父不过欲多金，其女不过欲富贵，故生是谋耳。乌知非徒无益，反失所本有哉！汝辈视此，可消诸妄念矣。"

先四叔母李安人，有婢曰文鸾，最怜爱之。会余寄书觅侍女，叔母于诸侄中最喜余，拟以文鸾赠。私问文鸾，亦殊不拒。叔母为制衣裳簪珥，已戒日脂车[①]。有妒之者嗾其父多所要求，事遂沮格[②]。文鸾竟郁郁发病死。余不知也。数年后稍稍闻之，亦如雁过长空，影沉秋水矣。今岁五月，将扈从启行，摒挡小倦，坐而假寐。忽梦一女翩然来。初不相识，惊问："为谁?"凝立无语。余亦遽醒，莫喻其故也。适家人会食，余偶道之。第三子妇，余甥女也，幼在外家与文鸾嬉戏，又稔知其赍恨事，瞿然曰："其文鸾也耶?"因具道其容貌形体，与梦中所见合。是耶非耶？何二十年来久置度外，忽无因而入梦也？询其葬处，拟将来为树片石。皆曰丘陇已平，久埋没于荒榛蔓草，不可识矣。姑录于此，以慰黄泉。忆乾隆辛卯九月，余题秋海棠诗曰："憔悴幽花剧可怜，斜阳院落晚秋天。词人老大风情减，犹对残红一怅然。"宛似为斯人咏也。

宗室敬亭先生，英郡王五世孙也。著《四松堂集》五卷，中有《拙鹊亭记》曰："鹊巢鸠居，谓鹊巧而鸠拙也。小园之鹊，乃十百其侣，惟林是栖。窥其意，非故厌乎巢居，亦非畏鸠夺之也。盖其性拙，视鸠为甚，殆不善于为巢者。故雨雪霜霰，毛羽襹褷[③]；而朝阳一晞，乃复群噪于木杪，其音怡然，似不以露栖为苦。且飞不高翥[④]，去不远扬，惟饮啄于园之左右。或

---

① 戒日脂车——意谓选择好日子，准备好送亲的车马。戒日，选择成亲日子；脂车，香车。

② 沮格——阻止，停止。

③ 襹褷(lí shī)——毛羽初生的样子。

④ 翥(zhù)——高飞的样子。

时入主人之堂,值主人食,弃其余,便就而置其喙;主人之客来,亦不惊起,若视客与主人皆无机心①者然。辛丑初冬,作一亭于堂之北,冻林四合,鹊环而栖之,因名曰拙鹊亭。夫鸠拙宜也,鹊何拙?然不拙不足为吾园之鹊也。"案此记借鹊寓意,其事近在目前,定非虚构,是亦异闻也。先生之弟仓场侍郎宜公,刻先生集竟,余为校雠,因掇而录之,以资谈柄。

疡医殷赞庵,自深州病家归,主人遣杨姓仆送之。杨素暴戾,众名之曰横(去声)虎,沿途寻衅,无一日不与人竞也。一日,昏夜至一村,旅舍皆满。乃投一寺,僧曰:"惟佛殿后空屋三楹。然有物为祟,不敢欺也。"杨怒曰:"何物敢祟杨横虎!正欲寻之耳。"促僧扫榻,共赞庵寝。赞庵心怯,近壁眠;横虎卧于外,明烛以待。人定后,果有声呜呜自外入,乃一丽妇也。渐逼近榻,杨突起拥抱之,即与接唇狎戏。妇忽现缢鬼形,恶状可畏。赞庵战栗,齿相击。杨徐笑曰:"汝貌虽可憎,下体当不异人,且一行乐耳。"左手揽其背,右手遽褪其裤,将按置榻上。鬼大号逃去,杨追呼之,竟不返矣。遂安寝至晓。临行,语寺僧曰:"此屋大有佳处,吾某日还,当再宿,勿留他客也。"赞庵尝以语沧州王友三曰:"世乃有逼奸缢鬼者,横虎之名,定非虚得。"

科场为国家取人材,非为试官取门生也。后以诸房额数有定,而分卷之美恶则无定,于是有拨房之例。雍正癸丑会试,杨丈农先房,(杨丈讳椿,先姚安公之同年。)拨入者十之七。杨丈不以介意,曰:"诸卷实胜我房卷,不敢心存畛域②,使黑白倒置也。"(此闻之座师介野园先生,先生即拨入杨丈房者也。)乾隆壬戌会试,诸襄七前辈不受拨,一房仅中七卷,总裁亦听之。闻静儒前辈,本房第一,为第二十名。王铭锡竟无魁选。任钧台前辈,乃一房两魁。戊辰会试,朱石君前辈为汤药冈前辈之房首,实从金雨叔前辈房拨入,是雨叔亦一房两魁矣。当时均未有异词。所刻同门卷,余皆尝

① 机心——图谋之心。
② 畛域——界限。

亲见也。庚辰会试,钱箨石前辈以蓝笔画牡丹,遍赠同事,遂递相题咏。时顾晴沙员外拨出卷最多,朱石君拨入卷最多,余题晴沙画曰:“深浇春水细培沙,养出人间富贵花。好是艳阳三四月,余香风送到邻家。”边秋崖前辈和余韵曰:“一番好雨净尘沙,春色全归上苑花。此是沈香亭畔种(上声),莫教移到野人家。”又题石君画曰:“乞得仙园花几茎,嫣红姹紫不知名。何须问是谁家种,到手相看便有情。”石君自和之曰:“春风春雨剩枯茎,倾国何曾一问名。心似维摩老居士,天花来去不关情①。”张镜壑前辈继和曰:“墨捣青泥砚浣沙,浓蓝写出洛阳花。云何不著胭脂染,拟把因缘问画家。”“黛为花片翠为茎,《欧谱》②知居第几名?却怪玉盘承露冷,香山居士③太关情。”盖皆多年密友,脱略形骸,互以虐谑为笑乐,初无成见于其间也。蒋文恪公时为总裁,见之曰:“诸君子跌宕风流,自是佳话。然古人嫌隙,多起于俳谐。不知并此无之,更全交之道耳。”皆深佩其言。盖老成之所见远矣。录之以志少年绮语之过,后来英俊,慎勿效焉。

科场填榜完时,必卷而横置于案。总裁、主考,具朝服九拜,然后捧出,堂吏谓之拜榜。此误也。以公事论,一榜皆举子,试官何以拜举子?以私谊论,一榜皆门生,座主何以拜门生哉?或证以《周礼》拜受民数之文,殊为附会。盖放榜之日,当即以题名录进呈。录不能先写,必拆卷唱一名,榜填一名,然后付以填榜之纸条,写录一名。今纸条犹谓之录条,以此故也。必拜而送之,犹拜摺之礼也。榜不放,录不出;录不成,榜不放。故录与榜必并陈于案,始拜。榜大录小,灯光晃耀之下,人见榜而不见录,故误认为拜榜也。厥后,或缮录未完,天已将晓;或试官急于复命,先拜而行。遂有拜时不陈录于案者,久而视为固然。堂吏或因可无录而拜,遂竟不陈录。又因录既不陈,可暂缓写而追送,送至写榜竣后,无录可陈,而拜遂潜移于榜矣。尝以问先师阿文勤公,公述李文贞公之言如此。文贞即公己丑座主也。

---

① 此二句用“天女散花”典故。《维摩诘经·观众生品》载,有一天女,见诸大人闻所说法,即以天花散诸菩萨大弟子上。

② 《欧谱》——宋代欧阳修撰有《牡丹谱》一卷,后代也称《欧谱》。

③ 香山居士——指白居易,白有《白牡丹》诗。

翰林院堂不启中门，云启则掌院不利。癸巳，开四库全书馆，质郡王临视，司事者启之。俄而掌院刘文正公、觉罗奉公相继逝。又门前沙堤中，有土凝结成丸，傥或误碎，必损翰林。癸未，雨水冲激，露其一，为儿童掷裂。吴云岩前辈旋殁。又原心亭之西南隅，翰林有父母者，不可设坐，坐则有刑克。陆耳山时为学士，毅然不信，竟丁外艰①。至左角门久闭不启，启则司事者有谴谪，无人敢试，不知果验否也。其余部院，亦各有禁忌。如礼部甬道屏门，旧不加搭渡。(搭渡以夹木二方，夹于门限，坡陀如桥状，使堂官乘车者可从中入，以免于旁绕。)钱箨石前辈不听，旋有天坛灯杆之事者，亦往往有应。此必有理存焉，但莫详其理安在耳。

相传翰林院宝善亭，有狐女曰二姑娘，然未睹其形迹。惟褚筠心学士斋宿时，梦一丽人携之行，逾越墙壁，如踏云雾。至城根高丽馆，遇一老叟，惊曰："此褚学士，二姑娘何造次乃尔？速送之归。"遂霍然醒。筠心在清秘堂，曾自言之。

神奸机巧，有时败也；多财恣横，亦有时败也。以神奸用其财，以多财济其奸，斯莫可究诘矣。景州李露园言：燕、齐间有富室失偶，见里人新妇而艳之。阴遣一媪，税屋与邻，百计游说，厚赂其舅姑，使以不孝出其妇，约勿使其子知。又别遣一媪与妇家素往来者，以厚赂游说其父母，伪送妇还。舅姑亦伪作悔意，留之饭，已呼妇入室矣。俄彼此语相侵，仍互诟，逐妇归，亦不使妇知。于是买休卖休，与母家同谋之事，俱无迹可寻矣。既而二媪诈为媒，与两家议婚。富室以惮其不孝辞，妇家又以贫富非偶辞，于是谋娶之计亦无迹可寻矣。迟之又久，复有亲友为作合，乃委禽②焉。其夫虽贫，然故士族，以迫于父母，无罪弃妇，已怏怏成疾，犹冀破镜再合；闻嫁有期，遂愤郁死。死而其魂为厉于富室，合卺之夕，灯下见形，挠乱不使同衾枕，如是者数夜。改卜其昼，妇又恚曰："岂有故夫在旁，而与新夫

---

① 丁外艰——指遭受父丧或承重(父亲已逝)祖父丧。

② 委禽——致送聘定的礼物。此指答应婚事。

如是者？又岂有三日新妇，而白日闭门如是者？”大泣不从。无如之何，乃延术士劾治。术士登坛焚符，指挥叱咤，似有所睹，遽起谢去，曰：“吾能驱邪魅，不能驱冤魄也。”延僧礼忏，亦无验。忽忆其人素颇孝，故出妇不敢阻。乃再赂妇之舅姑，使谕遣其子。舅姑虽痛子，然利其金，姑共来怒詈。鬼泣曰：“父母见逐，无复住理，且讼诸地下耳。”从此遂绝。不半载，富室竟死。殆讼得直欤？富室是举，使邓思贤[①]不能讼，使包龙图不能察。且恃其钱神，至能驱鬼，心计可谓巧矣，而卒不能逃幽冥之业镜。闻所费不下数千金，为欢无几，反以殒生。虽谓之至拙可也，巧安在哉！

京师有张相公庙，其缘起无考，亦不知张相公为谁。土人或以为河神。然河神宜在沽水、謥县间，京师非所治也。又密云亦有张相公庙，是实山区，并非水国，不去河更远乎！委巷之谈，殊未足征信。余谓唐张守皀[②]、张仲武[③]皆曾镇平卢[④]，考高适[⑤]《燕歌行》序，是诗实为守皀作。一则曰：“战士军前半死生，美人帐下犹歌舞。”再则曰：“君不见边庭征战苦，至今犹忆李将军。”于守皀大有微词。仲武则摧破奚寇[⑥]，有捍御保障之功，其露布[⑦]今尚载《文苑英华》。以理推之，或士人立庙祀仲武，未可知也。行箧无书可检，俟扈从回銮后，当更考之。

---

① 邓思贤——宋代民间流行的诉讼书。据传邓思贤为一著名讼师，人传其术，遂以人名书。

② 张守皀——唐开元、天宝时人。任河北节度副大使，屡次战胜契丹，后被贬为括州刺史。

③ 张仲武——唐武宗时人，累官检校司徒，官至兵部尚书同中书门下平章事。

④ 平卢——唐方镇名，于今山东省东部，唐时于此设置平卢军节度使。

⑤ 高适——唐代著名诗人。官至谏议大夫，其边塞诗昂扬奋发，在文学史上一直享有盛名。

⑥ 奚寇——奚，隋唐时西北少数民族东胡族称奚族。寇，蔑称。

⑦ 露布——不缄封的文书。多指捷报、檄文等。

卷二十一

滦阳续录(三)

轮回之说，凿然有之。恒兰台之叔父，生数岁，即自言前身为城西万寿寺僧。从未一至其地，取笔粗画其殿廊门径，庄严陈设，花树行列。往验之，一一相合。然平生不肯至此寺，不知何意。此真轮回也。朱子所谓轮回虽有，乃是生气未尽，偶然与生气凑合者，亦实有之。余崔庄佃户商龙之子，甫死，即生于邻家。未弥月，能言。元旦父母偶出，独此儿在襁褓。有同村人叩门，云贺新岁。儿识其语音，遽应曰："是某丈耶？父母俱出，房门未锁，请入室小憩可也。"闻者骇笑。然不久夭逝。朱子所云，殆指此类矣。天下之理无穷，天下之事亦无穷，未可据其所见，执一端论之。

德州李秋崖言：尝与数友赴济南秋试，宿旅舍中，屋颇敝陋。而旁一院，屋二楹，稍整洁，乃锁闭之。怪主人不以留客，将待富贵者居耶？主人曰："是屋有魅，不知其狐与鬼，久无人居，故稍洁。非敢择客也。"一友强使开之，展幞被独卧，临睡大言曰："是男魅耶，吾与尔角力；是女魅耶，尔与吾荐枕。勿瑟缩不出也。"闭户灭烛，殊无他异。人定后，闻窗外小语曰："荐枕者来矣。"方欲起视，突一巨物压身上，重若磐石，几不可胜。扪之，长毛鬖鬖，喘如牛吼。此友素多力，因抱持搏击。此物亦多力，牵拽起仆，滚室中几遍。诸友闻声往视，门闭不得入，但听其砰訇而已。约二三刻许，魅要害中拳，嗷然遁。此友开户出，见众人环立，指天画地，说顷时状，意殊自得也。时甫交三鼓，仍各归寝。此友将睡未睡，闻窗外又小语曰："荐枕者真来矣。顷欲相就，家兄急欲先角力，因尔唐突。今渠已愧沮不敢出，妾敬来寻盟也。"语讫，已至榻前，探手抚其面，指纤如春葱，滑泽如玉，脂香粉气，馥馥袭人。心知其意不良，爱其柔媚，且共寝以观其变。遂引之入衾,备极缱绻①。至欢畅极时,忽觉此女腹中气一吸,即心神恍惚,百脉沸涌,昏昏然竟不知人。比晓,门不启,呼之不应,急与主人破窗入,噀水喷之,乃醒,已儽②然如病夫。送归其家,医药半载,乃杖而行。自此豪气都尽,无复轩昂意兴矣。力能胜强暴,而不能不败于妖冶。欧阳公③曰:"祸患常生于忽微,智勇多困于所溺。"岂不然哉!

余家水明楼与外祖张氏家度帆楼,皆俯临卫河。一日,正乙真人舟泊度帆楼下。先祖母与先母,姑侄也,适同归宁。闻真人能役鬼神,共登楼自窗隙窥视。见三人跪岸上,若陈诉者;俄见真人若持笔判断者。度必邪魅事,遣仆侦之。仆还报曰:对岸即青县境。青县有三村妇,因拾麦,俱僵于野。以为中暑,舁之归。乃口俱喃喃作谵语,至今不死不生,知为邪魅。闻天师舟至,并来陈诉。天师亦莫省何怪,为书一符,钤印其上,使持归焚于拾麦处,云姑召神将勘之。数日后,喧传三妇为鬼所劫,天师劾治得复生。久之,乃得其详曰:三妇魂为众鬼摄去,拥至空林,欲迭为无礼。一妇俯首先受污。一妇初撑拒,鬼揶揄曰:"某日某地,汝与某幽会秫丛内。我辈环视嬉笑,汝不知耳,遽诈为贞妇耶!"妇猝为所中,无可置辩,亦受污。十余鬼以次媟亵④,狼藉困顿,殆不可支。次牵拽一妇,妇怒詈曰:"我未曾作无耻事。为汝辈所挟,妖鬼何敢尔!"举手批其颊。其鬼奔仆数步外,众鬼亦皆辟易,相顾曰:"是有正气,不可近,误取之矣。"乃共拥二妇入深林,而弃此妇于田塍,遥语曰:"勿相怨,稍迟遣阿姥送汝归。"正徬徨寻路,忽一神持戟自天下,直入林中。即闻呼号乞命声,顷刻而寂。神携二妇出曰:"鬼尽诛矣。汝等随我返。"恍惚如梦,已回生矣。往询二妇,皆呻吟不能起。其一本倚市门,叹息而已;其一度此妇必泄其语,数日,移家去。余常疑妇烈如是,鬼安敢摄。先兄晴湖曰:"是本一庸人妇,

---

① 缱绻(qiǎn quǎn)——情意缠绵,感情好得分不开。

② 儽(lěi)——颓丧的样子。

③ 欧阳公——北宋文学家欧阳修。"祸患"句出欧阳修撰《新五代史·伶官传序》。

④ 媟亵——侮辱、猥亵。

未遘患难，无从见其烈也。迨观两妇之贱辱，义愤一激，烈心陡发，刚直之气，鬼遂不得不避之。故初误触而终不敢干也。夫何疑焉！”

刘书台言：其乡有导引求仙者，坐而运气，致手足拘挛，然行之不辍。有闻其说而悦之者，礼为师，日从受法，久之亦手足拘挛。妻孥患其闲废至郁结，乃各制一椅，恒舁于一室，使对谈丹诀。二人促膝共语，寒暑无间，恒以为神仙奥妙，天下惟尔知我知，无第三人能解也。人或窃笑，二人闻之，叹息曰：“朝菌不知晦朔，蟪蛄不知春秋①，信哉是言，神仙岂以形骸论乎！”至死不悔，犹嘱子孙秘藏其书，待五百年后有缘者。或曰：“是有道之士，托废疾以自晦也。”余于杂书稍涉猎，独未一阅丹经。然欤否欤？非门外人所知矣。

安公介然言：束州有贫而鬻妻者，已受币，而其妻逃。鬻者将讼，其人曰：“卖休买休，厥罪均，币且归官，君何利焉？今以妹偿，是君失一再婚妇，而得一室女也，君何不利焉。”鬻者从之。或曰：“妇逃以全贞也。”或曰：“是欲鬻其妹而畏人言，故托诸不得已也。”既而其妻归，复从人逃。皆曰：“天也”。

程编修鱼门言：有士人与狐女狎，初相遇即不自讳，曰：“非以采补祸君，亦不欲托词有夙缘，特悦君美秀，意不自持耳。然一见即恋恋不能去，傥亦夙缘耶？”不数数至，曰：“恐君以耽色致疾也。”至或遇其读书作文，则去，曰：“恐妨君正务也。”如是近十年，情若夫妇。士子久无子，尝戏问曰：“能为我诞育否耶？”曰：“是不可知也。夫胎者，两精相抟，翕合②而成者也。媾和之际，阳精至而阴精不至，阴精至而阳精不至，皆不能成。

---

① “朝菌”句——出自《庄子·逍遥游》。朝菌，指朝生暮死的小虫；晦，黑夜；朔，天明时；蟪蛄，一名寒蝉。寒蝉春生夏死，夏生秋死，故不知春秋。

② 翕(xī)合——和合。

皆至矣,时有先后,则先至者气散不摄,亦不能成。不先不后,两精并至,阳先冲而阴包之,则阳居中为主而成男;阴先冲而阳包之,则阴居中为主而成女。此化生自然之妙,非人力所能为。故有一合即成者,有千百合而终不成者。故曰不可知也。"问:"孪生何也?"曰:"两气并盛,遇而相冲,正冲则歧而二,偏冲则其一阳多而阴少,阳即包阴;其一阴多而阳少,阴即包阳。故二男二女者多,亦或一男一女也。"问:"精必欢畅而后至。幼女新婚,畏缩不暇,乃有一合而成者,阴精何以至耶?"曰:"燕尔之际,两心同悦,或先难而后易,或貌瘁而神怡。其情既洽,其精亦至,故亦偶一遇之也。"问:"既由精合,必成于月信落红以后,何也?"曰:"精如谷种,血如土膏。旧血败气,新血生气,乘生气乃可养胎也。吾曾侍仙妃,窃闻讲生化之源,故粗知其概。'愚夫妇所知能,圣人有所不知能',此之谓矣。"后士人年过三十,须暴长。狐忽叹曰:"是鬑鬑[①]者如芒刺,人何以堪!见辄生畏,岂夙缘尽耶!"初谓其戏语,后竟不再来。鱼门多髯,任子田因其纳姬,说此事以戏之。鱼门素闻此事,亦为失笑。既而曰:"此狐实大有词辩,君言之未详。"遂具述其论如右。以其颇有理致,因追忆而录存之。

《吕览》[②]称黎丘之鬼,善幻人形。是诚有之。余在乌鲁木齐,军吏巴哈布曰:甘肃有杜翁者,饶于资。所居故旷野,相近多狐獾穴。翁恶其夜中嗥呼,悉熏而驱之。俄而其家人见内室坐一翁,厅事又坐一翁,凡行坐之处,又处处有一翁来往,殆不下十余。形状声音衣服如一,摒挡指挥家事,亦复如一。阖门大扰,妻妾皆闭门自守。妾言翁腰有绣囊可辨,视之无有,盖先盗之矣。有教之者曰:"至夜必入寝,不纳即返者翁也,坚欲入者即妖也。"已而皆不纳即返。又有教之者曰:"使坐于厅事,而舁器物以过,诈仆碎之。嗟惜怒叱者翁也,漠然者即妖也。"已而皆嗟惜怒叱。喧呶一昼夜,无如之何。有一妓,翁所昵也,十日恒三四宿其家。闻之,诣门曰:"妖有党羽,凡可以言传者必先知,凡可以物验者必幻化。盍使至我家,我故乐籍,无所顾惜。使壮士执巨斧立榻旁,我裸而登榻,以次交接,其间反侧曲伸,疾徐进退,与夫抚摩偎倚,口舌所不能传,耳目所不能到者,纤芥异同,我自意会,虽

① 鬑鬑(lián)——须发稀疏的样子。

② 《吕览》——即《吕氏春秋》。黎丘之鬼事见《吕氏春秋·疑似》。

翁不自知,妖决不能知也。我呼曰:‘斫!’即速斫,妖必败矣。”众从其言,一翁启衾甫入,妓呼曰:“斫!”斧落,果一狐脑裂死。再一翁稍趑趄,妓呼曰:“斫!”果惊窜去。至第三翁,妓抱而喜曰:“真翁在此,余并杀之可也。”刀杖并举,殪其大半,皆狐与獾也。其逃者遂不复再至。禽兽夜鸣,何与人事?此翁必扫其穴,其扰实自取。狐獾既解化形,何难见翁陈诉,求免播迁?遽逞妖惑,其死亦自取也。计其智数,盖均出此妓下矣。

吴青纡前辈言:横街一宅,旧云有祟,居者多不安。宅主病之,延僧作佛事。入夜放焰口时,忽二女鬼现灯下,向僧作礼曰:“师等皆饮酒食肉,诵经礼忏殊无益;即焰口施食,亦皆虚抛米谷,无佛法点化,鬼弗能得。烦师传语主人,别延道德高者为之,则幸得超生矣。”僧怖且愧,不觉失足落座下,不终事,灭烛去。后先师程文恭公居之,别延僧禅诵,音响遂绝。此宅文恭公殁后,今归沧州李臬使随轩。

表兄安伊在言:县人有与狐女昵者,多以其妇夜合之资,买簪珥脂粉赠狐女。狐女常往来其家,惟此人见之,他人不见也。一日,妇诟其夫曰:“尔财自何来,乃如此用?”狐女忽暗中应曰:“汝财自何来,乃独责我?”闻者皆绝倒。余谓此自伊在之寓言,然亦足见惟无瑕者可以责人。赛商鞅者,不欲著其名氏里贯,老诸生也。挈家寓京师。天资刻薄,凡善人善事,必推求其疵类,故得此名。钱敦堂编修殁,其门生为经纪棺衾,赡恤妻子,事事得所。赛商鞅曰:“世间无如此好人。此欲博古道之名,使要津闻之,易于攀援奔竞耳。”一贫民母死于路,跪乞钱买棺,形容枯槁,声音酸楚。人竞以钱投之。赛商鞅曰:“此指尸敛财,尸亦未必其母。他人可欺,不能欺我也。”过一旌表节妇坊下,仰视微哂曰:“是家富贵,仆从如云,岂少秦宫①、冯子都②耶!此事须核,不敢遽言非,亦不敢遽言是也。”

① 秦宫——东汉大将军梁冀宠奴,与梁之妻孙寿私通,因而内外兼宠,威权大加,官至太仓令。事见《后汉书·梁冀传》。

② 冯子都——汉大将军霍光家奴,以男色邀宠,遂得作威作福。事见《汉书·霍光传》。

平生操论皆类此。人皆畏而避之,无敢延以教读者,竟困顿以殁。殁后,妻孥流落,不可言状。有人于酒筵遇一妓,举止尚有士风。讶其不类倚门者,问之,即其小女也。亦可哀矣。先姚安公曰:"此老生平亦无大过,但务欲其识加人一等,故不觉至是耳。可不戒哉!"

乾隆壬午九月,门人吴惠叔邀一扶乩者至,降仙于余绿意轩中。下坛诗曰:"沉香亭畔艳阳天,斗酒曾题诗百篇①。二八娇娆②亲捧砚,至今身带御炉烟。""满城风叶蓟门③秋,五百年前感旧游。偶与蓬莱仙子遇,相携便上酒家楼。"余曰:"然则青莲居士④耶?"批曰:"然。"赵春涧突起问曰:"大仙斗酒百篇,似不在沉香亭上。杨贵妃马嵬⑤陨玉,年已三十有八,似尔时不止十六岁。大仙平生足迹,未至渔阳,何以忽感旧游?天宝至今,亦不止五百年,何以大仙误记?"乩惟批"我醉欲眠"四字。再叩之,不动矣。大抵乩仙多灵鬼所托,然尚实有所凭附。此扶乩者,则似粗解吟咏之人,炼手法而为之,故必此人与一人共扶,乃能成字,易一人则不能书。其诗亦皆流连光景,处处可用。知决非古人降坛也。尔日猝为春涧所中,窘迫之状可掬。后偶与戴庶常东原⑥议及,东原骇曰:"尝见别一扶乩人,太白降坛,亦是此二诗,但改满城为满林,蓟门为大江耳。"知江湖游士,自有此种稿本,转相授受,固不足深诘矣。(宋蒙泉前辈亦曰:有一扶乩者至德州,诗顷刻即成。后检之,皆村书诗学大成中句也。)

田丈耕野,统兵驻巴尔库尔时,(即巴里坤。坤字以吹唇声读之,即库尔之合声。)军士凿井得一镜,制作精妙。铭字非隶非八分,(隶即今之

---

① 唐杜甫《饮中八仙歌》有"李白斗酒诗百篇"句。
② 妖娆——妩媚柔美。此处指美女。
③ 蓟门——在今北京市西北角。
④ 青莲居士——唐李白号。
⑤ 马嵬——马嵬驿。唐玄宗赐杨贵妃自尽的地方。在今陕西省兴平县西。
⑥ 戴庶常东原——清学者戴震,字东原,曾官庶吉士。

楷书，八分即今之隶书。）似景龙[①]钟铭；惟土蚀多剥损。田丈甚宝惜之，常以自随。殁于广西戎幕时，以授余姊婿田香谷。传至香谷之孙，忽失所在。后有亲串戈氏于市上得之，以还田氏。昨岁欲制为镜屏，寄京师乞余考定。余付翁检讨树培，推寻铭文，知为唐物。余为镌其释文于屏趺，而题三诗于屏背曰："曾逐毡车出玉门，中唐铭字半犹存。几回反复分明看，恐有崇徽[②]旧手痕。""黄鹄无由返故乡，空留鸾镜[③]没沙场。谁知土蚀千年后，又照将军鬓上霜。""暂别仍归旧主人，居然宝剑会延津[④]。何如揩尽珍珠粉，满匣龙吟送紫珍[⑤]。"香谷孙自有题识，亦镌屏背，叙其始末甚详。《夜灯随录》载威信公岳公钟琪[⑥]西征时，有裨将得古镜。岳公求之不得，其人遂遘祸。正与田丈同时同地，疑即此镜传讹也。

门人邱人龙言：有赴任官，舟泊滩河。夜半，有数盗执炬露刃入。众皆巨盗。一盗拽其妻起，半跪启曰："乞夫人一物，夫人勿惊。"即割一左耳，敷以药末，曰："数日勿洗，自结痂愈也。"遂相率呼啸去。怖几失魂，其创果不出血，亦不甚痛，旋即平复。以为仇耶，不杀不淫；以为盗耶，未劫一物。既不劫不杀不淫矣，而又戕其耳；既戕其耳矣，而又赠以良药。是专为取耳来也。取此耳又何意耶？千思万索，终不得其所以然，天下真有理外事也。邱生曰："苟得此盗，自必有其所以然，；其所以然亦必在理中，但定非我所见之理耳。"然则论天下事，可据理以断有无哉！（恒兰台曰："此或采补折割之党，取以炼药。"似为近之。）

---

① 景龙——唐中宗李显的年号（公元707—710）。

② 崇徽——贵重的标记。

③ 鸾镜——梳妆镜，因上刻鸾凤等，故称。

④ 宝剑会延津——晋雷焕为丰城令，掘狱室屋基，得龙泉、太阿二宝剑。后二剑于延平津中，化龙飞腾而去。事见《晋书·张华传》。

⑤ "何如揩尽"二句——隋时王度得宝镜，以玉水洗之、以珠粉拭之，虽久藏泥中不晦。事见《异闻集》。比喻唐镜之宝贵。

⑥ 岳公钟琪——岳钟琪，清康熙时官至川陕总督，任宁远大将军。

董天士先生,前明高士,以画自给,一介不妄取,先高祖厚斋公老友也。厚斋公多与唱和,今载于《花王阁剩稿》者,尚可想见其为人。故老或言其有狐妾,或曰天士孤僻,必无之。伯祖湛元公曰:“是有之,而别有说也。吾闻诸董空如曰:天士居老屋两楹,终身不娶;亦无仆婢,井臼皆自操。一日晨兴,见衣履之当著者,皆整顿置手下;再视则盥漱俱已陈。天士曰:‘是必有异,其妖将媚我乎?’窗外小语应曰:‘非敢媚公,欲有求于公。难于自献,故作是以待公问也。’天士素有胆,命之入。入辄跪拜,则娟静好女也。问其名,曰:‘温玉。’问何求,曰:‘狐所畏者五:曰凶暴,避其盛气也;曰术士,避其劾治也;曰神灵,避其稽察也;曰有福,避其旺运也;曰有德,避其正气也。然凶暴不恒有,亦究自败。术士与神灵,吾不为非,皆无如我何。有福者运衰亦复玩之。惟有德者则畏而且敬。得自附于德者,则族党以为荣,其品格即高出侪类上。公虽贫贱,而非义弗取,非礼弗为。傥准奔则为妾之礼,许侍巾栉,三生之幸也;如不见纳,则乞假以虚名,为画一扇,题曰某年月日为姬人温玉作,亦叨公之末光矣。’即出精扇置几上,濡墨调色,拱立以俟。天士笑从之。女自取天士小印印扇上,曰:‘此姬人事,不敢劳公也。’再拜而去。次日晨兴,觉足下有物,视之,则温玉。笑而起曰:‘诚不敢以贱体玷公,然非共榻一宵,非亲执媵御之役,则姬人字终为假托。’遂捧衣履侍洗漱讫,再拜曰:‘妾从此逝矣。’瞥然不见,遂不再来。岂明季山人声价最重,此狐女亦移于风气乎?然襟怀散朗,有王夫人林下风①,宜天士之不拒也。”

先姚安公曰:“子弟读书之余,亦当使略知家事,略知世事,而后可以治家,可以涉世。明之季年,道学弥尊,科甲弥重。于是黠者坐讲心学,以攀援声气;朴者株守课册,以求取功名。致读书之人,十无二三能解事。崇祯壬午,厚斋公携家居河间,避孟村土寇。厚斋公卒后,闻大兵将至河间,又拟乡居。濒行时,比邻一叟顾门神叹曰:‘使今日有一人如尉迟敬

① 王夫人林下风——《世说新语·贤媛》:“王夫人神情散朗,故有林下风气。”王夫人,晋王凝妻子谢道韫。后因称妇女超逸之致为林下风。

德、秦琼①,当不至此。'汝两曾伯祖,一讳景星,一讳景辰,皆名诸生也。方在门外束幞被,闻之,与辩曰:'此神荼、郁垒②像,非尉迟敬德、秦琼也。'叟不服,检邱处机《西游记》③为证。二公谓委巷小说不足据,又入室取东方朔《神异经》④与争。时已薄暮,检寻既移时,反复讲论又移时,城门已阖,遂不能出。次日将行,而大兵已合围矣。城破,遂全家遇难。惟汝曾祖光禄公、曾伯祖镇番公及叔祖云台公存耳。死生呼吸,间不容发之时,尚考证古书之真伪,岂非惟知读书不预外事之故哉!"姚安公此论,余初作各种笔记,皆未敢载,为涉及两曾伯祖也。今再思之,书痴尚非不佳事,古来大儒似此者不一,因补书于此。

奴子刘福荣,善制网罟弓弩,凡弋禽猎兽之事,无不能也。析炊时分属于余,无所用其技,颇郁郁不自得。年八十余,尚健饭,惟时一携鸟铳,散步野外而已。其铳发无不中。一日,见两狐卧陇上,再击之不中,狐亦不惊。心知为灵物,惕然而返,后亦无他。外祖张公水明楼,有值更者范玉,夜每闻瓦上有声,疑为盗;起视则无有,潜踪侦之,见一黑影从屋上过。乃设机瓦沟,仰卧以听。半夜闻机发,有女子呼痛声。登屋寻视,一黑狐折股死矣。是夕闻屋上詈曰:"范玉何故杀我妾?"时邻有刘氏子为妖所媚,玉私度必是狐,亦还詈曰:"汝纵妾私奔,不知自愧,反詈吾。吾为刘氏子除患也。"遂寂无语。然自是觉夜夜有人以石灰渗其目,交睫即来,旋洗拭,旋又如是。渐肿痛溃裂,竟至双瞽,盖狐之报也。其所见逊刘福荣远矣,一老成经事,一少年喜事故也。

---

① 尉迟敬德、秦琼——尉迟敬德,尉迟恭;秦琼,字叔宝,二人俱为唐代名将。旧时人家门扉上多绘有其肖像,据称能拒邪鬼妖怪入门作祟。

② 神荼、郁垒——二神名。传说能善治鬼,旧时奉为门神,门户多绘有其像。

③ 邱处机——元代人。道教全真派的创始人,字通密,号长春子。其弟子李志常据其生平写成《长春真人西游记》。

④ 东方朔——汉代辞赋家。《神异经》旧题为其所作,所记皆荒诞无稽的事物,但文采华丽。

门人有作令云南者,家本苦寒,仅携一子一僮,拮据往,需次会城。久之,得补一县,在滇中,尚为膏腴地。然距省窎远,其家又在荒村,书不易寄。偶得鱼雁,亦不免浮沉,故与妻子几断音问。惟于坊本搢绅中,检得官某县而已。偶一狡仆舞弊,杖而遣之。此仆衔次骨。其家事故所备知,因伪造其僮书云,主人父子先后卒,二棺今浮厝①佛寺,当借资来迎。并述遗命,处分家事甚悉。初,令赴滇时,亲友以其朴讷,意未必得缺;即得缺,亦必恶。后闻官是县,始稍稍亲近,并有周恤其家者,有时相馈问者。其子或有所称贷,人亦辄应,且有以子女结婚者。乡人有宴会,其子无不与也。及得是书,皆大沮,有来唁者,有不来唁者。渐有索逋者,渐有道途相遇似不相识者。僮奴婢媪皆散,不半载,门可罗雀矣。既而令托入觐官寄千二百金至家迎妻子,始知前书之伪。举家破涕为笑,如在梦中。亲友稍稍复集,避不敢见者,颇亦有焉。后令与所亲书曰:"一贵一贱之态,身历者多矣;一贫一富之态,身历者亦多矣。若夫生而忽死,死逾半载而复生,中间情事,能以一身亲历者,仆殆第一人矣。"

门人福安陈坊言:闽有人深山夜行,仓促失路。恐愈迷愈远,遂坐崖下,待天晓。忽闻有人语,时缺月微升,略辨形色,似二三十人坐崖上,又十余人出没丛薄间。顾视左右皆乱冢,心知为鬼物,伏不敢动。俄闻互语社公②来,窃睨之,衣冠文雅,年约三十余,颇类书生,殊不作剧场白须布袍状。先至崖上,不知作何事。次至丛薄,对十余鬼叹息曰:"汝辈何故自取横亡,使众鬼不以为伍?饥寒可念,今有少物哺汝。"遂撮饭散草间。十余鬼争取,或笑或泣。社公又叹息曰:"此邦之俗,大抵胜负之念太盛,恩怨之见太明。其弱者力不能敌,则思自戕以累人。不知自尽之案,律无抵法,徒自陨其生也。其强者妄意两家各杀一命,即足相抵,则械斗以泄愤。不知律凡杀二命,各别以生者抵,不以死者抵。死者方知悔之已晚,生者不知为之弥甚,不亦悲乎!"十余鬼皆哭。俄远寺钟动,一时俱寂。此人尝以告陈生,陈生曰:"社公言之,不如令长言之也。然神道设教,或

① 浮厝——指择地未葬,暂时停柩。
② 社公——即土地神。

挽回一二，亦未可知耳。”

嘉庆丙辰冬，余以兵部尚书出德胜门监射。营官以什刹海为馆会，前明古寺也。殿宇门径，与刘侗①《帝京景物略》所说全殊，非复僧住一房佛亦住一房之旧矣。寺僧居寺门一小屋，余所居则在寺之后殿，室亦精洁。而封闭者多，验之，有乾隆三十一年封者，知旷废已久。余住东廊室内，气冷如冰，爇数炉不热，数灯皆黯黯作绿色。知非佳处，然业已入居，姑宿一夕，竟安然无恙。奴辈住西廊，皆不敢睡，列炬彻夜坐廊下，亦幸无恙。惟闻封闭室中，喁喁有人语，听之不甚了了耳。轿夫九人，入室酣眠。天晓，已死其一矣。饬别觅居停，乃移住真武祠。祠中道士云，闻有什刹海老僧，尝见二鬼相遇，其一曰：“汝何来？”曰：“我转轮期未至，偶此闲游。汝何来？”其一曰：“我缢魂之求代者也。”问：“居此几年？”曰：“十余年矣。”又问：“何以不得代？”曰：“人见我皆惊走，无如何也。”其一曰：“善攻人者藏其机，匕首将出袖而神色怡然，乃有济也。汝以怪状惊之，彼奚为不走耶？汝盍脂香粉气以媚之，抱衾荐枕以悦之，必得当矣。”老僧素严正，厉声叱之，欻然入地。数夕后，寺果有缢者。此鬼可谓阴险矣。然寺中所封闭，似其鬼尚多，不止此一二也。

汪阁学晓园言：有一老僧过屠市，泫然流涕。或讶之。曰：“其说长矣。吾能记两世事：吾初世为屠人，年三十余死，魂为数人执缚去。冥官责以杀业至重，押赴转轮受恶报。觉恍惚迷离，如醉如梦，惟恼热不可忍。忽似清凉，则已在豕栏矣。断乳后，见食不洁，心知其秽；然饥火燔烧，五脏皆如焦裂，不得已食之。后渐通猪语，时与同类相问讯，能记前身者颇多，特不能与人言耳。大抵皆自知当屠割，其时作呻吟声者，愁也；目睫往往有湿痕者，自悲也。躯干痴重，夏极苦热，惟汨没泥水中少可，然不常

① 刘侗——明代学者。《帝京景物略》为其与于奕正合著，杂记北京风土名胜、人物故事。

得。毛疏而劲，冬极苦寒，视犬羊软毳厚氄①，有如仙兽。遇捕执时，自知不免，姑跳踉奔避，冀缓须臾。追得后，蹴踏头项，拗捩蹄肘，绳勒四足深至骨，痛若刀劙。或载以舟车，则重叠相压，肋如欲折，百脉涌塞，腹如欲裂。或贯以竿而扛之，更痛甚三木矣。至屠市，提掷于地，心脾皆震动欲碎。或即日死，或缚至数日，弥难忍受。时见刀俎在左，汤镬在右，不知着我身时，作何痛楚，辄簌簌战栗不止。又时自顾己身，念将来不知磔裂分散，作谁家杯中羹，又凄惨欲绝。比受戮时，屠人一牵拽，即惶怖昏瞀，四体皆软，觉心如左右震荡，魂如自顶飞出，又复落下。见刀光晃耀，不敢正视，唯瞑目以待刲剔。屠人先剚刃于喉，摇撼摆拨，泻血盆盎中。其苦非口所能道，求死不得，唯有长号。血尽始刺心，大痛，遂不能作声，渐恍惚迷离，如醉如梦，如初转生时。良久稍醒，自视已为人形矣。冥官以夙生尚有善业，仍许为人，是为今身。顷见此猪，哀其荼毒，因念昔受此荼毒时，又惜此持刀人将来亦必受此荼毒，三念交萦，故不知涕泪之何从也。"屠人闻之，遽掷刀于地，竟改业为卖菜佣。

晓园说此事时，李汇川亦举二事曰：有屠人死，其邻村人家生一猪，距屠人家四五里。此猪恒至屠人家中卧，驱逐不去。其主人捉去，仍自来；絷以锁，乃已。疑为屠人后身也。又一屠人死，越一载余，其妻将嫁。方彩服登舟，忽一猪突至，怒目眈眈，径裂妇裙，啮其胫。众急救护，共挤猪落水，始得鼓棹行。猪自水跃出，仍沿岸急追。适风利扬帆去，猪乃懊丧自归。亦疑屠人后身，怒其妻之琵琶别抱也。此可为屠人作猪之旁证。又言：有屠人杀猪甫死，适其妻有孕，即生一女，落蓐即作猪号声，号三四日死。此亦可证猪还为人。余谓此即朱子所谓生气未尽，与生气偶然凑合者，别自一理，又不以轮回论也。

汪编修守和为诸生时，梦其外祖史主事珥携一人同至其家，指示之曰："此我同年纪晓岚，将来汝师也。"因窃记其衣冠形貌。后以己酉拔贡

---

① 氄(rǒng)——(毛)细而软。

应廷试，值余阅卷，擢高等。授官来谒时，具述其事，且云衣冠形貌，与今毫发不差，以为应梦。迨嘉庆丙辰会试，余为总裁，其卷适送余先阅，（凡房官荐卷，皆由监试御史先送一主考阅定，而复转轮公阅。）复得中式，殿试以第二人及第。乃知梦为是作也。按人之有梦，其故难明。《世说》载卫玠问乐令梦，乐云是想，又云是因①。而未深明其所以然。戊午夏，扈从滦阳，与伊子墨卿以理推求。有念所专注，凝神生像，是为意识所造之梦，孔子梦周公是也②。有祸福将至，朕兆先萌，与见乎蓍龟，动乎四体相同，是为气机所感之梦，孔子梦奠两楹③是也。其或心绪瞀乱，精神恍惚，心无定主，遂现种种幻形，如病者之见鬼，眩者之生花，此意想之歧出者也。或吉凶未著，鬼神前知，以象显示，以言微寓，此气机之旁召者也。虽变化杳冥，千态万状，其大端似不外此。至占梦之说，见于《周礼》，事近祈禳，礼参巫觋，颇为攻《周礼》者所疑。然其文亦见于《小雅》"大人占之"，固凿然古经载籍所传，虽不免多所附会，要亦实有此术也。唯是男女之爱，骨肉之情，有凝思结念，终不一梦者，则意识有时不能造。仓促之患，意外之福，有忽至而不知者，则气机有时不必感。且天下之人，如恒河沙数，鬼神何独示梦于此人？此人一生得失，亦必不一，何独示梦于此事？且事不可泄，何必示之？既示之矣，而又隐以不可知之像，疑以不可解之语，（如《酉阳杂俎》载梦得棗者，谓棗字似两来字，重来者，呼魄之像，其人果死。《朝野佥载》崔湜梦座下听讲而照镜，谓座下听讲法从上来，镜字，金旁竟也。小说所说梦事如此迂曲者不一。）是鬼神日日造谜语，不已劳乎？事关重大，示以梦可也；而猥琐小事，亦相告语，（如《敦煌实录》载宋补梦人坐桶中，以两杖极打之，占桶中人为肉食，两杖象两箸，果得饱肉食之类。）不亦亵乎？大抵通其所可通，其不可通者，置而不论可矣。至于《谢小娥传》④，其父夫之魂既告以为人劫杀矣，自应告以申春、申兰。

---

① "《世说》"句——《世说》，即《世说新语》。其《文学》篇记载，晋卫玠小时候问乐令梦的事情，乐令回答："就是想"。

② 孔子梦周公——语见《论语·述而》："甚矣吾衰也，久矣吾不复梦见周公！"

③ 孔子梦奠两楹——《礼记·檀弓上》："予（即孔子）畴昔之夜，梦坐奠于两楹之间……予殆将死也。"两楹，殿堂的中间。楹为堂前直柱。

④ 《谢小娥传》——唐人李公佐传奇小说。叙谢小娥父、夫为水上强盗所杀，后托梦于谢，擒获强盗、报仇雪根之事。

乃以“田中走,一日夫”隐申春,以“车中猴,东门草”隐申兰,使寻索数年而后解,不又颠乎?此类由于记录者欲神其说,不必实有是事。凡诸家所占梦事,皆可以是观之,其法非大人之旧也。

何纯斋舍人,何恭惠公之孙也。言恭惠公官浙江海防同知时,尝于肩舆中见有道士跪献一物。似梦非梦,涣然而醒,道士不知所在,物则宛然在手中,乃一墨晶印章也。辨验其文,镌“青宫太保”四字,殊不解其故。后官河南总督,卒于任,(官制有河东总督,无河南总督。时公以河南巡抚加总督衔,故当日有是称。)特赠太子太保。始悟印章为神预告也。案仕路升沈,改移不一,惟身后饰终之典,乃为一生之结局。《定命录》①载李回秀自知当为侍中,而终于兵部尚书,身后乃赠侍中。又载张守皀②自知当为凉州都督,而终于括州刺史,身后乃赠凉州都督。知神注录籍,追赠与实授等也。恭惠公官至总督,而神以赠官告,其亦此意矣。

高冠瀛言:有人宅后空屋住一狐,不见其形,而能对面与人语。其家小康,或以为狐所助也。有信其说者,因此人以求交于狐。狐亦与款洽。一日,欲设筵飨狐。狐言老而饕餮。乃多设酒肴以待。比至日暮,有数狐醉倒现形,始知其呼朋引类来也。如是数四,疲于供给,衣物典质一空,乃微露求助意。狐大笑曰:“吾惟无钱供酒食,故数就君也。使我多财,我当自醉自饱,何所取而与君友乎?”从此遂绝。此狐可谓无赖矣,然余谓非狐之过也。

---

① 《定命录》——唐吕道生撰,十七则。
② 张守皀——唐开元、天宝时人,官至河北节度副大使。

卷二十二

滦阳续录(四)

刘香畹言:有老儒宿于亲串家,俄主人之婿至,无赖子也。彼此气味不相入,皆不愿同住一屋,乃移老儒于别室。其婿睨之而笑,莫喻其故也。室亦雅洁,笔砚书籍皆具。老儒于灯下写书寄家,忽一女子立灯下,色不甚丽,而风致颇娴雅。老儒知其为鬼,然殊不畏,举手指灯曰:"既来此,不可闲立,可剪烛。"女子遽灭其灯,逼而对立。老儒怒,急以手摩砚上墨渖,掴其面而涂之,曰:"以此为识,明日寻汝尸,锉而焚之!"鬼"呀"然一声去。次日,以告主人。主人曰:"原有婢死于此室,夜每出扰人;故惟白昼与客坐,夜无人宿。昨无地安置君,揣君耆德硕学,鬼必不出。不虞其仍现形也。"乃悟其婿窃笑之故。此鬼多以月下行院中,后家人或有偶遇者,即掩面急走。他日留心伺之,面上仍墨污狼藉。鬼有形无质,不知何以能受色?当仍是有质之物,久成精魅,借婢幻形耳。《酉阳杂俎》①曰:"郭元振②尝山居,中夜,有人面如盘,瞚③目出于灯下。元振染翰题其颊曰:'久戍人偏老,长征马不肥。'其物遂灭。后随樵闲步,见巨木上有白耳,大数斗,所题句在焉。"是亦一证也。

乌鲁木齐农家多就水灌田,就田起屋,故不能比间而居。往往有自筑数椽,四无邻舍,如杜工部④诗所谓"一家村"者。且人无徭役,地无丈量,纳三十亩之税,即可坐耕数百亩之产。故深岩穷谷,此类尤多。有吉木萨

---

① 《酉阳杂俎》——唐代段成式撰。杂记山川异物、仙佛人鬼、秘录异闻等。

② 郭元振——唐代魏州贵乡(今河北大名县)人,名震,曾封代国公。

③ 瞚(shùn)——眨眼。

④ 杜工部——唐代诗人杜甫。

军士入山行猎,望见一家,门户坚闭,而院中似有十余马,鞍鞯悉具。度必玛哈沁所据,噪而围之。玛哈沁见势众,弃锅帐突围去。众惮其死斗,亦遂不追。入门,见骸骨狼藉,寂无一人,惟隐隐有泣声。寻视,见幼童约十三四,裸体悬窗棂上。解缚问之,曰:"玛哈沁①四日前来,父兄与斗不胜,即一家并被缚。率一日牵二人至山溪洗濯,曳归,共脔割炙食,男妇七八人并尽矣。今日临行,洗濯我毕,将就食,中一人摇手止之。虽不解额鲁特语,观其指画,似欲支解为数段,各携于马上为粮。幸兵至,弃去,今得更生。"泣絮絮不止。悯其孤苦,引归营中,姑使执杂役。童子因言其家尚有物埋窖中。营弁使导往发掘,则银币衣物甚多。细询童子,乃知其父兄并劫盗。其行劫必于驿路近山处,瞭见一二车孤行,前后十里无援者,突起杀其人,即以车载尸入深山;至车不能通,则合手以巨斧碎之,与尸及幞被并投于绝涧,惟以马驮货去。再至马不能通,则又投羁绁于绝涧,纵马任其所往,共负之由鸟道归,计去行劫处数百里矣。归而窖藏一两年,乃使人伪为商贩,绕道至辟展诸处卖于市,故多年无觉者。而不虞玛哈沁之灭其门也。童子以幼免连坐,后亦牧马坠崖死,遂无遗种。此事余在军幕所经理,以盗已死,遂置无论。由今思之,此盗踪迹诡秘,猝不易缉;乃有玛哈沁来,以报其惨杀之罪。玛哈沁食人无餍,乃留一童子,以明其召祸之由。此中似有神理,非偶然也。盗姓名久忘,惟童子坠崖时,所司牒报记名秋儿云。

佃户刘破车妇云:尝一日早起乘凉扫院,见屋后草棚中有二人裸卧。惊呼其夫来,则邻人之女与其月作人②也,并僵卧,似已死。俄邻人亦至,心知其故,而不知何以至此。以姜汤灌苏,不能自讳,云:"久相约,而逼仄无隙地。乘雨后墙缺,天又阴晦,知破车草棚无人,遂藉草私会。倦而憩,尚相恋未起。忽云破月来,皎然如昼。回顾棚中,坐有七八鬼,指点揶揄。遂惊怖失魂,至今始醒。"众以为奇。破车妇云:"我家故无鬼,是鬼欲观戏剧,随之而来。"先从兄懋园曰:"何处无鬼?何处无鬼观戏剧?但

① 玛哈沁——额鲁特语称强盗。

② 月作人——短工,或称月工。

人有见有不见耳。此事不奇也。”因忆福建囦关公馆,(俗谓之水口。)大学士杨公督浙闽时所重建。值余出巡,语余曰:“公至水口公馆,夜有所见,慎勿怖,不为害也。”余尝宿是地,已下键睡。因天暑,移床近窗,隔纱幌视天晴阴。时虽月黑,而檐挂六灯尚未烬。见院中黑影,略似人形,在阶前或坐或卧,或行或立,而寂然无一声。夜半再视之,仍在。至鸡鸣,乃渐渐缩入地。试问驿吏,均不知也。余曰:“公为使相,当有鬼神为阴从。余焉有是?”公曰:“不然。仙霞关内,此地为水陆要冲,用兵者所必争。明季唐王,国初郑氏、耿氏,战斗杀伤,不知其几。此其沉沦之魄,乘室宇空虚而窃据;有大官来,则避而出耳。”此亦足证无处无鬼之说。

老仆施祥尝曰:“天下惟鬼最痴。鬼据之室,人多不住。偶然有客来宿,不过暂居耳,暂让之何害?而必出扰之。遇禄命重、血气刚者,多自败;甚或符箓劾治,更蹈不测。即不然,而人既不居,屋必不葺,久而自圮,汝又何归耶?”老仆刘文斗曰:“此语诚有理,然谁能传与鬼知?汝毋乃更痴于鬼!”姚安公闻之,曰:“刘文斗正患不痴耳。”祥小字举儿,与姚安公同庚,八岁即为公伴读。数年,始能暗诵《千字文》;开卷乃不识一字。然天性忠直,视主人之事如己事,虽嫌怨不避。尔时家中外倚祥,内倚廖媪,故百事皆井井。雍正甲寅,余年十一,元夜偶买玩物。祥启张太夫人曰:“四官今日游灯市,买杂物若干。钱固不足惜,先生明日即开馆,不知顾戏弄耶?顾读书耶?”太夫人首肯曰:“汝言是。”即收而键诸箧。此虽细事,实言人所难言也。今眼中遂无此人,徘徊四顾,远想慨然。

先兄晴湖第四子汝来,幼韶秀,余最爱之;亦颇知读书。娶妇生子后,忽患颠狂。如无人料理,即发不薙,面不盥;夏或衣絮,冬或衣葛,不自知也。然亦无疾病,似寒暑不侵者。呼之食即食,不呼之食亦不索。或自取市中饼饵,呼儿童共食,不问其价,所残剩亦不顾惜。或一两日觅之不得,忽自归。一日,遍索无迹。或云村外柳林内,似仿佛有人。趋视,已端坐僵矣。其为迷惑而死,未可知也。其或自有所得,托以混迹,缘尽而化去,亦未可知也。忆余从福建归里时,见余犹跪拜如礼,拜讫,卒然曰:““叔大辛苦。”余曰:“是无奈何。”又卒然曰:“叔不觉辛苦耶?”默默退去。后思其言,似若有意,故至今终莫能测之。

姚安公言:庐江孙起山先生谒选①时,贫无资斧,沿途雇驴而行,北方所谓短盘也。一日,至河间南门外,雇驴未得。大雨骤来,避民家屋檐下。主人见之,怒曰:“造屋时汝未出钱,筑地时汝未出力,何无故坐此?”推之立雨中。时河间犹未改题缺②,起山入都,不数月竟掣得是县。赴任时,此人识之,惶愧自悔,谋卖屋移家。起山闻之,召来笑而语之曰:“吾何至与汝辈较。今既经此,后无复然,亦忠厚养福之道也。”因举一事曰:“吾乡有爱莳花者,一夜偶起,见数女子立花下,皆非素识。知为狐魅,遽掷以块,曰:‘妖物何得偷看花!’一女子笑而答曰:‘君自昼赏,我自夜游,于君何碍?夜夜来此,花不损一茎一叶,于花又何碍?遽见声色,何鄙吝至此耶?吾非不能揉碎君花,恐人谓我辈所见,亦与君等,故不为耳。’飘然共去。后亦无他。狐尚不与此辈较,我乃不及狐耶?”后此人终不自安,移家莫知所往。起山叹曰:“小人之心,竟谓天下皆小人。”

太原申铁蟾,好以香奁艳体③寓不遇之感。尝谒某公未见,戏为无题诗曰:“垩④粉围墙罨画楼,隔窗闻拔钿箜篌⑤;分(去声)无信使通青鸟⑥,枉遣游人驻紫骝⑦。月姊⑧定应随顾兔,星娥可止待牵牛?垂杨疏

---

① 谒选——官员至部中应选称谒选。

② 题缺——厅、州、县之缺,有拣、有题、有调、有留,其余则为选。见《清会典》。

③ 香奁艳体——即香奁体。指专以写妇女身边琐事为题材的诗。唐韩偓有《香奁集》,据沈括《梦溪笔谈·艺文》考辨,认为是和凝所作,假托韩偓。

④ 垩(è)——涂,用白色的土粉饰。

⑤ 钿箜篌——嵌金以装饰的箜篌。箜篌,古代乐器名。

⑥ 青鸟——神话故事中西王母的信使。见《山海经·大荒西经》。

⑦ 紫骝——古良马名,又名枣骝。

⑧ 月姊——指嫦娥。

处雕栊近，只恨珠帘不上钩。”殊有玉溪生①风致。王近光曰：“似不应疑及织女，诬蔑仙灵。”余曰：“‘已矣哉，织女别黄姑②，一年一度一相见，彼此隔河何事无？’元微之③诗也。‘海客乘槎上紫氛④，星娥罢织一相闻。只应不惮牵牛妒，故把支机石赠君⑤。’李义山诗也。微之之意，在于双文⑥；义山之意，在于令狐⑦。文士掉弄笔墨，借为比喻，初与织女无涉。铁蟾此语，亦犹元、李之志云尔，未为诬蔑仙灵也。至于纯构虚词，宛如实事；指其时地，撰以姓名，《灵怪集》所载郭翰遇织女事，（《灵怪集》今佚。此条见《太平广记》六十八。）则悖妄之甚矣。夫词人引用，渔猎百家，原不能一一核实；然过于诬罔，亦不可不知。盖自庄、列寓言，借以抒意，战国诸子，杂说弥多，谶纬稗官，递相祖述，遂有肆无忌惮之时。如李冘⑧《独异志》诬伏羲兄妹为夫妇，已属丧心；张华《博物志》更诬及尼山⑨，尤为狂吠。【按：张华不应悖妄至此，殆后人依托。】如是者不一而足。今尚流传，可为痛恨。又有依傍史文，穿凿锻炼。如《汉书·贾谊传》，有太守吴公爱幸之之语，《骈语雕龙》（此书明人所撰，陈枚刻之，不著作者姓名。）遂列长沙⑩于娈童类中。注曰：‘大儒为龙阳⑪。’《史记·高帝本纪》

---

① 玉溪生——唐代诗人李商隐，字义山，号玉溪生。也作玉豀生。

② 黄姑——星名，即河鼓星。乐府诗《东飞伯劳歌》：“东飞伯劳西飞燕，黄姑织女时相见。”

③ 元微之——唐代诗人元稹，字微之。

④ 海客乘槎上紫氛——神话故事称天河通海，有个住在海边的人就登上木筏（槎）到达天河，看见牛郎、织女。见晋张华《博物志》。紫氛，代指天上。

⑤ 支机石赠君——《集林》载，有人寻河源，见妇人浣纱。问之，曰“此天河也。”乃与一石而归。问严君平，君平曰：“此织女支机石也。”参见卷十第36则注。

⑥ 双文——即崔莺莺，名双文。元稹有传意小说写张生与崔莺莺相恋事。

⑦ 令狐——令狐绹，为唐代牛、李党争中牛党的中坚人物。李商隐得力于令狐绹的提携，后作了李党的王茂之女婿。故多次受到令狐绹的排挤。

⑧ 李冘——唐代人，一名李元，官至明州刺史。

⑨ 尼山——即孔子。

⑩ 长沙——称汉代贾谊。贾谊曾贬长沙，故后来诗文中也称其为贾长沙。

⑪ 龙阳——战国魏有宠臣封于龙阳，称龙阳君。后以此称男色。

称母媪在大泽中,太公往视,见有蛟龙其上。晁以道①诗遂有'杀翁分我一杯羹,龙种由来事杳冥'句,以高帝乃龙交所生,非太公子。《左传》有成风私事季友、敬嬴私事襄仲之文。私事云者,密相交结,以谋立其子而已。后儒拘泥'私'字,虽朱子亦有'却是大恶'之言。如是者亦不一而足。学者当考校真妄,均不可炫博矜奇,遽执为谈柄也。"

从叔梅庵公言:族中有二少年,(此余小时闻公所说,忘其字号,大概是伯叔行也。)闻某墓中有狐迹,夜携铳往;共伏草中伺之,以背相倚而睡。醒则二人之发交结为一,贯穿缭绕,猝不可解;互相牵掣,不能行,亦不能立;稍稍转动,即彼此呼痛。胶扰彻晓,望见行路者,始呼至,断以佩刀,狼狈而返。愤欲往报,父老曰:"彼无形声,非力所胜;且无故而侵彼,理亦不直。侮实自召,又何仇焉?仇必败滋甚。"二人乃止。此狐小虐之使警,不深创之以激其必报,亦可谓善自全矣。然小虐亦足以激怒,不如敛戢勿动,使伺之无迹弥善也。

太和门丹墀下有石匮,莫知何名,亦莫知所贮何物。德吝斋前辈(吝斋名德保,与定圃前辈同名。乾隆壬戌进士,官至翰林院侍读。故当时以大德保小德保别之云。)云:图裕斋之先德,昔督理殿工时,曾开视之。以问裕斋,曰:"信然。其中皆黄色细屑,仅半匮不能满,凝结如土坯。谛审似是米谷岁久所化也。"余谓丹墀左之石阙,既贮嘉种,则此为五谷,于理较近。且大驾卤部②中,象背宝瓶③,亦贮五谷。盖稼穑维宝,古训相传;八政首食④,见于《洪范》。定制之意,诚渊乎远矣。

① 晁以道——宋晁说之,字以道,官至徽猷阁待制。

② 大驾卤部——大驾,皇帝的车驾;卤部,帝王外出时前后的仪仗队。

③ 象背宝瓶——大驾卤部仪式之一。

④ 八政首食——八政,食、货、祀、司空、司徒、司寇、宾、师;八政之中食为首。见《尚书·洪范》。

宣武门子城内，如培塿[①]者五，砌之以砖，土人云五火神墓。明成祖北征时，用火仁、火义、火礼、火智、火信制飞炮，破元兵于乱柴沟。后以其术太精，恐或为变，杀而葬于是。立五竿于丽谯[②]侧，岁时祭之，使鬼有所归，不为厉焉。后成祖转生为庄烈帝[③]，五人转生李自成、张献忠诸贼，乃复仇也。此齐东之语[④]，非惟正史无此文，即明一代稗官小说，充栋汗牛，亦从未言及斯人斯事也。戊子秋，余见汉军步校董某，言闻之京营旧卒云："此水平也。京城地势，惟宣武门最低，衢巷之水，遇雨皆泄于子城。每夜雨太骤，守卒即起，视此培塿，水将及顶，则呼开门以泄之；没顶则门扉为水所壅，不能启矣。今日久渐忘，故或有时阻碍也。其城上五竿，则与白塔信炮相表里。设闻信炮，则昼悬旗、夜悬灯耳。与五火神何与哉！"此言似乎近理，当有所受之。

科场拨卷[⑤]，受拨者意多不惬，此亦人情；然亦视其卷何如耳。壬午顺天乡试，余充同考官。（时阅卷尚不回避本省。）得一合字卷[⑥]，文甚工而诗不佳。因甫改试诗之制，可以恕论，遂呈荐主考梁文庄公，已取中矣。临填草榜，梁公病其"何不改乎此度"句侵下文"改"字，（题为"始吾于人也"四句。）驳落。别拨一合字备卷。与余先视其诗第六联曰："素娥寒对影，顾兔夜眠香。"（题为《月中桂》。）已喜其秀逸。及观其第七联曰："倚树思吴质，吟诗忆许棠。"遂跃然曰："吴刚字质，故李贺《李凭箜篌引》曰：'吴质不眠倚桂树，露脚斜飞湿寒兔。'此诗选本皆不录，非曾见《昌谷集》者不知也。华州试《月中桂》诗[⑦]，举许棠为第一人。棠诗今不传，非曾见

---

① 培塿——小土丘。

② 丽谯——壮美的高楼。

③ 庄烈帝——明崇祯皇帝，清兵入关，谥怀宗，后改庄烈帝。

④ 齐东之语——齐国东边界野人之语，指不足征信的言语。《孟子·万章上》："此非君子之言，齐东野人之语也。"

⑤ 拨卷——清时科场各房考官初取或复取的试卷，送他房复评；送出的卷子称拨卷。

⑥ 合字卷——合字号舍的卷子。

⑦ "华州试"句——唐代华州乡试以《月中桂》为题作诗，许棠中了第一。

王定保[1]《摭言》、计敏夫[2]《唐诗纪事》者不知也。中彼卷之‘开花临上界,持斧有仙郎’,何如中此诗乎！微公拨入,亦自愿易之。”即朱子颖也。放榜后,时已九月,贫无絮衣。蒋心余素与唱和,借衣与之。乃来见,以所作诗为贽。余丙子扈从古北口时,车马壅塞,就旅舍小憩。见壁上一诗,剥残过半,惟三四句可辨。最爱其“一水涨喧人语外,万山青到马蹄前”二语,以为“云中路绕巴山色,树里河流汉水声”不是过也,惜不得姓名。及展其卷,此诗在焉。乃知针芥契合[3],已在六七年前,相与叹息者久之。子颖待余最尽礼,殁后,其二子承父之志,见余尚依依有情。翰墨因缘,良非偶尔,何尝以拨房为亲疏哉！(余严江舟中诗曰:“山色空蒙淡似烟,参差绿到大江边。斜阳流水推蓬坐,处处随人欲上船。”实从“万山”句夺胎。尝以语子颖曰:“人言青出于蓝,今日乃蓝出于青。”子疑虽逊谢,意似默可。此亦诗坛之佳话并附录于此。)

先师介野园先生,官礼部侍郎。扈从南巡,卒于路。卒前一夕,有星陨于舟前。卒后,京师尚未知,施夫人梦公乘马至门前,骑从甚都,然伫立不肯入;但遣人传语曰:“家中好自料理,吾去矣。”匆匆竟过。梦中以为时方扈从,疑或有急差遣,故不暇入。觉后,乃惊怛。比凶问至,即公卒之夜也。公屡掌文柄[4],凡四主会试,四主乡试,其他杂试殆不可缕数。尝有恩荣宴诗曰:“婴鹉新班宴御园,【按:“鹦鹉新班”不知出典,当时拟问公,竟因循忘之。】摧颓老鹤也乘轩[5]。龙津[6]桥上黄金榜,四见门生作状元。”丁丑年作也。【按:此诗为金吏部尚书张大节之作,题为《同新进士吕子成辈宴集状元楼》,见《中州集》。惟御园作杏园,摧颓作不妨,四见

---

① 王定保——唐末五代人,南汉时官至中书侍郎同平章事。

② 计敏夫——宋代计有功,字敏夫,自号灌园居士。宣和间曾官右承议郎、知州等。

③ 针芥契合——磁铁吸针,琥珀吸芥。此指彼此投合。

④ 文柄——考选文士的职权。指任主考官。

⑤ “摧颓”句——《左传·闵公二年》载,卫懿公好鹤,鹤出入都坐着大夫的车(乘轩)。后把得到禄位为鹤轩。

⑥ 龙津——犹指龙门。

作三见，作状元作是状元。】于文襄公亦赠以联曰："天下文章同轨辙，门墙桃李半公卿。"可谓儒者之至荣。然日者推公之命云："终于一品武阶，他日或以将军出镇耶！"公笑曰："信如君言，则将军不好武矣。"及公卒，圣心悼惜，特赠都统。盖公虽官礼曹，而兼摄副都统。其扈从也，以副都统班行，故即武秩进一阶。日者①之术，亦可云有验矣。

乩仙多伪托古人，然亦时有小验。温铁山前辈（名温敏，乙丑进士，官至盛京侍郎。）尝遇扶乩者，问寿几何。乩判曰："甲子年华有二秋。"以为当六十二。后二年卒，乃知二秋为二年。盖灵鬼时亦能前知也。又闻山东巡抚国公，扶乩问寿。乩判曰："不知。"问："仙人岂有所不知？"判曰："他人可知，公则不可知。修短有数，常人尽其所禀而已。若封疆重镇，操生杀予夺之权，一政善，则千百万人受其福，寿可以增；一政不善，则千百万人受其祸，寿亦可以减。此即司命之神不能预为注定，何况于吾？岂不闻苏颋②误杀二人，减二年寿；娄师德③亦误杀二人，减十年寿耶？然则年命之事，公当自问，不必问吾也。"此言乃凿然中理，恐所遇竟真仙矣。

族叔育万言：张歌桥之北，有人见黑狐醉卧场屋中。（场中守视谷麦小屋，俗谓之场屋。）初欲擒捕，既而念狐能致财，乃覆以衣而坐守之。狐睡醒，伸缩数四，即成人形。甚感其护视，遂相与为友。狐亦时有所馈赠。一日，问狐曰："设有人匿君家，君能隐蔽弗露乎？"曰："能。"又问："君能凭附人身狂走乎？"曰："亦能。"此人即恳乞曰："吾家酷贫，君所惠不足以赡，而又愧于数渎君。今里中某甲甚富，而甚畏讼。顷闻觅一妇司庖，吾

---

① 日者——算命的人。

② 苏颋——唐代武则天至玄宗时人，字廷硕，以文章与张说同名，时人号为燕许大手笔（苏封为许国公，张封为燕国公）。

③ 娄师德——唐代武则天时人，字宗仁，官至同凤阁鸾台平章事。

欲使妇往应。居数日,伺隙逃出,藏君家;而吾以失妇,阳[①]欲讼。妇尚粗在姿首,可诬以蜚语,胁多金。得金之后,公凭附使奔至某甲别墅中,然后使人觅得,则承惠多矣。”狐如所言,果得多金。觅妇返后,某甲以在其别墅,亦不敢复问。然此妇狂疾竟不愈,恒自妆饰,夜似与人共嬉笑,而禁其夫勿使前。急往问狐,狐言无是理,试往侦之。俄归而顿足曰:“败矣!是某甲家楼上狐,悦君妇之色,乘吾出而彼入也。此狐非我所能敌,无如何矣!”此人固恳不已。狐正色曰:“譬如君里中某,暴横如虎,使彼强据人妇,君能代争乎?”后其妇颠痫日甚,且具发其夫之阴谋。针灸劾治皆无效,卒以瘵死。里人皆曰:“此人狡黠如鬼,而又济以狐之幻,宜无患矣。不虞以狐召狐,如螳螂黄雀[②]之相伺也。古诗曰:‘利旁有倚刀,贪人还自贼。’信矣!”

门人王廷绍言:忻州有以贫鬻妇者,去几二载。忽自归,云初被买时,引至一人家。旋有一道士至,携之入山,意甚疑惧。然业已卖与,无如何。道士令闭目,即闻两耳风飕飕。俄令开目,已在一高峰上。室庐华洁,有妇女二十余人,共来问讯,云此是仙府,无苦也。因问:“到此何事?”曰:“更番侍祖师寝耳。此间金银如山积,珠翠锦绣、嘉肴珍果,皆役使鬼神,随呼立至。服食日用,皆比拟王侯。惟每月一回小痛楚,亦不害耳。”因指曰:“此处仓库,此处庖厨,此我辈居处,此祖师居处。”指最高处两室曰:“此祖师拜月拜斗处,此祖师炼银处。”亦有给使之人,然无一男子也。自是每白昼则呼入荐枕席,至夜则祖师升坛礼拜,始各归寝。惟月信落红[③]后,则净〔尽〕褫内外衣,以红绒为巨绠,缚大木上,手足不能丝毫动;并以绵丸窒口,喑不能声。祖师持金管如箸,寻视脉穴,刺入两臂两股肉内,吮吸其血,颇为酷毒。吮吸后,以药末糁创孔,即不觉痛,顷刻结痂。

---

① 阳——同“佯”。假装。

② 螳螂黄雀——成语“螳螂捕蝉,黄雀在后”。螳螂捕知了,却不知黄雀在后面等着啄它自己。比喻目光短浅,一心想图谋侵害他人,却不知道有人正在算计他。语出《吴越春秋》:“螳螂捕蝉,志在有利,不知黄雀在后啄之。”

③ 月信落红——即女人月经期间。

次日，痂落如初矣。其地极高，俯视云雨皆在下。忽一日狂飚陡起，黑云如墨压山顶，雷电激射，势极可怖。祖师惶遽，呼二十余女，并裸露环抱其身，如肉屏风。火光入室者数次，皆一掣即返。俄一龙爪大如箕，于人丛中攫祖师去。霹雳一声，山谷震动，天地晦冥。觉昏瞀如睡梦，稍醒，则已卧道旁。询问居人，知去家仅数百里。乃以臂钏易敝衣遮体，乞食得归也。忻州人尚有及见此妇者，面色枯槁，不久患瘵而卒。盖精血为道士采尽矣。据其所言，盖即烧金御女之士。其术灵幻如是，尚不免于天诛；况不得其传，徒受妄人之蛊惑，而冀得神仙，不亦颠哉！

江南吴孝廉，朱石君之门生也。美才夭逝，其妇誓以身殉，而屡缢不能死。忽灯下孝廉形见，曰："易彩服则死矣。"从其言，果绝。孝廉乡人录其事征诗，作者甚众。余亦为题二律。而石君为作墓志，于孝廉之坎坷、烈妇之慷慨，皆深致悼惜，而此事一字不及。或疑其乡人之粉饰，余曰："非也。文章流别，各有体裁。郭璞[①]注《山海经》、《穆天子传》，于西王母事铺叙綦详[②]。其注《尔雅·释地》，于'西至西王母'句，不过曰'西方昏荒之国'而已，不更益一语也。盖注经之体裁，当如是耳。金石之文，与史传相表里，不可与稗官杂记比，亦不可与词赋比。石君博极群书，深知著作之流别，其不著此事于墓志，古文法也，岂以其伪而削之哉！"余老多遗忘，记孝廉名承绂，烈妇之姓氏，竟不能忆。姑存其略于此，俟扈跸[③]回銮，当更求其事状，详著之焉。

老仆施祥，尝乘马夜行至张白。四野空旷，黑暗中有数人掷沙泥，马惊嘶不进。祥知是鬼，叱之曰："我不至尔墟墓间，何为犯我？"群鬼揶揄曰："自作剧耳，谁与尔论理。"祥怒曰："既不论理，是寻斗也。"即下马，以鞭横击之。喧哄良久，力且不敌；马又跳踉掣其肘。意方窘急，忽遥见一

---

① 郭璞——晋代人，字景纯，曾为王敦记室参军。

② 綦(qí)详——极详；甚详。

③ 扈跸——泛指帝王的车驾。

鬼狂奔来,厉声呼曰:“此吾好友,尔等毋造次!”群鬼遂散。祥上马驰归,亦不及问其为谁。次日,携酒于昨处奠之,祈示灵响,寂然不应矣。祥之所友,不过厮养屠沽耳。而九泉之下,故人之情乃如是。

门人吴钟侨,尝作《如愿小传》,寓言滑稽,以文为戏也。后作蜀中一令,值金川之役①,以监运火药殁于路。诗文皆散佚,惟此篇偶得于故纸中,附录于此。其词曰:如愿者,水府之女神,昔彭泽清洪君以赠庐陵欧明者②是也。以事事能给人之求,故有是名。水府在在皆有之,其遇与不遇,则系人之禄命耳。有四人同访道,涉历江海,遇龙神召之,曰:“鉴汝等精进,今各赐如愿一。”即有四女子随行。其一人求无不获,意极适。不数月病且死,女子曰:“今世之所享,皆前生之所积;君夙生所积,今数月销尽矣。请归报命。”是人果不起。又一人求无不获,意犹未已。至冬月,求鲜荔巨如瓜者。女子曰:“溪壑可盈,是不可餍,非神道所能给。”亦辞去。又一人所求有获有不获,以咎女子。女子曰:“神道之力,亦有差等,吾有能致不能致也。然日中必昃③,月盈必亏。有所不足,正君之福。不见彼先逝者乎?”是人惕然,女子遂随之不去。又一人虽得如愿,未尝有求。如愿时为自致之,亦蹙然不自安。女子曰:“君道高矣,君福厚矣,天地鉴之,鬼神佑之。无求之获,十倍有求,可无待乎我;我惟阴左右之而已矣。”他日相遇,各道其事,或喜或怅。曰:“惜哉!逝者之不闻也。”此钟侨弄笔狡狯之文,偶一为之,以资惩劝,亦无所不可;如累牍连篇,动成卷帙,则非著书之体矣。

---

① 金川之役——乾隆十一年(公元1746),四川土司金川按抚司莎罗奔叛变,云贵总督张广泗平叛不果,后傅恒、岳钟琪等奉命平之,莎罗奔投降。

② 彭泽清洪君以赠庐陵欧明——庐陵欧明路过彭泽湖,清洪君邀请并重赏他;庐陵欧明得到了其赏赐的如愿一人,以后果然事事如愿,几年大富。事见晋干宝《搜神记》。

③ 昃(zè)——日西斜。

郭石洲言:河南一巨室,宦成归里,年六十余矣。强健如少壮,恒蓄幼妾三四人;至二十岁,则治奁具而嫁之,皆宛然完璧。娶者多阴颂其德,人亦多乐以女鬻之。然在其家时,枕衾狎昵,与常人同。或以为但取红铅①供药饵,或以为徒悦耳目,实老不能男,莫知其审也。后其家婢媪私泄之,实使女而男淫耳。有老友密叩虚实,殊不自讳,曰:"吾血气尚盛,不能绝嗜欲。御女犹可以生子,实惧为身后累;欲渔男色,又惧艾豭②之事,为子孙羞。是以出此间道也。"此事奇创,古所未闻。夫闺房之内,何所不有?床笫事可勿深论。惟岁岁转易,使良家女得再嫁名,似于人有损;而不稽其婚期,不损其贞体,又似于人有恩。此种公案,竟无以断其是非。戈芥舟前辈曰:"是不难断,直恃其多财,法外纵淫耳。昔窦二东③之行劫,必留其御寒之衣衾、还乡之资斧,自以为德。此老之有恩,亦若是而已矣。"

里有丁一士者,矫捷多力,兼习技击、超距之术。两三丈之高,可翩然上;两三丈之阔,可翩然越也。余幼时犹及见之,尝求睹其技。使余立一过厅中,余面向前门,则立前门外面相对;余转面后门,则立后门外面相对。如是者七八度,盖一跃即飞过屋脊耳。后过杜林镇,遇一友,邀饮桥畔酒肆中。酒酣,共立河岸。友曰:"能越此乎?"一士应声耸身过。友招使还,应声又至。足甫及岸,不虞岸已将圮,近水陡立处开裂有纹。一士未见,误踏其上,岸崩二尺许。遂随之坠河,顺流而去。素不习水,但从波心踊起数尺,能直上而不能旁近岸,仍坠水中。如是数四,力尽,竟溺焉。盖天下之患,莫大于有所恃。恃财者终以财败,恃势者终以势败,恃智者终以智败,恃力者终以力败。有所恃,则敢于蹈险故也。田侯松岩于滦阳买一劳山杖,自题诗曰:"月夕花晨伴我行,路当坦处亦防倾。敢因恃尔心无虑,便向崎岖步不平!"斯真阅历之言,可贯而佩者矣。

---

① 红铅——旧时术士称妇人的月经。
② 艾豭(jiā)——老公猪。
③ 窦二东——作者家乡巨盗,其兄称大东,都是乳名。

沧州甜水井有老尼,曰慧师父,不知其为名为号,亦不知是此“慧”字否,但相沿呼之云尔。余幼时,尝见其出入外祖张公家。戒律谨严,并糖不食,曰:“糖亦猪脂所点成也。”不衣裘,曰:“寝皮与食肉同也。”不衣绸绢,曰:“一尺之帛,千蚕之命也。”供佛面筋必自制,曰:“市中皆以足踏也。”焚香必敲石取火,曰:“灶火不洁也。”清斋一食,取足自给,不营营募化。外祖家一仆妇,以一布为施。尼熟视识之,曰:“布施须用己财,方为功德。宅中为失此布,笞小婢数人,佛岂受如此物耶?”妇以情告曰:“初谓布有数十疋,未必一一细检,故偶取其一。不料累人受捶楚,日相诅咒,心实不安。故布施求忏罪耳。”尼掷还之曰:“然则何不密送原处,人亦得白,汝亦自安耶!”后妇死数年,其弟子乃泄其事,故人得知之。乾隆甲戌、乙亥间,年已七八十矣,忽过余家,云将诣潭柘寺礼佛,为小尼受戒。余偶话前事,摇首曰:“实无此事,小妖尼饶舌耳。”相与叹其忠厚。临行,索余题佛殿一额。余属赵春硐代书。合掌曰:“谁书即乞题谁名,佛前勿作诳语。”为易赵名,乃持去,后不再来。近问沧州人,无识之者矣。又景城天齐庙一僧,住持果成之第三弟子。士人敬之,无不称曰三师父,遂佚其名。果成弟子颇不肖,多散而托钵四方。惟此僧不坠宗风,无大刹知客①市井气,亦无法座禅师骄贵气;戒律精苦,虽千里亦打包徒步,从不乘车马。先兄晴湖尝遇之中途,苦邀同车,终不肯也。官吏至庙,待之礼无加;田夫、野老至庙,待之礼不减。多布施、少布施、无布施,待之礼如一。禅诵之余,惟端坐一室,入其庙如无人者。其行事如是焉而已。然里之男妇,无不曰三师父道行清高。及问其道行安在,清高安在,则茫然不能应。其所以感动人心,正不知何故矣。尝以问姚安公,公曰:“据尔所见,有不清不高处耶?无不清不高,即清高矣。尔必欲锡飞、杯渡②,乃为善知识耶?”此一尼一僧,亦彼法中之独行者矣。(三师父涅槃不久,其名当有人知,俟见乡试诸孙辈,使归而询之庙中。)

九州之大,奸盗事无地无之,亦无日无之,均不为异也。至盗而稍别

---

① 大刹知客——大寺庙中主管接待宾客的僧人。

② 锡飞、杯渡——驾驭锡杖飞腾,用木杯渡水。指僧尼的道行法术。

于盗，而不能不谓之盗；奸而稍别于奸，究不能不谓之奸，斯为异矣。盗而人许遂其盗，奸而人许遂其奸，斯更异矣。乃又相触立发，相牵立息，发如鼎沸，息如电掣，不尤异之异乎！舅氏安公五章言：有中年失偶者，已有子矣，复买一有夫之妇。幸控制有术，犹可相安。既而是人死，平日私蓄，悉在此妇手。其子微闻而索之，事无佐证，妇弗承也。后侦知其藏贮处，乃夜中穴壁入室。方开箧携出，妇觉，大号有贼，家众惊起，各持械入。其子仓皇从穴出。迎击之，立踣。即从穴入搜余盗，闻床下喘息有声，群呼尚有一贼，共曳出縶缚。比灯至审视，则破额昏仆者其子，床下乃其故夫也。其子苏后，与妇各执一词：子云"子取父财，不为盗"。妇云"妻归前夫，不为奸"。子云"前夫可再合，而不可私会"。妇云"父财可索取，而不可穿窬[①]"。互相诟谇，势不相下。次日，族党密议，谓涉讼两败，徒玷门风。乃阴为调停，使尽留金与其子，而听妇自归故夫，其难乃平。然已"鼓钟于宫，声闻于外"矣。先叔仪南公曰："此事巧于相值，天也；所以致有此事，则人也。不纳此有夫之妇，子何由而盗、妇何由而奸哉？彼所恃者，力能驾驭耳。不知能驾驭于生前，不能驾驭于身后也。"

---

① 窬（yú）——从墙上爬过去。

卷二十三

滦阳续录(五)

戴东原言:其族祖某,尝僦僻巷一空宅。久无人居,或言有鬼。某厉声曰:“吾不畏也。”入夜,果灯下见形,阴惨之气,砭人肌骨。一巨鬼怒叱曰:“汝果不畏耶?”某应曰:“然。”遂作种种恶状,良久,又问曰:“仍不畏耶?”又应曰:“然。”鬼色稍和,曰:“吾亦不必定驱汝,怪汝大言耳。汝但言一‘畏’字,吾即去矣。”某怒曰:“实不畏汝,安可诈言畏?任汝所为可矣!”鬼言之再四,某终不答。鬼乃叹息曰:“吾住此三十余年,从未见强项似汝者。如此蠢物,岂可与同居!”奄然灭矣。或咎之曰:“畏鬼者常情,非辱也。谬答以畏,可息事宁人。彼此相激,伊于胡底乎①?”某曰:“道力深者,以定静祛魔,吾非其人也。以气凌之,则气盛而鬼不逼;稍有牵就,则气馁而鬼乘之矣。彼多方以饵吾,幸未中其机械②也。”论者以其说为然。

饮食男女,人生之大欲存焉。干名义,渎伦常,败风俗,皆王法之所必禁也。若痴儿騃③女,情有所钟,实非大悖于礼者,似不必苛以深文④。余幼闻某公在郎署时,以气节严正自任。尝指小婢配小奴,非一年矣,往来出入,不相避也。一日,相遇于庭。某公亦适至,见二人笑容犹未敛,怒曰:“是淫奔也!于律奸未婚妻者,杖。”遂亟呼杖。众言:“儿女嬉戏,实无所染,婢眉与乳可验也。”某公曰:“于律谋而未行,仅减一等。减则可,

---

① 伊于胡底乎——意思为哪个究竟是为什么呢?

② 机械——圈套。

③ 騃(ái)——痴,傻。

④ 苛以深文——指援引苛刻严峻的法律条文来定罪。

免则不可。”卒并杖之，创几殆。自以为河东柳氏之家法，不是过也。自此恶其无礼，故稽其婚期。二人遂同役之际，举足趑趄；无事之时，望影藏匿。跋前疐后①，日不聊生。渐郁悒成疾，不半载内，先后死。其父母哀之，乞合葬。某公仍怒曰：“嫁殇非礼，岂不闻耶？”亦不听。后某公殁时，口喃喃似与人语，不甚可辨。惟“非我不可”、“于礼不可”二语，言之十余度，了了分明。咸疑其有所见矣。夫男女非有行媒，不相知名，古礼也。某公于孩稚之时，即先定婚姻，使明知为他日之夫妇。朝夕聚处，而欲其无情，必不能也。“内言不出于阃②，外言不入于阃”，古礼也。某公僮婢无多，不能使各治其事；时时亲相授受，而欲其不通一语，又必不能也。其本不正，故其末不端。是二人之越礼，实主人有以成之。乃操之已蹙，处之过当，死者之心能甘乎？冤魄为厉，犹以“于礼不可”为词，其斯以为讲学家乎？

山西人多商于外，十余岁辄从人学贸易。俟蓄积有资，始归纳妇。纳妇后仍出营利，率二三年一归省，其常例也。或命途蹇剥③，或事故萦牵，一二十载不得归。甚或金尽裘敝，耻还乡里，萍飘蓬转，不通音问者，亦往往有之。有李甲者，转徙为乡人靳乙养子，因冒其姓。家中不得其踪迹，遂传为死。俄其父母并逝，妇无所依，寄食于母族舅氏家。其舅本住邻县，又挈家逐什一，商舶南北，岁无定居。甲久不得家书，亦以为死。靳乙谋为甲娶妇。会妇舅旅卒，家属流寓于天津；念妇少寡，非长计，亦谋嫁于山西人，他时尚可归乡里。惧人嫌其无母家，因诡称己女。众为媒合，遂成其事。合卺之夕，以别已八年，两怀疑而不敢问。宵分私语，乃始了然。甲怒其未得实据而遽嫁，且诟且殴。阖家惊起，靳乙隔窗呼之曰：“汝之

① 跋前疐(zhì)后——《诗经·狼跋》：“狼跋其胡，载疐其尾。”老狼前进就会踩着它的胡(兽类颌下下垂的肉)，后退就会被尾巴绊倒。比喻进退两难。也作“跋前踬后”。

② 阃(kǔn)——内室。

③ 蹇剥——蹇和剥都是《易》的卦名，卦的内容不吉利。后以蹇剥代指不顺利、不好。

再娶,有妇亡之实据乎?且流离播迁,待汝八年而后嫁,亦可谅其非得已矣。”甲无以应,遂为夫妇如初。破镜重合,古有其事。若夫再娶而仍元配,妇再嫁而未失节,载籍以来,未之闻也。姨丈卫公可亭,曾亲见之。

沧州酒,阮亭先生①谓之“麻姑酒”,然土人实无此称。著名已久,而论者颇有异同。盖舟行来往,皆沽于岸上肆中,村酿薄醨,殊不足辱杯斝②;又土人防征求无餍,相戒不以真酒应官,虽笞捶不肯出,十倍其价亦不肯出,保阳制府,尚不能得一滴,他可知也。其酒非市井所能酿,必旧家世族,代相授受,始能得其水火之节候。水虽取于卫河,而黄流不可以为酒,必于南川楼下,如金山取江心泉法,以锡罂沈至河底,取其地涌之清泉,始有冲虚③之致。其收贮畏寒畏暑,畏湿畏蒸,犯之则味败。其新者不甚佳,必庋④阁至十年以外,乃为上品,一罂可值四五金。然互相馈赠者多,耻于贩鬻。又大姓若戴、吕、刘、王,若张、卫,率多零替⑤,酿者亦稀,故尤难得。或运于他处,无论肩运、车运、舟运,一摇动即味变。运到之后,必安静处澄半月,其味乃复。取饮注壶时,当以杓平挹;数摆拨则味亦变,再澄数日乃复。姚安公尝言:饮沧酒禁忌百端,劳苦万状,始能得花前月下之一酌,实功不补患;不如遣小竖⑥随意行沽,反陶然自适,盖以此也。其验真伪法:南川楼水所酿者,虽极醉,膈不作恶,次日亦不病酒,不过四肢畅适,恬然高卧而已。其但以卫河水酿者则否。验新陈法;凡庋阁二年者,可再温一次;十年者,温十次如故,十一次则味变矣。一年者再温即变,二年者三温即变,毫厘不能假借,莫知其所以然也。董曲江前辈之叔名思任,最嗜饮。牧沧州时,知佳酒不应官,百计劝谕,人终不肯破禁约。罢官后,再至沧州,寓李进士锐巅家,乃尽倾其家酿。语锐巅曰:“吾

---

① 阮亭先生——清代文学家王士禛,号阮亭,官至刑部尚书。

② 斝(jiǎ)——古代盛酒的器皿。

③ 冲虚——冲淡、无杂质。

④ 庋(guǐ)——搁置。

⑤ 零替——衰亡、迭替。

⑥ 小竖——小童仆。

深悔不早罢官。”此虽一时之戏谑,亦足见沧酒之佳者不易矣。

先师李又聃先生言:东光有赵氏者,(先生曾举其字,今不能记,似尚是先生之尊行。)尝过清风店,招一小妓侑酒。偶语及某年宿此,曾招一丽人留连两夕,计其年今未满四十。因举其小名,妓骇曰:“是我姑也,今尚在。”明日,同至其家,宛然旧识。方握手寒温,其祖姑闻客出视,又大骇曰:“是东光赵君耶?三十余年不相见,今鬓虽欲白,形状声音,尚可略辨。君号非某耶?”问之,亦少年过此所狎也。三世一堂,都无避忌,传杯话旧,惘惘然如在梦中。又住其家两夕而别。别时言祖籍本东光,自其翁姑迁此,今四世矣。不知祖墓犹存否?因举其翁之名,乞为访问。赵至家后,偶以问乡之耆旧。一人愕然良久,曰:“吾今乃始信天道。是翁即君家门客,君之曾祖与人讼,此翁受怨家金,阴为反间,讼因不得直。日久事露,愧而挈家逃。以为在海角天涯矣,不意竟与君遇,使以三世之妇,偿其业债也。吁,可畏哉!”

又聃先生又言:有安生者,颇聪颖。忽为众狐女摄入承尘上,吹竹调丝,行炙劝酒,极媟狎冶荡之致。隔纸听之,甚了了,而承尘初无微隙,不知何以入也。燕乐既终,则自空掷下,头面皆伤损,或至破骨流血。调治稍愈,又摄去如初。毁其承尘,则摄置屋顶,其掷下亦如初。然生殊不自言苦也。生父购得一符,悬壁上。生见之,即战栗伏地,魅亦随绝。问生符上何所见。云初不见符,但见兵将狰狞,戈甲晃耀而已。此狐以为仇耶?不应有燕昵之欢;以为媚耶?不应有扑掷之酷。忽喜忽怒,均莫测其何心。或曰:“是仇也,媚之乃死而不悟。”然媚即足以致其死,又何必多此一掷耶?

李汇川言:有严先生,忘其名与字。值乡试期近,学子散后,自灯下夜读。一馆童送茶入,忽失声仆地,碗碎琤然。严惊起视,则一鬼披发瞪目立灯前。严笑曰:“世安有鬼,尔必黠盗饰此状,欲我走避耳。我无长物,惟一枕一席。尔可别往。”鬼仍不动。严怒曰:“尚欲给人耶?”举界尺击之,瞥然而灭。严周视无迹,沈吟曰:“竟有鬼耶?”既而曰:“魂升于天,魄降于地,此理甚明。世安有鬼,殆狐魅耳。”仍挑灯琅琅诵不辍。此生崛强,可谓至极,然鬼亦竟避之。盖执拗之气,百折不回,亦足以胜之也。又闻一儒生,夜步廊下。忽见一鬼,呼而语之曰:“尔亦曾为人,何一作鬼,便无人理?岂有深更昏黑,不分内外,竟入庭院者哉?”鬼遂不见。此则心不惊怖,故神不瞀乱,鬼亦不得而侵之。又故城沈丈丰功,(讳鼎勋,姚安公之同年。)尝夜归遇雨,泥潦纵横,与一奴扶掖而行,不能辨路。经一废寺,旧云多鬼。沈丈曰:“无人可问,且寺中觅鬼问之。”径入,绕殿廊呼曰:“鬼兄鬼兄,借问前途水深浅?”寂然无声。沈丈笑曰:“想鬼俱睡,吾亦且小憩。”遂偕奴倚柱睡至晓。此则襟怀洒落,故作游戏耳。

阿文成公平定伊犁时,于空山捕得一玛哈沁。诘其何以得活,曰:“打牲为粮耳。”问:“潜伏已久,安得如许火药?”曰:“蜣螂曝干为末,以鹿血调之,曝干,亦可以代火药。但比硝磺力少弱耳。”又一蒙古台吉云:“鸟铳贮火药铅丸后,再取一干蜣螂,以细杖送入,则比寻常可远出一二十步。”此物理之不可解者,然试之均验。又疡医殷赞庵云:“水银能蚀五金,金遇之则白,铅遇之则化。凡战阵铅丸陷入骨肉者,割取至为楚毒,但以水银自创口灌满,其铅自化为水,随水银而出。”此不知验否,然于理可信。

田白岩言:有士人僦居僧舍,壁悬美人一轴,眉目如生,衣褶飘扬如动。士人曰:“上人不畏扰禅心耶?”僧曰:“此天女散花图,堵芬木画也。在寺百余年矣,亦未暇细观。”一夕,灯下注目,见画中人似凸起一二寸。士人曰:“此西洋界画,故视之若低昂,何堵芬木也。”画中忽有声曰:“此妾欲下,君勿讶也。”士人素刚直,厉声叱曰:“何物妖鬼敢媚我!”遽掣其轴,欲就灯烧之。轴中絮泣曰:“我炼形将成,一付祝融①,则形消神散,前功付流水矣。乞赐哀悯,感且不朽。”僧闻傲扰,亟来视。士人告以故。

① 祝融——火神名。

僧憬然曰："我弟子居此室，患瘵而死，非汝之故耶？"画不应，既而曰："佛门广大，何所不容。和尚慈悲，宜见救度。"士怒曰："汝杀一人矣，今再纵汝，不知当更杀几人。是惜一妖之命，而戕无算人命也。小慈是大慈之贼，上人勿吝。"遂投之炉中。烟焰一炽，血腥之气满室，疑所杀不止一僧矣。后入夜，或嘤嘤有泣声。士人曰："妖之余气未尽，恐久且复聚成形。破阴邪者惟阳刚。"乃市爆竹之成串者十余，（京师谓之火鞭。）总结其信线为一，闻声时骤然爇之，如雷霆砰磕，窗扉皆震，自是遂寂。除恶务本，此士人有焉。

有与狐为友者，天狐①也，有大神术，能摄此人于千万里外。凡名山胜境，恣其游眺，弹指而去，弹指而还，如一室也。尝云，惟贤圣所居不敢至，真灵所驻不敢至，余则披图按籍，惟意所如耳。一日，此人祈狐曰："君能携我于九州之外，能置我于人闺阁中乎？"狐问何意。曰："吾尝出入某友家，预后庭丝竹之宴。其爱妾与吾目成，虽一语未通，而两心互照。但门庭深邃，盈盈一水②，徒怅望耳。君能于夜深人静，摄我至其绣闼，吾事必济。"狐沈思良久，曰："是无不可。如主人在何？"曰："吾侦其宿他姬所而往也。"后果侦得实，祈狐偕往。狐不俟其衣冠，遽携之飞行。至一处，曰："是矣。"瞥然自去。此人暗中摸索，不闻人声，惟觉触手皆卷轴，乃主人之书楼也。知为狐所弄，仓皇失措，误触一几倒，器玩落板上，碎声砰然。守者呼："有盗！"童仆坌至，启锁明烛，执械入。见有人瑟缩屏风后，共前击仆，以绳急缚。就灯下视之，识为此人，均大骇愕。此人故狡黠，诡言偶与狐友忤，被提至此。主人故稔知之，拊掌揶揄曰："此狐恶作剧，欲我痛窘君耳。姑免笞，逐出！"因遣奴送归。他日，与所亲密言之，且詈曰："狐果非人，与我相交十余年，乃卖我至此。"所亲怒曰："君与某交，已不止十余年，乃借狐之力，欲乱其闺闱，此谁非人耶？狐虽愤君无义，以游戏儆君，而仍留君自解之路，忠厚多矣。使待君华服盛饰，潜挈置主人卧榻下，君将何词以自文？由此观之，彼狐而人，君人而狐者也。尚

① 天狐——据说狐至10岁即能通天，称为天狐。

② 盈盈一水——《古诗十九首》："盈盈一水间，脉脉不得语。"

不自反耶?”此人愧沮而去。狐自此不至,所亲亦遂与绝。郭彤纶与所亲有瓜葛,故得其详。

老儒刘泰宇,名定光,以舌耕[1]为活。有浙江医者某,携一幼子流寓,二人甚相得,因卜邻。子亦韶秀,礼泰宇为师。医者别无亲属,濒死托孤于泰宇。泰宇视之如子。适寒冬,夜与共被。有杨甲为泰宇所不礼,因造谤曰:“泰宇以故人之子为娈童。”泰宇愤恚,问此子知尚有一叔,为粮艘旗丁掌书算。因携至沧州河干,借小屋以居;见浙江粮艘,一一遥呼,问有某先生否。数日,竟得之,乃付以侄。其叔泣曰:“夜梦兄云,侄当归。故日日独坐舵楼望。兄又云:‘杨某之事,吾得直于神矣。’则不知所云也。”泰宇亦不明言,悒悒自归。迂儒拘谨,恒念此事无以自明,因郁结发病死。灯前月下,杨恒见其怒目视。杨故犷悍,不以为意。数载亦死。妻别嫁,遗一子,亦韶秀。有宦室轻薄子,诱为娈童,招摇过市,见者皆叹息。泰宇,或云肃宁人,或云任丘人,或云高阳人。不知其审,大抵住河间之西也。迹其平生,所谓殁而可祀于社者欤!此事在康熙中年,三从伯灿宸公喜谈因果,尝举以为戒。久而忘之。戊午五月十二日,住密云行帐,夜半睡醒,忽然忆及,悲其名氏翳如。至滦阳后,为录大略如右。

常守福,镇番人。康熙初,随众剽掠,捕得当斩。曾伯祖光吉公时官镇番守备,奇其状貌,请于副将韩公免之,且补以名粮,收为亲随。光吉公罢官归,送公至家,因留不返。从伯祖钟秀公尝曰:“尝守福矫捷绝伦,少时尝见其以两足挂明楼雉堞上,倒悬而扫砖线之雪,四围皆净。(巨盗多能以足向上,手向下,倒抱楼角而登。近雉堞处以砖凸出三寸,四围镶之,则不能登,以足不能悬空也。俗谓之砖线。)持帚翩然而下,如飞鸟落地,真健儿也。”后光吉公为娶妻生子。闻今尚有后人,为四房佃种云。

---

① 舌耕——指教书。

门联唐末已有之，蜀辛寅逊为孟昶题桃符①，“新年纳余庆，嘉节号长春”二语是也。但今以朱笺书之为异耳。余乡张明经晴岚，除夕前自题门联曰：“三间东倒西歪屋，一个千锤百炼人。”适有锻铁者求彭信甫书门联，信甫戏书此二句与之。两家望衡对宇，见者无不失笑。二人本辛酉拔贡同年，颇契厚，坐此竟成嫌隙。凡戏无益，此亦一端。又董曲江前辈喜诙谐，其乡有演剧送葬者，乞曲江于台上题一额。曲江为书“吊者大悦”四字，一邑传为口实，致此人终身切齿，几为其所构陷。后曲江自悔，尝举以戒友朋云。

董秋原言：有张某者，少游州县幕。中年度足自赡，即闲居以莳花种竹自娱。偶外出数日，其妇暴卒。不及临诀，心恒怅怅如有失。一夕，灯下形见，悲喜相持。妇曰：“自被摄后，有小罪过待发遣，遂羁绊至今。今幸勘结，得入轮回，以距期尚数载，感君忆念，祈于冥官，来视君，亦夙缘之未尽也。”遂相缱绻如平生。自此人定恒来，鸡鸣辄去。嬿婉之意有加，然不一语及家事，亦不甚问儿女，曰：“人世嚣杂，泉下人得离苦海，不欲闻之矣。”一夕，先数刻至，与语不甚答，曰：“少迟君自悟耳。”俄又一妇搴帘入，形容无二，惟衣饰差别，见前妇惊却。前妇叱曰：“淫鬼假形媚人，神明不汝容也！”后妇狼狈出门去。此妇乃握张泣。张惝恍莫知所为。妇曰：“凡饿鬼多托名以求食，淫鬼多假形以行媚，世间灵语，往往非真。此鬼本西市娼女，乘君思忆，投隙而来，以盗君之阳气。适有他鬼告我，故投诉社公，来为君驱除。彼此时谅已受笞矣。”问：“今在何所？”曰：“与君本有再世缘，因奉事翁姑，外执礼而心怨望，遇有疾病，虽不冀幸其死，亦不迫切求其生。为神道所录，降为君妾。又因怀挟私愤，以语激君，致君兄弟不甚睦，再降为媵婢。须后公二十余年生，今尚浮游墟墓间也。”张牵引入帏。曰：“幽明路隔，恐干阴谴，来生会了此愿耳。”呜咽数声而灭。

① 辛寅逊为孟昶题桃符——孟昶，字仁贤，五代后蜀主。桃符，古时习俗，元旦用桃木板写神荼、郁垒二神名，悬挂于门旁，认为能辟邪。后蜀时宫廷始在桃符上题联语。孟昶命学士辛寅逊撰词，事见《宋史·蜀世家》。后代以桃符为春联的别名。

时张父母已故,惟兄别居。乃诣兄具述其事,友爱如初焉。

有嫠妇年未二十,惟一子,甫三四岁。家徒四壁,又鲜族属,乃议嫁。妇色颇艳。其表戚某甲,密遣一妪说之曰:"我于礼无娶汝理,然思汝至废眠食。汝能托言守志,而私昵于我,每月给资若干,足以赡母子。两家虽各巷,后屋则仅隔一墙,梯而来往,人莫能窥也。"妇惑其言,遂出入如妇。外人疑妇何以自活,然无迹可见,姑以为尚有蓄积而已。久而某甲奴婢泄其事。其子幼,即遣就外塾宿。至十七八,亦稍闻繁言。每泣谏,妇不从;狎昵杂坐,反故使见闻,冀杜其口。子恚甚,遂白昼入某甲家,剚刃于心,出于背,而以"借贷不遂,遭其轻薄,怒激致杀"首于官。官廉得其情,百计开导,卒不吐实,竟以故杀论抵。乡邻哀之,好事者欲以片石表其墓,乞文于朱梅崖前辈。梅崖先一夕梦是子,容色惨沮,对而拱立。至是憬然曰:"是可毋作也。不书其实,则一凶徒耳,乌乎表?书其实,则彰孝子之名,适以伤孝子之心,非所以妥其灵也。"遂力沮罢其事。是夕,又梦其拜而去。是子也,甘殒其身以报父仇,复不彰母过以为父辱,可谓善处人伦之变矣。或曰:"斩其宗祀,祖宗恫焉。盍待生子而为之乎?"是则讲学之家,责人无已,非余之所敢闻也。

小人之谋,无往不福君子也。此言似迂而实信。李云举言其兄宪威官广东时,闻一游士性迂僻,过岭干谒亲旧,颇有所获。归装幞被衣履之外,独有二巨箧,其重四人乃能舁,不知其何所携也。一日,至一换舟处,两舷相接,束以巨绳,扛而过。忽四绳皆断如刃截,訇然堕板上。两箧皆破裂,顿足悼惜。急开检视,则一贮新端砚,一贮英德石也。石箧中白金一封,约六七十两,纸裹亦绽。方拈起审视,失手落水中。倩渔户没水求之,仅得小半。方懊丧间,同来舟子遽贺曰:"盗为此二箧,相随已数日,以岸上有人家,不敢发。吾惴惴不敢言。今见非财物,已唾而散矣。君真福人哉!抑阴功得神祐也?"同舟一客私语曰:"渠有何阴功,但新有一痴事耳。渠在粤日,尝以百二十金托逆旅主人买一妾,云是一年余新妇,贫不举火,故鬻以自活。到门之日,其翁姑及婿俱来送,皆羸病如乞丐。临入房,互相抱持,痛哭诀别。已分手,犹追数步,更絮语。媒妪强曳妇入,其翁抱数月小儿向渠叩首曰:‘此儿失乳,生死未可知。乞容其母暂一乳,且延今日,明日再作计。’渠忽跃然起曰:‘吾谓妇见出耳。今见情状,凄动心脾,即引汝妇去,金亦不必偿也。古今人相去不远,冯京之父①,吾岂不能为哉!’竟对众焚其券。不知乃主人窥其忠厚,伪饰己女以绐之,傥其竟纳,又别有狡谋也。同寓皆知,渠至今未悟,岂鬼神即录为阴功耶?”又一客曰:“是阴功也。其事虽痴,其心则实出于恻隐。鬼神鉴察,亦鉴察其心而已矣。今日免祸,即谓缘此事可也。彼逆旅主人,尚不知究竟何如耳。”先师又聃先生,云举兄也。谓云举曰:“吾以此客之论为然。”余又忆姚安公言:田丈耕野西征时,遣平鲁路守备李虎偕二千总将三百兵出游徼,猝遇额鲁特自间道来。二千总启虎曰:“贼马健,退走必为所及。请公率前队扼山口,我二人率后队助之。贼不知我多寡,犹可以守。”虎以为然,率众力斗。二千总已先遁,盖绐虎与战,以稽时刻;虎败,则去已远也。虎遂战殁。后荫其子先捷如父官。此虽受绐而败,然受绐适以成其忠。故曰,小人之谋,无往不福君子也。此言似迂而实确。

云举又言:有人富甲一乡,积粟千余石。遇岁歉,闭不肯粜。忽一日,征集仆隶,陈设概②量,手书一红笺,榜于门曰:“岁歉人饥,何心独饱?今拟以历年积粟,尽贷乡邻,每人以一石为律。即日各具囊篋赴领,迟则粟尽矣。”附近居民,闻声云合,不一日而粟尽。有请见主人申谢者,则主人不知所往矣。惶遽大索,乃得于久锸敝屋中,酣眠方熟,人至始欠伸。众惊愕掖起,于身畔得一纸曰:“积而不散,怨之府也;怨之所归,祸之丛也。千家饥而一家饱,剽劫为势所必至,不名实两亡乎?感君旧恩,为君市德。希恕专擅,是所深祷。”不省所言者何事。询知始末,叹息而已。然是时人情汹汹,实有焚掠之谋。得是博施,乃转祸为福。此幻形之妖,可谓爱人以德矣。所云“旧恩”,则不知其故。或曰:“其家园中有老屋,狐居之

① 冯京之父——冯京,北宋人。其父买妾得知女子为被迫卖身,即放其回家,也不要原先所付钱财。事见宋罗大经《鹤林玉露》。

② 概——古时量米麦时刮平斗斛的木板。又称平斗斛木。

数十年,屋圮乃移去。意即其事欤?"

小时闻乳母李氏言:一人家与佛寺邻。偶寺廊跃下一小狐,儿童捕得,絷缚鞭捶,皆巨盗不动。放之则来往于院中,绝不他往。与之食则食,不与亦不敢盗;饥则向人摇尾而已。呼之似解人语,指挥之亦似解人意。举家怜之,恒禁儿童勿凌虐。一日,忽作人语曰:"我名小香,是钟楼上狐家婢。偶嬉戏误事,因汝家儿童顽劣,罚受其蹂躏一月。今限满当归,故此告别。"问:"何故不逃避?"曰:"主人养育多年,岂有逃避之理?"语讫,作叩额状,翩然越墙而去。时余家一小奴窃物远扬,乳母因说此事,喟然曰:"此奴乃不及此狐。"

陈云亭舍人言:其乡深山中有废兰若[①],云鬼物据之,莫能修复。一僧道行清高,径往卓锡[②]。初一两夕,似有物窥伺。僧不闻不见,亦遂无形声。三五日后,夜有夜叉排闼入,狰狞跳掷,吐火嘘烟。僧禅定自若。扑及蒲团者数四,然终不近身;比晓,长啸去。次夕,一好女至,合十作礼,请问法要。僧不答。又对僧琅琅诵《金刚经》,每一分讫,辄问此何解。僧又不答。女子忽旋舞,良久,振其双袖,有物簌簌落满地,曰:"此比散花[③]何如?"且舞且退,瞥眼无迹。满地皆寸许小儿,蠕蠕几千百,争缘肩登顶,穿襟入袖。或龁啮,或搔爬,如蚊虻虮虱之攒咂;或抉剔耳目,擘裂口鼻,如蛇蝎之毒螫。撮之投地,爆然有声,一辄分形为数十,弥添弥众。左支右绌,困不可忍,遂委顿于禅榻下。久之苏息,寂无一物矣。僧慨然曰:"此魔也,非迷也。惟佛力足以伏魔,非吾所及。浮屠不三宿桑下[④],何必恋恋此土乎?"天明,竟打包返。余曰:"此公自作寓言,譬正人之愠

① 兰若——指寺院。

② 卓锡——卓,植立;锡,锡杖,僧人用具。此指僧人的居止、停留。

③ 散花——指天女散花。

④ 浮屠不三宿桑下——语出《后汉书·襄楷传》。三宿,歇息三夜。佛不在桑树下歇息三夜,意谓不要因久生情。

于群小耳。然亦足为轻尝者戒。”云亭曰:“仆百无一长,惟平生不能作妄语。此僧归路过仆家,面上血痕细如乱发,实曾目睹之。”

老仆刘廷宣言:雍正初,佃户张璜于褚寺东架团焦①(俗谓之团瓢,焦字音转也。二字出《北齐书》本纪。)守瓜,夜恒见一人,行步迟重,徐徐向西北去。一夕,偶窃随之,视所往,见至一丛冢处,有十余女鬼出迓,即共狎笑媟戏。知为妖物,然似是蠢蠢无所能,乃藏火铳于团焦,夜夜伺之。一夜,又见其过。发铳猝击,訇然仆地。秉火趋视,乃一翁仲②也。次日,积柴燔为灰,亦无他异。至夜,梦十余妇女罗拜,曰:“此怪不知自何来,力猛如罴虎。凡新葬女鬼,无老少皆遭胁污;有枝拒者,登其坟顶,踊跃数四,即土陷棺裂,无可栖身。故不敢不从,然饮恨则久矣。今蒙驱除,故来谢也。”后有从高川来者,云石人洼冯道墓前,(冯道,景城人,所居今犹名相国庄,距景城二三里。墓则在今石人洼。余幼时见残缺石兽、石翁仲尚有存者,县志云不知道墓所在,盖承旧志之误也。)忽失一石人,乃知即是物也。是物自五代至今,始炼成形,岁月不为不久;乃甫能幻化,即纵凶淫,卒自取焚如之祸。与邵二云所言木偶,其事略同,均可为小器易盈者鉴也。

外叔祖张公蝶庄家有书室,颇轩敞。周以回廊,中植芍药三四十本,花时香过邻墙。门客闵姓者,携一仆下榻其中。一夕就枕后,忽外有女子声曰:“姑娘致意先生。今日花开,又值好月,邀三五女伴借一赏玩,不致有祸于先生。幸勿开门唐突,足见雅量矣。”闵噤不敢答,亦不复再言。俄微闻衣裳綷縩③声,穴窗纸视之,无一人影;侧耳谛听时,似喁喁私语,若有若无,都不辨一字。跼蹐枕席,睡不交睫。三鼓以后,似又闻步履声。俄而隔院犬吠,俄而邻家犬亦吠,俄而巷中犬相接而吠。近处吠止,远处又吠,其声

① 团焦——小草棚。

② 翁仲——传说为秦朝时巨人,后指铜像或墓道石像。此处指石像。

③ 綷縩(cuì cài)——象声词,衣服摩擦的声音。

迢递向东北,疑其去矣。恐忤之招祟,不敢启户。天晓出视,了无痕迹,惟西廊尘上似略有弓弯①印,亦不分明,盖狐女也。外祖雪峰公曰:“如此看花,何必更问主人?殆闵公莽莽有伧气,恐其偶然冲出,致败人意耳。”

沧州有董华者,读书不成,流落为市肆司书算。复不能善事其长,为所排挤。出以卖药卜卦自给,遂贫无立锥。一母一妻,以缝纴浣濯佐之,犹日不举火。会岁饥,枵腹②杜门,势且俱毙。闻邻村富翁方买妾,乃谋于母,将鬻妇以求活。妇初不从。华告以失节事大,致母饿死事尤大,乃涕泗曲从,惟约以傥得生还,乞仍为夫妇。华亦诺之。妇故有姿,富翁颇宠眷,然枕席时有泪痕。富翁固问,毅然对曰:“身已属君,事事可听君所为。至感忆旧恩,则虽刀锯在前,亦不能断此念也。”适岁再饥,华与母并为饿殍。富翁虑有变,匿不使知。有一邻妪偶泄之,妇殊不哭,痴坐良久,告其婢媪曰:“吾所以隐忍受玷者,一以活姑与夫之命;一以主人年已七十余,度不数年,即当就木;吾年尚少,计其子必不留我,我犹冀缺月再圆也。今则已矣!”突起开楼窗,踊身倒坠而死。此与前录所载福建学院妾相类。然彼以儿女情深,互以身殉,彼此均可以无恨。此则以养姑养夫之故,万不得已而失身,乃卒无救于姑与夫,事与愿违,徒遭玷污,痛而一决,其赍恨尤可悲矣。

余十岁时,闻槐镇一僧,(槐镇即《金史》之槐家镇,今作淮镇,误也。)农家子也,好饮酒食肉。庙有田数十亩,自种自食,牧牛耕田外,百无所知。非惟经卷法器,皆所不蓄,毗卢③袈裟,皆所不具;即佛龛香火,亦在若有若无间也。特首无发,室无妻子,与常人小异耳。一日,忽呼集邻里,而自端坐破几上,合掌语曰:“同居三十余年,今长别矣。以遗蜕奉托可乎?”溘然而逝,合掌端坐仍如故,鼻垂两玉箸,长尺余。众大惊异,共为

① 弓弯——弓鞋。
② 枵(xiāo)腹——空腹、饥饿。
③ 毗卢——佛名。毗卢舍那的略称。此处指佛。

募木造龛。舅氏安公实斋居丁家庄，与相近，知其平日无道行，闻之不信。自往视之，以造龛[①]未竟，二日尚未敛，面色如生，抚之肌肤如铁石。时方六月，蝇蚋不集，亦了无尸气，竟莫测其何理也。

喀喇沁公丹公（号益亭，名丹巴多尔济，姓乌梁汗氏，蒙古王孙也。）言：内廷都领侍萧得禄，幼尝给事其邸第。偶见一黑物如猫，卧树下，戏击以弹丸。其物甫一转身，即巨如犬。再击。又一转身，遂巨如驴。惧不敢复击。物亦自去。俄而飞瓦掷砖，变怪陡作。知为狐魅，惴惴不自安。或教以绘像事之，其祟乃止。后忽于几上得钱数十，知为狐所酬，始试收之，秘不肯语。次日，增至百文。自是日有所增，渐至盈千。旋又改为银一铤，重约一两。亦日有所增，渐至一铤五十两。巨金不能密藏，遂为管领者所觉。疑盗诸官库，搒掠讯问，几不能自白。然后知为狐所陷也。夫飞土逐肉，（"断竹续竹，飞土逐肉"，《吴越春秋》载陈音所诵古歌，即弹弓之始也。）儿戏之常。主人知之，亦未必遽加深责；狐不能畅其志也。饵之以利，使盈其贪壑，触彼祸罗，狐乃得适所愿矣。此其设阱伏机，原为易见；徒以利之所在，遂令智昏。反以为我礼即虔，彼心故悦。委曲自解，致不觉堕其彀中[②]。昔夫差贪勾践之服事，卒败于越[③]；楚怀贪商于之六百，卒败于秦[④]；北宋贪灭辽之割地，卒败于金[⑤]；南宋贪伐金之助兵，卒败于元[⑥]。军国大计，将相同谋，尚不免于受饵。况区区童稚，乌能出老魅之阴谋哉，其败宜矣！又举一近事曰：有刑曹某官之仆夫，睡中觉有舌舔其

---

① 龛（kān）——盛着佛像或神主的小阁。

② 彀（gòu）中——圈套中。

③ "昔夫差"句——春秋吴越之战，越败，越王勾践向吴王夫差求和，并亲到吴国服事吴王。后经卧薪尝胆，越国力量壮大，终于消灭了吴国。事见《国语》。

④ "楚怀贪商于"句——楚怀王贪图秦地商于，竟和盟国齐国断交，后终于为秦所败。事见《史记·屈原列传》。

⑤ "北宋贪灭辽"句——宋徽宗之时，与金议定共同灭辽，事成之后，以辽蓟景十七州与宋。后金背约，并兴兵南侵，遂掳徽、钦二帝，北宋被灭，宋政权南迁。

⑥ "南宋贪伐金之助兵"句——宋理宗时，蒙古与宋议共同灭金，事成，以河南地归宋。及金亡，宋欲乘势收复中原，蒙古却引兵南下，大败宋军。

面。举石击之,踣而毙。烛视,乃一黑狐。剥之,腹中有一小人首,眉目宛然,盖所炼婴儿未成也。翼日,为主人御车归。狐凭附其身,举凳击主人,且厉声陈其枉死状。盖欲报之而不能,欲假手主人以鞭笞泄其愤耳。此二狐同一复仇,余谓此狐之悍而直,胜彼狐之阴而险也。

丹公又言:科尔沁达尔汗王一仆,尝行路拾得二毡囊,其一满贮人牙,其一满贮人指爪。心颇诧异,因掷之水中。旋一老妪仓皇至,左顾右盼,似有所觅,问仆曾见二囊否?仆答以未见。妪知为所毁弃,遽大愤怒,折一木枝奋击仆。仆徒手与搏,觉其衣裳柔脆,如通草之心;肌肉虚松,似莲房之穰。指所抠处辄破裂,然放手即长合如故,又如抽刀之断水。互斗良久,妪不能胜,乃舍去。临去顾仆詈曰:"少则三月,多则三年,必褫汝魄!"然至今已逾三年,不能为祟,知特大言相恐而已。此当是炼形之鬼,取精未足,不能凝结成质,故仍聚气而为形。其蓄人牙爪者,牙者骨之余,爪者筋之余,殆欲合炼服饵,以坚固其质耳。

田侯松岩言:今岁六月,有扈从侍卫和升,卒于滦阳。马兰镇总兵爱公星阿,与和亲旧,为经理棺衾,送其骨归葬。一夕如厕,缺月微明。见一人如立烟雾中,问之不言,叱之不动。爱公故能视鬼,凝神谛审,乃和之魂也。因拱而祝曰:"昔敛君时,物多不备,我力绵薄,君所深知。今形见,岂有所责耶?"不言不动如故。又祝曰:"闻殁于塞外者,不焚路引①,其鬼不得入关。曩偶忘此,君毋乃为此来耶?"魂即稽首至地,倏然而隐。爱公为具牒于城隍,后不复见。又扈从南巡时,与爱公同寓江宁承天寺,规模宏壮,楼阁袤延,所住亦颇轩敞。一日,方共坐,忽楼窗六扇无风自开,俄又自阖。爱公视之,曰:"有一僧坐北牖上,其面横阔,须鬑鬑如久未剃,目瞪视而项微偻,盖缢鬼也。"以问寺僧,僧不能讳,惟怪何以识其貌,疑有人泄之。不知爱公之自能视也。又偶在船头,戏拈篙刺水。忽掷篙却避,面有惊色。怪诘其故。曰:"有溺鬼缘篙欲上也。"戊午八月,宴蒙

① 路引——道路通行的凭证。

古外藩于清音阁，爱公与余连席。余以松岩所语叩之，云皆不妄。然则随处有鬼，亦复如人。此求归之鬼，有系恋心；开窗之鬼，有争据心；缘篙之鬼，有竞斗心。其得失胜负、喜怒哀乐，更当一一如人。是胶胶扰扰，地下尚无了期。释氏讲忏悔解脱，圣人之法，亦使有所归而不为厉，其深知鬼神之情状矣。子贡曰："大哉死乎，君子息焉！"①庄周曰："嗟来桑扈乎，而已反其真。"②特就耳目所及言之耳。

---

① 子贡所言，不详出处。

② "庄周曰"句——桑扈，先古隐士名。《庄子·山木》作"子桑雽"，其"嗟来桑扈乎，而已反其真"未详出处。

卷二十四

滦阳续录（六）

狐能诗者，见于传记颇多；狐善画则不概见。海阳李丈硕亭言：顺治、康熙间，周处士璕薄游楚豫①。周以画松名，有士人倩画书室一壁。松根起于西壁之隅，盘拏夭矫，横径北壁，而纤末犹扫及东壁一二尺；觉浓荫入座，长风欲来。置酒邀社友共赏。方攒立壁下，指点赞叹，忽一友拊掌绝倒，众友俄亦哄堂。盖松下画一秘戏图，有大木榻布长簟，一男一妇，裸而好合；流目送盼，媚态宛然。旁二侍婢亦裸立，一挥扇驱蝇，一以两手承妇枕，防蹂躏坠地。乃士人及妇与媵婢小像也。哗然趋视，眉目逼真，虽童仆亦辨识其面貌，莫不掩口。士人恚甚，望空指划，詈妖狐。忽檐际大笑曰："君太伤雅。曩闻周处士画松，未尝目睹。昨夕得观妙迹，坐卧其下不能去，致失避君，未尝抛砖掷瓦相忤也。君遽毒詈，心实不平，是以与君小作剧。君尚不自反，乖戾如初，行且绘此像于君家白板扉，博途人一粲矣。君其图之。"盖士人先一夕设供客具，与奴子秉烛至书室，突一黑物冲门去。士人知为狐魅，曾诟厉也。众为慰解，请入座；设一虚席于上。不见其形，而语音琅然；行酒至前辄尽，惟不食肴馔，曰："不茹荤四百余年矣。"濒散，语士人曰："君太聪明，故往往以气凌物。此非养德之道，亦非全身之道也。今日之事，幸而遇我；倘遇负气如君者，则难从此作矣。惟学问变化气质，愿留意焉。"叮咛郑重而别。回视所画，净如洗矣。次日，书室东壁忽见设色桃花数枝，衬以青苔碧草。花不甚密，有已开者，有半开者，有已落者，有未落者；有落未至地随风飞舞者八九片，反侧横斜，势如飘动，尤非笔墨所能到。上题二句曰："芳草无行径，空山正落花。"【按：此二句，初唐杨师道之诗。】不署姓名。知狐以答昨夕之酒也。后周

---

① 楚豫——湖北、河南一带。

处士见之,叹曰:"都无笔墨之痕。觉吾画犹努力出棱,有心作态。"

景城北冈有玄帝庙,明末所建也。岁久,壁上霉迹隐隐成峰峦起伏之形,望似远山笼雾。余幼时尚及见之。庙祝棋道士病其晦昧,使画工以墨勾勒,遂似削圆方竹。今庙已圮尽矣。棋道士不知其姓,以癖于象戏①,故得此名。或以为齐姓误也。棋至劣而至好胜,终日丁丁然不休。对局者或倦求去,至长跪留之。尝有人指对局者一著,衔之次骨,遂拜绿章,诅其速死。又一少年偶误一著,道士幸胜。少年欲改著,喧争不许。少年粗暴,起欲想殴。惟笑而却避曰:"任君击折我肱,终不能谓我今日不胜也。"亦可云痴物矣。

酒有别肠②,信然。八九十年来,余所闻者,顾侠君前辈称第一,缪文子前辈次之。余所见者,先师孙端人先生亦入当时酒社。先生自云:"我去二公中间,犹可著十余人。"次则陈句山前辈与相敌,然不以酒名。近时路晋清前辈称第一,吴云岩前辈亦骎骎争胜。晋清曰:"云岩酒后弥温克,是即不胜酒力,作意矜持也。"验之不谬。同年朱竹君学士、周稚圭观察,皆以酒自雄。云岩曰:"二公徒豪举耳。拇阵喧呶,泼酒几半,使坐而静酌则败矣。"验之亦不谬。后辈则以葛临溪为第一,不与之酒,从不自呼一杯;与之酒,虽盆盎无难色,长鲸一吸,涓滴不遗。尝饮余家,与诸桐屿、吴惠叔等五六人角至夜漏将阑,众皆酩酊,或失足颠仆。临溪一一指挥童仆扶掖登榻,然后从容登舆去,神志湛然,如未饮者。其仆曰:"吾相随七八年,从未见其独酌,亦未见其偶醉也。"惟饮不择酒,使尝酒亦不甚知美恶,故其同年以登徒好色③戏之。然亦罕有矣。惜不及见顾、缪二前辈,一决胜负也。端人先生恒病余不能饮,曰:"东坡长处,学之可也;何

① 象戏——指下象棋。

② 酒有别肠——指善饮酒的人。

③ 登徒好色——典出宋玉《登徒子好色赋》。登徒子其妻奇丑,而登徒子与其妻生下五个孩子。此喻葛临溪对酒不选择,优劣兼收。

并其短处亦刻画求似!"及余典试得临溪,以书报先生。先生复札曰:"吾再传有此君,闻之起舞。但终恨君是蜂腰①耳。"前辈风流,可云佳话。今老矣,久不预少年文酒之会,后来居上,又不知为谁?

高官农家畜一牛,其子幼时,日与牛嬉戏,攀角捋尾皆不动。牛或嗅儿顶、舐儿掌,儿亦不惧。稍长,使之牧。儿出即出,儿归即归,儿行即行,儿止即止,儿睡则卧于侧,有年矣。一日往牧,牛忽狂奔至家,头颈皆浴血,跳踉哮吼,以角触门。儿父出视,即掉头回旧路。知必有变,尽力追之。至野外,则儿已破颅死;又一人横卧道左,腹裂肠出,一枣棍弃于地。审视,乃三果庄盗牛者。(三果庄回民所聚,沧州盗薮也。)始知儿为盗杀,牛又触盗死也。是牛也,有人心焉。又西商李盛庭买一马,极驯良。惟路逢白马,必立而注视,鞭策不肯前。或望见白马,必驰而追及,衔勒不能止。后与原主谈及,原主曰:"是本白马所生,时时觅其母也。"是马也,亦有人心焉。

余八岁时,闻保母丁媪言:某家有牸牛,跛不任耕,乃鬻诸比邻屠肆。其犊甫离乳,视宰割其母,牟牟鸣数日。后见屠者即奔避,奔避不及,则伏地战栗,若乞命状。屠者或故逐之,以资笑噱,不以为意也。犊渐长,甚壮健,畏屠者如初。及角既坚利,乃伺屠者侧卧凳上,一触而贯其心,遽驰去。屠者妇大号捕牛。众悯其为母复仇,故缓追,逸之,竟莫知所往。时丁媪之亲串杀人,遇赦获免,仍与其子同里闬②。丁媪故窃举是事为之忧危,明仇不可狎也。余则取犊有复仇之心,知力弗胜,故匿其锋,隐忍以求一当。非徒孝也,抑亦智焉。黄帝《巾机铭》曰:(机是本字,校者或以为破体俗书,改为機字,反误。)"日中必慧,【按:《汉书·贾谊传》引此句,作熭。《六韬》引此句,作彗。音义并同。】操刀必割。"言机之不可失也。

---

① 蜂腰——蜂之腰中间细,比喻居中者最差。此指作者居于孙端人与葛临溪之间而不会喝酒。

② 里闬(hàn)——里巷。

《越绝书》[①]子贡谓越王曰："夫有谋人之心，使人知之者，危也。"言机之不可泄也。《孙子》[②]曰："善用兵者，闭门如处女，出门如脱兔。"斯言当矣。

姜慎思言：乾隆己卯夏，有江南举子以京师逆旅多湫隘，乃税西直门外一大家坟院读书。偶晚凉树下散步，遇一女子，年十五六，颇白皙。挑与语，不嗔不答，转墙角自去。夜半睡醒，似门上了鸟[③]微有声，疑为盗。呼僮不应，自起隔门罅窥之，乃日间所见女子也。知其相就，急启户拥以入。女子自言："为守坟人女，家酷贫，父母并拙钝，恒恐嫁为农家妇。顷蒙顾盼，意不自持，故从墙缺至君处。君富贵人，自必有妇，傥能措百金与父母，则为妾媵无悔。父母嗜利，亦必从也。"举子诺之，遂相缱绻，至鸡鸣乃去。自是夜半恒至，妖媚冶荡，百态横生。举子以为巫山洛水[④]不是过也。一夜来稍迟，举子自步月候之。乃忽从树杪飞下。举子顿悟，曰："汝毋乃狐耶？"女子殊不自讳，笑而应曰："初恐君骇怖，故托虚词。今情意已深，不妨明告。将来游宦四方，有一隐形随侍之妾，不烦车马，不择居停，不需衣食；昼可携于怀袖，夜即出而荐枕席，不愈于千金买笑耶？"举子思之，计良得。自是潜住书室，不待夜度矣。然每至秉烛，则外出，夜半乃返；或微露鬓乱钗横状。举子疑之而未决。既而与其娈童乱；旋为二仆所窥，亦并与乱。庖人知之，亦续狎焉。一日，昼与娈童寝。举子潜扼杀之，遂现狐形，因埋于墙外。半月后，有老翁诣举子曰："吾女托身为君妾，何忽见杀？"举子愤然曰："汝知汝女为吾妾，则易言矣。夫两雄共雌，争而相戕，是为妒奸，于律当议抵。汝女既为我妾，明知非人而我不改盟，则夫妇之名分定矣。而既淫于他人，又淫于我仆，我为本夫，例得捕奸。杀之，又何罪耶？"翁曰："然则何不杀君仆？"举子曰："汝女死则形见，此则皆人也。手刃四人，而执一死狐为罪案，使汝为刑官，能据以定谳乎？"

① 《越绝书》——传为东汉袁康撰。记吴越二国及伍子胥等人物历史、活动。
② 《孙子》——《孙子兵法》，春秋时孙武撰。
③ 了鸟——门窗搭扣。
④ 巫山洛水——巫山与洛水之女神。事见宋玉《高唐赋》及曹植《洛神赋》。

翁俯首良久,以手拊膝曰:“汝自取也夫!吾诚不料汝至此。”振衣自去。举子旋移居准提庵,与慎思邻房。其娈童与狐尤昵,衔主人之太忍,具泄其事于慎思,故得其详。

吉木萨(乌鲁木齐所属也。)屯兵张鸣凤调守卡伦,(军营瞭望之名。)与一菜园近。灌园叟年六十余,每遇风雨,辄借宿于卡伦。一夕,鸣凤醉以酒而淫之。叟醒大恚,控于营弁。验所创,尚未平。申上官,除鸣凤粮。时鸣凤年甫二十,众以为必无此理;或疑叟或曾窃污鸣凤,故此相报。然复鞫两造①,皆不承,咸云怪事。有官奴玉保曰:“是固有之,不为怪也。曩牧马南山,为射雉者惊,马逸。惧遭责罚,入深山追觅。仓皇失道,愈转愈迷,经一昼夜不得出。遥见林内屋角,急往投之;又虑是盗巢,或见戕害,且伏草间觇情状。良久,有二老翁携手笑语出,坐磐石上,拥抱偎倚,意殊亵狎。俄左一翁牵右一翁伏石畔,恣为淫莗。我方以窥见阴私,惧杀我灭口,惴惴蜷缩不敢动。乃彼望见我,了无愧怍,共呼使出,询问何来;取二饼与食,指归路曰:‘从某处见某树转至某处,见深涧沿之行,一日可至家。’又指最高一峰曰:‘此是正南,迷即望此知方向。’又曰:‘空山无草,汝马已饥而自归。此间熊与狼至多,勿再来也。’比归家,马果先返。今张鸣凤爱六十之叟,非此老翁类乎!”据其所言,天下真有理外事矣。惟二翁不知何许人,遁迹深山,似亦修道之士,何以所为乃如此?《因树屋书影》②记仙人马绣头事,称其比及顽童,云中有真阴可采。是容成③术非但御女,兼亦御男。然采及老翁,有何裨益?即修炼果有此法,亦邪师外道而已,上真定无此也。

张助教潜亭言:昔与一友同北上,夜宿逆旅。闻窣窣有声,或在窗外,或在室之外间。初以为虫鼠,不甚讶;后微闻叹息,乃始栗然,侦之无

① 两造——即原告与被告。

② 《因树屋书影》——明代周亮工撰。周入清官至户部右侍郎。

③ 容成——古代术士。《汉书·艺文志》载其有《阴道》一书。

睹也。至红花埠,偶忘收笔砚,夜分闻有阁笔声。次早,几上有字迹,阴黯惨淡,似有似无。谛审,乃一诗,其词曰:"上已好莺花,寒食多风雨。十年汝忆吾,千里吾随汝。相见不得亲,悄立自凄楚。野水青茫茫,此别终万古。"似香魂怨抑之语。然潜亭自忆无此人,友自忆亦无此人,不知其何以来也。程鱼门曰:"君肯诵是诗,定无是事。恐贵友讳言之耳。"众以为然。

同年胡侍御牧亭,人品孤高,学问文章亦具有根柢。然性情疏阔,绝不解家人生产事,古所谓不知马几足者,殆有似之。奴辈玩弄如婴孩。尝留余及曹慕堂、朱竹君、钱辛楣饭,肉三盘,蔬三盘,酒数行耳,闻所费至三四金,他可知也。同年偶谈及,相对太息。竹君愤尤甚,乃尽发其奸,迫逐之。然结习已深,密相授受,不数月,仍故辙。其党类布在士大夫家,为竹君腾谤,反得喜事名。于是人皆坐视,惟以小人有党,君子无党,姑自解嘲云尔。后牧亭终以贫困郁郁死。死后一日,有旧仆来,哭尽哀,出三十金置几上,跪而祝曰:"主人不迎妻子,惟一身寄居会馆,月俸本足以温饱。徒以我辈剥削,致薪米不给。彼时以京师长随,连衡成局,有忠于主人者,共排挤之,使无食宿地,故不敢立异同。不虞主人竟以是死。中心愧悔,夜不能眠。今尽献所积助棺敛,冀少赎地狱罪也。"祝讫自去。满堂宾客之仆,皆相顾失色。陈裕斋因举一事曰:"有轻薄子见少妇独哭新坟下,走往挑之。少妇正色曰:'实不相欺,我狐女也。墓中人耽我之色,至病瘵而亡。吾感其多情,而愧其由我而殒命,已自誓于神,此生决不再偶。尔无妄念,徒取祸也。'此仆其类此狐欤!"然余谓终贤于掉头竟去者。

田侯松岩言:幼时居易州之神石庄,(土人云,本名神子庄,以尝出一神童故也。后有三巨石陨于庄北,如春秋宋国之事,故改今名。在易州西南二十余里。)偶与僮辈嬉戏马厩中。见煮豆之锅,凸起铁泡十数,并形狭而长。僮辈以石破其一,中有虫长半寸余,形如柳蠹①,色微红,惟四短

① 蠹(dù)——蛀蚀器物的虫子。

足与其首皆作黑色,而油然有光,取出犹蠕蠕能动。因一一破视,一泡一虫,状皆如一。又言:头等侍卫常君青,(此又别一常君,与常大宗伯同名。)乾隆癸酉戍守西域,卓帐南山之下。(塞外山脉,自西南趋东北,西域三十六国,夹之以居,在山南者呼曰“北山”,在山北者呼曰“南山”,其实一山也。)山半有飞瀑二丈余,其泉甚甘。会冬月冰结,取水于河,其水湍悍而性冷,食之病人。不得已,仍凿瀑泉之水。水窍①甫通,即有无数冰丸随而涌出,形皆如橄榄。破之,中有白虫如蚕,其口与足则深红,殆所谓冰蚕者欤?此与铁中之虫,锻而不死,均可谓异闻矣。然天地之气,一动一静,互为其根。极阳之内必伏阴,极阴之内必伏阳。八卦之对待,坎以二阴包一阳,离以二阳包一阴。六十四卦之流行,阳极于乾,即一阴生,下而为姤②;阴极于坤,即一阳生,下而为复。其静也伏斯敛,敛斯郁焉;其动也郁斯蒸,蒸斯化焉。至于化则生,生不已矣。特冲和之气,其生有常;偏胜之气,其生不测。冲和之气,无地不生;偏胜之气,或生或不生耳。故沸鼎炎熇、寒泉沍结,其中皆可以生虫也。崔豹③《古今注》载,火鼠生炎洲火中,绩其毛为布,入火不燃。今洋舶多有之,先兄晴湖蓄数尺,余尝试之。又《神异经》载,冰鼠生北海冰中,穴冰而居,啮冰而食,岁久大如象,冰破即死。欧罗巴④人曾见之。谢梅庄前辈戍乌里雅苏台时,亦曾见之。是兽且生于火与冰矣。其事似异,实则常理也。

数皆前定,故鬼神可以前知。然有其事尚未发萌,其人尚未举念,又非吉凶祸福之所关、因果报应之所系,游戏琐屑至不足道,断非冥籍所能预注者,而亦往往能前知。乾隆庚寅,有翰林偶遇乩仙,因问宦途。乩判一诗曰:“春风一笑手扶筇⑤,桃李花开泼眼浓。好是寻香双蛱蝶,粉墙才过巧相逢。”茫不省为何语。俄御试翰林,以编修改知县。众谓次句隐用

---

① 窍(qiào)——窟窿、孔洞。
② 姤(gòu)——《易》卦名。
③ 崔豹——西晋人,官至太傅丞。
④ 欧罗巴——即欧洲。
⑤ 筇(qióng)——古书上说的一种竹子,可以做手杖。

河阳一县花事,可云有验;然其余究不能明。比同年往慰,司阍者[1]扶杖蹩躠出。盖朝官仆隶,视外吏如天上人。司阍者得主人外转信,方立阶上,喜而跃曰:“吾今日登仙矣!”不虞失足,遂损其胫,故杖而行也。数日后,微闻一日遣二仆,而罪状不明。旋有泄其事者曰:“二仆皆谋为司阍,而无如先已有跛者。乃各阴饰其妇,俟主人燕息,诱而蛊之。至夕,一妇私具饼饵,一妇私煎茶,皆暗中摸索至书斋廊下。猝然相触,所赍俱倾;愧不自容,转怒而相诟。主人不欲深究,故善遣去。”于是诗首句三四句并验。此乩可谓灵鬼矣,然何以能前知此等事,终无理可推也。(马夫人雇一针线人,曾在是家,云二仆谋夺司阍则有之,初无自献其妇意,乃私谋于一黠仆,黠仆为画此策,均与约:是日有暇,可乘隙以进。而不使相知,故致两败。二仆逐后,黠仆又党附于跛者,邀游妓馆。跛者知其有伏机,阳使先往待,而阴告主人往捕,故黠仆亦败。嗟乎!一州县官司阍耳,而此四人者互相倾轧,至辗转多方而不已。黄雀螳螂之喻,兹其明验矣。附记之,以著世情之险。)

余官兵部尚书时,往良乡送征湖北兵,小憩长新店旅舍。见壁上有《归雁诗》二首,其一曰:“料峭西风雁字斜,深秋又送汝还家。可怜飞到无多日,二月仍来看杏花。”其二曰:“水阔云深伴侣稀,萧条只与燕同归。惟嫌来岁乌衣巷,却向雕梁各自飞[2]。”末题“ 晴湖”二字,是先兄字也。然语意笔迹皆不似先兄,当别一人。或曰:“有郑君名鸿撰,亦字晴湖。”

偶见田侯松岩持画扇,笔墨秀润,大似衡山[3]。云其亲串德君芝麓所作也。上有一诗曰:“野水平沙落日遥,半山红树影萧条。酒楼人倚孤樽坐,看我骑驴过板桥。”风味袑然,有尘外之致。复有德君题语,云是卓悟

---

① 司阍(hūn)者——阍,门。看门的人。

② 此诗用唐刘禹锡《乌衣巷》诗意。刘诗有“旧时王谢堂前燕,飞入寻常百姓家”句。

③ 衡山——明代画家文征明,号衡山居士。

庵作,画即画此诗意。故并录此诗,殆亦爱其语也。田侯云,悟庵名卓礼图,然不能详其始末。大抵沉于下僚者,遥情高韵,而名氏翳如。录而存之,亦郭恕先①之远山数角耳。

古人祠宇,俎豆②一方,使后人挹想风规,生其效法,是即维风励俗之教也。其间精灵常在,肸蠁③如闻者,所在多有;依托假借,凭以猎取血食④者,间亦有之。相传有士人宿陈留一村中,因溽暑散步野外。黄昏后,冥色苍茫,忽遇一人相揖。俱坐老树之下,叩其乡里名姓。其人云:"君勿相惊,仆即蔡中郎也。祠墓虽存,享祀多缺;又生叨士流,殁不欲求食于俗辈。以君气类,故敢布下忱。明日赐一野祭可乎?"士人故雅量,亦不恐怖,因询以汉末事。依违酬答,多罗贯中《三国演义》中语,已窃疑之;及询其生平始末,则所述事迹与高则诚⑤《琵琶记》纤悉曲折,一一皆同。因笑语之曰:"资斧匮乏,实无以享君,君宜别求有力者。惟一语嘱君:自今以往,似宜求《后汉书》、《三国志》、中郎文集⑥稍稍一观,于求食之道更近耳。"其人面□彻耳,跃起现鬼形去。是影射敛财之术,鬼亦能之矣。

梁豁堂言:有客游粤东者,妇死寄柩于山寺。夜梦妇曰:"寺有厉鬼,伽蓝神弗能制也。凡寄柩僧寮者,男率为所役,女率为所污。吾力拒,弗能免也。君盍讼于神?"醒而忆之了了,乃炷香祝曰:"我梦如是,其春睡迷离耶?意想所造耶?抑汝真有灵耶?果有灵,当三夕来告我。"已而再

---

① 郭恕先——宋郭忠恕,字恕先,官至国子监主簿。善于书画,尤擅山水画。

② 俎(zǔ)豆——俎和豆都是古代祭祀用的器具。此处指祭祀。

③ 肸蠁(xī xiǎng)——蠁为知声虫。意为知声响。旧时迷信说法,认为神灵感应。

④ 血食——古时祭祀用的牲牢。此处指受祭祀。

⑤ 高则诚——元末明初戏剧作家高明,则诚为其字。传奇剧《琵琶记》写东汉蔡邕事。蔡邕,《后汉书》、《三国志》有传。

⑥ 中郎文集——蔡中郎文集,蔡邕所撰。

夕梦皆然。乃牒诉于城隍，数日无肸蠁。一夕，梦妇来曰："讼若得直，则伽蓝为失纠举，山神社公为失约束，于阴律皆获谴，故城隍踌躇未能理。君盍再具牒，称将诣江西诉于正乙真人，则城隍必有处置矣。"如所言，具牒投之。数日，又梦妇来曰："昨城隍召我，谕曰：'此鬼原居此室中，是汝侵彼，非彼摄汝也。男女共居一室，其仆隶往来，形迹嫌疑，或所不免。汝诉亦不为无因。今为汝重笞其仆隶，已足谢汝。何必坚执奸污，自博不贞之名乎？从来有事不如化无事，大事不如化小事。汝速令汝夫移柩去，则此案结矣。'再四思之，凡事可已则已，何必定与神道争，反激意外之患。君即移我去可也。"问："城隍既不肯理，何欲诉天师，即作是调停？"曰："天师虽不治幽冥，然遇有控诉，可以奏章于上帝，诸神弗能阻也。城隍亦恐激意外患，故委曲消弭，使两造均可以已耳。"语讫，郑重而去。其夫移柩于他所，遂不复梦。此鬼苟能自救，即无多求，亦可云解事矣。然城隍既为明神，所司何事，毋乃聪明而不正直乎？且养痈不治，终有酿为大狱时；并所谓聪明者，毋乃亦通蔽各半乎？

田白岩言：济南朱子青与一狐友，但闻声而不见形。亦时预文酒之会，词辩纵横，莫能屈也。一日，有请见其形者。狐曰："欲见吾真形耶？真形安可使君见；欲见吾幻形耶？是形既幻，与不见同，又何必见。"众固请之，狐曰："君等意中，觉吾形何似？"一人曰："当庞眉皓首。"应声即现一老人形。又一人曰："当仙风道骨。"应声即现一道士形。又一人曰："当星冠羽衣。"应声即现一仙官形。又一人曰："当貌如童颜。"应声即现一婴儿形。又一人戏曰："庄子言，姑射神人，绰约若处子①。君亦当如是。"即应声现一美人形。又一人曰："应声而变，是皆幻耳。究欲一睹真形。"狐曰："天下之大，孰肯以真形示人者，而欲我独示真形乎？"大笑而去。子青曰："此狐自称七百岁，盖阅历深矣。"

---

① "庄子言"句——《庄子·逍遥游》："藐姑射之山，有神人居焉，肌肤若冰雪，绰约若处子。"

舅氏实斋安公曰:“讲学家例言无鬼。鬼吾未见,鬼语则吾亲闻之。雍正壬子乡试,返宿白沟河。屋三楹,余住西间,先一南士住东间。交相问讯,因沽酒夜谈。南士称:‘与一友为总角交①,其家酷贫,亦时周以钱粟。后北上公车②,适余在某巨公家司笔墨,悯其飘泊,邀与同居,遂渐为主人所赏识。乃摭余家事,潜造蜚语,挤余出而据余馆。今将托钵山东。天下岂有此无良人耶!’方相与叹息,忽窗外呜呜有泣声,良久语曰:‘尔尚责人无良耶?尔家本有妇,见我在门前买花粉,诡言未娶,诳我父母,赘尔于家。尔无良否耶?我父母患疫先后殁,别无亲属,尔据其宅,收其资,而棺衾祭葬俱草草,与死一奴婢同。尔无良否耶?尔妇附粮艘寻至,入门与尔相诟厉,即欲逐我;既而知原是我家,尔衣食于我,乃暂容留。尔巧说百端,降我为妾。我苟求宁静,忍泪曲从。尔无良否耶?既据我宅,索我供给,又虐使我,呼我小名,动使伏地受杖。尔反代彼揿我项背,按我手足,叱我勿转侧。尔无良否耶?越年余,我财产衣饰剥削并尽,乃鬻我于西商。来相我时,我不肯出,又痛捶我,致我途穷自尽。尔无良否耶?我殁后,不与一柳棺,不与一纸钱,复褫我敝衣,仅存一裤,裹以芦席,葬丛冢。尔无良否耶?吾诉于神明,今来取尔,尔尚责人无良耶?’其声哀厉,童仆并闻。南士惊怖瑟缩,莫措一词,遽噭然仆地。余虑或牵涉,未晓即行。不知其后如何,谅无生理矣。因果分明,了然有据。但不知讲学家见之,又作何遁词耳。”

张浮槎《秋坪新语》载余家二事，其一记先兄晴湖家东楼鬼，（此楼在兄宅之西，以先世未析产时，楼在宅之东，故沿其旧名。）其事不虚，但委曲未详耳。此楼建于明万历乙卯，距今百八十四年矣。楼上楼下，凡缢死七人，故无敢居者。是夕不得已开之，遂有是变。殆形家所谓凶方欤？然其侧一小楼，居者子孙蕃衍，究莫明其故也。其一记余子汝佶临殁事，亦十得六七；惟作西商语索逋事，则野鬼假托以求食。后穷诘其姓名、居址、年月与见闻此事之人，乃词穷而去。汝佶与债家涉

① 总角交——指从小就在一起。总角,男女未成年时结发成两角。
② 公车——指举子参加会试。

讼时，刑部曾细核其积逋数目，具有案牍，亦无此条。盖张氏纪氏为世姻，妇女递相述说，不能无纤毫增减也。嗟乎！所见异词，所闻异词，所传闻异词，鲁史①且然，况稗官小说。他人记吾家之事，其异同吾知之，他人不能知也。然则吾记他人家之事，据其所闻，辄为叙述，或虚或实或漏，他人得而知之，吾亦不得知也。刘后村②诗曰："斜阳古柳赵家庄，负鼓盲翁正作场。死后是非谁管得，满村听唱蔡中郎③。"匪今斯今，振古如兹矣。惟不失忠厚之意，稍存劝惩之旨，不颠倒是非如《碧云騢》④，不怀挟恩怨如《周秦行记》⑤，不描摹才子佳人如《会真记》⑥，不绘画横陈如《秘辛》⑦，冀不见摈于君子云尔。

---

① 鲁史——即《春秋》及《左传》、《穀梁传》、《公羊传》等。此处指正史。

② 刘后村——南宋诗人刘克庄，号后村居士。此诗在陆游诗集中，应为陆游所作。

③ 蔡中郎——即东汉蔡邕。民间传说蔡邕上京赴考，得官而入赘丞相府，其妻赵五娘于家侍奉公婆等事。明人高明据此演为传奇剧《琵琶记》。

④ 《碧云騢》——宋魏泰撰，一卷。中记有马碧云騢，虽贵但有旋毛，因而不能掩其丑。大意为讽诋朝士如马之丑。

⑤ 《周秦行记》——唐代韦瓘撰传奇小说，一卷。书中托名牛僧孺遇汉高祖薄太后、元帝宫女王昭君及唐玄宗杨太真等事，以此栽诬牛僧孺。

⑥ 《会真记》——唐元稹撰传奇小说，叙张生与崔莺莺恋爱事。

⑦ 《秘辛》——全名《杂事秘辛》，无作者名，三卷，叙汉梁皇后被选册立之事。明人沈德符称明杨慎伪撰，认为"其文淫艳亦类传奇，汉人无是体裁也。"

附:

纪汝佶六则

亡儿汝佶,以乾隆甲子生。幼颇聪慧,读书未多,即能作八比。乙酉举于乡,始稍稍治诗,古文尚未识门径也。会余从军西域,乃自从诗社才士游,遂误从公安、竟陵①两派入。后依朱子颖于泰安,见《聊斋志异》抄本,(时是书尚未刻。)又误堕其窠臼,竟沉沦不返,以讫于亡。故其遗诗遗文,仅付孙树庭等存乃父手泽,余未一为编次也。唯所作杂记,尚未成书,其间琐事,时或可采。因为简择数条,附此录之末,以不没其篝灯呵冻之劳。又惜其一归彼法,百事无成,徒以此无关著述之词,存其名字也。

花隐老人居平陵城之东,鹊华桥之西,不知何许人,亦不自道真姓字。所居有亭台水石,而莳②花尤多。居常不与人交接,然有看花人来,则无弗纳。曳杖伛偻前导,手无停指,口无停语,惟恐人之不及知、不及见也。园无隙地,殊香异色,纷纷拂拂,一往无际;而兰与菊与竹,尤擅天下之奇。兰有红有素,菊有墨有绿,又有丹竹纯赤,玉竹纯白;其他若方若斑,若紫若百节,虽非目所习见,尚为耳所习闻也。异哉,物之聚于所好,固如是哉!

士人某寓岱庙之环咏亭。时已深冬,北风甚劲。拥炉夜坐,冷不可

---

① 公安、竟陵——明代后期的两个文学派别。公安,以袁宏道及其兄宗道、弟中道,因他们为湖北公安人而得名。竟陵,以钟惺、谭元春为首,两人俱为湖北竟陵人而得名。

② 莳(shì)——移栽植物。

支，乃息烛就寝。既觉，见承尘纸破处有光。异之，披衣潜起，就破处审视。见一美妇，长不满二尺，紫衣青裤，著红履，纤瘦如指，髻作时世妆；方爇火炊饭，灶旁一短足几，几上锡檠①荧然。因念此必狐也。正凝视间，忽然一嚏。妇惊，触几灯覆，遂无所见。晓起，破承尘视之。黄泥小灶，光洁异常；铁釜大如碗，饭犹未熟也；小锡檠倒置几下，油痕狼藉。惟爇火处纸不燃，殊可怪耳。

徂徕山有巨蟒二，形不类蟒，顶有角如牛，赤黑色，望之有光。其身长约三四丈，蜿蜒深涧中。涧广可一亩，长可半里，两山夹之中，一隙仅三尺许。游人登其巅，对隙俯窥，则蟒可见。相传数百年前，颇为人害。有异僧禁制，遂不得出。夫深山大泽，实生龙蛇，似此亦无足怪；独怪其蜷伏数百年，而能不饥渴也。

泰安韩生，名鸣岐，旧家子，业医。尝夤夜骑马赴人家，忽见数武之外有巨人，长十余丈。生胆素豪，摇鞬径过，相去咫尺，即挥鞭击之。顿缩至三四尺，短发蓬鬙②，状极丑怪，唇吻翕辟③，格格有声。生下马执鞭逐之。其行缓涩，蹒跚地上，意颇窘。既而身缩至一尺，而首大如瓮，似不胜载，殆欲颠仆。生且行且逐，至病者家，乃不见，不知何怪也。汶阳范灼亭说。

戊寅五月二十八日，吴林塘年五旬时，居太平馆中。余往为寿。座客有能为烟戏者，年约六十余，口操南音，谈吐风雅，不知其何以戏也。俄有仆携巨烟筒来，中可受烟四两，爇火吸之，且吸且咽，食顷方尽，索巨碗瀹苦茗，饮讫，谓主人曰："为君添鹤算④可乎？"其张吻吐鹤二只，飞向屋角；

① 锡檠——指灯。
② 蓬鬙（sēng）——头发散乱的样子。
③ 翕辟——闭、开。
④ 鹤算——古人以鹤为长寿之物。后以鹤算、鹤寿为人祝寿之词。

徐吐一圈,大如盘,双鹤穿之而过,往来飞舞,如掷梭然。既而嘎喉有声,吐烟如一线,亭亭直上,散作水波云状。谛视皆寸许小鹤,翓颃[①]左右,移时方灭,众皆以为目所未睹也。俄其弟子继至,奉一觞与主人曰:“吾技不如师,为君小作剧可乎?”呼吸间,有朵云飘缈筵前,徐结成小楼阁,雕栏绮窗,历历如画。曰:“此海屋添筹[②]也。”诸客复大惊,以为指上毫光现玲珑塔,亦无以喻是矣。以余所见诸说部,如掷杯化鹤、顷刻开花之类,不可殚述,毋亦实有其事,后之人少所见多所怪乎?如此事非余目睹,亦终不信也。

豫南李某,酷好马。尝于遵化牛市中见一马,通体如墨,映日有光,而腹毛则白于霜雪,所谓乌云托月者也。高六尺余,鬃[③]尾鬈[④]然,足生爪,长寸许,双目莹澈如水精,其气昂昂如鸡群之鹤。李以百金得之,爱其神骏,刍秣[⑤]必身亲。然性至犷劣,每覆障泥[⑥],须施绊锁,有力者数人左右把持,然后可乘。按辔徐行,不觉其驶,而瞬息已百里。有一处去家五日程,午初就道,比至,则日未衔山也。以此愈爱之。而畏其难控,亦不敢数乘。一日,有伟丈夫碧眼虬髯,款门求见,自云能教此马。引就枥下,马一见即长鸣。此人以掌击左右肋,始弭耳不动。乃牵就空屋中,阖户与马盘旋。李自隙窥之,见其手提马耳,喃喃似有所云,马似首肯。徐又提耳喃喃如前,马亦似首肯。李大惊异,以为真能通马语也。少间,启户,引缰授李,马已汗如濡矣。临行谓李曰:“此马能择主,亦甚可喜。然其性未定,恐或伤人;今则可以无虑矣。”马自是驯良,经二十余载,骨干如初。后李至九十余而终,马忽逸去,莫知所往。

---

① 翓颃(xiéháng)——多作颉颃,鸟上下飞翔的样子。

② 海屋添筹——添筹,添寿算。祝寿之词。典出苏轼《东坡志林·老语》。

③ 鬃(zōng)——马颈上的长毛。

④ 鬈(quán)——毛发漂亮的样子。

⑤ 刍秣——饲养牛马的草料。此指饲养。

⑥ 障泥——垂于马腹两侧、用以遮挡尘土的东西。